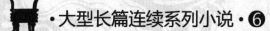 ·大型长篇连续系列小说·❻

壮志凌云

何常在◎著

贵州大学出版社
Guizhou University Press

图书在版编目（CIP）数据

壮志凌云 / 何常在著. -- 贵阳 : 贵州大学出版社,
2015.4
　ISBN 978-7-81126-786-0

　Ⅰ.①壮… Ⅱ.①何… Ⅲ.①长篇小说－中国－当代
Ⅳ.①I247.5

中国版本图书馆 CIP 数据核字（2015）第 082599 号

壮志凌云

作　　者 : 何常在
责任编辑 : 方国进
出版发行 : 贵州大学出版社
印　　刷 : 北京时捷印刷有限公司
开　　本 : 710 mm × 1020 mm　1/16
印　　张 : 27
字　　数 : 500 千字
版　　次 : 2015 年 6 月第 1 版
印　　次 : 2015 年 6 月第 1 次印刷
定　　价 : 39.80 元

ISBN 978-7-81126-786-0

目录

想起上一次中大会堂上的过招,程曦学当众打他的脸,他借人文主义的感慨,明是自说自话,实际上也是暗中狠狠地打还了回去,想必程曦学心中也十分愤恨。也是,毕竟是在人家的地盘上,是人家精心筹划的盛会,说到底,他是搅局者才对。

夏想先给曹殊黧打电话报了平安,小丫头的声音听起来柔柔的,有一股别样的味道:"就知道你又惹事了,天下那么多事,你管得完?真是的,害得我担心了一晚上。我也猜到你可能又被人抓了,要不你的手机不会打不通,没想到还真是。你怎么就这么让人不省心?多大的人了,还动不动就打架?"

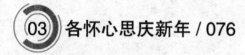

人活在世,活的全是心气,心气没了,精神也就淡了。夏想觉得史老其实还是人闲心不闲,如果他真正能做到完全退下来,不再关心政治,也不会衰老得如此之快。说到底,以前他的精神和气势,还是觉得自己还有足够的发言权和影响力。现在没有了,一下子就没有了心理上的支撑。

李丁山却心中忧虑,总觉得事情不如表面上那么简单,认为付先锋此举不是故意捣乱,也不是混淆视线,而极有可能是精心安排的一出好戏,是借机攫取胜利果实来了。至于付先锋到底还有什么后手,李丁山虽然不清楚,但本着替夏想着想的心思,还是急急地给夏想打了一个电话,让夏想立刻回来。

但他不明白的是,付先锋怎么就查清了他和连若菡之间的种种,怎么就让吴家相信他就是孩子的亲生父亲?以付先锋的聪明,绝对不会当面向吴家说明,否则吴家的震怒也会殃及他,也不会给他好脸色看。付家的势力和吴家还是不能相比,付先锋有自知之明。

老爷子果然厉害,不出手则已,一出手就是雷厉风行,不给人喘息的机会。尽管他已经将真相告诉了叶石生和陈风,也相信他们二人会做出明智的选择。但他还是心中没底,老爷子出手,肯定还会有后续手段,不可能只此一招就草草收兵。

2

与陈风淡定从容、一切尽在掌握的自信相比，胡增周的表情最为丰富多彩。他时而一脸淡笑，时而紧皱眉头，又不时努力保持镇静，但当他的目光落到陈风身上时，却又有掩饰不住的慌乱。而当他看到第一次在前排就座的高海时，又是一脸深深的愤恨。

夏想心目中理想的企业，就是远景集团现在所走的一条道路。比如远景集团在承建下马河时，主动承担了全部费用，而且提出的条件非常优惠，只要几百亩的地皮以及一处游乐场的场地。其他各项优惠政策，都没有向市里提出苛刻的要求，让不少人不敢相信。

不称孙局而称孙叔叔，黄建军岂能不明白夏想的暗示？心中对夏想的关系网之深厚又多了一层了解，对夏想如何查到了牛奇的底细也不再怀疑。不管是孙定国还是蒋玉涵，想要查查牛奇的问题都不是什么难事。

比起以前，现在的连若藟成熟许多，在穿衣打扮上也平常许多，不再追求鲜艳，而是以平和浅淡为主。尽管如此，已经完全恢复身材的她比少女时更多了风韵，肌肤细腻而莹润，身材匀称而紧致，依然是不胖不瘦的完美体形。只是举手投足之间流露出的久经人事的女人韵味，让懂得欣赏女人的男人一眼就能沉迷其中。

⑪ 大变动小意外 / 350

成达才也一直关注着这两百亿投资，他也清楚达才集团在燕省是领军人物，但在南方发达省份，还算不上什么气候。两百亿投资虽然在达才集团的眼中也不算多么巨额的资金，但能够一举拿出两百亿来赌下马区的明天，也算有魄力有眼光的投资商。

⑫ 成也红颜，败也红颜 / 390

楚彤不想抬出成达才，她知道成达才再是燕省的商业大亨，但在谭龙的盛怒之下，名头也未必管用，毕竟企业家还不是官员。而且她和成达才之间的关系也不是那么光明正大，好说不好听。但她一向不愿低头，当年也正是因为她不想再当成达才的身后人，才不顾成达才的挽留而强行离开了他，导致成达才很长一段时间对她置之不理，她也不以为意。

↗ 01 颇有觉悟的搅局者

想起上一次中大会堂上的过招,程曦学当众打他的脸,他借人文主义的感慨,明是自说自话,实际上也是暗中狠狠地打还了回去,想必程曦学心中也十分愤恨。也是,毕竟是在人家的地盘上,是人家精心筹划的盛会,说到底,他是搅局者才对。

风波再起

虽然夏想在中大礼堂当面反驳程曦学一事已经过去,而且看似夏想大获全胜,并高调地为燕省产业结构调整正名,但范睿恒心里隐隐有些担忧。枪打出头鸟,他担心夏想因小失大,从此成为某些人记恨的对象,这就得不偿失了。

此时,他正好来宝市参加与最日光公司的合资签订协议,就有心给夏想透露些一手消息。

夏想以为范睿恒是有意抬他一抬,当着众人的面提出要自己与他同车,其中的暗示意味不言而喻,就是要表明他们之间亲近的关系。夏想告别曹永国一行,刚坐到范睿恒的车内,就见范睿恒一脸严肃地说道:"刚接到消息,你和范铮、小时的三篇文章,被压了下来。总编受到了上头的压力,顶不住了,只好暂缓刊发。"

夏想大惊,稿子被扣下不发,估计也是因为上一次演讲事件影响过大,让某人震怒了,所以才会不惜动用政治力量,压下他们三人的稿子。

夏想虽然担忧,但见范睿恒一脸笃定的样子,知道范省长估计有了对策,就问:"范省长,请您指示下一步该怎么做?"

"没有了媒体上的论战其实也是好事,我们的产业结构调整就可以不受影响地进行了。"范睿恒笑了笑,"压下了你们的文章,程曦学的文章也撤了下来。

凡事都要讲究一个平衡才好,不说我和叶书记在京城都有自己的人脉,京城不会允许程曦学一人再在报纸上唱独角戏……"

难道说,论战就这么偃旗息鼓了?

"不过你也要做好心理准备,说不定什么时候程曦学的文章又会突然出现,突然抛出新的观点。既然媒体掌握在别人手中,那么主动权也就掌握在别人手里,对我们来说,就是一个处处被动的局面。好在有一点,就是在燕省继续推动产业结构调整的主动权掌握在我们手中,别人轻易拿不走,呵呵。"

夏想也不想没完没了地在媒体上论战,耗费精神不说,还分散精力,也容易让叶石生动摇。

现在好了,停下来也是好事,眼见他的第二波高潮即将到来,成功之后,就可以实施他的第二步计划了。只要第二批试点城市提上日程,就是一次重大的胜利。

快到燕市的时候,张质宾又接到一个电话,只说了两句就将电话交给了范睿恒。范睿恒接听之后,表情变得凝重起来,只说两句就挂断了电话。

沉默了片刻,范睿恒说道:"动作倒是挺快……刚接到叶书记的电话,接到上面的通知,赵泉新要率团来燕省视察。"

赵泉新是京城中的保守派,敏感时期突然要视察燕省,来者不善!

夏想并不担心赵泉新挑三拣四地挑错,他是担心叶石生的耳根软。

果然,范睿恒和他是一样的心思,他将目光从窗外收回,说道:"小夏,大问题大政策方面,由叶书记和我出面应付就可以了,我估计此次视察组有可能会提出视察领导小组,我相信你也能从容应对。我唯一担心的是,如果他们措辞有些强烈的话,叶书记会不会……"

范睿恒点到为止,没有明说。

夏想也担心叶石生会临阵退缩,毕竟程曦学在国家级媒体上对燕省点名批评,叶石生可以掩耳盗铃地当成是学术界的争论。但如果正面面对赵泉新的批评,叶书记能不能顶住压力还是未知数,范睿恒的担心也在情理之中。而且他的问题也是在暗示,要让夏想出面在关键时刻从中周旋,别让叶石生后退。

范睿恒身为省长,有许多话不方便说出,就算出于好心,也有可能被叶石生误解。毕竟作为省里的一二把手,权力上有太多重叠的地方,很容易被人误解为是在争权。

夏想连忙点头："我会及时多向叶书记汇报工作，而且现在产业结构调整到了关键时期，我相信以叶书记的政治智慧也不会轻易让步……"

范睿恒倒没有过多的表示，只是表情不太轻松地说："但愿如此。"

一时车内沉默。

夏想的目光投向窗外，九月初的季节，北方大地上一派秋收景象。田野里一片繁忙，农民正在收获花生和红薯，大片大片的玉米长势良好，正在度过最后的秋日时光。

夏想的心思有点恍惚，方方面面的压力真是层出不穷，还以为程曦学停止了论战会安静一段时间，没想到，转眼赵泉新又来视察燕省。处处都是利益之争，没有人肯放弃手中的一丝利益。

下了高速，夏想收回了心思。燕省的产业结构调整，虽然阻力重重，但星星之火可以燎原。他相信，由点及面的成功，会最终促成市场经济的健康发展，从而逐步打破各种不合理的垄断，寻找到更为合理的市场规则。

赵泉新的视察比想象中要快。

第三天，赵泉新一行数十人浩浩荡荡来到了燕省，以叶石生、范睿恒为首的燕省所有常委出面迎接。在例行的欢迎仪式过后，赵泉新和燕省一干常委举行了几个小时的闭门会议，随后，赵泉新突然提出要视察燕省产业结构调整领导小组。

按照原先的行程，并没有视察领导小组的安排。不过向来上级视察工作，总有兴趣所致改变行程的事情发生，叶石生只好让麻秋即刻下去准备，不料赵泉新却开口说道："不过是随便看看，不用特意提前通知了……"

麻秋只好站住，静等叶石生发话。

叶石生也清楚赵泉新突然造访领导小组的意图，尽管赵泉新来了半天了，在闭门会议时，也听取了燕省产业结构调整政策的执行情况，但他并没有发表什么意见，也没有冷脸冷面地提出批评。叶石生知道赵泉新的脾气，一颗心始终悬着，唯恐有什么闪失被他当面指责。赵泉新没有对燕省的产业结构调整发表什么看法，难道是要挑一挑领导小组的错？

更让叶石生心中忐忑不安的是，程曦学竟然随同赵泉新来访！

不过叶石生并没有如范睿恒担忧的一样，一有风吹草动就动摇。他已经打定主意，就算赵泉新提出什么批评意见，表面上接受就是了，至于是不是照办，他身为省委书记，还是有足够的自主权的。

叶石生让麻秋退下，亲自带路陪同赵泉新前往领导小组。

夏想听说程曦学作为随行人员,也在来访名单之中,心中不禁猜测起程曦学现身的目的来,是来燕省打探虚实,还是特意借赵泉新之威,上门刁难他来了?

背水一战

想起上一次中大会堂上的过招,程曦学当众打他的脸,他借人文主义的感慨,明是自说自话,实际上也是暗中狠狠地打还了回去,想必程曦学心中也十分愤恨。也是,毕竟是在人家的地盘上,是人家精心筹划的盛会,说到底,他是搅局者才对。

程曦学抱着亲自来燕省讨债的态度来找他的麻烦,也在情理之中。

夏想吩咐领导小组的全体成员,今天务必打起精神,埋头用心工作,不得有任何懈怠,否则有丝毫差错,一律严查。

夏想难得一脸严肃地发号施令,第一次发威,所有人都是心中一凛,没人敢有丝毫怠慢。

夏想本来有单独的办公室,但今天有单城市棉纺厂的改制问题要和彭梦帆商议,就到综合二处和彭梦帆面谈。上次彭梦帆为单城市棉纺厂设计了一个不错的思路,要和羽绒厂联合,以生产羽绒被和棉纺织品为主,采用前店后厂的方式,首先在单城市打开销路,然后再逐步打开周围地市和全省的市场。

经过一系列的前期运作,彭梦帆找来了资金,同时也说服了羽绒厂同意和棉纺厂联合。所谓联合,不过是羽绒厂吞并棉纺厂而已。本来一切已经谈妥,但在收购棉纺几厂的问题上,产生了纠纷。

单城市棉纺厂一共有六家,棉一到棉三最先破产,已经没有任何合作的价值,棉四到棉六都处于倒闭的边缘。棉四基础好,棉六厂房新,棉五虽然没有任何优势,但厂家和市里关系好,也想托关系让好事落在棉五,于是三家企业争执不下。

彭梦帆基本上排除了棉五,但在棉四和棉六之间,犹豫不决,就请夏想帮他做一个决断。

夏想就帮彭梦帆分析了一下棉四和棉六各自的优势,最后得出了结论,比较倾向于棉四。因为棉六的新厂房并无大用,而棉四不管是技术工人,还是整体设备,都比棉六有更大的利用价值。从为了羽绒厂不受拖累的角度和投资商的资金回报考虑,棉四是最佳的选择。

彭梦帆表示赞成夏想的决定。

正说话时，听到综合一处传来嘈杂的声音，隐约听到恭敬的问好声传来，夏想和彭梦帆对视一下，然后急忙起身赶往综合一处。

赵泉新个子不高，面相普通，不过双目之中不时流露出的威严显示出浓重的官威。他的身后跟着叶石生、范睿恒等人，再后面，站着一个夏想再熟悉不过的老朋友——程曦学！

赵泉新在综合一处的办公室里面，办公室不够大，所以不少人站在楼道中。夏想和彭梦帆赶到时，听到里面赵泉新正在发表讲话，于是在外面等候。刚站稳脚步，夏想就看到程曦学的目光投来，还冲他点头一笑。

夏想也不能失了礼貌，就还之一笑，说道："欢迎程教授来燕省视察，相信经过实地考察和走访，您会对燕省的产业结构调整政策有一个全新的真实的认识。如果方便的话，我愿意做东请程教授吃饭。"

程曦学摆摆手："感谢夏处长的盛情，不过我有工作在身，恐怕没有时间一起吃饭了，下次再说。再说你去京城，也可以找我，我们虽然在理念上有分歧，但不妨碍我们坐在一起吃饭和讨论，你说呢？"

"希望有机会再当面聆听程教授的最新心得。"夏想不卑不亢地回了一句。

"肯定会有机会，而且说不定，机会还多得是……"程曦学干笑了一声，还想再说什么，忽然里面传来了赵泉新的声音。

"曦学在哪里？"

程曦学冲夏想点头一笑，分开人群进了办公室。他刚进去片刻，就又听到叶石生的声音传来："夏想和彭梦帆在哪里？"

夏想忙和彭梦帆也分开人群，来到了办公室。

赵泉新站在正中，身边围着叶石生和范睿恒，程曦学站在旁边，一脸笑容地看着夏想。夏想和彭梦帆急忙上前毕恭毕敬地向赵泉新问好。

赵泉新打量了夏想几眼，和蔼地问道："你就是夏想？单从外表来看，也是一个比较帅气的年轻人。有帅气有朝气的年轻人，如果再有才气，那么就是天大的福气了。"

夏想只是恭敬地笑，笑容很谦逊，又不失坦然。

过了一会儿，赵泉新才主动伸出手来，一边和夏想握手，一边问道："听说你不请自来，在中大会堂和曦学当众辩论，并且取得了胜利？"

夏想不知道赵泉新的问话是责难还是随口一问，眼睛的余光看到程曦学在一旁一脸平静，而赵泉新的表情也看不出什么情绪，微一迟疑，就谨慎地答道:"其实我并没有和程教授辩论,程教授是国内有名望的教授,理论知识高深,我没有太高的理论水平,哪里有资格和程教授当众辩论? 不过是程教授在演讲时引用了我的一些事例,正好我也在现场,就上台说了两句。只是说了一些心里话,并不是特意要和程教授辩论,只是抒发一下心中的感慨罢了。"

"有感慨好,我们的干部就是太面具化了,太一个模式了,需要有年轻的干部打破陈规,勇于在百姓面前真情流露。干部也是人,也有七情六欲,每个人说话都是一个腔调一个口气,在老百姓眼中,张三就是李四,李四就是王五。我们一张嘴,老百姓就知道我们要说什么,是不是很无趣,很没面子?哈哈。"赵泉新握着夏想的手不放,说了这番话之后,又拍了拍夏想的肩膀,说道,"我很欣赏你引用的林则徐的一句话——苟利国家生死以,岂因祸福避趋之。如果我们所有的干部都有这样的决心和行动,我们还有什么事业不能成功? "

叶石生和范睿恒对视一眼,都从对方的眼中看到了惊奇。怪事,赵泉新好像对夏想还挺欣赏,他的举动大大出乎二人的意料。本以为赵泉新让程曦学随行,必然要是找回平衡,而且赵泉新向来以保守著称,他特意对夏想当众赞赏,是何用意?

夏想被称赞,不但没有沾沾自喜,反而心情更加沉重起来,因为他有不祥的预感,赵泉新刚才的话可能不是赞赏他,而是先抬高当成靶子,然后再将他摔下来……

果然,紧接着赵泉新松开夏想的手,语气一转,说道:"作为新时期的年轻一代的干部,不但要有会表演的一面,能够做实事、做正确的事情,才是最关键的一点。石生同志,产业结构调整是大计,是新兴事物,我看领导小组的同志都比较年轻,年轻人有激情有干劲是优点,但理论水平不高,经验欠缺,将产业结构调整的重任交给他们,燕省省委省政府能够放心吗? "

叶石生微一沉吟,说道:"领导小组组长由宋副省长兼任,日常工作由夏想同志主持,自从成立以来,各项工作开展得十分顺利,也取得了可喜的成绩。夏想同志虽然年轻,但工作经验丰富,也有一定的理论知识,省委省政府对夏想同志的工作是肯定的。"

叶石生的话相当于给夏想下了定论,而且还是力挺的态度。

赵泉新脸上没什么表情,只是淡淡地"哦"了一声,又说:"我一向认为,产业结构调整政策的出发点是好的,但如果运作不当,包括用人不当,或是执行的过程中力度不够,有偏差,等等,往往会好心办坏事。既然石生同志认为夏想同志是领导小组成员的合适人选,也有一定的理论知识,正好,曦学是中大的教授,同时也是国内著名的经济学家,就由他当着我们的面和夏想同志讨论一下当前的经济形势,以及燕省产业结构调整的得失,也好让我见识一下夏想同志的理论水平。听说当时在中大会堂,夏想同志就让在场的许多教授和学者信服,我也想亲耳听听夏想同志的口才……石生、睿恒,有没有兴趣听一听?"

没有兴趣也得假装有兴趣,至此叶石生和范睿恒才明白过来,赵泉新今天来了一手欲擒故纵。二人一齐看了程曦学一眼,心想恐怕程曦学是幕后推手,今天就是故意为之。当时在中大的会堂上没有达到目的,现在借来访之机,如果能当着众人的面将夏想问倒,不但报了当初的一箭之仇,也相当于打了燕省产业结构调整的脸。

只要夏想被程曦学问倒,恐怕就是赵泉新借机发作之时。叶石生和范睿恒明白了程曦学的连环计,都不约而同地看了夏想一眼。

夏想知道今天想要过关,只有硬上了。他和程曦学之间,确实有些问题还没有完全解决,当时在中大会堂,其实他是投机取巧,没有正面回答程曦学的问题,反而打了一张漂亮的同情牌顺利过关。程曦学是何聪明的人物,自然一想就通,所以才会大不服气,准备寻机找补回来。因为他自信还能找到夏想的漏洞,能将夏想反驳得哑口无言。

既然无路可退,只有迎难而上了,夏想微不可察地冲叶石生和范睿恒点了点头。

叶石生顺着赵泉新的话向下说:"既然您要考一考夏想,我们一起听一听也好。不过夏想毕竟不是经济学专业的人士,肯定有许多不足之处,程教授作为经济学界的领军人物,对于后生晚辈,要多提携鼓励才好。"

叶石生的话很明显是偏袒夏想,不让程曦学借机刁难夏想。

程曦学点头笑道:"叶书记过虑了,夏想虽然不是经济学专业人士,但他胸中有丘壑,在经济上也有自己独到的见解。我可不是考他,而是在考察了燕省的产业结构调整政策之后,有一些不解之处,想向他当面请教一下。"

都不好对付,都不肯退让。

赵泉新呵呵一笑:"瞧,曦学这么谦虚,是他的人品,也是夏想的福气。来,石生、睿恒,我们就坐下听听一老一少的对话,说不定今天的事情,以后还可以传为美谈。"

赵泉新好手段,程曦学也是好手笔。叶石生总不能当面驳了赵泉新的面子,就和范睿恒一起,一左一右坐在赵泉新身后。

夏想明白了程曦学的心思,京城决定暂停争论,程曦学一时间找不到可以攻击他的渠道。正好赵泉新视察燕省,程曦学就借机随行前来,当着众人的面,好给他一个大大的难堪!

对手逼上门了,夏想自然不能退缩,更不能有丝毫让步。他微笑着看了程曦学一眼,坦然地说道:"请程教授批评指正。"

宋朝度站在后面,目光落在赵泉新身上,又看了看程曦学几眼,脸上隐隐流露出一丝怒气。欺人太甚,他心中愤愤地想,夏想不过是一个二十七岁的年轻人,才做出了一点成绩,就被人如此打压,难道真是木秀于林,风必摧之?

恐怕这一切的幕后推手就是程曦学。

好个程曦学,还真有不罢休的精神,在京城落败,就想来燕省找回面子,也不知他真是为了追求真理,还是另有所图?就算作为先锋,程曦学表现得也太急功近利了一些。

古玉、方格和王林杰等人也看清了程曦学的意图,不由暗暗为夏想担心,并对程曦学以大欺小的行径深恶痛绝。

彭梦帆原本以为让他进来,是要听他汇报工作,没想到只是对方故意刁难夏想。他敢怒不敢言,站在夏想背后,小声说道:"我们都支持你,夏处长,加油。"

夏想此时和上次程曦学演讲的情况正好类似,占据了天时、地利和人和。

只不过他也知道打铁还要自身硬,有彭梦帆等人的支持是好事,但上一次他略胜一筹是因为程曦学被动应战。他当时突然出现,打了程曦学一个措手不及。

今天则完全相反,程曦学显然是有备而来。

眼下,夏想只有完全依靠自己才能过关,既没有了严小时的精彩开场,也没有范铮的盛气凌人,自己今天完完全全是背水一战。

程曦学确实是有备而来,他先定了一个基调:"各位领导,我今天也不是想和夏想同志论战,更不是想刁难他,只是我在研究国内的经济形势时,发现燕省的经济形势有许多亮点值得关注,而亮点就落在了产业结构调整上面。夏想同志又是产业结构调整的主导者,我有几点不明白的地方,想当面向夏想同志咨询一下,如果确实有可行之处,我会考虑将其作为经典案例列入我的授课科目之中……"

第一战——短兵相接

程曦学放低了姿态,是故意释放迷雾,让叶石生和范睿恒放松警惕。

叶石生和范睿恒在官场沉浮几十年,什么样的人物没有见过?程曦学放出的烟幕弹对他们几乎没有任何影响。叶石生没有说话,范睿恒却冲夏想微一点头,说道:"小夏,程教授的谦虚是程教授的美德,你是后生晚辈,又不是经济学的专业人士,有不懂的地方不要乱说,要向程教授请教。"

夏想明白范睿恒的暗示,是让他宁可不说,也不要说错,落了程曦学的口实,因为毕竟有赵泉新在场,弄不好就是大事件!

夏想很清楚这是范睿恒对他的爱护,就感激地点了点头。

"上一次在中大会堂,夏想突然出现让我吃惊不小,不过更让我遗憾的是,他还没有解答我心中的疑问就溜之大吉了,因为我还打算请他吃饭来着,呵呵……"程曦学特意选择了一个轻松的开头,试图带动现场的气氛,只是让他失望的是,没有一个人响应他的笑话,他只好尴尬地咳嗽一声,又说,"燕省的产业结构调整到目前为止,取得了可喜的成绩,我本人对此也感到十分欣慰。不过我也发现其中有一些小问题,就想请问夏想同志,你对单城市的文化旅游项目赢利前景如何看待?目前国内的旅游市场还不完善,单城市在国内的知名度又不高,贸然投资几亿元兴建一个文化旅游宫,会不会是一场雷声大雨点小的闹剧?如果不能赢利,那么文化旅游项目虽然为单城市拉来几亿元的投资,但最终却是一个无人问津的下场,岂不是虎头蛇尾?对于产业结构调整来说,有了投资就算成功,但对于投资商来说,承受了巨大的失败,又是怎么样的心酸?"

夏想听了暗暗发笑,程曦学也学聪明了,居然也像模像样地站在投资商的角度思考问题,并且打出了同情牌。不过他学得还不够好,因为他虽然打的是同情牌,却没有流露出足够的同情心。

"是投资就有风险,任何一个成熟的投资商,都不会轻易投出他的每一分钱,对于文化旅游宫的赢利前景,我想投资商比我也比程教授更有赢利的信心。从政府的角度考虑,说服投资商投资,并且做好政府应做的工作,比如前期准备工作,比如各项优惠政策,再比如安排人力物力为投资商制造各种有利条件,等等,政府的工作就到此为止。以后如何经营、如何赢利是投资商的事情,政府无权干涉。"夏想先从政府和企业的关系上反驳了程曦学的观点,等于直接批驳了他不必要的担心,紧接着又说,"如果政府过多地干涉企业的经营,就回到了从前政企不分的局面,那就不是产业结构调整和企业改制了,又回到了起点。所以说,程教授,投资商以后是不是赢利,归根结底是投资商的事情,全看投资商如何经营如何向市场要效益,而不是政府应该操心的问题。如果政府都去帮助企业经营,政府就不是政府,而是董事会了。"

"呵呵……"

叶石生带头笑了起来,连连点头表示赞成。

"话虽这么说,但只有保证投资商的利益,才会有后续的资金投入,才能保证产业结构调整政策的连续性。我想夏想同志肯定也有长远的打算,而且每运作一个项目,肯定也会考虑到市场前景。文化旅游项目的前景我一直看不太清,找不到赢利点,还请小夏同志为我解答疑惑,也好让我增长见识。"程曦学依然不依不饶地追问,大有不达目的誓不罢休之势。也是他看到夏想避重就轻地回答问题,认为夏想肯定是有前手没后手,就想将夏想逼到墙角,退无可退之时,看他如何作答。

夏想似乎还真是无法回答了,竟然迟疑着不说话。

众人都紧张地看着夏想,心想千万别被程曦学问住,否则占据了主场优势还被人打败,传了出去,就真的丢人丢大发了。

好在夏想也没让大家久等,他只是迟疑了几秒钟,又笑了:"其实在筹备文化旅游项目之前,我已经和单城市委市政府有过一系列的接触,当时就已经找到了赢利点。后来在和投资商接触时,也是根据我们分析出来的赢利点,说服了投资商。只不过虽然我们得出的结论不是什么商业机密,但也算是经过详细的市场研究才得出来的,来之不易。本来我不想透露出来,不过既然程教授非想知道,我就勉为其难地说出来。但要事先声明,程教授如果把它当成一个成功的案例去给学生们授课的话,可要记得我的好,等我去了京城,要请我吃饭才行。"

范睿恒首先呵呵笑了起来:"对,毕竟是小夏的劳动成果,程教授身为知名的经济学家,直接拿走的话,太不厚道了,可要记得给小夏好处。"

范省长一发话,众人都笑了起来。赵泉新虽然两次被叶石生和范睿恒抢了话,心中不快,但眼下并不是什么正式场合,计较太多的话,反而显得他小气,只好隐忍不发。

夏想的话轻松之中又有调侃的味道,实际上还没有说出答案,就已经向程曦学表明他的答案一定正确,是自信十足的表现,正是典型的夏想式的先入为主的风格。程曦学隐隐有些不快,但他身份又高,又是主动相问,不好表现出明显的不悦来,只好置之一笑:"当然,如果夏想同志的说法确实可行的话,别说请他吃饭了,我还要将他的思路写进我的教材……不过有个前提,要首先说服我才行。"

夏想点头一笑,说道:"其实当初想到文化旅游的项目,第一个重要原因是单城市作为当年赵国的都城,确实有着悠久而灿烂的文化遗产,在国内也找不到同样一个产生了二百多个成语的城市,可以说在国内有着独一无二的优势。当然,如果仅仅因为这一点还不足以做出文化旅游的重大决定,最终促使我们下定决心借产业结构调整的东风,推出成语故事,带动文化旅游的是,根据目前国内的形势分析得出了一个结论——随着居民生活条件的提高,老百姓对旅游的热情越来越强烈。而且有迹象表现,国家有关部门在不久的将来应该会推动相关振兴旅游的政策。"

此话一出,赵泉新顿时动容。

因为赵泉新十分清楚京城中关于振兴旅游的讨论,已经进行了大半年时间,经过无数次激烈的争论之后,才基本上达成了共识,有望于年底或明年年初推出振兴旅游业的相关政策。但目前还处在严格保密的阶段,也就是说,夏想不可能通过熟人渠道知道此项政策即将出台。国家政策的保密措施赵泉新还是心中有数,也有足够的理由相信不会有人提前透露消息给夏想。

而且按照时间推算,在文化旅游项目刚上马的时候,京城还没有就振兴旅游政策的出台达成共识,夏想不可能未卜先知。只一个可能,就是夏想确实对国内旅游市场有敏锐的眼光和不凡的前瞻性分析!

果真如此的话,夏想还真是一个了不起的年轻人!

程曦学对夏想的自信和侃侃而谈不以为然,向赵泉新投去了疑问的目光,却见赵泉新眼中流露出肯定的神色,不由吃了一惊,心想夏想一个小年轻,怎么可能对国家的政策把握得如此准确?就连他一直也不太看好国内的旅游市场,认为至少还要经过十年的沉淀,国人才有足够的金钱和时间去享受休闲的旅游时光。

随即又想到即使国家出台振兴旅游的相关政策,单城市的文化旅游也未必可行,就继续问道:"文化旅游是一个大而空的概念,恐怕短时间内不好被市场接受。乐观地讲,就算国家出台相关的鼓励政策,消费者不买账也没有用,是不是?夏想同志,你是不是有点盲目乐观了?文化旅游的相关项目,在国内有没有可以借鉴的经验？"

显然，程曦学是想让夏想列举两个成功的例子来说服大家。

实际上夏想没有必要向程曦学汇报工作，但因为有赵泉新坐镇，而程曦学又打的是学术讨论的幌子，最关键的一点是，他还装模作样地拿出一个小本本，假装要认真记录的样子。姿态之低，让人挑不出任何毛病。而且他语气和善，笑容满面，任谁也不能将他的举动和打压夏想联想在一起，不知道的人，还真以为他是虚心好学有谦虚作风的教授。

也怪程曦学将自己抬得太高了，眼中只有国家大事，动不动就将他的理论研究上升到国民经济的高度，很少将眼光放到地方政府。即使偶尔将目光投到地方上，也多半是关注南方的经济大省，对于燕省的关注，反而很少。如果不是因为燕省要推行产业结构调整，程曦学甚至对燕省这个离京城最近的省份的经济规模和现状，都缺乏足够的了解。

他问出了上面的话，在夏想听来就不得不笑他一笑，对于燕省的了解，程曦学还真的只是连略知一二也算不上。他抓住文化旅游项目的前景不放，却没有系统地研究一下燕省的旅游市场，不是他的疏漏，而是他犯了许多人都会犯的错误——明察秋毫之末，而不见舆薪！

刚才赵泉新眼中的惊讶夏想也看在眼里，知道在大的方面他推测对了，眼下只需一个小方面的举例了，就点头说道："程教授还真是说对了，远的不说，就是燕省也有两个打着文化旅游的旗号获得不小成功的先例。第一个就是清西陵。清西陵不过只有几百年的历史，也没有多少浓厚的文化底蕴，而且只不过是几个满清皇帝的坟墓，说白了，和各地修建的烈士陵园没什么两样。当然，封建社会遗留的坟墓不能和我们的烈士陵园相提并论，但正是这样一个埋葬着最后的封建王朝遗骸的坟地，因为打出了文化的旗号，每年也吸引了不少游客前来观光……我只提清西陵，另一个清东陵就不再多说了，接下来还要说说另一个更成功的例子……"

夏想面对众多高高在上的领导，一点也不怯场，反而条理分明地和当今顶尖的经济学家辩论，不说别的，光是这份魄力就让在场所有人暗暗赞叹。

程曦学听了夏想列举的清西陵和清东陵的例子，心中一惊，不由暗暗懊恼怎么只顾着挑剔夏想的过错，没有真正埋头去研究一下燕省的文化旅游市场，犯了一个不大不小的失误。再细心一想，也是他近来只顾着向上走向上看，根本没有太多时间真正地用心去做学问，有所疏漏也在所难免。

夏想列举的第二个例子是避暑山庄："作为皇家的庭院，避暑山庄现在成了德泽市的市民公园。其实,作为德泽市最负盛名的旅游胜地,避暑山庄说实话和各地兴建的公园没有多大的不同。但因为号称是皇家园林,就身价倍增,门票高达五十元一张,年收入过亿,成为经济落后的德泽市的唯一亮点。"看了看程曦学不太甘心的表情,夏想并没有什么同情心,谁让程曦学一而再再而三地找他麻烦。找他麻烦也就罢了,所提的问题还有明显的疏忽,不是故意让他借机好好反驳一番吗?

"避暑山庄不过只有三百年的历史,要说文化底蕴,并没有什么可以炫耀的地方,不过因为清朝是离我们最近的一个封建王朝,才吸引了不少人的目光。中华民族的文化传统发源于中原一带,单城市是燕省历史最悠久也是文化底蕴最深厚的城市。况且单城一地就产生了影响深远的二百多个成语,推广文化旅游不仅有广阔的市场前景,而且还有可以预见的社会效益。如果能够借此唤醒我们的民族自豪感,让我们不再沉醉于所谓的皇家园林的浮华和对封建王朝坟墓的缅怀之中,我想对于振奋民族精神,也是大有裨益。"

"说得好,好一个振奋民族精神。"让众人都想不到的是,夏想话音刚落,最先叫好的居然是赵泉新。

赵泉新站了起来,一脸严肃地说道:"夏想同志讲得很好,有些同志抱着一些传统僵化的思想不放,总是爱拍一些辫子戏,表面上嘻嘻哈哈哭哭笑笑挺热闹,实际上潜移默化之中,会给社会带来许多不良的影响。我强调过多次,可惜收效甚微……"

夏想没想到刚才的话说到了赵泉新的心坎上,也算是意料之外的收获。

不过赵泉新可不会因为和夏想有共同语言,就忘了他的根本目的,他话一出口,又立刻坐下,说道:"你们继续,我继续旁听。"

但因为有了赵泉新的注脚,而且夏想所举的例子也确实翔实,程曦学只好认输:"夏想同志的说法还是可信的,我要感谢你的耐心回答。我还有一个有关单城市的疑问,想请夏想同志解答一下。"

程曦学真够有耐心的,贼心不死,纠缠不休,夏想也是耐心十足,微笑说道:"请讲。"

"单城市棉纺厂破产了三家,还有三家濒临倒闭,也有可以改制的基础,请问夏处长,为什么产业结构调整政策没有惠及最应该扶植的棉纺厂?"程曦学旧事重提,显然上一次夏想没有正面回答他的问题,让他念念不忘。

夏想故意一愣,然后饶有兴趣地反问:"谁说没有对棉纺厂进行改制?程教授的问题,有点奇怪。"

程曦学是真愣住了，惊问："棉纺厂怎么进行改制了？"

夏想笑道："其实早就着手开始了，不过因为棉纺厂问题比较多，涉及面复杂，所以前期工作做得长了一些……棉纺厂的改制工作一直是彭处长在负责，程教授有兴趣的话，可以由彭处长具体为你解答。"

第二战——乘胜追击

程曦学真正关心的并不是棉纺厂的改制问题，而是想通过他的问题来证明夏想的眼光不行，从而间接起到打击燕省产业结构调整的作用。一听棉纺厂的改制已经开始，吃惊加遗憾之余，哪里有心思再听什么彭处长的解答，但又不好表现得过于明显，只好含糊地说道："棉纺厂的改制是一步好棋，因为棉纺厂是老旧国企的代表，如果改制成功，就有非同一般的广泛性和代表性……等我有时间再和彭处长探讨一番，眼下还有问题要和夏想同志讨论。"

夏想见程曦学还是不肯善罢甘休，也好，今天当着诸多重量级人物的面，就提前将最后的决胜局摆在领导小组的办公室里，也算是一次意义深远的胜利。

程曦学继续发问："单城市的复印机厂、将台酒厂，以及宝市的太阳能中小企业、蓄电池厂，都有非常广阔的前景，我想问问夏想同志，是出于何种考虑没有将以上企业的改制纳入计划之中？产业结构调整是方针大计，主导之人不但要有高瞻远瞩的目光，还要有切实可行的计划，以及让人信服的能力。否则空有一腔激情和热情，有时因为眼光不准能力有限，反而会收到适得其反的效果。比如不该改制的企业费尽力气改制，也不见得有多大的成功；有改制前景的企业被排斥在外，只能望之兴叹。好的政策其实是一把双刃剑……"

程曦学的暗示不可谓不明显，在场的人都没有经历过中大事件，没见识过程曦学对夏想的冷嘲热讽，现在听了程曦学的话，个个气得不行。不过夏想已经习惯了程曦学的敲打，表现出一副若无其事的样子。

赵泉新插话说道："曦学说得对，好政策只有有能力的人去具体执行，并且真正本着公平公正的态度去贯彻去实施，才有可能真正做到造福于民。如果交到一个目光短浅或是能力有限的人手中，说不定还会带来不良后果……夏想同志，如果你能通过程教授的考验，我就可以借此判定你是一个合格的产业结构调整政策的执行者。如果通不过的话，是不是要考虑一下该如何努力去提高自身的理论水平和政治能力？"

赵泉新的话半正式半随意地说出来,让人看不透他的真正意图。但这话的分量很重,相当于给燕省省委省政府施压。意思是,如果夏想接了他的话,叶石生和范睿恒就无路可退了。

　　只要夏想开口答应下来,叶石生和范睿恒只有顺水推舟接过赵泉新的话。但如果夏想不答应,就显得有点不识时务了。好厉害的杀招,前有程曦学在学术讨论上步步紧逼,后有赵泉新拉着叶石生和范睿恒助阵,今天的决战局,还真是险象环生,危机重重!

　　当着赵泉新的面说出来的话,绝对没有收回的可能。夏想知道,他不开口还行,一开口,就相当于上升到了政治的高度。事情的最可笑之处还在于,程曦学明明是个政治人物,却打着学术的名义对他进行倾轧,还有一个冠冕堂皇的学术探讨的借口。有些人的水平真是厉害,想要置人于死地,也有足够的光明正大的手段。

　　夏想现在是退无可退,程曦学为了报上次在中大会堂的一箭之仇,今天是下足了血本。如果今天不能在正面交锋之中彻底打败程曦学,他以后必然还会寻找各种机会来找麻烦,要找回所谓的公道。夏想想到即将播出的将台酒厂的广告,和已经签订了协议的太阳能合资项目,心中升腾起一股决战的火焰。

　　夏想恭敬地对赵泉新、叶石生、范睿恒一一点头致意:"各位领导,我并没有系统地学习过经济学的理论,但我的观念是,未必有高深的理论就有实干的能力。否则将全国各大院校的教授按照他们的专业,系统地分配到各地的政府机关和部门之中,难道会让我们的社会主义事业大步前进几个阶梯?理论高于实践,但理论只有结合实践,才能验证出理论是空中楼阁,还是真正有用。程教授作为国内有名望的经济学家,他的理论知识高深,我自认在理论水平上面和程教授相差太远。但我自信我主导的单城市和宝市的几个改制项目,做到了理论和实践的高度统一,也符合市场经济的发展规律。在此,我愿意接受程教授的任何疑问,也尽可能努力做到翔实的回答,并且接受您和叶书记、范省长的监督。"

　　赵泉新回头看了看叶石生,一脸不快地说道:"夏想这个小同志,还是挺有个性的嘛。"

　　叶石生笑道:"小夏同志虽然多多少少有点小缺点,但总体来说还是一个好同志。"

　　范睿恒也笑了:"年轻人有个性是好事,其实小夏同志一直比较稳重,有着和年龄不相称的成熟,省委省政府对他还是比较放心的……"

如果说叶石生对夏想的维护比较含蓄,还保留了一份身为上级领导应有的矜持的话,范睿恒的话就是对夏想高调的毫不掩饰的爱护了。

赵泉新也早有耳闻,听到燕省的一二把手都对夏想比较偏爱,他还不大相信,心想一个处级干部,能有一个副省长偏爱就不错了,书记和省长都对他另眼看待,怎么可能?

不想刚刚敲打了夏想一句,就有书记和省长先后表态,原来传闻还确有其事。

这个夏想,还真有一点意思了。

程曦学努力了半天,还没有拿下夏想,赵泉新不由对夏想高看一眼,心想这个年轻人还真不简单,被程曦学问不倒,被书记和省长双重偏爱,看来,也确实有点真本事。

赵泉新意味深长地看了范睿恒一眼,没再说话,挥了挥手,让程曦学和夏想继续。

夏想郑重地答道:"程教授在不同场合多次说过相同的话,在对燕省的产业结构调整政策质疑的同时,也对我个人的能力表示怀疑,对程教授的态度,我深感遗憾。程教授对产业结构调整政策有误解,或是有不同的看法,可以理解,但对我个人有偏见,就让人很不理解了。俗话对事不对人,程教授身为堂堂的中大教授,又是国内知名的学者,对我一个无名小辈接二连三地进行攻击,个中原因十分让人费解,并且也让人对程教授的名望感到失望!"

夏想没有先回答程曦学的问题,而是当着赵泉新和叶石生、范睿恒的面,直接抛出了一枚重磅炸弹,直指程曦学的人品和修养。

话一说完,所有人都一脸震惊,不可思议地看着夏想,不约而同地想,夏想一向很少动怒,今天怎么失态了,当着赵泉新的面说出了这么激进的话,他到底怎么了?

夏想当然不是真的失态,而是假装发怒,也是借机发作,要给程曦学一个教训。被程曦学追打了多次,以前一直尊他为当今有名望的学者,不愿意当众打他的脸。但今天被他的手段逼到了绝路上,实在忍无可忍,再不还手,会让他觉得自己脾气太好了。在京城欺负完后,还要来到家门口再欺负一顿,然后还想借赵泉新的权威,压得自己服输,最后还想若无其事地走人?

世界上哪里有这么便宜的好事!

赵泉新不动声色,叶石生和范睿恒对视一眼,也没有表态。程曦学先是一脸错愕，随后又摇摇头，严肃地说道："夏想同志误解我了，我确实一直是对事不对人，不过主要是你太能干了，产业结构调整之中的几件大事都有你的身影在内，我只要举例说明，就得拿你说事。如果你觉得我在举例的过程中，有误导的嫌疑，我在此向你郑重道歉。"

程曦学也是厉害，有涵养，有手段，及时放低了姿态，立刻就化解了夏想的攻击。

夏想也没指望一番话就能让程曦学折服，只是想借机敲打他几句，让他知道自己也有发威的时候，夏想就又笑了说："既然程教授这么说，我相信就是了。刚才程教授提出的几个问题非常好，可见您确实不愧为国内顶尖的经济学家，对燕省的产业结构调整政策，果然有过深入研究。我不得不说，程教授您的看法，和我还真是惊人的一致。我的意思是说，如果由您亲自主导领导小组的工作，说不定能做得比我更好。"

夏想的话就多少有点调侃的意思了。

程曦学不笑，反问："我倒是第一次听你说我们的看法一致，具体说来听听。"

"单城市的复印机厂在产业结构调整政策推广之时，曾经第一时间进入了我的视线。就和程教授所说的一样，确实初看之下大有改制的必要，似乎在引进资金和先进的技术之后，就会焕发生机。不过经过对市场的详细研究和分析，我们领导小组得出了结论，国内的复印机行业，无论是技术还是创新，都竞争不过国外同类品牌。市场经济就是优胜劣汰，并不是每个国家要在每个行业都占据优势，不现实，也不可能。最后通过和光汉复印机厂家的交流之后——对了，此事主要由王林杰和方格同志负责——认清了当前形势，光汉复印机厂决定改变策略，以生产整机转变为生产耗材，并且已经和德国相关企业进行了接触，准备引进最先进的墨粉生产线……"夏想早有准备，滔滔不绝地说出了既定的最佳方案，"还有，程教授最关心也是最在意的国有品牌丧失问题，光汉厂家在和德国厂家初步签订的协议已经注明，要保留控股权和品牌使用权，程教授大可以放心了。另外再补充一句，领导小组指导并主导单城市和宝市的产业结构调整，是针对没有找到方向和资金的企业。也有一些企业自我生存能力很强，早就做好了迎接市场大潮的准备，我们会非常尊重他们的选择，并且给予及时的帮助。并非所有的企业都在我们的主导下进行改制，这一点请程教授一定要牢记！"

程曦学被夏想的话反驳得脸色变化几次，终于感觉到脸上隐隐发烧。

夏想却不给他喘气的机会,继续说道:"将台酒厂的改制已经完成,先期一亿的资金已经注入,并且策划好了一系列的宣传方案,只等时机一到,就会全面推向市场,还市场一个耳目一新的将台酒。程教授果然有眼光,刚才第二个项目就提到了将台酒,和我的思路不谋而合,看来,程教授对燕省产业结构调整的政策了解得非常深入。我建议叶书记和范省长可以邀请程教授来燕省,为我们领导小组的成员上课,系统地讲解产业结构调整政策的可行性和必然性……"

叶石生和范睿恒听了,再看到程曦学被夏想呛得说不出话来的窘态,都会心地笑了,叶石生甚至还点头说道:"我现在就可以向程教授提出邀请,如果程教授能够在百忙之中抽出时间的话。"

说完,叶石生也不等程曦学表态,伸手做了个姿势,让夏想继续说下去。

"宝市的蓄电池厂其实现在效益很好,用不着改制,而且生产能力还没有饱和,完全可以适应市场的需要,现在改制就是有点拔苗助长了。当然,效益能够提升自然最好,或许程教授忘了万里汽车厂的合资了。万里汽车厂引进合资之后,产能提升了许多,因为产量提高了,作为汽车的配套产品蓄电池的需求量也增大不少,由此也带动了蓄电池厂的产能。所以程教授看待问题时,如果能多方思索,转变一下思路,或许可以由此及彼,由简单到复杂,看到许多产业之中的相辅相成之处。再研究市场经济时,就能由小到大,由点到面,不但得出的结论更真实,也会减少不少失误。"夏想不忘提点程曦学几句,也确实是程曦学只见森林不见树木,只从大处着眼,却没有从小处入手。也是许多自以为高深的专家常犯的毛病,用一个词总结就是——眼高手低。

"还有一个好消息也可以透露给程教授,因为谈判已经进入到最后阶段,基本上就要签订协议了,所以也不算是泄露商业机密。万里汽车厂和京城的现代汽车厂进行了谈判,现代汽车厂决定和万里汽车厂合资在宝市兴建一座配件厂,投资额会在十亿人民币左右。出于整合资源的考虑,万里汽车厂决定收购蓄电池厂作为配件厂的一部分。"反正夏想想要的结果,一是今天一举战胜程曦学,二是推动燕省第二波产业结构调整的高潮。当着赵泉新的面,向叶书记和范省长作一次系统的工作汇报,也省去了以后再分别向二人汇报的麻烦,可谓一举数得。

"所以说产业结构调整是一个系统工程,并不是单独存在,不能只看到一个万里汽车厂的合资,而看不到因为万里汽车厂的产能提高和销量大增,由此带动了多少相关下游产业的产能。程教授如果在研究经济理论时,能够将目光多投向一个产业及其配套的产业链之间的复杂关系上，就会明白有时候挑选优先的改制企业，也是一件不容易的事情，要综合多方面的因素考虑，不仅仅是经济上的，还有政治上的，等等……"

夏想微一停顿，看了程曦学一眼，决定乘胜追击："往往是，理论研究上看似非常容易，实际实践起来，却是困难重重。理论有时毕竟只是空想，空想落不到实处，所以随便怎么想都可以。但如果程教授真的亲身参与其中，就会深切地体会到做实事做大事的艰难，和理论研究完全是两回事。如果再有方方面面的阻力，比如有学术界的质疑、别有用心者的攻击，每前进一步，都要付出许多难以想象的代价！"

第三战——肺腑之言

程曦学涨红了脸，憋了半天，最后心有不甘地说了一句："夏想，你是不是连太阳能企业的前景，也早就有了思路？"

夏想心满意足地笑了，和程曦学过招数次，还以为他是不动声色的高人，现在终于见到了他面红耳赤不甘失败的样子，心想你不是一直想要正面回答吗？好，今天我就全部给你正面回答，任何问题都不逃避，都不避重就轻！

"不错，程教授目光如炬，一眼就看出了我的想法，真是厉害。现阶段宝市针对十几家太阳能中小企业已经化零为整，并且整合成了一家中等规模的太阳能公司，同时，还和美国最大的太阳能公司——最日光公司签订了合资协议……我想想，就在前两天刚刚签约，是最日光的总裁迈克先生亲自飞到宝市签订的协议。我当时还和迈克先生共进了午餐，怎么，程教授没有从外经贸部听到消息？"夏想的语气轻松而诙谐，在场的人都强忍住笑，如果没有赵泉新在场，恐怕众人早就笑个不停了。

众人也是第一次见到夏想谈笑间将一个国内极有名望的教授说得哑口无言，每一句话都让程教授的脸色加重一分，仿佛一支支利箭，毫不留情地射中了程教授忐忑不安的内心。而刚才还胸有成竹一脸镇静的程大教授，如今虽然不能说是面如死灰，但也算是一脸灰白，手中的小本本也合了起来，仿佛已经站立不稳一样。

方格假装好人，伸手扶了程曦学一把。程曦学正是心力交瘁之时，被人一扶，下意识地想要依靠。不料刚一放松身体，身后扶他的手就突然消失了，他一下收势不住，不由自主地向后退了两步。

王林杰见状忙伸手扶住程曦学，关切地说道："程教授年纪大了，站得时间长了，脑部有点供血不足，休息一下就好。方格，快给程教授搬一个椅子坐一坐。"

程曦学以为刚才戏弄他的人就是王林杰，不由恼怒地推了王林杰一把，又向前迈了一步，底气十足地说道："夏想，你既然把一切工作做得十分到位，为什么在中大会堂上避而不谈，是不是故意要我？"

夏想一脸惊讶地说道："这就是怪事了，程教授的话我就不理解了，我不是学术界的人，没有必要拿燕省产业结构调整的具体工作去作学术汇报。如果是工作汇报，应该向叶书记和范省长汇报才对，既不用在中大会堂向在座的专家学者汇报，也更不用向程教授汇报，对不对？再说毕竟还涉及商业机密，不管是出于哪一方面的考虑，我都不能随意透露。程教授是堂堂的中大教授，是有名望的学者，怎么会想不到这一点呢？"

程曦学被夏想呛得说不出话来，只觉得气血上涌，差一点又站立不稳。

他苦心经营了一切，先是在中大会堂被夏想的意外出现搅局，事后一想夏想不过是避重就轻地回答了问题，显然也是既无才华又无能力，只是有些小聪明，所以才能勉强过关。他就想借赵泉新视察燕省之际，彻底将夏想打败，一是报在中大会堂上的一箭之仇，二是为产业结构调整政策的论战画一个圆满的句号，也不至于显得他太过无能。

没想到，万万没有想到，夏想当时避重就轻地回答问题，并非是既无能力又没有才华，而是故布迷阵，有意为之，给他设下了一个天大的陷阱。而他还自以为是地认为夏想无能，还想在众人面前，打夏想一个落花流水，却原来是一厢情愿的痴心妄想！

夏想不但有反击之策，还将所有的事情都做到了前头，暗中布置妥当，只等他一张口提问，就逐条反驳。不但将他辩驳得无言以对，还在话里话外冷嘲热讽，相当于他主动伸脸过去，让夏想当众打得啪啪直响！

想到一世英名毁于一旦，想到回去之后无法向背后之人交代，想到他苦心经营无数年才有了一个真正走进核心圈的机会，却被夏想谈笑间毁灭。程曦学只觉得一阵阵气血翻滚，胸口发闷，身子摇晃之下，终于坚持不住，一屁股坐在了椅子上。

坐下之后，他觉得头脑又清醒了一点，但心中的怒火再也压制不住，无所顾忌地喷发出来："夏想，你欺人太甚！你明明已经布置好了一切，却在面对我的提问之时,再三地逃避不答,故意让人以为你年轻冲动,没有才能。你年纪轻轻却如此心机深沉,等你爬到了高位之后,绝对不是国家和百姓之福! 你肯定是一个只会玩弄权谋的官僚!"

如果说先前程曦学还戴了学者的面具,要文攻不要武斗,还端着专家的架子和教授的面子,现在恼羞成怒之下,故意在赵泉新和叶石生、范睿恒面前说出了毁夏想前途的话,就是撕下了伪装,赤膊上阵,真正地和夏想肉搏了。

所谓的专家学者,在理屈词穷之下,也和平常人没有两样,一样是急赤白脸地乱咬一通。

程曦学的话一出口,赵泉新顿时动容,心想好一个泰斗学者,到底是做学问久了,难道做傻了,还斗不过一个才在官场混了几年的夏想? 败就败了,大不了以后再还回来就是,却当众说出了大犯官场忌讳的话。这样一来,丢脸的是程曦学,面上无光的是他,而且接下来他也不能再拉下脸面敲打燕省几句了!

叶石生和范睿恒对视一眼,都从对方的眼中看到了怒意。不过是一个狐假虎威的学者,竟当着众多重量级人物的面,诋毁夏想的前途,太过分了。夏想是燕省的官员,他的前途就是赵泉新也不会轻易表态,你不过是一个游离于学术和政治之间的人物,就敢如此大放厥词,简直是不可理喻!

夏想也被程曦学赤裸裸的攻击激怒了,他一直顾及赵泉新在场,没敢说太过头的话,也看在程曦学毕竟是中大教授和当今著名学者的面上,不想让程曦学大丢脸面。不承想程曦学恼羞成怒之下,竟然口出狂言,夏想积攒了许久的怒气终于爆发出来。

"程教授,不敢劳您的夸奖,也不敢苟同您的断言。您是国内有名声的教授,一向自封为学术界的泰斗,我对您也一向敬重有加,从来不敢去猜测您的人品和品行。就连您主动在媒体上挑起论战,我也强迫自己去相信您确实完全是基于学术上的争论,是公心,也是本着为国为民的想法,想让产业结构调整政策制定得更完美,执行得更严格。因此,我在报纸上回应您的文章时,也一直怀着恭敬的学习的想法,明着是和您争论,实际上是向您表示敬意!

"只是让我万万没想到的是,您的文章观点越来越激进,由开始时温和的争论,转变为后来指名道姓的攻击。至此,我就在想或许程教授是为了让观点更真实,论据更充分,所以才提到了燕省,才提到了我的名字。我当时还很惊讶,我不过是一个无名之辈,能被程大教授注意到,真是难得的荣幸。平心而论，当时不免还有些沾沾自喜。

"但不幸的是，在我无意中到了中大会堂，不小心听到程大教授的演讲。我才发现，程大教授不仅仅对燕省的产业结构调整非常不满，对我本人也是颇有微词，而且还在演讲中数次点名，暗指我的人品和能力有问题。身为后生晚辈，我不愿也不想去猜测程教授究竟是出于什么目的要对我进行诋毁。我既没有得罪程教授，也和您老人家素昧平生，您老人家有放眼天下的目光，却容不下一个小小的夏想，到底是哪里出了问题？

"直到今天，在此时此刻我才明白过来，原来程教授对我的不满，对我的横加指责，全部来源于我主导之下的领导小组，在推广产业结构调整的过程之中，取得了一点点微不足道的成绩。因为按照程大教授的预言，按照您的理论学说，产业结构调整不符合现阶段的国情，是必然要失败的产物。可惜的是，燕省的产业结构调整没有如程教授所愿失败了，反而路子越走越顺，成绩越来越突出，就相当于当众打了程大教授的脸！因为在程大教授的眼中，燕省的产业结构调整只有失败了，才能显示出您的正确性、您的高瞻远瞩，才能符合您的泰斗身份的预言！

"您作为一位名气很大的教授，在对我的指责未能如愿之后，就气急败坏地对我进行人身攻击，还诋毁我的前途。至此，我算是彻底看清了您在专家教授的面具之下的本来面目——自私自利，伪善之极！因为您不是本着客观严肃的立场做学问，也不是站在学术的眼光看待产业结构调整，而是不遗余力地要对产业结构调整政策进行攻击和棒杀。只是在您没有如愿的情况之下，您从京城追到燕省，不顾堂堂教授之尊，对我进行穷追猛打。我夏想何其不幸，和您素不相识，却被您一直想置于死地而后快。请问程教授，以您的名望和身份，对我进行口诛笔伐还不够，还要亲自跑到燕省来当面打压，现在结果不让您满意，您又急赤白脸地给我下了另外一个结论，说我不是国家和百姓之福，我现在就可以郑重其事地告诉您，程大教授……"

说到最后，夏想不免有些激动，他直视程曦学的双眼，一字一句地说道："我从坝县到燕市的城中村改造小组，再到安县担任了两年的副县长，现在又在燕省产业结构调整领导小组将近一年。我每到一处，不敢说为国为民作出了多么巨大的贡献，但我可以当着大家的面，掏心掏肺地说一句心里话，我夏想尽我所能为国为民，绝无私心。我可以请程教授到我工作过的地方走一走，问一问，看看有多少人说我夏想是贪官，说我是只说假话不办实事的官僚！如果有,我甘愿接受组织的任何处罚!"

最后,夏想感慨万千又掷地有声地说了一句:"而您,程大教授,您的所作所为让我明白了一个道理,就是名声和名望之间虽然只有一字之差,但有名声的人未必有名望,两者之间的距离是天渊之别!"

最后一句话,相当于狠狠地朝程曦学的脸上打了一记格外响亮的耳光!

程曦学坐在椅子上,张了张口,说不出话来。他努力扶着桌子想站起来,却站不动。他一脸沮丧、屈辱、悲哀、愤懑、无奈还有羞愧,无数种复杂的情绪一起涌上心头,却全部堵在胸口,发作不得。他只觉得眼前一阵阵发黑,差一点支撑不住昏倒过去。

沉默,长达数秒钟的沉默。如果不是有赵泉新在场,早就爆发出雷鸣般的掌声了。但赵泉新一脸怒气,叶石生和范睿恒也是一脸凝重,所有人都大气也不敢出,唯恐点燃了现场的气氛。大家既觉得解气又替夏想担心,担心赵泉新盛怒之下,不定会拿夏想怎么开刀。

过了一会儿,赵泉新终于站了起来,一脸怒气地说道:"夏想同志虽然说得在理,但身为年轻人,理应对程教授有足够的尊重的态度,你的话说得有点过了,不太好。年轻人不能太傲了,有些事情要适可而止,当知过犹不及。"

还好,包括叶石生和范睿恒在内,都暗中松了一口气,赵泉新还算没有失态,说出的话不轻不重,也在情理之中,还不算太偏袒程曦学。

赵泉新敲打他,夏想只能认了,低头说道:"您批评得是,我确实冲动了,还是太年轻,一激动就难免失态。在此我向程教授郑重道歉,以后希望能有机会和程教授心平气和地讨论问题,也希望程教授能公正公平地看待人和事。"

说是道歉,夏想的话里话外还有对程曦学的不服之意,赵泉新"哼"了一声,说道:"我看今天的讨论就到这里,石生、睿恒,我看下午的会议也没有必要再开了,现在就返程……"

叶石生和范睿恒自然都是一番挽留,并且说了几句客套话。赵泉新也不听,执意要走,叶石生和范睿恒就为赵泉新送行。二人看出来了,赵泉新是故意做做样子给程曦学看,他绝不会和一个小小的处级干部生气,不过是做给别人看罢了。

但赵泉新一向对产业结构调整持反对态度,对于他的来访本来没有抱任何希望的叶石生和范睿恒,对他的怒气也不十分在意,还不至于十分担心他能拿他们怎样,不过是礼节到了即可。相比之下,今天夏想借反驳程曦学之机汇报出来的产业结构调整的第二波工作,反倒让二人心中大喜。

可以说夏想今天所说的几个企业的成功改制,基本上可以预示燕省产业结构调整政策的成功! 再者,一向在《京城日报》上对燕省产业结构调整指指点点的程曦学,今天当着他们的面被夏想批驳得无言以对,范睿恒还好一些,叶石生则是心怀大慰,一扫自从程曦学发动论战以来的不快,只觉得神清气爽,竟然是前所未有的舒畅。

就差哈哈哈大笑三声表示内心的喜悦了! 尤其是夏想最后一连串的反驳,句句说到了叶石生的心坎上。早就对程曦学深恶痛绝的他,对夏想言语之中的过激之处丝毫不放在心上,反而为夏想将程曦学说得哑口无言感到欣慰,更为其真性情的流露感到高兴。

叶石生决定,尽快对外宣布燕省产业结构调整获得了预期的成功,同时,第二批试点城市的问题,也要在近期提上日程。要尽可能在最短的时间内,完成第二批试点城市的部署。

照此下来,两年之内,如果燕省的经济能够整体迈上一个新的台阶,他向前迈进一步的希望更大了。想到得意处,叶石生满面春风,对赵泉新拂袖而去竟然一点也不放在心上。在叶石生眼里,只有程曦学一脸不甘和愤愤不平的表情,以及他落寞而沮丧的背影。

夏想站在人群之中,目送赵泉新和程曦学离去。夏想承认,自己今天有点激动了,对程曦学的恼怒是因为他对自己穷追不舍,对赵泉新说了几句不该说的话,是因为自己对赵泉新没有什么好印象。

高调的成功

送走了赵泉新一行,省委大院表面上一片平静,但有关夏想舌战程大教授的传闻,已经悄无声息地流传开来。

众说纷纭……有人对夏想敢当面和程曦学叫板大加赞赏,也有人对夏想的所作所为不以为然,认为他太出风头,肯定不会给上面留下好印象,也会让叶书记和范省长不喜。

夏想却对传闻没有任何兴趣,既没有胜利之后的得意,也丝毫不担心叶书记会因此对他不满。他此时正坐在叶石生的办公室里,正在深入领会叶书记的指示精神。

叶石生精神焕发,整个谈话过程中,笑容一直挂在脸上。

"小夏,今天的辩论,比起在报纸上的论战,精彩十倍。好,非常好,不但辩驳得程曦学无话可说,连赵泉新也没有心思对燕省的产业结构调整政策作出指示,就匆匆返程了。而且你今天也相当于向我和睿恒系统地汇报了工作,我刚才也和睿恒交换了意见,我们的看法是一致的,就是领导小组的成绩是值得肯定的,夏想同志的工作是值得表扬的……"作为省委书记,当面提出表扬是非常难得的肯定,夏想微微有些激动。

"等将台酒厂的广告播出之后,连同宝市的太阳能合资,燕省的媒体都要全面宣传,高调地对外宣布,产业结构调整政策获得了预期的成功。接下就是第二批试点城市的问题,也要提上日程。小夏,不要因为取得了一点成绩就沾沾自喜,道路还很漫长,困难还有很多,我们只是迈出了第一步,还有更大的成绩等着我们去争取,还有更大的困难等着我们去克服。我也相信,会有更重要的工作岗位需要你。"

夏想本来坐在沙发上,听了这话,立刻一脸凝重地站了起来:"是,我会牢记叶书记的指示精神。只是两个试点城市的成功,相比整个燕省的十一个地市来说,还不到五分之一,成绩还很小,还需要进一步努力向全省推广。我一定戒骄戒躁,努力完成省委省政府交给的每一项工作。"

叶石生满意地点点头,漫不经心地问了一句:"小夏今年才二十七岁?年轻,还是太年轻。提到正处还不到一年吧?时间短了点。这样,到年底或明年的时候,机会合适的话,你到中央党校进修一段时间。哦,忘了你还是邹老的学生,不过最快你也要一年多才能拿到研究生文凭,好,时间上也来得及……"

具体什么来得及,叶石生自然不会说,还是要适当保持领导的说话艺术——点到为止,既给下属一个念想,又能充分体现出上位者的恩威并施。

夏想一回到办公室,发现综合一处和二处的人全部聚在一起。他一进门,就是一阵惊天动地的欢呼!

领导小组的人都是第一次见识程曦学含沙射影的讲话,才知道传闻之中夏想在中大会堂大出风头的事情,原来也是危机重重,比外面传说中的风光凶险十倍。今天真正见识了程曦学的老辣和不怀好意,大家才明白,换了他们之中的任何一个人,面对程曦学的攻击,肯定会落败,别说替领导小组扬名了,不一败涂地和丢人现眼就谢天谢地了。

经此一事,夏想成了叶石生和范睿恒眼中的得力干将,也成了领导小组全体成员心目中的英雄!

夏想半玩笑半认真地让大家都各自回去工作。刚回到自己的办公室坐定,电话就响了。

范铮来电,第一句话就说:"可惜我不在现场,要不我也要仰天大笑一番。程曦学也有今天?想起他我就生气,一个堂堂的教授,不好好教书育人,偏偏要掺和到政治中来。掺和就掺和好了,还非要和燕省产业结构调整作对,他不知道燕省有三剑客?不知道有我范铮坐镇就容不得他撒野?咳咳,当然一般情况下不用我出马,我的学弟夏想出马就足够应付他了……"

夏想笑骂了他几句,就挂了电话。

随后电话不断,高老、邹老、高晋周等等,让夏想应接不暇。紧接着又有梅升平、宋朝度、钱锦松和陈风打来电话,在表示祝贺的同时,又说笑几句,一时间,夏想的办公室成了燕省最热的热线。如果有人做一个统计的话,就会吃惊地发现,几乎燕省所有有影响的重量级人物,在短时间内都向夏想的办公室打进了电话!

当然省委和市委之间也有不少电话打进打出,也有另外的热线在传送消息。崔向和马霄都在和付先锋、谭龙通话,商议对策。

几人听到程曦学的消息之后,付先锋震惊,谭龙焦急。不过崔向反而比以前镇静了不少,不再有急躁的样子,而是耐心地听取付先锋的意见。

和马霄的着急不同,付先锋一点也不急着将夏想和连若菡的事情捅破,而是依然以时机不到为由,还说要等一等。付先锋说道:"据可靠消息,连若菡快回国了,等她回来之后,再寻找一个最恰当的机会。现在就让夏想风光风光再说,而且他现在做出的成绩,也有有利的一面。"

马霄不解其意,还是崔向明白了付先锋话中所指,说道:"先锋说得也对,下一步燕市将会进入第二批试点城市,到时就可以获得政策和资金上的双重支持。燕市的经济大步前进,先锋作为副书记,也有一份政绩……"

崔向出于各方面的综合考虑,也知道现在燕省的产业结构调整政策是大势所趋,就表示支持燕市成为试点城市。

转眼间,到了九月十五日,在央视黄金区段的广告之中,突然出现了惊人的变化,原先一个洗发水广告被意外撤下,换上了一家名不见经传的酒厂的广告——单城市将台酒。不少人是第一次听闻将台酒的名字,但对一部分老酒虫来说,将台酒意外出现在央视,又重新唤起了他们以前久远的回忆,又勾动了肚子里的酒虫，忙不迭跑出门去，买了两瓶全新包装的将台酒尝尝鲜。

与此同时，本来论战已经差不多硝烟散尽的《燕省日报》，一夜之间又有三剑客的文章发表。三人的文章详细地论述了产业结构调整政策的好处，以及自从推行以来为单城市和宝市带来的巨大变化。同时列举了文化旅游项目和将台酒厂成功改制的事例，翔实而着重地宣传了文化旅游项目和将台酒厂的现状以及未来……

夏想的文章以介绍成绩为主，含蓄地说到了前一段时间的论战，在文章结尾处说了一段话，相当于为此次产业结构调整政策的论战盖棺定论："不管是出于何种目的对燕省的产业结构调整政策进行质疑，以及对领导小组能力产生怀疑，如果本着学术上的探讨精神，还有让人尊敬的一面。如果是因为个人私利而置广大百姓的呼声于不顾，置公平竞争的市场规律于不顾，只知一味地反对和攻击，不但有悖真正的学术精神，也有损专家学者的公正形象，不利于保持学术独立和学术公正的精神。现在不争的事实说明了燕省的产业结构调整是符合历史规律，符合广大人民群众的利益的……"

严小时的说法相比之下更低调一些："单城市和宝市的成功说明了一个真理，事实胜于雄辩，任何没有根据的猜测和没有依据的结论都是站不住脚的，都是纸上谈兵。专家学者要多到百姓之中走一走，看一看，了解一下百姓的所思所想，才能更好地做好学问，做到学以致用……"

如果说严小时的打脸还比较温柔的话，范铮的话就是直截了当地打脸了："某些专家愧对学者的称号，对产业结构调整取得的成绩视而不见，故意搬弄是非，对有利于广大百姓的政策说三道四，不但处处挑错，还千方百计地进行棒杀。我倒想当面问问这些专家，在你们少数人的利益和老百姓多数人的利益之间，省委省政府选择百姓的利益，有错吗？产业结构调整触及了你们和你们身后的利益集团的利益，你们就迫不及待地跳出来想将产业结构调整的政策扼杀，你们扪心自问，身为学者，是不是急功近利了？是不是愧对专家的称号……"

三人的文章同时出击，再一次在燕省引起轰动，又一次产生了洛阳纸贵的效果。不但将一帮专家学者骂了个狗血喷头，而且因为夏想的刻意引导，单城市的文化旅游项目和将台酒厂同时进入了老百姓的视线，借三剑客联合出手的东风，让将台酒厂和文化旅游在燕省一举成名！

尤其是当天晚上，燕省电视台又播出了单城市政府的宣传片，借文化旅游项目和将台酒厂的捆绑宣传，再一次加深了人们对文化旅游项目和将台酒的印象。

紧接着第二天，《京城日报》就发表了高老和高晋周的文章，就燕省的产业结构调整政策获得的预期成功，做出了详细的分析，并且得出了结论：燕省作为内陆省份，虽然没有沿海省份的便利条件，但一样获得了预期的成功。这说明了一个问题，就是只要政策到位，只要政府的决心够大，只要选对了执行者，只要执行的人一心为公，踏实做事，和燕省一样的所有内陆省份，都有成功的可能。

同一天，邹儒也在《青年报》发表文章，和高老和高晋周的文章相互呼应。本来有人发话不允许再发表论战的文章，但高老出面之后，文章还是如期发出！

第二天，燕省举行新闻发布会，就产业结构调整取得的第二阶段的成绩，对外高调宣称获得了预期的成功。

第三天，单城市和宝市同时在当地举行新闻发布会，也是高调宣布作为燕省的第一批试点城市，在产业结构调整政策的指引之下，单城市和宝市的经济结构出现了良性的调整，同时在招商引资和国企改制方面，做出了巨大的成绩。

在单城市的新闻发布会上，市长王肖敏重点介绍了文化旅游项目的成功，以及将台酒厂重新改制之后获得了大量订单，短短时间内知名度大涨，有望成为单城市的知名品牌，而且单城市有信心也有能力打造出属于单城市自己的知名白酒企业。

单城市的新闻发布会不但邀请了不少燕省的媒体，连京城的一些媒体也出动了，盛况空前。

同样，宝市召开的新闻发布会上，市长任庆之重点介绍了因为产业结构调整政策带来的利好消息。因为领导小组的有力指导，宝市在短短半年时间内，就引进了柯达十五亿美元和最日光公司五亿美元，共计二十多亿美元的外资。柯达的投资有附加的技术投资，明年将在宝市兴建数码相机生产线。最日光公司投资的太阳能产品，不但技术先进，而且还是清洁能源，是未来能源的发展趋势。宝市在保护环境以及充分利用清洁能源方面，已经走到了全国的前列。

同时，任庆之还向外界郑重宣布，宝市在保护国有品牌方面绝不含糊，不管是柯达的投资还是最日光公司的投资，都是在最大限度地保护国有品牌不被吞并的前提下签订的协议!

打脸,赤裸裸地打某些人的脸!

媒体闪光灯和提问不断,任庆之坐享其成,收获颇丰。他一生没有太多的政绩, 但最善于讲空话套话, 就对媒体滔滔不绝地发表了一番暗藏机锋的讲话,针对某些人对燕省产业结构的指责和别有用心的关心,给予了无情的批判和冷嘲热讽……

其后,又不忘重点宣传一下万里汽车厂以及酱菜厂。总之,不管是单城市的新闻发布会,还是宝市的新闻批判会,都是成功的会议,奠定了燕省第一批两个试点城市大获成功的基调。

燕省高调宣布产业结构调整获得预期成功之后, 随着京城和燕省媒体的全方位的宣传,程曦学一派十分安静,没有任何回应,就连燕省的反对派的专家教授们也偃旗息鼓,不再应战。也是,燕省的成绩有目共睹,事实胜于雄辩,说得再天花乱坠,人家的成绩摆在眼前,还能有什么话说?

↗ 02　如画江山的第一步

夏想先给曹殊黧打电话报了平安,小丫头的声音听起来柔柔的,有一股别样的味道:"就知道你又惹事了,天下那么多事,你管得完?真的,害得我担心了一晚上。我也猜到你可能又被人抓了,要不你的手机不会打不通,没想到还真是。你怎么就这么让人不省心?多大的人了,还动不动就打架?"

母子回国

程曦学回京之后到底做了什么,无人知道,只是听到传闻,说是程大教授从燕省回去就偶感风寒,快好之际,又听到了燕省和单城市、宝市的新闻发布会。尤其是当他看完了宝市的新闻发布会后,被任庆之含沙射影、冷嘲热讽的发言给气得当场摔了杯子,随后急火攻心,住进了医院。

据说,他一连住院半月有余也不见好。也是,身病好治,心病难医。

燕省重点宣传产业结构调整政策的成功,造成了两方面巨大的影响:一是不少内陆省份从燕省的成功上面看到了自己的希望,也都在悄然拟定本省的经济结构调整政策;二是经过一系列的运作和宣传,急需扩大知名度的单城市文化旅游和将台酒厂,以及宝市的万里汽车厂,都大火了一把,可以说一夜之间红遍了燕省大地。

节省下来的广告费用何止数千万!

二〇〇二年的国庆节,夏想算是难得地过了一个轻松的假日。他和曹殊黧先是回了一趟单城,听到曹殊黧怀孕的消息之后,夏天成夫妇喜不自禁。张兰更是忙前忙后,什么活儿都不让曹殊黧干,生怕累着她。曹殊黧却不肯,说道:"妈,我哪里有这么娇气?再说我觉得多动一动反而更好,天天静养肯定不利于胎儿的生长发育。"

不管曹殊黧说什么，张兰就是不让她进厨房，不让她做任何活儿，事事指使夏想代劳。夏想无奈，只好说道："得，回去后就请一个保姆，你现在成一级重点保护动物了。"

从单城市回来后，二人又自驾去了一趟三石风景区和三水风景区——山水路早已修通，从三石风景区下来，可以直通三水风景区，十分方便。

三石风景区现在不论规模和效益，都与山水路开通之前不可同日而语。不说三石风景区，就是整个安县也是一派蒸蒸日上的景象。夏想和曹殊黧上山的时候，还被以前的几个同事认出，一声"夏县长"喊出，顿时呼啦啦围了一群人……

好不容易杀出重围，曹殊黧不认识一样看着夏想，笑道："没看出来，你还做了点实事出来。"

夏想不经夸，一夸就翘尾巴："那是，我何止做了点实事，我还做了不少好事。"

"举例说明一下。"曹殊黧歪着头好奇地问。

夏想将手轻轻放在她的肚子上，嘿嘿一笑："只要功夫深，肚子早晚大起来……"

"你……"

国庆过后，燕省将第二批试点城市的问题提上了日程，第二批试点城市一共有四个，两个经济发达的城市是燕市和秦唐市，两个经济落后的城市是章程市和德泽市。燕市和秦唐市是燕省经济排名的前两名，章程市和德泽市则是最后两名。

让夏想大感欣慰的是，燕市的提名，不但在燕市内部轻松过关，在省里也没多少反对意见，可以说顺利得超乎想象。应该说燕市之所以轻松入选第二批试点名单，也因为燕市和省里都对产业结构调整政策的前景十分看好，都认为燕市申请加入只会成功，没有可能失败。

夏想又进入了繁忙的状态，一是忙着筹备成立综合三处，二是准备迎接连若菡回国——连若菡定于十一月中旬回来，夏想对她们母子充满期待，也不知道那个小小的婴儿长成什么样子了。

综合三处的成立也没有费什么周折，基本上夏想将工作都交给了安逸兴和彭梦帆，由他二人负责挑选精兵强将，必须有专业知识和过人的能力，否则休想进领导小组。现在的领导小组今非昔比，刚成立时人人避之不及，认为是一个冷部门，相当于被发配，以后不会有什么前途了。现在领导小组成了书记和省长的心头肉，分量自然不一样了，所有人都挤破了头想要进来。

奇怪的是，在成立综合三处的事情上，崔向没有横插一脚，提也没提要安插他的人进来，安静得好像他这个省委副书记不存在一样。

当然夏想也清楚，沉默的敌人才是最可怕的敌人，就像程曦学一样，在他叫嚣的时候，很容易发现他的缺点。但当他沉默下来，你就不知道他又在背后筹划什么阴谋。

夏想现在无暇顾及崔向和程曦学之流又在背后做些什么，综合三处成立之后，整个领导小组又高速运转起来，为四个试点城市进行指导性研究。不过因为轻车熟路，夏想也不用再事必躬亲。他主要负责燕市的产业结构调整，其他三市，就由领导小组的其他人分工负责。

对于燕市，夏想早就有了一揽子方案，只等一个恰当的时机向陈风和胡增周提起。

一转眼就到了十一月中旬，夏想开车前往京城机场，去接连若菡母子。

今年冬天来得早，还不到十二月，就已经冷得吓人。走到半路上，竟然飘起了雪花。纷纷扬扬的雪花越下越大，走到京城时，天地之间已经一片雪白。

夏想在雪中驾车前行，不得不放慢车速。好在他提前不少时间出发，能赶得上接机。看着越下越厚的雪，他一瞬间没来由地想起了那一年坝县的冬天。

正是在坝县的冬天，在一场大雪过后，连若菡不顾危险，驾车从京城一路沿山路开到坝县。而他当时还误解了她，由此点破了二人之间的一层薄纸，让二人心意相通，有了一个真正的开始。

不承想，今天前来京城机场接连若菡母子，又赶上大雪，雪中生情，又雪中相迎，夏想对眼前的大雪充满了喜爱之意。如果不是急着赶路，他还真想下车去路边玩雪。

赶到机场的时候，正好是中午时分，夏想随便找个地方吃了一口饭，又等了一个多小时，航班到了。

夏想第一次体会到了焦急的心情，他翘首以待地守在出口，又耐心地等了十来分钟，终于看到一个熟悉的身影——却不是连若菡，是卫辛。卫辛抱着儿子，也一眼看到了他，冲他不停地招手。

卫辛的身影之后是连若菡。

连若菡的身材已经完全恢复了，依然是让夏想心动的修长和曼妙。她穿着一身紧身衣，全是黑色，显得既精神又干练，脸上焕发出夏想熟悉的光彩。

迷人的风采不变,还是那个既诱人又大胆的连若菡!

夏想迎上前去,先和卫辛打了招呼,然后就伸手去逗儿子,却被卫辛毫不犹豫地将手推开,卫辛埋怨地说道:"不卫生,先别摸孩子。"

连若菡笑了:"也真难为她了,比我还关心孩子,不知道的,还以为她是孩子的亲妈。"

夏想深情地看了连若菡一眼,感慨地说道:"回来就好,省得日夜跨洋思念,确实也挺累人。我发现距离越远,思念就越累,难道说思念也知道远近?"

连若菡瞪了夏想一眼:"净胡扯,少油嘴滑舌。我怎么感觉你比以前成熟了不少,又多了不少男人味,老实交代,有没有在外面四处留情,随意花心?"

一见面没有拥抱,没有问候,也没有柔情蜜意,上来就是质问,正是如假包换的连若菡的风格。夏想嘿嘿一笑:"任凭弱水三千,我只取一瓢饮!"

连若菡趁外人不注意,不轻不重地拧了夏想一把:"都已经喝了两瓢了,还厚颜无耻地说只取一瓢饮,世界上的男人都和你一样,谎话张口就来,从来不会脸红。"

"过奖,过奖。"夏想眉开眼笑,伸手将连若菡搂在怀里,跟在卫辛后面向外走。不料刚走几步,卫辛怀中的儿子就咿咿呀呀地向连若菡伸手,显然是对夏想和连若菡之间的亲昵举动表示不满。

夏想不满地说道:"臭小子,你吃什么醋?你妈妈是我的女人,我是你爸爸,知道不?敢对我不满,小心我揍你。"

连若菡却一把推开夏想:"去,真没出息,哪有冲儿子凶的人?"

连卫辛也急忙哄吴连夏:"夏夏乖,不怕,爸爸不是成心吓你,他其实是好人。"

才半岁大的孩子就知道谁是谁了,他睁着乌黑的大眼睛看了夏想半天,突然咧嘴一笑,朝夏想伸出了小手,做出了抱抱的姿势,是让夏想抱他。

夏想的一颗心一瞬间被融化了,不知道如何表达心中的喜爱,小心地从卫辛手中抱过儿子,仔细打量个不停——鼻子像连若菡,眼睛像他,耳朵也像他,不过肤色还好,像连若菡。总体来说,整个脸型像他多一些,活脱脱一个小夏想!

夏想心中无比柔软,只觉得在他眼中除了儿子之外,再也没有了任何人和事值得牵挂。

夏想此时才明白一句话,血浓于水,血脉相连是一种非常神秘又确实让人难以割舍的情怀。他抱着儿子连亲几口,回头对连若菡说道:"就凭小家伙主动找我来看,我是他的亲爸爸没跑了……"

话音未落,腰上已经吃了连若菡一拳,只听连若菡恼羞成怒地说道:"你再敢胡说八道,我和儿子都不认你。"

夏想急忙委屈地说道:"看,误会了不是? 我是听说美国人看我们中国人都一个模样,就担心你当时在医院里生产时,如果正好有别的中国女人也在生产,万一被笨手笨脚的老美抱错了怎么办? 我的心思纯洁而善良,你肯定想歪了! "

连若菡不服气地哼道:"谁知道你龌龊心思想的是什么,想骗我,没门儿。"

一家人其乐融融,走出了机场大厅,来到停车场——夏想不知道的是,在不远处的一辆黑色奥迪车中坐着两个人,正在用长焦镜头不停地拍下他和连若菡的一举一动!

雪没有停,一直在下,夏想体贴地脱下外套帮连若菡穿上,连若菡也难得地露出温柔的一笑,夸了夏想一句:"没白替你生个孩子,终于知道心疼人了。"

夏想也是嘴甜如蜜:"其实我一直把你放在心里, 只不过你一直不知道而已。我不说,不等于我不爱。我不表达,不等于我不会去爱。"

连若菡眼睛笑成了一条缝:"真是难得,认识你好几年了,第一次听到你也会说这么动人的甜言蜜语。我记得卫辛好像对我说过,你老实得像根木头一样,是个好男人。我想,像木头一样的男人就是好男人,那还找男人做什么,路边木头多得是。现在看来,就算找一个木头男人也不错,总有一天,木头也会开化。"

夏想将儿子交给卫辛,一边帮二人放行李,一边笑道:"枯木逢春,是因为遇到了合适的土壤和气候,我会开花,也是被你的温柔浇灌出来的爱之花。"

夏想说起甜言蜜语来,水平也不低,几句话就说得连若菡心花怒放。她一肚子自己带孩子的怨气片刻间烟消云散,到了嘴边的怨言再也说不出来,只是换了一副小鸟依人的模样,抱住了夏想的胳膊,柔声说道:"好了,我暂时原谅你冷落我们母子的过错了,现在该带我们吃饭去了。"

卫辛见了二人亲昵的动作,抱着吴连夏躲到了车里。雪一直在下,夏想也不急着上车,拥着连若菡站在车外,望着漫天飞舞的雪花,无限感慨地说道:"又是冬天,又是大雪,你还是你,我还是我,只不过经过我们二人的共同努力和密切配合,终于创造出一个小生命,真是奇迹。"

连若菡又气又笑:"我以为你要发什么感慨,说了半天,原来还是不改流氓本色。"

"我哪里流氓了? 我不做流氓已经很多年了,尤其是对你,都忘了你的味道了，来，让我闻闻……"夏想作势要往连若菡身上闻，连若菡笑着躲开，钻进了车里。

夏想也就不再雪中即景了，上了车，发动汽车之后，一口气开到了连若菡位于东城区的住宅之中——她在一处僻静的小区有一栋跃层住宅，一百六十平米的样子，平常一直闲置。此次回来，连若菡打算在京城住一段时间。现在孩子还小，既然让他姓了吴，就想带孩子在老爷子跟前多待一段时间，也让老爷子享受一下天伦之乐。

吴老爷子前一段时间已经做了手术，术后的恢复情况良好，不过人老了，都担心生老病死，心情不是很好。连若菡也是牵挂老爷子，就不顾天冷提前回国了。

既然回来了，就要带着儿子留在老爷子身边，才好尽孝。至于夏想，只能暂时让位了，毕竟老爷子有病，夏想就得退后。

夏想对于连若菡的安排也没有什么不满之处，尽孝是人伦根本，他当时主动提出让儿子姓吴，也是为了吴老爷子的病情着想。尽管他也清楚，吴老爷子就算知道是他的主意，也未必承他的情。他却不考虑那么多，只为了吴老爷子对连若菡的照顾，他就觉得这位老人家值得尊敬。

家中家具不多，胜在干净整洁，夏想还比较满意。

卫辛放下吴连夏之后，就主动提出出去买些东西回来吃，连若菡想了一想，也就答应下来。卫辛一走，小家伙坐了十几个小时的飞机，可能是飞机上睡足了，也不困，瞪着一双好奇的眼睛，一直看着夏想不放。夏想只好按下心中不安分的想法，抱着儿子亲了又亲，终于功夫不负有心人，算是将小家伙折腾累了，沉沉睡去。夏想刚拦腰抱过连若菡，欲行不轨之时，卫辛就回来了。

连若菡宜喜宜嗔地瞪了他一眼，打趣说道："活该，馋死你！"

夏想接过卫辛手中的食物，语带双关地说道："确实饿了，赶紧补充一下营养。吃饱喝足才有劲头，是不是？"

连若菡脸上的潮红未消，白了夏想一眼："好好吃饭，还堵不住你的嘴？"

下一个起点

卫辛也知道小别胜新婚的道理，何况夏想和连若菡还不是小别，就不好意思再当电灯泡，借故上楼休息去了。

窗外慢慢变成了鹅毛大雪，寂静的夜里，能够听到雪花落下时簌簌的声响,静谧而迷人。因为天气阴沉的原因,才下午就如傍晚一样昏暗,夏想和连若菡有一句没一句地说着话,回想着以前的美好时光。

不知不觉中,天色黑了下来。

连若菡回来之前,已经提前告诉了吴才江,但并没有告诉他具体日期。至于她有孩子一事,也通过吴才江传达到了老爷子的耳中。连若菡的谎话是,她在美国认识了一个美籍华人,二人有了孩子后,那个男人却又和她分手了。她就一个人生下了孩子,要自己带孩子生活。

吴老爷子听说之后,勃然大怒,但他权力再大,也管不到美国人,只好无奈地接受了事实。消气之后,听说孩子姓了吴,才又高兴起来,迫不及待地让连若菡带孩子回国,他要留孩子在身边,好好看着孩子长大。

连若菡提起老爷子时,喜忧参半地说道:"他老人家很固执,我说孩子的爸爸是美籍华人,他的手伸不到美国,所以才作罢。如果让他知道孩子的爸爸是你,而你又是有妇之夫,可就有你受得了。还有我爸估计还没有听到消息,如果他知道了,说不定比老爷子还麻烦。反正我都瞒下来就是了,就是不知道能瞒多久。还有一点,老爷子最喜欢小孩子了,他如果非要把孩子留在身边的话,你就见不到儿子了,你该怎么办?"

老爷子都七十岁的人了,又做了手术,满打满算还能再活多少年?夏想就说:"先满足了老爷子的天伦之乐再说,我暗中关注儿子的成长就可以了,世事总不能两全,我怎么会和一个古稀老人去争?时间总是朝有利于我的方向发展。将来是,现在也是……"

"现在怎么就是了?"连若菡一下没有反应过来,问了一句。她斜躺在沙发上,身上只穿了居家服,虽然宽松不显身材,但因为姿势的原因,也是横看成岭侧成峰,远近高低各不同,臀部微微丰满了一点,腰却更细了。因为生过孩子的缘故,皮肤反而更加紧致和细腻。尤其是她胸前的丰满,比以前更加诱人了。

有些女人生过孩子之后,身材会变形得厉害,和生产之前判若两人。而有些女人生产之后,很快就可以恢复正常身材,甚至有过之而无不及,增加了丰腴和肉感。

连若菡当然属于后者,她浑身上下散发着夏想既熟悉又陌生的气息,既有原来的清香,又有一股诱人的成熟女人气味。夏想不免有些想入非非,想起以前连若菡身上的妙处,颇有一种急欲故地重游的渴望。

有时候,故地重游的乐趣要远胜过光临一处陌生的风景。在陌生的风景游玩,尽管有新奇和探险的刺激,但毕竟因为陌生而达不到默契的境界。故地重游,却既可以回味以前的妙处,又可轻车熟路,也许还可以发现以前没有发现的风光。

夏想的双眼热烈起来,在连若菡身扫描了几遍,才说:"现在是天色将晚,又寂静无人,正是成就好事的时候。你说,夜越深,是不是对我越有利?"

连若菡知道夏想在想什么,坐直了身子,一脸促狭地说道:"你准备好了,我可没有心思,坐了一天的飞机,累了。你真要懂得体谅人的话,肯定会让我好好休息,对不对?"

夏想连连点头:"对,对,我体谅你,一会儿就为你服务,帮你做一个全身按摩……"

话未说完,就听到楼上传来儿子响亮的哭声,连若菡急忙起身上楼,还不忘回头挑逗夏想一句:"不用我惩罚你,自有你儿子烦着你。"

夏想无奈地摇摇头:"臭小子,你回来就回来好了,不要妨碍老爸和老妈的快乐时光好不好?你要是再捣乱,小心爸爸打你屁股。"

不过好在吃过晚饭之后,小家伙还是早早睡下了,卫辛只坐下说了一会儿话,就识趣地上楼睡觉去了——一直以来就是卫辛带着孩子睡,倒也正好称了夏想的心,不用时刻担心小家伙会醒来捣乱。

久别重逢,不是干柴烈火胜过烈火干柴,尤其是连若菡久不经性福,更是十分渴望,被夏想已经开发成了熟女,尽管有儿子在身边,内心也十分盼望有夏想的温存。女人再要强再独立,骨子里也有柔弱的一面,都渴望男人宽厚的怀抱和结实的胸膛。

一夜大雪,一夜金风玉露,一夜鱼龙舞……

天亮的时候,大雪已经下了一尺多厚,今天正好是周末,夏想就打电话回去,告诉曹殊黯他可能要晚一天回燕市,雪大路滑不好走。

曹殊黯正在吃什么东西,含糊不清地答道:"只要你不误了上班就成,不用管我,我挺好。蓝袜在陪我,她很细心,不比卫辛差。"

夏想吓了一跳,小丫头还真是什么都知道,她平常虽然不说,就是要偶尔点你一下,让你清醒。他嘿嘿一笑说道:"这个,那个,我其实也想回家看你,就是雪太大了,要是你不担心我的安全,我现在就开车回家。"

"你现在可是重任在肩,可不能有半点闪失,因为你又要当爸爸了,你一个人身系无数人的幸福,别逞强,知道不?"小丫头好像喝了一口水,又絮絮叨叨地说道,"你呀,也别总多心,更不要小心眼,我都不小心眼。你一个大男人,该做什么,就认真地去做,你要相信你有一个好妻子,她会一直默默地支持你。她不但贤惠,还宽容大度,也懂得许多道理,从来不会强迫你去做什么……"

得,一番话引来小丫头好一番感慨,夏想只好认输:"明白,我是世界上最幸福的男人,你是世界上最幸福的女人。"

"不对……"小丫头又咯咯地笑了,"我是世界上最幸福的女人不假,你是世界上最幸福的男人就不准确了,应该说是最幸福的享受未婚待遇的已婚男人!"

一句话说得夏想大汗,小丫头现在太犀利了,暗藏机锋,颇有四两拨千斤的巧妙。他只好支吾地说道:"好好待着,别乱跑,让蓝袜老实一点,她太闹,别碰着你了。"

放下电话,夏想感觉房间里的暖气开得太足了,他热得有点出汗。回头一看,连若菡正抱着儿子在一旁偷笑,他气不打一处来,气势汹汹地质问:"连卫辛在你身边的事情黧丫头都知道,你们两个人,倒是联系得挺密切,你说,还有什么事情是她不知道的?"

"这个就不用告诉你了,是我和黧丫头之间的秘密。怎么了,不服气?不服气你就直截了当地告诉黧丫头,说我们有了一个儿子,看你敢不敢?"连若菡才不怕夏想,说话也是理直气壮的样子,"黧丫头知道,什么都不说,是贤惠;你知道,什么都不敢说,是虚伪。"

夏想刚刚在曹殊黧面前认了输,现在只好又在连若菡面前认栽,伸手抱过儿子,愤愤不平地说道:"走,不理她们,我和儿子玩雪去。"

小家伙倒不认生,一把就抱住了夏想的脖子,用力黏在夏想身上,把夏想的心都融化了,他乐得合不上嘴,不停地说:"还是儿子好,还是儿子好!"

连若菡见不得夏想和她儿子之间父子情深,一撇嘴说道:"你捡了个现成的宝贝儿子,哼,要不是有我,你哪里来的儿子?这个臭小子也是,明明是妈妈生了你,又把你养这么大,你倒好,一见爸爸的面就亲得不行,可见男人从小就是靠不住的。"

夏想听了连若菡的歪理邪说,抱着儿子就出了门,边走边说:"走,儿子,我们背着你妈说一点男人之间的话题。"

连若菡和卫辛站在巨大的落地窗之前,看到在外面赏雪的夏想父子,都露出了会心的微笑。卫辛眼中隐隐有晶莹的东西在闪动,她心中有羡慕有落寞,又有一丝难以言明的情怀。

夏想和连若菡在一起待了两天,第三天一早返回燕市,正式进入了繁忙的工作之中。

比起第一批试点城市的忙乱，第二批试点城市对领导小组来说，已经是轻车熟路了，忙归忙，但一切都井井有条。除了燕市由夏想亲自负责之外，其他三市就由彭梦帆、王林杰和贾宝玉负责——贾宝玉原是省委办公厅的一名处长，被钱锦松调来任综合三处的处长。其实贾宝玉长相平平，没什么特色，但因为他的名字太出名了，所以非常容易被人记住。

对于燕市产业结构调整的下一步的思路，夏想除了列举了几个他认为需要改制的企业之外，重点就新增下马新区的建议，写了一份详细的可行性报告。

下马新区是夏想梦想的起点，是他从推动产业结构调整以来，一直致力于达成的目标，寄托了他人生的重大理想。

夏想的可行性报告写得非常详细，力求一举通过市委市政府的讨论。

第一期建设区为南水北调以东、京珠高速公路以西、下马河南岸一千米以北、北岸两千米以南范围，约七十平方公里，建设行政、会展、文化、教育、总部经济、休闲居住等项目。三年内计划完成道路网络框架，力争完成下马河南水北调水系以及会展中心、市行政中心、总部经济园区、职业教育园区、文化设施、休闲居住设施等大型项目……

在建造新区的同时，推动环城水系的建设，争取新区和环城水系同时上马，在三年的时间之内，还燕市一片碧水蓝天。同时因为新区的建设，不但带动了大量就业，拉动内需，还可以为燕市早日成为有影响力的大都市奠定坚实的基础。新区保守估计可以增加五十万人口，新增五万个就业机会，可以说没有任何一个企业的改制能比得上增设新区的巨大创举。

下马新区将以下马河、环城水系生态综合整治为依托，打造集会议博览、经融中心、教育科研、文化旅游、休闲度假为主要功能的生态型新区。规划区面积五十五平方公里，核心区面积十平方公里，和燕市东南部的高新产业开发区以及西部的旅游区形成互补之势……建设下马新区，是有效解决燕市城市布局不合理、功能不完善、综合承载能力不强等长期制约省会发展问题的迫切需要，是充分利用省会东北部空间广大、历史文化积淀浓厚等优越条件，优化省会城市空间发展布局、拉开城市发展框架、完善城市繁华舒适功能、建设现代一流省会城市、推进全市科学发展的重要抉择！

写好之后，夏想连看三遍，自我感觉还算满意，长出了一口气。

关于下一步的安排，他心中已经有了一个大大的草稿。

第二批试点城市相比第一批,对夏想来说已经没有了多大的激情和难度。因为万事开头难,单城市和宝市的成功,已经让许多投资商看到了希望,产生了信心。下一步产业结构调整的政策将会更坚定,步子也将走得更大,有了更大力度的政策支持,基本上顺水顺风,路子不再难走。

将省里政治上的阻力和京城舆论上的质疑都摆平之后,产业结构调整已经成为燕省上下的共识,没有人再不识时务地跳出来反对,推行起来几乎畅通无阻,没有太多让夏想担心的地方了。夏想的心思就从其中跳了出来,将目光重点落在了他下一步的布局上面。

心中如画江山

燕市在燕省的地位有点尴尬,说难听一点就是没历史没文化,是由几个小村庄发展而成的城市,不过几十年的历史。而且百分之八十以上是外来人口,没有本土文化,也没有形成自己特有的地方特色,甚至还面临着被其他地市超越的尴尬。燕市,空有省会城市的桂冠,却是一个经济不突出、文化没特色、整体没亮点的二线城市。

甚至在有些人眼中,燕市徒有虚名,连副省级城市都不够格!

但目前,燕市有一个重大的改变现状的机遇——借产业结构调整的东风,让燕市的发展进入快车道,抢占先机。

夏想的想法是,在他明年三月份被借调到外经贸部之前,要将燕市增设新区和开工建设环城水系一事敲定下来。由此,才能施展他心目中的蓝图。

夏想开车到了市委,先到楼上找到了陈风,将可行性报告提交给了他。陈风也没客气,冲夏想一点头:"自己坐。"说完,就低头看了起来。

看了有十几分钟的样子,陈风抬起头来,意味深长地笑了:"小夏,不得不说你的思路很开阔,设想也很大胆,就我本人来说,还是持支持的态度。但有两点不明白之处,你得跟我说实话。"

夏想立刻恭敬地笑道:"在陈书记面前,我从来没有假话。"

"别跟我说漂亮话,没用。"陈风笑骂了一句,又说,"环城水系的说法,你上次就对我提过,我当时也觉得可行。燕市缺少泄洪渠,一旦发生特大暴雨容易发生洪灾,环城水系既可以改善燕市的环境,也可以在紧要时候充当泄洪渠。另外从旅游的角度考虑,也是一项创举。尽管前期投入巨大,但和森林公园一样,不怕没有投资商投资,也不怕没有经济效益。"

"是，陈书记高瞻远瞩，看到了事情的关键之处，一针见血。"夏想立刻奉送一记免费马屁。

陈风摆摆手，点燃一支烟，接着说道："环城水系的建设，我也和胡市长讨论过这个问题，我们的看法比较一致，就是可行。正好燕市成了第二批试点城市，胡市长也正准备将环城水系提上日程，相信一上常委会讨论就会通过，没什么阻力。但增设新区一事，步子有点太大了。市里有我和增周出面协调，其他常委也没有太大的反对意见，毕竟是对燕市大大有利的事情。有一个最大的麻烦就是，就算省里会批准，市里开始推动新区的成立和建设，但政策推行容易，招商引资却难。没有企业入驻，没有人气，难道划一块地皮就能成立一个新的下马区？"

陈风提出的问题尽管尖锐，但确实是建设新区的真正难度所在。规划中的新区，三五年内要容纳五十万人口，要兴建无数的大型中心建筑，市政府自然会拿出一部分投资，但大部分资金还是需要引进。关键是要有企业入驻，有投资商兴建各种基础设施，否则形成政策容易，没人捧场，只支起一个空架子的话，还是一个笑话。

可以说陈风很聪明地将最大的难题交给了夏想。

在夏想面前，陈风也不讲究什么说话的技巧，直截了当地说道："增设新区是好事，但燕市会有不小的阻力，而且提交到省里，也会有不少争论，这些你都不用操心，由我和增周出面应付就可以了……"

话说了一半，后面没有说出的话其实才是陈风想要表达的重点，也是最大的困难所在。

夏想自然听明白了陈风的言外之意，市里通过增设新区的建议并不难，省里也不难，但最大的难处在于，增设新区容易，如果以后新区徒有虚名，成了面子工程，市里丢面子，省里也面上无光。

只要夏想解决了新区建成以后的投资问题，一切都不是问题。如果没有投资，一切就是空谈。

夏想知道想要成就他的梦想，就必须说服陈风。

夏想一个最大的优点就是不打无准备之仗，他提议增设新区，也不是只管点火不管放炮，而是正等着陈风有此一问。陈风问了他意料之中的问题就证明了一点，陈风是真心想要推动增设新区。

陈风的态度也符合夏想的猜测，因为推动增设新区是一项了不起的创举，同时，也是一笔可遇不可求的政绩，当然，前提是能够保证可持续发展。

通俗地讲,就是要有巨额投资才行。

夏想微一沉思,大着胆子说了一句:"一百亿投资,够不够?"

陈风正坐在椅子上,笑眯眯地看着夏想。一听此话,顿时一脸严肃地站了起来,慎重地说道:"小夏,不要开玩笑,一百亿,不是十亿二十亿!我一向和你说话随便,但在正事上,有些玩笑不能乱开。"

夏想也是一脸凝重:"陈书记,您认识我多年了,我就是偶尔说话随意一些,但在您面前,可是从来不敢信口开河。我只想问您一句,有一百亿的话,是不是大事可成?"

陈风一脸笑容:"你要有一百亿,我给你一个区委书记都不屈!只要你真能拉来百亿资金,增设新区所有的政治阻力和困难,都由我来克服。并且我还会提出建议,由你来担任新区的首任区委书记……"说着,他得意地一笑,"我想,这也是你大力推动新区成立的一个私心吧?"

夏想被陈风说破心事,一点也不尴尬,还义正词严地说道:"我是一心为公,只为了燕市的明天更美好。"

陈风哈哈大笑:"我才是市委书记,为了燕市的明天更美好这样的话是不是应该由我来说?不过话说回来,在官场上的人,公私兼顾就算不错了。许多人可是一心为私,在私心杂念之外,才会考虑到为国家为人民做一些实事。"

说完,陈风目光深沉地看了夏想一眼,站起身来到夏想的面前,拍了拍夏想的肩膀说道:"好好干,小夏,我没有看错你,不管是和程曦学论战,还是和崔向周旋,你都坚持了自己的原则,真的很难得。"夸完夏想,他又话锋一转,"俗话说能者多劳,给我交个底,你的一百亿从哪里来?"

陈风变脸之快,堪称一绝,好在夏想早就适应了他真真假假的风格,也就没有隐瞒,说出了他的打算:"一百亿肯定不是一次投入,要分批投入。但据我乐观估计,一百亿也只是一个保守的数字,三五年内,投资应该肯定会超过一百亿。关键是在成立的初期,需要一家有眼光有魄力有实力的大型集团,一次性至少投入二十亿以上,才能充分拉动新区的经济。目前燕省之内有这样实力的公司不少,但有如此眼光和魄力的,只有一家,就是达才集团!"

夏想之所以肯定达才集团会对新区动心,会做出至少一百亿的巨额投资,就是基于他对成达才的了解。可以说整个达才集团的发展方向,成达才的思路就是唯一的思路。因为成达才太聪明,也太有商业方面的才能了,以至于掩盖了达才集团所有智囊的光芒。

夏想对成达才有足够的了解,也是他有信心打动成达才的前提。新区的建设,完全符合成达才产业地产的思路,成达才绝对会动心。夏想甚至不用怎么想办法去说服成达才,只要将机会摆在他的面前,成达才就会伸手去抓。

尽管夏想和成达才交往不是很多,但有时不用太多的当面交谈,他也能深刻地体会成达才的内心。因为成达才出版过几本随想录,真实地记录了他的心声。以前,夏想只把这当成一个企业家为图虚名而花钱出版的垃圾文字。后来夏想认识成达才,才觉得他的为人有非常真实的一面,就认真地读了读他的著作,也从侧面更真实地了解到了作为一个文人的成达才的所思所想。

当然,夏想也不是一个想当然的人,不会只凭他的判断就敢贸然向陈风做出一百亿投资的承诺。而是他在前些日子联系沈立春的时候,委婉地提出了如果在燕市有一片新城让成总尽情实现他的产业地产的梦想,成总会拿出多少钱来为梦想付费?

沈立春毫不犹豫地说出了一个数字,一百亿!

夏想知道,成达才必然愿意为新区埋单,前提是,要给他足够的优惠政策。

在前来拜见陈风之前,夏想已经打电话和成达才约好了面谈的时间。当然,他并没提到新区问题,只说有要事相商。成达才也没多问,就爽快地答应了下来。

夏想多少也有点自豪,现在成达才是燕省商界的头号人物,不是谁想见就能见到的,就是一个副市长想见成达才,也未必一个电话就能约好见面时间。而他只是一开口,成达才毫不犹豫就说好了时间,是对他十分重视的表现。

所以他才信心十足地对陈风说出了达才集团。

“达才集团?”陈风听了夏想的话,沉吟不语,过了半晌才说,“也只有达才集团有如此魄力和实力,但问题是,你有把握说服达才集团?”

“有。”夏想斩钉截铁地说道。陈风不清楚达才集团的发展思路,更不知道成达才对于产业地产的热切,也不了解产业地产的概念。不过夏想现在也不必急着向陈风解释清楚,只要告诉陈风他能够让达才集团投资即可:“我保证说服成达才……”

布局和收盘

陈风也足够爽快地说道:“你负责投资,我负责通过燕市和燕省的立项,在没有得到成达才的保证之前,我不会向市里和省里提交增设新区的提议。不过

043

环城水系的事情,现在倒是可以提上日程。"

夏想见事情谈妥,呵呵一笑:"如果增设新区可行的话,市政府也得多少出点钱,是不是?"

"别盯着市政府的那点钱。"陈风笑了,为夏想算了一笔账,"盖区委区政府大楼,不得市里出钱?铺路架桥,许多市政设施,还有新增不少政府人员的工资,等等,哪一项花钱少?市里最少也要支出十几个亿!"

"不能只算支出不算收入,新区成立之后,说不定两年的税收就自收自支了,再说又能拉动多少内需,带来多少就业机会?陈书记,不管从哪个方面算,您做的都是一笔划算的生意。"夏想在陈风面前,说笑自如,很少有刻板做作的时候,这也是陈风格外喜欢他的一点。

陈风呵呵一笑:"好了,你也去向增周汇报一下,由你出面向他说明,也显得正式一些。一有达才集团的确切消息就告诉我,也好让我心里有数。"

夏想点头答应,他也早有打算要亲自向胡增周汇报一下,否则会让胡增周对他有意见。还没走到门口,就听见门外传来了胡增周的声音:"陈书记在不?我有事向您汇报一下。"

正好胡增周不请自来,夏想也就省得再跑一趟。等胡增周向陈风说完事情,夏想将刚才的事情又向他汇报了一遍。

胡增周以前就听过夏想的详细思路,其实心中对环城水系和增设新区一直充满期待,但条件一直不成熟。在燕市刚刚成为第二批试点城市时,他就开始暗中筹划此事,但毕竟事关重大,前期投资是个关键,也就一直没有太大的进展。他也想过要和夏想详谈一下此事,没想到还没有来得及去找夏想,夏想就主动现身了。

胡增周觉得可以用四个字形容他的心情:喜出望外;用四个字形容夏想的举动:雪中送炭。

等他再听到夏想准备出面说服达才集团投资一百亿时,他激动地握住了夏想的手:"夏想同志,我代表市委市政府对你表示由衷地感谢!"

夏想现在是燕省产业结构调整领导小组的人,他到下面的地市,身份就是省里的领导,尽管级别不高,但权力不小。胡增周如此郑重地向他表示感谢,虽然夸张了一些,但也不算特别突兀。主要还是夏想考虑得太周到了,让胡增周喜出望外得有些失态。

夏想忙客气几句,他可不敢在胡增周面前托大。陈风也在一旁打趣说道:"增周和小夏不用客气,以后说不定他还是我们的下属……"

胡增周先是一愣,随即想明白了什么,哈哈一笑:"欢迎,欢迎之至!"

夏想离开市委大院的时候,没注意到身后有两双眼睛在紧紧盯着他的背影不放。

"夏想大力推动环城水系和增设新区,我们要不要反对?"谭龙一脸阴沉地说道。

"反对?为什么要反对?不但不反对,我们还要大力支持。"付先锋一脸笑意,看着夏想的汽车消失在大门之外,才拿出一沓照片,递给谭龙,"夏想替我们做好了所有的前期工作,我们就坐收渔翁之利好了。"

谭龙接过照片一看,大喜:"夏想也有二奶?连孩子都有了?直接捅到省纪委去,看他还能嚣张到几时!"

付先锋摇头一笑:"你再看看照片中的女人是谁?"

谭龙又仔细看了几眼,惊叫出声:"连若菡——远景集团的连若菡?怪不得当初夏想那么卖力替远景集团说话,原来他和连若菡早就有了暧昧关系。"

顿了一顿,谭龙又说:"管她是谁,上报到省纪委不就可以直接扳倒夏想了?"

付先锋伸手从谭龙手中收回照片,摇头说道:"连若菡姓连,但她的爸爸和爷爷是谁,你可清楚?"

谭龙不解地摇头。

"她的爸爸叫吴才洋,她的叔叔叫吴才江,她的爷爷是谁,就不用我说出口了吧?"付先锋一脸冷峻地看了谭龙一眼。

谭龙只觉得后背一阵发凉,一屁股坐在椅子上,无比震惊地说道:"太惊人了,太让人难以置信了!"

付先锋点点头:"连若菡的真实身份,没有多少人知道。如果照片落在别人手中,上报给了省纪委,只会出现两种情况。一是被省纪委压下,在叶石生的授意下,没有人敢提此事。二是省纪委将夏想的事情抖出来,夏想被免职。但不久之后,所有涉案人员都有可能陆续被调走或是闲置。因为他们无意之中惹怒了吴家,吴家不会让连若菡的事情闹得人人皆知。"

谭龙倒吸一口凉气:"幸亏有你提醒,否则要是我将照片上交到省纪委,后果将会非常严重。"

付先锋呵呵一笑:"别说是你,就是我上交上去,就算夏想被免,我在燕省的前途也完了,肯定得回京。吴家一怒,我们付家也得让步。"

"那怎么办?抓住了夏想的小辫子又不能用,难道还让他逍遥下去?"被付

045

先锋一惊一吓，谭龙已经完全被牵了鼻子，没了主意。

"吴家的事情，必须由吴家自己解决，任何人敢插手，都会被吴家迁怒。"付先锋早有对策，"关键时候将照片直接给吴家就可以了，借刀杀人才是最高明的计策。"

"关键时候？为什么不是现在？"谭龙也没多想，直接就问了出来，话一出口，又想明白了什么，会心地笑了，"明白了，先锋是想等夏想将前期工作都做好之后再动手。到时我们既可以坐享其成，将增设新区的功劳据为己有，又可以将夏想一脚踢开，一举两得，果然是妙计。"

付先锋笑而不语，一副一切尽在掌握的自得模样："如果我没有猜错的话，夏想是想借新区的成立，大幅迈进一步，担任新区的书记或区长，从正处到副厅，是非常关键的一步。要是他到时一步迈出，却掉入了万丈悬崖，你说我们作为旁观者，会不会还有点不忍心？"

谭龙哈哈大笑。

从市委出来，夏想直接去了江山房产的总部。

江山房产自成立以来，接手了领先房产之后，只运作了一个西水山的豪华阴宅项目。尽管赚得钵满盆盈，但其后一直非常低调，除了继续在西水山开发后继的阴宅之外，没有再开发任何其他住宅，让燕市的房地产业内人士大为不解。

低调，淡出公众视线，正是夏想的商业策略之一。因为开发阴宅只是为了赚取江山房产的第一桶金，他的剑锋所指之处，乃是他心目中的宏伟蓝图——新区。

江山房产靠阴宅起家，就必须尽可能低调行事，让人们忘记江山房产的前身。因为在夏想的设想中，江山房产要在新区的建设之中大展手脚。如果一直风头强劲，被人大肆宣扬以前是靠阴宅起家，虽然说不算什么，但在市场经济面前，总有不利的一面。

房地产业的生力军，还是活人，在夏想的长远计划之中，江山房产也是一个非常重要的环节。江山房产布局的时间已经够长了，现在到了收盘的时候。

到了江山房产，接待小姐还是那个长相甜美，一笑就有两个酒窝的前台妹妹。尽管夏想有一段时间没来了，她还记得夏想，忙微笑着向夏想问好。夏想点头一笑："最近漂亮了不少，脸色也红润了许多，让我猜猜……有男朋友了？"

圆脸妹又惊又喜："呀，你怎么知道的？"

夏想还没有来得及逗她两句,就见孙现伟从里面闪出身来,一脸暧昧的笑容,说道:"小妹妹,让我告诉你他是怎么一眼就看出你谈恋爱了,是因为鲜花需要……"

夏想忙打断孙现伟的话:"打住,没有象牙就别张嘴了,犬齿太阴森了。"

孙现伟一下没有反应过来,还不解地问了一句:"什么犬齿……"随即醒悟过来,气得笑了,"骂人也绕着弯儿骂,真行,你适合去当外交官了。"

"不行,不行!"夏想急忙谦虚地说道,"我太年轻了,当外交官容易说出大话。当外交官的要求是要年纪大,脾气好,还有一点,脸皮要百炼成钢。最关键的一点是,说话必须四平八稳,不说任何一句有歧义的话。"

"什么样的话会没有歧义?"

"我们对此表示震惊……我们对此表示愤慨……等等。"夏想和孙现伟边走边说,表达了他对一个外交家发言人的同情,"要想成为一个合格的传声筒,首先要做到没有感情,可惜我现在感情太丰富了。"

孙现伟也不简单,思路跳跃够快,马上眼睛一亮说道:"怎么,又有新的小三了?"

夏想只好无奈地摇头叹息:"你的想法就不能正常一些?真骚骚猪也!"

夏想有一段时间没有出现在江山房产,他一现身,萧伍、朱虎等人都热情地围了过来,一脸热切。

江山房产尽管低调,但却属于闷声发大财的类型。一个阴宅的创意,就让江山房产一年多来日进斗金,少说也赚了四五个亿,直把萧伍惊讶得难以置信,也把朱虎高兴得忘乎所以。

孙现伟想再让夏想帮他策划一个赚钱的好项目,只不过说了几次,夏想都推托了过去,说是暂时不到时机。夏想这么一说,他也不好追着再问,毕竟要是赚钱的项目那么好找,也不可能。

今天夏想突然现身江山房产,孙现伟下意识感觉,好事来了。

他兴奋得团团转,即使被夏想骂成骚骚猪也不以为然,在他的处世哲学之中,男人不骚,女人不倒,宁当骚骚猪,不当正经主儿。

夏想也拿孙现伟的厚脸皮没有办法。

几人坐定之后,如众星捧月一样将夏想围在中间。萧伍在夏想面前还是有微微的局促,夏想笑着问他:"怎么样,和凤美美的关系发展到什么程度了?"

夏想不过是随口一问,萧伍却当了真,脸微微一红,不好意思地说道:"刚接上吻,还没有深入进展,凤美美说了,没结婚之前,不让我得手。"

"哈哈……"孙现伟放声大笑，他没想到萧伍这么老实，一问就全交代了，就急忙向萧伍传授他的泡妞心得，"不行，在结婚之前必须要上床，否则你怎么知道她是不是处女？怎么知道你们婚后的性生活是不是和谐？结婚是一辈子的大事，万一不和谐了，有你难受的时候。"

萧伍执拗地说道："凤美美是处女，我就知道。"

"接吻就能知道她是处女？你太神奇了，我都佩服你了。"孙现伟经历女人无数，自认比萧伍更了解女人，"告诉你萧伍，女人比男人有时还可怕，你和她上床了见红了，都不能保证是处女。现在的技术先进了，人心反而落后了。"

还是朱虎见缝插针说了一句大实话："想要找纯洁的女人，就去落后的农村。俺家婆娘和我结婚时，啥都不知道，我去亲嘴，她还把我推到一边。说她好好的，为什么要给她做人工呼吸？你说这叫什么事，她知道人工呼吸却不知道亲嘴？"

众人都笑。

一说到女人的话题，孙现伟眉飞色舞，又想起了一件趣事，说道："我上次去殊勰的公司，见到一个美女叫蓝袜，长得也不比凤美美差，我就动了心思，想去挑逗挑逗。结果怎么着，那小丫头厉害得很，上来就呛了我一句，让我半天说不出话来……"

萧伍认识蓝袜，对蓝袜印象良好，就说："你的形象不行，蓝袜肯定看不上。"

"错，太错了。"孙现伟大摇其头，然后又唉声叹气地说道，"蓝袜说，一看你黑眼圈弯着背，走起路来一点动静也没有，肯定是纵欲过度。就你这样中看不中用的男人，谁会要？"

众人哄堂大笑。

孙现伟愁眉苦脸地说道："当时我就觉得天雷阵阵，好像被电击一样，当场定住，半天没有反应过来。最后还是蓝袜轻蔑地说了一句——有事说话，没事走人，我们公司不缺木头，别在这里杵着碍事！"

蓝袜果然是个厉害的主儿，好像自从她和方格谈了恋爱之后，性格之中强势的一面就流露了出来，方格也被她管得死死的。不过也好，蓝袜多管管方格，也好让方格自律起来，别整天懒散，没有一点冲劲儿。

说笑过后，夏想就步入了正题，说出了他今天的真正来意。

聚会和重逢

"市里有两大工程上马,一个是环城水系,一个是增设一个新区。环城水系我们插不上手,因为我们没有建造市政工程的资质。但增加了一个几十平方公里的新区,对于燕市,甚至对于燕省来说,也是一次前所未有的重大机遇。"夏想的一番话顿时让众人热血沸腾,想想在一片一望无际的土地上尽情实现自己的理想,该是一件多么振奋人心的事情。

"对于江山房产来说,也是一次千载难逢的机会。江山房产能不能借助新区的成立一飞冲天,能不能冲出燕市冲出燕省,成为全国性的大型房产集团,命运就在此一举!就在于我们能不能敏锐地抓住眼前的时机,果断地出手,在新区之中,寻找到自己的定位!"

夏想再一次给众人鼓足了士气。

萧伍双手紧握,一脸坚定地说道:"夏哥,你说我干,你指出方向,我跃马扬鞭!"

孙现伟哈哈一笑:"我等你再次出手,已经足足有一年之久了,好,终于听到振奋人心的话了。"

朱虎搓着手笑道:"我是大老粗,没啥说的,有什么钉子户难缠户之类,我来解决,保证手到人除。"

夏想还没说话,就听到门外传来一个洪亮的声音:"有好事不叫上我,太不够朋友了,今天晚上你们得请客。"

赵红江赶到了。

夏想在路上已经电话通知了赵红江,赵红江在路上堵车,才来晚了一步。

见面之后,又不免热闹几句,随后夏想详细介绍了新区的情况。新区一旦立项通过,先由市规划局出规划方案,方案通过后,市委市政府通过,再提交市人大批准,算是正式成立。此时市里会有两项重要工作同时进行,一是确定新区的人事和机构,此为第一大事;二是面向全国进行招商引资,筛选符合新区的企业入驻。

"新区的定位是什么?江山房产在新区的建设之中,定位又是什么?"赵红江一开口就问到点子上,他兴高采烈地说道,"不行我就从二建辞职算了,借建设新区的大好时机,大干一场。"

赵红江不止一次流露过要从二建跳出来的念头，夏想还是劝他打消了这个想法："下一步想个办法，让你扶正，当二建的总经理，别总想着辞职……"

一句话又说得赵红江心花怒放，嘿嘿说道："那敢情好，夏处长一句话，我这个二建总经理的位置算是坐定了。我不也是看着升不上去，心里着急，才想着出来吗？既然能当上一把手，就再干几年也行。"

夏想笑了："就知道你是拿话挤对我，让我帮你想办法。"笑过之后，又说，"新区的定位是娱乐、休闲和人文，集行政、会展、文化、体育、金融商务等为一体的市级中心区，江山房产进入新区之后，以开发经济适用房为主！"

孙现伟大为不解地问："兴建了环城水系，整个新区正好位于下马河两岸，又因为是新区的缘故，可以提前做好各种规划，肯定可以在河岸兴建豪华住宅和别墅……还是豪宅和别墅利润高，盖什么经济适用房？"

萧伍明白了什么："替政府分忧？"

夏想笑着点点头："对，替政府分忧，树立江山房产的正面形象，只是其一。另一个重要的考虑是，肯定会有不少大型集团看中新区豪华住宅的前景，都会蜂拥而来。不提别的，就是达才集团肯定会拿出大手笔去赌豪华住宅和别墅，我们争不过就不如另辟蹊径，专门投资经济适用房。不要小瞧了经济适用房，因为建设新区要征用土地，会有许多回迁户的住房需要政府出面解决，江山房产主动替政府解忧，肯定可以得到政策上的照顾。"

孙现伟服了："还是你厉害，看得长远。也对，以江山房产现在的实力，投资豪宅比较吃力，万一有点闪失就可能出现资金链中断的问题。做经济适用房，在地皮、税收和贷款方面，肯定可以得到优先照顾。到时我们既树立了正面形象，也可以随着新区的建设，慢慢地发展壮大起来。据我估计，新区少说也要三五年才能形成规模。"

经孙现伟一分析，大家才明白夏想的长远打算，都纷纷表示赞成，算是定下了江山房产以后的发展方向。正事商议完毕，孙现伟就吵嚷着要聚一聚，要出去喝酒，说是大家好久没有聚在一起了。夏想也不想扫了大家的兴，就答应下来。

孙现伟提议去最近新开的川菜馆逍遥居，他兴致勃勃地说道："就在瑶池的旁边，两家离得很近，瑶池里面的美女进进出出，十分养眼。而逍遥居的川妹子那叫一个水灵，燕市的姑娘跟人家没法比，光是一身好皮肉就差出了好几个档次……啧啧！"

夏想虽然被孙现伟的风骚气得没法，最后也没勉强，还是如他所愿，一起去了逍遥居。

几人刚坐下，萧伍就接了一个电话，然后一脸难色地向夏想请示："凤美美正好在附近，她也想过来凑凑热闹。"

夏想就说："让她过来好了，也没外人。"

孙现伟嚷嚷："就是，就是，快请美女过来。"

萧伍为难地看了孙现伟一眼："就是因为你在，我才不想让美美过来。"

众人都哄笑孙现伟，孙现伟臊着脸，微带尴尬地说道："我的形象就这么不好？完了，形象都让你们给毁了。以后一定要像江山房产一样，争取树立正面的光辉形象……"

话未说完，旁边路过一个美女，孙现伟的眼光又黏在了美女身上，连话都忘了说，直直地只顾看美女的身材。

夏想无奈地摇了摇头，对萧伍说："你自己看着办好了，美美想过来，认识一下也好。"

夏想听萧伍说过，凤美美在一家文化公司上班，工作一般，就有心让凤美美到曹殊絷的公司帮忙。

不多时，凤美美赶到了。

凤美美的穿着非常妖艳，一身红衣的风衣，长筒靴，紧身裤。本来她的身材极好，又练过舞蹈，长靴更衬托得双腿修长，再加上一张颠倒众生的娇媚之脸，一进逍遥居的大门，就立刻吸引了所有人的目光。

夏想微微皱眉，也许是她的性格使然，凤美美太招摇了，走到哪里总是十分引人注目，不是好事。女人长得漂亮是幸运，但刻意在漂亮之上制造轰动效果，就不是好事了，而且还容易惹事。萧伍又是一个急性子，他太爱凤美美，一旦出事，很容易无法收场。

凤美美落落大方地和众人打过招呼，不理孙现伟的玩笑，目光最后落在夏想身上，看了夏想小半会儿，才说："一直听萧伍说起你的好，我今天特意过来就是想见见夏哥，感谢夏哥一直以来对萧伍的照顾。"

萧伍不好意思地笑了笑："哪里用得着你替我感谢，我心里有数就行了，真正的感谢在于行动，不在口头上。"

凤美美瞪了萧伍一眼："就你笨嘴拙舌的，能说出什么好听的话？我替你说，是为你着想。做人，不但要会做事，更要会说话。"

夏想笑了："萧伍是我的兄弟，是一家人，一家人不说两家话，说什么感谢的话就见外了。来，美美快坐下，想吃什么随便点，今天孙现伟请客。"

孙现伟哈哈一笑："对，对，今天我请客，随便点，就是把饭店全包下来也没问题，只要博得美人一笑，一掷千金也在所不惜。"

朱虎在一旁嘟囔了一句："傻瓜，人家一笑也是冲萧伍，你花钱买别人高兴，是不是有毛病？"

赵红江拍了拍朱虎的肩膀："老兄，孙现伟是个好人，他的心多善良，有一副助人为乐的好心肠，我们应该支持他才对。"

朱虎明白过来了，连连点头："对，要支持，一定要支持。服务员，上最好的菜拿最贵的酒……"

夏想哈哈大笑："老朱，你的刀也挺快，宰起人来也是毫不含糊。"

朱虎不好意思地抓了抓头，说道："那个，也不是了，我也是为了让现伟高兴高兴。他是大款，不上好酒好菜显示不出他的气派。"

孙现伟最大的缺点就是好色，一见美女就有现眼的心思，听朱虎一说，更是上脸，说道："朱老哥说得对，既然我决定请客了，今天又有美女作陪，就别给我省钱。要是光请你们，越省越好。有了美女赏光，自然就不一样了，说白了，你们是沾了美美的光。"

凤美美嫣然一笑，说道："那就谢谢孙总了。"

孙现伟得意忘形，忙说："叫孙总多见外，叫孙哥。"

夏想坐在他的旁边，就在桌子下面踢了他一下，说道："注意你的形象，好歹也是老大哥了，别让别人笑话你。"

孙现伟嬉皮笑脸地说道："别人谁会笑话我？再说笑话就笑话，我也不怕。"

"要是夏哥笑话你呢？"凤美美的一双凤眼笑意流露，看了孙现伟一眼。

孙现伟见夏想的脸色有点阴晴不定，心里没底，就急忙收敛了几分，说道："他一般不会笑话我，不过真要是笑话我的话，我就闭嘴。"

夏想意味深长看了凤美美一眼，心想凤美美果然有眼色，说话办事比她实际年龄成熟一些，就点头说道："不闹了，吃饭。"

孙现伟果然立刻识趣地闭了嘴。

不过酒过三巡之后，气氛又热闹起来，尤其是孙现伟，因为有凤美美在场，话特别多。好在凤美美总能从容应对，一点也不怯场，更不会冷场，夏想也就由他去。毕竟大家相聚要的就是热闹和放松，凤美美能够应付，就不必再让孙现伟难堪。

孙现伟今天也是难得地高兴，一是好久没有和夏想聚了，二是夏想又给他带来了重大的利好消息，三是朋友聚会又有美女作陪，他难免有点喜不自禁。

一瓶酒下肚之后,觉得意犹未尽,就冲夏想说道:"我向领导请示一下,我也想找个美女陪我,请问领导是不是同意?"

夏想想了一想,没觉得有什么不妥。尽管知道孙现伟肯定叫来的是小三,不过毕竟大家都熟悉了,让小三和大家认识,也是孙现伟将大家当成自己人的表现,他就没有反对。

孙现伟打了一个电话之后,不到十几分钟就来了一个模样清纯的女孩儿,长得还算不错,就是有点瘦,脸型有点像汤唯的巴掌脸。她冲每一个人都打了招呼,自我介绍说道:"我叫佳佳,是师范大学的大三学生,请多多关照。"

还有模有样地向大家鞠了一个躬。

孙现伟看出了大家眼中的疑问,得意地一笑:"没错,你们都猜对了,佳佳是日本人,原名叫苍井空……来,佳佳,坐我旁边。"

夏想差点一口酒喷了出来,太恶搞了,孙现伟找了一个日本妞也就算了,叫什么不好,偏偏叫苍井空?他忍住笑,连连说道:"好,好,叫苍井空好,真是好名字。"

没想到孙现伟也有纯洁的一面,他居然不知道苍井空是谁,不解地问:"苍井空的名字有什么好了? 我觉得一点也不好听,还不如佳佳叫得顺口。"

凤美美挺会来事,不一会儿就和佳佳熟悉起来,二人窃窃私语,还不时大笑几声,谈得倒十分投机。聚会的气氛融洽而热烈,夏想也感受到了难得的放松。

不一会儿,凤美美和佳佳起身去洗手间。孙现伟巴巴的非要一路护送,凤美美一脸促狭的笑容,说道:"也好,就请孙总在洗手间门口等候我们两个,如果手里还捧着一束鲜花,就更显出诚意了。"

被凤美美调侃,孙现伟丝毫不觉得尴尬,嘿嘿一笑:"好说,没问题,孙某人一生两大爱好,事业和爱情,通俗一点讲,就是赚钱和泡妞。就算美美是朋友妻不可欺,但只要是美女,就应该享受我博爱之心的礼遇……"说着,伸手做了个"请"的姿势,"二位美女,请!"

萧伍有点不放心,想要说什么,夏想却说:"不要紧,现伟有分寸,他不是重色轻友的人,更不是有异性没人性的家伙。"

孙现伟前方带路,三人一走,几人就一起哈哈大笑,都说没想到孙现伟也有绅士的一面,居然做出了护送美女如厕的雅事,实在是出乎众人的意料。

几人继续喝酒,过了十几分钟,也没见三人回来,萧伍有点坐不住了,站起身来:"我去看看。"

夏想伸手制止了他:"你留下,我正好也要去洗手间,顺道看看。"

夏想一发话,萧伍就放心了,坐下继续喝酒。不多时夏想回来了,笑着说:"我们撤了……现伟喝多了,在女洗手间门口吐了一地,被人骂了一顿流氓,现在正在大堂休息。"

众人大笑,孙现伟这一下丢人丢大发了,想当护花使者不成,反而成了被人唾弃的图谋不轨的流氓,也是自讨苦吃。

到了大堂才发现,佳佳在一旁照顾孙现伟,凤美美正在跟大堂经理解释,旁边还站着几个气势汹汹的男人——想必是正在如厕的女人的男人来找孙现伟的麻烦了。

夏想几人一到,几个气势汹汹的男人一见他们的气势,立刻就软化了立场,说了几句气话就走了。夏想也没和他们计较,结了账,就扶着孙现伟向外走。

一出门,就看到了瑶池。

狭路相逢

金碧辉煌的瑶池灯火通明,一派盛世气象。门口一左一右矗立两根巨大的罗马柱,罗马柱上面,有一面哥特式的拱形墙,墙上是异域风情的美女出浴的浮雕。在精心营造的灯光效果照映之下,给人无限联想的空间。

孙现伟被外面的冷风一吹,立刻清醒过来,嚷嚷着要去结账,却被告知赵红江抢先结了账。他不满地嘟囔几句,一抬头看到了瑶池,就笑容暧昧地说道:"诸位,今天晚上我就不回家了,佳佳,走,我们去泡个鸳鸯浴。"

佳佳有着日本女人特有的顺从,应了一声,还不忘冲众人点点头,上去扶着孙现伟就走进了瑶池的大门。夏想见孙现伟还有点走不稳,不太放心,就当前一步也迈进了瑶池的大门,回头对几人说了一句:"等我一下,我送他一程。"

瑶池刚开业不久,不过已经打出了燕市第一洗浴中心的名气,里面更是装修得十分豪华——水晶吊灯,大理石地面,直径一米以上的立柱,还有许多欧式雕塑,犹如皇宫一样奢华。

门口的迎宾也是一色高挑的美女,穿一身大红旗袍,开叉到了大腿以上。因为是冬天的缘故,穿了紧身的肉色丝袜,也十分诱人。衣服艳红,人却是皮肤雪白,显得十分美艳夺目。门口一左一右各站着四人,一共八人,一有客人经过,就会一起弯腰鞠躬,声音甜美地说道:"欢迎光临瑶池!"

确实让人赏心悦目。

夏想顾不上欣赏瑶池的美景,紧跟在孙现伟身后,看着他摇晃之间来到换鞋处,坐在了等候区的沙发上。

夏想还没有上前问他几句行不行,就听到身后传来脚步声,回头一看是凤美美跟了进来。

凤美美好奇地打量瑶池的装潢,不解地问:"不就是一个洗澡的地方,装修得这么好,怎么收得回投资?男宾每位三十八元,女宾二十八元,一天得多少人流才能维护开支?"

夏想只好咳嗽几声,没有正面回答。凤美美虽然穿着大胆,外表娇媚,但其实只是她的外在表现,骨子里她还是一个保守并且纯真的人。夏想不可能给她介绍说,其实洗浴中心不靠门票赚钱,是靠其他只可意会不可言传的项目赚钱。

夏想只是冲凤美美点了点头,没有说话,来到孙现伟身边,说道:"行不行?不行的话就回家睡去,别在外面过夜了。"

孙现伟半醉半醒,以为夏想问他某方面的能力行不行,就大声说:"行,怎么不行?别看我比你大几岁,正是如狼如虎的年龄,厉害得很。"

一句话惹得来往的客人都对孙现伟侧目而视。

夏想又将萧伍的电话号码给了佳佳:"看着他点,别让他闹,有事情就给萧伍打电话。"

佳佳点头哈腰地记了下来,十分细心地扶着孙现伟,转身就向里走。夏想目送他们离去,回身也要回去,还没回头,就听到了凤美美惊恐的叫声:"你放开我!拿开你的臭手!"

夏想一惊,急忙回头一看,只见一个脑满肠肥的男人,伸出一双肥硕的猪手,抓住了凤美美风衣的下摆。肥如猪头的大脸之上堆满了令人生腻的笑容,嘴里还不停地说道:"小妹妹,小姑娘,小美女,我是消费者,我有你们瑶池的贵宾卡,知道不?白金贵宾,可以打七折的贵客卡,最高级!"

敢情猪头男人是将凤美美当成瑶池的迎宾小姐了,也是,她的红色风衣和瑶池迎宾小姐的着装很像。再加上她身材高挑出众,不细看,还真和迎宾小姐有几分相似。

但问题是,好歹瑶池也是高档娱乐场所,来消费的客人多少都有点来头,又有白金卡在手,岂能不知道迎宾小姐是可看不可碰的花瓶?迎宾小姐再漂亮,不属于可消费的对象。她们和里面的按摩小姐不一样,即使是按摩小姐也有层次划分,不是随便就能动手动脚的。

来洗浴中心还有强拉强拖的行为,真是丢人丢到家了,好歹来洗浴中心消费,也要讲究一个脸面不是?在大堂之上就拉扯迎宾小姐,可见素质确实低下。

凤美美拉了两下,没有摆脱猪头男人的魔手,大怒之下,抬腿一脚就踢在了猪头男人的小腿上。猪头男人痛得哇哇直叫,伸手推了凤美美一把,正推在凤美美的肩膀之上。

凤美美一个趔趄,站立不稳摔倒在地上。猪头男人犹不解恨,上前抬脚就踢,嘴里还骂:"一个迎宾小姐,跟老子装什么装?知道老子是谁吗?告诉你,老子的儿子是公安局刑警队长,他叫宋钢。老子是处长,老子叫宋德道。"

眼见猪头男人的臭脚就要落在凤美美的身上,只听见一声怒喝响起:"我知道你是谁,你就是宋浑蛋!"话音未落,又见一只脚凭空飞出,正踢在猪头男人的小腿之上。这一脚踢得比凤美美刚才的一脚力度可大多了,只听猪头男人杀猪般嚎叫了一声,一个翻滚就倒在了地上。

正是夏想及时出手,才避免了凤美美惨被凌辱的下场。

凤美美惊魂未定,双手抱住夏想的胳膊,脸色发紫,颤抖着说不出话来。夏想轻拍她的肩膀,轻声说道:"不用怕,有我在!"

简简单单的一句话,却给了凤美美前所未有的镇静,让她紧张惶恐的心一下就平静下来。她看了夏想一眼,胸口还起伏不定,微微颤抖地说道:"谢谢你,夏哥,谢谢你救了我。"

宋德道摔倒之后,火冒三丈,哪里来的不知天高地厚的小毛孩,还敢动手?夏想的一脚踢得很重,他感觉腿好像要断了一样,定睛一看才看清凤美美不是瑶池的迎宾小姐,才知道他喝酒之后认错了人。但随即一想,正常女人谁会来洗浴中心,又穿得如此娇艳,肯定不是良家妇女。再看凤美美比起瑶池迎宾小姐那些花花草草可是漂亮多了,在大怒之余,不由又动了色心。

宋德道挣扎着从地上爬起来,和他一起来的两个人,一个是同事,一个是客户,二人急忙扶宋德道起来,本着息事宁人的想法,小声劝他离开了事。宋德道哪里肯听,让同事打电话给他的儿子宋钢,然后用手一指夏想,盛气凌人地说道:"小子,过来给我道歉,我就考虑放你一马,否则你今天别想出了这个门。"

夏想想起刚才他的色狼行径,心中怒火中烧,说道:"宋猪头,你刚才的猪手摸了她的衣服,过来道歉认错,今天我就考虑放你一马。"

宋德道虽然右腿钻心地疼痛,一听夏想的话反而气笑了:"你小子知道我是谁不? 我是处长! 知道瑶池是谁开的不? 是我的朋友张军开的! 你算个什么东西,敢打我,还敢冲我大呼小叫,要不是看在你旁边美女的面子上,我早就打你个半死了。"

夏想看着宋德道肥头大耳的模样,轻蔑地说道:"我管你是处长还是局长,也不管张军是谁,你刚才对我的朋友不尊重,就得赔礼道歉,否则的话,你今天别想走出瑶池! "

宋德道勃然大怒:"反了你了! 不知轻重的小子,看老子不收拾你。"

宋德道五十来岁的人了,身体肥胖如猪,动起手来居然也是难得地迅捷,一个箭步就蹿到了夏想面前,扬起肥大的手掌,就朝夏想脸上打来。

当众打脸,宋德道的举动算是彻底惹怒了夏想。如果不是看在他年纪有点大的份儿上,夏想早就一脚将他踢得满地找牙了。本着尊老爱幼的优良传统,夏想没有还手,只是向旁边一闪,然后很不忍心地轻轻伸脚一绊——宋德道水桶一样的身体收势不住,"扑通"一声摔了一个狗啃泥!

宋德道摔倒在地,气得七窍生烟,一翻身又爬了起来,怒不可遏地骂道:"还敢还手,你小子活腻歪了是不是? 有种你别走,一会儿让我儿子收拾你。"

老子上洗浴中心闹了事,让儿子来收场,还真是一个少见的模范家庭。

宋德道骂完之后,还不解恨,又张牙舞爪朝夏想扑了过来。夏想正想还手,忽然从空中飞来一只拖鞋,正中宋德道的鼻梁,当即打得他满脸是血。

楼上传来了孙现伟的怒吼:"狗娘养的东西,敢打我兄弟,看我不灭了你! "

瑶池一共四层,设计得很有特色,大堂之上就是天井,可以一眼看到顶层的天瓦。同样,在楼上也可以俯视大堂,将大堂之中发生的一切尽收眼底。孙现伟迷糊之中刚走到二楼,就听到大堂传来吵闹之声,他是个生平最爱看热闹的人,顿时酒醒了大半,俯在栏杆上向下一看。不看还好,一看之下顿时大惊失色,原来是夏想和人对峙。孙现伟大怒,有人敢惹夏想就和惹他没有两样,情急之下,脱了拖鞋就扔了下去。

拖鞋砸中了宋德道,孙现伟酒劲全醒,一阵风一样跑到楼下——他和夏想不一样,可没有任何尊老爱幼的美德,也不管宋德道有多大年纪,上去就一脚踹在他的屁股上,骂道:"老东西,一把年纪了还来混洗浴中心,都不知道丢人多少钱一斤。丢人就丢人吧,你还敢闹事,真是一个老妖精。"

宋德道太胖了,孙现伟一脚踹上,他只是晃了一晃,没有摔倒。刚刚被人一只鞋砸破了鼻子,现在又被人摸了老虎屁股,宋德道几乎要发狂。他手捂着鼻子,冲服务台大喊:"张军在哪里?快叫张军出来,就说老宋被人打了,让他快出来收拾这帮杂种。"

夏想也怒了,上前冲宋德道的脸左右开弓连打两个耳光,说道:"一个耳光打你不是个好东西,另一个耳光打你满嘴污言秽语!"

和宋德道同来的两个人都是胆小鬼,在旁边站了半天,没有一个人敢上前劝架,更不敢出手相助。宋德道被打得晕头转向,索性坐在地上大喊大叫:"张军,你快出来,快来救我,我被人打了!"

早在几人动手之前,保安就迅速通知了张军。张军原以为宋德道仗势欺人惯了,肯定不会吃亏,就让保安按兵不动,等宋德道打够了再出面收场。没想到事情变化太快,转眼间宋德道被别人打了,他顿时大惊失色,忙让保安立刻将打人的人全部扣下,不能放他们离开。

宋德道的儿子宋钢在市南区分局刑警队工作,虽然才二十八岁,但已经是副队长了,就是因为宋德道有钱,送了上百万元为儿子买了一个副队长。瑶池正好在宋钢的管辖范围之内,市局一有行动,宋钢就会及时向张军通风报信。因此张军一直和宋德道关系不错,听到保安说宋德道被打得满脸是血,也是急得不行,从三楼的办公室一溜小跑来到大堂。

一看到宋德道的狼狈模样,张军顿时火冒三丈,冲夏想嚷道:"是你动手打的人?胆子不小,在我的地盘上也敢动手,看来不知道瑶池是谁罩的,是不是?"

夏想笑了笑:"开洗浴中心离不了公安口有人,你能开瑶池,证明也有点来头,是市局还是省厅罩你?看你的规模,应该在市局和省厅都有人,要不也开不安稳。"

张军一愣,心想这人是谁,还知道一点圈子里的事情,随即又问:"你是什么来历?说个清楚,别大水冲了龙王庙。"

夏想轻轻地摇了摇头:"我的来历你不必知道,我只是想告诉你,宋德道先是抓了我朋友的衣服,非常不礼貌,举止不文明。他不但不道歉,还满嘴脏话,又动手打人,你说事情该怎么处理?"

张军能将瑶池开起来,也是八面玲珑之人,不是一有风就点火的人。但今天的事情不管是不是宋德道有错在先,现在满脸是血的是宋德道,不是眼前的小伙子,他心中就有气:"你们打了人还理直气壮,好,就等警察来处理好了。"

被抓

"处理你个头，那个大肥猪冲我们的人动手动脚，还先动手打人，要是我，早就把他打得哭爹喊娘了，才打破了他的鼻子，太便宜他了。张军，你让开，让我再揍他一顿解解气。"孙现伟也弄明白了事情的缘由，直埋怨夏想下手不够狠，又见张军明显偏袒宋德道，更是忍无可忍，一挽袖子就冲了过来。

张军不认识孙现伟，见他的样子就知道喝了不少酒，又见孙现伟怒气冲冲地冲了过来，本来还强压的火气一下升腾起来，心想哪里来的野小子，打了人还想在他的地盘上耍横！不让他们见识一下世面，他们还真以为瑶池可以任由他们撒野？传了出来，以后还怎么在圈子里混？

他向后一退，手一挥说道："保安，控制局面，别让一个人跑掉。"

早就准备好的十几个保安"呼啦"一声涌了上来，将夏想和孙现伟围在中间，借推推搡搡之际，开始下手打人。张总吩咐的控制局面的意思就是好好收拾他们一顿，保安都是血气方刚的小伙子，只要老总有令，才不管对方是谁，打了再说。

夏想还好，会几下拳脚，挡了几人的拳脚，还能还手。孙现伟就不行了，没几下就被打倒在地，倒在地上还被几个人围着拳打脚踢。不过他倒是嘴硬，一边还手一边骂："有本事别停，打爷爷一下，一会儿爷爷还你们十下。哎哟，你他妈的真狠，我记住你小子了，等着……"

宋德道一边擦脸上的血，一边骂道："打，给我狠狠地打，最好把腿都给我打断，然后我让你们在燕市连医院都住不上，让你们尝尝老子的厉害。"

张军也气势汹汹地说道："给脸不要脸，也不看看瑶池是什么地方，还敢在我的地方撒野，以为我张军好欺负？别住手，好好教训他们一顿，让他们以后长长心眼！"

眼见夏想也要支撑不住的时候，瑶池的旋转门传来"哗啦"一声巨响，价值不菲的玻璃被人一脚踢碎。三个人从外面冲了进来，二话不说，个个如猛虎下山一般，冲到保安之中，片刻之间就打倒了三五个人。

正是萧伍、赵红江和朱虎三个人发现了不对，情急之下破门而入，前来救急。

三个人在外面等了好一会儿，都纳闷儿怎么夏想还不出来。朱虎无意间探头往里一看，才发现不对。萧伍一见夏想被人围攻，顿时头脑一热，什么也顾不上,他嫌旋转门太慢,就一脚踢碎玻璃冲了进去。

萧伍是特种兵出身,拳脚功夫自然厉害,三两下就放倒几个,而且下手极重,招招直奔人体最难忍受的痛点而去。所有被他放倒的人都满地打滚,没有一个站得起来!

赵红江早年在工地经常和工人们厮混在一起,没少干打架斗殴的事情。今天喝了点酒,见夏想被几个人围着,就血向上涌,"嗷"地叫了一声扑进了人群,三拳两脚就打倒两个。一回头发现宋德道在一旁指指点点,还骂骂咧咧,顿时扑了上去,冲着宋德道的一身肥肉好一顿拳打脚踢。

张军见宋德道在他面前挨打,也急了,就亲自上阵,一拳伸出还没有打到赵红江身上,就感觉腮帮子一阵剧痛传来,然后眼冒金星,脚下一滑没有站稳,身子一晃就摔倒在地。

正是朱虎见形势不妙,提着粗壮的拳头就给了张军右脸一拳。朱虎是农民出身,又在工地干了一段时间的小工,干的还是搬砖、搅拌混凝土一类的重活,有的是力气。一拳上去,差点儿没把张军打得找不到着北。

张军只感觉右脸好像被火烧过一样剧痛,嘴里一咸,吐出一颗牙齿来。

张军血涌到了头上,在自己的地盘被人打倒在地,脸都丢光了,他一下从地上跳了起来,气急败坏地大喊:"打,都给我打个半死,出了问题我负责!"

现场已经一片混乱了,哭天喊地倒在地上的保安,还有围观的客人,吓得花容失色的迎宾小姐……张军的声音虽然不小,但已经没人听得进去——十几个保安在夏想、萧伍、赵红江和朱虎的联手之下,不一会儿就倒了一片。

宋德道被打得满嘴血沫,话都说不清楚了,还嘴硬:"我儿子是宋钢,他马上到,你们等着,我要把你们都抓进去,让你们尝尝坐牢的滋味。"

说到还真到了,外面一阵警笛声过后,一个英气逼人的年轻人火急火燎地从外面冲了进来,一见宋德道的模样,大喊一声:"爸,你怎么被人打成这样了?哪个王八蛋下这么狠的手?我,我要杀了他。"

来人正是宋德道的儿子宋钢。

宋钢怒火攻心之下,一伸手从腰间拔出手枪,顶住了孙现伟的脑门,恶狠狠地说道:"王八蛋,信不信我一枪打死你?"

孙现伟被乌黑的枪口顶住脑袋,居然还笑得出来:"小子,动不动就拔枪,你怎么当上的刑警?知不知道枪支使用条例?你打死我,不但你会没命,提拔你的人,还有所有和你有牵连的人,都得犯事,你可要想清楚了。"

夏想见宋钢竟然是个愣头青,上来就拿枪顶别人的头,看来心理素质还不过硬。身为刑警,居然随便拔枪出来,要知道,这里是中国,不是美国!这种行为是严重的违纪行为!

不过为了防止宋钢冲动之下做出傻事,夏想还是暗示几人都不要轻举妄动。

片刻之后,又冲进来几个警察,有宋钢的同事,也有片区内的民警,都同一时间赶到了。看来是有人暗中报了警,民警前面的一人正好夏想也认识,是历飞。

上一次肖佳的蔬菜被人恶意查扣,夏想出面替她摆平,其中就有历飞的功劳。历飞也因此由副所长扶正成为所长。夏想后来一直没有和历飞联系过,没想到,他调到了这一片。看样子,还是一个所长。

历飞见是夏想,一愣,想开口说什么,被夏想用眼光制止。历飞会意,知道夏想心中有数。

和宋钢一起来的几名刑警忙劝宋钢放下枪,有话说话,有理说理,动枪不行。历飞也在一旁劝宋钢不要冲动,不要将事情闹大,否则到时谁也无法收场。

宋钢也渐渐地冷静下来,将枪收了起来,先让手下看好夏想等人,然后扶起宋德道和张军,简单问了问情况。听了宋德道颠倒黑白的说辞,以及张军添油加醋的描绘,他怒火冲天,冲手下几人一点头,说道:"带回队里,好好审问审问,我怀疑他们私藏毒品……"

私藏毒品就是刑事案件了,宋钢的意思显然是想将夏想等人先控制起来,带到刑警队好好摆布一番解解气再说。不说打伤打残废,也要让他们十天半月下不了床。敢欺负他的老爸,还在瑶池闹事,谁不知道瑶池有市局副局长和省厅副厅长的关系?一帮无名小辈,自己找死也不看清楚地方,他宋钢的老爸也敢打?瑶池这样的地方也敢惹事?

真是一群傻瓜,不好好教训教训,不知道燕市是谁的天下!

历飞一听不干了:"宋队,明明是治安案件,你怎么乱说成刑事案件?这事应该归我们汇园派出所管,你不能把人带走。"

"我就是怀疑他们私藏毒品了,怎么着?"盛怒之下,宋钢才不将历飞一个小小的派出所所长放在眼里,"有问题直接找局长反映,你跟我说不着。难道刑警办案,还要向你们民警汇报?带走!"

几个刑警过来,二话不说就给夏想几个人带上了手铐。见夏想一点也不反抗,反而镇定自若,萧伍几人也就顺从地主动伸出了手。

夏想不慌不忙地冲历飞点头说道:"先不用通知孙伯伯了,现在惊动他反而不好,你想个办法让我们几个晚上不受治就行了,到明天就有好戏看了。还有,帮我护送凤美美回去,告诉她不用担心,最晚明天下午我们就能出来。"

历飞不敢怠慢,一一照办。他可是知道夏想的能量,即使曹永国不在燕市了,夏想在市里的影响力他也清楚得很。别的他不太清楚,不过知道市委常委、秘书长李丁山和夏想的关系,亲密无间,听说陈风陈书记对夏想也是十分照顾。

历飞有心劝宋钢一句,见宋钢一副怒不可遏的样子,再想起刚才他对自己的轻视,心想算了,不做好人了。他都不知道惹的人是谁,还牛气冲天以为一个分局的刑警队副队长有多了不起,真可怜。就是分局局长知道你抓的是夏想,也得赶紧赔礼道歉。

请神容易送神难,宋钢,你有大难了。

历飞招呼手下收队,同时护送凤美美回去。几个民警很不服气地说道:"刑警有什么了不起,总是看不起我们民警……"

历飞嘿嘿一笑说道:"你们也不用生气,其实刚才的几个人让宋钢带走正好,要是让我们带走,才是一件麻烦事。"

"那几人是谁,有什么来头?"几个民警也听出了历飞话里有话。

历飞很神秘地摆摆手,说道:"不说了,说了你们也不知道,反正你们惹不起,我惹不起,宋钢惹不起,就是咱们孙局见了,也得客客气气的……"

几个民警惊讶地张大了嘴巴:"那宋钢不是请了一位爷去?"

"不是他的爷,是他的二大爷!"历飞笑了起来。

再说夏想几人被塞进了警车,一路飞驶来到了市南区分局刑警大队。几个人被押着像犯人一样提到了审讯室,孙现伟一脸无所谓的笑容,还说:"幸亏是晚上,谁也看不见。要是让人看见,我的脸就没地儿放了。"

夏想笑他:"你的脸才多大,你忘了我们燕省的老书记,刚来燕省时微服私访到饭店吃饭,也被警察盘问过,我们被抓算什么,小事一桩而已。其实我说,要是白天才好,越多人看见,就越有轰动效果。"

夏想说的是高成松的前任省委书记微服私访的事情,在燕省曾经传颂一时。

几个人一开始被关在一起,不一会儿分别进来几个警察,将几人分开带到了不同的屋子,准备进行分别审问。对于夏想还是特殊照顾,由宋钢亲自过问。

宋钢只问了夏想几句,就开始诱导他,想让他承认私藏了毒品。夏想知道,宋钢绝对是想陷害他,说不定已经想好了栽赃的法子,不管他开不开口,明天肯定能从他们身上搜出来毒品。没问几句,宋钢就失去了耐心,双目通红地说道:"小子,我不管你是谁,今天你落在我手中,就别想能好好出去。你惹了我爸,惹了张军,都是你惹不起的人,等一下我会让你尝尝生不如死的滋味,你就后悔投胎做人了。"

宋钢咬牙切齿地说完,一摆手,进来两个人,准备先让夏想坐坐老虎凳。还没有绑好夏想,宋钢的电话就响了。

宋钢出去接听了一个电话,回来后脸色很难看,不以为然地说道:"请动了分局局长为你说情,行,有点面子。不过不管用,我先收拾你再说,打,打到他招为止。"

看来宋钢是铁了心要置他于死地了,夏想可不想吃亏,伸手说道:"等一下,我有话说。宋钢,我建议你再等等,一会儿可能还有电话找你。还有你们两个警察同志,宋钢不怕得罪分局局长,你们也不怕?你们可没有一个有钱的老爸,是不是?"

两个警察面面相觑,神色之间有点动摇。

宋钢一咬牙:"谁的电话我也不接,我看你还有什么本事。我今天就收拾你,明天再有什么处分,我也认了。"

"宋队,你冷静一点,犯不着连前途也搭进去。"一个警察看出了不对,开口劝道。

"就是,万一出了岔子,没法收场怎么办?"另一个警察也劝道。

两个人是宋钢的亲信,宋钢有什么事情都不背着他们,都让他们去做,他们在宋钢面前也说得上话。

"别听他胡说,他是故意吓人。他真要有来头,也不能被我们抓了进来,是不是?"宋钢确实是急了,说话间,竟然将手机关机了。

"打,按照老办法,要内伤,别有外伤。"宋钢下了死命令,"必须打,否则别怪我翻脸。"

下套

两个警察无奈,只好准备动手。刚拿了一本厚书放在夏想肚子上,就听到外面警笛声大作——四五辆警车闯进了分局,从上面下来一群民警,以历飞为首,所有人都来到楼上,不顾阻拦冲进了审问室。

"我们要求旁听。"历飞向宋钢提出了要求。

宋钢嗤之以鼻："你们有什么资格旁听刑警的审讯？赶快走人，否则我向分局投诉你们。"

历飞寸步不让："不让旁听也可以，我们就在外面守着，看有没有刑讯逼供的事情发生。如果有，我们将会记录下来，向上级反映情况。"

宋钢见历飞赶不走，又是系统内的，打又打不得，实在没有了办法，就说："好，你护着他们？等着，一会儿等电话。"

宋钢向市局张将副局长汇报了情况，又向省公安厅刘战武副厅长汇报了情况。张将和刘战武都是张军的后台，尤其是张将还是张军的堂兄弟。一听有人敢在瑶池闹事，不但砸了东西，还打了人，张将勃然大怒，冲宋钢下了命令："不管是谁说情，一概不准。先扣他们一晚上再说，明天一早我亲自过问此事。"

刘战武也没少收张军的好处，和张将的关系也算不错，就让宋钢按照张将的吩咐去做，出了问题由他顶着。得到了公安厅副厅长和市局副局长的亲口承诺，宋钢觉得放眼整个燕省，也没有什么人能救夏想几个人出去了，既然落在了他的手中，就别想好好地出去。

只是让宋钢可气的是，历飞就是赖着不走，让他想先收拾夏想几人的想法落了空。他不甘心，又给张将打了电话。张将以非常严厉的口气命令历飞不得干涉刑警办案，否则要对他严加查处。历飞口头答应，放下电话，还是说什么也不走，还耍赖地说道："有本事你也拿枪顶我的脑袋，有本事你让刑警队的人把我们打出去，要是出现了刑警队和派出所打架的重大事件，没关系，我陪你一起丢官！"

宋钢也不知道历飞哪里来的底气，敢不听副局的话，非要和他死扛到底，他索性扔下了一句狠话："行，算你有种，你就在这里守一夜，明天我有的是办法让他们开口。我就不信，你还能一直守上几天几夜！等明天张局过来时，有你好看。"

历飞不以为然地笑道："我已经很好看了，不需要再好看了，要不我们比比谁更帅？"

宋钢没理历飞，气急败坏地走了。

历飞表面上硬挺夏想，其实心里多少还是有点没底，因为他对夏想的了解仅限于夏想是曹永国的女婿，和市局一把手孙局的关系良好，还有陈书记也对夏想十分欣赏。但公安系统是垂直领导，听说宋钢为了整死夏想，还直接越级向省厅汇报了情况。历飞也知道公安系统自有一套手段，如果将夏想的事情非给陷害成了铁案,再有省厅过问的话,陈书记的话也未必镇得住省厅,到时该怎么收场?

夏想也是,怎么非要和宋德道过不去? 宋德道不过是一个药监局的处长,以夏想的脾气,犯不着和他一般见识,也不至于为一件小事打得头破血流,到底是哪里不对?

不过历飞思来想去一番,想到夏想上一次翻云覆雨的手段,心中又多了几分信心。又想到夏想对他寄予重托,就指望他能帮他们几个人一晚上不被人打。得了,就一晚上的事情,看明天会有什么变故出现。夏想呀夏想,你别让我失望才好,我的前途可全交到你的手中了。

夏想的想法历飞自然不会清楚,如果仅仅是因为凤美美被宋德道调戏,夏想也许不会大动干戈,只会将宋德道暴打一顿,然后从容脱身。他想要离开现场,不被宋钢抓获,可以说易如反掌。之所以故意等着宋钢的到来,就是想借此机会,将宋家父子一网打尽。

对于宋德道这样仗势欺人、见色起淫心的败类,就该让他落马,就得将他清理出官员的队伍。否则就是百姓不幸,国家不幸。

还有他的儿子宋钢,一上来就拔枪对人,可见也不是什么好人。既然让他遇到了,不收拾了他们,也是纵恶不咎之过。夏想将计就计,决定拿他们开刀。

用正常手段查宋家父子,不但费时费力,还容易被他们的利益同伙偏袒,夏想想忍了一晚上的冷板凳,用借刀杀人之计将宋家父子斩落,也是速战速决之计。让他们的利益同伙来不及出手保他们,就已经尘埃落定。

当然,夏想可不是冒失之人,将几人的安危全部寄托在历飞身上。他不是不相信历飞不卖力,而是不敢肯定历飞能不能顶得住压力。在瑶池的时候,在让历飞护送凤美美和佳佳回去之前,夏想就已经暗中告诉了凤美美,让她打电话给方格说明一下情况,让方格见机行事。

凤美美和方格是旧识,自然有方格的电话,当即就打给了方格。方格和夏想在一起久了,也明白夏想见机行事的含义,也知道暂时由历飞出面如果可以保得夏想安然无事,他就不再露面。他暗中找了两个相熟的报社记者躲在刑警大队外面,只要历飞顶不住压力撤退了,他就顶上。

一夜无事,历飞顶住了压力,硬是一夜没有睡觉。方格见历飞还算尽职,就及时撤退,因为他还要上班,还要配合夏想的计划。

天一亮,历飞硬撑了一夜没睡,也有点顶不住了。大冬天,天寒地冻的,他冻得有点感冒,就想到屋里取取暖,毕竟在车上暖气虽然足,但不舒服。不料宋钢因为他祖护夏想的原因，不让他进屋，气得历飞笑道："真小气，一点气量也没有。"

宋钢正有气难出，被历飞一下点燃了怒火，骂道："你他妈的站着说话不腰疼，你爹被人打了试试，看你还有没有好脾气？"

历飞冷笑一声："我爹自尊自爱，不会去洗浴中心公款消费，也不会在大堂里就拉女人衣服，更不会拉和自己女儿差不多年纪的女人的衣服！"

"你……"宋钢伸手又要拔枪，和历飞一起来的民警"呼啦"一声全部从车上下来，十几双眼睛齐刷刷地看了过来。众目睽睽之下，宋钢的手从腰间收回，冷哼了一声，说道，"有本事你等着，一会儿张局就到，我看你怎么收场。"

历飞仍然嘴硬地说道："我倒想看看，最后你怎么解释。"心里却想，夏想老大，你到底想出了办法没有？一会儿张局来了，我可真的顶不住了。要不要告诉孙安？历飞心里琢磨着，最后还是忍不住打了一个电话。

九点刚过，宋钢就接到了市南分局局长蒋玉涵的电话，向他了解情况。宋钢详细地向蒋玉涵汇报了工作，将夏想一伙人形容成故意闹事，打、砸、抢的流氓团伙，并且还有恶意伤人、私藏毒品的行为……

蒋玉涵沉吟了一会儿才说："尽可能低调处理一下，最好能掩盖过去，孙安向我打了招呼……"

孙安是市局一把手孙局的儿子，宋钢自然清楚，他心中一惊。

要是平常，他肯定会给孙安面子，但现在不同，现在是他老爸被打，瑶池被砸，张军也被当场打脸，这口气无论如何也咽不下。更何况市局副局长张将和省厅副厅长刘战武都是张军的后台，就算他能忍了老爸被痛打一顿的恶气，张军也不会同意！

宋钢就说："蒋局，这事已经惊动了张局和刘厅，张局和刘厅都分别指示要严惩不贷。最近市局有专项的打黑除恶行动，这件事情，我想当成重点来抓，请蒋局指示。"

蒋玉涵想了一想，孙安虽然是孙局的儿子，但他在电话里的口气并不迫切，就是随口过问一下的意思。如果真是他要紧的朋友，孙安应该露面才对。权衡了一下轻重，蒋玉涵决定放手："既然如此，你就看着办吧。"

事后，蒋玉涵为这句话后悔了好几年，因为他没有坚持的原因，错失了结交夏想的好机会！

宋钢现在一心笃定能将夏想的案子做成铁案，有了分局的支持，又有市局副局长的许可，以及省厅副厅长的默认，整个公安系统谁再出面说情也不管用了。就算孙安亲自出面也不行，除非孙局亲自打来电话。不过孙局自恃身份，怎么会为这样的一件小事出头？再说夏想也没有那么大的面子。

不过让宋钢憋气的是，历飞盯了一晚上，他的人没有办法对夏想几个人下狠手，结果什么也没有问出来，连夏想几人是什么身份都没有查到。不过不要紧，今天一天一定能让他们老实地交代清楚所有问题。

不多时，蒋玉涵赶到了刑警大队，对历飞进行了严厉的批评，勒令他立刻收队回所，否则将他就地免职。还让历飞回去后立刻写一份深刻的检查给他，如果不能让他满意的话，还会追究历飞的责任。

历飞顶不住蒋玉涵的压力，带着人马垂头丧气地走了。临走时还想，夏想现在还没有什么动静，难道真要被屈打成招了？

蒋玉涵还有事要忙，只问了几句就走了。宋钢送走蒋玉涵，又来亲自提问夏想。

"姓名？"宋钢想起老爸现在还在医院躺着，虽然都是皮外伤，不过丢人丢大发了，又见夏想不动声色的样子，心中又火冒三丈。

"夏想。"

"职务？"

"处长！"

"什么？"宋钢吓了一跳，随即大笑，"你以为燕市是京城，走到路上随便碰到一个人就有可能是处长？你才多大，还处长？是哪门子处长？"

夏想抬手看了看表，快十点了，心想各方面也该有点反应了，就笑了笑，又说："就你这熊样，年纪不大，级别也挺高，还是什么副队长，我为什么就不能是处长？"

"妈的，还敢耍横。知道你在瑶池打的是谁吗？是我爸！"宋钢咆哮起来，"你小子要是活腻了可以去跳楼，可以去撞火车，你却偏偏不识好歹敢打我爸，我要让你后悔一辈子。"

历飞一走，没人监督，宋钢决定动手。

夏想一副胸有成竹的笑容："我劝你不要动手打人，否则，你更无法收场。告诉你我是处长，我就是正经八百的处长，比你的刑警大队副队长货真价实多了。"

"处长怎么了？你以为我没抓过处长？"宋钢被夏想轻描淡写的态度激怒了，"你落在我手中，是犯罪嫌疑人，别给我摆什么处长架子。只要我给你弄足了证据，别说什么处长，就是一个副厅长，也难逃法律的制裁。"

"呵呵,你跟我讲法律?你陷害我们私藏毒品,难道就合法了?"夏想见宋钢已经动怒,更是一脸淡定地说道,"我听说你爸很有钱,张军也挺有钱,你的刑警大队副队长的职务,会不会是你爸帮你运作的?"

"不错,我爸是有钱,张军也有钱,现在有钱就好办事,怎么了,不服气?不服气你也拿出几百万来,然后再给我磕头道歉,我就考虑放过你。"宋钢一时气急。

夏想假装大感兴趣的样子:"人在屋檐下,不得不低头,宋队,多少钱,你开个价,我们交个朋友。"

宋钢一愣,夏想脸色变化得也太快了,他想了一想,决定唬一唬夏想:"一口价,五百万,保你和你的朋友们平安。前提是,你得向我爸赔礼道歉,我还保证,张军也不会再找你的麻烦。"

好大的胃口,居然张口就要五百万,看来一个小小的刑警队副队长,因为手里掌握着生死大权,也能大发其财。宋德道是个聪明人,怪不得要将他儿子送到公安系统,还下力气当上刑警队副队长,就算花一两百万,说不定不用一年时间就收回了成本。

夏想下定了决心,一定要将宋家父子拿下,否则他们二人绝对是一对祸害。

"五百万太多了,能不能少一点?"夏想假装讨价还价,"一下子拿不出这么多,只有三百万左右。"

"不行,一分也不能少。"宋钢见有戏,心想一下子能大捞一笔,老爸的老脸上挨了几巴掌也值了,"你可以先付三百万,再打一个两百万的借条,分期偿还。"

"也行,不过你不怕我赖账?"夏想又问。

"不怕,你在我这里有案底,你不会因为五百万而丢了前途。大家都是聪明人,钱可以再赚,但前途毁了,一辈子就完了,是不是?"宋钢暂时压住报仇之心,和夏想谈起了生意,"不过如果你没有钱还敢耍我,我会让你生不如死。相信我,我有的是手段让你尝尽痛苦的滋味。"

夏想突然脸色一沉:"宋钢,你如此明目张胆地向一个处级国家干部索贿,就不怕被人举报?你知法犯法,不配当人民警察!"

宋钢一愣,随即哈哈大笑:"就凭你也敢吓唬我?你现在是我的犯人,我让你生,你就生;让你死,你就死!你还敢跟我说大话,死到临头还嘴硬,今天不收拾收拾你,你还以为人民警察都是吃素的……"

宋钢话音未落，就听到院中传来一阵嘈杂的声音，他皱了皱眉，对旁边的人说道："去看看出了什么事？刑警队怎么也有人敢闹事，闲杂人等一律赶出去。"

宋钢的两个心腹手下，一个叫王泽荣，一个叫刘朕华，都是宋钢绝对信任的人。王泽荣应了一声，转身出去，片刻之后一脸紧张地进来，说道："是孙局的车。"

孙局来了？宋钢一惊，有一种不好的预感，他下意识地看了夏想一眼，难道是他请动了孙局？不过一想到有省厅刘副厅长的支持，以及市局张将副局长的许可，宋钢就有了底气。张将在市局也是老资格了，孙局也会让三分，况且还有省厅刘副厅长，孙局也不会为了一个夏想而不给张将和刘战武两个人面子！

宋钢出去迎接，刚走到门口，孙定国就一脸不快地走了进来，一见夏想还戴着手铐，顿时大怒："蒋玉涵，这是怎么回事？谁给你们这么大的权力，敢将夏处长铐住？你这个分局局长，是不是不想当了？"

计成

这一句话分量足够重，别说宋钢当场震惊，差点不敢相信自己的耳朵，连蒋玉涵也是大吃一惊。孙局一向和蔼，还是第一次见他发这么大的火，夏想是个什么来路？

"放人，立刻放人。"孙定国怒不可遏地说道。

和孙定国一同前来的蒋玉涵，此时还看不出孙定国动了真怒，他这个分局局长就真的是白干了。此时他也知道为了自保，顾不上太多了，忙说："主要是宋钢汇报说，夏想几个人涉嫌打架斗殴和私藏毒品，证据确凿，我才听信了他的话……"

宋钢一听暗骂蒋玉涵一点担待也没有，忙将瑶池的事情经过简单一说，又搬出了刘战武和张将："孙局，夏想等人不但打了我爸，还打伤瑶池的老总张军——张军是张将副局的堂弟，还有省厅刘厅也发了话，要求必须严惩凶手！"

"刘厅？"孙定国微一皱眉，刘战武是省公安厅资格很老的副厅长，必须给予足够的尊重，就说，"你给刘厅打电话，我来和他说。"

宋钢急忙打通了刘战武的电话，说了几句，就递给了孙定国。孙定国接过之后，和刘战武也不知说了几句什么，忽然怒道："不行，立刻无条件放人。"

宋钢在一旁暗暗窃喜，刘战武和张军关系莫逆，肯定张军又在刘战武面前上了话，刘战武自认占理，才咬定不松口。

孙定国话未说完，就听见门外又有一个人的声音传来："战武同志不同意放人？来，让我和他说话。"一个人一脸严肃地走了进来，威严地扫了屋里人一眼，目光最后落在夏想身上，眼中闪过一丝笑意，随即又换成了冷峻和不满，"定国，怎么回事？夏想同志还被铐在刑警大队，你让我怎么向叶书记交代？"

宋钢一见来人，差点吓得坐在地上，来人不是别人，正是燕市第一号人物陈风。

省委常委、市委书记陈风亲自光临一个小小的刑警大队，可是头一遭。宋钢一瞬间有点脑子僵化，陈书记意外现身，难道也是为了夏想？

陈风理也不理蒋玉涵和宋钢讨好式的问好，从孙定国手中拿过电话，非常不满地说道："战武同志，你有什么意见告诉我，由我再转达给叶书记好了。今天早上我正在开会，突然接到了叶书记的电话。叶书记二话不说就批评了我一顿，说是他有工作安排夏想同志去做，结果没有找到人，一问才知道被刑警队误抓了进来。叶书记说了，如果夏想同志耽误了重要工作，要拿我是问。我没有办法，就只好拿别人是问了。怎么，你还有没有问题？没有了？没有最好，有的话，我就直接反应给叶书记了！"

陈风说话的口气很冲，抬出了叶石生暂且不说，他本身就是省委常委，是燕省所有官员都要敬三分的省领导，哪怕用命令的口气对刘战武说话也是正常！

宋钢一屁股坐在椅子上，脑子里只有一个声音在不停地回响：不可能，怎么可能？一个夏想不但惊动了陈书记，还惊动了省委叶书记，他到底是什么厉害人物，怎么这么大的来头？

陈风走到夏想面前，亲自为夏想打开手铐，紧紧握住夏想的手说道："夏想同志，你受委屈了。有什么情况，尽管向我和孙局长反映，我们今天就来一个现场办公。"

陈风话音未落，又听见门外传来一个人响亮的声音："宋钢，案子审理得怎么样了？招了没有？我刚从瑶池回来，太气人了，把我兄弟打得够惨，今天我得还回来！"

从门外进来了一个黑脸的中年男人，他一进门就愣住了，先是一眼看到了孙定国,忙恭敬地叫了一声:"孙局,您也在?"随后又目光一扫,又看到了陈风,顿时心中凉了半截,呆在当场,连话都说不利索了,"陈,陈书记,您怎么来了?"

"我是受叶书记所托,前来了解一下夏想同志被误抓的情况。张将同志你来得正好,听说夏想是和张军起了冲突,就是你的堂弟,你也刚好了解了情况,讲来听听。"陈风不咸不淡地说道。

张将一瞬间有一种被雷击中的感觉,什么?陈书记受叶书记所托?陈书记口中的叶书记还能有谁,只能是省委书记叶石生!

居然惊动了省委书记,而且陈书记一开口就将案件定性为误抓,张将知道,完了,请神容易送神难,一脚踢到了铁板上。没想到夏想的来历这么大,今天的事情,还真没法收场了。

张军,白挨打了;宋德道,白被打脸了;宋钢,也得牺牲了。片刻之间,张将脑中转了几圈,为了自保,已经想好了应对之策。

"陈书记,事情是这样的……"张将是何许人也,他久经官场,知道什么时候都是自家的前途第一,而且他到瑶池随便一问,就清楚了事情的来龙去脉,就当着陈风和孙定国的面,说出了真相,"宋钢同志涉嫌公报私仇,还有意栽赃陷害夏想同志。我也存在着客观上没有了解事情真相的过错,请陈书记和孙局批评。"

陈风和孙定国对视一眼,二人都没有想到张将此人见风使舵变得这么快,还没有给他施加压力,就已经妥协了,既然如此,也就省事了。

陈风点了点头,没有表态,又问夏想:"夏想同志有什么话说?"

夏想看了看面如死灰连话都说不出来的宋钢,心中却没有一点同情之心,就说:"宋钢刚才不但诱供我,还提出如果我拿出五百万就可以保我平安,我对宋钢同志是不是还适合在公安队伍工作深表怀疑。刚才宋钢对我说的话,这两位同志都可以作证。"

夏想用手一指王泽荣和刘朕华。

陈风威严地问道:"夏想同志说的话,是不是真的?当着我和孙局长的面,你们说出实话,我还可以让孙局长对你们宽大处理。"

王泽荣和刘朕华虽然是宋钢的亲信,但他二人哪里见过市委书记这样的大官,就是孙定国在他们眼中也是高不可攀的人物,早就吓得没有了方寸。陈风一问,忙不迭一齐点头:"宋队长是说了,他以前没少收犯人的钱……"

陈风一摆手,打断王泽荣二人的话,不悦地说道:"蒋玉涵同志,市南分局的风气,是不是该整顿一下了?"也不等蒋玉涵表态,陈风带着夏想,拂袖而去。

孙定国也只说了一句,就紧随陈风而去:"如何处理宋钢,张将同志,就由你全权负责。"

张将没有丝毫犹豫:"是,孙局,我一定严肃处理,秉公执法。宋钢就地免职,其他问题,继续深挖,一定要给夏想同志一个交代。"

夏想一摆手:"希望张局从大局出发,将败类清除出公安干警的队伍,给全市人民一个交代。"

陈风和夏想来到刑警大队院中,陈风上车和夏想说了几句话,然后告辞离去。不多时,孙现伟、赵红江、萧伍和朱虎,在张将和蒋玉涵的亲自陪同下,从各自的审讯室出来了。

张将当着孙定国的面,向夏想等人郑重道歉。夏想也客气了几句,他并非针对张将,也不是有意收拾张军,张军挨打,纯属意外。不过张军估计也是嚣张惯了,打就打了,让他长个教训也好。

随后夏想也和孙定国说了几句话,暗示宋钢的问题十分严重,可以深挖。孙定国十分痛心地说道:"没想到一个小小的刑警队副队长,就敢开口索要五百万,真是公安系统的奇耻大辱。多亏你小夏,要不我还发现不了这么严重的问题。回去后,我要在全局开展一次自查活动,将所有的败类都清除出公安队伍。"

夏想也知道真正的上位者,都会有一颗公正之心。孙定国也不希望警察队伍败坏到不可收拾的地步,真要再出几个宋钢,惹出大麻烦的话,弄不好还会连累到他。

夏想几人出了刑警大队,大家算是又一次见识了夏想的能量和手腕,都更加认定只要跟紧夏想,就一定可以政治上稳定,经济上丰收。

夏想先给曹殊黛打电话报了平安,小丫头的声音听起来柔柔的,有一股别样的味道:"就知道你又惹事了,天下那么多事,你管得完?真是的,害得我担心了一晚上。我也猜到你可能又被人抓了,要不你的手机不会打不通,没想到还真是。你怎么就这么让人不省心?多大的人了,还动不动就打架?"

"也不是我非想打架,是别人先动的手,我总不能站着挨打不还手,是不是?"夏想知道小丫头生气是因为关心他,就耐心地解释。

"嗯,那倒是,好汉不吃眼前亏,他敢先打你,你一定要还回去。你没受伤吧?那个打你的人,你有没有狠狠打他一顿?"小丫头护短起来,也有发狠的一面。

夏想在小丫头面前还是要保持良好的形象，就说："还好，打得不狠，我比较心善，下不了狠手。"

刚回到办公室，还没坐下，方格就笑嘻嘻地推门进来："夏哥，我可是立了大功了，完全领会了你的意图，怎么样，配合得是不是还行？"

方格是领导小组唯一知道夏想下落的人，今天一上班，叶石生就有事情找夏想，麻秋打来电话时，正是方格接的电话，他就说出了夏想被市局刑警大队抓走的事实。

麻秋立刻向叶石生做了汇报。

叶石生十分震惊，当即大怒。

自从夏想到了领导小组工作以来，一直承受着方方面面的巨大压力，叶石生心里明白。上一次程曦学当众败给夏想，叶石生算是大大松了一口气。没有了京城和学术界的压力，正好可以让夏想在燕省大展手脚，没想到竟然出现了夏想被市局抓走的荒唐事件。

在燕省，在他的地盘上，还有人抓走夏想，根本就是不给他这个省委书记面子！再联想到上一次省纪委对夏想调查未果一事，他更加认定又有人栽赃陷害夏想，当即就打电话给陈风，要求陈风过问此事，立刻放人。

有省委书记出面，别说夏想没事，就是有事也是大事化小小事化了，谁不知道现在叶书记在燕省的地位越来越稳固？陈风接到电话之后，猜测夏想肯定又有别的手段，否则以他的本事，还能被抓进刑警大队？简直就是开玩笑。不过叶书记有令，又事关夏想，陈风自然乐得配合一下，就顺水推舟亲自出马去接夏想。

有了省委书记的指示，又有市委书记亲自来接，夏想走后，孙定国留在市南分局，对蒋玉涵进行了严厉的批评。蒋玉涵后悔不迭，悔不该当时坚持立场，没让宋钢收手。现在不但在孙局面前失了分，又没有给市委书记留下好印象，只怕是以后的前途没什么指望了。

蒋玉涵恨死了宋钢。

宋钢能当上刑警大队的副队长，蒋玉涵多少知道其中的一点内幕，少说也花了两百多万。他也收到了一点好处，不过并不多，才几万元。他想，既然宋钢诱供并且索贿的事情被陈书记记在了心上，就得严查，并且一查到底，也好让他有一个表现的机会。如果能乘机扳倒几个人，空出了位置，他也有机会替补上去了。

……

夏想和方格说笑几句，就去向叶石生汇报工作了。

叶石生关切地问起昨晚的事情，夏想简单地说了一说。当听到宋钢向夏想索要五百万就可以放人时，叶石生拍案而起："败类，警察队伍中有这样的败类，绝不能手软，一定要一查到底。"

夏想要的就是叶石生震怒的效果，省委书记一怒，下面的人就知道事情的轻重了，办事肯定积极有力。

宋钢，在劫难逃了。

随后，夏想又向叶石生汇报了一下燕市增设新区的设想，并且说出了有意邀请达才集团将新区作为产业地产的试验田，让达才集团和新区一起崛起的想法。

叶石生对夏想的说法十分赞成："你的想法肯定可以得到达才的积极响应，产业地产，一直是他心目中最宏伟的梦想，阳光城太小了，难以实现他的抱负……小夏，你的想法很好，值得肯定。"

夏想起身，一脸郑重地说道："我也希望燕市的环城水系和新区，能在叶书记的亲切关怀之下成长起来，相信环城水系的开工和新区的建设，将会成为燕市历史上前所未有的一件大事。"

一句话又说中了叶石生的心事，他一脸笑意，点了点头："总要给百姓做一些实事好事，退下来之后，才好安心，不枉为官一场。"随后又想起了什么，换了一脸疑问的表情，问道，"听说外经贸部要借调你一段时间，你的意思是？"

"我正要向您汇报一下这件事情，上次中大会堂事件之后，我在外经贸部见到了易部长，他说明年三月想让我过去帮一段时间的忙。一是为了充实一下履历，二是提高一下我的理论水平，三是正好在京城离邹老近一些，方便完成最关键一段课程，希望叶书记能同意。"夏想知道事情绕不过叶石生这一关，所以就如实地说了出来，"到时领导小组也一切步入了正轨，一处可以暂时由王林杰负责，二处三处都有负责人，而且燕市的重大举措到时也已经有了结果，领导小组没有我也完全可以应对以后的局面……"

叶石生沉吟不语。

平心而论，他当然不愿意放夏想离开，但夏想也说得合情合理，在京城也确实有利于他眼界的提高，想到下一步有可能要对夏想委以重任，让他到京城锻炼一段时间也好，反正也只是借调，随时可以召回。

叶石生就点头同意了："好，我可以放你去，但有一个条件。"

夏想忙恭敬地笑道："请叶书记吩咐。"

"只要燕省有需要,你必须随时回来,不能找任何理由。"叶石生笑眯眯地说道,"燕市需要你,还有你大有作为的空间。"

夏想立刻表了忠心:"我的根在燕市,再说燕省有叶书记在,我也舍不得离开。"

"呵呵……"叶石生开心地笑了,"代我向达才问好。"

夏想明白,叶石生对他放心了。

晚上下班后,夏想谢绝了领导小组众人要为他压惊的建议,开车回家。他其实没受一点惊吓,相反,有些人今天晚上注定要失眠了,因为他已经将宋德道的事情向黄林和刘旭做了当面举报。

因为有叶书记的重视,黄林和刘旭不敢有丝毫掉以轻心,主要也是他们相信夏想亲自举报的案件,肯定能揪出一个大贪官。黄林和刘旭对调查贪官有一种莫名的热衷心理,听说宋德道和宋钢父子都有可能有问题,更是摩拳擦掌,准备大干一场。

↗ 03 各怀心思庆新年

人活在世，活的全是心气，心气没了，精神也就淡了。夏想觉得史老其实还是人闲心不闲，如果他真正能做到完全退下来，不再关心政治，也不会衰老得如此之快。说到底，以前他的精神和气势，还是觉得自己还有足够的发言权和影响力。现在没有了，一下子就没有了心理上的支撑。

魅力和魄力

黄林和刘旭盯上的人，一般都跑不了，宋家父子全部问题被揭露出来只是时间问题，夏想就完全放了心。开车刚走出省委大院不远，手机一响，接听之后，居然是市南分局局长蒋玉涵来电。

"夏处长，我是蒋玉涵，宋钢因为严重违反纪律，已经被撤职查处，关于他的其他问题正在进一步调查之中，一有消息，我会及时向你通报。"蒋玉涵的姿态很低，完全是一副汇报工作的口气，"对于宋钢的野蛮执法行为，我代表市南分局对你表示道歉，今后一定会加强警察素质管理……"

蒋玉涵说个没完，官话套话说了一大通，夏想想要插嘴也插不上，只好无奈地听他说下去。不一会儿到了一个路口，停下来等红灯的时候，旁边过来一个交警，敬礼之后交警十分严肃地说道："同志，开车打电话违反了交通法规，请出示驾照，靠边停车！"

夏想一般不冲交警做嚣张没品的事情，他笑了笑，刚要解释几句，蒋玉涵耳朵挺尖，立刻听出了不对，忙说："夏处长，麻烦你将手机交给旁边的交警。"

夏想直接照办，伸手将手机递了过去："有人要和你通话……"

交警是个小年轻，不解地接过手机，刚放到耳边就听到里面传来了怒吼声："我是蒋玉涵，你是哪个大队的交警？刚才夏处长在我和通电话，你立刻放行，听到没有？敢拦夏处长的车，你没长眼睛？"

小交警一下没反应过来，愣了一会儿才醒悟过来蒋玉涵是谁，吓得脸都变了，紧张地说："是，是，是！"随后忙将手机恭敬地还给夏想，还敬了礼，指挥其他车辆为夏想让道，让夏想单独通行。

夏想笑了笑，也不好拒绝小交警的好意，就在许多汽车和行人的注目礼中开车通过，耳边还传来不少人的骂声和指责。他无奈地摇了摇，自己本是好人，从不搞特权，现在倒好，因为蒋玉涵的特意照顾，反而让他的车也成横冲直撞的特权车了。

想了一想，算了，靠边停车，接过电话再走不迟。

还好，蒋玉涵总算汇报完了工作，又小心翼翼地问了一句："不知道夏处长和历飞是什么关系？"

蒋玉涵是个聪明人，夏想暗暗感叹，能在短短时间内将事情理顺，并且分清敌我，也不简单，是一个八面玲珑的人物。

历飞帮了他，他必须投桃报李，就说："是我一个靠得住的好朋友。"

蒋玉涵立刻心领神会地说道："明白，我心里有数了。夏处长对我们工作还有什么不满意的地方，一定要告诉我，我们努力改正，还请夏处长提出宝贵意见。"

夏想又客气几句，挂断电话之后想了想，又和历飞通了一个电话，除了对历飞表示感谢之外，还让他最近多走动走动，机灵一些，说不定会有什么好事。

历飞知道只要夏想没事，肯定就会有人要倒霉。听了夏想的暗示，他喜不自禁，心想又算赌对了一次。虽然他和孙安关系不错，但孙安平常也是吊儿郎当，对工作和前途不怎么放在心上，对他的事情更是很少关心，帮他提到了副所长的位置之后，再也没有出过力。他能升到所长的位置，还是上一次跟对了夏想的缘故。

一转眼在所长的位置也待了不短时间了，历飞想要升一升，也和孙安说过几次。孙安口头上答应，转头就忘，他也没有办法总是开口去催。正好夏想又有事找他，他就抱了赌一赌的心思，铁了心帮夏想一次，不信夏想不会有所表示。

现在历飞更清楚了一个事实，就是只要帮了夏想，不怕没有回报。

历飞接到夏想的电话之后，就以汇报工作为由经常出现在蒋玉涵面前。三天后，经蒋玉涵提议，市局批准，他正式调任刑警大队任副队长。不久，他就听到了宋德道被纪委人员带走的消息。很快，宋德道因为贪污受贿上千万元被查处,宋钢也因为渎职、受贿等罪名被正式批捕,父子双双落入法网。

受宋钢案件的影响,市局和分局都有几个头头儿落马,就连刑警队队长也受到了牵连,历飞又得到了蒋玉涵的暗示,只要他好好干,过个一年半载就给他提正。

自此,历飞对夏想心服口服。

夏想知道,只要他开了头,自会有人去料理宋氏父子,不用他多操心。虽然他级别不高,但因为陈风和孙定国双双出面,场面相当震撼,他根本不用关心不会没有下文。因为省纪委既然介入了宋德道的问题,必然会再牵连到宋钢。

夏想才走到半路,就接到了曹殊黯的电话,让他直接到旋转餐厅,她要请他吃饭。夏想不知道小丫头葫芦里卖的什么药,就问:"有什么好事?"

"没有,别问了,快过来就是了。"

去就去,老婆有请,不得不从,夏想就开车直奔旋转餐厅。到了目的地,上到楼顶,刚进雅间,就听见里面传来了一阵欢呼。

夏想只觉得一阵眼花,莺莺燕燕,花枝招展,映入眼帘的是三个如花似玉的大美女。温柔带笑的是曹殊黯,妙趣横生的是蓝袜,风情万种的是凤美美。三个美女,各有千秋,猛然出现在他的面前,着实吓了他一跳。

再一愣神,仔细一看,原来三人身后的桌子旁边,还有两个人——方格和萧伍。方格一脸窃笑,萧伍则是含蓄地笑……夏想明白过来了,原来他们早有预谋,只有他被蒙在鼓里。

今天的聚会,是在凤美美的提议下发起的。

凤美美事后觉得都是因为她才惹出了大事,心里十分不安,就对萧伍说要请夏想吃饭,一来增进感情,认识一下曹殊黯,二来也表示一下她的歉意。萧伍同意了,却不敢主动邀请夏想。凤美美骂他笨,就主动给曹殊黯打电话,走的是夫人外交的路线。

曹殊黯既聪慧又善解人意,凤美美含蓄一说,曹殊黯就明白了她的意思,当即一口答应下来,同时还邀请了蓝袜。蓝袜在,方格就跑不了,几人订好房间,只等夏想到来。

今天的事情也多亏了方格的机智,夏想见在座的都是最亲近的朋友,自然高兴,坐下后,几人就热闹起来。

凤美美穿了一件灰色的风衣,虽然还是迷人的长靴,但颜色不再亮丽,可以说整体风格低调了许多。她有些不好意思地端起一杯酒,说道:"敬夏哥一杯！夏哥关键时候尽显男儿本色，是一个值得信赖的大哥，我和萧伍真心感谢夏哥的照顾。"

萧伍也端起了酒杯，眼中微微湿润，只是一脸刚毅，却说不出话来。

夏想见凤美美确实有心了，又见她换上了低调的衣服，就笑着说："美美的名字美，人长得也漂亮，漂亮不是错，但现在和萧伍一样老实的好男人不多，所以在平常，还是穿一些寻常的衣服为好，省得让一些别有用心的男人有不好的想法。"

夏想的话说得很含蓄，凤美美俏脸微微一红，不好意思地吐了吐舌头："我都知道错了，夏哥你就别批评我了，我以后再也不敢了。"

蓝袜的穿着还是一如既往的简单大方，她上身是紧身蓝色毛衣，下身是灰白纯毛厚裙，经过一段时间的历练，她比夏想刚认识的时候成熟了许多，也丰腴了一些。她坐在曹殊黧旁边，笑嘻嘻地说道："美美不用怕夏想，他面软心善，是个好人，又喜欢怜香惜玉，肯定不会怪罪你。"

"你还真说错了！"夏想一脸严肃地说道，"我今天就是要郑重其事地告诉美美，以后必须在穿衣打扮上自律一些。因为她长得太漂亮，红颜祸水——其实祸水不是因为女人太漂亮，而是漂亮却不收敛，故意招摇！"

话说得重了一些，凤美美低下头，眼泪在眼圈中打转。萧伍也是大气不敢出，不敢劝凤美美，也不敢解释。

连曹殊黧也没有想到夏想会小题大做，当面让凤美美难堪。

方格见势头不对，聪明地闭嘴不言。蓝袜也是第一次见到夏想冷峻的一面，被夏想的气势吓住了，也是一句话也说不出来。

夏想平常随和是随和，但他毕竟在上位久了，虽然级别不高，但接触的都是厅级以上的高官，就养成了威势，一旦流露出来，也有无形的威压。

凤美美愣了一会儿，突然抬起头来，一脸倔强地说道："我知道夏哥的意思，我不是坏女人，就是性格中有招摇的一面。我以后会改，如果改不掉，我会自己离开萧伍，绝对不会连累他。"

夏想见她明白了自己的意思，又笑了："我是真心希望你们二人成就美好姻缘，但萧伍太老实，性格又直，美美你要多替他着想。昨晚万一萧伍在，他冲动之下出手伤人，就不好收场了。"

凤美美真正明白了夏想的关心，重重地点了点头："我记下了，为了萧伍，我会改正所有的坏毛病。"

夏想满意了，端起了酒杯："来，大家举杯。"

蓝袜举起了酒杯,拍了拍胸口,瞪了夏想一眼:"没想到你发起威真的挺吓人。"

方格语重心长地说道:"你们都不了解夏哥,他平常好说话,但谁要惹了他,他也有让人有苦说不出的本事。还有,他对朋友是没说的,同时,对美女也是格外照顾。"

蓝袜看了曹殊羲一眼,伸手拧了方格一把:"就你话多,小心我收拾你。"

方格无所谓地说道:"你收拾我的招数都用完了,我已经习惯了,早就不怕了。多年的媳妇熬成婆,多年的男人熬成佛,我现在已经到了不动如松的境界了。"

众人大笑,气氛才算轻松起来。

不管如何,晚上的聚会还算宾主尽欢,也让夏想见识到了蓝袜凶悍的一面,方格在她面前,没有任何反抗之力。果然是一物降一物,方格从一开始看到蓝袜感到惊艳,然后一阵猛追,得手之后,反而掉进了温柔陷阱。

女人开始被动,以后主动。男人则恰恰相反,其实真算起来还是男人吃亏。怎么想都觉得女人是稳坐钓鱼台的高手,等男人前仆后继地自投罗网之后,才发现已经被女人的温柔之网网住,再也无法逃脱。

夏想看了看身边的小丫头,见她一脸幸福地依偎在他身边,心里喟叹一声,看,自己也不是掉进了小丫头的爱之网,被牢牢地网在了网中央?

……

几天后,夏想按照约定,来到了成达才的阳光城,和成达才面谈。

阳光城经过一段时间的紧张施工,现在已经初具规模,放眼望去,连绵一片,颇有一座城堡的味道。不过终究规划面积不大,而且因为地理位置等原因,离成达才心目中的产业地产还有不小的差距。

夏想站在成达才右边,眯着眼睛看了一会儿阳光城的规划图,笑道:"对别人来说,阳光城或许是终极梦想,但对成总来说,只不过是一个雏形罢了,远不能实现心中的宏图。阳光城位于东方,或者正好和成总的设想相符,太阳出于东方,但真正如日中天的时候,太阳就升到了高空之中。所以说阳光城只能说是梦想开始的地方……"

成达才若有所思地笑了:"小夏,你来找我肯定不是跟我打埋伏来了,有话直说,你我之间也算有些默契,让我猜猜——你是不是又有什么远景设想?"

夏想和成达才一起来到他的办公室,打开了燕市地图,夏想的手在燕市北部和常山县之间一放,握紧了拳头,说道:"拳头大的一块地方,如果让成总尽情挥洒心中的蓝图,不知道成总会有多大的魄力?"

成达才没说话,仔细盯着夏想标注的地方,出神地看了半晌,忽然一脸凝重地说道:"如果单独在此处开发房产,没有太大的作为。"

夏想笑了,又用手沿废弃的下马河围着燕市画了一个圈,说道:"下马河全程通水,拓宽成百米宽的河道,成总又有何想法?"

成达才也听说过下马河要修成环城水系的提议,不过市里还没有具体落实成议题,他皱了皱眉头,微一摇头:"尽管说市北区和常山县交界处是下马河的源头,但这一片农田太多,人流不旺,除非建成别墅,否则一般住宅没有太好的前景。建别墅,目前不符合我的理念。"

夏想点点头:"我其实还真有意请成总出手,建造出燕市真正意义的别墅区。"

早在两年多前,高建远就投资兴建了西山别墅,当时一期也卖得不错。后来第二期就全部滞销,由此也导致了他的惨败。原因有很多,最主要的一点不是燕市不具备豪华别墅的市场,而是西山别墅虽然有真山真水的卖点,但毕竟居住环境差一些,周围的配套设施太少,人气太差了。

有钱人愿意住别墅,但不愿意住感觉上是在荒郊野外的别墅。成达才所说的人流不旺,也是敏锐地发现了这一点。

所以夏想的话一出口,成达才就知道他还有下文,他直视夏想的双眼,饶有兴趣地说道:"别卖关子,我知道你是有备而来。详细说来听听……"

夏想伸手拿过一支铅笔,在地图上画出了一个巴掌大的地方,又标注了几个重点位置,随后才在上面重重地写了三个大字:"下马区!"

一诺千金

"区委区政府建在哪里,并不是关键,关键是这几个地方如果盖起两处别墅区,三个多层豪华住宅区,北面离下马河咫尺之遥,南面离新区规划的会展中心不过几百米的距离。如果成总一口气拿下上述几个地点,相信产业地产的理念会在下马河畔梦想成真。"夏想掷地有声,铿锵有力地说道,"除了别墅和豪华的多层住宅之外,从别墅区外到河边的一两百米的空地上,可以修建成私人沙滩。当然,再向西还有大片的农田可以用不高的价格买下,不管是修建跑马场还是高尔夫场,都比市里便宜何止十倍。不出三五年,下马区就有可能成为一个新兴的中心区,休闲、旅游、阳光住宅,人气短时间就会上升十倍以上。

人气提升十倍，就相当于坐地增值十倍……新区一旦成立，势必要进行大规模的招商引资。不管是许多公司的入驻，还是达才集团自己投资兴建大型会场，依托新区成立之时省市两级的政策扶持，依靠达才集团雄厚的实力，再加上成总雄才大略的产业地产的设想，在下马河畔的蓝图之上，可以容纳何止十个阳光城！"

夏想一口气说完，目光坚定地看向成达才。

成达才面无表情，只是死死盯着地图上巴掌大的地方不放。一直过了几分钟，他才如梦方醒一样，不相信地问了一句："环城水系的开工建造还有可能在近期实现，增设一个新区，事关太多的利益纠葛和冲突，光是论证和规划也要一年半载，说不定还会拖上三年五载。政治上的事情，想法总是美好的，但落到实处，却往往千难万难。小夏，你给我画了一个天大的馅儿饼……诱人，但可望而不可即。"

"我只问成总一句话，如果可行，您能拿出多大的手笔？"夏想并非比成达才聪明多少，也不是比成达才更有远见，他只是知道一个道理，事在人为。所有的事情最终还要落在人的身上，许多事情之所以久拖不决，完全是人为因素。而他有理由推动新区尽快提上日程，因为他清醒地看到了两个关键点。

一是燕市。陈风自不用说，政治上走中间路线，但也比一般书记更有魄力，也愿意在任内留下浓重的一笔。胡增周更是迫切希望借产业结构调整的东风，大干一场，以奠定他向上一步的基础。胡增周根基不稳，省里没有有力的后台，他比任何人都渴望一笔足够大的证明自己能力的政绩。增设新区，是前所未有的机遇，他绝对不会放过。

二是燕省。叶石生对产业结构调整的态度由消极应付到积极推进，再到现在的大力推行，为官一任、造福一方的念头也是从未有过的强烈。而且燕省经过了高成松时代的高压之后，继任者想要人过留名，也需要做出足够让老百姓记住的实事和大事。产业结构调整政策在百姓的心目中，比较笼统而没有具体概念。但如果修建的环城水系和增设的新区，将燕市由一个排名靠后的省会城市，逐渐提升名次，在国内打出足够的影响力，有了认同感和自豪感的燕市市民对叶石生的感激和怀念，可想而知。叶石生必然会不遗余力地支持新区的成立。

范睿恒也没有任何理由反对，而且在他接任书记之后，新区正是形成规模初见成效的时候，可以坐享其成到手一笔政绩。

夏想清楚地认识到，新区成立是早晚的事，现在万事俱备，只欠东风。东风,就是成达才的千金一诺。

尽管他可以拉到许多投资,比如肖佳至少有五六亿,江山房产有两三亿,远景集团有二十亿左右,齐氏集团也能筹到两三亿,再加上其他的一些不太近的关系,加在一起再有两三亿也不成问题,总数也在三十五亿左右。但一是太零散,二是说服力不够,都不如成达才一言九鼎,更能给陈风以及所有人以巨大的信心。

成达才见夏想一脸笃定的表情,又半信半疑地将目光投向了地图,微一沉思,说道:"要完成以上项目,少说也要一百到一百五十亿,要真正完成我心目中的蓝图,三五年之间,投资不会少于两百亿!"

在燕省,现阶段也只有成达才有如此魄力和如此口气!

夏想终于开心地笑了:"有了成总一言九鼎的承诺,我可以向您保证,只要您做出以上投资的决定,新区的成立在年前就能通过省市两级审批。而我刚才所圈定的地点,可以全部归达才集团所有。"

成达才慢慢地露出了笑容:"我有点明白你的意思了,肯定你提出了设想,但市里提上议程的前提是,必须有巨额的投资承诺,于是你就来说服我做出投资的决定,对不对?"

被成达才看破了玄机,夏想也不隐瞒,索性说出了实情:"成总说得对,我今天前来的目的就是要打动成总,想请成总将达才集团第一个真正意义的产业地产项目,放在燕省,放在燕市的新区里面。让达才集团腾飞的脚步,伴随着燕市新区的起步,一起成长壮大。"

成达才摆摆手,一脸不悦地说道:"不要再说了,我已经清楚了全部事情,你的提议我暂时不能接受,需要慎重考虑考虑。"

犹如当头一棒,夏想顿时惊呆了:"为什么? 本来是一件互惠互利的好事,成总为什么要拒绝?"

"不为什么,投资风险太大,暂时搁议。"成达才颇不耐烦地挥挥手,"具体原因你自己去想,想清楚了再给我电话。"

竟然下了逐客令。

夏想不免尴尬,也大为纳闷儿和不解,明明说得好好的,怎么转眼就变了脸?但成达才已经送客,他也不好赖着不走,只好告别成达才,开车上路,路上还在不停地想成达才变脸的原因。

确实是一件对双方都有好处的事情,而且他也做出了郑重的承诺,保证成达才拿到最好的地皮和最优惠的政策,为什么成达才不为所动?

成达才的话，另有所指。

成达才的阳光城在东郊，夏想住在桥西，他沿南环西行，走到南环大桥的时候，靠边停了车，站在桥上俯视整个燕市。

南环大桥跨铁路而建，高约十五米，站在大桥之上，差不多整个燕市尽收眼底。脚下，是密密麻麻的铁路网和停靠在一起的货车，许多闲置的铁路已经生锈，并且杂草丛生。还有一些废弃的车厢倒在一边，上面隐约可见锈蚀斑斑的"东方红"的字样。再远处，就是燕市的货运站，许多工人聚在一起聊天，抽着劣质烟，用搪瓷大缸喝水。尽管是冬天，大家似乎不觉寒冷，说笑的声音很大，远远传来，有一种失真的感觉。

夏想感觉到了一种莫名的沉重。

燕市是一个年轻的城市，但南环大桥下面的货运场，却给人一种老旧、腐朽的气息，仿佛一个暮气沉沉的老人。枯黄的野草，废旧的货车，废弃的铁路，无所事事的道班工人，低矮的值班室，甚至墙上还没剥落的文革时期的标语，都让夏想感觉到一种扑面而来的窒息。

再看远处灰蒙蒙的天空之中，有一群鸽子飞过，鸽哨阵阵，为并不明朗的冬日的燕市天空，增加了一道稍有生机的风景。远处有林立的冒着黑烟的烟囱，还有几栋在建的高楼，如果再极目西望，或许还可以透过污染严重的大气，隐约看到犹如一条卧龙的太行山。

夏想不由感叹，年轻的燕市，现在看上去却如一个老态龙钟的老人，步履蹒跚，止步不前。城市重工业并不发达，却有着与之不相称的严重污染。城市虽然轻装前进，但却没有呈现出应有的活力。作为最年轻的省会城市之一，却没有发挥出年轻带来的优势。虽是离京城最近的省会城市，却没有因为自身的地理优势，而创造出与众不同的发展模式。

燕市，确实如外界所说，是一座忧伤而失落的城市。

一切的一切，都源自燕市人保守而落后的性格。

燕市人知足常乐，又性格温吞，没有太大的进取心。燕市自一九六八年成为燕省省会以来，步调一直不快不慢，既不拖全国人民的后腿，又绝不当出头鸟。从来都是默默无闻地紧跟京城的风向，政策上偏左，经济上中下，始终秉承小富则安的心思，偏安于京津之间。

其实燕赵大地，自古以来多慷慨悲歌之士，比如刺秦的荆轲。也有许多才华横溢的谋士，比如"三寸之舌，强于百万之师"的毛遂。更有叱咤风云的人物,比如刘备、张飞和赵云,以及许多名满天下的英雄人物。还有深厚的历史文化底蕴,比如盛唐时的四大士族崔、卢、郑、王——其中两大士族都出自燕省。

燕省,从来不缺少文化底蕴和历史根基,也不缺少成为强省的基础。实际上,缺少奋进精神的不是燕省,是燕市,是几十年前还是一个小城镇的没有底蕴的燕市!

没有历史包袱其实也是好事,可以轻装前进。只不过因为种种人为的原因,整个燕省都弥漫着一种小富则安的思潮,燕市尤甚。似乎从城镇一跃成为省会之后,就失去了目标和动力,燕市人自我感觉良好,以省会人自居,至少有了心理上的优越感。再加上聚全省之力建设燕市,短短几十年间,燕市就超过了燕省所有的地市,不管是面积还是产值都跃居第一,由此,燕市人就失去了前进的激情。

燕市人并不懒惰,也不缺少人才,缺少的只是奋发向上的动力,一个可以通过努力就可以达到的中短期目标。或者说,缺乏一种适应目前经济发展的竞争机制。

归根到底,人浮于事的原因不是人不行,是制度不行,是体制不行。只要有人敢为天下先,拿出足够的勇气和决心,打破许多落后的体制,让许多努力付出得不到回报的人劳有所得,夏想相信,坐在废弃的车厢旁晒太阳的工人们,都会争先恐后地去卖力干活,而不是如现在一样,嘻嘻哈哈地聊天。

干与不干一样,人都有惰性,肯定都不干。只要有一个公平的机制,能者多劳,劳者多得,肯定会收到完全不同的效果。事在人为,如果让夏想来主政一方,他不敢说能有多大的作为,能做出多大的政绩,但至少要在保证公平的前提下,在他的权限范围之内,制定出一个能者多劳、劳者多得的竞争机制。保证最基本的公正,才能做到政令畅通,才能完成心目中设想的蓝图。

夏想顿时豁然开朗,明白了成达才的担心。他立刻拨通了成达才的电话,兴奋地说道:"成总,有一点请您放心,如果您做出投资新区的决定,我会好好照看您的每一分投资,不会让任何人对达才的项目设置人为的障碍!"

成达才心满意足地笑了:"达才集团从来不怕人为设置的障碍,就怕投资所托非人。我做出投资的决定,一看是不是符合集团的发展思路,二看将要合作的对象是不是真心做实事的官员。只有新区是在你的主导之下,集团才会做出投资百亿的决定。夏想,新区有前景不假,但如果没有一个有能力的人主政,集团也不会投资……"

放下电话，夏想心中燃起熊熊的火焰。成达才的话，是对他最大的肯定，也是对他最大的信任。成达才将百亿投资当成他是不是主政新区的前提条件，可谓是一份沉甸甸的厚礼。其实夏想也认为他就任新区的第一任区委书记，应该问题不大，不管是市里还是省里，就算有阻力，也在他的成绩和众人的推动之下，没有太大的悬念。

原来成达才担心的是他能不能主政新区的问题，倒让他虚惊一场。

不过成达才似乎认定夏想主政新区会有波折一样，补充说道："我会向叶书记提到此事，达才集团的百亿投资将会和你的主政挂钩。万一出现意外情况，你不能如愿主政新区，集团的投资会暂缓，甚至会取消。"

夏想为了坚定成达才的信念，说道："能够主政新区，实现我心目中如画江山的梦想，我已经做了大量的前期工作。成总，我相信以眼下的局势，顺利进入新区主政，应该不会出现什么意外。"

成达才对此却持谨慎的态度："凡事都要多想一步才好，我有一种感觉，新区成立之后，位置之争会异常激烈。"

夏想虽然一向比较冷静，很少有盲目乐观的时候，但他对于能够入主新区一事，还是过于乐观了。他没有想到的是，位置争夺战比成达才所说的还要惨烈，而他，也遭遇了平生第一次险象环生的升迁。

和成达才通完电话，第二天，夏想又亲自到市委跑了一趟，将成达才的话转述给了陈风。当然，省略了成达才将投资和他主政新区挂钩的要求。和陈风关系再好，也不能当面说出有威胁意味的要官的话，官场上的规矩，还是要时刻遵守的。

陈风听了大喜，随即召开了市委常委会进行讨论，有了达才集团百亿投资的承诺，几乎可以保证新区三年的建设规模，常委会上就没有了反对的声音。付先锋和谭龙不但大力支持，还对夏想大加赞赏，称赞夏想是个为国为民的好干部，是一棵值得重点培养的好苗子。

二人的态度耐人寻味，让李丁山不由多看了他们几眼，不知道他二人到底打的什么算盘。

最后市委常委会一致形成决议，环城水系和新区明年初正式动工建设，两大项目形成报告，提交到省委申批！

得失之间

十二月中旬,叶石生主持召开省委常委会,经过热烈的讨论之后,一致通过决议,批准燕市提交的关于兴建环城水系和增设新区的提议。作为燕省产业结构调整政策的延伸,将燕市的两大项目作为燕省的重点项目,给予政策和资金上的重点扶持!

由此,正式拉开了燕市大步前进的序幕。

不久,燕市请到京城以及国外的专家,针对下马区(燕市已经正式把新区命名为下马区,完全采用了夏想的提名)进行全方位的规划和设计,力求做到下马区成为综合功能完备、各项设施完善、居住生活和工作两全的最舒适的完美新区。

受燕市市政府的邀请,夏想也部分参与了下马区的规划。

与此同时,环城水系和下马区的各项招商工作也在如火如荼地进行之中。经过一系列的招标和竞标,最后远景集团脱颖而出,成为环城水系的开发商。

二〇〇三年元旦过后,燕市市政府又确定了达才集团、远景集团、江山房产、齐氏集团、山水公司、吉成地产和天安房产等,作为第一批入驻新区的投资商,各自都确定了投资项目。

可以说下马区的招商引资工作的开展速度,是前所未有的快捷。因为下马区还没有正式成立区委区政府,就暂时由副市长高海主持下马区的招商引资工作。

关于下马区区委区政府的成立一事,市委决定,春节后再正式提出讨论。

其实早在市里决定成立下马区的时候,许多人都闻风而动,打听下马区的编制和组成。燕市作为副省级城市,市辖区为副厅级编制。燕市和燕省最不缺少的就是大批的处级干部,突然之间有了这样一个大好的机会摆在眼前,谁不心动?不心动就不是官场中人,就是傻子!无数人费尽心思四处打听内情,不但大批自认够了资格的处级干部四处走动,就连一些在原来位置上不太如意的副厅级干部,也动了心思,想要挪挪位置,也纷纷使出看家本领,求情托人,都想在下马区的区委区政府里面,谋得一官半职。

甚至连一些副处级干部,自知进不了常委会,也想弄一个副区长或是重要部门的一把手当当。总之,只要勉强够得上资格的人,无一不是心思大动,琢磨着该给哪个领导送送礼,送多少合适,等等,无不大伤脑筋。但再伤脑筋也要去争去抢,机会太难得了,突然之间多出无数副厅、处级和副处级的位置来,放到从前,是不敢想象的事情。毕竟省里和市里的位置有限,人太多,打破脑袋也抢不到一个。现在倒好,凭空多一个区的编制出来,这么大的一个蛋糕,当然要抢个头破血流!

而且下马区成立之后,不但有燕市的政策倾斜,还有省里的资金扶持,基本上只要进入了下马区的常委会,就相当于捡了一份沉甸甸的政绩。简直就是天上掉馅儿饼的大好事,只要能进去,就能分到。

利益面前,人人有份。必须要抢,不抢白不抢,抢得上抢不上再说,但不抢,就永远没有机会。

于是燕市乃至整个燕省,凡是有关系的相应级别的官员,都有了各种各样的不安分的想法。所有人都知道,燕市做出春节之后再讨论人事的决定,无疑是一着妙棋,就是要给大家留出在春节时活动的时间。甚至有人恶意地猜想,好了,这个春节,又有不少人过得非常充实了,收礼也会收到手抽筋。

和许多官员千方百计准备送礼的想法不同,作为始作俑者的夏想,却一点也不忙乱……春节放假后,他只不过打了电话给陈风和胡增周,以及市委其他熟悉的人,先是拜年,然后说了一些轻松的话题,提也没提下马区的重要人事问题。

因为夏想知道,从他开始推动下马区成立的一刻起,他就在陈风和胡增周的眼中有了足够的分量,同时,也在叶石生的心目中挂上了钩。他明白陈风和胡增周的为人,不是特别贪财的官员,原则性很强,知道什么事情该做什么事情不该做。而且到他们现在的级别,重名声重前途重过敛财。

叶石生就更不用说了,尽管他是省委书记,但下马区的人事问题在市委的权限之内,他不会直接将手伸到燕市,这很容易引起陈风的反感。而且说到底一个副厅级的市辖区,还不值得他去费心。夏想还知道,为了躲开一些不必要的人情,叶石生已经决定到京城过年去了。

至于其他方面的事情,夏想就更不用操心了,他该打的电话打到,该送上的一份心意也送到,打算安安稳稳地过一个好年。因为他知道,明年过年时,家里就会多添一个人口,肯定会过得十分吵闹。

可惜,事情偏偏不遂夏想所愿,首先是父母为了重点保护曹殊黛,提出不让他们回单城市,父母要来燕市过年。其实夏想明白,明是过年,实际上还是看望曹殊黛来了。再实际一点,是父母求孙心切,要看望未来的孙子或孙女。父母之命不得不从，夏想只好接受。

其次，原本已经说好在家只待两天的曹永国夫妇，无意中听到了曹殊媛怀孕的事情——夏想和曹殊媛本来商量好先不告诉曹永国夫妇，打算年后再说，省得大家忙乱。结果小丫头在和王于芬通话时还是被人老成精的王于芬听了出来——他们也决定只回单城市一天，然后要在燕市的家中待三天。

得，夏想悲哀地想，今年的春节，肯定不会消停了。他原本还打算和小丫头飞一趟海南，故地重游一次，然后找个地方安静地待几天。当然，在他的如意算盘中，还要到京城待两天，和儿子聚一聚，只可惜，两边父母的节外生枝让他的计划全部泡汤了。

人生在世，孝顺父母为第一要事，夏想接受了父母们的安排，开始着手准备置办年货。他懒得去采办东西，又不想让曹殊媛劳动，就指使曹殊君去购买。曹殊君得到了夏想零用钱的保证，和他的女朋友梦水瑶一起兴冲冲干活去了。

曹殊媛对夏想的做法大为不满，因为夏想一伸手就给了曹殊君五千元，而她交代要买的东西顶多三千元，就是说曹殊君只用半天时间就赚了两千元的差价，小丫头怪夏想太惯曹殊君。

夏想十分理解曹殊君目前的困境，说道："殊君现在正是谈恋爱的时候，虽然不能惯他大手大脚，但也要让他多少有点钱，男人有钱才有底气。"说着，又想起活泼爱笑的梦水瑶，不由好奇地问，"梦水瑶是殊君第几任女朋友了？我看小姑娘挺不错的，细心，活泼，又有知书达理的一面，比他以前找的几个都好。以前他的眼光真是差，找的女朋友都是看中了他市委书记公子的身份，都想坐享其成来了。"

"知人知面不知心，梦水瑶真有你说得那么好？我看未必。"小丫头不是十分赞成夏想的看法，"我看她太细心了，你也知道，越是细心的女孩，越有心眼儿，殊君没什么心机，别掉进她的温柔陷阱才好。"

"就是，我得提醒他一下，别让他步我的后尘。"夏想一本正经地说道。

"好……你，你的意思是当初是我引诱你在先了？你有本事再说一遍试试？"小丫头宜喜宜嗔地冲夏想说道。

夏想一脸淡定地摆摆手："好话不说两遍！"

"你……看我不收拾你！"小丫头作势欲打，夏想忙拿出靠垫抵挡，"咚咚——"就听到了敲门声。

已经是腊月二十八了，会是谁？夏想就去开门，门打开，门口站着两三个不认识的大汉，个个都是一脸严峻，一见夏想就问："请问，你是夏想先生吗？"

夏想一愣，什么人这么气势汹汹？说话硬邦邦的，而且态度还十分生硬。尽管有些不悦，他还是点头说道："我是，请问你们有何贵干？"

几人一听立刻换了一副表情，人人满脸堆笑，点头哈腰地说道："夏想先生您好，我们是受人之托给您送年货来了。"

说话间好像变戏法一样，几人一转身就从身后搬出了几个箱子，二话不说就送进了门。

夏想还没有问清是怎么一回事，几个人已经十分利索地放下了东西，留下一张卡片就走了。夏想一脸无奈，这礼送的，开始时吓人，结束时惊人，谁这么有创意？

卡片上写着几个字："小小年货不成敬意……老贼。"

冯旭光的外号叫老贼！

夏想哑然失笑，冯旭光怎么还搞这一套突然袭击，还来了一出强行送礼迅速走人的创意，真有他的。笑了笑，夏想就给冯旭光打了一个电话，笑骂了几句。

让夏想最感欣慰的是，他现在虽然和马万正之间的关系还是不冷不热，但和冯旭光之间的友情一点也没有受到影响。

盘点了一下冯旭光送来的年货，该有的都有，不该有的也有，赶紧给曹殊君打了一个电话，让他别再置办任何东西了，否则绝对会浪费掉。

夏想的电话正合曹殊君之意，他却之不恭将五千元全部笑纳了。夏想也没多说，身为姐夫，他对曹殊君的关心确实不够，也很少给他零用钱，就当过年时给他的压岁钱好了。

让夏想没有想到的是，冯旭光送来的年货好像开了一个好头，他刚和曹殊鳌说了几句话，就开始有人络绎不绝地上门送礼。

第一个是钟义平。

钟义平因为夏想的大力推荐，才到安县任了常委、乡党委书记，可以说一步打开了真正的仕途大门。他对夏想的感激铭记在心，不敢稍忘，一放假就给夏想拜年兼送礼来了。

钟义平的礼物是两瓶好酒两条好烟，还有两万元现金。夏想见他一脸局促的样子，笑道："你以后再想着送我钱，就别进我的家门了。我扶你下去，是觉得你是一个能做实事的人。只要你用心做事，不用想着回报我什么，我看在眼里就会高兴。"

钟义平尴尬地将钱收了回去，不好意思地说道："我也是想不出来怎么表达我的谢意,我也知道您不缺钱,也不是贪财的人……以后就看我的行动了。"

送走了钟义平,赵红江和孙现伟、萧伍三人一起现身。

三个人和夏想之间熟悉多了,也随意不少,都带了一些日常的礼物。赵红江和孙现伟另有贵重礼物,美其名曰要送给未来的侄儿,夏想推辞不过,和他二人又不好太生硬地拒绝,只好勉为其难地收下。好在也不是特别昂贵的礼品,也不算破坏朋友之情。

孙现伟见夏想收了礼,就高兴了:"你收下我心里就踏实了,知道下一步就得好好为江山房产谋划了,当然,还有我的天安房产。"

赵红江也说:"领导别忘了我的事情,正好过年了,见了大领导们就说一说,我在二建年头也不短了,资历也够了,嘿嘿。"

原来赵红江不放心他当二建总经理的事情,夏想笑了:"不用急,许多事情要水到渠成才不显得突兀,我会抽空给宋省长打个招呼。"

宋朝度分管省建委。

赵红江立刻喜笑颜开:"我知道,我知道,不是怕领导平常忙,我的这点小事一转头就容易忘了。"

赵红江话里话外对夏想已经不是和以前一样随便了,而且一口一个领导叫得亲热。

"外人是外人,自己人是自己人,你们的事情我都会忘在心上,跑不了。"夏想一是不爱端架子,二是就算官位再高,也没有必要在自己人面前说话藏三分。

最后赵红江和孙现伟都心满意足地走了。

看了看时间,已经是上午十一点了,得,一上午都没有消停,小丫头就笑夏想:"你才多大点儿官,就越来越有官腔了,我都快不认识你了。"

夏想一把把她拦腰抱住,将手放在她柔软的小腹之上,说道:"你不认识,里面的人认识就行。"

二人刚嬉闹片刻,又听到有人敲门,夏想无奈,一边起身一边说道:"明年过年,一放假我们就出去旅游,看看谁还来送礼……"

一拉开门却愣住了,门口站着一个大毛毛熊!

毛茸茸的裤子、毛茸茸的上衣,还有毛茸茸的鞋,就差再抱一个毛毛熊玩具了。宋一凡的打扮完全可以称得上是毛毛熊了。

宋一凡一见夏想就迫不及待地问道:"夏哥哥,快说我这身衣服好看不?爸爸非说太丑了,我觉得我和他有代沟,你站在客观公正的立场,发表一下看法。"

宋朝度站在宋一凡身后，笑而不语。

夏想上下打量了宋一凡几眼，评头论足地说道："还行，有创意，不过就是太另类了，对许多人来说，需要一个接受的过程。"

宋一凡高兴了，一下跳进门来，冲曹殊黧喊道："嫂子，你也看看我像不像一个毛毛熊？"

宋一凡问曹殊黧算是问对了，因为曹殊黧最喜欢的卡通动物就是毛毛熊，她也像个孩子一样，拉着宋一凡的手笑个不停。

夏想不理她们两个人的闹腾，请宋朝度到了书房，先是说了一会儿下马区的事情。宋朝度也知道夏想的真实想法，也赞成他去下马区："是该下去做些实事了，领导小组以后的工作也没有太大的创造性了，前期的困难都被你克服了。下马区是一个好机会，利用好的话，一届书记干下来，三十岁升正厅没问题。"微一停顿，他又感慨万千地说道，"小夏，你的步子走得很扎实，比我当年强多了。我年轻的时候有两次破格提拔的经历，但到了副省之后，又沉寂了两年多。一得一失，也让我收获不小。"

对于宋朝度的履历，夏想也了解一些，知道他曾经有过从科级到正处的破格提拔，在当时的环境下，确实有不少破格提拔的例子，也不算太突兀。

宋朝度笑了一笑，又说："破格提拔有时也并非好事，路还是一步一步走好。等你提了副厅之后，在厅级的位置上一定要好好锤炼几年，不要急于晋升到副省。厅级很关键，要培养出大局观，提高自身的理论水平，到了副省级，才会有稳定的根基。"

夏想知道宋朝度是向他传授为官之道，就一一记在心上。

说着说着，宋朝度话题一转，突然说出一个让夏想震惊的消息："省里的局势，年后可能会有点变化。端台要调走，到西省任省长！"

西省省长？夏想吃了一惊。

两难抉择

邢端台前往西省就任省长，确实是大幅迈进了一步。

基于一向和邢端台关系还算不错，夏想犹豫一下，还是说道："西省是产煤大省，但矿难频繁，现在网络传播越来越发达，一旦有事就会一夜之间天下皆知。邢书记当了省长之后，如果能大力整顿煤矿的安全生产，也是一件利国利民的大好事。"

宋朝度听出了夏想的言外之意,点头说道:"你比我们年轻,对新兴事件接受得比较快,网络传播真会有那么大的影响力?"

夏想点头,肯定地说道:"根据国外的预测,网络将会成为继电视、电台和报纸之后的第四大媒体,有着无与伦比的快捷性和传播性。在我看来,在网络的普及方面,国内已经走在了世界的前列,以后随着电脑的进一步普及和宽带的推广,国内的网民将呈几何级增长。宋省长可以从手机用户的快速增长之中,得出相同的结论。"

宋一凡的声音在外面响起:"我就说,爸爸你太落后了,夏哥哥和我才是同类人。我现在就天天上网,看新闻也在网上看。哼,还敢说我的毛毛熊衣服不好看,真没眼光。"

宋朝度摇头笑了:"孩子越大越难管,这丫头,越来越不像话,总和我唱反调……她妈妈年前回不来,年后才回,我现在成专职爸爸了,呵呵。"

笑过之后,宋朝度又说:"最近史老身体不太好,你抽空去看望一下。"

夏想应了下来,他确实有一段时间没有去看望史老了。老人家年纪大了,冬天爱生病。

又想起邢端台走后的接任者问题,夏想就问宋朝度:"新任纪委书记会从哪里调来?"

"还没定下,一说要从京城空降,一说要从南方调一个过来,反正京城的意思是不想就地提拔。"宋朝度无所谓地笑了笑,摆手说道,"端台的去留,对省里局势影响不大,我担心的是市里局势的变动。"

夏想吃惊不小:"燕市会有什么变动?"

"我也是刚刚听到风声,秦拓夫可能会入京……"

夏想又是大吃一惊:"秦书记去京城……能有什么好位置?"

突然之间要动燕省和燕市的两级纪委书记,是对燕省和燕市反腐工作的不满还是满意?不满,邢端台和秦拓夫明显是上升了一步;满意,同时调动两级纪委书记,难免会让人有过多的想法和不好的猜测。

平静了不过一年时间的燕省局势,又增加了一些变数。

宋朝度也多少有点担忧:"燕省连发贪污大案,可能上面对燕省的纪委系统也不太放心。"

短暂的沉默之后,夏想乘机说出了赵红江的事情。宋朝度听了,只是点了点头,没有说话,显然已经心中有数了。一个建委系统下属的建筑公司一把手的职务,对身为省委常委的宋朝度来说,不过是一个电话的事情。

讨论完当前的局势之后，曹殊鬶进来问中午在哪里吃饭，宋朝度微一沉吟，说道："出去吃，好久没有一起聚一聚了。"

　　夏想心血来潮，突然提议："不如打电话问问史老，要是方便的话，我们请史老一起坐一坐，如何？"

　　宋朝度点头同意："你打电话，在史老面前，你面子比我大。"

　　夏想打了一个电话，几分钟后放下电话兴冲冲地说道："史老请我们直接去家里。"

　　两家共四个人，正好一辆车全部坐下，直奔史老家而去。

　　路上，宋一凡忽然想起了老古，就问起了夏想。老古冬天一直在京城，夏想本想过年时抽空去看望他一下，一想到今年过年时的众多事情，就暂时打消了念头。反正年后就要到京城待一段时间，到时有的是时间和老古相聚。

　　古玉也回了京城，走的时候很匆忙，夏想本想送送她，也没来得及。正好宋一凡问起，他就多说了几句。

　　宋一凡听说夏想明年要去京城一段时间，就无比羡慕地说道："作为一个已婚男人再次享受到未婚的待遇，夏哥哥，你真是太幸福了。"

　　夏想不免汗颜，现在的高中生也太厉害了，不但什么都知道，还什么都敢说，真是早熟得吓人。他不由瞪了宋一凡一眼，凶道："不该说的话不许乱说，小孩子家，你知道什么！"

　　"什么小孩子家，我马上就是成年人了，还说我知道什么？我什么不知道？"宋一凡颇不服气地答道，"我还知道白玫瑰红玫瑰，我还知道一等男人家外有家，二等男人家外有花，三等男人下班回家，四等男人下班没家……"

　　宋朝度怒道："胡说什么！"

　　宋一凡委屈地说道："凶什么凶？社会现实就是如此，我只不过说了实话而已，又不是夸大其词！"

　　一句话倒说得宋朝度哑口无言了，曹殊鬶忙打圆场："一凡妹妹，别学男人的坏话，我们女孩子要有自己的原则。应该说一流坏男人家外有家，二流坏男人家外有花……一流好男人，下班回家……"

　　说话间，还有意无意看了夏想一眼。

　　夏想本还想说些什么，见状急忙闭了嘴，更加专心致志地开起车来。

　　到了史老家，史洁热情地出来迎接。宋一凡的毛毛熊打扮惹得史洁看了又看，又好奇又觉得有趣。李丁山也乐呵呵地站在门口等候众人。

　　一进门，就看到史老正坐在客厅中看报纸，他的旁边有一个十四五岁的男孩，又白又瘦，眉目之间像极了李丁山，不用说，他就是李丁山的儿子李刚了。

李刚文静而腼腆，见众人进来，只是抬头笑了一笑，又埋头看书去了。刚看了几眼书，仿佛才注意到宋一凡一样，不由自主又抬起头多看了宋一凡几眼，眼睛中闪过一丝光彩。

宋一凡看也不看李刚一眼，却对史老的手杖大感兴趣，拿起来看个没完。史老对宋朝度不冷不热，对宋一凡却十分喜爱，不厌其烦地回答宋一凡千奇百怪的问题。

看着一老一少相处得开心，李丁山也笑了："我们到外面走走？史老不想出去吃饭，就让史洁下厨好了。"

三人到了后院。

冬天，院中也没有什么景致，除了枯黄就是衰败，天气很冷，连冬青也冻得失去了色彩，只有几盆养在室内的鲜花还开得正艳。好在三人没有一人有闲情雅致去赏景，也不在意脚下的枯草，而是说起了当前的局势和夏想的下一步去向。

"小夏担任下马区书记问题不大，我私下里也和陈书记沟通过，到时即使有付先锋等人反对，但有组织部的提名，有书记和市长点头同意，常委会上也能强行通过。"李丁山对夏想能够走到执政一方的一天也是十分期待，"难得，难得，总算要看到小夏有了出头之日，算是一件喜事。正处到副厅，是相当关键的一步。在书记的位置上干够一届，资历够了以后，再升正厅，以后小夏就可以真正独当一面了。"

李丁山多少有点感慨，他没有在副厅的位置上待过，破格提拔虽然不错，但他以后想提副省，就非常艰难了。到时肯定会有人拿他没有副厅的经历说事，说他资历不够，步子不扎实，等等。

李丁山最好的路子是之后任一届市长，再任一届书记，才有可能触及到副省的门槛。他没有经历过副厅，肯定要在正厅的位置上多待几年才有说服力。

"小夏想要拿下区委书记的位置，虽然支持者不少，但也有不少阻力，不能放松。"宋朝度持谨慎乐观的态度，"毕竟他的正处级时间不太长，而且没有县长和县委书记的资历，会被人拿来说事。不过这并不是关键，关键在于上任之后也不容乐观。下马区是新区，许多人只看到容易出政绩，却没有意识到另外一个严峻的问题，就是更容易出乱子。"

夏想明白宋朝度话中所指，他其实也想到了下马区的种种不足之处，比如新区成立伊始，事情杂乱纷多，千头万绪，还有治安问题也比较突出。因为是城乡结合部,突然划归了市区,还会涉及一系列的户口更改问题。其他诸如征地问题,拆迁纠纷,农民的重新安置问题,等等,可以说是一团乱麻。

下马区书记的宝座,没那么好坐,也不好坐得安稳。作为新区,必然会成为各方的焦点,也必然会被省市重点关注,甚至连京城也会留意。做得好,是上级领导的支持力度大,政策好;做得不好,是你个人能力不行。有好的政策和巨额资金,还不能控制局面的话,政治上失分就严重了。

所以说,成功的话,会有一份沉甸甸的政绩,但评价未必会有多高,因为有太多的政策和资金支持。不成功的话,不提政敌会对他群而攻之,就是看好他的人,恐怕也会因此而看轻他。

下马区是一块试金石,关系到以后的仕途大门能不能真正地打开。能够主持好下马区的工作,无疑会在履历上写上关键的一笔,奠定以后厅级和省部级的基础。如果不能,基本上就相当于关上了省部级的大门。

越是有可能有重大政绩可得的地方,越是双刃剑,正所谓成也萧何败也萧何,宋朝度的担心不无道理,而且他的政治斗争经验比李丁山丰富多了。治安上的乱子还好解决,但如果有突发的群体事件,万一有了大规模的冲突,一旦出了差错,就是重大过失,也不能掉以轻心。

有成绩上级也许不会表扬,有过错上级肯定会严厉批评。下马区是一面镜子,关系着燕市和燕省的脸面,说不定许多兄弟省市都在盯着燕市新区的建设情况,都想从中吸取经验。成功的话,他们会当成宝贵的经验来学习。失败的话,他们会当成反面教材来避免。

谁要是让下马区成为燕市和燕省的笑话,谁就是燕市和燕省的罪人,谁就会被燕市和燕省抹掉政治前途。

夏想也就认真地说道:“我也想到了许多不利的方面,凡事有利必有弊,只要上级领导任命我主持下马区的工作,我只有兢兢业业、时刻勤勉而已,不敢有丝毫放松。”

宋朝度和李丁山一起点头:“政治就是利益,而且从来都是少数人的利益,官员,就是在少数人的利益和多数人的利益之间,寻找平衡点。为官之道,就是如走钢丝,如履薄冰,既要让上级领导满意,又要让百姓得了实惠,确实不易。”

说话间,三人回到房间内,宋朝度深有感触地说道:“等丁山下去担任市长的时候就会明白,有时候在让上级领导满意和让百姓得到实惠之间,会是一个两难的选择。许多人都曾经有豪情壮志,但在关键时刻,都卡在是为官还是为民上面……小夏，我敢说，你以后也会面临着这样一个两难的选择！"

夏想感念宋朝度的好意提醒，官场之上信奉的格言就是先做人，后做官，通俗地讲，就是先做人，后做事。但也有许多官员，是只做人不做事，更不用提做好事做实事了。人都有劣根性，官员也是人，也难逃自私的一面。所以不是说加强对官员的道德建设没有作用，而是在加强道德建设的同时，首先要从制度上规范体制上的漏洞。

人，正是因为有道德的自我约束，才是与动物的最大区别。但所有的人在面对绝对的利益时，贪心往往会战胜道德。想从道德上让官员自律，基本上是一个笑话。

夏想一时之间想了许多。

吃饭的时候，闹了一件趣事。李刚非要坐在宋一凡旁边，宋一凡不肯，最后躲在了夏想和曹殊黧中间，惹得众人哈哈大笑。李刚比宋一凡小几岁，又是一副弱不禁风的样子，宋一凡喜欢他才怪。谈话中夏想也得知，两个人小的时候还常在一起玩，长大之后反而疏远了。主要是宋一凡觉得李刚太小屁孩了，才懒得理他。

史老的精神还好，不过毕竟上了年纪，显得苍老了一些，说话也不再和以前一样中气十足了。或许是他的心愿都已经完成的原因——李丁山和史洁复婚，也当上了市委常委、秘书长，他最后的人情也已经用完，可能也是觉得没有了最后的依仗。

人活在世，活的全是心气，心气没了，精神也就淡了。夏想觉得史老其实还是人闲心不闲，如果他真正能做到完全退下来，不再关心政治，也不会衰老得如此之快。说到底，以前他的精神和气势，还是觉得自己还有足够的发言权和影响力。现在没有了，一下子就没有了心理上的支撑。

权力，还真是有着巨大的魔力，一旦入手，至死也不愿意松开。

对于史老，夏想还是一直心存感激，就尽量多说一些笑话逗他开心，话里话外也透露出一些放下看开之类劝慰的意思。他还想请史老到森林公园的疗养院住一住，体会一下闹中取静的好处。

史老听出了夏想的心意，感动地看了夏想一眼，心想小夏还真是一个有心人，就一口答应下来："好，等年后春暖花开了，我也到森林公园散散心，听说风景不错？"

"是，在燕市算是难得的一处好地方。如果史老有心，我倒可以和他们说说，让史老在里面辟一片地方，自己种一些花草……"夏想笑眯眯地说道。

欢年

"这主意好,就这么说定了。"史老高兴了,又说,"我早年在乡下种田,就喜欢草屋和菜院子,可惜后院的地方太小了,而且土质不行。如果在森林公园有一片地方让我收拾,也是我老头子最大的乐趣了。"

李丁山和史洁都十分感激地冲夏想点了点头,他们也早就觉察到史老的情绪一直不高,也想过办法想让史老高兴起来,但都不起效果。没想到夏想几句话就引起了史老莫大的兴趣,他二人都对夏想心生感激。

人老了,都喜欢热闹。有夏想几人前来吃饭,又有宋一凡和曹殊黛说个不停,史老的笑容就一直挂在脸上,也开心地说了不少话。

宋一凡叽叽喳喳说个不停,像快乐的开心鸟。而李刚挤在李丁山和史洁中间,眼巴巴地看着宋一凡,一脸羡慕,却又不敢再主动凑上前去。

饭后,夏想几人没停留多久,就告辞离去。

第二天,南有夏想父母和夏安、许宁,北有曹永国夫妇,都同时回到燕市。夏想和曹殊黛忙得不亦乐乎,安顿好了夏想父母之后,中午,大家聚在一起吃了一顿家宴。

席间,王于芬和张兰都不停地叮嘱曹殊黛注意这个注意那个,两个人交代个没完。别说曹殊黛,夏想都听得头大了。

更让他郁闷的是,叮嘱完曹殊黛,她二人又开始交代夏想一些注意事项,让夏想要尽到丈夫的责任,不要偷懒,要多爱护曹殊黛,说得夏想不厌其烦,只好不满地说道:"好了,好了,请你们放心,有些事情你们想不到,我都想到了。还有一点,现在殊黛是我的老婆,从法律上讲,我是她关系最近的人,所以如何尽心照顾她是我的责任,也是我的分内之事,你们就不要操心了。"

"你从小就粗心大意,我不说,你哪里知道照顾人?"张兰首先表示了反对意见。

"殊黛是我的丫头,我比你更关心她。男人总是嘴上说得好听,实际上办事都不牢靠。"王于芬对夏想轻描淡写的态度也是不满。

"咳咳……"曹永国尴尬地笑了笑,当着亲家的面,他也不好说什么。

夏天成也是一脸憨笑,假装没听见。

只有曹殊君一脸正气地站了出来,气呼呼地说道:"妈,我发现你就是小心眼,就爱胡乱发表言论。姐夫是好人,你不要黑他。他对姐姐,对我,都好得很。

哼,说句不好听的话,你和爸爸去宝市享福去了,家里什么事情不是姐夫照顾,你又操过什么心管过什么事?现在来装什么好人,姐姐也不会领你的情!"

众人都强忍着笑。

夏想心想,五千元的威力不小,曹殊君现在是坚定地站在他的立场上了。

王于芬气极,扬手要打曹殊君:"有儿子这样和妈妈说话的没有?少家没教的,看我不打你。"

曹殊鬟伸手拦住:"妈,殊君比以前强多了,现在又懂事,又勤快,又不惹事,他长大了,你也别动不动就打他。还有,夏想对我挺好的,不管工作多忙,都很少在外面吃饭,我觉得他比爸爸还顾家。"

王于芬无奈地坐了回去:"都说女生外向,现在倒好,儿子也向着姐夫,我这个妈都不亲了。"

曹永国被女儿拿来对比,就不满地瞪了曹殊鬟一眼:"嫁人了就嫌爸爸不好了,你说你,是不是有点过分了?"

所有人都大笑起来。

许宁悄悄捅了夏安一下,小声说道:"瞧瞧哥哥和老丈人、丈母娘的关系多好,你就不能向他好好学学?"

夏安愤愤不平地说道:"你不说说你爸你妈有多势力,还来说我?他们一见我的面就让我给这个亲戚安排工作,给那个亲戚介绍工程,别说我只是市长秘书,就是我是市长,也填不满他们的胃口。我躲他们还来不及,还和他们搞好关系?你是不是想你的老公丢了前途?"

一句话立刻让许宁老实了,她嘟囔了一句:"他们不是眼皮子浅,没见过什么世面吗?你不理他们就是了,还是自己的前程要紧。再说他们也是抹不开亲戚们的面子……"

夏安"哼"了一声:"不是他们自己到处吹有一个市长秘书女婿,别人谁会主动求他们?"

许宁只好认输:"好了,好了,我以后说说他们就是了。"

曹殊鬟将他们二人的对话听在耳中,暗暗地一笑。夏安担任了市长秘书之后,也成熟了不少,而且说话间官威流露出来,在气势上也压住了许宁。

饭后,曹殊鬟带领女人们去逛街,曹殊君去找女朋友。剩下夏想、曹永国和夏安三人说话,夏天成年纪大了,不耐困,就去午睡了。

因为同为第一批试点城市的缘故,曹永国和王肖敏最近没少打交道,也熟悉不少,和夏安之间也不再陌生,就饶有兴趣问起单城市下一步的计划和以后的发展思路。

夏安比以前沉稳多了，说话时总是要先停顿一下，先斟酌一下合适的词句。他想了一想，说道："对了，王市长让我向曹伯伯带个好，他过年回老家了……单城市现在形势还不错，将台酒厂经过一系列的推广，产量翻了一番，现在订单不断，今年后三个月，单是燕省的销量就比去年全年面向全国的销量还要多。据乐观估计，明年一年，产值有望翻三番，上半年就会达到将台酒厂历史最高水平，下半年将会出现产能不足的情况，现在正在扩建厂房。"

说完将台酒厂，夏安看了夏想一眼，笑了笑："不管是王市长，还是将台酒厂的全体职工，都说我哥是他们的大功臣。今年将台酒厂所有职工过年时，不但多发一个月的工资，还发了不少奖金，是过去十来年没有过的事情，将台酒厂现在一片欢腾……"

按照夏想的预期，将台酒厂明年上半年就会出现产能不足的问题。因为广告效应要深入人心是一个渐进的过程，尤甚是春节期间不间断的广告，将会将将台酒再推上一个高峰。

"成语文化宫现在已经完成了主体工程，占全部工程量的三分之一，预计今年六月份竣工，八月份可以正式对外开放。在秋天旅游黄金期到来之前，可以全部接受市场的检验。至于其他项目，进展得也都算顺利。光汉复印机厂的合资，羽绒厂和棉四的合并，虽然有棉五的不满和棉六的工人闹事，但基本上都在正常的可以控制的范围之内……下一步的打算是……"

夏安镇定自若地说了十几分钟，中间没有什么停顿，表情也比夏想想象中坦然。夏想暗暗赞许，夏安终于迈出了可喜的一步，可以说是正式进入了官场的门槛，已经初步具备了一个官员的基本素质。现在夏安已经是正科了，相信在王肖敏顺利接任市委书记之后，他就能跨进副处级干部的行列。

随后曹永国又就他关心的下马区的问题，和夏想谈了不少他的看法。说完下马区的事情之后，曹永国又提到了宝市的局势："任庆之年后差不多要退了，年龄到了，绪峰想要接任市长的话，资历不够。虽然他做出了不少成绩，但他到宝市的时间过短，在副厅的位置才干了一年，现在就升到正厅，难以服众，估计还要缓一缓。不过也不用急，估计我再有两年也能调走，到时他就可以顺利当上市长了。"

曹永国下一步涉及是平调到另外一个市担任书记，还是调到省里升到副省级，是至关重要的一步。夏想没有太多的想法，因为曹永国的升迁，已经远远超出了他的影响力范围。

曹永国也不太担心,笑呵呵地说道:"局势时刻在变化,到时说不定又有了其他的变故,现在操心也没用,也许我调到别的省也没准。"

夏想也笑:"说不定爸爸可以调到京城的部委任职,过几年再出来,就是封疆大吏了。"

曹永国摆摆手:"不说了,不说了。呵呵……"高兴之意还是溢于言表。

随后几天,夏想不是陪曹永国四处拜年,就是陪父母游玩。曹殊黧也陪着许宁逛商场、购物,玩得很开心。除夕夜,少见地又下了一夜的大雪,大家都很高兴,说是瑞雪兆丰年,明年一定有好光景。

因为下雪的原因,人与人之间的走动就少了。尽管如此,还是有不少人上门送礼。有送给夏想的,有送给曹永国的,不是特别贵重又不好拒绝的,就只好收下。人在官场,即使你不需要,别人送也是一种情义,国人最讲究礼尚往来,将送礼的人拒之门外,也不是为官之道。

几天时间,礼物就摆满了客厅和厨房,让许宁羡慕不已。

夏想可不稀罕这些东西,曹永国也是见多了,不会带到宝市去,他就将礼物大部分送给了父母和夏安,让他们带回家去,反正放着也是浪费。

夏安没说什么,许宁却是喜出望外。

一连几天和家人在一起,不是聊天就是赏雪,团团圆圆过了一个好年,夏想也是心情不错。初三,曹永国返回宝市,夏安、许宁先返回单城市,夏想父母过几天再回去,打算再多住几天。夏想知道,他们还是放心不下曹殊黧。

没办法,一听说要有孙子或孙女了,夏想发现他在父母眼中的地位一落千丈,只好无奈地摇摇头。

一转眼家里又冷清了下来。

夏想倒没什么,就是担心曹殊黧有点落寞,还没有安慰她几句,曹殊黧就古怪地笑了,说道:"有一件好事我想告诉你,你想不想听?"

"还有几天假期,就爸妈和我们两个人多无聊,我想热闹热闹,就想了一个好办法,你同不同意?"她继续笑眯眯地问夏想,只不过小丫头的笑容既神秘又古怪,让夏想看了心中没底,又有点心惊肉跳的感觉。

"到底是个什么情况?别吞吞吐吐的,有话直说。"

"你让我说,我就真说了……"小丫头调皮地抱住夏想的胳膊,偷偷向楼上看了一眼——父母在楼上午睡去了,随后又小声地说道,"我想请连姐姐来燕市过年,正好大家聚一聚,我好久没见过她了,特别想她。"

说完,小丫头眼中满是笑意,咬着嘴唇,一脸期待地看着夏想。

有点突然，没有心理准备，夏想仔细打量了小丫头几眼，看她是有意捉弄他，还是真心实意想见见连若菡。看了半天，也看不出来她的真实想法，只好模棱两可地说道："你决定好了，不过……"转念一想，天降大雪，路滑难走，连若菡带着孩子太危险了，又说，"雪大路滑，是不是太危险了？"

小丫头伸手弹了夏想一个脑瓜崩，埋怨地说道："还算你有心，知道关心人。不过高速路早就畅通了，从京城过来又不远，没事的。不过也真是巧，记得上一次你去京城，也是雪大路滑。现在过年又是雪大路滑，你说，今年怎么这么多雪？"

夏想没话说了，只好顾左右而言他："今天晚上吃什么？"

"今天晚上要给连姐姐接风，吃什么，她说了算！"

夏想吃了一惊："你们都已经说好了？那还装腔作势地征求我的意见！"

小丫头"哼"了一声："哼，给你个面子而已，你还敢冲我凶？我告诉妈妈去，说你欺负我。"

夏想最怕唠叨，忙不迭求饶："行，你说了算，你安排就是了。以后我们之间的事情，不要动不动就惊动家长，知道不？"

小丫头笑得眼睛眯成了一条缝："知道了，夏想同学。"

其实在小丫头和夏想说话的工夫，连若菡母子连同卫辛已经下了高速，正在赶往莲居的途中。

连若菡好不容易才求得老爷子放行，她一是想念夏想；二是想回莲居看看，毕竟莲居曾是她梦想之地，是她存放爱情的地方；三是也有点想念曹殊黛，想和她说说心里话。

而且连若菡心中还有一丝小小的得意，因为她听说夏想的父母也在。

到了莲居安顿下来以后，由卫辛带领保姆等人收拾干净。莲居一直有人照管，里面的家具还是和她走前一模一样的摆放，让连若菡不免触景生情。

一场大雪将莲居穿上了素装，池塘结了冰，一片洁白。远远望去，莲居就像一座中世纪的城堡一样，矗立在冰天雪地之中，颇有遗世而独立的味道。

吴连夏坐了一路车，一点也不累，他精力充沛，一到莲居就兴奋得不行，咿呀着非要到外面玩。连若菡抱他到外面，他不会说话，想去哪里就用手一指，将连若菡指挥得团团转。不一会儿就围绕莲居转了一圈，小家伙还意犹未尽，还想玩。连若菡有点累了，无奈地骂道："你和你爸一样，你是小冤家，他是大冤家，加在一起是一对害人的冤家。"

小家伙好像听懂了，嘴巴憋了半天，突然含混不清地喊了一句类似"爸爸"

102

的音节,顿时让连若菡惊呆了。

她呆呆看了儿子半天,脸上的笑容既幸福又满足,过了一会儿,眼中隐隐现出泪花,将儿子紧紧贴在脸前,喃喃说道:"还真是一个臭小子,爸爸看你的时间那么少,你第一句话居然叫出了爸爸。叫他听见,还不得幸福得找不到北!哼,就不告诉他,不能让他太得意了。"

晚上,在燕京大酒店三楼最高档的一个包间里,夏想、曹殊黧、连若菡和卫辛,还有夏天成和张兰,连同小家伙在内一共七个人,欢聚一堂。齐亚南听到夏想前来,亲自出来招呼,还恭敬地向夏天成和张兰问好,并且吩咐服务员,最好的菜各上一份,上最好的酒最好的茶。今天所有的客人里面,这里最优先供应。

齐亚南招呼完毕,知道是家人聚会他不便打扰,就告辞离去。他一走,夏天成不解地问:"老大,听刚才他的口气,怎么好像吃饭不花钱一样?你是不是吃人家的霸王餐来了?"

夏想哭笑不得:"爸,他是我最好的朋友,我帮了他生意上的忙,他送我一辆车一套房子我都没要,吃他一顿饭,他心里才踏实。"

夏天成这才放了心:"要吃人情饭可以,别吃霸王餐。"

曹殊黧还没有说话,连若菡倒先开口说道:"夏想还用吃霸王餐?叔叔你就别操心他了,他现在虽然不是什么大官,但天天免费吃饭还是有人主动请的,就看他想不想吃了。"

从一见到连若菡时,张兰就盯着吴连夏不放,不过是人家的儿子,她总不好意思开口相问。现在找到了机会,一听连若菡还和以前一样叫他们叔叔和阿姨,心里就踏实了,就问:"是男孩儿吧?叫什么名字?长得真俊。我就喜欢男孩儿,让我看看,行不行?"

连若菡若无其事地说道:"叫吴连夏,阿姨想抱就抱抱他,是他的福气。他不认生,皮得很。"说话间,还有意无意地看了夏想一眼……

辞旧迎新

夏想只觉得后背发凉,再看小丫头也似笑非笑地看着他,心中忽然闪过一个念头,难道是她们联合在一起捉弄他?有可能!看她们一见面一点也不生疏的样子,相反,好像还有点同仇敌忾的意味,二人还拉着手有说有笑说了半天。夏想心中嘀咕,女人太厉害了,怎么她们见面好像没事儿人一样?

更让夏想感觉到浑身不自在的是,老妈抱着吴连夏喜欢得不行,不停地夸他长得俊,长大了肯定一表人才,还一不小心多嘴,问连若菡孩子的爸爸……夏想的心不争气地跳个不停,心想今天看来是宴无好宴,果然小丫头联手连若菡把他给耍了。

连若菡只是随口说道:"孩子他爸爸不和我们在一起了,不提他了……阿姨要是觉得孩子不错,就当成自己的孙子好了。"

张兰喜不自禁:"好,好,来,让姥姥好好抱抱。"

连若菡故意挑衅似的看了夏想一眼,又说:"还是让他叫您奶奶好听……"

一句话说得张兰狐疑地看了夏想一眼,夏想急忙拿曹殊鬶当挡箭牌:"鬶丫头,你说我们的儿子出生后,叫什么名字好?"

"你怎么知道一定是儿子,如果是女儿,你是不是就不喜欢了?"小丫头不领情,故意挤对夏想。

夏天成在旁边看了一会儿吴连夏,忽然有口无心地说了一句:"这孩子的眉目长得和老大还真有点像,叫你奶奶正好,来,让爷爷也抱抱!"

夏想感觉头上都渗出了汗珠,忙招呼服务员上菜,借以掩饰内心的紧张和不安。卫辛看出了夏想的窘迫,小声对他说道:"怪事,为什么不敢面对现实?喂,其实也没什么,就算老人家知道了实情,也只会高兴。"

夏想不满地瞪了卫辛一眼:"别捣乱,去招呼上菜。"

卫辛莞尔一笑,款款地走了。

张兰经夏天成一说,也仔细打量了吴连夏几眼,越看越觉得像夏想,不由笑了:"还真是和我有缘,真像我家老大,越看越像,简直和他小时候一模一样,就是比他白一点,眉眼更细致……"

"来,宝贝,让爷爷也抱抱你。"夏天成伸手接过小连夏。

吴连夏也不简单,一点也不认生,瞪着一双乌黑发亮的眼睛,好奇地看着每一个抱他的人,还"啊啊"地想说什么,伸出小手,还去摸夏天成的胡子,把夏天成乐得哈哈直笑,疼爱得不行。

夏想不满地小声对曹殊鬶说道:"我发现上了你的当,你是不是故意想让我难堪?"

"你有什么好难堪的,还好意思说,哼!"小丫头悄声说道,眨眼间就红了眼圈,"要难堪要丢丑的人也是我,你只会夸口,只会炫耀才是。我还不是为了让爸妈高兴高兴,一片好心,怎么又落了你的不是?我……我何苦来着!"

软刀子杀人最有效,夏想拿她没有办法了,忙劝慰说道:"我知道你是世界上最好的妻子,我不想让爸妈看出什么来,不也是怕你觉得委屈吗?你得理解我的心意,我也是一片好心好意。"

"委屈我已经受得够多了,自己承受就是了,又没有怪你,也没有怪连姐姐,自己想办法找回平衡就是了。你倒好,还怨我,还讲不讲道理?"小丫头又笑了,眼泪没流下来,又收了回去。

夏想服了她,说哭就哭,说笑就笑,让他都适应不了,笑道:"好,好,我以后加倍对你好,行不行? 不过以后再有类似的事情,得先和我商量商量,让我也好有个心理准备不是?"

"才不,你做事情的时候都没有给我心理准备,我得还回来。"小丫头嘴上倔,其实已经妥协了。

吴连夏被人抱了一圈,最后又回到连若菡的怀抱。他好像意犹未尽,小脑袋转来转去,最后眼睛落在夏想身上,愣愣地看了夏想一会儿,忽然咯咯地笑了,主动冲夏想伸出了一双肥肥的小手。

夏想的心碎了,也不顾众人在场,伸手抱过吴连夏,说道:"来,让……叔叔抱抱!"顺口之下,差点说成让爸爸抱抱。

吴连夏还是跟夏想关系最近,紧紧用双手搂住夏想的脖子,"啊啊"地高兴起来,还在夏何想怀里跳了几跳,逗得大家都哈哈大笑。

曹殊黧似乎觉得夏想不够尴尬一样,笑着说道:"既然孩子爸爸没福气有这么好的儿子,小家伙又和夏想这么亲,不如就让我当干妈,认夏想当干爸好了,你说呢,连姐姐?"

连若菡眉开眼笑:"认你当干妈没问题,认他当干爸不太好吧? 哪有主动当人家儿子的道理,得他主动提出来才行。"

夏想被二人一问一答逼得没有了退路,再说其实小丫头也是用心良苦,为以后埋下伏笔,就算以后吴连夏长大,叫惯了他爸爸也不要紧。因为当着父母的面认了干爸,省得以后再向他们解释。

夏想顺水推舟,笑道:"凭空多了一个这么好的干儿子,我高兴还来不及,行,如果他妈妈不反对,我就认下这个干儿子了。来,儿子,叫干爸,嗯,不如直接叫爸爸好了……"

吴连夏也好像听懂了一样,伸出小手去摸夏想的嘴,嘴里还"啊啊"地叫个不停。

夏天成和张兰对视一眼,都十分开心地笑了。

连若菡和曹殊黧对视一眼,会心地笑了。

卫辛看了夏想一眼,意味深长地笑了。

夏想和儿子对视一眼，父子二人都傻呵呵地笑了。

因为吴连夏的原因，夏天成夫妇本来想初五回家，实在太喜欢小家伙了，就多住了一天才回。初七，夏想陪了连若菡和儿子一天。经过几天的相处，小家伙越来越喜欢夏想了，只要夏想在，他就总跟夏想黏在一起，让连若菡也有点忌妒他们父子之间的关系太好了。

初八正式上班，也没有什么要紧的事情。连若菡本想住到正月十五再走，但老爷子想念吴连夏心切，连连催促，无奈，连若菡初十就返回了京城。

临走时，她对夏想说："你现在满意了？至少已经表面上过了你爸妈的关。你现在应该是世界上最幸福的男人了，有我的大度，又有黛丫头的温柔，你怎么那么好命？要是黛丫头再给你生一个儿子，你就得得意死了。不过有一点，不管你再有一个儿子还是女儿，一定不能有偏向，一定要记得我的好，是我给你生了第一个儿子！"

夏想一脸深沉地说道："茕茕白兔，东走西顾。衣不如新，人不如故！"

连若菡满意地笑了，赏了夏想一个吻。

春节过后，已经是二月中旬了，不出夏想所料，上班没几天，外经贸部的商调函再次发到了燕省省委。

与第一次商调函引起激烈的反应不同的是，先是崔向看后直接批复："拟同意，报请叶书记过目。"

叶石生看后，毫不犹豫地在上面批示："同意！"

由此，就定下了夏想半个月后进京的命运。

消息传到领导小组，众人都纷纷不解夏想为什么要去外经贸部待一段时间。不仅彭梦帆和安逸兴不理解，连方格和古玉也不清楚夏想基于什么考虑，非要离开现在已经轻车熟路的领导小组，到一个陌生的环境去工作。

尤甚是古玉，对夏想的做法表示强烈的不满："领导，怎么不和我商量一下，就去了外经贸部？"随即又意识到她的问话有些不妥，就支吾了一下，又说，"我是说，我本来还想在领导身边要多学一些东西，没想到好好的，非要去京城做什么！"

夏想也不好多解释什么，他也知道古玉是有意留在他的身边，想借产业结构调整之际，多跟他学一些官场和商场之道。另外，也许老古还有别样心思就不得而知了。

"只不过是借调一段时间，也算还易部长一个人情。毕竟我刚调来省委的时候，易部长发来两次商调函我都没有去，总要给他一个交代才行。"

古玉不满地噘起了嘴巴:“我告诉爷爷去,让他把我也调回京城算了。你不在燕省,我还在领导小组做什么?”

“别胡闹了。”夏想笑了,他也知道古玉对领导小组的工作并不是十分在意,也对官场并无太大的兴趣。不过眼下她的工作也上手了,做得还算不错,轻易放弃也太可惜了,“我最晚半年,最少三个月,还会回燕市。你调回京城,难道等我回燕市时,你再跟着回来?”

根据夏想的推测,大概在三个月到半年之内,下马区的书记和区长,以及其他常委、政府班子的组成,等等,都会落下帷幕。最晚下半年,下马区区委和区政府就会正式走马上任。现阶段,燕市还是要由高海代管下马区的一切事宜,主要还是以规划和招商引资为主,还有征地、前期工程等一系列的问题。别的不说,至少要等区委区政府的大楼盖好,才好正式入驻办公。

之所以要有三个月和半年时间的缓冲期,其实还是各方势力有一个较量和妥协的过程。再说成立新区毕竟是大事,马虎不得,时间长一些,才能显示出省市两级政府的重视程度。官场上的事情,就是讲究一个过程。

古玉赌气地说:“就是,你去哪里我跟到哪里!”

夏想不觉好笑:“你年纪不小了,别总跟个小孩子一样的脾气。”

古玉气呼呼地走了:“我和爷爷说去,让他替我安排。”

夏想也能理解古玉的心思,她在燕市举目无亲,有点将自己当成亲人的意思。自己一走,她肯定觉得一个人孤零零的没有意思。

坐在自己的办公室里想了一会儿事情,夏想将去京城之后的事情统一做了一个安排。其实他也知道,去成立后的商务部帮忙不过是借口,真正的目的还是在下马区的主要党政领导人选激烈竞争之际,抽身而出,摆出一副置身事外的超然态度。等到尘埃落定的时候,再直接从商务部到下马区上任,会给人一个从京城空降的错觉。

政治上的事情,就是要真真假假,让别人摸不清底细才好。

同时,因为他人在京城,对于燕市的风风雨雨也可以做到置身事外,可以减少别人关注的目光。否则因为一个人选的问题被人攻击或是放到火上烤,也不是一件好事。反正夏想有理由相信,不管他人在不在燕市,下马区的区委书记一职,早就在陈风和胡增周心目中有了人选,别人再争,只能争别的职位。

当然,去商务部工作一段时间也是一笔难得的财富,也可以为他加不少政治分。至少,在对外的履历上,可以多写上一笔在商务部的资历。还有一点,他正好可以借此时机尽快完成学业,如果可能,或许可以让邹老多少高抬贵手,让他在担任新职务之时,就锦上添花地给他颁发毕业证书。

虽然邹老很有原则,但为了照顾他这个特殊的学生,也应该适当地宽松对待。

夏想的如意算盘还包括连若菡母子在内,在京城,正好可以多陪陪她们母子。私心里,他也有多陪陪肖佳的打算。肖佳也是他生命中不可或缺的女人,而且在下一步下马区的宏图之中,肖佳的雄厚资金,也终于到了派上用场的时候。

有如此多的便利之处,夏想自然要努力促成商务部之行了。而且他也想乘机和易向师增进了解,易向师不管是为人还是为官之道,都有不少值得他学习的地方。还有,京城是卧虎藏龙之地,不管是和吴才江,还是和邱家,能够多走动走动,没有坏处。

一旦到了副厅级的序列,再向上走,就开始需要借助更多的力量了。

夏想凡事都喜欢想得长远一些,未雨绸缪。

正沉思时,突然电话响了,一看号码是组织部的电话,夏想知道,肯定是梅升平来电。

果然是梅升平听到夏想要前往商务部的消息,特意打来电话问问详细情况。

夏想也没有刻意隐瞒,将他的想法中重要的部分简单对梅升平一说,梅升平也表示赞成:"也好,去待一段时间也算多了一段经历,虽然有些仓促,但总比没有强。不过总体来说,我还是比较欣赏你的手法,小夏,你做事情不但稳妥,而且想得还十分长远。有时候事情过后一想你当时的做法,才发现真的很高明。你,确实是一个人才。"

难得梅升平如此夸他,夏想忙谦虚地说道:"梅部长太过奖了,其实和您比起来,我还差得太多,还远远做不到您的从容和淡泊。"

"哈哈……"梅升平开怀大笑,"你也别夸我,有一天你能到我的位置,肯定会做得比我还好。行了,不说了,还要开会。等你什么时候去了京城,我们有机会在京城再聚。"

梅升平说挂就挂断了电话,夏想本来还想问一问梅晓琳的近况,也没有来得及张口。

梅晓琳换了手机号,没有告诉他。有两次夏想打到她的单位,却说她不在。夏想心里闷闷的,也不知道梅晓琳为什么要躲着他。

宋朝度那里也没有必要单独去汇报了,过年的时候已经交代清楚了。对叶石生也是年前就提前说明了去商务部的事情。只有和范睿恒近来交流不多，夏想就给张质宾打了一个电话，问范省长有没有空，他想过去汇报工作。

换了别的处级干部打来电话说要给省长汇报工作，张质宾别说会替他传达，不批评几句就不错了。省长日理万机，哪里会和一个处长谈论什么工作大事？但夏想打来电话，张质宾不敢有任何怠慢，立刻向范睿恒请示。果然如张质宾所想一样，范省长放下了手头的工作，让夏想现在就过来。

张质宾身为范睿恒身边最近的人，可是亲眼目睹了夏想和范省长迅速走近的过程。说实话，他甚至对夏想还有一丝忌妒。一开始范省长不过是抱着试探的态度，看夏想如何选择。没想到夏想充分利用严小时和范铮的关系，非常轻巧地就冲破了范睿恒不轻易相信人的防线，和范睿恒之间的关系越来越密切。

张质宾也聪明地意识到夏想之所以深受范省长的器重，一是因为夏想和范铮之间关系莫逆，二是夏想是范省长和叶书记之间的缓冲，是联系书记和省长之间的桥梁。正是因为夏想的关键存在，才让燕省的书记和省长，前所未有的立场一致，并且矛盾和冲突降到了最低。

夏想有一手，确实不是一个简单人物……张质宾对夏想得出的结论是，不能为友就敬而远之，千万不可与他为敌。崔向几次想要置他于死地而不可得，还让他接连扳倒了古人杰和朱纪元，由此可见，不能和他为友的话，敬而远之才是上策。

等夏想一敲门，张质宾就热情地迎了出来，一脸笑容地说道："夏想同志来了，范省长正在等你，请进。"

夏想从张质宾脸上的笑容中看出了什么，也报之一笑，说道："张秘书辛苦了，上次和范铮聊天说起你，范铮说，你就像他的老大哥一样亲切。"

张质宾听到了夏想的言外之意，会心地一笑："范铮没到京城求学之前，我和他倒是常见面，现在和他却接触少了。既然他当我是老大哥，意思就是让我请他吃饭了？呵呵。"

夏想一点头："我一定转告他。"

几句话过后，张质宾高兴地为夏想敲响了范睿恒办公室的门。

范睿恒见夏想进来，放下手中的文件，点了点头："坐，小夏，是不是要说去京城的事情？"

夏想见范睿恒猜到了他的来意，也就开门见山地说道："是，我就是来向范省长汇报一下前去商务部的事情，以及我走之后，领导小组的工作安排。"

夏想重点就领导小组的工作重点和安排向范睿恒做了汇报。

范睿恒对夏想前往京城没什么看法，但对夏想回来之后有望到下马区去主持工作，并不是十分赞成。从他个人的角度考虑，有夏想在省委，他和叶石生之间的关系就能维持一个微妙的平衡。他担心的是夏想离开之后，他和叶石生之间没有了缓冲和纽带，一旦在重大问题上有了分歧，没有一个中间人从中调和，有可能会造成对立的局面。

只不过从夏想个人前途的角度考虑，为下马区的将来考虑，夏想又确实是主持工作的最佳人选。范睿恒尽管不太乐意，但因为和夏想之间良好的私人关系，以及夏想和范铮之间的莫逆之交，他也不会出面阻拦。

综合考虑下来，出于对夏想的爱护，范睿恒郑重其事地表了态："去商务部也算是一件好事，同时在京城的时间里，也可以尽快地完成学业，如果能在下半年前拿到文凭，对你下一步的位置变动非常有利。"

夏想也明白，范睿恒的表态已经表明了支持的态度。他来之前还心中忐忑，担心范睿恒会提出让他继续留在省委的建议。不想范睿恒还是从大局出发，对他的下一步也点头表示了同意，算是让他了结最后一桩心事。

范睿恒的赞成，预示着在省委里面，不会再有更大的阻力了。也就是说，省委放行已经不成问题了，唯一的问题，就是市委里面常委会上的变数了。

但有了陈风、胡增周和方进江的点头，夏想并不是十分担心燕市会出现意外的变故，付先锋再强势，也强不过陈风和胡增周的联手。他有理由相信，燕市的局势，也会按照他猜想的步伐前进。

一转眼，夏想离开燕省的日子到了，明天虽然触手可及，但也有不可预知的变数……

04　人在京城，心系燕市

李丁山却心中忧虑，总觉得事情不如表面上那么简单，认为付先锋此举不是故意捣乱，也不是混淆视线，而极有可能是精心安排的一出好戏，是借机攫取胜利果实来了。至于付先锋到底还有什么后手，李丁山虽然不清楚，但本着替夏想着想的心思，还是急急地给夏想打了一个电话，让夏想立刻回来。

在京城

三月的京城，春寒料峭。京城在地理位置上不过比燕市偏北不到三百公里，但冬天却比燕市寒冷不少，春天的风沙更是大了许多。近年来随着坝上和塞外的水土流失加剧，京城春天沙尘暴的次数明显增多，不但多，而且有越来越大的趋势。

才三月，夏想就感觉京城的春风之中，已经有了沙尘的气息。风中的沙粒刮进眼后，又涩又疼，让人十分难受。而京城的风又干又劲，刮在脸上，刀刮一样疼痛，也让人难以忍受。夏想无奈地摇摇头，想起内蒙古为了擷取羊绒而无节制地养羊，结果导致草原沙化严重，水土流失，长此下去，沙漠将越来越逼近京城。

而紧邻京城的燕省章程市洋河中段密布沙砾，每年向京城输沙近百万吨。目前，沙漠已侵入燕山腹地丰宁县的潮白河上游，最近距京城怀柔仅十八公里！

曾经气候温润的京城消失不见，取而代之的是风沙肆虐、干燥寒冷的京城。一切，都源于人类过度的开采和贪婪。

由此，国家才开始大力提倡退耕还林和退牧还草两大工程，有计划有步骤地准备用五年的时间，使十亿亩退化的草原得到基本恢复。

111

而当年开垦荒山、围海造田和毁林造田，不但没有带来切实的利益，到今天反而成了遗毒，不得不说是一种讽刺。

夏想微微叹了一口气，无奈地一笑，想太多了，反而无用。难道是因为他到了京城的缘故，就自然而然地想起天下大事？

在新成立的商务部的大院中停好车，手持商调函和介绍信办理好交接手续，已经到了中午，想了想，夏想谁也没有惊动，直接开车去见肖佳。

肖佳早就得知夏想要在京城待一段时间，自然是高兴不已。她接到夏想的电话后，立刻放下手中的一切工作，专门在家中等候夏想，还精心做了一桌香气四溢的饭菜。

肖佳和夏想之间，已经有了一种无需言传的默契。只要没有重要的事情，她从来不主动打电话给夏想，只是默默地等待夏想的来电。她不想扰乱夏想的生活和工作，只想做他身后从来不露面的影子女人。她清楚，有时候，越是无欲无求反而越能得到，只要她流露出一点不安分的想法，夏想或许就会离她远去。

肖佳一个人奋斗多年，早就见多了官场和商界之中形形色色的男人的嘴脸，以她现在的身份，让她委身于其他心术不正或是污浊的男人，她宁肯洁身自好，也不愿玷污了自己的身体。尽管说夏想也有三个女人，不过在她心目之中，夏想不是单纯地占有一个女人，他对别的女人如何她不得而知。但她知道，夏想在她面前是真诚并且值得完全信赖的。

肖佳最大的心愿就是，为夏想生一个孩子——不，是请求夏想让她生一个孩子。让她在年老的时候，可以有一个依靠，可以有一个永远维系她和夏想之间感情的纽带。即使夏想以后不再理她，她也可以和孩子在一起，共同回忆以前的美好时光。

肖佳胡思乱想一番，正心思渺茫之时，夏想到了。

她慌里慌张地擦了一下眼角的泪水，换了一副笑脸，热切地迎上前去。

……

在肖佳的怀中，夏想睡得很安稳，像个婴儿一样。他向肖佳简单交代了一些事情，让她尽快回笼资金，在两个月之内，回燕市开一家分公司，在最短的时间内开展业务。因为在即将展开的波澜壮阔的下马区的蓝图之上，有可能需要运用她的资金和商业手段。肖佳十分开心地答应了，她知道，夏想始终还记挂着她，将她放在心上。

夏想要午休片刻，因为下午还要上班，肖佳就看着他安然入梦。

夏想下午一上班，就被安排到对外经济合作司帮忙。实际上商务部刚成立，乱作一团，没有人会对借调过来的夏想在意，更不会真正指派他做什么重要的工作。如此一来，正好趁了夏想的意，他手脚麻利地处理好手头的文件，然后就给邹老打了电话。

邹老对夏想来京城一事，非常欢迎，还接连布置了不少作业给他，让他尽快完成。对于夏想提出的想尽快拿到毕业证书的要求，邹老不置可否，只是不停地催促夏想先交作业再说。

邹老布置的作业是写几篇关于当下经济形势的论文。

因为和程曦学论战的缘故，夏想在理论知识方面提高了不少，还查询过大量的相关资料，现在他要完成邹老交付的作业，也不算太难的事情，算是因祸得福了。既然在商务部工作轻闲，没人烦他，就正好用来学习了。

写论文的时候，夏想才发现需要查阅不少文献和资料。而让他惊喜的是，他想到和想不到的资料，在商务部的资料室都可以查到，真是得来全不费工夫。

至此，夏想算是明白了吴才江和易向师借调他来商务部的真正目的，两个人人老成精，借着借调的名义，其实是让他进京进修来了。既多了在商务部工作过的一段资历，又可以乘机完成学业，可谓一举两得。

夏想对吴才江和易向师心存感激，他能猜到，吴才江用心帮他，也是看在他说服了连若菡的面子上，或者还有想培养他为吴家嫡系的私心。

第二天，夏想抽空和连若菡见了一面，又和儿子亲热一番，一家人还共进了晚餐。夏想享受了天伦之乐，心情十分舒畅。同时他发现，儿子对他越来越依恋，而他也对小家伙多了不少牵挂。

在京城的日子悠闲而自在，每天上班下班，实际上大部分时间他都用来学习，用来完成邹老交给他的每一项作业。一直等他到了京城半个月后，才见了易向师一面。

易向师顺利上任首任商务部部长以来，工作十分繁忙。夏想的到来他早已知道，只不过一直抽不时间和夏想见面。

易向师是在他的新办公室和夏想会面的。二人见面之后，寒暄几句，易向师就问起夏想是不是适应在商务部的工作，生活方面有没有困难等等，只字未提夏想和邹老的接触情况以及几个月后的去向。

和易向师的谈话非常短，几分钟后，有人前来汇报工作，夏想就借机告辞。易向师也没有多说，只是叮嘱夏想要合理利用时间，珍惜来之不易的机会。

言外之意不言而喻，夏想感激地点了点头。

又过了半个月，他才接到了吴才江的电话。

吴才江先是关心地问了几句夏想的近况，然后话题一转，说道："晚上一起坐一坐……就在东来顺好了，天怪冷的，吃火锅暖和。"

对于吴才江，夏想的感觉十分复杂，总体来说，现在对他还是尊敬和认可多一些，就一口答应下来。

下班后，夏想驱车来到东来顺预订的房间，只等了一会儿，吴才江就出现了。他不是一个人前来，还有一个三十三岁左右的年轻人随行。

年轻人见到夏想，只是微微点头，眼中有一丝冷漠和淡然。夏想看得出来，他家教不错，举止彬彬有礼，但骨子里却有一股傲气，显然出身不错。不过看他的表现和言谈，应该级别不高。

果然，吴才江介绍说道："夏想，来，介绍一下，谢源清，来自团中央。源清，这位是夏想，燕省产业结构调整领导小组处长……"

谢源清主动伸出手来，和夏想轻轻一握，淡淡地说道："嗯，听吴书记说过你的大名，没想到你这么年轻。听说你二十七岁就升了处长？看来在地方上还是好升一些。我这次下去，说不定要和夏处长共事，到时还请你多多照顾。"

夏想哑然失笑，都说京城好升官，谢源清倒好，居然说在地方上好升。不过看他三十好几的样子，又认识吴才江，现在才是一个副处，估摸着想到地方上锻炼锻炼，升个一官半职再回京城。

地方上真有他说得那么容易升迁就好了，京城衙门大，级别高，一个处级不觉得有什么。你到了县里试试，处级就是书记，就是县长，全县一共才几人能到处级？

夏想没接谢源清的话，而是对吴才江说道："京城的风沙越来越严重了，谁要是去了内蒙主政，一定要严格控制一下牧场，否则用不了多久，一出京城向北，就是沙漠了。"

吴才江微微一惊，草原沙化严重的问题，才刚刚引起有关方面的注意，夏想还真是了得，刚到京城就察觉到了，不得不说是个极有大局眼光的年轻人。他点头说道："估计用不了多久，有关部门就会制定出相关的政策出来。"

谢源清却很西化地耸耸肩："耸人听闻，我觉得京城的气候还不错，没什么风沙，夏处长有点危言耸听了。"

"我在燕市生活了十几年，度过了十几个春天，一直觉得燕市在春天风沙特别大，不想今年一到京城，才发现京城比燕市的风沙多了一倍有余。有比较才有发言权,如果谢处长到外地生活一段时间,就深有体会了。"夏想不以为然地笑了笑,以亲身的经历做对比,才最有说服力。

谢源清微微红了脸:"夏处长是讽刺我没有离开过京城?"

"看,谢处长多想了不是?跑题了,跑题了,今天我来是和吴书记叙旧的……"说话间,夏想看了吴才江一眼,又问:"吴书记有什么指示精神?"

吴才江朝夏想使了个眼色,说道:"坐,边吃边谈。"

坐下之后,吴才江点上一支烟,慢悠悠地说道:"源清的爸爸和我关系很好,他不幸得了重病,离世之前,托我照顾一下源清,故人之子,理应帮一帮。听说燕市的下马区正在筹备,我有意安排源清下去当个副区长……"

下马区副区长是正处级,谢源清能够如愿的话,等于升了一格。不过夏想对谢源清的能力并不看好,至少他在待人接物上没有应有的水准。可以说傲慢有余,坦然不足。

刚才吴才江的话也暗示了他的无奈,他是受人之托,忠人之事,也是没有办法的办法。夏想也看出来了,谢源清应该是出自官宦之家,不过家道中落罢了。可以肯定的是,其父也没有担任太高的官职,才导致了谢源清现在不上不下的尴尬状态。

吴才江向自己提出下马区,难道是想让自己出手帮谢源清下去?可不行,他现在还在暗中竞争区委书记一职,根本没有余力另外安排别人,燕市市委又不是自己家开的!

夏想不动声色地向吴才江使了一个眼色,若无其事地说道:"到地方上锻炼一下是好事,不过由京城空降过去,不但手续烦琐,而且还要经过燕省省委和市委两关,有一定的难度……"

夏想话未说完,谢源清就轻描淡写地一笑,说道:"小事,小事一桩,有吴叔出面,燕省和燕市的难题无不迎刃而解。本来我今天不想过来,吴叔说要让我提前和你认识一下,说我们以后会是同事。你也知道,我一向比较忙,事情多,不过吴叔有话,再忙也得过来看看,是不是?"

夏想见吴才江眼中闪过一丝无奈,不由笑了:"那我就在燕市期待着和谢处长携手合作了……"一句话表明了立场,就是他对于谢源清的事情,将会袖手旁观。

吴才江微不可察地摇了摇头,不过还是笑着说:"你们年轻人以后肯定有共同语言,提前认识一下没有坏处,又不是外人,就更需要在常委会中发出同一个声音。"

夏想以为吴才江安排谢源清下去只是担任一个一般的副区长，没想到还想进常委会，不由暗暗摇头，心想谢源清进了常委会，不被别人利用就不错了，想让他配合自己的工作？还是别指望了。

谢源清却自得地说道："好说，好说，到时夏处长有什么需要我配合的地方，尽管开口，看在吴叔的面子上，我会尽可能地满足你的提议。"

夏想点头一笑："那敢情好，是件大好事，当饮一大杯。"

吴才江见夏想不动声色，心想同样是年轻人，差距还真大。谢源清自恃身份，一直以为高人一等，但既没有家族势力的资本，自身又不过硬。如果不是看在他死去的父亲的面子上，吴才江才不愿意多管闲事，非要费心费力地安排他下去。本想今天安排谢源清提前和夏想认识一下，也好让他下去之后有个照应，没想到他还说要尽可能地配合夏想的工作，真是一个笑话。

谢源清没有弄清楚一个事实，夏想将会是下马区的一把手，他谢源清下去，就算是区委常委，也归夏想领导。哪里有以一副傲然的态度和未来的上级领导说话的下属？吴才江颇感无奈，只好岔开话题，说道："好了，不谈工作上的事情了，吃饭，吃饭要紧。小夏，你来点一份菜？"

夏想看了吴才江一眼，眼中流露出会心的笑意，说道："来两盘极品羔羊尝尝……"

夏想的福气

席间，几人只说了一些无关紧要的话题。不多时，谢源清接了一个电话，提出有要事要先行离开，吴才江也没说什么，挥手让他走了。谢源清一走，气氛就轻松多了。

吴才江说了几句有关谢源清的话题，说是因为当年的友情，抹不开面子，不得不帮谢源清安排一个前程。至于谢源清以后有没有长进，他就无能为力了。

夏想却没有多谈谢源清的问题，他对谢源清不太在意。邱绪峰当年比谢源清难对付多了，他一样可以摆平，而且现在还成了好友。谢源清则不同，他没有邱绪峰的底气，更没有邱绪峰的城府和能力，夏想对他一点兴趣也没有。

说话间，吴才江就提到了连若菡和吴连夏。

"若菡的事情，还得谢谢你。"吴才江十分真挚地说道，"如果不是你出面，谁也劝不动她。她回来之后，老爷子虽然对她未婚生子大为不满，但对吴连夏非常疼爱，爱如至宝，天天抱着不放，精神好了许多。老爷子手术之后精神状态一直不是很好，现在有了连夏，天天乐呵呵的，非常开心。前几天去医院复查，大夫说恢复得非常好，手术基本上获得了圆满成功。"

夏想听了也是十分高兴："老人家身体好，就比什么都好。老爷子退下来后，各方面的反应还算平静？"

"还算平静，不过也有一点小动荡，算是正常的情况。人心很复杂，不是所有人都念旧都感恩，总有人喜欢跳来跳去。其实他们不知道，越爱跳的人，在所有人眼中，越是跳梁小丑。"吴才江一脸轻松地说道。吴家的大树，根深叶茂，不可能一下倒下，更何况老爷子只是退下了，人还健在，还有足够惊人的影响力。

"不过，二哥好像知道了若菡的事情，问了几次，若菡没说。他也是刚回京城，工作太忙，没再细问。"吴才江面有忧色，说出了实情，"其实平心而论，你和若菡的事情，我也不是十分赞成，不过我为人还算宽容，有些事情看得比较开。既然已经成了事实，而若菡又是十分倔强的性格，能死心塌地地跟了你，也说明你有过人之处，我就睁一只眼闭一只眼罢了。只是能瞒老爷子和二哥多久，我心里没底。万一他们知道了，一怒之下，你的前途恐怕会毁于一旦。"

夏想坦然一笑："事已至此，怕又有何用？既然我和若菡选择了一种在一起的方式，就是我们两个人都深思熟虑的结果。如果真的因为此事丢了前途，也没有什么，凭我的双手和头脑，想要赚钱养活自己，也不是一件难事。"他深深地看了吴才江一眼，"无论如何，都要谢谢三叔的开明和宽容。"

吴才江满意地笑了："终于肯叫我叔叔了？不记恨当年的事情了？当年的事情也不能全怪我，那是不打不相识，是不是？"

吴才江才不肯向夏想认错，夏想也知道他的面子要紧，就一笑而过："都过去了，三叔再提以前的事情，是故意逗我不是？来，敬三叔一杯。"

叫吴才江三叔，夏想叫得心甘情愿。从连若菡的辈分算起，吴才江确实算是他货真价实的三叔。从吴才江本人对他的维护来说，也值得他尊称一声三叔。

吴才江乐呵呵地一饮而尽，说起了吴连夏："小家伙很壮实，很可爱，好动又好玩，老爷子喜欢得不行。说到底，我们都得感谢小家伙，他给老爷子带来了无穷的快乐，老爷子现在可把他当成了宝……"

说起吴连夏，吴才江也是喜笑颜开。

不一会儿，话题又转移到了燕市的下马区上面，吴才江问道："区委书记的位置,能不能确定拿下?"

"问题不大,阻力也会有,但形不成气候。市里有陈书记和胡市长点头,省里叶书记和范省长也支持, 基本上在燕省的范围之内, 没有人会掀起什么风浪。"夏想倒不是高抬自己,也确实陈风和胡增周深信他的能力,对他寄予厚望,而他对区委书记的位置也是志在必得。一年多的运作和用心,一心推动产业结构调整政策,为的就是心目中的如画江山。

"我也相信你的能力,就不出面帮你说话了。"吴才江也是出于多方面的考虑,"我公开支持你的话,让二哥知道了,以他的聪明,肯定能猜到什么。实在有过不去的坎儿时,再具体情况具体分析。现阶段,还是避开二哥的锋芒为好。他这个人,性格太强势,脾气也太臭,总是翻脸不认人。"

吴才江一脸苦笑。

夏想能体会吴才江的无奈,连若菡的倔强肯定就有吴才洋的影子。吴才洋连吴家老爷子的面子都不卖,更何况他这个小辈?

吃完饭已经晚上九点多了,告别时,夏想送吴才江上车。吴才江关上车门,片刻之后又打开,突然说了一番话:"有一件事情你听说没有?梅晓琳调回团中央不久就请了病假,一直没有怎么上班。梅晓琳一直瞒着我没说实情,我也是从别处听到了消息,原来她生了孩子,休了产假。因为梅晓琳未婚先孕,梅升平也没脸对我说,哈哈。我以前一直担心他笑话若菡未婚生子,结果倒好,他们梅家的闺女也是一样,你说,是不是妙得很……"

吴才江走了很久,夏想还一直呆呆地站在门口,一动不动,脑子中始终回响着吴才江的声音。他脑海中不停地闪现和梅晓琳在燕市宾馆之中意乱情迷的一夜。那一夜,他侵占了她;那一夜,她包容了他;那一夜,他们占有了对方。

难道说,那一夜的花开一瞬,竟然珠胎暗结?不是说梅晓琳被医生诊断为身体有病,不能怀孕了吗?难道他的能力竟然如此强大,不但一次命中,还让一个被医生判了不能生育的死刑的女人圆了想做母亲的梦想?

夏想在原地站立了差不多有十分钟,直到一个浓妆艳抹的女人从他面前经过,劣质的香水味刺激得他不由自主地打了个喷嚏,他才清醒过来。再想起梅晓琳急着要从安县调回京城的古怪表现,以及后来和她通话时,她努力掩饰的情感,还有她故意避而不见,换了手机号码……一切的一切都证明了一个真相,梅晓琳的孩子,是他的后代!

夏想在商务部有一间单身宿舍,也不定时住在肖佳处。今天本来说好不去找肖佳了,但他还是闷头开车到了肖佳家中,二话不说倒头便睡。肖佳见他情

118

绪反常,也不问他出了什么事,只是帮他收拾好,静静地守护在他身边。

第二天,夏想无心工作,思来想去还是给梅升平打了一个电话。

"梅部长,晓琳是不是生孩子了? 怎么一直没听您说过,她也没有向我透露一点消息。"

"咳咳,她不让告诉你……不光是你,所有她认识的人,她都不许说,我也没有办法,不能惹她不高兴不是? 本来医生说她可能不能生育了,谁知道又突然怀孕,她也是调回京城之后才告诉我真相的。"梅升平没有再隐瞒夏想,一五一十地都说了出来,"我问她孩子的父亲是谁,她就是不说。后来问急了,说是什么在美国的一个美籍华人,认识一段时间又分手了。是真是假我也不想追究,也懒得去想,只要她开心快乐就可以了。"

夏想苦笑,他犹豫一下,还是问起了梅晓琳的电话:"可否告诉我她的手机号? 好歹同事一场,我想向她表示一下祝贺。"

梅升平迟疑片刻, 还是把梅晓琳的手机号码告诉了夏想:"我一直觉得你和晓琳挺对脾气,可以成为不错的朋友。你给她打个电话也好,她也许是觉得未婚先孕难为情才避开以前的朋友,现在都什么年代了,谁会在意这些? 你正好在京城,方便的话替我去看看她……"

挂断电话,夏想才恍然想起,说了半天,忘了问梅晓琳生的是男孩儿还是女孩儿。

他即刻拨通了梅晓琳的电话。

铃响三声,梅晓琳接听了电话,夏想只"喂"了一声,她就听出了是夏想的声音,警觉地问道:"怎么是你? 你是不是知道了什么? "

夏想叹了一口气:"我什么都知道了……你何苦瞒着我? "

"我也不是非要刻意瞒你,而是觉得你没有必要知道! "梅晓琳的态度又冷了下来。

"我当然有必要知道,孩子也有我一半的功劳! "夏想怒了。

"我早就说过,你和我之间的关系,从那天晚上以后就结束了。"梅晓琳不肯让步。

"是结束了,因为我们之间根本就没有开始。但有了孩子就不一样了,我是孩子的亲生父亲,我有权利知道孩子的一切,我也有资格关心孩子的成长! "夏想说得理直气壮, 其实多少有点心虚——他根本没有光明正大地以孩子父亲的身份出现的可能!

梅晓琳冷笑了两声:"别激动了,孩子不过是你一时快乐的副产品而已,你没有责任也没有义务要负责,我也不需要你为我再做什么。我和你之间,从此再也没有了任何牵连。你也别痴心妄想让孩子认你,就算我同意,你敢对谁说你是我孩子的父亲?是连若菡还是曹殊黩?你连吴家的麻烦都解决不了,再来惹我们梅家,你不想活了?还是留着你的小命,好好活着。万一有一天孩子长大了问我她的父亲是谁,我或许会告诉她你的名字,而她或许会原谅你,当面叫你一声爸爸,就是你莫大的福气了。"

夏想无言以对。

他的心情是从未有过的沉重。

梅晓琳生下了他的孩子,对他来说绝对是一个意外,一个天大的意外,一个让他不知道该如何面对的意外!让他多少有点不知所措,有点茫然。

他恼怒的只是梅晓琳的隐瞒,当他知道事情的真相时,一切已成定局,无法更改。他也清楚,梅晓琳故意躲开他,甚至宁肯舍弃大好前途不要,也要回京悄悄生下孩子,也是在前途和当一个母亲之间,选择了后者。可见她当时心意已决,是如何的坚定,如何的不肯回头。

梅晓琳的性格和连若菡有些相似,但她比连若菡更有主见,也更能忍耐。她为了完成做母亲的心愿,县长的位置可以舍弃,县委书记的职务可以不要,而且她瞒下了所有人,确实是让人惊讶的坚强和决心。

夏想知道,除非梅晓琳心软改变了主意,否则他想见到她和孩子,几乎没有可能。

对于连若菡,夏想有手段有办法,但对付梅晓琳,他想不出任何主意。

沉默了片刻,夏想只好放低姿态:"总得告诉我,孩子是男孩儿还是女孩儿吧?"

"女孩儿!"梅晓琳的声音还是冷冰冰的,"知道你们男人重男轻女,所以我才更不想告诉你,你已经有了一个儿子,就更不稀罕我们母女了。"

夏想直接省略过梅晓琳的怨气,又好奇地问:"长得白不白?女孩儿的话,皮肤千万别像我一样黑,否则就惨了。"

梅晓琳轻哼一声:"一点不黑,挺白。别人看不出来,不过让我看,她像你的地方倒是挺多。挺气人,你那么丑,为什么偏偏要像你,真是冤家。"

"向来是儿子像妈妈,女儿像爸爸,快告诉我,女儿长得漂亮不?"夏想趁热打铁,想要攻破梅晓琳的心理防线。

"漂亮,当然漂亮了,我的女儿能不漂亮?她有一个漂亮的妈妈,还有一个不算丑的爸爸,基因优良,以后肯定也是一个端庄的小美女。"梅晓琳的语气缓和了下来,一说起女儿,就忘记了所有的不快。

"起名字没有?"

"起了,叫梅亭,小名亭亭……"

夏想又问了几句女儿的情况,比如吃奶多不多,身体壮不壮,等等,渐渐感觉和梅晓琳之间拉近了距离,就乘机提出了要见一面的要求。

"方便的话,让我见见女儿,毕竟是我的第一个女儿。我没有别的想法,就是想看她一眼。再说我和你好歹同事一场,去看望你,也在情理之中。"夏想循循善诱。

不料梅晓琳却不为所动:"你知道你有一个女儿就可以了,没有必要非要见她。另外,我现在也不想见你,省得……好了,不说了,我去喂女儿了,该你见的时候,你自然会见到。"

梅晓琳挂断了电话。

梅晓琳一直避而不见,难道是她另有想法?不过梅晓琳既然不见,夏想也没有办法,只好将事情深深地埋在心里。只是忽然之间就儿女双全了,他还有点不敢相信。接受了事实之后不免又有点沾沾自喜,连医生都对梅晓琳的生育能力不抱希望,没想到他如此威武,竟然一次就让梅晓琳怀孕生女,多少也有一点男人的自豪感。

不过这事得深埋心底,不能透露半分,万一让连若菡知道了,不定得闹出什么大事来。

夏想忍不住遐想,以他的条件和梅晓琳的外貌创造出来的一个女儿,到底会长什么样子?算算时间,女儿现在才两个多月大,应该还看不出来更像谁……

郑重托付

随后又想到了吴连夏,夏想忽然无奈地伤感起来。他已经有了一儿一女,却没有一个可以名正言顺地叫他爸爸。儿子姓吴,女儿姓梅,倒是便宜了吴家和梅家,而他却没有得到任何好处,真是为谁辛苦为谁忙?

自嘲之后,他重新打起精神,又投入到紧张的学习之中去了。

也许是因为夏想最近没有杂身缠事的缘故,他的学业突飞猛进,几篇论文都得到了邹老的好评。用邹老的原话来说就是,按照现在的进度,他有望在半年之内拿到研究生文凭。

在京城的日子其实还算惬意，夏想每天都是在学习之余，装模作样地工作一番，其实也不是他不肯努力工作，而是没有多少实事可做。平常隔三差五地和连若菡母子相聚在一起，和儿子玩闹一番，然后再和连若菡亲热一次。

有时晚上就住在肖佳处，近几年来，在京城的这些日子是夏想和肖佳在一起时间最长的一次。肖佳也焕发出前所未有的光彩，雨润红枝娇，让所有认识她的人都惊叹她容颜娇媚更胜以前。

夏想对肖佳也不错，只不过当肖佳再次提出要为他生一个孩子时，他吓了一跳，好像受惊一样一口否决。随后才安慰肖佳说，等过一段时间再说，他一定会满足她的愿望，既然以前答应过她，肯定不会让她失望。

转眼间来到京城已经三个月了，期间夏想也回过燕市几趟，基本上待一天就返回京城。曹殊黧一切安好，有蓝袜照顾，又请了一个保姆，还算细心周到。燕市的局势也暂时平静，下马区的区委和政府大楼，正在按部就班地建设之中。人事问题在紧锣密鼓地筹备，各方力量也进入了胶着状态。

所有的着力点都落在了书记和区长以外的职务上，许多人都聪明地不去竞争书记和区长的位置，因为大家都清楚，关于书记和区长，陈风和胡增周早就内定了人选。

天气转暖，六月的一天，夏想意外地接到了古玉的电话。

古玉人在京城，想邀夏想见面，当然，还有老古也想见他一面。

老古有约，夏想不能不见，况且他也很想和老古谈谈了。

见面地点约在一处僻静的神秘大院，说是神秘，是因为夏想在古玉的指引下，七拐八拐，不一会儿就在京城迷失了方向。他只感觉不停地向西、向北，最后经过许多禁止通行的区域之后，才进入一片整体呈灰色的建筑之中。

幸亏古玉有先见之明，早早在商务部外面等着夏想。她坐在副驾驶座上，一副指挥若定的样子，引领夏想一路来到了老古在京城的住处，否则只凭电话指挥，夏想肯定找不到地方。

初夏的天气，古玉随随便便穿了一件白上衣和灰牛仔裤，显得既有青春活力，又有一种简单之美。她从不离身的美玉却藏在了衣服里面，掩映在粉颈之内，别有一番风味。夏想随意瞄了一眼，就急忙收回了目光。

将车停好，夏想随古玉沿着青砖小路向里走。夏想注意到，整片灰色的建筑群掩映在无数树木之中，显得格外安静。目光所及之处，没有高楼，最高的就是两层小楼，大多是平房和独院。除了高大的梧桐树之外，还有不少笔直的白杨树迎风而立,给夏想的感觉是,既有与世隔绝的宁静,又有世外桃源的悠远。

而他心里也清楚,此地在京城市区之内,并没有在市郊。可见平常有许多地方,一般人无法涉足,所以并不知道在繁华的京城之中,也有十分古老并且保留着宁静、和谐的深宅大院。

夏想微微有些感叹,不管是国外还是国内,真正有钱有权之人住的都是宅院,住高层住宅的少之又少。

古玉看了夏想了一眼,俏皮地问:"刚才你的眼睛是不是乱看了?"

夏想一愣,想了一想才明白过来她话中所指,笑道:"没有,完全没有,你就像我的妹妹一样,我怎么会乱看你?不过是看你的玉不露在外面,好奇而已。"

古玉做了一个不雅的动作——她伸手向胸前一掏,从里面将玉拉了出来,举在手上说道:"其实还是感谢你提醒了我,我以前没注意到把玉放在外面,晃来晃去,总让人的目光落在胸上,挺不好。所以我决定将玉藏在里面,不再拿出来了。"

"也是,玉是很私人的物品,就像你的隐私一样,还是贴身佩戴为好。和肌肤相亲,也好养玉。"夏想随口说道,又问,"领导小组最近情况怎么样?"

今天是周六,古玉特意在周五晚上返回京城。她上一次说要调回京城,不过是一时气话,现在还老老实实地待在领导小组工作,而且她的工作还得到了宋朝度的认可。

"一切井井有条,各项工作进展顺利,不过没你在,有时觉得怪没意思的。"古玉说话很随意,往往不经多想就脱口而出,她比起连若菡和曹殊黛,心思可是简单多了,"你在的时候不觉得你有多好,等你一走,我总感觉心中空荡荡的,挺想你……是不是有点没出息?"

夏想咳嗽两声:"是,你也是大人了,别总想着依赖别人……"随即又转移了话题,"夏天快到了,老古是不是要到燕市住上一段时间了?"

森林公园附近由远景集团兴建的珍藏苑和典藏居一期工程已经竣工,夏想在珍藏苑挑了一处一百五十平米的房子。古玉也挺喜欢珍藏苑的户型,也买了一套。还有方格、王林杰、萧伍、赵红江、孙现伟等人,都纷纷出手,各自挑选了满意的户型。

甚至连冯旭光和楚子高也各买了两三套,自用或是送人都相宜。因为珍藏苑的户型不但好,而且地点和环境独一无二,最主要的是,和珍藏苑、典藏居一样的大间距的低层住宅区,市里以后不再审批。燕市新出的规定,以后新建小区必须搭配高层，否则不予批准。

珍藏苑和典藏居的销售出奇得好，不但燕市的有钱人蜂拥而来，许多省市的大小官员也都争相拿下一两套。确实，在燕市之内，空气清新、环境幽静的地方只此一家，尽管房价不低，许多人也是趋之若鹜，唯恐落于人后。

一期工程早已售完，二期期房也差不多被预订一空。珍藏苑和典藏居大获成功，为远景集团带来不下十亿的利润！

其中，夏想的创意当居首功，当然，曹殊繫出色的设计也为珍藏苑和典藏居增光不少。

古玉没有回答夏想的问题，而是笑嘻嘻地在前面一路小跑带路，阳光穿过树叶落在她的身上，洒落一地的金黄。她的笑声在空中回荡，为这样一个初夏的上午，增加了不少光彩。

夏想笑着摇摇头，在他眼中，古玉虽然身世不好，父母早亡，但她却始终保持着一颗孩童之心，拥有单纯的快乐，也是难得。

他随古玉迈入一处大约一亩见方的独门独院之中……

院子四周用灰色砖墙围起，正中有几处平房，乍一看，有点像京城之中已经不常见的四合院，不过比四合院要大一些，相对来说，房间也少，就显得开阔了许多。不过因为院中有假山、有树木、还有种种花草的缘故，一点也不显得空旷，反而生机盎然。

真是一处好地方，夏想无比羡慕。在京城能拥有这样一处宅院，不只是单单有钱就能办到的，必须有权，而且还是莫大的权力。一个亿万富翁也住不上这样一处宅院，不是他买不起，而是他买不到！

有钱难买不卖物，世间还是有许多事情，是金钱永远解决不了的。

老古正弯腰拿着喷壶浇花，见夏想和古玉进来，呵呵一笑，放下喷壶说道："有朋自远方来，不亦乐乎？小友，好久不见，听说你要升官了？"

夏想一愣，随即想明白了什么，笑了："应该说，责任更大了。"

老古挥挥手，对古玉说道："去泡一壶好茶。"

古玉乖巧地应了一声，转身进屋。老古用手一指不远处的假山，说道："走，欣赏一下我院中的美景。"

夏想就陪着老古边走边谈。

"老吴和我是老朋友，认识几十年了，我们两个脾气不太对，只要见面就爱吵几句，不过吵完之后，又想着要说服对方，就想见面。结果是见面就吵，吵完就生气，生完气就忘，然后再见面，再吵。人生呀，就在吵吵闹闹中快要过完了，一转眼,我和他都快要去见马克思了。"

老古开门见山,一开口就说起了吴家老爷子。

夏想微笑着点头,一副洗耳恭听的样子。

"你和吴家丫头的事情,我早就知道了,要是以前我肯定会骂你一顿,不过儿子和儿媳出事之后,我也看开了。人这一生,有许多事情是无法预料的,一个男人身边有几个女人也不算什么。都是人,外面的名声传得再响亮,坐的位置再高,他也是一个吃喝拉撒的普通人……"老古有感慨要发,一见夏想,就滔滔不绝地说了起来,"而且我也听说,你对吴家丫头挺好?好男人有几个女人不要紧,要紧的是,人家跟了你,你一定要善始善终,不要让每一个女人失望和伤心!"

难得老古也这么开明,夏想虚心受教:"是,我记下了。"

"呵呵……"老古开心地笑了,来到一处假山前,指着假山下面池塘里的金鱼说道,"有一句话说得好,子非鱼,安知鱼之乐?小夏,老吴的身体恢复得很好,多亏了吴连夏逗他开心。说到底,虽然你和吴家丫头的事情他知道后肯定反对,但他也受益于你们。所以世间的事情,都要从正反两方面去分析才算客观……"

夏想知道老古肯定有话要说,他拿吴家老爷子当引子,显然是为了他的要求做伏笔,就恭敬地说道:"老古您有什么吩咐,尽管说,我一定尽力而为。"

"我老了,没几年活头了,也没有什么想法。只不过我戎马一生,只有一个儿子,但儿子却死在了我的前头,白发人送黑发人,人生之大不幸。我想你也猜到了,我死之后,唯一放心不下的就是古玉了。"老古抬头仰望蓝天,天空蔚蓝如洗,万里无云,让人格外心旷神怡,他无限感慨地说道,"认识你晚了,要是早一点认识你,说什么也要将古玉的终身托付给你,呵呵。现在我要说的是,万一有一天我不在了,你要像对亲妹妹一样爱护和保护古玉,你能不能做到?能不能答应我?"

对于老古,夏想倒没有太多想法,只是觉得和他脾气相投,又觉得他孤老一人,只有古玉相伴,也是可怜。而且他从小没有爷爷,就感觉老古格外亲切。等老古送他名贵玉器,又安排古玉进了领导小组,他就猜测老古是有意为之,在接近他的同时,可能另有打算。

只是也没有什么好担心的地方,和老古相比,他太弱小了,根本没有老古看得上的资本,也没有什么好被老古算计的地方,除了他的商业头脑之外,就是他本人了。后来他慢慢地感觉到,老古是有意让古玉和他走近。

古玉性子单纯,性格温和,说实话,是个非常好的女孩儿。但正是因为太单纯太温和了,又身负亿万家产,老古在世的话还好说,老古一旦过世,肯定会有不少想要财色兼收之人来打古玉的主意。古玉没有多少防人之心,很容易被别有用心之人骗到。当然,如果是真心喜欢古玉的人还好说,怕就怕遇人不淑,万一被心怀不轨之人骗财骗色,古玉的亿万身家就不是幸福了,而是灾祸之源。

从一个爷爷的角度考虑,老古对古玉放心不下,也是一个晚年丧子的老人的彻骨之伤。

"从一开始我就当古玉是妹妹了,正好我没有姐妹,有古玉这样一个聪明温婉的小妹,也是我的福气。"夏想一脸笃定地说道,他不明白怎么突然之间,老古话里话外有交代后事的意味了,心中就有点担心,"您现在身体还挺硬朗,还能再活几十年,到时古玉也成家了,有了依靠,您老也就放心了。现在怎么突然说起这些了?"

"我都七十多岁了,是随时会离去的人了。"老古抓了一把鱼食,扔到水里,惹得金鱼一阵哄抢,"老吴一场大病差点要了他的命,他和我可是同龄人。他病了,有一群儿女,还有一个小家伙专门逗他开心,我有什么?前几天,一个一起上过战场的战友去世了,我就知道,我也快了。只要我什么时候一病,恐怕倒下就再也起不来了。"

夏想的心情有点沉重,人老了,难免会十分在意生死,就劝慰老古:"您有古玉,有我,还有一帮忠心的属下。别人不说,就是有我和古玉在,您也不会没有人照顾。"

老古无所谓地一挥手:"老了,生死都看开了,就是不放心玉丫头。有你的话我也就安心了,我现在正忙着给她介绍对象,有可靠的就选一个,实在选不上,也没有办法。等我不在了,如果她再有喜欢的,就由你全权替我把关。实在找不到合适的,或是她不喜欢的话,也不要勉强,你就当她是亲妹妹一样替我照管她一辈子……"

夏想见话题有点沉重,就故意轻松地说道:"古玉性格温顺,是个好女孩儿,照管她没有问题,不过您不怕我乘机骗走她的全部家产?"

老古哈哈一笑:"经过我对你全方位的考察,你是一个值得信任的年轻人。吴家丫头的钱比古玉多多了,你的爱人也很会赚钱,而且你在经商方面也有天赋,想要赚钱不算难事。但你不是一个贪财的年轻人,在金钱方面,你能经得住诱惑。我唯一一点对你不放心的是,让你照看古玉,就怕你监守自盗。"

126

方方面面的收获

这话说得太明显了，夏想不免尴尬地笑了笑："老古，您一定是误解我了，我不好色。"

"瞎说，你最好色了。"古玉的声音从假山后面传来，随即她的身影闪了出来，手中端了一个托盘，盘中是清一色的茶具，她笑意盈盈地说道，"夏哥哥是真正的好色之人，已经达到了好色而不淫的境界。"

夏想赧然，忙道："污人清白！什么叫好色而不淫？"

古玉才不理夏想的窘迫，而是笑容可掬地扬起纤纤玉手，如行云流水一般倒满两杯茶，分别给了老古和他一杯，才说道："所谓好色而不淫，就是喜欢欣赏女人的美，不过只带着品鉴的眼光欣赏，而不会动邪念，更不会动手动脚，这就是好色而不淫的境界。"

夏想长出一口气，算是放了心："我欣赏世间一切美好的事物，包括美女。美女就是上天精心制作的送给男人的礼物，如果无人欣赏，也是暴殄天物，是不是？"

古玉见夏想自夸起来，不由掩嘴一笑，乐道："你也不问问我是怎么得出你好色而不淫的结论来的？"

老古也在一旁笑道："就是，说说看。"

夏想也点头："其实不用想也知道，是你经过和别的男人对比得出的结论。相比之下，我还是一个让人放心、舒心、安心的男人，是不是？"

"别自卖自夸了，我告诉你实话，你可听好了……"古玉古怪地笑了，眼中闪过一丝狡黠，自己先笑了一会儿，才说，"刚认识你时我就发现你的目光总落在我胸前，我当时就想，见过色狼，没见过这么没出息的色狼。后来才发现，你的目光十分清澈。一般来说，有清澈目光的人，心思都不坏，我暗中留意了一下，才发现你是在观察我胸前的玉器。再后来跟你一起出差，发现你看女人的目光虽然也和别的男人一样，都喜欢落在胸前、屁股和大腿上面，但目光中显然没有邪淫的意味。相反，还是一种淡淡的品味的眼神，于是我就得出了结论——好色而不淫！"

话未说完，夏想已经满头大汗了。他一直认为古玉是一个单纯快乐的小姑娘，没想到，她的眼光还挺毒，观察也挺仔细，竟然暗中将他的一举一动尽收眼底，还详加一番分析。以前，还真是小瞧了她。

也是，不能小瞧任何一个美女。但凡是美女，就会一直被无数男人的目光围绕，自然而然心思就缜密起来，对形形色色的男人的目光也早已心知肚明。你看她一眼，她就清楚你心中想些什么，是好是坏，是正经还是猥琐，都难逃她的法眼。

其实说他好色而不淫也没有什么，关键是古玉当着老古的面说出来，刚刚老古还将古玉托付给他，让他把古玉当妹妹一样照顾。古玉一说，夏想感觉他身为哥哥的形象受到了损害，就冲老古自嘲地一笑："男人在年轻的时候，都爱看美女，我是凡人，也不能例外。但请您放心，我会将古玉当成亲妹妹一样爱护……"

古玉莫名地脸一红，不快地说了一句："什么亲妹妹干妹妹，越妹妹越暧昧，简简单单的朋友关系多好，你真虚伪！"

夏想今天算是领教了古玉刁蛮的一面，不由笑道："今天你处处和我作对，是不是有什么不顺心的事情？"

老古想了一想，明白过来，笑了："她昨天晚上去相亲了，回来后就不高兴了半天。"

"怎么了？"夏想关切地问道，"遇到坏男人了？"

古玉噘起小嘴："也不能说是坏男人，但也绝对不能算是好男人。一见面就叫我小妹妹，还自称哥怎么着怎么着的，听着特别扭，特寒碜人。他的目光在我身上乱扫，和你目光之中透露的清澈完全不同，他的目光污浊，还有审视、比较的意味，一看就经历过不少女人。我坐了三分钟就要走，他还想拉住我，被我一句话吓了回去……"

老古饶有兴趣地问道："你说什么了把人家给吓着了？"

古玉又得意地笑了："我告诉他，他的公司总资产才几千万，我在一个小时之内就能取得控股权，他当时就吓呆了。"

夏想也笑了："男人都不喜欢太强势的女人，因为男人想要掌控一切的感觉。你口气那么大，不把人吓倒才怪。"

"再温柔的女人，也有不温柔的时候。何况女人的温柔因人而异……"说了一半话，古玉又抬手看了一下手表，惊叫一声，"我还在炖肉，该加调料了，你们先聊。"

古玉一走，夏想呵呵地笑了："没想到古玉也会做饭？我一直以为她特别单纯特别简单，原来也有复杂的一面。"

老古却心事重重地说道："古玉有时简单，有时复杂，让我也琢磨不透，所以我才担心她……好了，不说她了，说说你下一步的打算，主持下马区的工作以后，有什么需要我帮忙的地方没有？"

"有。"夏想又倒了一杯茶给老古，"下马河开通之后，会在两岸修建不少别墅和住宅，我还打算在河岸修建一座水景公园，仿效森林公园的模式，再借助傍水的优势……想想看，如果修建一座前有绿水、后有绿树的宅院，依水而居，建好之后，想请您住一段时间，怎么样？"

老古一听立刻心花怒放："那敢情好，住，一定住。又有水，又有花花草草，多好。"

中午，夏想留下吃饭，第一次品尝了古玉的手艺。和他想象的一样，古玉的手艺比起曹殊黛和肖佳，差距不小，不过勉强可以接受。因为连若菡不太喜欢下厨，印象中也没有正经八百地为他做过一次饭，所以无从比较。

下午没事，夏想就陪老古下棋，下了几盘棋后，又陪他散步，说了不少闲话。夏想也难得地享受了一下清闲的时光。

晚饭时夏想也留了下来，不过到了外面吃，没让古玉再动手。古玉也察觉到夏想对她的手艺不太满意，就有点闷闷不乐，噘着嘴不理夏想。夏想拿出哥哥的气量，哄了哄她，结果两句话之后古玉又高兴起来。

老古的宅院挺大，住的人不多，除了他和古玉之外，还有警卫、医护人员和保姆。老古晚上又留夏想过夜，夏想也不好拒绝，反正也没事，就答应下来。

古玉缠着夏想，让夏想为她分析万里汽车厂下一步的市场前景。两个人说了半天，最后古玉还是被夏想说服，不再大力开发国产中档轿车。

国内汽车行业的两大国企，一是一汽大众，一是上海大众。一汽大众的理念是完全照搬，直接引进德国大众的原产车型不改动一丝一毫。结果几十年了，却没有生产出一款有自主产权的国产汽车，完全沦为德国大众的下游工厂。

和一汽大众的不思进取相比，上海大众也是一样地愚弄国人。

上海大众推出的桑塔纳系列，本是一款设计于七十年代的汽车，改头换面后却被拿来糊弄大众，在国内延续了几十年。没有自主创新，只靠整容拉皮，有时为了迎合市场，还敢直接破坏原车的安全设计，这一切，让国产汽车在大众心里的地位每况愈下。

虽然说南北大众对中国的汽车工业有一定的奠基作用，但他们固有的弊端实在是不容忽视。正是因为南北两大众的不思进取，国内的汽车市场随后进入了混战时代。许多民营的国产汽车迅速崛起，瓜分了南北大众不少的市场份额，奇瑞是其中之一，吉利是其中之一，万里汽车厂也是其中之一。

古玉想要让万里汽车厂投产中档家用轿车也是一个思路,但夏想清楚,现阶段国人对国有品牌汽车的认知度不够,甚至认为还不如韩国汽车。

奇瑞汽车新兴的时候,被人戏称为"奇瑞奇瑞,修车排队"。但被人轻视的奇瑞,却逐渐占据了国内汽车市场份额的百分之四左右,几年时间也销售了两百多万辆汽车。

奇瑞一开始走的也是低端路线,先以质优价廉的产品打开市场,树立口碑之后,再慢慢推出中高档轿车。否则贸然推出中档以上轿车,是死路一条。

因为几十年来,国人还是信赖国外品牌的汽车,对国内汽车品牌没有认同感。只有慢慢地建立起市场,有了口碑和信誉,才是推出中档汽车的最佳时机。

夏想的一番分析一经说出,不只古玉心服口服,连老古也是连连赞叹,对夏想条理清晰的思路赞不绝口。

古玉就如一个小女孩一样托着下巴,一双眼睛饱含钦佩和好奇,一眨不眨地紧盯着夏想。一直等夏想说完,她才假模假样地端上一杯茶,说道:"果然是爷爷看中的人才,分析问题头头是道,得出的结论入木三分,我现在越来越佩服你了。"

她又给老古端了一杯茶,笑嘻嘻地说道:"爷爷,你也知道我的审美标准了,以后再介绍对象给我,比夏想档次低的就不见了,省得害我心情不好。我喜欢的男人要侃侃而谈,但不信口开河;要口若悬河,但不天马行空;要有见地,有见识,但又不故意卖弄;要有商业策略,但又不"假、大、空";要有欣赏女人的目光,但又不下流……"

老古不满地摆摆手:"世界上只有一个夏想,你照着他的样子找对象,永远也找不到。"

古玉俏皮地看了夏想一眼,说道:"不急,反正我还年轻,慢慢找。我又不需要男人养活,有一个爷爷,再有一个夏哥哥,以后有没有男朋友也无所谓了。"

老古拿古玉没法,只好瞪了她一眼:"女孩儿大了,总是要嫁人的……"

不料古玉说了一句话,让夏想心惊肉跳了半天:"谁说女人非要嫁人才行,我就一个人过,怎么了?梅姐姐一个人过得也挺好,再自己养一个孩子的话,也能过一辈子。"

夏想受了点惊吓,忙岔开话题:"古玉有没有想过也去下马区工作?"

老古点头说道:"我正有此意,让她到区委里面当一个办公室副主任也可以,做一些辅助性的工作,在基层历练一下,也是好事。"

古玉没有说话,不说去,也不说不去,一副悉听尊便的样子。

第二天是周日,夏想没有回燕市,只打了电话回去,然后去陪了肖佳一天。肖佳已经派人到燕市组建了分公司,由她的得力助手李沁亲自出马。

李沁今年二十九岁,从美国留学后回到京城,加盟肖佳的公司之后,以出色的才能和敏锐的眼光,迅速得到了肖佳的重用。李沁性格直爽,办事利索。夏想也见过她,对她的言谈举止非常满意,对肖佳的眼光也是深表赞同。

李沁到了燕市之后,不到一周就选好了办公地点。半个月之后,公司已经注册成立,并且招聘了第一批员工。一个月后,分公司一切步入正轨,开始了正常运营。

夏想对李沁的办事效率颇感欣慰,认为在以后正面碰撞的大战之中,李沁应该有独当一面的能力,在肖佳不方便出面的场合,由她出面迎战也可以。

七月,曹殊黛不顾夏想的反对,仍然挺着肚子每天坚持上班,美其名曰:劳动可以加强体质,对婴儿成长有利。好在天天有蓝袜陪伴,夏想放心不少,就由她去,也不想让她现在就赋闲在家,怕她会闷。

商务部的工作基本上进入了尾声,经过一段时间的喧闹,整合之后的商务部也步入了正常的状态,人人各司其职开始忙碌起来。此时,夏想可有可无的工作就比较显眼了,与此同时,燕市下马区的各项准备工作也已经就绪,夏想知道,他离开京城的时候到了。

想起最近一段时间完成作业的情况,虽然他信心十足,但因为邹老在学业上不留情面,夏想还是有点担心邹老不向他发放毕业证书。驱车来到社科院看望邹老时,夏想还特意拎了两瓶最新出厂的特级将台酒。

敲响邹老的房门,推门进去,夏想顿时惊呆了,他没有想到的是,和邹老亲热交谈的人,竟然是程曦学!

程曦学的状态还不错,可以看出心情挺好,一见夏想,他非常主动并且热情地打了招呼:"夏想来了,好久不见,听说你现在在商务部帮忙?不错,是个学习的好地方。"

程曦学说对了,夏想在商务部确实学到了不少东西,不管是整合时的乱中有序,还是商务部浓郁的学术氛围,都让他受益匪浅。当然,他更大的收获是和肖佳商议布局,奠定了下一步的基调;和老古亲密接触,关系更胜以前;和连若菡母子时常相聚,享受了天伦之乐。除此之外,还有一笔巨大的财富就是,跟着邹老系统地学习了不少理论知识。

形势突变

吴才江却遗憾夏想的时间安排得太紧张了，本来他还想让夏想到中央党校学习一段时间，但因为下马区的工作即将全面开展，此时再到党校学习显然不合时宜了，只能等以后有机会再说。不过吴才江对夏想能拜邹儒为师还是表示高兴，能得到邹儒的认可并拿到硕士文凭，也是一件可喜可贺的大好事。

夏想微微惊愕过后，也就坦然一笑，和程曦学握了握手，说道："没想到程教授也在，我只提了两瓶酒送给邹老，抱歉了，下次再给您带两瓶，怎么样？是极品将台酒，味道非常不错。"

程曦学不动声色地摆摆手："不要客气，再说我也不好酒。"说话间，他还是饶有兴趣地从夏想手中接过将台酒，仔细打量了几眼，"不错，不错，重新包装之后，视觉冲击力很强，如果在酿造工艺上再下下功夫，相信将台酒会有广阔的市场前景。"

"正如程教授所说，将台酒厂本身就有深厚的文化底蕴，同时也有传统的酿造工艺，技术上不是问题，想要提高也不是难事。而且现在市场前景很好，将台酒在短时间内能够推向市场，除了央视广告的助力之外，也得益于和程教授论战引起的广泛关注。平心而论，我真要替将台酒厂谢谢程教授。"夏想对程曦学轻描淡写的态度不以为然，有意轻轻地拨动他一下。

程曦学眼中闪过一丝怒意，随后又淡然一笑，云淡风轻地说道："当时只是学术争论，没有想到会引起这么大的关注，能够让将台酒借机扬名，也算我为单城市作出了贡献。呵呵，下次要是去单城市，得让将台酒厂好好感谢感谢我。"

轻飘飘地说了几句不着力的话，程曦学起身告辞，临走前好像无意中想起了什么，说了一句："推动一个新区的成立是一项创举，但要真正将创举变成壮举，很不容易。出头容易，但风太大，变成了出风头，不好收尾就是自讨苦吃了。"

夏想没接他的话，就当他是自言自语。

程曦学走后，邹老才说起程曦学今天来是因为要开一个会议，不过是路过说了几句话，不想就和夏想不期而遇。夏想笑了："程大教授和我之间，缘分大得很，说不定以后他老人家还和我有账要算……"

随后抛开程曦学不提，夏想向邹老汇报了最近的学业情况，足足汇报了一个多小时。期间,邹老又提了不少尖锐的问题,幸好夏想最近一段时间用了心下了功夫,基本上都回答上来了。

中午,夏想请邹老吃饭。

邹老一直和夏想说别的事情,独独没有说他的成绩。饭后,夏想陪邹老回到社科院,邹老坐下之后,倒了一杯茶,语重心长地说道:"最近你确实很用功,功课完成的情况也非常不错,但离毕业还差了一点火候。不过比起小时,你算是好多了。小时最近的功课,都没有好好完成,我对她不太满意。"

严小时的成语故事文化宫正在关键的收工阶段,她根本脱不开身,荒废了学业也正常,毕竟她和自己一样,不是脱产学习。邹老要求严格一点没错,不过对于在职的学生来说,还是适当照顾一点为好。

夏想当然希望能在回燕市之前,拿到毕业证书。

不过看样子,邹老是不打算发给他了,让他不免有点小小的失望。

但夏想还是替严小时说了几句好话,摆明了客观原因。尽管如此,邹老还是说道:"不管怎样,只要她达不到我的要求,我就不会发毕业证书给她。至于你……"他一脸严峻地看了夏想一眼,"在京城的三个多月里,你很用功,其志可嘉,虽然离我的要求还差了那么一点点,但因为你有说服柯达的真实事例在身,也可以弥补一些理论上的欠缺。学以致用,既然是先实践后理论,就有了适当照顾的理由。你又和程曦学论战并且当面辩驳得他无言以对,基于以上考虑,我决定破例发放毕业证书给你……"

邹老站起身,从抽屉中拿出一纸证书,亲手交到夏想手中:"记住一句话,学以致用,再高深的理论,如果不能转化为真正的有价值的行动,终究只是纸上谈兵。"

夏想郑重其事地接过证书,按捺住内心的激动,向邹老鞠躬致意:"感谢邹老,邹老的教诲,我将铭记在心!"

邹老呵呵地又笑了:"其实你也看出来了,我也不是死板不知变通的人,不过还是找了一通理由说服了自己。其实平心而论,夏想,你比在象牙塔中那些死做学问的人不知强了多少倍。对于你以后的成长,我寄予厚望。"

邹老随后又向夏想交代了一些事项,都是他的处世之道和政治理念。夏想认真聆听,兼容并蓄,适当借鉴。

告别邹老,回到商务部,夏想刚进办公室,就接到了李丁山的电话。

"小夏,是时候回燕市了,准备好了没有?"李丁山的声音微微有点急切,"区委书记的争夺,比想象中更激烈,各方的压力出乎意料,如果不是陈书记坚持,你的提名差一点错过。"

夏想吃了一惊,出了什么意外,难道是叶石生起了变故?

"具体情况等你回来再详谈……"李丁山没有透露内情,只说了一句就放下了电话。

夏想虽然人在京城,但对燕市的动向一直了如指掌。他一直对下马区区委书记的位置志在必得,陈风和胡增周也知道他的心意,也是一心一意扶他上位。省里又有叶石生和范睿恒点头,基本上是板上钉钉的事情。不过听李丁山的口气,好像情况还挺严峻,若不是叶石生生变,就是有了燕市内部的压力。

或者说,京城也有了异动?

燕市离京城太近了,一有风吹草动就会让京城得知,就连燕市成立新区,也会让京城中一些人盯住其中的位置,将手伸到燕市。

连吴才江也是如此,何况别人?

夏想前往易向师的办公室,向他辞行。

在商务部三个月,夏想和易向师来往很少,中间只接触过一次,其余时间连碰面的机会都没有。易向师忙着各项事务,根本顾不上夏想,就是偶尔想起,也是转眼就忘。夏想则是忙着学业和方方面面的事情,也不好意思麻烦易向师,毕竟他事务繁忙。

但要走的话,还是当面说明一下为好。

商务部不比燕省省委,没几个人认识夏想。夏想来到易向师的办公室,向秘书提出要面见易部长,秘书看了他几眼,淡淡地说道:"想见领导,必须要登记预约,等领导有合适的时间,就会安排和你见面。请留下你的姓名和电话,以及要见领导有何要事……"

完全是一副公事公办的口气。

夏想知道和秘书计较也无济于事,反而显得他没有见识,就配合地登记了一下,然后转身离去,打算回到办公室再打电话给易向师。没想到刚走几步,秘书就从后面喊住了他。

"夏想同志,请留步……领导让你进去!"

看到夏想走进易向师的办公室,秘书一脸的不解,心中纳闷儿,夏想是什么来路,怎么领导在里面听到声音,就主动开门,提出让夏想即刻进来?易部长虽然平常比较平易近人,但对夏想也太客气了一些吧?

一见面,夏想客气几句,对最近一段时间在商务部得到的照顾和关怀,向易向师表示由衷的感谢,并且提出,因为工作需要,要尽快返回燕市。

易向师坐在沙发上，一脸严肃地说道："是该回去了，就你在商务部工作三个月的表现，我会亲自写一份履历评语发给燕省……"

夏想知道易向师送了一份厚礼给他，就正式地表示了感谢。

易向师挥挥手，站了起来，脸色依然凝重："付先锋在此时突然提名白战墨，肯定会有后手，不会是无的放矢。才江和我一致认为，付先锋是付家最有潜力的政治人物，他有见识有眼光，也有手腕，和他相比，你还稍显稚嫩了一些，要多加小心才是。"

易向师谈完公事之后，又提及私事，而且还抬出了吴才江，显然不再是以部长的身份和他说话，而是以吴家人自居。

提到白战墨，夏想也是一脸凝重，想起了李丁山的电话，以及他进一步了解到的燕市的局势。

本来经过一段时间的明争暗斗，下马区区委书记和区长的人选，以及十几名常委的人选，都已经尘埃落定，不日即将提交常委会讨论。此时，付先锋却突然提名白战墨为区委书记人选，态度十分坚决，而且还摆出一副强势到底的姿态。如果组织部不通过提名，他就动用副书记主管人事的权力，强行压下其他人的提名。

一时之间，所有人都大惑不解，不明白为什么付先锋在关键时刻突然节外生枝，凭空提出一匹黑马。大家都心里清楚，就算组织部通过白战墨的提名，就算如付先锋所愿提交到了常委会讨论，在陈风和胡增周的联手之下，根本不可能通过常委会的任命！

付先锋何必非要多此一举？

正是看到了不可能通过常委会的讨论，方进江也没有和付先锋硬抗，而是通过了白战墨的提名。他也是抱着看笑话的心思，看付先锋能有什么本事突破陈风和胡增周联手的重围，只凭他一个副书记的能量，还能在燕市翻天不成？就算常委会上有几个人和他发出同样的声音，但书记和市长都点头的事情，再有组织部长的大力推荐，还通不过常委会的任命，就是笑话了。

陈风和胡增周也不清楚付先锋的用意，认为他不过是无事生非，故意找事罢了，也就没有太放在心上。基本上经过了几个月的提名和考查，人选早已落实，谁担任什么职务，差不多已经是板上钉钉的事实。付先锋在最后时刻横插一手，难道还能掀起多大的风浪？

燕市的一把手是他陈风！

陈风的自信源自胡增周的支持，书记和市长联手定下的事情，就算付先锋和谭龙联手,两个副手也不可能撬动两个正手的决定。

李丁山却心中忧虑,总觉得事情不如表面上那么简单,认为付先锋此举不是故意捣乱,也不是混淆视线,而极有可能是精心安排的一出好戏,是借机攫取胜利果实来了。至于付先锋到底还有什么后手,李丁山虽然不清楚,但本着替夏想着想的心思,还是急急地给夏想打了一个电话,让夏想立刻回来。

因为李丁山清楚,万一事情出现不可控制的巨变,万一白战墨的提名在常委会上获得通过,夏想的区委书记之梦破灭,以后想要入主下马区就会成为空谈。因为下马区是新区,人事一旦敲定,不出重大问题,几年内重要的岗位不可能出现变动。

如此一来,夏想被下马区拒之门外,相当于被付先锋摘取了胜利果实。夏想辛辛苦苦推动产业结构调整政策,带动了下马区的成立,前期费尽心力所做的一切,全成了为他人作嫁衣,岂不可怜加可悲?

李丁山对夏想的爱护发自真心,也是不遗余力。正是因为李丁山在市委一直提防付先锋,总觉得付先锋是一个深不可测极难对付之人——冷静、稳重且不轻易出手,才越让他感觉付先锋选择这样一个恰当的时机出手,绝对不是只为了搅局,而是为了有所斩获。

李丁山迫切希望夏想回到燕市,当面商议对策。

夏想对李丁山的关怀自然铭记在心,也意识到了事情的严重性,决定即刻返程。尽管李丁山没有明确说出内情,夏想一个电话打回燕市,还是得知了白战墨的事情。

白战墨本是京城人士,在燕市工作两三年有余,一直担任市委办公厅信息处处长,平常不显山不露水,为人十分低调,属于被遗忘的一类人。不想他竟然是付家人,埋藏得真够深的。

照此分析,付家为了付先锋前来燕市担任副书记,提前两三年就有了安排,果然厉害。

白战墨今年三十三岁,来燕市之前,在京城交通部任职,到了燕市之后,工作还算诚恳,让人挑不出任何过错。此次突然被付先锋提名,大家似乎才注意到白战墨的存在一样,都开始研究起白战墨的履历。不看不知道,一看才大吃一惊。

白战墨还真是不简单。

他不但是名牌大学的研究生,在交通部任职时,还担任过技术骨干,参与过许多重大项目的规划和设计,甚至出版过相关著作,有工程师的职称。而且他还获得过不少国家重点攻关项目的奖励,是一个全面型的人才,比起夏想的成绩也不差多少。在学历上,甚至比夏想还有优势。

夏想得知白战墨的履历之后,更加肯定,和他的信心十足相比,付先锋突然抛出白战墨的提名,也是志在必得。

正好向易向师提出告辞时,易向师主动提到了付先锋,夏想也就没有隐瞒,将付先锋节外生枝的事情详细地说了出来。

易向师听了,微微拧起了眉头。

"燕市的局势还比较稳定,陈风很强势,胡增周也会站在你这边,所以付先锋想从燕市内部撬动,不大可能。"易向师替夏想分析了一下局势,他靠在办公桌边,摆出了很随意的姿势,又说,"付先锋想要实现他的提议只有一种可能,自上而下施压,由京城出面向燕省省委施压,具体到个人,就是向叶石生施压。如果叶石生出现摇摆,他的态度就会影响到燕市常委会中的中间派。再加上崔向乘机出手,到时出现书记掌控不了常委会的情况,也不算太让人吃惊的事情。除非陈风动用一票否决权,否则只要强行通过了常委会的任命,付先锋大事可成。"

"还有一点……"易向师身居京城,目光比夏想看得更长远,也更透彻,"如果付先锋真是下了血本要扶白战墨上位,出动了京城某些人的话,电话直接打给陈风……陈风在关键时刻放弃你也是再正常不过的事情。不过,这种情况出现的可能性较低,因为想要打动陈风,必须要拿出足够的诚意。为了一个下马区的区委书记,付家不会做出不划算的交换。"

两种可能

"您分析得不无道理,同理,付家也不可能强压叶书记,想要打动叶书记,也要提出交换条件。问题又回到了起点,付家会为了扶白战墨上位,而不惜血本?"夏想接过易向师的话,说道,"付先锋想要拿下下马区区委书记的位置,必须要同时撬动燕省和燕市的关键人物,为了一个副厅级的位置,付家应该不会做得不偿失的事情,所以我才对付先锋有什么后手琢磨不透。"

易向师本来有事要忙,一听夏想说到燕市突变的局势,就暂时将工作放到一边,也津津有味地分析起来:"官场上的事情,虽然有铁板钉钉的时候,但也有变幻莫测杀出黑马的时候,凡事不可掉以轻心。不管付先锋有什么后手,不外乎就是向叶石生施压和利诱,向陈风提交换条件。你回去之后,和叶石生、陈

137

风保持接触，再动用其他力量从外围坚定叶石生和陈风对你的支持力度。只要盯紧了省市两级书记，就算付先锋手腕再高，也绕不过叶石生和陈风两个人而独自行事，就算能，他也成不了事。"

夏想对易向师耐心、细致地替他分析深表感谢："在商务部的三个多月里，我学到了许多知识，也领略到了您的过人之处，是我成长道路上的一次重大收获。"

一句"过人之处"含义丰富，易向师会心地笑了："太客气就见外了，不提才江和我之间的关系，就是我们之间，也算是老朋友了……"

一句"老朋友"让人联想丰富，夏想微笑着点头赞成。

临走之前，易向师向夏想透露了一个消息——单城市向铁道部提交的通海铁路的申请，有望在近期获得批准，下半年就可以开工建造。

夏想听了十分高兴，又客套几句，就告辞而去。

易向师郑重其事地送夏想到了门口，还挥手再见。

夏想驱车离开商务部的大门时，回头看了一眼曾经工作了三个多月的地方，心中有一丝留恋。他在商务部收获颇丰，不但提高了理论知识，也开阔了眼界，见识了部委的工作模式，这对他以后的成长十分有利。最重要的是，他借助在商务部的这一段时间，完成了学业，拿到了研究生文凭。

可以说，在京城的三个多月，是夏想一生之中难得的轻闲时光。和肖佳经常相聚，商定了回到燕市的重大计划；和连若菡母子时常见面，享受了天伦之乐，和儿子建立了深厚的感情，让小家伙对他彻底有了依赖。虽然含混不清，但已经能"爸爸、爸爸"叫个不停，让夏想喜不自禁。

而且他还和吴才江、易向师有了进一步的接触，关系比以前更近一步。吴才江虽然对夏想因时间安排得过于紧密而无法上党校感到遗憾，不过对于夏想拿到了研究生文凭还是大感欣慰。

总体来说，在京城的三个月时间，夏想意料之中的收获全部没有落下，还有不少意外之喜，比如梅晓琳母女。

夏想驱车一路向西，要和连若菡母子告别。作为他生命中最重要的女人之一，连若菡已经是他不可或缺的一部分，当然，儿子也是。他也清楚，此去燕市将会面临艰巨的政治斗争，迈过去，才会在面前展现出一幅波澜壮阔的画卷；迈不过去，或许会有相当长一段时间的沉沦。不管是哪一种，都不会再有现在和连若菡母子经常见面的大好时光。

肖佳将在近期返回燕市，所以夏想只是和她电话告别，并没有太多的留恋，而对于连若菡母子，则是依依不舍。最近一段时间的相处，他和连若菡的感情自不用说，更加深厚，而和儿子之间的互动，更让他体会到了作为一个父亲的幸福。

只是心中微有遗憾，不能亲眼见到梅晓琳母女。

车行半路，夏想还是忍不住给梅晓琳打了一个电话。

"不出意外，明天一早就回燕市了，以后短时间内恐怕没有机会再来京城了，希望你们母女一切安好。"夏想试图以情动人。

"好好工作就可以了，我们母女不用你操心，我也会照顾好宝贝女儿，她是上天赐给我的礼物。"梅晓琳的声音还是淡而无味，但夏想听得出来，她明显在压抑自己的情感。

夏想无奈地一笑，半开玩笑地说道："明明是我的功劳你才有了女儿，要感谢什么上天？男人也真可怜，被你们女人骗到手之后，你们怀孕生子，觉得男人没用了，就将男人一脚踢开。我就是可怜男人的代表……"

"行了，别自怨自艾了，你快乐完了，就能轻松地收获胜利果实了，女人还要怀胎十月，再操劳一辈子……男人才是最无情的动物！"

这句话的打击面就有点过大了，夏想不免叫屈："自始至终，我都是不知情的受害者好不好？女儿都出生了我还被蒙在鼓里，男人怎么了？没有有情有义的男人，哪里有生死相许的女人？"

梅晓琳沉默了一会儿，还是倔强地说道："不管你说什么，反正我不会让你见到我们母女……我还没有想通！"她不由分说挂断了电话。

夏想隐约猜到了梅晓琳的心思，她不是不愿意见他，是怕见他。

梅晓琳清楚夏想身边有心爱的女人，在他的心中，她并没有特殊的位置。而她对夏想也许有了一丝依恋，但她的性格又不许她靠温柔和强势来向他表露。不承想一次意乱情迷的事件之后，竟然珠胎暗结，又生下了一个女儿，她和他今生今世就有了纠缠不清的牵连。不管有没有感情，不管有没有结果，孩子将成为两人之间永远不能割断的纽带。

梅晓琳想要一个孩子，意外怀孕让她欣喜若狂，所以才不惜放弃前程，也要生下女儿，只为圆一个成为母亲的梦想。夏想能理解梅晓琳的心思，她本来无心于官场，在得知不能生育的情况下，突然有了可以当上母亲的机会，怎能错过？联想起以前梅晓琳的种种古怪之处，夏想不由暗暗埋怨自己的后知后觉，有时候男人就是粗心大意，竟然没有多向深处想一想。

开车赶到连若菡母子的住处时，已经是中午了。

连若菡得知夏想要急急赶回燕市,有些不舍。最近一段时间,二人经常相聚,就和正常的夫妻一样,过起了聚多离少的二人生活——不,连同儿子在内,是三人世界。虽然卫辛也在,但她总是识趣地躲开,基本上感觉不到她的存在。

卫辛自从跟随连若菡回国之后,就一直扮演着照顾连若菡母子的角色,她的细心周到让连若菡非常满意,也让夏想常常感动。她似乎天生就是一个贤妻良母,不管是照料连若菡的工作和生活,还是带吴连夏,都料理得井井有条,没有一丝纰漏。连若菡多次对夏想说过,当年他们好心帮助卫辛一次,没想到到头来其实帮助的还是自己。因为他们当时的善举,换来卫辛如今无微不至的关怀。

连若菡心里有数,就算她再有钱,可以请十个保姆,但买不来一个人的真心实意。卫辛对她,对吴连夏,绝对是真心实意,没有半点掺假。而且卫辛也从来不要求什么,就连连若菡主动为她加薪,她也推辞不受。

连若菡视卫辛如亲姐妹。

夏想来到的时候,吴连夏正和卫辛嬉耍,一见夏想,就伸开双手朝夏想扑来,嘴里还含混不清地叫着"爸爸"。夏想将儿子抱在怀里,任凭儿子一双乌黑浑圆的大眼睛盯着他的脸转个不停,好像不认识他一样。

夏想想起他刚刚理了发,不由笑了:"爸爸理了发你就不认识了?你可真会以貌取人。"

小家伙好像听懂了夏想的话一样,伸出胖乎乎的小手就抓夏想的头发,夏想则任他去抓,反正他的头发也短,儿子也抓不疼。

"明天走?"连若菡问了一句,眼中流露出不舍之意。

"一早就走,事情紧急。"夏想将付先锋突然插手的事情一说,"必须盯紧一点,否则万一输了,就太可惜了。"

连若菡也知道轻重:"是该回去了,时间也不短了……黛丫头也该生了,好好照顾她。政治上的事情,我不太懂,就只能靠你自己了。如果需要钱就说一声,别不好意思。"

连若菡现在是夏想所认识的人中最财大气粗的一个,她的公司现在已经稳稳占据美国搜索市场的前几名,粗略估计,她的身家在百亿美元以上。眼下公司正准备进军国内,和国内搜索巨头一较高下,即使不赚钱,也要在打击盗版、维护正常市场的秩序方面有所作为。

夏想摆摆手:"用钱解决就太低档了,政治上的事情,主要还是要靠智慧,智慧无敌。"他嘿嘿一笑,"虽然你是赚钱高手,但不少东西还是出自我的创意,可见智慧才是第一生产力。"

连若菡吃吃地笑了:"谁也没有否认说不是你的创意,你又何必非要说个明白?显然还是你心虚了,觉得花我的钱有损你男人的尊严,是不是?典型的大男子主义者。"

卫辛笑着插了一句:"男人都有点大男子主义的倾向,尤甚是事业有成的男人。所以对待男人一方面要让他们树立起自信,一方面要哄着他们。别看男人坚强,有时也像孩子一样需要哄一哄才听话。"

夏想无语,只好借儿子打趣:"儿子,你是不是一个坚强独立不花女人钱的男子汉?"

不料儿子非常不配合地摇了摇头,又伸手要抓夏想的头发,夏想乐了:"你倒是诚实,你现在花的是妈妈的钱,说你不花女人钱还真不对。要不爸爸给你钱花?"

晚上,一家人聚在一起吃饭,连若菡说起了老爷子的情况。

目前老爷子病情稳定,基本上恢复得差不多了,医生说,心情好恢复起来就快,果然如此。因为吴连夏的原因,老爷子十分开心,每天都要见到吴连夏才肯吃饭。因此,连若菡也难得地一直陪在老爷子身边,尽了孝道。可以说吴连夏不但让老爷子精神大好,也修补了连若菡和老爷子之间稍微疏远的关系。

只是有一点,连若菡的亲生父亲吴才洋和老爷子之间的关系还很紧张,尽管吴才洋也偶尔回家,但和老爷子还是没有什么话好说,二人见面只是淡淡说上几句就冷场了。

但也比以前好了许多,以前,老爷子甚至不让吴才洋进门。现在一是因为老爷子病了,心气不高;二是因为吴连夏,吴连夏毕竟是连若菡的儿子,也就是吴才洋的亲外孙。

吴才洋对吴连夏却喜欢不起来,因为他几次质问连若菡孩子的父亲是谁,都被连若菡非常不客气地顶了回去,气得他也没法。吴才江却总是在一旁向着连若菡说话,不让吴才洋问太多,还说什么女儿大了,有了她的生活和自由,而吴才洋一直没有操心过连若菡什么,现在也不用在意她儿子的父亲是谁。关键是,孩子归了吴家,姓了吴,就足够了。

吴才洋在家中没有地位,老爷子对他不冷不热,大哥吴才河对他客客气气,三弟吴才江对他倒还热情一点,不过总有一种淡淡的疏离感。也是他离家多年,和家中人不亲近的缘故。他也没有办法,但因为回了京城,老爷子毕竟病了,必须经常回来看望。

只是每次回来看到吴连夏,他心中就有气,不免对连若菡不明不白生了孩子大为不满。他不说则已,一提此事,连若菡就要和他吵架。一吵架,老爷子就要赶他出门,每次都惹得吴才洋很不痛快。由此,他对吴连夏的生父就更加痛恨。

相比之下,老爷子虽然也对连若菡不肯说出孩子的亲生父亲不满,但因为吴连夏实在喜人,心中也就看淡了许多,也不去刻意查证孩子的亲生父亲到底是何许人也。既然连若菡不说,有她不说的道理。孩子大了,就由她去,管她一时,管不了她一生。

而吴家老大吴才河因为性格最温和,所以对连若菡的事情既不反对也不赞成,是一种顺其自然的态度。既不对孩子的亲生父亲好奇,也不关心连若菡为什么不说出真相。

吴才河对吴连夏十分喜爱,作为吴家唯一的第四代传人,他也希望吴连夏能够健康成长,为老爷子带来乐趣,并且能在以后成长为吴家的生力军。

夏想了解到吴家现在的情况之后,不由无奈地笑道:"最有可能想要收拾我的就是你爸了,其次就是老爷子,你说要是你爸知道真相之后,他会怎么对付我?"

连若菡俏脸一冷:"他敢对你不利,我就敢找他麻烦,哼,当年气走妈妈的事情我还没有原谅他,他要再不放过我的幸福,我跟他没完……"话虽如此,她还是犹豫了一下,又说,"我爸很固执,一般他认定的事情很难改变,除非遇到比他更有权势的人物,他才会妥协。如果他知道了你是谁,根据我对他的了解,他不会直接毁掉你的前途,而是会动用手中的力量将你调到他身边,然后慢慢地打击你,消磨你的意志,最后再让你永远不能翻身……"

有点像崔向的风格,夏想就笑了笑:"要是老爷子出手,会是什么手段?"

"老爷子才不绕来绕去,而是直截了当地将你就地免职,直接让你没有前程和希望!"

在燕市

"我干得好好的,不犯一点过错,也能将我就地免职?"夏想还有点不服气。

"没有过错?我是你什么人?儿子是你什么人?你还好意思说没有过错?就凭这一点,你说老爷子开了口,叶石生还能放过你?"连若菡调笑了夏想一句,又一本正经地说道,"不管是老爷子还是我爸知道了,都是一个结果——大事不妙。"

"事情不好办啊,只能瞒多久是多久了。"夏想摇头说道,"等我到了枝繁叶茂的那一天,看他们谁还能拿我怎么样? 现在我还有点弱小,就暂时忍了。"

"你还忍了? 你和人家女儿都生了孩子,欺负到人家头上了,还大言不惭地说你忍了,我发现你颠倒黑白的本事也不小,真是服了你了。"连若菡继续调侃夏想,"要是老爷子知道了还好说一些,大不了我拿儿子威胁他,他就会收手。要是让我爸知道就坏了,他的脾气太倔,谁劝都不听,除非他自己想通了。所以我们以后重点防范的对象是我爸,其次是老爷子……"

和连若菡谈好了攻守同盟,转眼天色已晚,夏想带着几人到外面一家安静温馨的家常菜馆吃了晚饭。第二天一早,他开车上了高速,准备返回燕市。

快上高速时,电话忽然响了,夏想正在想回去的事情,也没看来电号码,随手接听之后,就说了一句:"你好,我是夏想。"

电话另一端沉默了片刻,然后传来了梅晓琳的声音:"我在都瑞国际小区,你方便的话,就过来一趟……"

夏想没有反应过来,随即意识到是梅晓琳心软了,同意他见她们母女了,顿时欣喜若狂,急忙调转车头,直奔都瑞国际而去。

都瑞国际也是京城位置极好、价格不菲的高档小区,赶到的时候,已经是上午十点了。夏想急急上楼,来到了一八〇二室,在门口平息了一下紧张的心情,然后轻轻地敲响了门。

门打开,门口站着许久不见的梅晓琳。

梅晓琳胖了一点,身材恢复得还算不错。她气色很好,脸色红润,身材丰满,更显成熟风韵,只是她的脸上挂着淡淡的疲惫。

见到夏想,她微微一笑:"见与不见都一样,不过想到你毕竟也出了一半力,不让你见见女儿也不心安,就见见好了,省得你说我没心。"又不经意地打量了他一眼,"看你风尘仆仆的样子,应该是从半路上调转回来了?"

夏想老实地承认:"从高速路口回来的,正准备回燕市。"

梅晓琳请夏想进屋,她见夏想眉宇之间有焦急之色,就问:"出了什么事情要急着回去?"

夏想对她没什么好隐瞒的,就说了付先锋插手下马区重要人事问题的变故。梅晓琳听了,点头说道:"付家惯用的手段就是火中取栗,他们非常善于投机取巧,不过也确实时机把握得非常准,否则付家的势力也不能上升得这么快。既然付先锋出手了,就不会善罢甘休。"

说话间,梅晓琳领夏想到了里屋,一进门,夏想一眼就瞧见了躺在床上的

143

一个女婴。

　　如粉雕玉琢一样的一个小小的人儿躺在襁褓之中。她头顶上放着一个婴儿架，身边放着奶瓶，正瞪着一双又大又圆的眼睛，好奇地看着夏想。

　　婴儿的眼睛都显大，而梅亭的眼睛尤其明亮，几乎就是夏想眼睛的翻版。她的鼻子也像极了夏想，不过嘴唇的弧度像梅晓琳，除此之外，其他地方都和夏想非常相像。果然是女儿像爸爸，夏想看着自己的女儿，不免心神激荡。

　　他竟然有了一个女儿，一个小小的天使。梅晓琳确实说对了，不管是对她来说，还是对他来说，女儿的出生，绝对是一个意外，天大的意外就是天大的惊喜，就是天赐的礼物。

　　"她真的很像我，比我还要帅。"夏想看了半天，终于说出一句话来。

　　梅晓琳被逗乐了："女孩儿不用能帅来形容，要用漂亮。女儿可比你漂亮多了，也比你白多了。"

　　夏想嘿嘿傻笑了一会儿，围着婴儿车转了两圈，看了女儿半天，兴奋之下，一不小心说漏了嘴："女儿以后长大了，肯定比儿子好，女儿和爸爸近，儿子却是越大越和爸爸疏远……"

　　"挺会说好听话，刚从儿子身边回来，到了女儿面前，就说儿子不好，你也挺八面玲珑。"梅晓琳也不知是吃醋还是争宠，不满地说了一句。

　　夏想好奇道："你怎么知道我和连若菡之间的事情？"

　　"我猜的，一开始我听说她生了孩子，后来一想到你和她之间的来往，就想除了你，谁还能让连若菡心甘情愿地生孩子，而不说出亲生父亲是谁？也只有你有这么坏的本事了。"梅晓琳嘲笑夏想说道，"不过吴家要是知道你的存在，你就倒霉了。我们梅家则不同，就算他们知道你是孩子的亲生父亲，也不会拿你怎么样……"

　　"为什么？"夏想也没有细想，随口问道，他的心思全放在了女儿身上。

　　"因为我本来被断定没有生育能力了，能够怀孕，也是意外之喜。况且我会大方地告诉家人，是我主动引诱你，你不过是被动上了我的床。我们之间既没有感情，又没有纠缠，就是一夜之后，大家各奔东西而已。真正算起来，我还是沾了你的光才对。"

　　夏想汗颜，梅晓琳还是以前的梅晓琳，犀利而不饶人，他不甘地说道："何必说得这么难听，你我好歹相识一场，就算没有男女之情，也是不错的朋友，对不？"

　　不说还好，说了之后梅晓琳反而更不高兴了："我就知道我入不了你的眼，

144

远比不上连若菡，既不能在官场上如鱼得水，又不能在商场上大展手脚。你大可不必可怜我们母女，就算没有大本事，我们也能养活自己。"

夏想只好劝她："怎么又扯远了？我不是那个意思，你不要误解。其实我们之间，也不是没有一点感情，只不过我有了曹殊黧，又有了连若菡，就得坚持原则，不能再招惹别人了，多了我也负不起那么多责任！"

夏想说的是实话，是心里话，梅晓琳渐渐平息了心情，坐在床边，说道："不怪你，怪我自己好了。本来我也不想和你再有纠缠的，可是有了孩子，就不免又有一些不好的想法。不过你要明白，是你非要来看孩子，来招惹我的，我已经尽量避免和你见面了。今天的见面，完全是在你的强烈要求之下才促成的，不是我的原因。"

典型的此地无银三百两，夏想也不愿意点破梅晓琳的自欺欺人，就说："是我的不对，我承认。不过既然有了孩子，我也不能完全逃避责任，以后有机会，我再来看望孩子，好不好？"

"以后再说，看我的心情了。"梅晓琳依然嘴硬，"好了，别多说了，你不是急着回燕市办要事吗？快走你的，有什么过不去的难关就去找叔叔，他肯定会帮你。"

"他知道孩子的真相？"夏想惊问。

"还没有，不过就算他知道也没事，他比吴家人尤其是吴才洋开明多了，才不会怪你什么。"梅晓琳莫名地对吴家人有敌意，"记住，付家人现在对付你，以后如果还有一大家族害你的话，一定是吴家。"

夏想本来还想多待一会儿，却被梅晓琳连推带搡赶出了家门，催促他早点回去，先办正事要紧。夏想也没强留，连午饭也没吃，就开车上了高速，一口气开回了燕市。

一到燕市，先在市委附近简单吃了一口饭，他就急忙进了市委大院，停好车，直奔楼上陈风的办公室而去。

夏想的意外出现，反倒让陈风吃了一惊。

陈风正在办公室听取高海汇报下马区的各项工作进程，听到秘书说夏想在外面，就冲高海微一点头，让夏想进来。高海不是外人，没有必要回避。

陈风见到夏想风尘仆仆的样子，先是一惊，随后笑了："又不是什么大事，你的样子出乎我的意料，有点急躁了。"

夏想笑了："陈书记，您现在是省领导，我才是处级，而且现在又是处级升副厅的紧要关头，可不能出现意外，否则没有回头路可走。在您眼中不是大事，

145

在我眼中可就是天大的大事了。"

陈风呵呵一笑:"我还是第一次见你慌张的样子,要不是亲眼所见,我还以为你一直是遇事不乱……你今天的样子,倒还符合你的年龄。"

夏想无奈地摇头:"陈书记,我是找您请求帮助来了,您倒好,一见面先说我两句,是想打击我的积极性,还是想批评我不够稳重?"

陈风笑得更开心了:"好,好,你还向我诉苦了,不就是付先锋提了一个白战墨?他身为主管人事的副书记,提名区委书记人选是权限之内的事情,不要大惊小怪。我和增周都点了头,常委会上通过你的提名没有问题,你是对自身不放心,还是对我这个市委书记的能力不放心?"

高海在一旁听了,暗暗吃惊夏想和陈风之间的关系确实比外界传闻中还要密切。连他在陈风面前也得毕恭毕敬,不敢开口说笑。夏想倒好,不但和堂堂的省委常委、市委一把手说话时十分随意,还透露着亲切。而且听陈书记的口气,完全没有当夏想是外人,也不把他当下属看待,说话时轻松随和,简直就像和家人聊天一样。

高海心中无比羡慕,夏想才是处级,不但深得叶书记的赏识,还和陈书记的关系亲密无间,在为人处世方面,比他这个老官场还强了许多。想起他在市政府秘书长和副市长的位置上,一待就很难再迈进一步,也是微微有些感慨。

夏想和陈风说笑几句,才亲切地和高海打了招呼。高海站起身来,拍了拍夏想的肩膀,感叹道:"小夏的步子走得虽然跨越了一点,但还算稳健,也是少见的扎实风格,我相信你能主持好下马区的工作。"

又问了几句夏想在京城的情况,高海自知夏想要和陈风讨论一些人事问题,他身为副市长不便旁听,就提出了告辞。

夏想替陈风送高海到门口,夏想看出高海的情绪有点失落,知道高海近些年仕途不太顺利,就说:"有时候机遇也很重要,相信高叔叔一定会有腾飞的一天。"

高海见夏想对他依然如故,心情多少舒展了一些。

夏想先向陈风汇报了一下在商务部的工作,简单地交代了在京城的收获。陈风听到夏想已经拿到研究生学历,高兴地说道:"又加了一项政治分,至少在学历上,没有人再挑你的毛病了……白战墨可是研究生学历,你现在和他站在同一起跑线了。"

"您对白战墨此人有什么看法?"白战墨是市委的人,陈风应该有所了解,夏想开口问道。

"为人很稳重，不多事，在市委的几年来，上级交代的任务完成得非常好，没有出过任何差错，而且他个人的履历也非常厚重，让人挑不出任何问题。"陈风对白战墨的为人给予了高度肯定，话锋一转，又说，"唯一的缺憾就是，没有在地方上主政的经历，比起你曾经担任过副县长、常委副县长的经历，还欠缺了一点基层资历。"

"有没有基层经历并不重要，重要的是，他在其他方面的资历足以弥补缺陷。而且他还是研究生学历，在提倡干部年轻化、高学历化的今天，白战墨的学历和在部委工作的经历，很占优势。"夏想也从另一个角度分析了一下问题，"当然问题的落脚点不在白战墨本人身上，而是在付书记身上，他选择的时机太敏感了。"

陈风点了点头，片刻之后又笑了："不要忘了，燕市是我在主事，是增周在主政，还有进江，也和我保持一致，付先锋再有手段，他也绕不过市委常委会！"

陈风身为市委书记，说出这句话自然有一股不容置疑的权威和气势。虽然得到了陈风最有力的承诺，但夏想心中还是隐隐担忧，只是不好再多说，再说，就真成了对陈风不信任了。尽管他和陈风关系良好，也不能说出不该说的话。

陈风是市委书记，他的权威不容侵犯。付先锋不能侵犯，夏想也不能。

但不管如何，今天的会面，陈风算是给他吃了一颗定心丸。夏想再淡定，再沉稳，在面临由正处升任副厅的重大转折面前，也难免会有焦躁和忧虑。因为易向师的话不得不听，连易向师都不敢小看付先锋，可见他确实有过人之处。

问题是，付先锋的后手到底暗藏什么样的杀机？最大的谜底也许就是最大的意外！

和陈风谈完话已经是下午三点左右了，夏想告别陈风，又来到了胡增周的办公室。

胡增周对夏想的到来一点也不感到意外，他非常客气地起身相迎，握住夏想的手说道："小夏，你总算回来了，现阶段还有许多难题需要你出面克服。你再不回来，我就要直接打电话请你了。"

胡增周担忧的是达才集团的资金落实问题，其他公司的资金应市政府要求，已经陆续到位，有些甚至已经开始动工建设。远景集团开发的下马河的拓宽工程，已经完成了五分之一的工程量，可以说现在的下马区是一片欣欣向荣的景象。而最大的开发商达才集团虽然已经和市里签订了协议，但资金迟迟没有到位，所有预定的工程都没有一丝动工的迹象，身为市长，胡增周不担心才怪。

没有达才集团全方位的投入和建设,下马区的兴建至少要推迟五年以上!

市政府也派人和达才集团接触过,得到的答复是,成总正在外地出差,等成总回来后,肯定及时跟进下马区的项目。但胡增周心里清楚,成达才就在燕市。

人在燕市,却故意避而不见,不是成达才托大,而是成达才在等候市委对下马区的任命结果。尽管胡增周并不知道达才集团的投资和夏想是不是主政下马区挂钩,但他心里有数,成达才是看人投资,是在等夏想出面去请。

胡增周没指望达才集团能一次性将前期资金全部到位,他所求的不过是达才集团先将部分资金到位,然后开始动工建设。哪怕只是象征性地做做样子,也好过所有项目一点动静也没有。因为已经有了各种各样的传闻,说是达才集团并不看好下马区的前景,有可能会撤资。传闻在一定程度上影响了下马区下一步招商引资的工作。

胡增周无比热切地盼望夏想早日回归燕市,好劝动达才集团开始行动,也好有利于稳定下马区的局势。达才集团是一个风向标,影响力太大了,几乎燕省所有的投资商都对达才集团迟迟没有动工而心存疑虑。

↗ 05　局面第一次失控

但他不明白的是,付先锋怎么就查清了他和连若菡之间的种种,怎么就让吴家相信他就是孩子的亲生父亲?以付先锋的聪明,绝对不会当面向吴家说明,否则吴家的震怒也会殃及他,也不会给他好脸色看。付家的势力和吴家还是不能相比,付先锋有自知之明。

言语机锋

夏想得知成达才的举动之后,心中对成达才的无比信任暗暗感激,他想了一想,委婉地说道:"胡市长不必着急,我想达才集团可能正在准备前期工作,成总的性格是不动则已,一动就会全力以赴。应该是达才集团正在筹备前期资金,抽调各处的骨干技术力量,等时机成熟时,再大举进军下马区,争取一进入就是一片热火朝天的局面。"

夏想的话说得含蓄,但重点还是落在了时机成熟上面。胡增周也心知肚明,下马区的人事问题一天不落实,达才集团的资金就一天不到位。他也是在官场沉浮几十年的人了,按说不该沉不住气,不过千辛万苦终于推动了下马区的成立,而下马区是不是能够成功,关系着他以后的仕途是不是畅通,事关自身的前途大计,谁也不会掉以轻心!而达才集团的资金又是关键之中的关键,胡增周一时心急也在所难免。

好在下马区的人事问题,一周之内应该就会落下帷幕。毕竟官场上的事情,必须有一个过程要走,程序一定要走对,否则落人诟病也是麻烦。

胡增周也知道夏想的担心之处,就拍着夏想的肩膀,坚定有力地说道:"不提你为下马区的推动作出了多么巨大的贡献,单是你为下马区拉来的资金,以及你个人的能力,你就是下马区区委书记的不二人选,没有人能抢占你的位置。有陈书记在,有我在,燕市还在掌控之中。"

得到书记和市长的双重承诺,换了别人,也许早就喜形于色了。夏想表面上十分感激地谢过胡增周,一出门,他还是轻轻地皱起了眉头。

为什么陈风和胡增周越是笃定,他越是心里没底?

夏想又来到楼上李丁山的办公室。

李丁山正在专注地批示文件,一见夏想到来,立刻将工作放到一边,关切地问道:"怎么样,见过陈书记和胡市长了?"

夏想可以看出李丁山的关切比起陈风和胡增周,多了一份亲情在内,就感激地点头说道:"见过了,也谈过了,陈书记和胡市长还是坚持既定的立场不变……"

李丁山也不知出于什么原因,和夏想一样,始终觉得心中不安。或许是太在意夏想的这一次的升迁了,唯恐有一点点闪失,总想让事情控制在百分之百的安全范围之内。

官场上的事情,从来没有百分之百的保证。尽管李丁山也知道这一点,但出于对夏想的爱护和关心,此次夏想的升迁,比上一次的破格提拔还让人揪心。

付先锋不但是大权在握的副书记,而且还是付家的代言人,身后有着庞大的家族势力和一个有着举足轻重的影响力的强大后台。

政治上的事情,也不是说没有一些不自量力的举动,换了别人,李丁山也许真会以为此举是胡搅蛮缠,没有多大的担忧。但因为这人是付先锋,他始终难以释怀。因为一直以来,他都在暗中观察付先锋,对这位世家子弟的评价是:低调做事,城府极深,懂得平衡之道,也有足够的耐心,是一个可怕的对手。

正是如此,李丁山才不敢把付先锋的提名当成一次无谓的搅局,而是一心认定,付先锋就是想一举拿下区委书记的宝座。

李丁山经过一番深思熟虑,说道:"一个遗憾就是史老的人情已经用尽,否则真要出现什么不可预料的情况,史老出手一定可以力挽狂澜。眼下燕市由我盯紧一点,你就好好和叶书记、范省长打打招呼,如果他们对你支持的立场不变,一定可以确保万无一失。"

夏想心领神会地点了点头。

又和李丁山说了一会儿话,眼见到了下班时间,夏想也没有必要再去省委,就提出请李丁山一起吃饭。李丁山和夏想也不用客气,就一口答应下来。

150

想了一想,李丁山又提议邀请方进江一起,夏想自然乐意,就亲自上楼去请方进江。方进江和夏想之间早有默契,也是毫不迟疑地点头答应。

三个人一起向外走,刚走到楼下,正好遇到了付先锋和谭龙。

付先锋一身休闲打扮,精神不错,笑容满面,一见夏想就主动热情地说道:"夏想同志,好久不见,最近还好?看你状态还不错,说明最近的工作还挺顺心,呵呵。"

谭龙站在付先锋旁边,脸上挂着淡淡的笑容,漫不经心地看了李丁山和方进江一眼,微微点了点头。

夏想笑道:"承蒙付书记挂念,还好,一切都好。付书记气色也不错,看来最近心情也挺好。"

"工作顺利,事事如意,自然就心情好了。"付先锋说话间客气地冲李丁山和方进江点头致意,又问,"怎么了,要和两位领导一起去吃饭?"

既然遇上了,也没有必要遮遮掩掩,夏想就如实说道:"好久没和秘书长和方部长聚聚了,正好刚从京城回来,想和两位领导好好聊聊……付书记去哪里,也是去吃饭?"

付先锋微一点头,看了谭龙一眼:"我和谭市长去新开的烤鱼店尝尝鲜,听说非常不错。"

谭龙接话说道:"就是,还是战墨推荐的……他取车去了,怎么还不来?"

话音未落,一辆奥迪车就停在门口的接送处。从车上下来一个白脸圆眼、中等个子的男人,他眉宇之间有一股文气,但双眼有神,给人的感觉又颇有英气,总体来说是一个颇有官相、举止沉稳之人。

夏想没想到,他刚回燕市,就和白战墨有了第一次正面接触!

白战墨先是客气地冲方进江和李丁山打了招呼,然后一脸似笑非笑的表情,打量了夏想一眼。

夏想也若无其事地看了白战墨一眼,冲他点了点头,算是示意。付先锋等二人目光交流完毕,才假装刚想起一样,说道:"忘了给你们介绍了,战墨,这位就是我常向你提起的夏想同志。夏想同志年轻有为,你向他学习的地方还有很多。"随后又冲夏想说道:"夏想同志,这位是办公厅信息处的白战墨同志。白战墨同志是燕市市委为数不多的高学历干部之一,他有思想,有学识,是个恪尽职守的好干部。"

付先锋对夏想和白战墨二人各夸两句,用心良苦。

夏想和白战墨几乎同时伸出手,二人的双手握在一起,异口同声地说道:

"幸会,幸会!"

夏想感受到白战墨手中传来了强有力的力道,心想,从外表上看白战墨不是孔武有力的类型,但他手上的力道不小,证明是一个极有权力欲望的人,又说了一句:"听说白处长经历丰富,既参加过重大工程的建设,又有在部委工作的资历,是一位少见的全面型、技术型的干部,难得,难得。"

白战墨对夏想的第一印象是,绵软但不软弱,说话进退有度,举止有礼,沉稳之中透露出一股淡定和温和,给人如沐春风的感觉,不由暗暗惊奇。一般在官场沉浮十几年以上,有了足够的阅历和经历的人,才会于淡定从容之中给人坦然舒适的感觉。夏想才二十八岁,怎么会给他一种足够厚重的沉淀感?

白战墨相信他的感觉不会错,他今年三十三岁,虽说没比夏想大多少,但自认比夏想的经历复杂多了。从底层的工人和技术人员,到基层的干部,以及国家部委的高官,他接触过的人物形形色色,自认有不凡的阅人眼光。今日一见夏想,却让他对自己的眼光产生了一丝怀疑,因为他有点看不透夏想。

白战墨听了夏想的客套话,知道他已经了解自己的履历,就笑着说道:"相比之下,还是夏处长比我见多识广。从坝县到城中村改造小组,再到安县,再到现在的产业结构调整领导小组,不管走到哪里,夏处长都做出了令人羡慕的成绩。我不得不说,你是我见过的年轻一代的官员之中,最有能力的一个。"

两个人互相夸奖了几句,却都心里有数,恐怕在对方眼中,自己的成绩越突出,威胁越大,就越让人心里不舒服。

谭龙抬手看了看手表,说道:"时间不早了,要不我们先走?"

付先锋见过招完毕,也说:"好,我们就不打扰方部长和秘书长用餐了,有空再聊……"

谭龙意味深长地说了一句:"夏想同志,要好好陪两位领导吃好饭,既要吃得舒心,又要吃得安心,不容易。"

李丁山回应了一句:"我和方部长要求简单,不挑剔,小夏又不是外人,吃饭倒是次要的,主要还是坐在一起说说话。"

付先锋呵呵一笑:"是该好好说说了……"

方进江听出了言语之中的针锋相对,淡然一笑,说道:"饿了,饿了,去吃饭,别站在门口说话了,光说话可解决不了温饱问题,得看实际行动才行。"

方进江的话,更是另有所指。

几人一见面,虽然没有提及下马区的问题,但实际上还是围绕着下马区的人事问题过了几招。

夏想和李丁山、方进江吃饭期间,相谈甚欢。方进江对夏想通过常委会的任命,十分乐观,认为付先锋掀不起什么风浪。夏想和李丁山也没有多说什么,饭后各自回家。

蓝袜自夏想走后一直住在曹家,夏想回到家中的时候,第一眼见到的人就是蓝袜。初夏的夜晚,不冷不热,温度适宜,蓝袜穿了一件大号T恤,明显可以看出上身真空,下身只穿内裤,露出了白腻的大腿。

夏想一进门就见到蓝袜极具诱惑的打扮,难免多看了几眼,蓝袜不满地说道:"看什么看,看你们家鬻丫头去。我是方格的女朋友,你还乱看,真没道德。"

夏想又气又笑:"你在我家穿得这么暴露,还怪我看?你在我面前晃来晃去,我不看也得看,你还怪我?真没道理。"

曹殊鬻挺着大肚子从里屋出来,一脸恬静的笑容:"蓝袜你别吵他,他辛苦了一路,让他早早洗洗睡觉去,明天肯定还有许多事情要做。"

夏想点化蓝袜:"看到没有,要做贤妻良母,就得向鬻丫头学习。对男人不能总凶,否则男人早晚会跑掉。别怪我没有提醒你,以后对方格不要总举起大棒,要适当地给一两个胡萝卜……"

"多谢赐教,我记下了。"蓝袜又换了一副温柔乖巧的模样,伸手帮夏想拿开行李,又帮他脱外套,"领导一路劳累了,我来照顾你洗澡,好不好?"

曹殊鬻在一旁直笑,不说话。

夏想被蓝袜调戏,一个大男人还能怕一个小女人?他一边脱衣服一边说:"好,正好你再帮我按摩按摩,解解乏。"

蓝袜吓着了,转身就跑:"我伺候你家殊鬻还不够,再伺候你?我又不是你们家丫鬟!"

蓝袜躲到了楼上,夏想和曹殊鬻说了说在京城的经历。

看着昔日可爱的小丫头身子笨重,微微发胖,夏想不由感慨,将她揽在怀中,说道:"女人生孩子是挺辛苦,挺着肚子几个月,多累人。"

小丫头却没有邀功的觉悟,而是用手轻轻抚摸高耸的肚皮,说道:"其实习惯了就好,当你感觉到体内孕育着一个小生命时,所有的劳累都变成了幸福……"忽然惊讶地叫了一声,"又踢我,真不老实,和你一样能折腾,一定是个儿子。"

"真的那么喜欢儿子?"夏想看到小丫头的脸上洋溢着幸福的光芒,有一种母性的光辉闪动。

"男人都喜欢儿子,你喜欢所以我喜欢,也就喜欢儿子了。你妈也非常喜欢孙子,如果我生了女儿,她肯定会失望。"小丫头脸上有一丝淡淡的失落,"连姐姐能生儿子,我也能!"

夏想完全理解她的心思,就在小丫头的脸上亲了一口,说道:"儿子也好,女儿也好,都是我们的宝贝,爸妈都会喜欢,关键是,我喜欢就行,对不对? 别想太多了,我们无法决定生男生女,但我们可以决定的是,给孩子深深的爱。"

"可是……"小丫头不为所动,"我还是想生儿子。"

夏想被气乐了:"可是什么,你想生儿子就生儿子,想生闺女就生闺女? 告诉你,决定生男生女的关键在男人身上。"

小丫头一脸委屈地说道:"意思是说,生儿子是你的功劳,生女儿也是你的责任,和我没关系了?"

夏想见她想通了,就笑了:"对,对,你明白就好。"

"可我还是想生儿子……"

第二天,夏想早早上班,先处理好手头的工作。办好交接手续之后,他给麻秋打了一个电话,提出要向叶书记汇报工作。

整个省委大院,也只有一个处级干部敢直接要求向省委书记汇报工作,就是夏想。

别人的事情可以压一压,但夏想的事情不能压。麻秋立刻向叶石生转告,果然和麻秋所想的一样,省委书记叶石生立刻点头同意了处长夏想汇报工作的要求。

夏想只和领导小组的众人打了个招呼,就急急往省委书记办公室而去。

到了书记办公室,叶石生对夏想再次出现在他的办公室,也表露出了应有的喜色,还冲夏想点了点头,感慨地说道:"时间过得真快,转眼过了三个多月,小夏,在京城的时间是不是大有收获?"

夏想也适当地表现出一脸兴奋,恰到好处地说道:"收获不小, 感慨也不少。不过还是感觉回到燕省亲切,尤其是再次站在叶书记面前,心里感觉特别踏实,特别安心。"

叶石生乐呵呵地说道:"坐,坐下说话。"然后又抽出一支烟,自顾自地点上,说道,"夏想,前段时间我见到达才了,我们说了不少话,也谈论了一下下马区的前景。我和达才的看法一致,就是下马区必须有一个敢作敢为并且有开创精神的人主持全面工作,才能将各项优惠政策落到实处,才能切实地保护投资

154

商的利益,才能深入地贯彻省委省政府的产业结构调整政策……"

说着,叶石生大有深意地看了夏想一眼,又说:"达才对你的评价很高,虽然在我看来有些虚夸了,但不得不说,你确实在商业方面有敏锐的目光。关于达才集团的发展思路和远景规划,你有许多地方和达才不谋而合,所以才让他对你高看一眼。不过……"

叶石生突然加重了口气。

夏想本来已经坐下,听到叶石生的语气有变,就恭敬地站了起来,说道:"请叶书记指示。"

情况不妙

"政治是政治,经商是经商,不能混为一谈。达才欣赏的只是你的商业眼光,认为你的思路可以为达才集团带来好处。但如果你主持了下马区的全面工作,下,你要对全区人民负责,对下马区所有投资商负责;上,你要对市委市政府负责,对省委省政府负责,而不仅仅是一个达才集团!"

夏想明白了叶石生话锋所指,忙一脸坚定地说道:"请叶书记放心,我在安县的时候就负责招商引资,一个基本原则就是,照顾政策但不照顾市场。有些企业可以在政策上得到倾斜和照顾,因为他们为政府分忧,理应受到适当的优惠。但优惠的条件到政策为止,决不能用权力干涉市场,否则就成了权钱交易。达才集团做出投资下马区百亿巨资的决定,是对燕省产业结构调整政策的大力支持,是对燕市增设下马区的积极响应,是对下马区的建设所做出的实际行动。所以,下马区必须在批地、税收等政策上面出台一系列的优惠政策,但在市场销售以及后续发展上面,就一视同仁了。我相信,以达才集团的实力和适应市场的能力,下马区将是他们大展宏图的地方。"

夏想也清楚叶石生故意拿达才集团说事,是不想让人猜疑省委书记和达才集团之间有什么不可告人的关系。叶石生为人比较爱惜羽翼,非常在意名声,他和成达才关系莫逆,但燕省没有几人知道。

夏想的回答既表明了他的立场,又肯定了达才集团的实力。

叶石生对夏想的回答非常满意,他的本意也是如此。达才集团出资百亿投建下马区,有政策上的倾斜和照顾,也不会有人说三道四。但以后如果夏想出于对达才集团的偏爱,运用权力之手去影响市场,再对达才集团有所偏向,就容易引起非议。他既不想惹祸上身,也不想夏想因此失分,就特意慎重地提醒夏想。

夏想见时机成熟,就说了他的担忧:"想必叶书记也听到了燕市的新动向,市委副书记付先锋提名白战墨为下马区区委书记……"

叶石生无所谓地一摆手:"听说了,由他闹去,不碍事。你就安心去完成手头的工作,其他事情也不必操心,陈风和胡增周都点头的事情,还能出什么差错?"

一个"闹"字完全表明了叶石生不以为然的态度,他的看法和陈风一样,对付先锋的举动并不在意,丝毫没有放在心上。也是,他们都是一把手,大权在握,认为一切都在掌握之中,自然心中笃定。

夏想不好再多说什么,省委书记把话都说到了这个份儿上,他还能不识趣地说什么付先锋可能还有后手,要防患于未然?再多说,就是对省委书记权威的蔑视。

回到自己的办公室,夏想坐下想了半天事情。

中午和领导小组的同事一起聚餐。饭后,夏想特意叫来古玉,问了问老古的近况。

"爷爷已经在燕市了,让你抽空去看他,他还住在疗养中心。"古玉笑呵呵地说道,然后又小声地说,"第一次见你有点忧愁的样子,看上去多了点不一样的味道。"

夏想确实稍微有点担心,主要也是事关自身前途,还是极其关键的一步,说不担忧那是骗人。再说前期已经做了大量的工作,此时再被人摘了桃子,确实让人憋屈。不过听了古玉的话,他反而笑了:"我不是忧愁,而是在进行深刻思索。好了,老古来了是好事,我过几天去看望他。"

"爷爷还说,别忘了带上宋一凡,他很喜欢那个小丫头……"古玉不忘提醒了一句,然后又装模作样地安慰夏想几句,"开心一点,看开一点,万一当不上区委书记,干脆离开官场,和我一起去经商,也能过得很好。"

夏想没好气地说:"我要赚钱有的是办法,不需要和你在一起。"

古玉难得大度地没反驳夏想,摆摆手,笑呵呵地走了。

夏想设想了种种可能,猜测付先锋到底有什么后手,却独独遗漏了最明显也是最容易被人攻击的一点,就是他和连若菡之间的关系。也是他最近事情众多,和连若菡在京城的相处一直轻松随意,让他忽视了一个重大的威胁,就是吴家的震怒。

七月中旬,燕市召开了一次重要的常委会议,正式讨论下马区的人事问题。

之前的书记碰头会上,付先锋坚持己见,要提名白战墨为区委书记。胡增周反对,方进江反对,陈风最后出于对大局的考虑,同意提交到常委会决定。

常委会由陈风主持召开。

陈风先是总结了前一段时间下马区各项工作的情况,对高海主持下马区工作期间的表现给予了肯定和表扬,最后话题一转,说道:"随着各项工作的具体落实,下马区区委区政府的成立,迫在眉睫。因此,今天的主要议题就是讨论下马区区委区政府的人员构成。下面,由进江同志宣布下马区人选名单,并提交常委会进行表决。"

实际上在之前的几次常委会上,已经就相关人选的问题进行过许多次讨论,基本上已经定下了除书记和区长之外的人选,今天不过是再走走过场。大家心里清楚,今天的重点落在书记和区长人选上面。

方进江接过话题,说道:"同志们,经过前几次提名和讨论,基本上可以确定下来的下马区区委区政府的人选是:拟提名康少烨同志为专职副书记,拟提名陈天宇同志为常务副区长,拟提名李应勇同志为政法委书记,拟提名慕允山同志为组织部长,拟提名滕非同志为宣传部长,拟提名卞秀玲同志为纪委书记,拟提名傅晓斌同志为区委办公室主任,拟提名祁胜勇同志为统战部长,拟提名谢源清同志为副区长,拟提名黄建军同志为政法委副书记兼公安局长,拟提名关启明同志为武装部政委……"

一口气说完十一人的名单,方进江不慌不忙地喝了一口茶水,又说:"以上同志的履历大家都已经看过了,他们的工作经验和能力都没有问题,各位常委有什么意见尽管提,先落实以上同志的任命,接下来再讨论书记和区长的人选。"

以上十一人是各方势力讨价还价和妥协的结果,陈风和胡增周并没有过多地插手。本来陈风还想安插自己人下去,但一来没有合适的人选;二来因为有些关系必须照顾到,就适当做了让步。

胡增周也是如此,他只提名了区长人选,其他人选要么是其他常委的安排,比如陈天宇是何江华的人;要么是省里的安排,比如卞秀玲是省纪委书记邢端台的人;甚至还有京城空降过来的人,比如谢源清,等等,总之没有一个人没有来历。就是上述十一个常委的位置,还是争吵了几个月之后,最后妥协和平衡的产物。

经过几个月的讨论和争吵,大家已经疲惫了,而且对上述十一人的资历,都差不多倒背如流了。今天再拿到常委会进行讨论,实际上就是走个过场,并不是主要的议题。于是经过一番没有新意的发言之后,算是通过了上述十一人的正式任命。

所有人都明白,重点就落在书记和区长的任命之上。

方进江环视众人一眼,清了清嗓子,说道:"经过组织部的考查和审核,决定拟提名夏想和白战墨两位同志为区委书记人选,拟提名周立波为副书记、区长人选。下面,就以上三位同志的提名,请各位常委发表意见。"

方进江话音一落,常委会顿时一片寂静。

白战墨意外获得提名,虽然突兀,但在座众人都久经官场,也不觉得奇怪。政治上从来不缺少黑马和意外,白战墨最终能否成为一匹黑马尚未可知。不过大家心知肚明的是,夏想是陈书记和胡市长力挺的人,就算付先锋再力挺白战墨,也不可能强行通过常委会的任命。不提陈书记和胡市长联手之局,一般人也不愿意公开唱反调,就是支持夏想的阵营,也在常委会占了半数以上。

陈风一票,胡增周一票,李丁山一票,方进江一票,薄厚发一票。再加上新来的纪委书记苏功臣在没有站稳脚跟之前,一直是向陈风靠拢,也有一票,算下来就是六票了。宣传部长回永义一向不靠边站,但在重大问题上,他还是倾向于向书记倾斜,况且此次又是书记和市长联手,回永义的一票也会投向夏想。燕市市委常委现今一共十三人,七票,票数过半!

就算付先锋和谭龙力保白战墨,将剩下的六票全部拿到手,也是功败垂成。况且剩下的几名常委之中,除了政法委书记陈玉龙、副市长何江华和军分区司令员王延龙之外,市北区区委书记孙爱勇一向爱走中间路线,但他在面对陈风和付先锋之时,还是会向陈风妥协。

没有人会在陈风力挺夏想之时,还公开和一把手作对,除非和付先锋之间有足够的交情和利益,否则在关键的选择上,肯定会向一把手倾斜。

所以对于今天的常委会,不管是陈风、胡增周还是方进江,都有一种一切尽在掌握之中的自信,除了李丁山。

李丁山看了稳坐钓鱼台的付先锋一眼,心中不安的感觉越来越强烈。因为付先锋的表情太镇静了,神色太坦然了,仿佛是一种一切尽在掌握的自信。不知道为什么,李丁山直觉认为,付先锋看似仓促提名白战墨的背后,其实是一出精心设计的妙局。

而且说不定还准备了很长时间。

胡增周见众人都不主动发言,他就笑着向陈风点头示意,首先说道:"我个人的看法是,夏想同志工作作风扎实,他在以前的工作岗位上,都作出过突出的贡献,受到过省委省政府和市委市政府的表彰,是一个可以托付重任的好同志。我认为,由他担任区委书记是合适的。另外,周立波同志的提名,也符合组织程序。"

胡增周表明了支持夏想的坚定的立场。

李丁山随后发言:"夏想同志虽然年纪不大,但经验丰富,资历深,是从基层一步步做起的干部。先后担任过副乡长、城中村改造小组副主任、主任、安县副县长、常务副县长和安县县委常委等职务。现任燕省产业结构调整领导小组综合一处处长,并代副组长主持日常工作。今年上半年,因为工作成绩突出,被特意借调到商务部工作三个月,受到了易向师部长的大力好评,亲自写下评语发给省委,称赞夏想同志是一位工作诚恳、有才能、有见识的好同志、好干部。同时,夏想同志在京期间,还顺利地完成了学业,获得了邹儒教授亲自颁发的研究生文凭……"

众人听了,都心中一惊,心想夏想好手段,怪不得跑去京城几个月,原来落脚点在资历和文凭上面。几个月下来,资历有了,文凭也到手了,正好回来赶上重大的人事任命,可以锦上添花地为履历再写上漂亮的一笔。

聪明的手段,漂亮的举动。

付先锋嘴角闪过一丝不易察觉的微笑,他不经意地看了谭龙一眼,二人的目光迅速交接了一下,随即错开。

李丁山继续不遗余力地宣扬夏想的事迹:"夏想同志兢兢业业,在领导小组工作期间,为大力推行产业结构调整政策,作出了巨大的成绩。他不但身体力行,为单城市和宝市的改制殚精竭虑,四处奔走,还为两市引来巨资,奠定了两市改制的基础。单城市的文化旅游项目、将台酒厂,以及已经获得了铁道部批准的通海铁路,等于为单城市插上了腾飞的翅膀。宝市的柯达合资和太阳能合资项目,共计二十亿美元的外资,都是在夏想同志主导之下促成的结果。还有万里汽车厂、汽车配件厂,等等,都有夏想同志的身影。可以说,夏想同志是燕省产业结构政策的大力推行者,正是因为有他的努力,贯彻和领会了省委省政府的意图,才促使产业结构调整政策获得了预期成功。也正是因为产业结构调整政策的成功,才有了燕市成为第二批试点城市的可能,也才有了环城水系的开工建造和下马区的成立!"

李丁山掷地有声地总结道:"所以我认为,夏想同志不但是最合适的担任下马区区委书记的人选,也是唯一的人选!"

李丁山说完,常委会鸦雀无声。

陈风终于也发现了一点不同寻常之处,就是今天到目前为止,常委上还没有一点反对的声音,仿佛大家都不约而同地选择了沉默。

沉默不代表赞成,沉默也有两种可能,一是默认夏想的任命,二是时机不到,只等时机一到,就有可能突然发出强有力的反对的声音。

陈风不是没有政治头脑的人,他敏锐地意识到,今天的沉默,绝对不会是第一种情况。

大概有半分钟的冷场,这是陈风的印象之中是从未有过的情况。常委会上一般都是各抒己见并且讨论热烈,就算有些事情内定了,在会上走走过场,所有人也都会说两句,以显示自己的存在和权威。今天已经发出了三个赞成的声音,却还没有出现一个反对的声音,陈风心中突然有了一丝不好的预感。他下意识地看了付先锋一眼,心想难道付先锋真的下了血本,为了一个下马区区委书记的位置,敢联合其他常委,公开挑战一把手的权威?

难道他不怕产生严重的政治后果?

又静默了片刻,薄厚发见形势有点不妙,就主动发言说道:"刚才方部长、胡市长和李秘书长的发言都很好,都讲到了点子上,夏想同志的能力大家有目共睹……燕市能够成为第二批试点城市,能够推动新区的成立,也有夏想同志的功劳在内。不可否认的是,下马区如果由夏想同志主持全面工作,将会更有利于新区的建设,有利于招商引资工作的开展,有利于下马区获得省委省政府更大的政策和资金扶持……因此我也认为,夏想同志担任下马区区委书记,是非常合适的。"

陈风见已经先后有方进江、胡增周、李丁山和薄厚发发言支持夏想,除了薄厚发的发言分量弱一些之外,其他三人都是在常委中有影响的人物。如果再由他定下书记和市长联手的基调,就不怕付先锋暗中做出什么手脚。

陈风自信他在燕市的权威无人能动摇,而付先锋也未必真的肯下血本鼓动其他常委联合发难,他决定,立刻就此事表明一把手的立场,以坚定的表态来影响中间摇摆不定的其他常委!

付先锋的手段

就算付先锋肯不遗余力地推白战墨上位,他能许给其他常委什么好处?在座的常委都不简单,没有足够的利益和好处,谁甘愿冒得罪一把手的风险,不,是一把手和二把手联合的风险!

得罪了书记和市长,以后的工作怎么开展? 陈风相信众人能够分清轻重,再说他不认为付先锋为了一个区委书记的位置,会拿出足够大的筹码来交换众人的支持,因为这么做得不偿失。

政治本来是利益的交换,要讲究平衡,更要计较得失和计算利益分配。如果付出大于收获,没有人会拿意气来损害利益。所以政客从来都是四平八稳地发言,不慌不忙地布局,很少或者说从来没有意气之争。

意气要不得,意气之争,必有失利。

陈风正是基于以上判断,才断定付先锋就算会有幕后动作,也只是小动作,不会有什么重大的举动。一个下马区区委书记的位置,在付家眼中没有太大的分量,犯不着兴师动众。

陈风不徐不疾地说道:"夏想同志是由我从坝县强行调回燕市的,他的每一步成长,我都看在眼里,步子很稳健,作风很扎实,不管是在城中村改造小组,还是在省产业结构调整领导小组,都做出了有目共睹的成绩,也受到了省市两级领导的认可。而且说实话,下马区能够顺利成立,能够有今天的规模和投资,夏想同志功不可没。甚至不夸张地说,如果没有夏想同志前期所做的大量工作,下马区也不可能在这么短时间内就有现在的建设速度……所以我认为,夏想同志是最合适的区委书记的人选。"

如果是以前,陈风如此态度鲜明地表明立场,反对者的声音就会减弱许多,中间摇摆者也会立刻附和。但偏偏今天他话音一落,会场还是一片寂静。

诡异的寂静!

除了刚才表态支持的几个常委之外,其他常委都低下头,不反对,也不支持,真是少见的怪事。就算弃权也要说话才行,陈风不由心中暗生怒火,威严地扫了所有人一眼,不快地说道:"大家都不说话是怎么回事? 再不发言,我就当大家默认了组织部的提名,就算正式通过了夏想和周立波同志的任命!"

陈风这一句话足够有力,立刻引起一阵骚动。

付先锋终于开口说话了,他话一出口,让所有人都大吃一惊,包括陈风。

"本来我一开始以为夏想同志没有研究生学历,而且他的资历还是有点浅,担心他难以服众,才二十八岁就是一把手。虽然他本人有能力,有政治经验,但毕竟还是经历少。刚刚听到几位常委的发言,才知道夏想同志已经取得了研究生学历,再加上他最近在商务部的工作经历,在资历上已经完全没有问题了,我本该持支持态度。不过因为我先前已经提名白战墨同志为区委书记人选,再支持夏想同志,就有点自相矛盾了,因此我的态度是……弃权!"

161

弃权？付先锋竟然是弃权！所有人都抬起头来，一脸愕然地看着镇定自若的付先锋，都不明白到底是什么让他做出了大违常理的决定。

他费尽心机提名了白战墨，以十分强硬的态度才换来提交到常委会讨论的机会，所有人都认为付先锋一定会坚决反对夏想的任命，没想到，他竟然自愿放弃他自己宝贵的一票，弃权了……本来刚才诡异的沉默一幕已经够让人浮想联翩了，不想付先锋又突然来了一手更让人难以置信的弃权，今天到底发生了什么？惊人的事情层出不穷！

陈风一向镇静的脸上也闪过一丝惊讶，付先锋弃权究竟是出于什么目的？是虚晃一枪，还是故弄玄虚？付先锋弃权，还剩下七个人没有表态。七个人之中，陈风有把握持赞成态度的，至少有三个，也就是说，绝对可以过半通过。而且因为付先锋的弃权，他的坚定同盟将会土崩瓦解，难道他见形势不对，主动放弃，不再争取一下？

既然如此，又何必非要强行提名白战墨上常委会讨论，岂不是多此一举？陈风第一次看不透付先锋到底打的是什么算盘。

付先锋说完之后，微笑着点了点头，就一言不发了。

谭龙紧接着呵呵一笑，说道："付书记高风亮节，进退有度，大公无私，值得我们学习。我就说两句……我认为夏想同志继续留在领导小组才能发挥更大的作用，毕竟领导小组一直是他在主导工作，他的作用无可替代。夏想同志主持行业的全面工作还比较合适，主持党政的全面工作，我认为有点勉为其难了。白战墨同志工作经验丰富，既有和基层打交道的经验，又有在京城部委工作的经历，个人能力也比较全面，我赞成由白战墨同志担任区委书记。"

争论的焦点都聚集在区委书记身上，可怜的周立波同志，根本就没有人点评几句，完全成了摆设。

谭龙的发言好像开了一个头，随后一直低头不语的常委们，都争先恐后地开始了发言。也是陈风刚才的话起到了作用，如果他们再不开口，就相当于默认了夏想的任命。

没有人愿意被默认，尽管他们很为难，不愿意得罪陈风和胡增周，但又不得不表明他们的立场。

新任纪委书记苏功臣本是京城市纪委办公室副主任，秦拓夫调走之后，他空降到燕市担任了常委、纪委书记。上任之后，他并没有如大家想象中一样，大刀阔斧地整顿市纪委的工作，而是不慌不忙地延续了秦拓夫的工作作风，甚至比秦拓夫还绵软,小事上放手,大事上向陈风靠拢,成了市委公认的老好人。

当然大家也心里有数,表面上和善的人,未必就不会下狠手,有时候笑面虎比冷面虎更有杀伤力。

因为苏功臣来到燕市之后,在大事上一直和陈风保持一致,今天的常委会上,李丁山也就一心认定苏功臣肯定会因为陈风的表态而支持夏想的任命。

苏功臣四十三岁左右,头顶微秃,白面无须,脸上始终挂着似笑非笑的表情,让人看不透他的真实想法。他不经意看了陈风一眼,目光又在胡增周脸上停留片刻,目光之中似乎有一丝复杂的情绪闪过,然后才淡淡地说道:"论资历和工作经验,夏想同志占优;论稳重和服众,白战墨同志优势明显。还真是不好抉择……"

他轻轻地摇了摇头,一脸无奈地说道:"但区委书记只有一个,又必须在夏想和白战墨两位同志之间优中选优,本着公平公正的原则,我还是比较倾向于年龄稍大一点的同志担任一把手。"

什么?陈风心中终于闪过一丝惊慌,差不多自从他担任市委书记以来,今天是第一次从心底产生强烈的不安。

苏功臣支持白战墨对他来说是最大的意外,因为以前苏功臣事事紧跟他的脚步,小事如此,大事更是从不例外。刚刚他已经坚定地表明了立场,又是在付先锋弃权的情况之下,苏功臣竟然还是表态支持白战墨,已经不能用吃惊来形容陈风的心情了,他简直是震惊莫名。

到底是哪里出了变故?陈风一时之间竟然有找不到方向的感觉。

李丁山更是莫名地愤怒,让年龄稍大一点的同志担任一把手?这算哪门子理由!但话从常委、纪委书记的口中说出,就是结论,就是至关重要的一票。

而且还是针对夏想的反对票!

胡增周目光闪烁,明显感觉到了今天常委会上的反常,不但几名常委表现蹊跷,气氛也是十分古怪。他从政几十年来,第一次见到大半常委同时表现异常的情况。

胡增周心情莫名地沉重起来。

方进江的目光不停地从付先锋、谭龙身上扫过,试图发现一些什么,遗憾的是,两人的表现都十分正常。尤甚是付先锋,平静如水,仿佛一切和他没有丝毫关系一样。

也是,付先锋早早就弃权了,他甚至都没有坚决反对夏想的任命,更没有长篇大论指责夏想的不足。其他常委的反对,和他又有什么关系?

付先锋已经置身事外了。

苏功臣说完之后，深深地看了陈风一眼，就低下了头，好像做了什么错事一样，再不肯抬头多看众人一眼。

陈风见又要冷场，就又主动说道："请同志们继续发表意见……"

副市长何江华态度十分坚决地说道："既然各位常委都比较谦让，我就抛砖引玉说两句。从表面上看夏想同志担任区委书记最合适，实际上他还是年轻了一点，在下马区党政班子之中，是年纪最小的一个。有些同志比他要大十几岁，如果由他来主持全面工作，确实有点不够严肃。白战墨同志就稳重多了，年龄也大了几岁，各方面条件都合适。有时候挑选干部不一定要选最优秀的人才，要的是各方面都比较均衡的人才，毕竟书记是一把手，要主持整个下马区的工作。经过慎重的考虑，我还是觉得白战墨比夏想更适合担任下马区委书记！"

何江华一向和谭龙走得比较近，他的发言在意料之中。但他的姿态之强硬，又出乎李丁山的意料，摆出的架势好像确实是一心为公一样。如此说来，何江华今天就是付先锋的急先锋了。

今天出现了不少意外，付先锋不再是咄咄逼人的气势，中间派先是不愿发言，在陈风的要求之下表态，又都是支持白战墨的态度，很令人费解。

李丁山看了陈风一眼，心中一凉，因为他从陈风的表情之中，看到了从未有过的惊愕！

政法委书记陈玉龙的发言比较有意思，他低着头，目光不和任何人接触，仿佛在背书一样，一字一句地说道："反对夏想同志担任下马区区委书记，支持白战墨同志的任命。我的发言完毕！"

又一个中间派成了反对派！

陈风眉宇之间的忧色更重了，和胡增周对视了一眼，二人微不可察地点了点头。因为他们都知道，今天的常委会，失控了！

陈风从县长干起，再到县委书记、副市长、常务副市长，再到副书记、燕市市长、市委书记，经历过许多大大小小的常委会。虽然说书记不能控制常委会的情况也时有发生，但太少了，基本上在书记碰头会上决定的问题，上了常委会讨论，无人会反对。

后来随着政治体制的改革，常委会的作用越来越重要，书记碰头会形成的议题不能成为决议，必须提交到常委会讨论通过，才算走完程序。但尽管如此，书记碰头会还是有着无与伦比的权威性，基本上碰头会形成的意见到了常委会之后,鲜有反对的声音。就算有,也是表示一下不满,最后不得不保留意见了事,基本上事事都会获得通过。

更何况一旦书记和市长都点头的事情,其他常委除非有重大的个人利益在内,否则谁也不会公开和一二把手唱反调。真要得罪了一二把手,以后还怎么开展工作,还想不想在工作之中得到书记和市长的支持?

不过今天的情况确实大大出乎陈风的意料,在座的常委都是老官场了,能担任副省级城市的常委,都不是一般人,都有各自的门路,也都有来历。今天他们不约而同地高举反对夏想的大旗,有没有付先锋的影子在内陈风不敢肯定,但他能够肯定的一点是,他们肯定得到了某人的授意,而此人,极有权势!

好像为了验证陈风的想法一样,紧接着宣传部长回永义也以他一贯抑扬顿挫的腔调说道:"夏想同志资历浅了一些,担任书记恐怕难以服众。下马区是燕省和燕市一个重要的窗口,如果其他兄弟省市知道了下马区的书记是一个不满三十岁的年轻人,恐怕会引起许多不好的猜想。从大局的角度考虑,我个人的意见是,夏想同志不如再在领导小组锻炼两年,三十岁以后再出任主持全面工作的职务比较妥当。"

又是一个中间派发出了出人意料的反对的声音,已经有五票反对了!

形势非常不妙。

还没有表态的两人是军分区司令员王延龙和市北区区委书记孙爱勇,陈风很清楚他们两人之中,孙爱勇和他关系还算不错,王延龙则和谭龙走得比较近。就算孙爱勇持支持的态度,王延龙如果投出反对票的话,将形成六比六的局势。因为付先锋的弃权,最后难道会形成僵局?

就算是六比六,陈风作为一把手,也可以强行通过任命,但容易落人口实。

陈风就算再维护夏想,也不会轻易冒着政治风险将个人的权威凌驾于整个常委会之上,这事如果传了出去,很容易成为政治上的污点。

但身为书记,最不能容忍的就是自己掌控不了常委会,陈风隐隐心生怒火,却又找不到发泄口。人家付先锋早就置身事外了,总不能怪罪付先锋合纵连横,伙同其他常委挑战他的书记之威吧?如果真要挑战,付先锋首先投下反对票的话,现在基本上已经尘埃落定了。

陈风有一种有力无处使的挫败感,内心非常憋屈。

只是身为一把手,必须保持足够的涵养和镇静,他依然不动声色地看了王延龙和孙爱勇一眼,说道:"延龙和爱勇同志也发表发表意见……目前看来,大家的讨论还算热烈,也都表明了自己的态度。延龙同志和爱勇同志在广泛听取了同志们的发言之后,一定可以得出经过深思熟虑的结论……"

陈风的话暗示意味明显,付先锋的眼中终于闪过一丝不满。

今天的局面,比付先锋想象中还要完美,还要顺利。他一开始就跳出争论,置身事外,就是想撇清自己,让陈风吃一个哑巴亏。他就隔岸观火好了,反正陈风一时半会儿也想不透问题到底出在哪里。等陈风明白过来之后,事情已成定局,他已经顺利扶白战墨上位,夏想被踢出局,下马区的胜利果实被他用借刀杀人之计摘取。陈风再懊恼再不甘,也无济于事。

今天想要达的效果就是,既报了上一次夏想利用郑冠群到省委宣传部的机会,乘机安排钟义平到安县的一箭之仇,又借此机会沉重地打击了陈风的威信。任何一个掌控不了常委会的书记,就是一个失败的书记。何况陈风一向强势,在燕市为官多年,又是省委常委,在种种有利的优势之下,还在常委会上落败,对他一把手权威的打击,可想而知。

付先锋摆出稳坐钓鱼台的架势,以十分轻松的心态袖手旁观。让他想不到的是,紧要关头,陈风也放下了书记的身段,对王延龙和孙爱勇二人晓之以利动之以情,试图让二人支持他的立场,让付先锋非常不满。

不满归不满,付先锋既然已经选择了作壁上观,就决定不发一言。主要是他有信心,今天的常委会,夏想必输,陈风必败!

一票否决权

陈风的话音刚落,孙爱勇就一脸惭愧地说道:"我最后发言,也是想多方听取一下大家的意见,好让自己做出更公平的判断。多谢陈书记的提醒,经过慎重的比较,我得出的结论是,还是白战墨同志更适合担任区委书记一职。至于夏想同志,可以另外安排重要的职务,比如区长。我认为周立波同志为人不够稳重,担任区长不太合适。"

陈风愣了片刻,一瞬间竟然感觉到心中泛起一丝难言的苦涩。

居然输了?怎么可能?堂堂的省委常委、市委书记,怎么会输得如此之惨,连市委常委会都控制不了,而且还输在了他自认为关系密切的人手里!

为什么会出现难以控制的局面?不过是一个下马区区委书记的任命,竟然导致过半常委联合起来,反对书记和市长的提名,传了出去谁敢相信?

是的,谁会相信书记和市长都点头的事情,会被常委会否决!

但不可能的事情已经真实地发生了,因为王延龙也提出了反对意见:"嗯,经过综合考虑,我也觉得夏想同志担任书记勉强了一些。或许正如爱勇同志所说,区长的位置更适合夏想同志。"

对二人的建议,陈风已经没有了任何想法,他只是感觉血往上涌,有一种失重的感觉。多少年了,他没有过冲动和愤怒了,今天在常委会上被人狠狠地耍了一道,他到现在都不清楚幕后人物是谁! 不管是不是付先锋,或是和付家有摆脱不了的干系,但眼下他遭遇了平生以来最大的一次惨败!

不只陈风脸色极差,胡增周也是一脸愤怒。他平常向来是一副温和淡定的模样,今天却第一次当众失态,甚至还拍了桌子。

胡增周拍案而起,怒气冲冲地说道:"同志们,不管你们是出于什么理由反对夏想同志,反对陈书记和我的联合提名,我想郑重向大家声明一点,一个至关重要的一点,达才集团承诺的百亿投资迟迟没有到位的原因是什么? 是因为达才集团的投资和夏想同志是否担任区委书记挂钩! 我的发言完了,轻重分寸大家自己掂量! "

胡增周话音一落,会场上顿时响起一片议论之声,就连付先锋也是脸色一变,半信半疑地看了胡增周一眼。

不过议论过后,还是没有人主动发言收回先前的意见。孙爱勇、回永义、陈玉龙面面相觑,一脸为难之色,几人对视了半天,还是摇了摇头,低头不语。

陈风的怒气也终于不可抑制地爆发了,他拍案而起:"关于夏想和白战墨两位同志的任命问题,先搁置不议,等时机成熟,再重新上常委会讨论! 散会! "

付先锋惊讶得一下站了起来,瞪大了眼睛看着陈风。陈风毫不畏惧地和他对视,质问:"怎么,先锋同志还有什么话要说? "

付先锋万万没有想到,陈风在最后关头竟然动用了一票否决权!

陈风表面上强势是不假,但他在政治上圆滑,行事虽然有时夸张,但绝不出格,可以说处处显示出过人的一面。付先锋认定陈风只有自认失败,不敢轻易动用一票否决权。因为一票否决权虽然是书记的最大权力,但往往最大权力只是象征作用,是杀手锏,只是起恐吓作用的。就和核武器一样,最大的威力是在发射架上,而不是真的四处投射原子弹。

陈风竟然一怒之下动用了一票否决权,让付先锋又惊又怒。惊的是陈风也有失态的时候,怒的是大好局面毁于一旦。一票否决之后,相当于今天的常委会没有形成决议,针对白战墨的任命没通过!

付先锋也怒气冲冲地说道:"陈书记,不要将您的个人权威凌驾于常委会之上! 要尊重常委会集体的决定! "

陈风针锋相对:"先锋同志不要意气用事,今天的常委会开得并不成功,因为许多人并不清楚夏想同志是否担任区委书记对下马区今后发展的巨大影响。达才集团将投资和夏想是否担任书记挂钩的问题,迫使我们必须慎重从事。当然,如果有哪位同志可以说服达才集团,或是从别处找到百亿投资,今天的决议就算通过了……我也是为大局考虑,为下马区的前景着想,怎么能说我不尊重集体的决定? 我身为省委常委、市委书记,不但要对燕市几百万人民负责,更要对省委省政府负责。而且叶书记也非常关心下马区的人选问题,他也赞成让夏想同志主持下马区的全面工作。如果今天的常委会通过了白战墨同志的任命,因此丢掉了达才集团的百亿投资,谁负得起这个责任? 如果叶书记对我们的工作不满意,谁出面主动承担责任? "

陈风一口气说出一连串的问题,直逼得付先锋喘不过气来。第一次和陈风正面相对,也是第一次见识到陈风强势而霸道的一面,付先锋竟然一时语塞,接不上话来。

也是,陈风的理由无比充足,谁也不知道达才集团会将投资和夏想的前途挂钩,此事太出乎意料。不过再意外也没有关系,付先锋冷静下来之后,反而为自己刚才的冲动感到好笑。管他百亿资金,管他叶石生的关心,反正又不是他出面想要整治夏想,整个事情和他一毛钱关系也没有。就算怀疑到他的头上,又没有真凭实据,随便让人去猜测好了。

同时让付先锋沾沾自喜的是,陈风刚才所提的理由,在想要出手收拾夏想的人眼中,根本不值一提。在他看来,任何理由都不能阻拦他想要拿下夏想的决心。

付先锋压下心头的不满和火气,退了一步,说道:"陈书记说得对,是我意气用事了。我支持陈书记的决定。"心里却想,事情还远远没有结束,陈风,我看你能硬挺到什么时候,有你服软的时候。等你见识了真正的家族力量,你就会明白,草根阶层出身的官员,比起家族势力来,有着天然的劣势。

搁置就搁置,只要夏想没有如愿以偿当上区委书记就是最大的胜利。至于下一步再重新召开常委会讨论的话,恐怕到时事情就更不在陈风的控制范围之内了。

陈风冷哼一声,没再理会付先锋,扔下一屋子的人,拂袖而去。

陈风今天的发作,也不完全是他无法压制怒火,而是他亦真亦假地表演一番,借今天常委会的失控,来掩饰一下内心的不满和不安。

　　同时也是为了敲山震虎,警告各位常委不要试图挑战书记的权威。他不是一般的市委书记,他还是省委常委,是省领导!

　　不过陈风心中也确实有了慌乱的感觉。因为不管是谁,当他突然面临着权威受到挑战,而他甚至不知道对手是谁的时候,内心总会无助和恐慌。陈风在燕市经营多年,一向视燕市为自己的地盘,他的威信和权威不容置疑。然而突然之间,因为夏想的任命问题竟然让半数以上的常委视他的暗示于不顾,公然反对夏想的提名,简直就是他的奇耻大辱。

　　他和胡增周联手都没有了权威,没有了让常委们信服的影响力,不能不让他遍体生寒。最终促使他冒着政治风险也要动用一票否决权的关键因素是,在付先锋袖手旁观的状态下,半数以上常委还能整齐划一地发出同一个声音,万一再有付先锋牵头,岂不是说付先锋就成了燕市实际上的一把手,他堂堂正正的市委书记也要被人架空?

　　太可怕了,也太可悲了,陈风不由在心中一阵冷笑,随即做出无论如何也要将这种苗头扼杀在萌芽状态的决定。别的书记会担心政治后果不敢轻易动用一票否决权,他也担心,但他还是省委常委,在省委里面也有足够的发言权,所以偶尔动用一次否决权也没有什么。

　　就是要达到一把手的权威不容侵犯的效果。

　　陈风可不仅仅是因为夏想的任命不通过而恼火,才做出如此举动。夏想被人否定是一方面,最主要的是,夏想的任命事关他的权威,事关他的面子和尊严! 也是为了向胡增周表明,他陈风在关键时刻有担待,值得信赖。

　　因为陈风当时从胡增周的眼中看到了期待, 明白胡增周对于失控的常委会也是十分恼怒,强烈希望他一票否决。

　　陈风回到办公室, 摆出一副余怒未消的样子对秘书韩立说道:"谁来也不见,我要休息一下。"

　　韩立自江天之后接任了秘书职务,他个子不高,性格保守,最大的优点就是照章办事。陈风对他谈不上喜爱,但说不上厌烦,也达不到对江天一样的信任程度。但一时也找不到更好的人选,就一直没换。

　　韩立作为记录员,今天全程参加了常委会的讨论,也知道陈风现在心情极差,忙答应着替陈风关好房门,自己到外间守候。他刚刚坐下,就见胡增周推门进来,平常一脸和气的胡市长也是一脸怒气,只冲他微一点头,问道:"陈书记在?"

"在……"韩立本想说陈书记休息了,不料胡增周根本不给他说话的机会,直接就闯进了里间。

韩立摇摇头,别人的话他还敢拦一下,胡市长就算了,他没胆量拦,也知道胡市长今天不痛快,拦了是自讨苦吃。

胡增周也没敲门,直接来到陈风的里间办公室,见陈风斜靠在椅子上,一脸沉思的表情……

说实话,胡增周今天的怒火一点也不比陈风小,他只是没有发作出来。因为有陈风的一票否决权在先,他就不好再当场说什么了,否则就显得他对陈风太亦步亦趋了。

今天的场面,也是胡增周从政以来,第一次见到!

常委会不受控制的事情也有,但在胡增周的经历之中,只听说过没有经历过。没想到今天第一次见到如此反常的一幕,不仅众人违背了书记的意志,连他市长的面子也一点不给,等于半数以上常委联手反对书记和市长的决定,是可忍孰不可忍。他自认担任燕市市长以来,执政风格温和,宽容待人,不大权独揽,也不专断,他们倒好,真当他这个市长好欺负不成?

胡增周来找陈风,就是要讨论一下今天的突发情况。常委会上的变故,往小里说是一次偶然事件,往大里说就是一次政治事件,马虎不得,事关他和陈风在燕市的威信,不能掉以轻心。

陈风见胡增周进来,只是轻微地一点头:"增周来了……"就没有了下文,陷入了沉思之中。

胡增周也没有打扰陈风,他轻轻坐下,然后静静地望向了窗外。窗外,已经是一片郁郁葱葱,七月中旬的燕市,已经进入了盛夏季节,天气渐热,绿荫更浓,行人的脚步更加匆匆。

从陈风的办公室向外望去,可以看到燕市的大半个轮廓。极目北望,越过最高的天海大厦,一群楼房遮掩之外,就是一片热火朝天景象的下马区。

下马区与市委的直线距离不超过十公里,但现在在胡增周的心中,突然就有了千山万水的距离。任何一个市长都想让本市的各项行政规划、各项投资、各项工程掌握在自己手中;而任何一个书记,都想让各项人事任命、各个要害部门的官员、全市的思想建设都掌握在自己手中。只可惜的是,下马区还真是一块试金石,连书记和市长联手都没能阻止过半常委的反对。

胡增周心里不明白的是,过半常委反对的到底是夏想本人,还是针对他和陈风的联手?

陈风沉默了小半会儿之后,开口的第一句话就和胡增周刚才所想的一样:"增周,你说今天的事情,他们针对的是我们,还是夏想?"

胡增周犹豫着不知道该如何回答。

针对夏想,恐怕倒不至于,夏想还没有那么大的影响力,也和他们没有什么过节儿,犯不着过半常委联手对付。针对他和陈风,似乎也没有必要,因为他和陈风也不是处处联手打压别人的一二把手。陈风尽管强势,在场面上向来也很照顾别人的情绪。在他的印象中,陈风也没有强行以书记的权威压迫过别人。

而他自己一向也是以温和著称,极少做出强人所难的事情。

怎么突然之间就造成了今天的局面?胡增周还担心事情会很快传到省委,说不定一会儿就有责问的电话打来。

他愣了愣神,迟疑地说道:"今天事发突然,目前来说我还看不透局势,不清楚为什么会突然出现这种状况。如果说针对夏想个人,不太可能;针对我们,也没有必要。如果说是付先锋在背后串联,也不太可能,他就算能请动付家的最高人出面,也要看是不是符合长久的政治利益。只要付先锋还想在燕市发展下去,他就不可能做出这种没有政治智慧的事情……"

"你说得对,增周,这也是我百思不得其解的地方,一开始我也怀疑付先锋是幕后推手,刚刚冷静下来一想,又不太可能。付先锋想在燕市有所作为,他就不会也不可能冒险。再说了,一个下马区的区委书记,还不值得兴师动众地闹一闹。这件事情,肯定还有其他不为人知的原因,真是奇怪了。"

二人又商议了半天,还是不得要领,最后决定了为了维护书记和市长的权威,采取各个击破的办法,由他们分别找反对的常委谈话、做工作、找问题,争取让众人改变主意,在下一次的常委会上一举通过。

不管如何,夏想的任命是否得到通过,不仅仅关系到夏想一个人的前途,还和他们一二把手的威信有着莫大的干系。

胡增周离开陈风的办公室,回去后刚坐下,正琢磨着先找谁谈话时,桌上的电话突然响了。

是直通京城的专线电话,非重大事件不会响的专电。胡增周的心猛然提了起来,急忙拿起电话,还站了起来,恭敬地说道:"首长好……"

"增周,有一件事情你务必注意一下,有可能事关你的切身利益,不能大意!"首长的声音短而有力,和他的为人一样,平常话不多,但往往一语中的。

胡增周的心怦怦跳个不停,尽管他已经身为燕市的市长、高高在上的副省级干部,但在面对一言九鼎的人物之时,还是难免紧张。当年也正是因为首长的一句话,才让他从章程市市委书记的位置,一步进入燕市担任了市长,迈出了从正厅到副省的关键跨越。

胡增周对首长的敬仰之意,就如高山仰止。他听出了首长语气中的慎重之意,立刻小心地说道:"首长请讲,我一定照办。"

难下决断

"听说市委要提拔一个叫夏想的年轻人担任下马区区委书记?你是什么态度我不管,我需要的是你至少要置身事外,如果不能反对,就弃权好了。"

胡增周大吃一惊,想问为什么,不料首长好像猜到了他的心思一样,紧接着又说了一句:"不要多问,你要是相信我,就照办。如果不照办,后果自负。"

"啪"的一声,首长毫不犹豫地挂断了电话。

胡增周一屁股坐回椅子上,大脑一片混乱!

和胡增周的遭遇相同的是,他刚走不久,陈风也接到了京城来电。对方说话慢条斯理,仿佛是在漫不经心地聊天。

"陈风,夏想的事情你就不要管了,随他去,你放手就可以了,别再力挺他了。有人让我打电话给你,只要你置身事外就行,也不用非要和夏想划清界限……你和夏想之间的关系,他也知道,也不强人所难,非要让你出声反对。常委会既然已经做了决定,你又何必甘冒风险压下来?抬抬手放过去,这事不是针对你,是针对夏想!"

接完电话之后,陈风呆坐了很久,第一次没了主意。

燕市,已经风起云涌。

夏想第一时间就知道了常委会的结果,李丁山在散会之后,立刻向他通报了常委会上令人震惊的一幕……夏想听了之后,心情十分沉重,他即刻拨打连若菡的电话,却提示关机,再联系卫辛也是联系不上。他就知道,出手的是吴家。

172

到底是吴才洋还是老爷子,夏想微一思忖就得出了结论,从想要直接将他拿下的手法来看,应该是老爷子出手了。否则光凭吴才洋的影响力,恐怕还不足以让燕市半数以上的常委都敢底气十足地跟书记和市长的联手唱反调!

也只有老爷子才有如此巨大的影响力,也只有他,才能只一个暗示之后,就立刻有人替他运作一切,将燕市过半常委的后台都打听得一清二楚,并且对他们施加压力。

但问题是,老爷子究竟从何得知了连若菡和他之间的事情?

夏想一个人呆坐在办公室,一个多小时都一动不动,心中却不知是何滋味。他虽然知道早晚会有一天被吴家人发现,但人都有侥幸心理,他渴望等他成长为参天大树的时候,即使吴家人知道了事情的真相,到时也不能拿他怎样。不想,竟然是在他即将迈出至关重要的一步之时,吴家出手了!

由正处到副厅是何等关键的一步,而且他即将迎来的是实职副厅,是一把手。吴家现在出手将他拿下,给他带来的打击是致命的,是绝对让人无法接受的挫败!

夏想无比沮丧,他实在想不明白为什么千巧万巧,偏偏就在此时,就在常委会即将通过任命之际,吴家发现了真相并且使出雷霆一击,怎么就这么巧合?

难道是有人故意为之,故意从中作梗?

再联想到吴家一出手,他的提名就通不过,白战墨就可以顺理成章地担任下马区区委书记,成为最大的一匹黑马。白战墨是付先锋的人,付先锋将会成为最大的受益者。

再想起在京城时易向师所说的话,夏想几乎可以断定,吴家突然出手的背后,肯定有付先锋的影子。真相呼之欲出!

夏想不免十分懊恼,后悔当初没有早早接受吴才江的劝告,提防付先锋在背后调查他的手段。如果能早早有所察觉,或许现在也不会如此被动……只不过后悔也无用,因为付家的势力十分庞大,就算他有所提防,恐怕也不知道付先锋会何时施展手段。而且最关键的一点,他和连若菡之间的关系确实是一个火药桶,就算他知道付先锋清楚他和连若菡之间的关系,又能如何?难道还能不让付先锋开口不成?

但他不明白的是,付先锋怎么就查清了他和连若菡之间的种种,怎么就让吴家相信他就是孩子的亲生父亲?以付先锋的聪明,绝对不会当面向吴家说明,否则吴家的震怒也会殃及他,也不会给他好脸色看。付家的势力和吴家还是不能相比,付先锋有自知之明。

夏想想不明白,也懒得再去猜测什么,他知道,想要化解吴家的怒火非常艰难。解铃还须系铃人,如果能联系上连若菡一切还好办。如果联系不上,就真的麻烦了。

他不敢肯定陈风和胡增周能不能顶住压力,但他清楚,吴家势力太大,既然能说动半数以上的常委出面反对他的任命,自然有渠道让人出面向陈风和胡增周施压。只要陈风一妥协,他的下马区区委书记的职务,将会彻底飞走。

要命,真是要命的时机。如果付先锋真是幕后推手,那么易向师所说的付先锋是付家最有潜力的政治人物,果然十分准确。夏想对付先锋的认识,又加深了一层,同时对付先锋的痛恨,也更加彻底了。

如果真是吴家老爷子亲自出手的话,夏想就不会像上一次从吴才江手下那样从容逃过了,叶石生在面对吴老爷子时,恐怕顶不住压力。夏想心知肚明的是,将他的下马区区委书记的位置拿下只是第一步,第二步,就是要断送他的前途了!

夏想猜想得不错,省委书记办公室内,叶石生眉头紧锁,在房间内踱来踱去。在外间听到里面传来不停的脚步声,麻秋知道,叶书记遇到烦心事了,而且还不是一般的为难。因为叶石生一旦遇到难以决断的事情,最爱做的就是踱步。

房间里的声音足足了响了半个多小时。

叶石生也足足思索了半个多小时,直到感觉腿都麻了,才不情愿地坐下。坐下之后他又无奈地摇了摇头,心中还是举棋不定。

想起半个多小时前接到的京城来电,叶石生心中还是十分不解,不明白夏想到底做了什么,得罪了这么厉害的人物,竟然惊动了吴家,非要将夏想的前途毁掉才肯罢休。

叶石生今天的心情可谓激荡起伏——先是正准备下去视察工作,忽然听到了燕市常委会上发生的失控的一幕,顿时大吃一惊,立刻取消了视察。还没来得及亲自打电话质问陈风到底是怎么一回事,就接到了京城来电。

电话是他的好友兰成打来的。兰成先是客套地说了几句闲话,随即话锋一转,直指夏想事件:"石生,听说燕市常委会上的事情了? 政治上的事情,真是风云多变,而且也从来不缺少黑马,是不是?有一句话我说你听,至于听过之后你如何处理,我不过问,只是将事情的轻重缓急告诉你,你来决定向左走还是向右走。"

叶石生知道兰成的脾气,说话喜欢含蓄,就笑道:"你和我是多年的老朋友,算是知心朋友了,有话直说……我也是刚刚得知燕市市委的事情,还没有来得及处理,你就来电话了……"

兰成还是慢条斯理地说道:"夏想惹了大祸,有人想要拿下他,不但不想让他担任区委书记,还想让他连处长的位置也不保。燕市的路已经封死了,就看燕省还有没有夏想的路……"

"夏想到底做了什么,值得这么兴师动众?"叶石生大吃一惊,毕竟他心里清楚,能够让燕市半数以上常委同一个声音说话,就是他也没有能力办到。如此看来,肯定有举足轻重的人物出手了。夏想这个小年轻不是冒失的人,就算一时年轻冲动,也不至于让一言九鼎的人物雷霆一怒。大人物都自恃身份,怎么会动不动就和小辈发这么大的火?

叶石生不解归不解,也知道有些事情,大人物只告诉你结果,不会告诉你原因,做不做你自己决定。做了,他会记住你的好;不做,他也不会强求你。但等哪一天你突然卡在了一个环节上,也别怪别人。

所以问完之后,叶石生才自知失言,忙又收回刚才的话,问道:"怎么,没有缓和的余地了?"

兰成说话的腔调好像一成不变一样,从声音中根本听不出他的情绪,他淡然地说道:"没有了,如果还有余地,也不会双管齐下,先燕市后燕省了。石生,老人家也听说你对夏想非常爱护,不管是出于爱才心切,还是别的原因,但眼下是一个站队的关键时机,说不定一步迈对了,你的路子就宽了……呵呵,也是我们老朋友之间随便聊聊,我不多说了,你也明白,老人家虽然年纪大了,但老二刚回京,老三又上升得很快……"

叶石生心中"咯噔"一下,终于知道夏想得罪的是京城吴家!

吴家根深叶茂,如一棵参天大树,树冠遮天蔽日,树根盘根错节,不但在京城遍布势力,在全国各地也是开花散叶。

叶石生不是一个性格强势、杀伐果断之人,况且他对夏想很有感情,也一直视夏想为他的嫡系。整个省委大院中,谁不知道夏想是叶书记跟前的红人?如果出手打压夏想,别人会怎么想他怎么看他?连自己最亲信的人也要做出鸟尽弓藏的事情,以后谁还会对他忠心,谁还会向他靠拢?

叶石生并没有当即答复兰成,放下电话之后,他也顾不上给陈风打电话了解详细情况,而是一人在屋里翻来覆去地想了又想,还是一筹莫展,难以下定决心。

过了一会儿,叶石生转念一想,还是和陈风通个电话,听听燕市市委的情况再说。下马区区委书记的任命,不仅事关下马区以后的发展,还和达才集团的百亿投资挂钩,也是难以处理的令人头疼的事情。不料他还没有拿起电话,就听到麻秋在外面请示:"叶书记,夏想来了……"

夏想走进叶石生的办公室,他一脸淡定,没有叶石生想象中的慌乱和紧张,还是一脸浅笑并微带恭敬地说道:"叶书记,我有两件事情向您汇报,请问您有没有时间?"

叶石生暗暗惊讶,当年他在由正处提拔副厅的时候,中间有了一点小波折,当时他三天三夜茶饭不香,直到尘埃落定之后,才大睡一场,缓过了精神。夏想面临的不仅仅是由正处到副厅的跨越,而且还是实职副厅,是名副其实的一把手,远非一般副厅可比。成与不成,不但事关一生的前途大计,甚至还可能面临生死两重天的考验!

不管夏想是假装镇静,还是真是如此坦然,能够做到表面上如此,以他的年龄,就是不简单。

叶石生随意一指沙发:"坐,有时间,有事就说。"

夏想深吸一口气,斟酌了一下语句,大概沉默了十几秒,才开口说道:"叶书记,我犯了生活作风问题,特意向您承认错误来了,我接受您的任何批评和处罚。"

叶石生直视夏想的双眼,心想夏想此时突然摆出了自我批评的姿态,主动承认生活作风问题,难道嫌现在的情况不够乱,还想火上浇油?到底打的是什么主意?他愣了一愣,就说:"有承认错误的勇气就好,说吧,看看具体是什么情况。"

夏想也没有坐下,双手交错握在胸前,一脸诚恳地说道:"不瞒叶书记,我在生活作风上面不够严谨,和一个女人有了婚外情,并且生下了一个儿子。我要向叶书记承认错误,不管是批评教育还是开除我的公职,我都没有丝毫怨言,接受组织上的任何处罚。"

夏想的话并没有在叶石生的心中激起半点波澜。

叶石生身为省委书记,对燕省大小官员之中,谁有婚外情,谁有情人,不能说是一清二楚,但也知道个七七八八。世情如此,他只能装不知道罢了,人无完人,不能以圣人的标准要求凡人。他更明白的是,有时候官员还不如凡人,起码凡人的弯弯道道还没有官员多,因为凡人没有机会去想方设法算计别人。

夏想说他有一个情人,还有一个私生子,对叶石生来说,根本就是可大可小的事情,甚至可以说是不值一提的小事。别说是夏想主动承认,就是别人发现了夏想的婚外情,向他打小报告,他也会置之不理,不当一回事。

不过夏想当面提出就得另当别论,他就不得不拿出省委书记的威严,声色俱厉地批评了夏想一顿,严令以后断绝和婚外女人的来往。要本着为党为国家为人民负责任的态度,严格要求自己,不要给党员脸上抹黑!

06 既置身事外，又积极应对

老爷子果然厉害，不出手则已，一出手就是雷厉风行，不给人喘息的机会。尽管他已经将真相告诉了叶石生和陈风，也相信他们二人会做出明智的选择。但他还是心中没底，老爷子出手，肯定还会有后续手段，不可能只此一招就草草收兵。

豁然开朗

叶石生说什么，夏想听什么，连连点头说是。等叶石生批评完了，提也没提如何处罚他，又问了一句："还有什么事情？"

"最近身体状态不太好，看了医生，医生建议我休养一段时间，我想请一周的假，休息一下……"夏想还是一脸恭敬地说道。

置身事外？叶石生一下没明白过来，夏想在关键时刻怎么突然要跳出去，难道他身为当事人，假装请了病假，就能做到旁观者清？他心中隐隐有些怒气，对夏想的逃避态度大为不满。

"夏想同志，燕市市委常委会的事情我已经知道了，想来你也应该听说了，你现在的态度是对组织上不满，还是索性撂挑子，给组织难堪？"叶石生加重了口气。

夏想还是一副恭敬的表情，连忙说道："叶书记您误解我了，我一直深受叶书记的信任和关照，时刻铭记在心，不敢忘记，怎么会撂挑子？就算不能到下马区担任新的职务，我在领导小组也一样可以发挥光和热，一样可以指导下马区的建设工作，为燕市的发展作出自己应有的贡献，也不会辜负您对我的厚望。只不过确实是事发突然，在目前的形势之下，我还是置身事外好一些。我不想因此让陈书记为难，让您为难。我一个人受点委屈没有什么，不想因为我个人的问题而给燕市和燕省带来不必要的麻烦。而且我也想趁此机会静心想一想，解决一下个人的生活作风问题。"

不等叶石生开口相问，夏想又补充说道："她叫连若菡，是京城人，带着孩子住在京城。现在突然联系不上了，我想可能是她家里采取了控制措施，不让她对外联系。既然事情是我惹下的，我就要承担应有的责任……"

叶石生不太明白夏想为什么抓住他的私生活问题不放，自己已经不追究他的问题了，他还没完没了地提起，夏想不是不懂事的人，今天是怎么了？

等等，连若菡？叶石生忽然脑中灵光一闪，想到了什么，问道："连若菡是不是远景集团的总裁？"

"是的，就是她。"夏想一点也没有隐瞒，说出了实情，"对，连若菡姓的是她妈妈的姓，其实她的爸爸姓吴，叫吴才洋！"

叶石生本来一直坐在椅子上说话，听了这一句，顿时大惊失色，一下站了起来："你说什么？连若菡是吴才洋的女儿？是真的？"

夏想一脸无奈："这么大的事情，我哪敢骗您？她本来带着孩子在国外，因为吴老爷子病情严重，我才劝她带孩子回来哄老爷子开心，因为老爷子最喜欢孩子。出于对吴家的尊重，我还让孩子姓了吴……"

叶石生神色复杂，呆了片刻，又缓缓坐回椅子上，想了一想，轻轻摆了摆手，说道："准你一周的假，去吧！"

夏想走后，叶石生坐了半晌，忽然摇头笑了："夏想呀夏想，我才明白过来，原来你还真够聪明，好一手以退为进，你还真难倒我了。"

一开始叶石生以为夏想只是耍性子，干脆撂挑子不干了，以请病假为由，扔下领导小组的工作不管，借以发泄心中的不满。可以说此举也有一定的效果，但绝对会给人留下轻浮的印象，得出的评语就是——不可重用！

叶石生也不解为什么夏想突然之间变得没有政治智慧了，难道仅仅是因为一次仕途上的挫败？也是，毕竟还太年轻，没经历过重大挫折，有些情绪也正常。

随后等夏想慢慢说出了原因，叶石生才恍然大悟，不得不赞叹夏想以退为进的办法实在是高明。因为他直接将难题留给了自己，然后跳到一边，静等事态发展。

尽管夏想有点耍赖的意思，叶石生站在夏想的角度考虑，觉得他的做法无可厚非，甚至可以说是在目前高压的局势之下，最稳妥最行之有效的办法。

夏想的聪明之处就在于，他先以坦诚赢得了自己的好感，随后抛出重磅炸弹,说出连若菡是吴家人的真相。恐怕夏想也猜到吴家既然将手伸到了燕市,必然也会将手伸到燕省,所以他干脆将难题留给自己,让自己去做出一个无比艰难的选择。

夏想不大表忠心,也不像有些官员一样,以痛哭流涕来换取同情。他只是将条件和方方面面的利益摆在自己面前,任由自己取舍。

夏想的做法,是叶石生所能想到的最聪明的做法!因为夏想此举不但不卑不亢,而且还让自己挑不出任何过错,同时也明白无误地表明了他的观点。

夏想的观点就是,吴家人之所以出手打压他,是因为他和连若菡之间的事情。而他和连若菡不但有私情,还有了一个儿子。儿子姓了吴,为了吴老爷子的病情特意回国。夏想虽然没明说,叶石生也能从中得出结论,连若菡不顾家族利益不要身份地和夏想在一起,对夏想的感情肯定死心塌地。而吴老爷子又十分喜爱夏想和连若菡的儿子,但因为连若菡跟一个有妇之夫在一起,从而迁怒于夏想……

归根到底是吴家家事,叶石生回过味儿来了,重点落在家事上面。

夏想明明是暗示,老爷子在一时震怒之下做出的决定,也许日后还会因为连若菡的激烈反抗而后悔。也就是说,他现在出手替吴家收拾了夏想,等老爷子后悔的时候,别说会感谢他,说不定还会怨恨他当时多事。人老了,对连若菡和夏想生的孩子又无比喜爱,而且夏想也说让孩子姓了吴,明是讨老爷子欢心,实际上是一个巧妙的伏笔。老爷子越喜欢孩子,越不舍得,就越中了套。只要连若菡一提出不再让孩子姓吴,老爷子肯定不干。

不同意的话,就得拿条件交换,夏想相当于掌握了老爷子的软肋。高妙的手段,将欲取之,必先予之,老爷子不知不觉中还是中了夏想的计。

叶石生豁然开朗,一下想通了许多。夏想明是将难题留给他,其实也给了他答案,他就有了决定。既然是吴家家事,就放手不管好了,否则很容易两头不落好。他既不想拿掉夏想的前途,也不想得罪吴家,眼下最好的办法就是一个字——拖!

夏想不是请了病假吗?好,就答复兰成说,等夏想上班了再说。谁知道夏想什么时候上班?以夏想的聪明,在事情没有解决之前,他的病会好吗?肯定不会。

叶石生心病已去,一下感觉轻松了许多,心想夏想这个小年轻还真不简单,多大的难题都能找到解决的办法,真是一个心思剔透之人。

他又想起了燕市的局势,对陈风就有些不满。市委常委会出了这么大的事情,到现在也不打个电话汇报工作,也有点太拿大了不是? 叶石生本想等陈风主动前来汇报工作,不过毕竟事关夏想,他十分感念夏想对燕省的产业结构调整政策所作出的巨大贡献,也一心想扶夏想一把。既然他明白了事情的来龙去脉,就担心陈风顶不住压力,万一做了妥协,夏想如果不能顺利担任下马区区委书记一职,达才集团的投资就可能会打水漂。

叶石生对麻秋吩咐道:"打电话给陈风陈书记,让他过来一趟。"

麻秋却给了叶石生一个出乎意料的回答:"陈书记刚刚打来了电话,他一会儿就到。"

叶石生点点头,心中稍安。

不多时,陈风就赶到了。他一见叶石生的面,就先解释了一下没有第一时间向叶石生汇报工作的原因,一是因为和胡市长商议对策,二是接到了京城的电话。

叶石生也就没有过多计较陈风的失礼,直接问道:"常委会上的事情先不说了,我也知道了大概,是因为夏想和连若菡之间的事情引起的,根源在吴家那位身上。夏想请了病假,我也准了。我现在担心的是你的态度,你对此事是什么看法,下一步的措施是什么?"

"经过我和增周紧急磋商,我们决定分别找常委们单独谈话,争取各个击破……"陈风在前来省委之前,也已经和夏想通过电话,得知了事情的缘由。同时又和胡增周、李丁山、方进江开了一个碰头会,确定了下一步的方向,还是坚持扶夏想上位的原则不动摇。对于吴家操纵常委会的企图不能接受,必须坚持予以抵制。

陈风尽管感受到了吴家带来的巨大压力,但他对吴家事先没有通知而直接在常委会上来了一出突然袭击十分不满。燕市是他的燕市,吴家势力再大,对夏想再不满,也不能直接将手伸到燕市,想要翻云覆雨也要提前和他打个招呼才行。当然他对夏想和李丁山等人是这么说的,内心更深一层的考虑却是和叶石生完全一样。

吴家的家事,闹来闹去,最后还是雷声大雨点小,他又何必在中间落个里外不讨好? 不过从本心出发,真要涉及他自身的前途和利益时,他未必会力保夏想,但至少不会出手收拾夏想。不管是从哪个角度出发,他都对夏想下不了手,他太看重夏想了!

当然陈风也清醒地意识到,只凭他一人之力,绝对无法和吴家抗衡,但他却不甘心前期的努力毁于一旦,也是基于不让付先锋坐收渔利的考虑。陈风已经在夏想的暗示下清楚了付先锋在其中所起的作用,付先锋假装置身事外,其实就是摆出一副超然的态度,不让人怀疑到他身上而已。

只可惜,付先锋想要算计的人是夏想,而且如果夏想落选白战墨上位,最大的收获者就是付先锋。他再假装置身事外有何用,是不是得了利益谁不清楚?陈风对付先锋的做作无比厌恶,本来是吴家操纵了常委会让他难堪,他怒气发不到吴家身上,就完全迁怒到了付先锋身上。

不过让陈风隐隐担忧的是,胡增周的态度大变,他由强烈支持夏想转变为有限支持,甚至提出了暂缓重新提名的动议。而陈风想要的效果是快刀斩乱麻,在最短的时间内说服其他常委,将事情定死。

于私,陈风确实是爱护夏想;于公,他也认为下马区非夏想主持全面工作不可,否则真有可能虎头蛇尾,落个不上不下的局面。倒不是说真为了达才集团的百亿投资,达才集团虽然有口头协议,但在商言商,夏想如果不就任一把手,达才集团未必就真的撤资,但肯定会放慢投资的步伐。陈风相信成达才会说到做到,真要如此,传了出去,也不利于下马区下一步的招商引资……

无论从哪个角度考虑,不管是从政治斗争的角度考虑,还是真心为了下马区以后的前景着想,陈风都不改初衷,依然要扶夏想上位。

胡增周的变数说明,再拖下去,甚至有可能在自己的阵营之中就出现动摇者,那就麻烦了。陈风急忙前来探探叶石生的口风,他还不知道夏想已经出面给了叶石生答案,本打算由他亲自出面说服叶石生,只要叶石生能顶住上头的压力,他就有把握在燕市展开一场立威运动。

陈风说话间观察了一下叶石生的表情,见他一脸笃定,流露出一切尽在掌握的自信,心想难道夏想已经做通了叶书记的工作?真要这样的话,他就省事了。

陈风不太放心,继续说道:"然后争取短时间内再次就下马区书记和区长的任命议题提交常委会,争取一举通过,不会再拖久不决,否则不利于下马区全面开展各项工作。我的汇报完了,请问叶书记有什么指示精神?"

叶石生对陈风的坚定不移、不改原则非常欣赏。作为燕市的市委书记,离省委不过几公里,离京城也就是三百公里,时时刻刻会有来自省委和京城的影响,不定何时就有了想象不到的压力和阻力。身为燕市的一把手,必须有不轻易妥协的性格,否则难以成就大事。

"省委对你的工作是肯定的,但也要注意团结大部分同志,要民主,不要一言堂。"叶石生先讲了大道理,随即话题一转,又说,"不过具体情况要具体分析,对于夏想同志担任下马区区委书记一职,就我本人来说,认为是一次有意义的调整。我也不便过多地干涉燕市市委的工作,但下马区的事情事关重大,如果燕市市委有困难,省委省政府也会不遗余力地提供支持。"

叶石生是不想落人口实,言外之意就是如果陈风提出,省委可以出面指导市委的工作。

一般说来市委都不想省委插手具体工作,谁都想自己当家做主,尤其对副省级的燕市来说,更不愿意省委指手画脚。但正如叶石生刚才所说,具体情况具体分析,眼下还需要借助省委的力量对其他常委施压,陈风就点头同意了:"希望叶书记到市委视察工作,就市委当前的工作提出宝贵意见。"

叶石生犹豫了一下,没想到陈风直接邀请他到市委视察工作。他原本打算让范睿恒出面,因为毕竟他刚刚才接到兰成的电话,就高调到燕市力挺陈风,是不是有点太明显偏向夏想了?

随后又一想,燕省谁不知道夏想是他的得力干将,关键时候他不力挺的话,夏想嘴上不说,也会寒心。想起夏想为产业结构调整承受了不知多少压力,不但要面对崔向的打压,还要和程曦学论战,同时又为单城市和宝市作出了巨大的贡献,提拔他担任下马区区委书记本是应该,只是吴家节外生枝才导致了现在的局面。他不出面为夏想助威,岂不显得他用人在先不用人在后,没有上位者应有的气度和气魄?

叶石生拿定了主意,说道:"好,具体时间你来安排,越快越好。"

陈风探出叶石生依然对夏想是支持的态度,对他的所作所为也表示了肯定,就大为放心,说道:"请叶书记注意一下省委个别人的动向,据推测夏想的事件背后,付先锋扮演了不光彩的角色。"

陈风将整个事件给燕市带来的不利影响,以及付先锋将会成为最大受益者的结论说了出来。

叶石生轻轻一笑:"付家和吴家斗法,殃及池鱼……不过即使知道是付先锋在背后出手,也找不到证据,否则倒可以以其人之道还治其人之身。"

正说话间,麻秋又在外间通报:"叶书记,梅部长来了。"

叶石生和陈风对视一眼,二人不约而同地心想,肯定又是夏想惊动了梅升

183

平,一个吴家一个付家还不够热闹,现在又来了一个梅家。

梅升平进来之后,见陈风也在,就先冲陈风微一点头,然后对叶石生说道:"叶书记,夏想请了病假,是不是因为市委常委会没有通过任命的事情?正好陈书记也在,可否说说究竟问题出在哪里?我问夏想,他偏不说,已经收拾好东西回家了。多好的年轻人,走时那么落寞,他为燕省和燕市做了那么多工作,我们就这样放手不管,怎么对得起他?"

梅升平的手段

梅升平的脾气很直,说话似乎也不讲究什么技巧,但他的话听在叶石生和陈风耳中,却一点也不觉得刺耳,反而十分受用。

陈风心想,梅升平的风格其实和他有点相像,不过他是半真半假,梅升平已经做到了真假不分,比他的境界更高一层。梅升平能够直爽得让人无条件接受,也是一种令人佩服的本领。

叶石生看了陈风一眼, 笑道:"陈书记刚刚提出要邀请几位省委领导到燕市市委视察工作……"

梅升平才不故作深沉,而是直接对陈风说道:"是个好办法,我也好久没去市委了。"

陈风呵呵一笑:"如果梅部长能在百忙之中抽出时间, 我代表市委市政府向您提出正式邀请。"

梅升平点头说道:"可以,等你安排就是了。我先走了,去安慰一下夏想。"

梅升平来去匆匆,转身就走,叶石生对他的态度毫不在意。等梅升平一走,叶石生感慨地说道:"夏想也该欣慰了……"

夏想并没有如叶石生所想的一样深感欣慰,而是心中沉重莫名,他说不担心吴家的打压那是自欺欺人,但相比之下,他更担心连若菡母子的去向。突然之间失去了联系,他就知道,应该是老爷子采取了措施。不管是哄骗连若菡,还是采取了技术手段, 反正就是要杜绝他和连若菡之间的联系。在既成事实之前,不想他们之间通话!

老爷子果然厉害,不出手则已,一出手就是雷厉风行,不给人喘息的机会。尽管他已经将真相告诉了叶石生和陈风,也相信他们二人会做出明智的选择。但他还是心中没底,老爷子出手,肯定还会有后续手段,不可能只此一招就草草收兵。

还会有什么杀招?

夏想想不到,也不愿意多想,因为他相信连若菡早晚会反应过来,早晚会出手。堡垒最容易从内部攻破,连若菡一动,老爷子的气势就软了。

现在他就是要借病请假,暂时离开燕省省委,也要给叶石生充足的理由拖延时间。他没有政治资本和老爷子斗法,但他可以打时间差,老爷子和他相比,最需要的就是时间。而他,最大的优势就是有时间。

当然他还有应急之策,只是不到关键时刻,暂时不想动用。

回到家中,夏想没有将燕市和燕省的局势告诉曹殊黧,不想让她为了无谓的事情而担心,因为她再担心也无济于事,不如不知道的好。

不过他还是编了一个理由,说是为了更好地置身事外,不给人话柄。在最近一周之内,他赋闲在家,不去上班了,等下马区的任命有了结果再说。

曹殊黧对夏想的安排没起疑心,她最近一门心思都在孩子身上。曹永国又不在家,对于省市的局势关心得也少,只要夏想不说,她才懒得去问。听说夏想有时间在家中陪她,她自然高兴得很。

两人商量着晚上吃什么饭时,夏想的手机响了。他一看是梅升平的电话,只好对曹殊黧抱歉地一笑:“估计晚上有饭局了……”

曹殊黧冲他吐了吐舌头:“就知道你们男人总是喜欢假装清闲,然后突然又忙起来,显得好像离了你们,世界就不运转一样。你们也不想想,在你们没有出生之前,世界已经正常运转无数年了!哼……”

一句话引出曹殊黧一番大道理,夏想只好摆摆手,不和她争辩什么,就接听了电话。果然和他想得一样,梅升平想和他见面详谈。夏想想了一想,就和梅升平约好了地点。

夏想知道,他和连若菡的事情瞒不住梅升平了。

梅升平以前应该知道一点他和连若菡之间的纠葛,但或许只知其一,不知其二。如今事发,吴家虽然严守秘密,但对于盘根错节的几大家族来说,想要知道内情也不是什么难事。夏想觉得,是该向梅升平坦白的时候了,只是不知道梅升平会有什么反应?

夏想也好久没和梅升平一起吃饭了,就约在了森林居见面。

夏想让楚子高安排好一个安静的雅间,只等了片刻,梅升平就急急赶到了,一点也没有省委组织部长应有的稳重和架子,一见夏想就问:“到底出了什么事,小夏?你得给我说实话,否则我不帮你。"

夏想一脸浅笑:"梅部长,您总得先坐下,喝口茶,稳稳神,好不好?听我慢慢说。"

"不喝茶,也不稳神,你直接实话实说好了。"梅升平一脸疑问,不认识一样上下打量了夏想几眼,"没看出来,你隐藏得挺深,连吴家老爷子也能知道你的名字,不简单,你是不是骗了他们老吴家的闺女?"

"这个,这个……"夏想无奈地笑了笑,"两情相悦,男欢女爱,不能算骗,对不对?再说连若菡也不会简单到上了我的当。上当这样的事情,要上也是两个人一起上,对不?"

梅升平愣了,片刻之后哈哈大笑:"你还有这样的歪理邪说?让人家闺女没名没分地跟着你,还替你生了儿子,你得了便宜又卖乖,辩解起来还振振有词。别说是老吴家,就是换了我也会大发雷霆,非得收拾你一顿不可。怪不得老爷子老了,脾气还那么大,非要动用力量收拾你,说不定现在老爷子还气得吹胡子瞪眼,哈哈……"

梅升平多少有点幸灾乐祸的意思。

夏想不敢说话,心想万一你知道梅晓琳的孩子也是我的,就不会笑话别人了。这么一想,夏想也觉得挺无奈,连若菡的孩子还好说,梅晓琳的孩子纯属意外,也是梅晓琳故意隐瞒,不能完全怪他。

笑完之后,梅升平才拉着夏想坐下,语重心长地说道:"想要过吴家这一关,说难也难,说容易也容易。只要燕市的局势能完全在陈风的掌控之中,能在最短的时间内快刀斩乱麻,将你的任命通过常委会,造成既成事实,老爷子再火大,也改变不了一级党委的任命决定。嘿嘿,就算他气得跺脚,也只能等以后再找机会收拾你。"

"说着容易做来难,现在燕市的局势,不容乐观。"夏想叹了一口气,"老爷子很厉害,就是看透了支点在燕市,所以才会先从燕市下手。他恐怕也知道陈书记对我的维护,所以直接过跳过陈书记,掌控了半数以上的常委,直接操纵了常委会,大手笔呀。"

梅升平也不得不承认吴家的人脉深广,点头说道:"吴家的人脉和资源比我们梅家多,这一点必须承认,要是梅家出手,未必会有这样的效果,不过……"他也不甘在夏想面前向吴家服软,又说,"放眼京城或是全国,吴家整体或许比梅家强那么一点点,但具体到个别地方,那就未必了。"

又想起了什么,梅升平不解地问:"是付家小子付先锋在背后捣鬼?他怎么知道你和连若菡的事情……对了,这个不是关键,关键是既然他在背后阴你,你总得还回去才行,是不是?"

夏想一摊手,一脸无奈:"我拿什么还?现在老爷子一出手,就是雷霆一怒,我对老爷子的怒气没有还手之力,哪里还能腾出手去还击付先锋?再说我也没有证据表明是付先锋出的手,所以说,只能吃一个哑巴亏了。"

"你会吃哑巴亏,别跟我耍心眼儿。"梅升平见菜上来之后,就边吃边说,"实话跟我说,小夏,你到底有没有想到让邱家也掺和进来,让邱绪峰出手对付付先锋?到时四家一片混战,应该就非常好看了。吴家老爷子估计也想不到会一下子这么热闹,到时他想收手,也没那么容易了,也让他尝尝控制不了局面的滋味。"

夏想没想到梅升平除了有爱看热闹的嗜好之外,还爱起哄。其实他清楚梅升平想将局势搅乱,也是想乱中取利,毕竟四家是此消彼长之势,吴家削弱了,梅家就有可能从中得利。拉邱家进来也是想借邱家之手打压付家。

夏想摇头说道:"如果我开口请梅部长到市委为我助威,还好说一些。如果让我开口请绪峰出面帮我对付付先锋,我开不了口,绪峰和付先锋可是亲家。"

"得,别说没用的废话。"梅升平不满地瞪了夏想一眼,"我知道你的心思,是想让我开口。正好上次邱绪峰提副市长的时候,他欠了我一个人情,我找他要回来,顺便给你面子就是了。其实我知道,你一开口,邱绪峰绝对会帮你,他和你的关系比和付先锋之间的关系可近多了。我明白邱绪峰对你是什么态度,联姻对他来说,只是象征意义……"

达到了他想要的效果,夏想暗暗心喜,忙端起酒杯,敬了梅升平一杯酒:"感谢梅部长,梅部长对我这么好,我都不知道该说什么好了,敬您一杯,先干为敬。"

夏想一口喝完,梅升平却端着酒不喝,笑眯眯地说道:"我帮你可不是白帮,还有条件,就是一件小事——你得帮我打听出来晓琳的孩子的亲生父亲到底是谁?怎么样,没问题吧?"

夏想的心莫名地连跳几下,看了看梅升平意味深长的笑容,一脸平静地说道:"我在京城倒是见了梅晓琳一面,不过没说多少话。她的女儿长得挺漂亮,挺像晓琳,我也问了她一句孩子父亲的话题,她没有回答我。既然您一心想知道,有时间我再见她,就好好问。"

"一定要好好问问,不用担心,我不像吴家老爷子一样不通情理,非要找孩子父亲的麻烦。晓琳被医生断定不能生育,却意外生了一个女儿,对梅家来说是大喜事。我就是想找到孩子的父亲,想当面向他表示一下感谢,不管他出于什么原因不能和晓琳在一起,但他还是给晓琳带来了幸福,梅家会将他当成亲人。"梅升平说话的时候,目光直视夏想的眼睛,好像夏想就是孩子的亲生父亲一样。

夏想一脸坦然地迎接梅升平的目光,好像他不是孩子的亲生父亲一样,笑道:"梅部长果然大度,有气量,孩子的父亲要是知道了,肯定会十分欣慰。"

梅升平看了夏想一会儿,见他还是不动声色,反而会心地笑了:"好了,谈正事,我现在就给邱绪峰打电话,要他还人情。"

夏想暗暗擦了擦汗,他已经明显感觉到了梅升平对他的怀疑,只不过还没有直接问出口而已。他不是不敢承认,更不是怕承担责任,而是不想在此时节外生枝,再惹出不必要的事端来。现阶段,还是以解决连若菡母子的麻烦为主。

见梅升平主动替他出面让邱绪峰也加入战局,夏想长出一口气。拉邱绪峰下水化解压力,转移吴家的视线,他不是没有想过,而是觉得时机不对,还没有找到一个最好的切入点。现在好了,没想到梅升平主动提出出面说动邱绪峰,倒让他心生感激。不管梅升平是真的向邱绪峰要回人情,还是真心要帮他,他都要感念梅升平的好心。

或许刚才梅升平所说的话确实是真心话,他怀疑自己是孩子的父亲,梅晓琳不承认,自己不承认,他也不敢肯定。但连若菡母子的事情突然闹出来之后,估计他就更加认为梅晓琳的孩子是自己的。出于爱护梅晓琳的本意,也是为梅晓琳能够当上母亲而欣喜,才说出刚才的一番话,是试探,也是暗示。

梅升平当着夏想的面拨通了邱绪峰的电话。

"邱市长,别来无恙?"梅升平和夏想说话时既随意又轻松,和邱绪峰说话时就完全换了一副口气,拿腔拿调地说道,"我听夏想说过,你是他最好的朋友,是不是?"

邱绪峰正在给下属开会,本来不想接这个电话,但看到是省城的号码才接了,一听才知道原来是梅升平,倒让他十分意外。梅升平可从来没有主动打过电话给他,今天打电话来,肯定是有要事了,又听他阴阳怪气地说到夏想,不由一惊,忙恭敬地说道:"梅部长好……夏想和我是好朋友,不知道您有何指示?"

"指示谈不上,就是上次你提副市长的时候,我帮了你一把,也不知道你是不是还把这点小事记在心上?"

邱绪峰哭笑不得,哪里有这样的省委领导,直接开口要他偿还人情,也不含蓄地暗示。不过他也清楚梅升平的性格,是见人说人话见鬼说鬼话的厉害人物,不能简单地对待,就忙说:"当然记在心上,一直不敢忘记,梅部长有什么需要我的地方,尽管开口,我一定尽心尽力。"

"不是我,是夏想。"梅升平这才说出真正的用意,"既然你认为夏想是你的好朋友,现在夏想有难,你不闻不问,似乎夏想白交了你这个知交!"

邱绪峰已经被梅升平的话完全打乱了节奏,燕市常委会那一幕才过去一天,还没有传到他的耳中。他最近忙着手头的工作,没有过多关注燕市的局势,这么短的时间内不知道夏想身上发生的变故也是正常。他被梅升平连敲带打地说了一顿,顿时急切地说道:"夏想怎么了?您快告诉我,我这几天没有和他联系,也不知道燕市的局势……难道是他担任下马区区委书记的任命,出现了意外?"

梅升平充分调动了邱绪峰的情绪,心里很满意,听到邱绪峰急切的语气之中确实对夏想还挺在意,暗暗看了夏想一眼,才又说道:"嗯,是出现了意外,而且还是天大的意外,恐怕还和你的亲家有关系,就是付先锋……"

梅升平将燕市的变故三言两语交代清楚,其中的内情也没有隐瞒,直接说了出来。才一说完,就听到电话一端传来摔东西的声音,随后是邱绪峰无比愤怒的骂声:"绝对是付先锋在背后出手,他就是想坐收渔翁之利,太无耻了,多大一点事情也拿出来害人,难道他们付家就干净了?夏想也是,怎么不告诉我一声,真不够朋友!"

随后邱绪峰又恢复了平静,连忙说道:"对不起梅部长,我一时失态,主要是太生气了,您别介意。"

"你越生气才越证明你对夏想在意,不打紧,我理解你。"梅升平眉开眼笑地看了夏想一眼,眼中有一丝狡黠,随即又说道,"我给你一个建议,你想帮助夏想也可以,但最好不要站出来,要在暗中出手,最好的办法就是直接和吴家老爷子接触,在他面前替夏想说情。"

一波未平

邱绪峰想了一想,表示不解:"恐怕我们家老爷子出面,也没有那么大的面子。"

"要的不是一定要说服吴老爷子,要的是转移他的视线,要的是让他知道表面上有梅家为夏想助威,暗地里有邱家说情,也让吴家感受一下夏想的分量。"

邱绪峰明白过来了:"缓兵之计?梅部长的意思是,我想办法在幕后拖住吴家,您在台前出面力挺夏想？"

"当然了,我是一个念旧的人,一直和小夏关系不错,现在他有了难,岂能坐视不理？梅家人一向重感情,不像有些人家,利益至上。"梅升平也不知道是敲打邱家,还是讽刺付家,反对他对邱家和付家的联姻心存芥蒂,有机会自然要冷嘲热讽一番。

邱绪峰的表情梅升平看不到,但他从邱绪峰尴尬的咳嗽声中听了出来,他刚才的话达到了想要的效果,就呵呵一笑挂断了电话。

"怎么样,精彩不？"梅升平乐呵呵地冲夏想点头一笑,"吃,开怀地吃,世界上没有过不去的坎儿,不用担心。愁眉苦脸也没有用,要笑对明天。由我出马,肯定会收到出其不意的效果。"

夏想见梅升平一副唯恐天下不乱的得意,心想由大名鼎鼎的梅升平出面,也不知是福是祸。但不管是哪一种,他都没有办法拒绝梅升平的热情,只好说道:"也不知道该怎么样感谢您的帮助,一直以来您都对我特别照顾,我都记在心上,十分感念领导的恩情。"

"再多说就见外了。"梅升平挥挥手,"在你面前,我也不说假话,也知道你能猜到我的用意,什么感谢之类的客套话就不用说了,说也没用。你记住一点就可以了,以后去京城,多看望看望晓琳,她毕竟是一个女人,需要一个男人来安慰。在我看来,她最信任的人就是你了。"

又绕了回去,夏想只好点头应下:"一定,一定。"

告别梅升平回家,走到半路就接到了邱绪峰的电话。邱绪峰先是埋怨夏想几句,怪夏想有事情不和他说,显然不当他是朋友。随后又说他决定请邱老爷子出面去找吴老爷子谈谈,让吴老爷子消消气,最好能收手……

事情闹到如此地步,夏想也只好感谢邱绪峰的好意,不过对于惊动邱家的老爷子,他多少有点过意不去。不料邱绪峰却说:"我家老爷子和吴家那位有点交情,年轻的时候关系也挺密切,后来才慢慢因为一些原因疏远了。现在都老了,也就没有那么多不快了,乘机找个由头接触接触,也不是坏事。说不定你还算做了好事,因为你的事情而让两位老人家经常走动,也有利于身心健康。"

被邱绪峰一说,夏想也觉得邱绪峰现在确实比以前强了不少,做事情不但深思熟虑,也知道照顾别人的情绪,就感慨地说道:"我心里有数了,绪峰,感谢的话就不多说了。"

邱绪峰呵呵一笑:"就是,不说你帮宝市引进了多少外资,就是对我个人来

190

说,受益于你的地方也很多。再说官场之上,本来就是互相照顾……不说了,不说这个了。"话题一转,嘿嘿一笑问道,"我才知道梅晓琳生了孩子,是不是你干的好事?"

"去,别乱说,我是好人,你别污人清白。"夏想死不承认。

又说笑几句,两人才挂断电话。

陈风的动作够快,显然也是担心夜长梦多。第二天下午,省委书记叶石生、省委组织部长梅升平一行到燕市视察工作,市委书记陈风、市长胡增周、市委副书记付先锋、市委组织部长方进江等人全程陪同。

叶书记一行在视察工作时指出,在当前的经济形势下,为了加快建设下马新区,早日还燕市一片碧水青天,不仅要在招商引资上面多下功夫,更要在用人方面多用心思。要敢于提拔年轻人上去,勇于开拓创新,让有商业头脑的干部主持下马区的工作,才有利于下马区在保证投资商的利益和收益方面,走在全市乃至全省的前面。

叶石生还重点指出,下马区既然是新区,就要有大胆创新的精神,要相信年轻人的才能,要给年轻人施展的机会。现在有些干部思想僵化,墨守成规,没有创新意识,也没有进取精神,才导致燕市在全省之中,被人称为"左市"。这种思想要不得,现在是市场经济时代,一切要向市场要效益,要想在市场的大潮之中立于不败之地,就必须改变思路,必须发现自己的不足,要努力学习,提高自身素质和能力,适应时代,否则终究会被时代的大潮淘汰!

叶石生的发言目的性很强,有明显的针对意图,所有在场的市委常委听了之后,都暗暗心惊,心里清楚叶书记的话锋所指,显然是针对常委会上的失控事件!

叶书记力挺陈风之意,一目了然。

叶石生和梅升平联袂来市委视察工作,燕市所有常委全体出动作陪。叶石生的讲话,在众人心中引起了极大的震动。谭龙在人群之中,心虚地看了付先锋一眼,却见付先锋一脸坦然,仿佛说的是别人一样,不由稍微稳定了心神。

谭龙不比付先锋,他没有庞大的家族势力可以借助,最大的依仗是省委副书记崔向。虽然他在京城也有人,但基本上不在要害部门,权力不大。而最近一段时间,崔向一直比较低调,在燕省很少有动作,只是向京城跑动得比较频繁,也不知道在暗中筹备什么。

所以近来谭龙一直以付先锋为风向,紧跟付先锋的步伐。

随后,叶石生又在燕市召开了一次小范围的会议,会议之上,梅升平又作了重要发言。

梅升平的讲话完全是梅氏风格,简短有力,有的放矢。

"同志们,叶书记的指示精神很重要,很有针对性,我们都应该严格按照叶书记的指示开展工作。我也就当前的经济形势和人事任命问题,简单说两点。第一点就是要任人唯贤,不要任人唯亲。在当前的经济形势下,只有有能力、有干劲、有见识的好干部在重要的工作岗位上,才能更好地发挥出应有的作用,才能对当前的社会主义建设作出巨大的贡献。第二,在干部任命上,要充分体现出组织部的重要性。组织部是干部之家,是为党为国家考查考核干部的核心部门。可以说没有一个机构比组织部更了解一个干部的成长历程,也没有人比组织部长更了解一个干部适合到哪个工作岗位上工作。就是叶书记也常常对我说,他平常主持全面工作,有许多照顾不过来的地方,燕省的干部把关,就全交到了我的手上。为此,我深感重任在肩。"

梅升平的发言是在力挺方进江,言外之意不言而喻,他赞成市委组织部的提名。

归根结底还是在声援夏想。

如果说梅升平以上的发言还是四平八稳,没有引起太多人的触动,接下来他说出的一番话,就不得不让人大吃一惊,让许多以前和梅升平接触不多的人,第一次领略到了他强硬的一面。

"下面说两句闲话……"梅升平的目光有意无意在付先锋脸上停留片刻,然后才板起脸,十分严厉地说道,"燕市是燕省的燕市,不是京城的燕市,在座的各位都是燕省的干部,除了陈书记和胡市长之外,都是省管干部。因为我来自京城,就说几句题外话,当成聊天好了。"

付先锋能猜到梅升平想说什么,心中强压怒气。也是,在座的诸位之中,有省委书记,有组织部长,还有市委书记和市长,还轮不到他说话,他不想听也得听下去!

叶石生也十分配合地笑了笑:"就听听升平说些什么,要严肃,也要活泼,呵呵。"

叶石生一笑,众人都附和着笑。

只有梅升平不笑,他一脸严肃地说道:"既然是省管干部,说白了,考核和升迁,都掌握在组织部手中。没有我点头,没有叶书记批准,就算你们想调入京城,也没那么容易!我奉劝大家一句,眼睛向上看是对的,但真正做事情的时候,还是要摆正自己的位置,否则太好高骛远的话,很容易出现脚下悬空的问题。脚下悬空会有什么后果,不用我说大家也知道,还没有上去,就会先摔下来! 好了,我的话讲完了。"

连叶石生都有些愕然,梅升平的话也太直白太不留情面了,连他听了都觉得说得有点过头。不过又一想,也是,梅升平是什么人? 是梅家人,而且他又是省委组织部长,位置关键,又大权在握,而且他向来特立独行,说一点重话也不算什么。

不过叶石生还是对梅升平如此卖力地维护夏想,深感不解。

陈风一向和梅升平没什么来往,方进江也是。两人对梅升平高调敲打反对夏想任命的常委深感欣慰,也感觉面上有光,毕竟梅升平的话等于当众给了他们极大的支持。

包括付先锋在内的一干投反对票的常委,都微微涨红了脸,不发一言。梅升平是何许人也,大家心里清楚,不但是省委组织部长,也是实力仅次于吴家的梅家人。况且梅升平的话也句句属实,吴家再强势,再有权威,他们想要升迁,哪怕是想要调出燕省,只要梅升平不点头,谁也动不了!

还有一点,梅升平和他们不一样,他不怕吴家!

众人都悲哀地意识到,他们不知不觉间竟然成了夹心馅儿饼。两大家族斗法,他们夹在中间,两头受气,弄不好还两边不讨好,真是苦也。

叶书记和梅部长今天前来视察的目的,谁心里没有一个小九九? 一时之间,人心浮动,都在重新权衡得失,唯恐一着不慎,落一个得罪市委书记和市长,同时又让省委书记和省委组织部长不快的下场,以后还有什么好日子过?

叶石生和梅升平的视察工作一结束,陈风立刻召开了紧急会议,深入学习叶书记和梅部长的讲话精神。会议一直持续到晚上九点,最后取得了一致共识,在今后的工作之中,一定要从实际出发,不能好高骛远,一切的出发点要以燕市利益为第一。

散会后,陈风兴致很高,一点疲惫感也没有,还特意找来方进江谈话。在陈风看来,一切尽在掌握之中,大部分人动摇了,正好趁热打铁,明天再次召开常委会,将事情定下再说。

方进江来到陈风的办公室,却是一脸担忧,直接说道:"陈书记,我建议明天先不要召开常委会,因为胡市长的态度突然变得模棱两可起来。"

陈风一愣,随即也意识到了问题的严重性。确实是不管在开会期间,还是在单独会谈时,胡增周发言不多,态度也有点消极。他当时没有注意到,以为还是因为常委会上失利的影响。听方进江一提醒,他才想起即使在叶石生和梅升平开会时,胡增周也没有积极响应。

难道胡增周也受到了京城方面的压力?

陈风想到做到,立刻打了一个电话给胡增周,正好胡增周还在办公室,就被陈风一个电话叫了过来。

胡增周一进门,陈风从他的表情就得出了结论,千算万算,没有算到胡增周在关键时刻动摇了!

果然,胡增周还算有担待,直接交了底:"算我对不起夏想同志了,对于他担任下马区区委书记职务,我不支持也不反对,我的意见是,夏想还是担任区长比较合适。"

胡增周说完,也不多解释,点点头,转身走了。

陈风和方进江面面相觑,一脸愕然。

胡增周确实是出于无奈,他承受不了来自京城的强大压力,只有妥协。他不像陈风性格强势,而且后台也没有陈风强硬。他知道这么做有负于夏想,但也是没有办法的办法。他的根基本来就不稳,强顶着将夏想扶上位,得罪了本来关系不算密切的领导,就相当于堵死了升迁之路。

但又不能对夏想没有一个交代,周立波也是他的人,是他提名周立波为区长,现在只好要周立波为夏想让位了,他甚至已经暗中做通了周立波的工作。

第二天,燕市市委又传出一个惊人的消息,白战墨从西海省文州市为下马区牵线搭桥,拉来了近两百亿的投资!

两百亿,已经超过达才集团承诺的百亿资金,白战墨身上的光环立刻完全将夏想掩盖!

陈风听到消息之后,立刻明白了是怎么一回事,付先锋果然厉害,用的还是连环计。先是借吴家之手阻止夏想的任命,随即又用两百亿的资金为白战墨壮威,双管齐下,让夏想的优势全无!

吴家的出手是政治压力,付家的出手是经济威力,两相结合之下,大事可成。

只是付家为什么非要力挺白战墨上位,白战墨到底是付家的什么人,值得付先锋如此精心策划,非要让他当上区委书记不可?

如果没有吴家出面,付先锋也不可能顺利扶白战墨上位,付先锋的聪明之处就在于借力打力,再在最后关头推波助澜一下,基本上一切都在按照他预定的形势发展。

陈风长叹一声,失算了,最大的失算就是胡增周的临阵倒戈。叶石生和梅升平的压力对胡增周影响不大,他是中组部直管的干部。

陈风再一次深深地体会到了无力感。他知道,因为有了两百亿资金所带来的耀眼光环,再有胡增周的态度大变,叶石生和梅升平的视察带给一众常委们的压力,又被化解于无形。他相信,再次提交到常委上讨论的话,夏想的任命极有可能再次被否决。

怎么办?陈风手中拥有的重大权力就是可以推迟常委会的召开。他不想失败,现在夏想是否通过任命已经和他的权威紧密相连在一起,已经不再是一次简单的任命,而是一件彻头彻尾的政治事件了。

陈风思忖再三,还是给京城的人打了一个电话。

出乎陈风意料的是,对方听他再次提起夏想事件,打了个哈哈之后,无所谓地说道:"人老了,火气来得快,去得也快,不过毕竟是我的领路人,我不好说他老人家什么不好。呵呵,他老人家又说了一句话——算了。算了就算了,领导说什么是什么,我也只好原话转告给你了……"

放下电话,陈风一脸苦笑,这叫什么事?已经形成了眼下僵持的局面,一句算了就完事了,让他的面子往哪儿放?让夏想的前途怎么办?

一波又起

陈风无奈归无奈,也知道对于大人物来说,翻云覆雨不过平常事。

安慰完自己,陈风只好咽下这口气,琢磨着看还能不能再打开胡增周的缺口,让他回心转意,只要胡增周继续支持夏想的任命,事情就还有回旋的余地。

陈风还以为可以重新说服胡增周,但夏想在接到连若菡电话的那一刻就知道,恐怕他的区委书记之梦要破灭了。

夏想是在家中接到连若菡的来电的,当时他正在书房中读书看报,同时思索当前的局势,手机就响了。一看是连若菡的号码,他急急接通之后,第一句话就问:"你和孩子一切还好吗?"

连若菡的声音传来,也是十分急切:"我们都还好,你呢?你有没有事情?要是丢了官也不要紧,大不了不在官场上了,我们一起去美国,让殊鸳也去……"

夏想反而笑了:"说什么呢,不至于逃离祖国吧?没事,现在一切还在可以接受的范围之内。"

"可以接受,是因为爷爷收手了,邱老爷子出面说和,也不知他说了什么,爷爷竟然同意放手了,不找你麻烦了。"连若菡快语如珠地说道,"邱家来人,肯定是你的主意,对不?算是走对了一步,不过也走错了一步。因为本来事情爸爸还不知道,但因为邱老爷子嘴快说了出来,现在倒好,爸爸知道之后大怒,谁的话也不听,可能要对你下手了。"

真是一波未平,一波又起,夏想虽然早有心理准备,但真的听到吴才洋要出面压他,还是心里不安。毕竟吴才洋不比老爷子,似乎他本身打没有什么弱点可抓,即使有,夏想也不知道是什么。不像老爷子,连若菡和吴连夏就是他最大的弱点。

"我在燕省有人保护,你爸再厉害,也不可能一句话就能拿我怎么样,好歹我也是正式的国家处级干部。你就放心好了,在燕省在保护伞下,我暂时还可以遮风避雨……只要你和孩子没事就行。"夏想安慰连若菡几句,好让她放心,随后又问,"为什么前两天联系不上?"

"被老爷子用技术手段屏蔽了手机信号,还是卫辛机灵发现了不对,告诉了我,我去问爷爷,才知道我们的事情事发了。我还看到了照片,就是你在机场接我时的照片,上面有你抱着孩子的镜头,还有你抱着我的亲昵动作,所以爷爷看了才勃然大怒。"连若菡倔强地说道,"我一怒之下抱着孩子就要走,正好邱老爷子刚刚说服了爷爷,爷爷就向我低了头,做了让步,我才勉强留了下来。不过爸爸回家正好看到了照片,也知道了真相,拂袖而去……"

夏想之前刚刚接到陈风的电话,也了解到胡增周态度的转变,同时也对白战墨竟然带来了两百亿的投资大感意外。一番深思之后,根据目前的形势分析,他已经对就任区委书记一职,不再抱太大的希望。与其硬抗,不如退而求其次接受胡增周的建议,谋取区长一职。

从哪里跌倒从哪里爬起,当不上区委书记,区长也是二把手,正好主抓经济和建设,先定下来再说。否则等吴才洋一出手,恐怕比老爷子还恐怖,指不定会有什么不可预知的情况发生。

燕市常委会的任命一通过,吴才洋再想动他,就没那么容易了。现在他只是领导小组的一个处长,和一个政府一把手不能相比。吴才洋如果想要让他挪挪位置,现阶段还是比较容易的。

所以当务之急就是劝说陈风放弃争夺区委书记的位置,趁吴才洋还没有出手,而且胡增周还没有改变支持他担任区长的态度,直接上常委会讨论,一举通过对他担任区长的提名!

和老爷子过招,他是拖延时间;和吴才江较量,他必须抢占先机。至于被提名为区长的周立波同志,对不起了,只好让他成为最大的牺牲品了。

只要担任了区长,夏想相信他能逐步掌握主动权,一步步从白战墨手中夺回属于自己的荣誉!一战失利,二战再来。

夏想放下连若菡的电话,立刻联系上了陈风,将事情的利害关系一说,并且感谢陈风对他的大力维护。同时保证,他在区长的位置上,依然可以作出应有的贡献。

陈风也不是拘泥之人,听了夏想的分析之后,也觉得事情确实紧急,吴才洋的风格他也多少有些耳闻,一个连自家老爷子都敢反对的人,肯定是厉害角色。况且他现在正当政,要是他出手,必定比老爷子更犀利。关键是,他还没有老爷子怜惜连若菡和疼爱连若菡儿子的弱点。

陈风当机立断,决定听取夏想的意见,退而求其次,谋求区长之位。同时和夏想商定,由夏想出面向叶书记和梅部长解释相关原因,他现在来不及再向叶书记汇报,立刻就要着手召开紧急会议。

不提夏想如何向叶石生和梅升平说明情况,陈风放下电话后立刻召开碰头会,碰头会由胡增周、付先锋和方进江参加。

陈风等三个人到齐,立刻开门见山地说道:"经过深思熟虑,我决定接受增周同志的建议,重新提名夏想同志担任下马区副书记、区长,各位有什么看法?"

方进江吃了一惊,事发突然,他没有心理准备,不由多看了陈风一眼。见陈风微微点了点头,知道事情紧急来不及提前和他商量,肯定也是事先得到了夏想的认可。

胡增周先是一愣,他认为以陈风的强势性格,不太可能接受他的条件,没想到转眼间就情况大变,陈风妥协了!

胡增周一直觉得有愧于夏想,见陈风主动让步,就立刻说道:"我同意陈风同志的提议。"

付先锋志在区委书记,对区长没有兴趣,况且他也清楚凡事要留有余地才好,也好以后相见。既然他的目的已经达到,想彻底将夏想踢出下马区也不太现实,真要惹急了陈风,他以后也别想再开展工作了。再说就算夏想担任了区长,也在他的眼皮底下,也在白战墨的阴影之下。他微一迟疑,就答应了下来:"我也同意。"

方进江心里清楚陈风此举必定大有深意,也点头表示了同意:"同意。"

"好!"陈风拍了板,"立刻召开常委会讨论,区委书记和区长人选已经拖太久了,不能再久拖不定,影响下马区投资商的信心不说,也不利于燕市的对外形象。同志们还有没有别的意见?"

几人虽然都觉得有些操之过急了,但事已至此,也想不出更好的拖延理由,就都说没有。

陈风看了胡增周一眼:"增周同志,至于周立波同志的思想工作,就麻烦你来出面安慰一下。以后有合适的重要工作岗位,市委会优先考虑他。"

一个小时后,常委会紧急召开。会上,组织部长方进江重新提名了区委书记和区长人选。随后,陈风、胡增周和付先锋先后发言,表态支持。

提出反对夏想担任区委书记的几名常委,面对突如其来的戏剧性变化,一时之间还没有反应过来,怎么突然之间夏想就由书记变成了区长?而且陈书记、胡市长和付书记、方部长异口同声表示支持,显然他们私下里已经达成了共识。

其他人本来已经动摇了态度,现在见几位重量级人物已经达成了一致,他们收到的指示只是阻止夏想当上书记,又没有收到新的指示不让夏想担任区长,也就顺水推舟投了赞成票。

半个小时内,常委会一致形成决议,通过了正式提名。

历时半年之久的下马区的人事任命,至此终于全部落下了帷幕!

夏想的病也忽然神奇地好了,第二天就到领导小组恢复了正常工作。一上班,他就受到了古玉的埋怨。

"出了事也不和我说一声,爷爷说了,你有点不把他放在眼里,他让我替他批评你几句。"说是批评,古玉却是一脸笑容,随后又促狭地说道,"你还真厉害,连若菡都被你收服了,还乖乖地替你生了孩子,吴老爷子不生气才怪!他那么威风的一个人,又好面子,孙女却不明不白地跟了你,他最后收手放过你,还真是你的运气。"

古玉说完,不等夏想说话,又神秘地说道:"你知不知道吴老爷子为什么突然收手了?告诉你,你别告诉爷爷是我说的,是因为邱老爷子和吴老爷子聊天,说着说着就说起了邱绪峰的姐姐邱绪蝶。最后邱老爷子感慨地说,大家族的女人,要么联姻嫁给权力,要么嫁给金钱,正是因为出身太好,眼光太高,很少有幸福的,邱绪蝶就是活生生的例子。结婚了又能怎样,一样要离婚。所以不管她们选择什么样的生活方式,只要她们自己愿意自己感觉幸福就成……结果吴老爷子想通了。连我爷爷都夸邱老爷子有口才,会说话,比他强了不少。"

原来中间还有这样的典故,夏想暗暗感激邱绪峰的出手。邱老爷子以前估计是做思想政治工作的,善于分析问题并且解决问题,有水平。

"我爷爷还说了……"古玉鹦鹉学舌一样说个没完,"他对你很不满意,因为你出了事情不首先想到找他出面解决。他还说了,鉴于你对他轻视的表现,决定在你真求他帮忙时,他也不理你。"

夏想无语,老古才不会说出和小孩儿一样耍性子的话,肯定是古玉自己的话,就笑道:"好了,不说了,事情已经过去了。等不忙了,我请他吃饭,向他赔罪好了。你下一步怎么安排,我可能要去下马区担任区长,你是不是还继续留在领导小组?"

"怎么是区长,不是区委书记了,降职了?"古玉的问题很可笑,书记和区长其实级别相等,不过书记权力更大一些,管人事和主持全面工作,是一把手。

夏想也懒得多和她解释,正要说点正事,电话响了。

古玉识趣地退了出去,还调皮地笑了一笑。

"您好,我是夏想。"

"夏想,我是成达才。市委的任命我已经知道了,虽然不是一把手,但区长的位置更有利于你发挥经济方面的才能,我还是决定立刻启动投资项目。不过有一个问题,白战墨的两百亿资金,你清不清楚是怎么一回事?"成达才的电话打来得还真及时,看来他也一直在暗中关注燕市的一举一动。

"成总好,白战墨声称从西海省文州市拉来两百亿的巨额投资,我也感到很吃惊,也很不解。文州市远在南方,在沿海发达省份有许多更好的投资项目可以选择,为什么偏偏选择在燕市,而且还是一个新建的下马区?应该说,下马区目前还没有打出名气,况且燕市本身名气也不大。我认为,两百亿的投资,恐怕不是那么乐观。"夏想的担忧不无道理,因为他最担心的就是文州的游资。

游资类似于蝗虫,最早是炒作房地产,随后又炒作大蒜、大葱、姜以及绿豆,甚至还炒作过普洱茶和红木家具,只会带来一阵虚假的繁荣。等游资赚够利润撤走之后,给行业带来的是毁灭性的打击和创伤。于国于民,百害而无一利。

如果有游资敢在他主政的下马区肆虐,他一定毫不手软地出手打击!

成达才信心十足地呵呵一笑:"有资金投入是好事,如果对方确实是想在燕市落地生根,要为燕市的发展作出贡献,达才集团也举双手欢迎。如果是想趁火打劫,或是捞上一笔就走,下马区有达才集团在,也不会让外来者为所欲为!"

成达才的话正合夏想心意,夏想听了成达才铿锵有力的话语,也是心潮澎湃。

刚放下电话,夏想就接到了张质宾的来电,告诉他范省长让他立刻过去一趟,有要事。

来得好快! 夏想来到范睿恒的办公室,一眼就看到范睿恒脸上不悦的表情,就猜到了事情的大概,应该是吴才洋出手了。

果不其然,范睿恒不快地说道:"小夏,你怎么偏偏去招惹吴家,吴家岂是你能惹得起的? 我接到一个电话,说是有人有意调你入京,而且态度还很强硬,对燕省施加了很大压力。刚才叶书记也和我通过话了,我也很为难……"

夏想一惊,看范睿恒的样子,好像确实是动了怒。估计是吴才洋动用了让范睿恒忌惮的力量,范睿恒迫于压力,左右为难也很正常。

夏想察言观色,再根据他对范睿恒的了解,猜到范睿恒的怒气之中,有三分是因为吴家的压力,七分是因为最近一段时间自己和叶石生走得过近,向他汇报工作比较少的缘故。不过也没有办法,毕竟省委书记是一把手,主管人事大权,他必须请动叶石生出面到燕市才更有威慑力。

范睿恒因为吴家的事情生气归生气,倒还不至于恐慌,他毕竟是一省之长,吴才洋再有能量,也不能拿他怎么样。而且此事他也有台阶可下,因为燕市市委常委会已经通过了任命,他只需要将责任推到燕市就可以置身事外了,吴才洋对此也无话可说。因此夏想断定,范睿恒的不满,还是因为他和叶石生走得过近。

夏想首先诚恳地承认了自己的错误,摆事实讲道理,将事情的来龙去脉一讲,主要侧重点落在叶书记亲自过问此事上,又含蓄地指出,是梅部长大力促成了到燕市的视察,如是等等。反正完全表明了他的立场,就是坚持原则问题不动摇,和叶书记工作关系密切,和范省长工作和私人关系都密切。

范睿恒的脸色慢慢缓和下来。

理顺关系

夏想确实猜对了,范睿恒本来就对夏想从京城回来之后,和他的关系有点疏远而心生不满,又见夏想事事向叶石生请示,更是大有意见。而且夏想在燕市的活动和在背后的运作,都没有详细向他汇报过,他认为夏想现在翅膀硬了,不将他放在眼里了,难免就对夏想有了看法。

不过听夏想亲口解释一番,他心中的怒气就消退了不少。但还有余怒,因为确实京城来电的态度非常强硬,语气也不太友好,让他平白受到了压力,一切的根源都在夏想身上。他还是看夏想不太满意,就说:"就算燕市通过了你的任命,但吴家的态度十分坚决,恐怕不会善罢甘休。而且我听说,铁道部本来已经批复的单城市的通海铁路项目,又暂时批而不发,被压了下来。你说说看,你惹出了多大的麻烦?"

范睿恒在关键时候的表现反而不如叶石生,夏想也能理解范睿恒的立场。毕竟省长和书记相比,还差了一点,虽然只是一点点,但有可能是无法跨越的鸿沟。范睿恒生怕因为这些问题,让吴才洋对他有不好的看法,进而影响到他下一步顺利接任省委书记,那可就麻烦大了。站在范睿恒的立场上,夏想可以充分理解他的不满和怒气。

尽管夏想心中对范睿恒在关键时刻的表现微微有些失望,但人与人之间的交往,还是以实力和利益至上,他和范睿恒之间有利益也有共同点,却并不多。一旦他离开省委,他在范睿恒心目中的位置就会大降,范睿恒此时流露出来的不满,不过是一次提前发作罢了。

夏想不得不再次承认了自己的错误,同时,又将他和连若菡之间的关系隐晦地一说,暗示出连若菡在老爷子心目中的分量,以及吴才河、吴才江的态度。等于是向范睿恒表明,吴才洋虽然强势,但在吴家并没有多大的影响力,而且现在不但老爷子已经接纳了连若菡母子,吴才江和吴才河也默认了连若菡现在的处境,说不定以后吴才洋也会回心转意。

同时,夏想还说出了邱老爷子出面说服吴老爷子的内情。

范睿恒听了,目光闪烁,心思浮沉,不由暗暗多打量了夏想几眼。

他慢慢冷静下来一想,心中忽然闪过一个念头,夏想确实说得不错,吴才洋再生气,再发怒,归根结底也是吴家的家事。就算他现在想收拾夏想,也总有一天会改变主意,父女之间还有一辈子的仇恨?

就算吴才洋原谅不了夏想,看在连若菡母子的面子上,最终也会大事化小,小事化了。至于最后的结局如何,外人不好猜测,但终究算起来,夏想在吴才洋心目中,还是比外人的关系要近一些。他又何必现在替吴才洋急着为难夏想?等吴才洋回转心意的时候,也未必记得他的好,但他要是因此彻底得罪了夏想,也是不值。

夏想现在才二十八岁就是副厅级的区长,已经主政一方了,前途不可限量。因为吴家的事情,燕市有梅升平替他出头,京城甚至有邱老爷子出马,夏想一人已经牵动了无数人的神经。而且夏想对他一向态度恭敬,也有靠拢的意思。燕省最终还将会是他的燕省,以后还有太多可以重用夏想的地方,他就更没有必要对夏想冷落和疏远。

"话虽如此,但单城市的通海铁路被压了下来,也是一件麻烦事。"范睿恒的口气明显缓和了下来,不过还是微带不满地说道,"我只好再多方打打招呼了,通海铁路事关重大,必须要在年前开工,拖得越久,对单钢越不利。"

说着,他又略带责备地瞪了夏想一眼,口气已经满是爱护和长辈的斥责之意:"你呀,稳重是好事,办事就不能再妥协一点?我也知道以你现在和范铮差不多的年纪,要求你在女人方面有多自律也不现实,但你惹谁不好,非惹吴家的女儿?你就不能让我省心一点?"

提到了范铮,范睿恒的立意不言而喻,他是以范铮父亲的立场对夏想说这一番话的,可不是以省长的身份。否则传出去说是省长也不计较夏想有婚外情,就真成了笑话。身份还是要顾忌的,但身份也是可以随时转化的,范睿恒也是聪明人。

范睿恒还是一副长辈教训晚辈的口气,"到了下马区,态度端正一点,别再出什么生活作风问题了。一个范铮已经让我头疼了,你就别再给我添乱。说到生活作风问题,你以后也别总和小时在一起,万一出了事情,你是不是让我也和吴才洋一样冲你发火?"

话说到这个份儿上,夏想明白范睿恒不但完全谅解了他,还不改对他的爱护和支持,心里也十分高兴,就老老实实地说道:"请范省长放心,其实我在女人方面一直很自律,和连若菡的事情早在坝县时就发生了,真正进入官场之后,就一直严格要求自己。至于和小时之间,更是纯洁的革命同志关系。"

范睿恒也被逗笑了:"别跟我耍贫嘴,小时有多漂亮我心里有数,你们老在一起,总有失控的时候。以后要多注意一下影响,你好歹也是副厅级干部了,还是区长。"

说到区长,范睿恒又想起昨天市委常委会迅速通过的决议,就问了一句:"不用说,你是提前知道吴才洋会出手,才接受了区长的职务?"

"我一切服从组织上的安排,陈书记和胡市长经过慎重考虑,一致认为还是担任区长更能发挥我的优势,我表示接受组织上的任命!"夏想知道,该有的态度不能少,不能让范睿恒挑他的理。

范睿恒点头,扭头看向窗外,自言自语地说道:"有了市委的任命,也好回复京城,不过我担心,吴才洋不会就这么算了,肯定还有后招……不过这些事情不用你操心,由叶书记和我出面顶住压力就可以了。"

夏想也知道范睿恒是想让自己记住他的好,就及时表示了感谢。

下午快下班的时候,夏想又接到麻秋的电话,麻秋转告了叶书记对他的三点要求:一是戒骄戒躁,继续踏实工作;二是继续保持谦虚谨慎的作风,生活上严格要求自己,政治上稳进;三是在当前的形势下,要尽量减少不必要的事务,安心做好交接工作。

叶书记通过秘书转达了指示精神,暗示他最近一段时间要低调再低调,别惹出任何事端出来。夏想明白,吴才洋出手给叶石生带来的压力果然够大,叶石生不再和他面谈,而是让秘书转达,就是要做做样子给别人看。估计也是想向吴才洋示好,借以表明他和自己之间划清了界限。

夏想摇头一笑,吴才洋果然厉害,一出手就逼得燕省的一二把手纷纷低头,到底是实权在握的实力派人物。

让他没有想到的是,紧接着他又接到了宋朝度的电话。宋朝度也流露出同样的意思,告诫夏想,现在整个省委正处在紧张之中,突然有几个重量级人物发话,说是燕省的风气有点不正,尤其是在人事任命方面,存在任人唯亲的不正风气,京城对此十分不满。省委即将召开紧急会议,以应对当前的紧张局势。

吴才洋的怒火也太大了一些,不能因为调他不动就为难燕省省委,夏想第一次对吴才洋产生了不满。

紧接着梅升平也打来电话,他的声音努力假装轻松,不过夏想还是听出了一丝别样的味道:"小夏,吴才洋动了,他一动,果然威力不同,省委现在人人不安,不得不说,老吴家还是有一点能量的。我也知道吴才洋的用意就是要让省委都紧张一下,让叶书记和范省长迁怒于你,然后再疏远你,他的目的就达到了。好了,不和你说了,去开会了,你自己多方注意一下,别让人找到毛病,现在吴才洋可是拿着放大镜在寻找你的问题……忘了说了,新任的省纪委书记李言弘和吴才洋的关系可不是一般的好!"

各方的动向说明,吴才洋真是要不达目的誓不罢休了。

夏想心中对吴才洋的做法十分不满,何必如此大动干戈,难道真的以为他一点还手之力也没有?

见到了下班时间,夏想就来到综合一处,和方格、王林杰打了招呼,然后对古玉说道:"晚上去见见你嫂子,好不好?"

古玉一听喜出望外,连连点头:"嗯,好,我早就想了。"

夏想提前打了一个电话给曹殊黯,曹殊黯忙让蓝袜准备饭菜来招待贵宾。古玉是老古的孙女,老古到底是什么来历,曹殊黯不知道,但她知道老古一出手就送了夏想一方价值连城的玉器。既然老古对夏想好,他的孙女也就是她的贵宾了。

蓝袜一边让保姆准备饭菜,一边叮嘱曹殊黯:"女子怀孕期间是男人最容易出轨的时候,你家那位长得又精神,又有才,举手投足之间男人味十足,现在正是吸引中青年女人的黄金年龄,小心别让别的女人得手了。就算他再自律,也怕别的女人主动投怀送抱不是?男人再坚定,也架不住女人主动,是不是?"

曹殊黯一手扶着门框,一手摸着肚子,一脸淡然的笑容:"男人管是管不住的,别指望能将他们看住,越看管得严,越容易出事。你要当男人是风筝,用一根爱之线将他拴牢。风大的时候,他想飞高,你就松松手,放放线,让他远走高飞。飞得再远,线也在你手中。风小的时候,或是疲惫的时候,他自己自然而然就会回来。只要你的爱之线不断,他就永远不忘回家的路。"

蓝袜一张小嘴惊讶地张开,半天合不拢,无限佩服地说道:"黯丫头,你和我一样大,不过才结婚一年多,怎么就有这么深刻的体会,简直让人刮目相看。你说说,是不是天天研究男女关系?"

"有什么好研究的,不过是将心比心罢了。世界本来就不公平,男人生来比女人有优势,但女人也不完全是弱者。只要你有耐心有信心,还有一腔柔情,男人也是人,也有感情,都不会轻易离开结发之妻。"

曹殊黯现在整个人都散发出一种母性的光辉,她说话时一脸云淡风轻,仿佛丝毫不在意蓝袜所说的事情,还十分自信地说道:"其实,人心最复杂,也最简单。你对他百分之百好,他会不清楚?你算计他提防他,他心里会舒服?人心都柔软,不分男女。当一个男人真的硬起心肠,不顾你的苦苦哀求非要离开你时,不要怪他,要设身处地想一想,你和他在一起的日子里,是不是一点一滴地伤害了他,才会让他积怨如此之深!女人适当地唠叨几句、撒娇几次没有什么,但长此以往,不管是恃宠而骄还是不知分寸,都会惹人生厌,都会在他心中留下阴影。尤其是你如果处处提防他,处处挑剔他,他表面上不说,也会在心中产生裂缝。久而久之,裂缝一旦开裂,就再没有完好如初的可能了。"

蓝袜手中拿着一把菠菜,呆呆地在站在厨房门口,半天说不出一句话来。

也不知过了多久,她才清醒过来,急忙放下手中的菜,又匆忙洗了一把手,然后跑到书房,拿出纸和笔,刷刷地写了起来,边写边说:"你的话我得记录下来,以后要认真学习,学以致用。其实我挺爱方格的,就是越爱他,越怕他跑了,才把他抓得死死的。听你一说,才知道原来以前都错了。"

"你手中有一个弹力球,是轻轻握着舒服,还是用力抓住舒服?你越用力,反弹的力量越大。要恰到好处地放手,才是正理。"曹殊黧说完,看了看时间,"不早了,他们应该快到了。"

没想到蓝袜一句话,引发了曹殊黧一番感慨。更没想到的是,蓝袜也学聪明了,以后也不再死死约束方格,而是懂得了适当放手的道理。不想如此一来,反而让方格对她比以前更好,蓝袜才对曹殊黧的理论深信不疑。

不多时,夏想和古玉到了。

古玉和曹殊黧是第一次见面,一见面她就一点也不认生地拉着曹殊黧的手,有说有笑,还围着曹殊黧转了几圈,连连夸道:"嫂子是我见过的怀孕之后还漂亮得让人羡慕的第一个人!以前我总觉得女人怀孕之后一定非常恐怖,没想到,嫂子怀孕也能这么漂亮,就让我对以后当妈妈又多少有了点信心。"

曹殊黧笑语嫣然地说道:"早就听夏想说过你,我就说人养玉玉养人,既然是爱玉之人,又叫玉,肯定是一个玉人了。现在一看,还真是美人如玉。"

古玉被曹殊黧夸得有点脸红,不好意思地说道:"在别人面前我还敢自称美女,在嫂子面前就不敢了……怪不得夏处长在外面老实得很,许多美女他都不正眼瞧一下,原来是金屋藏娇,家中有一个顶级美女,自然就视天下美女如同无物了。"

蓝袜见古玉人美嘴甜,对她的印象好了不少。随后古玉从身上拿出两块玉佩,给曹殊黧和蓝袜各一块。蓝袜见古玉出手大方,送她的美玉玲珑剔透,一看就是上品,就对古玉的印象又好了三分。

等古玉听到蓝袜是方格的女朋友时,又夸了方格一顿,更让蓝袜喜上眉梢,对古玉的印象就好到了极点。

夏想在一旁看了暗暗好笑,三个女人一台戏,果然不假。最淡定的是曹殊黧,嘴最甜的是古玉,但收获最大的却是蓝袜。

晚上几人一起吃饭,谈笑风生,气氛融洽。

饭后,几人就坐在客厅里说话。先是说了几句闲话,曹殊黧不经意地看了夏想一眼,目光又从古玉身上扫过,无意间问了一句:"夏想,你以后不和古玉做同事了,还真是你的遗憾,身边缺少了一道亮丽的风景,是不是觉得很无趣?"

夏想摇头一笑:"能不能顺利到下马区上任,现在还言之过早……"

古玉立刻支起了耳朵,不解地问题:"又怎么了? 不是市委常委会已经通过了任命,难道还能有什么变化? "

夏想摆摆手:"不提了,工作上的事情,不要带到家中谈论,本来就已经够烦心了,怎么还回家继续自寻烦恼? 回家就是放松来了。"

背后的较量

古玉一脸疑问,还想再问什么,见夏想一脸坚决,只好闷着头不再多说。

过了一会儿天色已晚, 夏想对古玉说道:"要不你也别回去了, 住家里算了,反正有的是房间。"

要是平常,古玉肯定一口答应,不料今天她心事重重的样子,摇头说道:"不了,我答应爷爷晚上要回去的,不能说话不算数不是? 我得回去了。"

古玉回到森林公园的疗养院,见到爷爷之后,就将去夏想家里做客的事情一说,随后又说到了夏想欲言又止提及到下马区上任的事情。老古听了,沉思片刻,呵呵一笑:"夏想面子薄,不愿意向我直接开口,也真是,还当我是外人? "

"什么真是假是的,爷爷,快讲讲到底怎么了? "古玉不解,着急地问道。

老古笑而不答,一副老神在在的样子。

第二天夏想照常到领导小组上班,一上午没什么事,快到中午的话,他接到了麻秋的电话。

赶到叶石生办公室的时候,叶石生正一脸欢喜地和谁在通电话。见夏想进来,他就点点头,用手一指沙发。

夏想也没有坐,就站着等他打完电话。

叶石生放下电话, 一脸轻松地看了夏想几眼,饶有兴趣问道:"小夏,你在背后做了什么手脚? "

由夏想同志变成了小夏,可见叶书记对他的态度大好,肯定是有天大的喜事。

夏想一脸惊讶地说道:"我好好的,什么也没有做,叶书记,到底发生了什么事情? "

叶石生不相信地看了夏想几眼,想了一想,也就没有再刨根问底,而是说道:"京城两大部门联合对燕省施压,想必你也听到了传闻。燕省上下一片紧张,本来今天上午我和睿恒正在开碰头会商议对策,忽然接到京城来电,所有

206

的压力全部消失,由来势汹汹变得风平浪静,而且单城市的通海铁路完全放行了,肯定是强有力的人物出面斡旋了。他是谁,小夏你心里有数,是不是?"

夏想当然心里有数,不过他还是没有承认:"可能真是有人自己想通了,也觉得闹得太大对双方都不好,所以就及时收手了。至于更深层次的原因,我就真的不清楚了。"

叶石生直直看了夏想三秒钟,忽然摇头笑了:"算了,或许你真不知道,如果你真有那么大能量的话,也不至于被逼得十分狼狈……好了,没什么事情了,回去后好好交接工作,以后不在省委工作了,也要记得常回来看看。"

"是,叶书记,我记下了,一定常回来向您汇报工作,常回来看您。"夏想恭敬而发自内心地说道。

明显可以看出来,叶石生的心情很好。也是,吴才洋一怒,整个省委大院都风声鹤唳,果然不同凡响。关键是吴才洋够聪明,两大部门不需要大张旗鼓对燕省施压,只需要通过某个渠道对燕省某方面的工作表示一下不满,就足以让不少人紧张半天了。

好在事情来得快去得也快,夏想总算彻底长舒一口气,感觉终于雨过天晴了。尽管只是暂时度过眼前的危机,但他到下马区上任之后,就是一区之长了,远非一个普通的处长所能相比。想要动他,不再是一句话的事情了,而是需要大费周折。

吴才洋迅速收手,夏想知道,肯定是因为老古出手了。

其实早在吴老爷子出手时,夏想就想过要借用老古的力量。但一是吴老爷子出手之时已经反应不及,老古出面也未必能再扭转常委会的局势;二是当时形势瞬息万变,涉及的人员太多,从外围借力不如从内部用力;加上陈风的强势坚持,以及后来胡增周的态度转变为消极退后,就算老古出面,也未必管用。

此次借古玉之口转达了他想请老古出面的想法,是因为连若菡说过,吴才洋吃硬不吃软,就看老古到底有多大的影响力。夏想没好意思当面恳求老古,也是他心里并不清楚老古退下之后,还有多大的影响力。万一他当面向老古提出要求,超出了老古的能力范围,也是一件尴尬的事情。

不承想,老古宝刀未老,一招既出,就惊退了吴才洋,让夏想喜出望外。

夏想回去后就将古玉叫到办公室,当面向她表示了对老古的谢意。老古不喜欢电话,身上从来不带手机,住处的电话也由警卫看管,所以夏想没有直接打电话给他。

古玉眨眨眼睛,假装不解地问:"谢什么?我不知道你在说些什么?"

不承认就算了，夏想也不勉强，或许老古不想让他承情，或许另有想法也未可知，就一笑置之："谢谢他住在疗养院……"

"这有什么好谢的？莫名其妙！"

古玉走后，梅升平打来了电话。

"小夏，是谁出面吓退了吴才洋，面子真够大的。吴才洋连吴老爷子的面子都不给，居然给别人面子，那个人是谁，告诉我？"梅升平在此次吴家出手的事情之中，态度出人意料的热切，总是主动出面帮夏想解决问题。他的热情，总让夏想有一种如芒在背的感觉。

仿佛梅升平是在帮梅晓琳一样。

夏想对于老古在背后出手的事情，也是只凭猜测，尚未得到证实，虽然说八九不离十，不过也不愿意乱说，就含糊其词地说道："梅部长，我不敢骗您，确实是还没有弄清到底是谁出的手，也许是吴才洋自己想通了，自己偃旗息鼓了。"

"拉倒，吴才洋我比你了解，他像一头倔驴一样，除非有更强硬的人出面，否则他才不会自打嘴巴……"也只有梅升平才敢直截了当地骂吴才洋，不过他说完之后，又嘿嘿一笑，"我骂你名义上的老丈人，你别有意见，也是为你好。"

夏想无奈地笑道："多谢梅部长的关心，现在总算过了难关，但愿以后的道路会通畅一些。"

"现在是现在，以后是以后，现在是过了吴家的难关，以后付家的暗算你自己得想办法还回来。关键时刻需要的话，就说一声，我在一旁点点火。"梅升平比夏想还记恨付家。

还，肯定早晚要还回来，夏想已有了一个大概的设想。来而不往非礼也，他会一点点夺回属于自己的东西，或许还可以适当地让对方加倍偿还！

梅升平又闲扯了几句，才挂了电话。

随后夏想想了一想，觉得还是有必要当面向宋朝度和范睿恒说个清楚，就分别向二人汇报了工作。

下班时，又接到了连若菡的电话。

"我爸刚才问我一句话，他说他很不明白为什么梅家和邱家都出面帮你，不但如此，还有军队中也有人出面替你说话……他对你非常好奇，问你有没有胆量和他见个面？"

夏想听了，感觉吴才洋对他可不仅仅是好奇，估计更多的还是痛恨。他让人家闺女没名没分地跟了他，生了儿子不说，在吴才洋对他出手时，他又滑不溜手,让吴才洋找不到破绽,吴才洋不恨他恨得牙根痒痒才怪。

夏想才不想现在和吴才洋见面,再说也没有什么好谈的,难道见面之后要对吴才洋说:"对不起吴部长,我虽然不能给你女儿婚姻,但一样能给她幸福。"吴才洋暴怒之下,说不定还会踹他两脚。

夏想就说:"先不见面,给他一个念想,让他对我慢慢好奇去。等什么时候好奇心没有了,机缘到了,也许就自然而然见上面了。"

"你呀,和我爸一样,一对坏人。一个是明里坏,一个是蔫里坏,反正都是心眼儿太多,反应挺快,谁对谁都不服气……"连若菡无所谓地笑了,"不管他了,反正他现在暂时拿你没法,以后会不会再想起来收拾你,就是以后的事情了。听说你当上了区长,还行,在我们吴家出手的情况下,不但能从容脱身,还稳稳当当地当上了区长,真有本事。我虽然不关心政治上的事情,不过我也知道,你还是第一个从吴家手中逃脱的人。"

"也间接证明你的眼光好。"夏想心情高兴之余,不免自夸两句,"区长就区长,不比书记差,对不?正好我主抓经济建设,肯定可以大干一场。"

"最近没见面,学会说大话了,佩服。"连若菡听上去心情也不错,也难怪,夏想能够化解危机,还让吴才洋也拿他没有办法,她心里十分舒坦。尤其是看到吴才洋一脸铁青地摔门而去,心中就有十分解恨的快感。

连若菡还是忘不了童年的阴影,对吴才洋给她的伤害无法释怀。

吴才洋确实是无比愤怒!

他并非不爱连若菡,但因为连若菡太向着她妈妈,他和前妻离婚之后,连若菡甚至不和他说话。吴才洋的性格倔强而执拗,不但不肯迁就老爷子,连对女儿也不肯放下身段去哄,以致他和连若菡之间的关系越来越疏远。

尽管如此,等他知道连若菡生了孩子,却不肯说出孩子的亲生父亲是谁,他就知道出了问题。在几次追问没有结果的情况下,偶然得知孩子的亲生父亲是夏想,是燕省的一个处长,他就勃然大怒。

在老爷子听了劝说,又在连若菡的哀求之下收手之后,他还是不肯放过夏想,觉得连若菡败坏门风,而夏想就是罪魁祸首。肯定是夏想甜言蜜语哄骗连若菡上了当,让连若菡死心塌地地做他身后的女人。吴家的女儿怎么可能当一个小处长的身后人,简直就是他的奇耻大辱。他决定将夏想调到身边,慢慢收拾打压他。

本以为可以借助老爷子出手时留下了大好局势,趁燕市的任命悬而未决之际,出手将夏想调到京城。不想才一天时间,燕市的常委会就通过了任命,退而求其次,让夏想担任了区长。吴才洋得知消息之后,怒极反笑,心想怪不得女儿会死心塌地地跟着他,臭小子,有两下子,好一手高明的以退为进。

从而也证明夏想在燕市有着深厚的人脉基础。

吴才洋是什么人?他出身大家族,从小就接触政治,十分清楚燕省的官员对京城的敬畏心理,随即又想到一计。既然燕市通过了夏想的任命,已经不可能再更改,而叶石生和范睿恒都对夏想有维护之意,好,他就借机发作,敲打一下燕省。相信叶石生会知道是什么原因,更相信一些听风便是雨的燕省常委们会紧张紧张。

因为夏想而引起了紧张,叶石生和范睿恒肯定会迁怒于夏想。只要夏想在省委书记和省长眼中失分,最好因此完全失势,接下来再拿燕市开刀,再压得市委书记和市长也对夏想不再袒护,夏想在燕市将寸步难行。

不将他调到身边,一样可以置他于死地,只要权力够大,完全可以影响到燕省和燕市的决定。

吴才洋的计策也谈不上多高明,不过是最简单的借刀杀人之计,但他有足够的威力,果然一动之下,燕省皆惊。

正当吴才洋自以为得逞之时,突然接到一个军方人物的电话,对方直言不讳地告诉吴才洋,最好不要借打压燕省的手段来逼迫夏想,有人对此很不高兴!

吴才洋在得知此人是谁之后,大吃一惊,因为他知道,此人的地位不可动摇,不但门生众多,而且还有非常惊人的影响力。

以他目前的实力,根本惹不起。

他犯不着因为夏想而惹此人不高兴!

吴才洋能屈能伸,在他权衡利弊,得出再继续出手就会得不偿失的结论之后,当机立断,立刻收手,连一丝犹豫也没有。

也正是吴才洋杀伐果断的性格,才让他在很长一段时间之内,在没有借助老爷子的力量下,一个人一步步爬到了高位。

只不过吴才洋在大惊之余,又颇为郁闷,想他一个堂堂的吴家接班人,竟然收拾不了一个刚刚升到副厅的夏想,简直是不可能的事情!

想当年他才是厅级时,一个厅级的人惹怒了他,在他的威压之下,那人的前途很快一片黯淡,没多久就彻底退出了官场。现在惹了他吴才洋的人能安然无事地逃过他的重压,依然当上了区长,虽然比原先的书记稍差了一点,但对他来说已经是不能容忍的失败。

吴才洋震怒，又郁闷难安。

京城，一处幽静的小区里面，吴才洋一人站立在巨大的落地窗前面，望着院中满眼的绿色，呆呆地看了半晌，忽然说了一句："夏想，他只不过逃过了第一关，先不要得意，只要他还在官场一天，就总有问题被抓住。"

"现在的官员没有经济问题的太少了，只要盯紧了，总会有发现的一天。吴部长请放心，既然我在燕省，就会替您好好看紧他。"一个四十五岁左右的中年男人坐在客厅的沙发上，手中端着一杯浓茶，脸上挂着自得的微笑，随意地说道。

他戴着一副金丝眼镜，颇有文雅之气，只不过躲在镜片后面的眼睛眨动之间，颇有一种夺人的气势。

不用说，他就是燕省的新任纪委书记李言弘。

"倒也不必非要置他于死地，能将他拉下马最好，让他不上不下尴尬地待着，也比将他一免到底要好许多。"吴才洋回过头来，看了李言弘一眼，脸上还是隐隐有怒气。

李言弘站起来，也来到窗前，和吴才洋并肩而立，望向了窗外。

窗外绿意盎然，各色鲜花怒放，各种植物茂密，不但景色优美，还格外宁静，在京城，绝对是一处难得的上好住宅小区。

"吴部长消消气，也不必非要计较个没完，女儿大了不由人，如果她孩子的亲生父亲在国外，您又能拿他如何？既然现在暂时左右不了夏想的前途，就先放放手，来日方长。等他认为您不会再找他麻烦时，他就会懈怠，到时再出其不意地出手，必然可以收到事半功倍的效果。不过话又说回来，夏想这个小年轻，还真是有一套，我到了燕省才知道，他在省里和市里的人脉都非常深厚，轻易动不了他。"李言弘半是劝慰，半是开导地说道。

陈风出手

"本身实力不济，不过是看准了各方势力之间的平衡点，周旋在其中……他的手段，无非是投机取巧罢了，上不了台面。"尽管吴才洋也暗中佩服夏想的手段，但因为夏想的所作所为让他感觉大失颜面，所以就不愿意正面评价夏想，"政治上，要的还是绝对实力，其他小手段终究不能长久。我倒要看看他能走多久，能爬多高！"

李言弘不愿意当面反驳吴才洋，其实他内心对夏想的手腕还是有欣赏之意的。吴才洋是世家子弟，身世远非一般人可比，所以说话才会气粗。对于草根出身的官员来说，在根基未稳之前，在还没有登上高位之前，哪一个不是周旋在各方势力之中，寻找最有利的支点，然后才借势借力，慢慢上升？

从来平民出身的高官，纵观他们的经历，要么是在关键时刻站对了队伍；要么是时势造英雄，借助一场大的运动或是事件，当机立断做出了惊人的决定，然后进入了京城的视线；要么就是脚踏实地，确实有真本领，一步一个脚印地登上了高位。还有一种，也是最难的一种，就是游刃有余地周旋于各方势力之间，看似左右摇摆，却又被各方势力都认可，不但达到了左右逢源的效果，还上升到了八面玲珑的境界。正是这样的一类人，步步为营，自身既有过硬的本领，又在任何一场风暴之中屹立不倒，真正达到了在官场之中出神入化的境界。

夏想，在李言弘眼中，正在走一条类似的官路。

因此，李言弘对夏想不但十分好奇，还想亲眼看看夏想到底有多大的真本事。如果在他出手的情况下，还能立于不败之地，夏想就真是他所见的年轻一代的官员之中，最有潜力也最有前景的一个。

李言弘又说："其实夏想到下马区主政，是好事，也是坏事，等于是四面楚歌。恐怕不用我们出面，他最后也会落一个难以收拾的下场。"

"怎么说？"吴才洋很感兴趣。

"我研究了一下下马区的常委名单，十三名常委之中，区委书记白战墨是付家人。白战墨和夏想相比，不但资历上占优——在部委工作三年，夏想是三个月，而且学历占优——他研究生毕业多年，夏想刚刚拿到文凭，此外他有两百亿的投资光环，夏想只有一百亿。可以说和白战墨相比，夏想处处落在下风。还有常务副区长陈天宇是副市长何江华的人，何江华和谭龙、付先锋又是一系。副书记康少烨虽然立场不明，但和胡增周关系比较近。胡增周以前是力挺夏想，现在因为上次的事件，态度趋向于中立。也正是因为他的态度大变，才让夏想没有如愿当上区委书记。其他人之中，陈风的嫡系也不多，明显和夏想一系的也没有。毫不夸张地说，夏想这个区长，当得非常孤立！"李言弘没少花时间研究下马区的常委履历，不仅仅是因为下马区牵动了各方神经，还有夏想的原因。而且还因此闹出了燕市常委会的一出意外，就让他格外关注。

吴才洋慢慢地露出了笑容："这么说，夏想仓促之下，一步迈入的不是仕途大道,而是地雷阵了?"

"绝对是一个一不留神就会炸得粉身碎骨的地雷阵!"李言弘毫不犹豫地下了结论。

"呵呵,那我倒要看看他有什么本事渡过难关? 燕市市委里面,经此事一闹,陈风的控制力大不如从前,胡增周不再像以前一样配合工作,夏想在市委获得的支持就有限了。不过话说回来,如果在这种情况下,夏想还能依靠自己的本领过关的话,那他还真得让人刮目相看了……"吴才洋眯起眼睛,脸上流露出一丝莫名的复杂表情。

吴才洋和李言弘口中谈论的夏想,此时正坐在陈风的办公室中,就下一步的工作安排和区委区政府的正式成立日期,商议计划。李言弘分析得出的夏想在区委常委会中孤立的结论,夏想早已心中有数。不过事情是死的,人是活的,夏想认为没有解决不了的困难。

和夏想在区委常委会的处境相比,陈风对燕市市委的掌控力度,表面上似乎没有什么变化,实际上因为下马区的人事任命,因为吴家的横插一手,还是让陈风的威望有所降低。最关键的是胡增周态度的转变,让陈风无比郁闷。只要书记和市长之间有了裂痕,见风使舵的人就会活跃起来,对他以后重新恢复对常委会的掌控力度大为不利。

不过陈风也不是被动应战的性格,现在市政府一块,胡增周和他渐行渐远,他将完全失去对政府班子的影响力。于是他隐藏已久的一个杀招终于要抛出来了,正好起到杀鸡儆猴的威慑作用。

平心而论,陈风对于此次吴家的出手,也有不满加愤恨的心理,也多少有点迁怒于夏想的想法。后来再一深思,自从他认识夏想以来,夏想一直兢兢业业,从来没有给他惹过什么麻烦,相反,还一直谨慎小心,事事想得周全。作为一个年轻的处级干部,现在已经是副厅级高官的夏想,一路走来,没有出现过任何经济问题。但人无完人,有一点生活作风问题也不算什么。如果他真是连一点生活作风问题也没有,陈风甚至还不敢信任夏想,因为一个没有弱点的人将是多么可怕的人?

只不过夏想生活作风问题的对象太吓人了一些,直接惹了吴家的女儿。好在陈风想通并且原谅了夏想,他还是一如既往地看好夏想的前途。政治上的事情,风雨飘摇也好,风和日丽也好,都是暂时的。而且夏想克服了一个又一个困难,他也相信,夏想担任下马区区长之后,一样也不会让他失望。

另一个真实的想法是，区委书记是付先锋的人，在陈风的视线之中，也只有夏想出面，才能应付沉稳有度的白战墨，才能在孤军奋战的常委会中杀出一条血路。

　　现在没有一步到位担任书记，乍一看是失利，其实从长久来看，也是好事。副厅级的位置非常关键，夏想在厅长位置上待上哪怕半年，也算担任过区长职务，在以后的重要提拔之中，也好资历丰满。而且在陈风看来，现在不是书记，不代表未来不是书记。

　　未来有多远，陈风甚至乐观地想，也许一年，也许一年半，反正不会太久。

　　只是他没有想到的是，时间比他想象中快进了不少。下马区自成立的当天起，就波折不断，直到后来闹出一件惊天的大事，导致了不少人落马。下马区的威名不但名扬燕省，连京城中人听到下马区之名也为之色变。

　　而夏想比他意料中更快地出手，既稳且准，一击得手，把许多人打得痛不可言。

　　陈风对付先锋投机取巧的手段深恶痛绝，因为他不但成功地拿到了区委书记的宝座，还借机让胡增周和陈风离心，不再像以前一样配合默契。胡增周的远离是陈风最大的损失，更让他痛心的是，因为当时他为了推举夏想当上区委书记，并没有再提自己人进入下马区区委常委会。结果倒好，他做出了巨大的让步，完全是为他人作嫁衣。现在区委常委会之中，全是付先锋和谭龙、何江华的人，等于付先锋关键时候的出招，不但挤掉了夏想，还占了天大的便宜。

　　好高明的手段，好巧妙的设局！陈风在痛恨之余，也不得不佩服对手的深谋远虑。

　　如今夏想虽然磕磕绊绊总算当上了区长，但上有白战墨身为一把手的权威难以挑战，下有常务副区长陈天宇的制约，在常委会中，不但没有自己的嫡系，目前连盟友也没有，还真是孤军奋战，可谓遍地荆棘。

　　但见多了夏想点石成金的本领，陈风尽管对区委常委会布局的失策深感遗憾，但还是愿意相信夏想能够逐步各个击破，慢慢地树立起自己的权威。

　　他微笑着看了侃侃而谈的夏想一眼，伸手从抽屉中拿出一份资料，扔到桌子上，说道："自己看看……只看别发表意见，更不要说出来。看了之后只需要回答我一个问题，算不算送你一份大礼？"

　　夏想不解其意，起身拿过资料，只翻看了几眼，就立刻抬头惊讶地看了陈风一眼，目光之中全是疑问和惊喜！

陈风微一点头："是拓夫临走之前送给我的礼物，我一直在犹豫要不要拿出来，现在看来，到时候了。"

夏想心中大惊，因为这是一份市委常委、副市长何江华贪污受贿的调查材料！

材料很详细地记录了何江华历年来受贿的时间、地点和金额，还附有大量的照片和直接证据。夏想可以断定，这份材料向省纪委一交，何江华必死无疑。

何江华一倒，他支持的下马区区委常委、常务副区长陈天宇将会失去靠山，夏想是区长，可以近水楼台先得月将陈天宇拉拢过来。陈风所说的送了夏想一份大礼，还真是一份沉甸甸的厚礼，甚至可以说，简直就是及时雨！

对于副区长谢源清，夏想本没有指望他能帮上什么忙。就算他坚定不移地和自己同一战线，夏想也觉得谢源清不堪大用，不给自己添乱就不错了，不指望他能在地方上的复杂斗争中随机应变。

更何况，谢源清也未必和他一心。

如果真能将陈天宇拉拢过来，政府班子就算团结一心了。相应的，白战墨对政府班子的控制力度就会削弱许多。当然也不排除陈天宇见形势不对，及时倒向白战墨的可能。不过既然陈风有言在先，说是要送一份大礼给他，显然陈风是早有谋算。

果然陈风从夏想手中收回材料，重新放好之后，又说："作为多年的同事，我也不想置何江华于死地。如果他识趣，提出病退，而且还聪明地暗示陈天宇如何选择下一步，让他全身而退也不是没有可能。否则的话，就不好说了……"

夏想暗暗点头，政治从来不是温情的产物，陈风也终于露出了狰狞的一面，不但要搬开何江华，还要为他在区委常委会中培植力量，也算是用心良苦。何江华的死活并不重要，重要的是只要何江华下台，挪开位置，不但能让陈风重振权威，还能起到杀一儆百的效果。

何江华的下场就是反对市委书记的下场，尽管从明面上看，何江华是咎由自取，但早不事发晚不事发，偏偏在此时事发，就大有讲究了。陈风不愧为老官场，隐忍了这么久，在关键时候才使出杀招，不但削弱了付先锋对政府班子的影响力，还间接警告了胡增周，让胡增周心里有数——相安无事还好，真要惹了他陈风，撕破了脸皮对谁都没有好处。

夏想也明白一点，不出意外，何江华让位之后，高海可以趁机上位。前一段时间高海代管下马区的一应事宜，深得陈风赞同。而且高海是陈风的老部下，陈风对他的信任最深。高海进入常委会，不但加强了陈风对政府班子的影响力，也让胡增周对政府班子的控制力度大减。高海相当于陈风打进政府班子的一颗钉子，同时对胡增周、付先锋和谭龙形成压力。

胡增周虽然未必会和付先锋合作，但他不配合陈风工作，就会让陈风大受制约，很容易让付先锋乘机坐大，或是完成力量的布局。拿下一个何江华，安插一个高海，瞬间就可以打破平衡，让陈风重新树立燕市一把手的权威。

不得不说，陈风不出手则已，一出手，也是致命一击，肯定会让付先锋气得跳脚，也会让胡增周寝食难安！

对于胡增周在最后关头不再支持他，夏想尽管可以理解，但心中还是十分不舒服。

从胡增周进入燕市的那一刻起，为了拉拢胡增周，夏想可以说是煞费苦心。先是叙旧，然后又介绍张健给他，又在过年的时候，借请他到疗养院居住的机遇，和燕市的几个常委以及省里的几个领导接触，为他牵线搭桥。下，让他建立根基；上，让他寻找靠山，殚精竭虑，才算换来胡增周和陈风走近的坚定立场。

夏想也知道胡增周并不是一个十分可靠的人，胡增周的性格不强势，为人也有些圆滑和世故，同时，还有优柔寡断的一面。虽然如此，夏想正是看中了胡增周初来燕市、根基不稳且靠山不硬的尴尬局面，才迅速和他走近，也取得了他的信任。

只不过还是应了一句老话，只有永恒的利益，没有永远的朋友。胡增周在燕市地位逐渐巩固，并且和几个常委也有了共同的利益基础。最主要的是，此次常委会事件之后，可能他得到了京城中某一人的许诺，或是和京城中某一人的关系更进了　步。但不管是哪一种理由促使他最终做出了改变立场的决定，都让夏想感觉到深深的失望，比失望更难言的，是一种被背叛的愤怒。

因为胡增周事先没有给自己打过一个招呼，以自己和他之间的交情，事先通个气既不是难事，也是人之常情。于公，自己毕竟帮了他许多；于私，也算有来往密切的过往。但胡增周丝毫没有释放出任何善意的举动，也一点没有希望得到谅解的姿态。仿佛就是一副高高在上的市长姿态，摆出的是冷冰冰的领导面孔……夏想确实心痛了。

胡增周如果事先向自己说明苦衷，哪怕只是打一个电话，三言两语安慰自己几句，有了一个应有的姿态，自己也不会怪他什么。在面对自身利益的重大抉择面前,任何人都会首先考虑自己的利益,这是人之常情,完全可以理解。但胡增周却置他们之间的交情于不顾,完全公事公办地在关键时刻摆了自己一道!

做人不能有始无终,好的时候,谈笑风生;不好的时候,翻脸无情。

夏想为胡增周没有任何善意的提醒而心中难受。因为胡增周此举,显然是表明了态度,和自己划清了界限,根本不在意是不是留下一线,日后好再相见。由此可见,胡增周和自己之间基本上已经一刀两断了。他和陈风之间,就算不会处处作对,也会各说各话,各自为政。

胡增周太短见了! 夏想心中一声叹息。

↗ 07　姜还是老的辣

与陈风淡定从容、一切尽在掌握的自信相比,胡增周的表情最为丰富多彩。他时而一脸淡笑,时而紧皱眉头,又不时努力保持镇静,但当他的目光落到陈风身上时,却又有掩饰不住的慌乱。而当他看到第一次在前排就座的高海时,又是一脸深深的愤恨。

夏想动手

陈风此次拿何江华说事,是敲山震虎之举。其中的老虎,也包括胡增周在内,可谓是非常高明的一石二鸟之计。既削弱了付先锋一系,又给胡增周敲响了警钟。

只是夏想左思右想考虑到了许多方面,唯一没有想到的就是吴老爷子的出手为何雷声大,雨点小。难道仅仅是因为邱老爷子的面子?还是因为吴老爷子老谋深算,想借打乱燕市势力的平衡之际,在燕省或燕市安插吴家的势力?虽然现在没有任何迹象表明吴家会有人空降到燕省或燕市,但站在制高点向下俯视,有许多想法超出了夏想的视野。

也许因为下马区的缘故,或是别的什么原因,一直不被吴家关注的燕市,突然之间入了老爷子的法眼,他想要在燕市伸伸手,扩大一下影响力?

夏想毕竟年轻,没有登临过高位,也没有执掌过一大家族。他有才能又聪明,但还远远达不到吴老爷子一生深谙官场之道的声东击西的深厚智慧。

夏想还在琢磨,或许胡增周认为眼下是脱离陈风阴影的大好时机,只是操之过急了。不过他也相信,胡增周并不会和付先锋结成同盟,因为付先锋未必看得上胡增周,同时,胡增周对世家子弟也有根深蒂固的偏见。以夏想对他的了解,胡增周最大的可能就是在燕市尽可能地培植自己的势力,借陈风和付先锋斗法之时,在最短的时间内建立起自己的圈子。

应该说胡增周的想法不错,作为一市之长,他也有资本拥有最大的发言权。但让夏想对胡增周的前景并不看好的是,付先锋此次是借力打力,有投机取巧的嫌疑。胡增周应该也敏锐地发现了其中的玄机,并有意效仿付先锋,想从中坐收渔翁之利。只是胡增周忘了一点,他是市长不假,但他既没有陈风的强势和政治智慧,又没有付先锋的背景和深沉。他的性格决定了就算有几名常委团结在他身边,也不会结成牢固的同盟!

胡增周最适合走的是中间路线,而不是独立路线,他的性格和背景决定了一切。而他现在却自以为时机成熟,想在燕市和陈风平分秋色,或是和陈风、付先锋三足鼎立,怕是打错了算盘。

夏想想通了其中的关节, 及时向陈风表达了敬佩之意:"陈书记高抬贵手放何江华一马,他是聪明人,肯定会做出明智的选择。认识陈书记多年,现在我才知道,我需要向您学习的地方,还有很多……"

陈风才不理夏想没有素养的马屁, 而是饶有兴趣地问道:"你下一步该如何做?"

"明天没什么事情的话, 我就找陈天宇接触一下, 商谈一下下一步的工作。"夏想一下感觉轻松了不少,陈风此举无疑给了他一个拉拢陈天宇的大好时机,他就先做好前期工作,为陈风随后抛出的重磅炸弹铺路。

"嗯,是得好好谈谈,而且还要深入地谈一谈。"陈风微笑地看向窗外,微微感慨地说道,"一次并不重大的任命,没想到引发了不小的动荡,还让燕市的局势陡然复杂起来。小夏,以后你主政下马区,刚开始的工作肯定会艰难一些,而且作为一级党委和政府,我也不好过多地干涉。基本上如何开展工作,如何建立自己的体系,如何推广自己的执政理念,就得全靠你自己了。"

沉默了片刻,陈风又语重心长地说道:"第一步担任了区长,第二步就要向书记迈进了,给你一年时间,怎么样,有没有信心?"

夏想只是点了点头,未来之路就在脚下,他心中也有强烈的愿望,只不过不想在陈风面前将话说得过于圆满罢了。

陈风对他的爱护之意未变,夏想一直铭记在心。

晚上,夏想郑重其事地邀请陈风、李丁山和方进江吃饭,想了一想,又请了高海。几人边吃边谈,对燕市未来的局势,都各有各的担心。

不过高海对于和陈风、方进江近距离接触,非常高兴,对夏想主动给他创造机会,也是十分感谢。

夏想也知道什么该说什么不该说,席间,没有向李丁山几人提起一点关于何江华的事情,更没私下里透露给高海。越有神秘感,才越有惊喜,才越让高海对陈风心存感激。

下马区区委区政府定于八月十五日正式成立,现在离成立还有半个月的光景,基本上一干下马区的新任常委们,都忙着在各自原有的单位进行最后的交接工作。陈天宇也是如此,正忙着和原单位的人一一告别,准备到市委正式报到,并且办理交接手续。

陈天宇本是燕市安长区副区长,此次到下马区担任常委、常务副区长,相当于小幅迈进一步,也是值得庆祝的好事。他心情愉快,享受着同事或下属的祝贺,收拾完所有东西,然后来到楼下,准备离开工作了两年的安长区政府。

走到大门口,向送行人挥挥手,想到即将离开熟悉的地方,他不免也有一些留恋。不过想到即将到新的工作岗位上发挥更重要的作用,就有一股莫名的冲动和期待感。下马区虽然是新区,但因为有省市两级的大力支持,以后肯定可以做出更大的政绩。而他又是常务副区长,干上一届,绝对可以一步由正处到副厅,完成人生之中最关键的一次升迁。

只是当他想到区长夏想今年才二十八岁时,心中还是不太舒服,足足比他小了六岁,让他心情无比郁闷。他三十四岁才混到正处,人家二十八岁就是副厅,就是政府一把手。他再是常务副,也是副职,相比之下,小升一步的喜悦顿时荡然无存。

人比人,气死人,果然不假。就算他几年后升到区长,还是被夏想压一头。六岁的差距,在官场上就是一届的差距,足以让人对超越对方的想法完全死心,怎么超? 六年之后,夏想说不定快到副省了!

三十四岁就能迈入省部级干部的门槛,太夸张了。夏想的升迁速度太惊人了,陈天宇对素未谋面的夏想有一种深深的敌意,不仅仅是因为夏想年纪轻轻就压他一头,也因为何江华。

何江华是陈天宇的后台,虽然是燕市排名比较靠后的常委,但也是名正言顺的正厅,机会一来,到下面地市担任书记都不成问题。何江华和陈风关系疏远,和谭龙关系不错,因此,陈天宇也对夏想莫名地没有好感。

一边想,一边来到区政府门口,作为副区长的他,没有专车,也没有专职秘书,基本上相当于只身一人到下马区上任,也算是轻车简从了。

刚到门口,手机就响了,陈天宇一见是一个陌生的号码,想到他的个人手机号码知道的人不多,迟疑一下还是接听了。

里面传来一个陌生但热切的声音："请问是陈区长吗？"

陈天宇客气地答道："我是陈天宇，你是哪位？"

"我是夏想！"

陈天宇一下没反应过来，夏想？谁，下马区区长夏想，他的顶头上司？怎么可能是夏想打来的电话？

"夏……夏区长，您好，您好！"稍一迟疑，多年在官场的经验还是让陈天宇迅速摆正了态度，热切地回应，"没想到是夏区长的电话，失敬，失敬。请问夏区长有什么指示精神？"

夏想从陈天宇热切但客气的尊称之中，感受到的是表面上的客套和疏远，他不以为意，直接抛出了诱饵："是这样的，陈区长，关于落实达才集团的资金一事，如果你有时间，我想我们最好碰个面，就下一步的工作安排先拿出一个方案来。我的意思是，达才集团的投资项目，具体由你来负责……"

陈天宇再一次体会到了晕眩和失神的感觉，为什么？为什么夏想将一个大馅儿饼直接扣在他头上？谁不知道达才集团的资金是由夏想一手促成的，并且有传闻说，达才集团的投资，只认夏想不认别人。夏想居然将达才集团的项目交由他负责，相当于直接将一份天大的政绩给他……夏想和他又不熟，又不是同盟，为什么要对他这么好？

夏想也有足够的耐心，说完之后，就静默地等了他十几秒钟。十几秒后，陈天宇终于回过神来，忙道："有时间，有时间，我现在就有时间，您说地点，我现在就可以过去。"

区政府里面还有一个副区长谢源清，也是常委，听说来自京城，和夏想有没有关系也不清楚。但夏想完全可以联合谢源清把他架空，所以夏想伸过来的橄榄枝，他没有理由也没有底气拒绝。真要拒绝了，相当于关上了一扇通往美好前景的大门。

先不管夏想是什么目的，面谈了再说。

陈天宇按照夏想所说的地点，急忙叫了一辆车，飞速而去。

夏想约见的地点让陈天宇很费解，那是一处非常荒凉的地点，位于下马河的南岸，周围杂草丛生，放眼望去，数里之内没有人烟。以致一路上出租车司机不停地透过后视镜观察陈天宇，看司机猜疑的眼神，肯定有点怀疑他是不是要劫车。

到达目的地，陈天宇一眼就看见一辆高大的路虎车旁边站着一个迎风而立的年轻人。年轻人的头发被风吹得有点凌乱，短袖衬衣随意地扎在腰间，显示出别样的年轻和气势。

远处，为了拓宽河道而忙碌的工人，正在下马河的河底之中，铺设防水层。下马河河底沙化厉害，如果不铺设一层防水层，上水之后，恐怕要有一大半水会渗透到地下流失，作为人工河，承担不起河水的过度流失。

再远处的河对岸，就是一片热火朝天景象的下马区主城区，在年轻人的站立之处，正好可以看到下马区刚刚铺设的公路，以及无数幢拔地而起的高楼。如果眼神够好，还隐约可见一幢十层的高楼，高楼修建成方方正正的模样，威严有余，活泼不足，正是新建的区委区政府所在地。

陈天宇来到年轻人身后，不敢相信地轻轻唤了一句："夏区长？"

夏想早已发现了陈天宇的到来，他故意假装不知，就是要暗中观察一下陈天宇的态度。如果陈天宇站在远处喊他，说明他傲慢而不知礼，不可交；如果他近身上前，小声呼唤，至少说明一点，他是一个识时务之人。

一个人可不可交，就要看他是不是具备一些基本的素质。站错队伍不要紧，要紧的是，在面对新的选择时，有没有重新站队的勇气和素养。

具体表现在行动上，就看陈天宇是不是识进退，知大体。

对于陈天宇的初步表现，夏想给了及格分。

夏想回过头来，热情地伸出手去："陈区长，你好，抱歉让你大老远赶到这里，主要是我想和你亲眼看一看达才集团的工程落脚点，也好做到心里有数，对不对？"

见夏想一脸和气，年轻的脸庞上写满温和的笑容，陈天宇对夏想的印象稍有改观。一个二十八岁的区长，如此年轻有为，没有一点傲气，给人的感觉平淡而随和，如同一位为官多年的老人。陈天宇多少有点不解，夏想怎么就练就了一身炉火纯青的待人接物的本领？

同时他暗暗惊奇，夏想比他想象中更容易让人接近，也让他对夏想所说的将达才集团的项目交由他负责的话，更加期待。

陈天宇双手紧握夏想的手，适时地表现出谦恭的态度："夏区长说的哪里话，我身为副区长，理应到实地走一走，看一看……倒是您站在风口上，小心别着凉了。"

夏想虽然通过了市委常委会的提名，但还必须经区人大批准才能正式上任区长，现在他的职务应该是副书记、代区长。不过因为是新区，一切从速从简，陈天宇直接称呼他为区长也是官场常态。

夏想见陈天宇至少表面文章做足了，就笑了笑，心中对他又加了不少印象分,也就不再客套,直接用手一指眼前的一片高地,说道:"达才集团准备在这片地上建一座高尔夫球场——一座建在下马河畔的高尔夫球场,不但可以让人玩得尽兴,还可以在放松之余,尽情欣赏下马河的美景。有理由相信,如果高尔夫球场的设施到位,服务达标,再加上环境幽美,价格低廉,建成之后,将会吸引不少京城的客人来此消费。"

陈天宇惊讶地看了夏想一眼,心想以前只是听闻夏想有商业头脑,虽然不是经济专业出身,但对经济十分在行,今天只一见面,两句话一说,就不由他不刮目相看。

陈天宇是正经八百的经济学专业毕业生,在他得到何江华的暗示,说是有意提他担任下马区的常务副区长之后,他就开始着手研究下马区的经济模式和增长点。虽然未必详尽,但也是下了一番功夫,大面上也做到了心中有数。

夏想随口说出的高尔夫球场的前景,初听之下似乎不太实际,怎么可能会有京城的客人来到几百公里以外的燕市打球?但如果从长远看来,不但有可能,而且还大有可能。

因为陈天宇了解燕市的规划,在未来两年内,将在此处修建一处高速口,命名为燕市北,原先燕市唯一一处上高速的出入口还是名为燕市。设燕市北出入口主要是方便燕市北部的市民上下高速,而高尔夫球场正修建在高速口几百米外,可以经高速直达京城。

以此地低廉的地皮价格,和燕市极低的人员工资,高尔夫球场建成之后,完全有可能吸引京城客人前来。因为不过只有两个小时的路程,来回高速也才花费几百元钱,同样的环境和设施,价格却差了数倍,玩几个小时就能赚回差价,肯定会有人前来。不仅如此,此地面临下马河,蓄水之后的下马区到时桨声灯影,必定是燕市的一处胜景。有此一举两得的好处,不用多久,说不定就能在京城的圈子内产生不小的影响。

夏想考虑得却比陈天宇更长远,也更周到……

布局第一步——一唱一和

燕市不管是人员工资,还是生活消费,都比京城便宜许多。就好比齐省的一些沿海城市,许多韩国人都在当地买房入住,每到周末就会坐飞机过来度周末。因为中国的物价便宜,许多生活用品和食物比韩国便宜数十倍,就是算上来回的机票,也比在韩国消费实惠许多。

甚至还有韩国人专门飞来国内打高尔夫！

当然一切的前提是，交通发达到一定程度，机票便宜到了几乎可以忽略不计的地步，才是大量韩国人来国内消费的重要原因。

京城和燕市之间，不用多久就会开通城际列车，甚至再远的将来还有高铁，行程可以缩短到四十分钟甚至更短。如果京城和燕市之间的交通发达到了一个小时就可以到达，作为离京城最近的省会，燕市将会得到许多的便利条件。

夏想更多的是用高尔夫球场来试探陈天宇的为人和经济头脑，看他如何作答。

陈天宇一本正经地点头说道："短时间内吸引力不会太大，因为交通优势不明显。但从长远来看，下马河通水之后，如果在此处再兴建一处游乐场和一个码头，等将来随着燕市北高速口的兴建，高尔夫球场吸引为数不少的京城客人，也就顺理成章了。"说完，他又不失时机地奉承了夏想一句，"夏区长目光敏锐，对市场把握之准确，我早有耳闻。今天听了您的高见，果然名不虚传。"

夏想摇头笑笑："谈不上什么高见，不过是多了解了一些政策方针，知道燕市下一步的发展规划，才有长远一点的目光罢了。天宇，你说说看，下马区如何充分利用下马河在下马区内有八公里河段的优势？"

下马河全长一百多公里，绕燕市一周，基本上只经过下马区，而且只有八公里的河段。其他河段，全在燕市城外。以现在燕市向外扩张的速度，十年八年之内也不可能将下马河变成内河。

作为唯一一个拥有河道的城区，下马区的优势十分明显。

陈天宇知道夏想的问题是考验，关系到他能不能取得夏想的认可，能不能顺利接手达才集团的项目负责权，必须要慎重回答。他微一思忖，以前一直用心研究的关于下马区经济增长点的理论终于派上了用场。

"下马区拥有八公里长的河段，是燕市八个城区之中唯一一个内河城区，因此下马河是下马区最大的天然优势。下马河的扩建和通水，将会让下马河成为燕市的母亲河。下马区以下马河命名，以后下马河的影响越大，越被市民认可，下马区就越有自豪感。

"燕市缺水，所以市民都格外渴望碧水绿波，比如许多新建的小区，叫水云间、阳光水岸，实际上别说有碧波荡漾了，完全就是一片尘土飞扬之地。外地人见了嘲笑，本地人听了心酸。所以下马河一旦通水，将会成为燕市人民生活中的一件大事，绝对可以载入史册。"

夏想皱了皱眉头，毫不客气地打断了陈天宇的话："挑重要的说，官话、套话和废话就算了，最好不要浪费时间。"

陈天宇顿时一脸尴尬，脸上闪过一丝怒气，随后又恢复了平静，勉强一笑说道："对不起夏区长，我太激动了……下马河可以开发成一处景点，沿岸不但可以兴建高尔夫球场，还可以修建许多豪华住宅和别墅，就在我们脚下是一片湿地，可以开发成湿地公园，或是游乐园。当然，充分利用下马河的优势，还有许多大有可为的项目，时间有限，等我整理好之后，再向您详细汇报。"

夏想点点头，不置可否地问了一句："如果我将达才集团的项目交由你负责，你有没有信心协调好各方关系，让达才集团满意，让区委区政府满意？"

陈天宇见夏想一脸坚定，也一脸严肃地说道："我一定不会辜负区委区政府和夏区长的重托，保证圆满完成任务。"

夏想呵呵地笑了，拍了拍陈天宇的肩膀，走下高坡，说道："到下面说话，上面风大。"

陈天宇脸一红，跟在夏想身后恨恨地想，什么意思？是讽刺我不怕风大闪了舌头？

两人一前一后来到路虎车前，夏想靠在车门上，双手抱肩，一副轻松自若的态度，问了一句："听说你和江华市长关系不错？"

陈天宇知道市里一干常委之间的关系，以及下马区新建的领导班子中各个常委和市委各个常委的关系，都是公开的秘密，彼此之间都心里有数，就老实地承认："我能到下马区担任常委、常务副区长，都是江华市长大力推荐的结果。"

"除了江华市长，天宇，你和市委哪位领导关系密切？"夏想一脸似笑非笑的表情，让陈天宇有些摸不着头脑。而且夏想说话轻松，称呼他的名字也十分亲切，好像熟人一样，更让他琢磨不透夏想的用意。

"就和江华市长关系最密切一些，与其他市委领导，没有直接打过交道。"陈天宇倒没有太多的隐瞒，他和谭龙有过来往，和付先锋也能说上话，但都不是真心交往，而且付先锋和谭龙未必看得上他。

不过此次他能顺利担任下马区常务副区长，听何江华说，谭龙也出了力。

陈天宇念的只是何江华的好，谭龙出力，也是看在何江华的面子上，他没有必要刻意去讨好谭龙。谭龙未必买账不说，还会因此得罪何江华，费力不讨好的事情他才不会做。

夏想只是"哦"了一声,然后漫不经心地说道:"下马区是一道复杂的运算题,解题步骤不同,但要求的答案必须是统一的,就是要出成绩。不过和哪位市委领导关系密切就是选择题了,只能二选一,就比较麻烦了,是不是? "

说完之后,夏想一挥手:"走,回市里,上车,我送你一程。"

陈天宇莫名其妙地上了车,却不明白夏想话里话外的意思。坐在车上还想说些什么,见夏想专心致志地开车,没有想要谈话的兴趣,就只好闭了嘴,闷闷不乐地想事情。

陈天宇多少能猜到一点,夏想可能有拉拢他的意思。但他不明白的是,夏想明明知道他是何江华的人,而何江华和陈风不和,他怎么可能弃何江华于不顾向夏想靠拢?而且何江华也明说了,让他以后在政府班子里大力配合白战墨的工作。不管是从白战墨是区委书记的角度出发,还是从何江华和陈风不和的角度考虑问题,他都不可能和夏想走得太近!

难道说,夏想提出让他负责达才集团的项目,与他是不是向夏想表示靠拢挂钩?肯定是了,否则也不会说出选择题只能二选一的论调了,显然是要让他在何江华和夏想之间,只能选择一人。

陈天宇知道自己的前程是谁提携的,也知道何江华现在地位稳固,还有稳中有升的迹象。在何江华和夏想之间,他肯定会毫不犹豫地选择何江华。不提夏想级别才是副厅,就是何江华在市委市政府之中的地位和人脉,也远不是夏想所能相比的。

夏想凭什么?陈天宇暗中斜着眼睛看了夏想一眼,心中冷笑,想拿一个达才集团的负责权让他重新站队,也太小瞧他陈天宇了,简直就是对他政治智慧的污辱!

到了市里,陈天宇和夏想一起来到市委大院,刚下车,就看见何江华和谭龙并肩下楼。谭龙一脸愤恨,何江华一脸灰白。

谭龙看到陈天宇和夏想一起进来,不由微皱眉头,看了何江华一眼。何江华却没有注意到谭龙的不快,而是双眼直直地看着夏想,突然几步小跑来到夏想面前,脸上勉强挤出一丝笑容,说道:"夏……夏区长,你现在有没有时间,我有件事情想和你谈谈? "

谭龙见何江华如此失态,理也未理夏想,扭头走了。

陈天宇更是一脸吃惊,不解地看着何江华,不明白为什么突然之间市委常委、副市长何江华身段放得如此之低,以一副讨好的口气和夏想说话?

夏想还是拿出了应有的态度,忙说:"何市长有事情尽管吩咐,我有时间,您请讲。"

何江华深深地看了陈天宇一眼,冲他点点头说道:"天宇,你做得对,很有眼光。到我的办公室等我,一会儿有重要事情和你谈。"

陈天宇只好闷闷地上楼而去。

何江华拉着夏想的手不放,来到市委大楼外面停车场的拐角处——此处既没有人通行,也没有监控装置,是一个死角。他开口地第一句话就是:"夏想同志,请你帮帮我好不好?"

夏想从何江华脸上的惊恐就可以猜到,陈风动手了!

夏想明知故问:"到底出了什么事?何市长您别急,慢慢说。如果在我的能力范围之内,我一定尽力而为。"

何江华见夏想一脸真诚,又想起刚才谭龙听到他犯事之后,没有给出任何行之有效的办法,心想早知道夏想是一个好人,当初何必非要打压他?夏想明明和他站在对立面,他在病急乱投医的情况之下,求夏想帮忙,没想到夏想没有一点冷嘲热讽,还一脸关切的表情,让何江华心中十分感动。

不过何江华并不是病急乱投医,而是他听到了传闻,以他目前的困境,只有夏想出手才有可能解决问题。

何江华无意中听到前来市委办事的郑冠群说起,说是陈书记已经掌握了他大量贪污受贿的证据,正在犹豫着要不要提交到省纪委。何江华一听顿时慌了,因为他知道自己犯了多大的事儿,不查则已,一查绝对出大事。而且郑冠群随意透露出来的几个公司的名字,让何江华心惊肉跳,他就知道郑冠群所言不虚,陈书记手中的证据,绝对是真凭实据!

何江华直吓得半死,陈风一向对他不满。他和付先锋、谭龙走得过近,在此次常委会事件中,他又是谭龙的急先锋,陈风不对他恨之入骨才怪。何江华只觉冷汗浃背,自以为以前的事情做得天衣无缝,没想到被人掌握了底细,他知道,他的前途完了。

不过郑冠群又有意无意地说了一句,说是夏想向陈书记求情说,何市长也为燕市的发展作出了不少贡献,念在他涉案金额不大,不如放他一马。至少也要给何市长一个悔改自新的机会,让他回家养老也好,也让何市长能有一个安稳的晚年。

郑冠群还说,现在只有夏想在陈书记面前说话最管用,也正是因为夏想那几句求情的话,才让陈书记犹豫了,还在考虑要不要提交到省纪委。

郑冠群是崔向的人,现在在省委宣传部任常务副部长,他的话不但可信,而且还绝对是内幕,何江华就急急找谭龙商议对策。谭龙也知道何江华比较贪财,胆子大得很,被人发现是正常,不被发现才不正常。发现不发现不是关键,关键是,被人发现以后查不查他才是关键。

现在好了,被陈风掌握了证据,何江华必死无疑,谭龙立刻就动了过河拆桥的心思。再看何江华时,就已经不当他是盟友和副市长了,而是把他当成了一个可怜的阶下囚。陈风是省委常委,可以有权直接提议召开省委常委会讨论何江华的问题。只要一上常委会讨论,经济问题的犯罪,没人肯保他,况且又是证据确凿。

谭龙随意应付了何江华几句,恨不得立刻和他划清界限,哪里还肯真心帮他。

何江华没有从谭龙那里得到任何实质性的帮助,一下楼就看到了夏想,就像见到了救星一样,立刻在心中升腾起希望的火焰。

何江华也不隐瞒,想让夏想帮忙就得说实话。他就将听到的郑冠群的话转述了一遍,说完之后,可怜巴巴地看着夏想,等着夏想的生死裁决。

郑冠群掩藏得很深,而且演技水平很高,夏想听完之后,第一反应竟然是先暗夸了郑冠群一句。

由郑冠群暗中出面将消息传递给何江华,比任何人出面更能让何江华不起疑心,也不会让他看出布局的痕迹。只不过有一点,夏想不是十分理解,陈风为什么要放何江华一马?其实依夏想的想法,应该将何江华绳之以法才对,就算因此失去了陈天宇的靠拢,也要给所有贪官以警示作用。或许陈风真是念及旧情,不忍将何江华赶尽杀绝。又或许陈风要的就是何江华主动请辞的效果,具体原因不公布,让众人去猜测,越是猜不透,越是迷雾重重。

就越能显示出陈风的深不可测!

不管如何,陈风定下的大计,夏想就要演戏配合,毕竟都有各自想要达到的效果。他也许还是年轻,激进了一点,见到贪官就想直接扔到牢里。而在陈风眼中,贪官也成了砝码,成了翻云覆雨的手段,成了重新树立权威的杠杆。

夏想摇摇头,心想立场不同,看待问题的角度果然不同。好,就按照陈书记的既定计划行事好了,他以收拢陈天宇为主,陈风则以削弱付先锋一系为主,兼顾对胡增周的警告。

夏想迟疑了一会儿，艰难地说道："我确实向陈书记说过类似的话……"他见一丝喜悦从何江华的眼中一闪而过，就想索性好人做到底，又说，"虽然我一向和何市长没什么交情，来往也不多，而且在许多时候还有政治上的不和，但我一直觉得何市长的为人还算不错，偶尔犯一点小错也不算什么。况且说实话，人在官场之上，许多事情也是身不由己……"

"嗯，嗯，夏区长说得对，说得对，我以前有对不住你的地方，你别放在心上，是我有眼无珠，没有看出你的为人。唉，要是早早站对队伍就好了。"何江华一副痛心疾首的样子，看得出来，有表演的成分在内，也有几分真心悔过，还有对夏想的真心感激。

"陈书记和我私交好一些，我费了半天劲劝了他，他才暂时压下了将您的事情提交到省委常委会的想法。不过陈书记的态度很坚决，说是您已经不再合适担任领导职务了，如果能真心悔过的话，能够主动向市委市政府承认错误，写一份深刻的悔过书，并且主动请辞，事情就会控制在燕市的范围之内……"夏想也不隐晦地点明，而是直截了当地说出了陈风的意思。

官场之上，有时要讲究含蓄，但有时又必须干脆，眼下不是绕弯让何江华猜测的时候，万一想不到一块儿，事情有差错就不好收拾了。

"还有，陈书记觉得陈天宇同志工作能力出色，如果因为您的事情受到牵连就太可惜了。当然，如果天宇同志及时表明立场，站对了方向，不但不会受到牵连，还有可能受到重用。作为您一心扶持的人，也要多为天宇同志的前途想一想，您说呢，何市长？"

布局第二步——翻云覆雨

夏想发现他做思想工作的水平也不差，一番声情并茂的话说完，何江华竟然微微红了眼圈。

何江华原打算舍了一身财，给夏想送礼，给陈风送礼，只求能够全身而退。没想到夏想想得还挺周到，只要他主动提出辞职，就会保他平安无事，而且还为陈天宇的前途着想，让他提醒陈天宇及时站队，不由何江华不对夏想感激涕零。

因为他曾经不遗余力地打压过夏想，还在常委会上阻挠夏想的前途，他是夏想的仇人才对。而夏想不但不记仇,还处处替他着想,怎不令何江华心生感动?时穷节乃现,患难见真情,他以前还真是错怪夏想了,夏想真是一个天大的好人。

夏想见到何江华一脸感动的表情,还有他激动得颤抖的双手,突然明白过来,陈风还是比他高明。如果直接将何江华一棍子打死,不但得不到陈天宇的投靠,更没有何江华的感激以及其他方面隐形的收获,比如何江华会对陈风死心塌地,会对谭龙等人疏远,会让他的势力都向陈风靠拢,等等。陈风欲擒故纵,一拿一放,就将何江华玩弄于股掌之间!

什么叫手腕,这就是。

再联想到胡增周的急不可耐,夏想不由暗暗替胡增周惋惜。真正有实力的人,有政治智慧的人,不是急着要划清界限,不是急着要划分势力范围,而是在不动如松的情况之下,一招出手,就能改变整个局势!

何江华已经成了没头的苍蝇,基本上让他做什么他一定会照做。不管是让他主动辞职,还是让他将他的势力划归陈风,还是让他在退下之前,向上级推荐高海接任,等等,绝对会不打任何折扣地执行。

何江华主动请辞,陈风绝对不会对外公布真正的原因,还可以美其名曰保全何江华的名声。知道的人还好说,大部分不知道的人,都会因此对陈风心生敬畏。如果高海能顺利接任何江华的职务,进入常委会,而高海是陈风的亲信,谁人不知?

真相就呼之欲出了。

但再呼之欲出也是不出,妙就妙在半遮半露之间,任由别人去猜想。越猜越神秘,越神秘,陈风的形象就越高深。

至此,夏想对陈风的用心完全猜透,除了佩服还是佩服。

当然,陈风的手腕再高,也需要由他出面来完成,随后他又很不好意思地暗中夸了自己一番。

何江华一开始只是红了眼圈,现在眼中已经完全蓄满了眼泪。官场上向来不缺少表演才能的人,说哭就哭、说笑就笑也是一项真本事,夏想只当何江华七分表演三分感动好了。

何江华哽咽地说道:"谢谢陈书记,谢谢夏区长,你们的恩情我记在心上,没齿不忘。我明白该怎么做了,请转告陈书记,看我的行动好了。"

何江华猛然一转身,随后步伐坚定地走了。

夏想看着何江华的背影消失在大楼之内，微微摇了摇头，想了一想，也没有再上楼，而是直接开车回家了。因为他知道，市委大院将要发生什么，已经没他什么事情了，他只需要在一旁看一出好戏就可以了。

八月十二日，距离下马区区委区政府正式还有三天时间，本来已经平静了一段时间的燕市市委，突然传出一个惊人的消息：市委常委、副市长何江华同志，因个人原因向省委提出辞去全部职务！

消息一出，燕省和燕市一片哗然！

然而更让人不可思议的是，何江华依照惯例推举接任者之时，竟然大力推荐高海！所有人都大跌眼镜，何江华不是一直和付先锋来往过密，和谭龙一唱一和，向来和陈风作对，怎么他在出人意料的辞职之后，还高调地推荐高海接任？

尽管说来以何江华的级别，他的推荐权在省委看来可有可无，甚至不用加以理会。但此事的象征意义巨大，相当于直接在付先锋和谭龙的脸上，当众打了一个响亮的耳光！

更不用提因为何江华的离去和高海的上任，将会给燕市的常委会带来什么决定性的影响！

随后发生的事情，更让人瞠目结舌。

省委以极快的速度，在第二天就批准了何江华的辞职申请，并且省委组织部也第一时间通过了高海的资格审核，立刻提到省委常委会进行讨论。第三天，即八月十四日，省委常委会不顾省委副书记崔向的反对，强行通过了高海的任命，高海一步迈入燕市的权力核心层，成为名副其实的市委领导。

简直就是迅雷不及掩耳之势，所有人都还没反应过来是怎么一回事，没有弄清事情的来龙去脉，燕市市政府班子里，已经完成了一次重大的人事更换。政府班子之中三个实权人物，胡增周、谭龙和高海，胡增周自成一派，谭龙和付先锋是一系，而高海，谁都知道他是陈风的人！

至此，有些明眼人已经看出端倪，虽然自始至终没有见到陈风有什么表态，但此事的最大受益者是陈风。也就是说，幕后推手就算不是陈风，也和陈风有推脱不了的干系。

十四日下午，在燕市市委市政府召开的临时会议上，陈风主持会议。会上，陈风对何江华同志在燕市工作期间所做出的成绩给予充分的肯定，并强调指出，何江华同志出于个人的原因提出辞职，是燕市的一大损失。至于何江华同志辞职的原因,大家不要胡乱猜测,要尊重江华同志的隐私。大家作为他多年的同事,都要关心他爱护他,而不是打探他的私事,议论他的是非,希望同志们谨慎对待。

据李丁山向夏想转述当时的情景,何江华一脸凝重地坐在会议室,自始至终没有笑脸。付先锋虽然表面上一脸坦然,但眼神之中却流露出无可奈何的愤怒。谭龙坐在座位之上,不时动几下,如坐针毡。

其他常委都是一脸无奈,有人悲哀,有人惊慌,也有人不以为然,总之人心混乱,再难形成一股力量。

与陈风淡定从容、一切尽在掌握的自信相比,胡增周的表情最为丰富多彩。他时而一脸淡笑,时而紧皱眉头,又不时努力保持镇静,但当他的目光落到陈风身上时,却又有掩饰不住的慌乱。而当他看到第一次在前排就座的高海时,又是一脸深深的愤恨。

夏想听了李丁山精彩的描述,哈哈大笑,连日来所受的压迫和阴郁,一扫而光。

夏想甚至还不无恶意地猜测,今天晚上,恐怕胡增周和付先锋都要彻夜难眠了。

夏想还真猜对了,尽管临时会议散会之后已经到了晚上八点,付先锋还是和谭龙一起出了市委大院,坐车前往上一次和崔向一起放松休闲的静心山庄。

崔向有事未来,付先锋、谭龙还有省委宣传部长马霄、市政法委书记陈玉龙一共四人,来到了曲径通幽之处。找了一处宅院安排好之后,众人分别坐好,就当前燕市发生的一系列事情,各抒己见。

谭龙最先说道:“陈风好手段,姜还是老的辣。没想到,他一举扳倒了何江华,还安插了高海,一举两得,既削弱了我们的实力,又在政府班子里有了自己人……没想到,出手狠辣,一击而中,还是那个让人谈之色变的陈风……”

付先锋不以为然地说道:“不是陈风有多高明,是何江华自身不正,问题太多。所以我们以后一定要管好自己的手,管不好的话,也要尽量做到隐蔽再隐蔽,不要露出任何马脚。不怕有问题,就怕被人发现问题。”

虽然付先锋尽量流露出轻描淡写的语气,但眼神之中的愤怒和不满,还是掩饰不住。他端起一杯酒一饮而尽,又“啪”的一声将酒杯扔到桌子上,怒道:“肯定是陈风策划,夏想出面,一老一少,一暗一明,才策反了何江华。大意了,失策了,夏想太阴险,陈风太狡猾!”

付先锋再沉稳,再有城府,突然面临巨大的失利,怒火攻心也是难免。

虽然有了成功扶白战墨上位的先手,但陈风的反击太快太犀利,让付先锋还没有反应过来就已经尘埃落定,怎能不让他火冒三丈?而且陈风的手段有明显的针对意味,他好不容易才暗中借助吴家之手在常委会上打击了陈风的威信,只一个回合就又让陈风重新树立起来了威望。

可以说,他想借陈风威望大减之际拉拢更多常委的意图将会落空!

更让他心中郁闷难安的是,胡增周也想火中取栗。尽管胡增周和陈风疏远了对他而言是好事,但胡增周也乘机拉拢了几名常委,对他来说也是喜忧参半的消息。而陈风意外出手,不但大出他的意料,也让他下一步的精心布局毁于一旦。

怎能不又气又恨?

陈玉龙本来和付先锋的关系不算十分密切,常委会上的失控,让他敏锐地意识到付先锋很有可能会在燕市站稳脚跟,甚至将来还有成为一二把手的可能。所以他就对付先锋有意结盟的暗示,及时并且非常积极地响应。今天也是他第一次和付先锋一系,私下里进行接触。

陈玉龙也点头说道:"陈风此人,表面上有时夸张,说话似乎不经大脑,其实仔细一想他的言谈举止,往往大有深意。陈风在燕市好几年了,一直根基很稳,和省里的关系外人看来一般,实际上在关键时刻,省里还是有不少人支持他。所以对陈风,千万不要大意,否则绝对会吃他的亏。"

谭龙一脸懊恼:"都怪我,本来何江华最先和我商量对策,我觉得他已经死定了,就没怎么帮他想办法。结果到门口正好遇到夏想,两个人就到一边说话去了,也不知道夏想说了什么,第二天就出了大事……疏忽了,早先该好好安慰一下何江华,否则也不至于让陈风翻云覆雨。"

"不过话又说回来,胡增周现在和陈风的关系大不如前,也是对我们有利的一面。"马霄最近的日子还算可以,省里没什么大事,一直平静。叶石生没有找过他的麻烦,郑冠群也比较配合他的工作,进入了一个相对的平静期。

"省里在短时间内应该不会有什么大的变动了,新来的省纪委书记李言弘是吴家人,上次吴才洋出手来势汹汹,却又以更快的速度收手,肯定有大人物发了话。夏想的背后,还有一个隐藏的高人。"付先锋比几人看得更长远一些,他对马霄的话赞许地点了点头,说道,"在下马区,夏想基本上是光杆区长,工作很难开展,等着看笑话好了。夏想出丑,陈风面上无光。市里,胡增周现在和陈风的关系开始疏远,他也是看准了时机,准备跳出陈风的影子,推行他的执政理念。不过向来一二把的权力有重叠的地方,冲突在所难免。胡增周此举,大大地分散了陈风的影响力,对我们也是极其有利。当然,也有不利的一面。同时在省里,因为没有夏想作为中间力量,再有产业结构调整进入了平衡期,叶石生和范睿恒之间缺少了足够的缓冲,随着时间的推移,他们之间的矛盾也会显露出来……从长远来看,时间对我们有利……短时间内,就看夏想如何在下马区受气;中期,就等胡增周和陈风矛盾的激化;长期,就看省里局势的变化。而且我还听到风声,钱锦松有可能要调离燕省。"

付先锋说完,又恢复了一脸自信,目光炯炯地看着几人。

谭龙不解地问:"钱锦松调离燕省,对我们有什么益处?"

付先锋并不正面回答,反问了一句:"向深处想一想。"

谭龙恍然大悟:"难道新任的秘书长,和我们有共同语言?"

"只是一种可能,只能说,有很大的可能,拭目以待好了。"付先锋呵呵一笑,并没有完全说出内情,还是保持了足够的神秘。只有掌握了最上层的信息,才能在几人之中获得最核心的地位。即使是级别最高的马霄,在私下里也必须以他为中心。

几人也知道付先锋的性格,都会心地一笑,不再多问。

众人满怀憧憬,开始高兴地吃饭。吃到中途,马霄忽然想起了什么似的,半张着嘴愣了半天不说话,谭龙惊奇地问:"怎么了马部长,想起什么古怪了?"

马霄伸出一根筷子点在桌子上,轻轻敲了几下,摇头一笑:"邪门了,一直没注意到下马区的名字有什么古怪,现在才回过味儿来。明天下马区正式成立,今天就有一个市委常委、副市长下马,你们说说,下马区的名字是不是有点不吉利?"

一直以来,下马区的命名是因下马河之故,当时夏想提议新区之时,懒得多想,直接就提名了下马区。到了市委讨论时,因为大家都习惯了下马河的名字,谁也没有往别的方面去想,就顺利通过了命名。

其实下马河也是一条大有来历的河。当年金兵入侵燕赵大地时,曾经有一支义军在下马河设下埋伏。当时金军问路,一名路人告诉金军,说是此河需要下马过河,因为骑马过河是对河神不敬,会遭天谴。金军自然不信,都骑马过河,结果走到河中时,伏兵四起,杀得金军人仰马翻。因为河底有许多绊马索,金军无法脱身,死伤无数。

自此，此河被命名为下马河。

下马河是一条历史悠久的河，也证明燕市历史上并不缺水，只是现在水土流失严重，河道干涸，才让下马河徒有河名而无河水。但不管怎样也是一条历史名河，当时讨论的时候，也觉得有必要弘扬一下燕市悠久的历史，所以才没有一人提出异议。

马霄联想丰富，提出了下马河和何江华下台之间的关联，他的话一出口，几个人顿时都愣住了。

几人都是坚定的唯物主义者，从来不讲怪力乱神一类的事情。但实际上，在官员之中，一心在数字和名字上求吉利者大有人在，甚至比普通人还执着。

因为只有真正跻身到官场之中的人才会深刻体会到，就是在同样的情况之下，有人升迁有人原地踏步，真需要的是机遇。

关键一步

谭龙最先惊醒过来，突然猛地一拍脑袋，十分震惊地说道："真是怪事，听马部长一说，还真有一点古怪。下马区是因为下马河而命名，何江华正好赶到下马区成立前夕下马，他的名字中正有一个'江'字，一江一河，正好呼应，难道说真是命数？"

"胡说什么？"付先锋笑骂了一句，"作为党员，唯物主义是第一信条，怎么说起了神神鬼鬼的东西，不过是一个巧合罢了。再神奇的事情，也要人力推动才行。何江华是陈风拉下马的，和下马区的成立没什么关系。"

付先锋不说倒好，他一解释，反而更让谭龙抓住了关键点："下马区的名字是夏想提议的，在何江华下台之前，夏想又找他谈过话……"

谭龙此话一出，所有人都感觉到了一丝古怪，若说是巧合，也太巧了一点，既想不出强有力的反驳的话，又解释不清，都不约而同地选择了沉默。官场中人，在切身利益和前途面前，对于一些不吉利的名字，是宁肯信其有不肯信其无的。谭龙的话，为今天的聚会蒙上了一层说不清道不明的阴影。

几人谁也没有想到的是，第二天，就有传言在市委大院开始流传，说是下马区的名字不吉利，下马区成立，高官下马，说不定谁去下马区任职，谁就会下马！

两天后，传言就开始在省委大院传播。叶石生听了大怒，严令所有人不许私下里传播迷信思想,一经发现,严肃查处。陈风也在市委一次重要会议上,含蓄地表达了和叶石生相同的意见,号召大家坚持马列主义的信念不动摇。堂堂的国家干部,不要被什么文字游戏吓倒,上马下马什么的,只是一个没有具体意义的命名而已,就像成都叫了两千三百多年,在历史上一直也没有成过都城……

尽管陈风的发言严肃活泼,暂时压制了传言的流传,但此后不久下马区又发生了一件大事,再一次让传言兴起,并且在民间广为流传,有愈演愈烈之势……

当然,此为后话,暂时不提。

与付先锋几人聚在一起商议对策不同的是,胡增周回家之后,一个人在小区之中散步,思前想后,一直想了很久。

胡增周住在市委三号小区,本来他在常委楼有一套两层的住宅,不过他没有入住。因为就他和老伴两个人住一栋上下两层两百平的房子,太空旷了,就算有保姆也觉得没有人气。胡增周不喜欢又大又冷清的房间,所以就住在市委三号小区的房子里。

房子不大,一百平左右,两个人再加一个保姆,住着正好。

胡增周今天一下班就早早回家了,草草吃了一口饭,就一个人背着手来到小区之中散步。

市委三号小区非常安静,住户不多,大多是市委机关的头头儿,市委所有常委之中,只有胡增周一人住在三号小区。只不过胡增周平时非常低调,早出晚归,也很少露面,许多人甚至不知道身边住着燕市的二号人物。

今晚月色很好,月光如洗,洒落万点银辉,再加上小区的绿化很漂亮,月光之下显得格外优美。胡增周却无心欣赏任何景色,他的心情如远处无尽的夜色一样,凝重而深沉。

何江华的意外落马,给了他非常沉重的打击。

其实舍弃夏想离开陈风的决定,胡增周也是挣扎了很久才做出的。促使他最终下定决心孤注一掷的是,在吴家的压力消失之后,他再打电话请示京城的某一位时,对方给了他一句忠告:"做事情要有始有终。增周,你到燕市的时间也不短了,燕市当地如何看待你这个市长我不清楚,我在京城却无意中听人说起,说是燕市的一二号人物是陈风和付先锋,独独没有你胡增周!"

胡增周当时就汗流浃背,意识到他这个市长当得确实太失败了。既走不出

236

陈风的阴影,又笼罩在付先锋的光环之下,实在憋屈得够呛。

知耻而后勇,胡增周猛然惊醒,眼下的大好时机不容错过,陈风威望大降,和不少常委有了芥蒂,他可趁机脱离陈风的阴影,建立起自己的势力。眼下正是陈风最虚弱的时候,此时出手可以收到事半功倍的效果。

机遇一旦错过,等陈风重整旗鼓之后他再想有所行动,不但很容易被陈风第一时间发觉,说不定还会被陈风阻挠。

在自身利益面前,交情远比不上切身前途,胡增周最终还是决定铤而走险!

终于,胡增周迈出了关键的一步。

对于此时选择远离陈风,胡增周担忧的只是成功的可能性有多大,会有多么严重的后果,等等,并没有心理上的负担。但因为他的缘故,最终让夏想问鼎区委书记宝座的计划流产,多少让他心中有些愧疚。

因为夏想毕竟是胡增周进入燕市之时,第一个真心信赖之人,也是第一个和他走近,并且真心帮助过他的人。他对于夏想的感觉十分复杂,既将夏想当成一个忠诚可靠的下属,又当成一个可以信赖的朋友。因此他对在关键时刻拖了夏想的后腿,心有不安。

只是又转念一想,夏想得罪了不该得罪的厉害人物,恐怕以后也不会有什么前途了,何必再非保他不可?但念及旧情,为了感谢夏想以前对他的帮助,以及夏想对下马区的重大贡献,他还是决定抛弃周立波,扶夏想坐上区长的位置。反正来自京城的压力已经消失,就做个顺水人情也好。

只是让胡增周万万没有料到的是,当天通过了夏想的任命,第二天又有另一股更惊人的力量压到了省委。他大大震惊的同时,既替夏想惋惜,又为夏想的莽撞而感叹。好好的一个年轻人,本来有着大好前途,却自己不知珍惜,肯定是要毁于一旦了。

估计是借调到商务部的那一段时间,年轻气盛,惹了惹不起的人物,结果现在人家报复来了,真是可怜可叹。

胡增周在真心为夏想可惜之余,还有恨铁不成钢的无奈。

谁知京城的第二波压力来得快,去得更快,眨眼间就消失得无影无踪,让胡增周惊讶得不知所以,不明白到底在事件背后发生了什么,更不清楚是谁在幕后出手帮了夏想!

按照胡增周的想法,出手要拿下夏想的人不管是谁,肯定是顶级的人物之

237

一,否则也请不动他的身后之人直接出面向他施压。但不管是谁,他惹不起,夏想惹不起,就意味着事情只能有一个结果,夏想无路可走,只有死路一条。

只是突然之间两波压力都化解于无形之中,胡增周不敢也不愿相信是夏想自己的力量,也不认为是夏想撬动了哪一层关系。第一波压力来临之后,叶石生和梅升平的联袂视察,胡增周认为是陈风请来壮威的,和夏想无关。

而叶石生和梅升平也是从稳定大局的角度考虑,不允许在燕市出现书记控制不了局面的情况发生。

自始至终,胡增周从来没有想过夏想在其中所起的作用。可以说,他做出了今天的判断,完全在于他错误地估计了夏想的能量和影响力!

当然也不能全怪胡增周,一是夏想没有向胡增周说明吴家家事的来龙去脉,二是夏想的许多隐藏的关系,胡增周并不清楚,也无从得知。

然而事情的发展,再一次出乎了胡增周的预料!

虽然胡增周对陈风毫不动摇地维护夏想十分不解,认为陈风完全没有必要为了一个夏想而得罪上头,不值。但他也坚定地相信,就算叶石生出于稳定大局的考虑出面维护陈风的权威,也不过是权宜之举,不用多久,只要上头再施加压力,叶石生肯定还会妥协。只是形势变化之快,颇让人有眼花缭乱之感。叶石生和梅升平高调力挺陈风,陈风却突然迅速妥协,接受了他提出的让夏想转任区长的建议,在所有人还没有反应过来之际,已经尘埃落定。

胡增周感觉以他的政治智慧,有些跟不上节奏了。到底在背后发生什么不为人知的事情,怎么会一时高昂,一时低调,让人摸不到头脑?

不管是不是摸得着头脑,胡增周在陈风妥协、常委会迅速通过夏想的任命之后,就隐隐察觉到了不对,究竟是哪里不对,他一时还辨不清方向。

其实他也想主动打一个电话,向夏想说明一下苦衷,但一来认为有点太失身份,犯不着向一个副厅级下属低头,二来也有暂时和夏想划清界限的想法。他不比陈风有省里的支持,他也知道陈风在京城的人脉比他的强硬。他最大的依仗就是京城中那位欣赏他的书法的领导,但他们之间的关系,又不是很密切,只有他努力做出了让领导满意的事情,他才有前进一步的可能。

同时他最大的考虑就是夏想既然得罪了连这位领导也要让三分的人物,基本上等于自绝了前途。就算能顺利上任下马区区长,能不能干得长,干完一届之后还有没有升迁的可能,都有极大的不确定性。他本来就根基不稳,更不想因为和夏想来往过密而受到牵连。

但他也多少感觉愧对夏想，犹豫了很久，几次拿起电话又放下，最终还是没有拨出那个熟悉的号码。

下马区的任命完全通过之后，省里和市里都进入了短暂的平稳期。胡增周乘机拉拢了几名中间摇摆的常委，和几人一拍即合。

也是，几人以前是中间派，现在因为上一次在常委会上落了陈风的面子，肯定会被陈风记恨，与其如此，还不如早作打算，重新站队。胡市长好歹也是二号人物，紧密团结在胡市长的周围，也算是傍了大树好乘凉。

应该说胡增周的拉拢计划进展得非常顺利，短短时间内，在他周围就团结了三名常委。在燕市的十三名常委中，在三分天下的势力之下，连同他在内一共四个人发出同一个声音的话，也是一股不容忽视的力量。

胡增周不免暗中沾沾自喜，心想关键的一步看来是走对了。果然是权势险中求，火中取栗虽然容易烧伤手，但成功之后的喜悦还是非常受用的。

只不过胡增周的喜悦还没有维持几天，就突然出现了何江华事件！

何江华事件给胡增周带来的沉重打击，一点也不比付先锋少。尽管何江华并不是他的人，但陈风事先根本没有和他商量，只在何江华事发之后，就高海递进进入常委会一事征求了一下他的意见。他还没有来得及明确地表明态度，省委常委会就已经通过了决议。

高海是陈风的亲信，高海进入了常委会，陈风在政府班子的分量就大了许多，等于陈风直接在他身边打进了钉子。好厉害的手段，削弱了付先锋，盯紧了他。实力此消彼长之下，陈风不但是一把手，他身边团结的常委又最多——方进江、李丁山、薄厚发和高海，依然是三支力量之中实力最强大的一支。

胡增周也不知在小区之中转了多久，紧锁的眉头一直没有舒展开来。他偶尔一抬头，才发现月沉西天，不由摇头一笑，都半夜了？原来思索问题时，时间过得这么快。

陈风，还是比他想象中强大许多，手腕也高明许多。胡增周不是没有听到传闻，也知道何江华事件的背后，有夏想的影子在内。夏想呀夏想，一想到夏想，胡增周就揉了揉额头，缓解一下不可遏制的头疼，心中却隐隐有了一丝担忧，夏想如果因为此事而记恨他，以后和陈风联手对付他的话，他该如何应付？

不过随即又一想，他既没有经济问题，又没有生活作风问题，夏想和陈风总不能无中生有，非要编排他的不是？他可是堂堂的副省级干部，想要动他，必须惊动京城，夏想和陈风还没有那么大的本事！

只是再一想夏想的才能和为人,胡增周还是暗暗可惜,他既然已经和陈风决裂,不管上头是不是有人打压夏想,因为夏想和陈风的关系,他和夏想之间也必将渐行渐远。

这一次不过是借机提前发作罢了。

下马区,一个还不知道有没有成效的下马区,在刚刚上马之际,就让一名高官落马,还真是一个让人深思的讽刺。胡增周也忽然意识到了下马区的名字问题,愣了一愣,不一会儿又自言自语地笑了:"下马河引出下马区,下马区斩落何江华,便宜了高海……又有河又有江又有海,还真是让人浮想联翩。"

笑完之后,又想起明天下马区区委区政府的正式落成仪式,将是他最近一段时间以来,第一次和夏想正面相遇,心中竟不免有些忐忑不安。

一个副省级城市的市长会怕一个下辖区的区长,传出去就是笑话,但胡增周偏偏压抑不住内心一些难以言明的慌乱。究竟为什么怕见夏想,是愧疚,还是因为夏想和陈风一出手就掀翻了何江华,还让何江华对陈风感恩戴德?

胡增周也说不清道不明。

八月十五日,下马区区委区政府正式成立的仪式,在下马区最新落成的区委大楼隆重举行。省委书记叶石生、省长范睿恒、省委副书记崔向以及省委常委、副省长宋朝度亲临现场。出席仪式的市委领导有省委常委、市委书记陈风,以及市长胡增周、市委副书记付先锋、常务副市委谭龙等人。

成立仪式由下马区区委书记白战墨主持。

白战墨首先感谢省委和市委领导在百忙之中参加下马区区委区政府的成立仪式,对两级领导亲临仪式现场表示热烈的欢迎……

白战墨的官话套话说得还算不错,作为一匹官场上的黑马,直到现在还有许多人对他不太熟悉,还是第一次听到他的名字。不过见他在台上讲话四平八稳,人长得也比较精神,许多人对他的第一观感还算不错。

夏想看着台上大出风头的白战墨,心中平静如水,既没有羡慕更没有忌妒,只是忽然之间想起了宋朝度的经历。

宋朝度有两次破格提拔的经历,可谓黑马中的黑马,一路顺水顺风做到了省委秘书长,却被压制了几年不能翻身。最后还是和他联手,才重新崛起。宋朝度自己也说过,破格提拔是好事,也是坏事。好事是升得快,引人注目;坏事是正因为升得过快,在引人注目的同时,更引人忌妒。如果在其位不能做出应有的成绩,或者说,不能做出比常人更好的成绩,就很容易落人口实……

第一次区委常委会

黑马不好当，尤其是一些故意被染黑的黑马，也许一场大雨过后，身上的黑色染料被冲刷干净，露出了白马、黄马或是杂色马的本来面目，以后日子就难过了。

还好，夏想对在台上讲话的白战墨的评价还算可以，至少白战墨现在还看不出来得意忘形的姿态，他的发言中规中矩，也表现出了足够的诚恳和低调，符合一个区委书记的身份。

夏想暗暗点头，白战墨是聪明人。

付先锋站在胡增周的旁边，目光闪烁，在夏想身上扫过，又依次看了一眼排在夏想后面的下马区的一干常委，心里也不知盘算着什么。他的目光和夏想的目光偶一接触，就迅速地错开，最后又停留在胡增周身上。

胡增周一脸散淡的笑容，表面上架势十足，内心却是紧张不安。刚才夏想向他投来微笑的一瞥，他也回之一笑，心脏却非常不争气地猛跳了几下。

怪事了，他不怕陈风，不怕叶石生，怎么就有点害怕夏想？

记忆慢慢复苏，胡增周被付先锋探究的目光一扫，忽然之间心中闪过一丝灵光，明白了他一直担心的是什么！是夏想掌握着他最隐蔽的秘密，整个燕市只有夏想一人知道他是一名书法家，是市长书法家，也知道他喜欢写字不留名的沽名钓誉之举！

如果夏想将此事透露出来，变成流言四处传播，对他的声誉将会有极大的影响。因为到时大家都知道了他喜欢卖弄书法，又不敢署名，有高官称赞才敢承认，如果没有，就当成是无名氏作品。如此行径出现在一名堂堂的市长身上，绝对是一大丑闻。

胡增周生平最爱惜名声，又视书法家的身份为最大隐秘，真要被夏想以此为要挟，他该如何应对？

胡增周虽然站在台上，不过心不在焉，目光不时落在夏想身上，却又不敢和他对视。

夏想也发现了胡增周的异样，但并没有深思胡增周表现异常的原因，他觉得有必要和胡增周当面谈一谈。在他看来，和胡增周就算不再关系密切，也不要过于疏远才好，省得被付先锋乘虚而入。万一付先锋在一些关键问题上和胡增周达成一致，陈风在燕市的控制力度就会大减。

不过夏想没想到，仪式过后，胡增周没有给他说话的机会，就匆匆离去了。

仪式举行得非常成功，所有领导讲话完毕，由夏想上台主持了闭幕式。夏想先是依照惯例感谢了省委和市委两级领导对下马区的大力支持，随后将既定的演讲稿扔到一边，即兴说道："下马区的成立在燕市历史上是一件大事，对整个燕省来说，也会产生举足轻重的影响。增设新区标志着一个城市的扩容和成长。燕市作为最年轻的省会城市之一，却缺乏年轻带来的活力和激情，为什么？不是燕市人民没有激情，而是我们的党员干部没有激情，缺少奋发向上的活力。下马区的成立，就是要给大家一个可以释放激情、发挥活力的地方。我想，在省市两级领导的大力支持下，在下马区所有党员干部的共同努力下，下马区一定能够成为一个让燕省重新审视燕市的窗口，成为全国了解燕市的一个机遇……"

基本上，夏想的发言还是和上一次叶石生视察燕市时的讲话一脉相承。夏想话音刚落，叶石生就笑容可掬地带头鼓掌，称赞说道："夏想同志有魄力，有见地，讲话很有特色，值得同志们学习。"

省委书记带头鼓掌，在场的人谁不立刻附和？顿时掌声响成一片。

随后，叶石生一行亲切地和下马区新任的党政领导，一一握手。

首先和白战墨握手，叶石生深深地看了白战墨一眼，说道："战墨同志稳重，有着和年龄不相称的成熟，是好事，不过也要有年轻人应有的激情。下马区是新区，要有全新的气象。"

叶石生的话明是勉励，实则暗指白战墨没有朝气。白战墨刚刚目睹了叶石生对夏想的力捧，没想到一转眼到他面前，就成了暗讽，让他微微有些难堪。刚想说上几句什么，不料叶石生只是微一点头，迅即和夏想握手去了。

叶石生和白战墨握手的一幕落在有心人眼中，大家都暗暗猜测，白战墨尽管担任了区委书记，如果做不出成绩的话，恐怕过不了省委书记那一关。

范睿恒还好，对白战墨和夏想差不多一视同仁。范睿恒并没有参与燕市市委常委会之争，也没有到燕市力挺陈风，基本上保持了一个中立的态度。况且事情已经尘埃落定，没有必要再表态，还是摆出置身事外的超然姿态为好。

后面的几名省委领导，也都是四平八稳地走完了过场。到陈风时，闹出了一点小意外。

陈风和白战墨握手的时候，格外热切，还用力拍了拍白战墨的肩膀，呵呵一笑："战墨同志，市委市政府将下马区的工作交给你和夏想主持，一定要不负众望，好好完成建好下马区的重任。"

白战墨一副诚惶诚恐的样子,连连点头:"感谢陈书记的支持,我一定深入学习市委市政府的指示精神,为下马区的建设竭尽全力,鞠躬尽瘁,死而后已。"

陈风的笑容顿时僵在脸上,以十分不快的语气说道:"和平年代的革命工作是建设工作,是创新工作,是智慧工作,不是埋头苦干、低头傻干的粗笨工作。我不反对苦干的领导干部,但我最欣赏的还是有智慧有头脑的干部。科技是第一生产力——科技从哪里来?从头脑中来,从智慧中来,所以说智慧是第一生产力也对。战墨同志,在灵活多变方面,在如何保持有活力的工作上面,你还需要多多加强学习。"

白战墨一脸尴尬,涨红了脸,连连称是,还想重新表态,陈风却松开他的手,转身和夏想握手去了。

陈风晾了白战墨的一幕让所有人都看在眼里,有人不满,有人震惊,有人幸灾乐祸,还有人摇头叹息,不过大部分人还是持不以为然的态度。因为陈风说话向来有惊人之举,不知道他哪一句是真哪一句是假,因为他最惯用的手法就是夸张和表现。

白战墨心里却清楚,陈风是故意让他难堪,毕竟他这匹黑马的杀出,搅动了燕市局势,陈风不恨他才怪。又想到陈风不动声色之下就拿下何江华,安插了高海,他心里就隐隐担忧陈风以后还会故意找他麻烦。但既然坐到了区委书记的宝座之上,也只有一条路走到底,不信凭借他的能力和拉来的两百亿投资,不能在下马区做出耀眼的成绩。

政绩到手,有目共睹,陈风能奈他何?

白战墨反而更坚定了信念。

陈风和夏想握手时,谈笑风生,故意高声说笑几句,才转身离开,就是要给大家留下故意冷落白战墨、高抬夏想的印象。陈风尽管为官多年,也有极深的城府,但他毕竟是人,见到白战墨难免就想起常委会上的大败,想到因此和胡增周渐行渐远,难免还是暗生怒气,要当众给白战墨施加一点压力。

小插曲过后,众人都心里有数,心想以后下马区的工作恐怕不好开展,现在就已经可以明显看出书记和区长之间的巨大分歧。一二把手不和是常事,不过一般都会求同存异,至少不会公开化。但眼下还没有进入状态,就已经将不和摆在了明面上,以后别说合作了,恐怕少不了争吵和拍桌子。

在场的人都知道夏想是陈风的人,白战墨是付先锋的人,陈风现在和付先锋之间已经剑拔弩张了,夏想和白战墨还能若无其事地分工合作?不少人暗暗摇头,不太看好下马区的前景。

有多少大事都毁在了斗争上面?

轮到胡增周和白战墨握手,胡增周只是点了点头,连话也没有说。随后他又和夏想握手,只说了一句话:"夏想同志,合则两利,斗则两伤,愿共勉之!"不等夏想说话,他就和下一人握手去了。

也不知他是暗示他和夏想之间合则两利,斗则两伤,还是告诫夏想和白战墨之间合则两利,斗则两伤? 又或者他是暗指别的,就不得而知了。

下马区正式成立的仪式结束之后,白战墨和夏想忙碌半晌,终于送走了省市领导,算是安静了下来。夏想客气地和白战墨说了几句,最后商定即刻召开下马区党政班子第一次全体会议。

夏想现在还是代区长,要等人大会议过后,正式通过选举才算获得正式任命,但现在已经可以行使区长权力了,是名副其实的二号人物。

下午几乎开了四五个小时的会议。

先是召开了一次全体会议,会议上,无非是传达省委和市委的指示精神,对所有下马区的党政干部进行一次思想动员,号召大家鼓足干劲,为下马区的发展作出应有的贡献。

接下来又召开了下马区成立以来的第一次常委会议。

常委会议在新落成的区委大楼六楼的常委会会议室举行。

会议由白战墨主持,因为白战墨的秘书还没有到位,就暂时由区委办公室主任傅晓斌代为记录纪要。

白战墨首先发表了例行讲话……应当承认,白战墨的讲话挺有水平,滴水不漏,听起来又不让人厌烦,有一定的水准,可见以前在部委里面也是经常发言。

讲话没有什么新意,正式成立仪式上,该说的话已经说话,今天会议的主要目的是走走过场,大家互相认识一下。

随后轮到夏想发言时,夏想笑着摆了摆手:"说实话,今天大家听到的讲话已经够多了,我的话也说得够多了,早就口干舌燥了,所以我现在最想做的是闭嘴,是听大家说话。不过因为和在座好多人是初次见面,我就先做一下自我介绍……"

夏想环视了一下在座的众人,脸上挂着淡然的微笑。

新落成的常委会会议室窗明几净,宽大的圆桌,舒适的坐椅,亮堂的纱窗,办公条件比市委还要好许多。到底是新落成的大楼,还有一股轻微的油漆味道,闻久了,让人有不舒服的感觉。

十几名常委围绕圆桌依次排开，官场之上，规矩大过天，早在定下各人职务之时，就已经排好了名次。十几人都按照名次入座，没有一人乱了位置。

连同夏想在内，一共十三人，除了卜秀玲一名女性之外，其他全是男性官员，男女比例严重失调。也没办法，官场常态，向来如此。不过卜秀玲排名十分靠前，她是邢端台的人，邢端台将她从省纪委安排到下马区担任副书记兼纪委书记，也是为她以后的仕途铺路。

今年三十八岁的卜秀玲长发，圆脸，化了淡妆，风韵犹存，虽然不是十分抢眼，却有几分耐看的姿色。她上身穿浅色衬衣，下身穿一步裙，看得出来为了今天的仪式，还描了眉，精心收拾了一番。

卜秀玲迎着夏想的眼光，微笑致意。

副书记康少烨今年三十八岁，不过长相显年轻，乍一看不过三十五岁上下。他长相普通，但一双浓眉格外引人注目。最让人一眼就能注意到的是他的额头，不管什么时候都是微微皱在一起，似乎时刻在思索什么重大而深刻的问题。

见夏想的目光扫来，康少烨微一点头，眉头还是没有一点舒展。

常务副区长陈天宇夏想已经见过，是在座常委之中，他接触最多的一个。陈天宇对夏想的目光报之一笑，笑容中有许多复杂的情绪，眼神也有一丝无奈和沮丧。

副书记兼政法委书记李应勇人如其名，是普通得不能再普通的一个人。如果非要说出他的特点的话，今年四十一岁的李应勇额头宽广，面相憨厚，如同一个老实巴交的老农。但认识李应勇的人都知道，长期在政法系统工作的经历，使他经历丰富也性格多变。早年李应勇在基层派出所，曾经赤手空拳打倒过几个小流氓，是一个非常讲究实力至上的人。

他对夏想投来的目光无动于衷，甚至没有丝毫回应。

组织部长慕允山比较年轻，三十五岁，在下马区常委之中，算得上是年轻一代。他面相白净，十分斯文，还戴着深度近视眼镜，乍一看，还以为是哪所大学的讲师。慕允山一直在基层从事组织工作，组织工作经验丰富，也算是少壮派人物。

他迎着夏想的目光，微微笑了一笑。

宣传部长滕非三十八岁，个子挺高，骨架挺大，不过给人的感觉却不强壮。他的脸型过长，就是俗称的马脸，让他看上去不太露相。他的表情有点严肃，有时不经意间皱眉或是凝神，就会露出苦大仇深的表情，让人感觉难以接近。

滕非的目光和夏想的目光只一接触，就迅速移开，也没有给夏想任何回应。

区委办公室主任傅晓斌四十岁,戴银框近视眼镜,生得面相威武,膀阔腰圆,活生生像一条壮汉,和他戴眼镜的形象不太相符。他有事没事就是一副笑模样,仿佛事事开心一样。夏想的目光刚刚射来,他就立刻眉开眼笑地迎了上去,还立刻点头示意。

副区长谢源清何时来的燕市,夏想并不清楚,他只知道,谢源清来燕市之前和之后,都没有主动和他打过招呼。今天也是一样,夏想的目光在谢源清身上微一停留,谢源清却假装没有看见,低头看一份资料,头也没抬。

统战部长祁胜勇是所有常委中年纪最大的一个,今年四十五岁,一副乐呵呵的老好人形象。有事没事总是一脸笑容,见人说话总是十分热情,不管对方年龄大小职务高低,他一视同仁,一样笑脸相迎。夏想的目光还没有落到他的身上,他就主动迎着夏想的目光,笑容满面地冲夏想点头致意,态度之热情,令人毫不怀疑他的诚心。

政法委副书记兼公安局长黄建军是军人出身,三十七岁,转业干部,他的坐姿还保持着以前部队上养成的稳如山挺如松的作风,而且眉宇之间时刻流露出威严之态,严肃而不失凝重。他目不斜视,对夏想的目光只是用眼神回应,并没有点头。

武装部政委关启明个子不高,脸小眼睛也小,坐在宽大的椅子里面,猛一看,有点滑稽的味道。他的表情比较丰富,或许是眼睛不好的原因,不时地挤一下眼睛,让人看了忍不住想要发笑。

关启明对夏想的回应最特殊,他先是挤了挤眼睛,不知道的人还以为他在使什么眼色,连夏想也十分纳闷儿,心想关启明是什么意思?不料随后关启明不好意思地笑了一笑,又冲夏想点了点头。夏想才明白过来,关启明挤眼的动作,是习惯性眨眼,而不是暗示。

夏想将所有人都看过一遍,大概做到了心中有数,才继续说话……

第一次正面交锋

"我叫夏想,虽然个子不算最低,但年龄肯定最小。以后要和大家一起工作,有什么不足的地方,大家尽管指出来,我肯定会虚心接受。如果不虚心接受的话,肯定是你们哪里没有说对……"

"呵呵……"众人都笑了起来,被夏想幽了一默,气氛比刚才白战墨一本正经地发言时轻松了许多。

夏想接着又说:"我的自我介绍完毕,现在请大家都做个自我介绍,就算正式认识了。虽然一下要认识十几个人,一下都记住有点吃力,不过比起上学时一下要认识全班几十个同学要好多了……好了,大家也不用争先恐后,就按座位排名依次介绍好了,谁要是不好意思开口,我就替他说。"

众人又笑。

大家都是久经场面之人,哪里会怯场,就依次做了自我介绍,常委会开成了见面会。

介绍完毕,白战墨微微有点不快,觉得被夏想掌握了主动,常委会本该是由他主持,他拿出了一把手的权威,威严地说道:"大家第一次见面可以随意一些,以后再开会要多注意一下气氛,常委会毕竟是议事的地方,要严肃认真。气氛活泼是好事,不过不要过度,毕竟我们讨论的都是大事,不能马虎。"

本来大家的气氛比较热烈,白战墨话一出口,顿时热度就降了。大家再久经官场,也刚刚认识,聚在一起还处于试探阶段,本来就是要在轻松随意之中,先认识一下每一个人才好打交道。白战墨迫不及待地要进入正式议题,让众人有点难以适应。

一时竟有了片刻的冷场。

夏想见状,忙出面打圆场:"白书记工作心切,可以理解。下马区是新区,百废待兴,各项工作急需尽快开展,下面请白书记就下一步的工作安排做重要讲话。"

夏想一开口,气氛立刻缓和了许多。本来一直紧皱眉头的康少烨仿佛才惊醒一样,大有深意地看了夏想一眼。

白战墨一愣神,微微一想,才意识到自己有些失态,表现得操之过急了,忙又恢复了和蔼的态度:"同志们,主要是市委市政府将下马区建设的重任交到我们身上,任重道远,各项工作又千头万绪,确实是刻不容缓。区委区政府不但人力物力不够,连人手也没有配齐,可以说困难重重。我现在恨不得马上投入到工作之中,先将区委区政府的摊子支起来再说。"

白战墨说的也是实话。

区委区政府除了从各处抽调了党政主要领导外,连机关办事人员也是从各处借调过来的,有人甚至来不及办理手续就过来上班了,基本上现在是一团乱麻。白战墨迫切想要开展工作的心情也完全可以理解。

但办事都要讲究方法,人事人事,先做人后做事,只有大家先熟悉起来,有了一个良好的工作氛围,才能更好地投入到工作之中。白战墨今天的表现,让夏想降低了对他的印象分,他表面上的稳重,掩饰不了他性格上的急躁。应该还是缺少基层工作的原因,不太懂得工作再急再迫切,也要不慌不忙地应对,才能显示出上位者的持重。

白战墨话一说完,康少烨立刻附和说道:"白书记说得对,下马区还相当于一张白纸,千头万绪都需要一个落笔点,眼下的工作重点应该是招商引资,不知道白书记有没有具体思路? 第一笔,应该落在哪里? "

"现阶段达才集团的第一笔资金已经到位,据负责下马区项目的沈总说,第二笔资金也将于近期到位。达才集团的实力非常雄厚,他们的做事风格是不动还好,一旦有所动作,必定一口气完工。"陈天宇插话说道,他不经意看了夏想一眼, 随后又冲白战墨点头一笑,"白书记从文州拉来的两百亿投资,不知道什么时候能到位?有了具体时间的话,政府这边也好做好前期工作,安排专人负责接待。如果能够尽快促使文州的投资到位,相信下马区的建设会提速不少。"

白战墨承诺的文州市两百亿投资,已经和市政府招商办签订了意向书。但资金何时到位,何时启动,签订完意向书之后,就没有了下文。

夏想有意无意地看了陈天宇一眼,心中有了分寸。

在座的常委,有几人在来下马区之前,也是郊县的常委,对官场上的门道清楚得很。除了谢源清没听明白刚才康少烨和陈天宇的发言有何深意之外,其他人心中立刻有了计较,明白了谁跟谁是一系。

很明显,康少烨和白战墨是一派。

康少烨的话就是要让白战墨借现在千头万绪之时, 名正言顺地插手政府事务,造成既定事实。招商引资以及发展经济是政府的分内之事,书记可以大局上指挥,但具体事情还是不方便指手画脚,否则就会引起区长的不满。

康少烨的用意显然是想让白战墨直接就具体事务指示政府如何开展工作。

而陈天宇当即提出白战墨承诺的两百亿投资的落实问题,并且重点提出政府方面要主抓经济建设,是一箭双雕的反击。既是对康少烨所提建议的否定,话锋所指之处,又是对白战墨最耀眼光环的质疑——达才集团的百亿投资已经启动,文州两百亿资金现在在哪里?

当场的常委都心知肚明,第一天成立,第一次常委会,已经明显地划分了界限,康少烨和白战墨一个鼻孔出气,而陈天宇则是夏想的急先锋。

不少常委尤其是年纪偏大的常委,对白战墨多少还高看一眼,毕竟年龄上让人挑不出什么,夏想身为区长,就算是二把手,也太年轻了……二十八岁的区长,在座的各位甚至有比他大十几岁的,他们真的拉不下脸面,恭敬地叫夏想一声"区长"。

许多人都认为,夏想年轻镇不住场,肯定会被白战墨压得死死的,在常委会中也不会有多少人支持他,身为区长,说不定连政府班子也不能牢牢地掌控在自己手中。不想第一次常委会,第一次正面交锋,身为常委的常务副区长陈天宇就态度坚定地站在夏想一边,顿时让不少人对夏想刮目相看。

更让所有人大吃一惊的是,陈天宇话音刚落,一直低头不语的副区长谢源清忽然抬起头来,露出了一丝戏谑的笑容,说道:"陈区长说得对,夏区长的资金已经到位,白书记的资金怎么还没有动静? 别是空中楼阁,给大家画了一个大饼,最后却是白高兴一场。在下马区,您是书记,没人敢指责您,可是没有了两百亿的投资,下马区的建设跟不上,我会带头向市委反映问题。"

"哐当"一声,区委办主任傅晓斌手中正在记录的笔掉在了桌子上。他一脸惊愕地看了谢源清一眼,心中的惊讶无以复加。谢源清的话说得也太难听了,不但话里带刺,还怀疑白书记的投资有问题。身为下属,当面当众质疑一把手的权威,谢源清有点太不识时务了……

不识时务的谢源清说完之后,浑然不觉他的话有多过分,没事儿人一样,又低头看起了手中的资料,好像刚才的话轻飘飘的,没有任何后果一样。

所有人都得出了一个结论,也立刻改变了轻视夏想的看法。年轻不是问题,二把手也不是问题,问题是,第一天夏想就不动声色地显示了他的力量——他已经牢牢地控制了政府班子!

政府班子的三个常委发出同一个声音,非常有震慑力。毕竟政府主抓经济建设,在下马区初期,甚至可以说在以后相当长的一段时间内,所有的事务都要为经济建设让路。如果全部由政府主导,政府班子拧成一条绳,白战墨的手伸不进去的话,他这个书记就会当得十分憋屈!

夏想不动声色地看了陈天宇和谢源清一眼,心中确定陈天宇是决定向他靠拢了,而谢源清出乎意料的表态,肯定也是得到了吴才江的授意。

吴才江肯定知道自己被吴才洋打压之后,会受到方方面面的影响,估计也特意叮嘱了谢源清,让他大力配合自己的工作。不过看样子,谢源清似乎有点不太情愿,态度微微有点生硬。

夏想再看白战墨的脸色十分难看,心想两百亿资金可不是说说就没有了下文,不是可以蒙混过关的事情。两百亿不是小数目,别说下马区,就是市委市政府和省委省政府,也会有人惦记此事。

当然,夏想也心里清楚,付先锋敢让白战墨放出两百亿的大话,肯定也有后手,不管是哪一种形式的资金,到位是没有问题的。有问题的是,付先锋究竟想用这两百亿做什么?

以付家的势力和财力,调动两百亿资金不算难事,但也不是一件轻松的事情。而且政治也好,经济也好,都要讲究利益回报。两百亿资金如果没有回报,光是调动就需要费无数周折,他才不会做吃力不讨好的事情。而且付先锋扶白战墨上位,恐怕根本目的所在,还要落在两百亿资金上面。

说到底,政治利益是经济利益的延伸,经济利益是政治利益的保证。付先锋费尽心机,不怕得罪陈风,也不怕吴家知道他在幕后耍手段之后对他秋后算账,归根结底还是有巨大的利益诱惑,让他有足够的决心铤而走险。

两百亿资金如果运作得当,在下马区的建设大潮之中,完全可以大捞一笔走人。不说多赚,赚几十亿然后拍拍屁股走人不是没有可能。如此一来,先前所费的心机以及冒着得罪吴家的风险,全部值了。

付先锋作为付家的潜力股,来到燕市的目的有二,一是捞足政治资本,二是乘机大赚一笔。

下马区的新建是千载难逢的机遇,付先锋怎能错过?他如此卖力,如此设计周全地出手,最终扶白战墨上位,既得了政治利益,又为套取经济上的收获做了准备。所以据夏想推测,两百亿资金必定会兑现,但何时兑现,如何使用,还要付先锋说了算。说白了,白战墨作为付先锋的一颗棋子,并没有多大的自主权。

虽然如此,但当夏想一听到投资来自文州之时,就立刻心生警惕。因为文州的资金多半是炒作的游资,不远万里来到燕市的新区投资,很有可能是炒作下马区的某个项目来了。

下马区因为位于下马河两岸的缘故,作为燕市唯一一个有内河的城区,房地产升值的潜力不容忽视。文州的游资不出夏想所料的话,八成是炒作房地产来了。

现在他担任了区长职务,主抓经济和行政,因此对文州的资金何时到位也是大感兴趣,就顺水推舟地问了一句:"就是,听天宇同志和源清同志一提,我也很期待文州的两百亿资金……前期连同达才集团的一百亿投资在内,下马区一共吸引了不到两百亿资金。如果白书记的两百亿资金能够早点到位,将会带动整个下马区的新气象,白书记将是我们下马区的最大功臣!"

白战墨被整个政府班子逼宫,心中恼怒,但又不好当场发作,毕竟两百亿资金是他头上的最大光环。只是还真让夏想猜对了,资金何时到位付先锋并没有给他具体时间,他也催过付先锋一次,却没有得到肯定的答复,他就不敢再多问了。

付先锋扶他上位,他心里清楚自己是什么位置,怎敢在付先锋面前多事?本以为下马区新成立伊始,千头万绪都堆在一起,没有人会首先注意投资的问题,不承想第一次常委会,就被陈天宇当面逼问。

陈天宇……白战墨心中泛起一丝苦涩,政治斗争真是瞬息万变。他刚被任命为下马区区委书记时,付先锋就告诉他,不但副书记康少烨是他在常委会的同盟,常务副区长陈天宇也会在常委会上和他呼应,是他将手伸到政府班子之中最得力的助力。因为陈天宇的存在,夏想这个区长将会受到来自区委和政府班子的两重牵制,可以说是举步维艰。

谁能想到,转眼间何江华落马,高海上位,付先锋被打了一个措手不及,都忽视了陈天宇的存在,原来陈天宇已经和夏想走到了一起。再加上一个谢源清,白战墨悲哀地发现,他想要将手伸到政府班子里面的企图,不但没有得逞,反而被完全封死,没有再进一步的可能。

夏想,果然是一个极难对付的对手。白战墨面对夏想一脸坦然的笑容,忽然心中掠过一丝烦躁,一时控制不住,脱口而出:"夏区长是不是有点操之过急了? 两百亿资金不是小数目,怎么可能说到位就到位?"

"我也知道不可能一次性到位,就像达才集团的一百亿资金一样,也是分批到位……"夏想不慌不忙地说道,转头问了陈天宇一句:"天宇同志,达才集团的资金已经到位多少了?"

陈天宇十分配合地低头一想:"二十亿左右,而且第二批二十亿已经启动,三天内就会到位。关键是,达才集团的所有项目都已经开始动工了,给其他投资商带来了极大的信心。"

最后一句,陈天宇加重了口气。

夏想和陈天宇一唱一和,而且陈天宇特意加重口气,更让白战墨如芒在背。白战墨也清楚他承诺的两百亿资金不到位的话,不但对在座的常委无法交代,对市委市政府也没法交代。但这不是他能做主的事情,就只好含糊其词地说道:"我会抽时间催促一下,文州的投资肯定会到位,他们对下马区的前景十分看好,有很强烈的投资信心。"

康少烨微带不悦地说道:"下马区刚成立,事情纷杂,千头万绪也要从头做起,夏区长和陈区长急于建设下马区的心情可以理解,但态度还是端正一些为好。"

组织部长慕允山接过话来,顺着康少烨的话向下说:"康书记说得对,罗马不是一天建成的,凡事应当从长计议,有备才能无患。下马区刚成立,眼下还有许多方方面面的工作需要先做,其他问题可以暂时放一放。"

不错的开端

"这话就有点不对了,慕部长!"卞秀玲紧了紧上衣,坐直了身子,一板一眼地说道,"下马区的成立已经筹备大半年了,前期工作都已经做完,人事也已经就位,省市两级政府都给了下马区不少支持,要人给人,要钱给钱,为的是什么? 就是要让我们上任之后, 立刻以满腔的热情和饱满的状态投入到工作之中。现在我们已经就位了,不立刻开展经济建设还等什么? "

卞秀玲是邢端台安排下来的人,邢端台和宋朝度交好,再因为宋朝度和夏想的关系,她自然就站在了夏想这一边。

政法委书记李应勇笑着摆摆手:"卞书记话说得不错, 不过事情要分轻重缓急,白书记的落脚点在人事和整合资源上面,夏区长的着眼点在经济建设上面,都对,都是分内之事。不过毕竟白书记主持全面工作,相信白书记也有了周密的安排,我们要给白书记时间,也要听从白书记的指挥。"

李应勇的话不软不硬,相当于给了卞秀玲一个软钉子。卞秀玲不以为然地笑了笑,又说了一句:"我只是提出我个人的看法,李书记说的也是你个人的看法。"

意思就是各说各话了,卞秀玲也没退让,还了李应勇一个无所谓的态度。

区委办主任傅晓斌放下手中的笔,还未开口已经笑容满面,他一副和事佬的态度说道:"常委会就是大家畅所欲言的地方,有争论是好事,证明大家都想尽快开展工作。不过大家就事论事,不要有意气之争。我的看法是,关于下一步工作的重点和方向,会下先形成材料,然后等下一次常委会再进行讨论,同志们说是不是可行? "

不料谢源清一点也没有给傅晓斌面子,抬头冷冰冰地扔了一句:"工作重点是发展经济,工作方向是招商引资,还要形成材料?没开玩笑?现在的问题焦点是,白书记的投资什么时候到位? 因为相比之下,夏区长承诺的资金已经到位了,白书记的资金还拖着没有消息的话,会给人没有信用的印象! "

谢源清够犀利,敢当面打脸。白战墨本来是第一次上常委会,不想动怒,以免给大家留下易怒的印象。没想到谢源清抓住资金问题紧追不放,他终于忍耐不住,不快地说道:"资金问题我会尽快落实,肯定会给市委市政府一个交代,大家就不要催了,身为书记,我心里有分寸,肯定会对市委市政府负责。"

言外之意是,你谢源清还没有资格对我问责,我要负责的是市委市政府,而不是你。

谢源清无所谓地伸了伸手:"白书记的话是当着同志们的面说的,大家都要做个见证。"

对峙,第一次常委会就出现了以白战墨为首的书记派和以夏想为首的区长派之间的对峙!

基本上白战墨一派略占下风,因为被夏想一派抓住辫子不放。表态的常委中,显然康少烨是坚定地和白战墨站在同一战线,李应勇也是书记一派,慕允山也比较倾向于白战墨,而傅晓斌,暂时看不出他偏向谁。

陈天宇是坚定的夏想派,是急先锋。谢源清似乎是搅局者的身份,和夏想之间默契不深。卞秀玲应该是夏想的外围力量,平常可能不会打头阵,但肯定是夏想坚定的支持者。

剩下的常委心态各异,都没有发言,有人是处于观望状态,有人是不想站队,还有人是觉得时机不对,想等候最佳时机再说。

白战墨被逼得无路可退,只好强压怒火,表态说道:"我白战墨说话算话,大家都可以记住我的话,资金一定到位。"

散会后,夏想、陈天宇和谢源清三人下楼——政府办公室在一到三层,四到六层为党委办公室。刚走到楼梯口,卞秀玲从后面追了上来,喊住了夏想。

"夏区长,您还记得我不?没想到我们成了同事。"卞秀玲脸上微露兴奋之意,一脸期待地看着夏想,唯恐夏想说出不记得她的话来。

夏想对卞秀玲确实有一点印象,上一次国宝事件之中,叶石生赶到的时候向纪委的人问话,就是卞秀玲及时出面回答。当时他之所以记住了她,因为他看出来了,卞秀玲不是古人杰的人,应该是邢端台的人。

夏想收住脚步,回头笑道:"记得,当然记得,当时还是卞主任时,我就记得了。"微一停顿,又问,"邢省长最近还好?"

邢端台到西省任省长,上任半年有余,听说执政风格一直十分稳健。

"还好,还好,邢省长还牵挂着你,上次还交代我说,让我多向您学习,有小困难来找您,有大困难就找宋省长。"卞秀玲说话的时候,双眼之中流露出热情

253

的目光,明显表现出靠拢的意思。

夏想也明白卞秀玲的处境,她的最大后台邢端台一走,她在燕省的依仗就没有了。邢端台会将她托付给宋朝度,但宋朝度未必会如邢端台一样关照她,所以她想要和他处好关系是赢得宋朝度好感的第一步。

夏想才不会将卞秀玲推向白战墨那边,就笑了一笑:"行,有时间就约宋省长一起聚聚,宋省长是一个念旧的人……"

卞秀玲见夏想接受了她,脸上的笑容更热切了,见左右无人,她凑近一步,小声地对夏想说了一句:"区委办主任傅晓斌推荐给您的两个秘书人选,一个叫汤文举,是康少烨的关系;一个叫晁伟纲,是傅晓斌的亲戚。"

说完之后,卞秀玲又后退一步,和夏想保持了适当的距离。

三十八岁的卞秀玲风韵犹存,淡妆淡眉,身材丰腴,虽然不是非常亮眼的美女,但眉眼端庄,身材处处饱满,熟女气息扑面而来,直冲鼻端。夏想不是熟女控,也不由自主有些意动。

卞秀玲察觉到了夏想的异样,悄然一笑,说了一句就转身走了,留给夏想一个款款的背影。

夏想摇头一笑,来到楼下,回到自己的办公室坐下,想起卞秀玲刚刚透露的消息,心中暗喜,知道又有一个好机会摆到了眼前。

康少烨据说是胡增周的人,或者说和胡增周来往过密。但今天见他的表现,他未必就是胡增周的铁杆,还有点想向付先锋靠拢的意思。而且今天在常委会上此人一心维护白战墨,夏想就对他下了结论,不可结交。

本来夏想还想将康少烨拉拢过来,作为专职副书记,他的权力也不小,至少可以在人事问题上卡脖子。不过既然他本身和胡增周关系不错,又竭力向白战墨示好,由此可见此人是个典型的投机分子,只可利用,不可结盟。

傅晓斌为人比较圆滑,目前的态度也是稍微倾向于白战墨。也难怪,他是区委办主任,自然要和书记一心,否则很容易受到制约。想要让他完全倒向自己最好不过,不过有点难度。但要让他不偏不倚,保持中立的立场,也不算什么难事。

怕就怕,傅晓斌如果再和康少烨一心,联合辅助白战墨的话,党委一块就成了一个铁桶!

夏想才不会允许这样的情况出现……卞秀玲意外透露的情况,是一次重大的机遇。

正思索时,听到了轻轻的敲门声,外面传来了傅晓斌的声音:"请问夏区长在吗?"

傅晓斌来得好快,夏想笑了,说道:"在,傅主任请进来。"

傅晓斌笑眯眯地进来,一副受宠若惊的样子,说道:"夏区长这么快就记住了我的声音?真是我的荣幸。"

傅晓斌挺会说话,夏想就笑,站了起来表示一下礼貌:"请坐,傅主任。作为区委的大管家,你的声音我可要牢牢记住才行。怎么,有事?"

傅晓斌却没有坐下,而是拿了两份资料放在夏想面前:"请夏区长过目,这是我为您安排的两个秘书人选……"

傅晓斌的两份资料摆放得有讲究,上面的一份是晁伟纲的资料和照片,做得十分精细,下面的一份是汤文举的详细资料。表面上看不出有什么区别,夏想眼尖,一眼就看出两份材料不管是从装订还是整齐程度来看,汤文举的都稍逊一筹。而晁伟纲的材料因为精心整理的缘故,至少在视觉上给人眼前一亮的感觉。

傅晓斌的用心,由此可见一斑。

夏想假装不知,随意翻看了几眼,说道:"好,先放下,等我有时间再详细看看,反正不急……傅主任还有别的事情?"

夏想等于下了逐客令。

傅晓斌笑容不减,说道:"没有了,没有了,那我先走了,就不打扰您工作了。选好人选之后,您通知我一声,我好安排他们尽快为您服务。"他是聪明人,知道有些事情只能做到暗处,不能说到明处。他和夏想不熟,尽管他希望晁伟纲借此机会进入区政府工作,但也不能表露得太明显,否则引起夏想的怀疑就不好了。

傅晓斌刚走到门口,一开门,正好看到陈天宇站在门口正打算敲门,他笑着点了点头,打了个招呼:"陈区长!"

陈天宇点头一笑:"傅主任好勤快。"

傅晓斌笑了笑,没说话,心想夏想真不简单,刚一上任就将政府班子控制得死死的,让白战墨难以插手,看来以后书记和区长之间的权力之争,肯定不会轻松了。对于需要站队的他来说,也是一个两难的选择。

傅晓斌摇摇头,不想多想烦恼事,但又不得不想。他本想安排晁伟纲担任白战墨的秘书,但白战墨已经指定了人选,愿望落空,他就打起了夏想的主意。夏想虽然是区长,但他年轻,才二十八岁,以后绝对大有前途。当了他的秘书,只要有眼色会办事,以后还愁没有机会升迁?没想到康少烨也横插一手,也是安排自己人担任白战墨的秘书未果,同样打起了夏想的主意。

255

结果就造成了汤文举和晁伟纲之间的竞争。

傅晓斌对康少烨十分不满，汤文举论长相论资历都比不上晁伟纲，就是毕业于名牌大学，在学历上比晁伟纲好看。现在的领导又都看重学历，听说夏区长就是研究生文凭，如果夏区长只看重名牌大学的高才生，晁伟纲肯定落选。

傅晓斌就有点着急，晁伟纲是他的小舅子，他已经向老婆打了包票，一定要让晁伟纲借此机会进入官场。不过没有几人知道晁伟纲和他之间的关系，因为他老婆和晁伟纲不同姓，老婆跟了丈母娘的姓，这个秘密瞒过了许多人。晁伟纲有眼色，也会说话，人长得也精神，和傅晓斌很对脾气。傅晓斌觉得他很适合在官场上发展，就一直想方设法帮他进入官场。

只不过机会一直不合适，正好下马区成立，要为书记和区长选秘书，大好时机岂能错过？傅晓斌急急帮晁伟纲整理好了材料，准备提交给夏想过目。他满心以为，凭借晁伟纲不错的自身条件，肯定可以入夏想的眼。

不想还有人和他打同样的主意，康少烨的节外生枝，让他十分不爽。

光在材料上用心思未必能让夏想看中晁伟纲，因为汤文举的材料也十分翔实，而且还有许多亮点。万一夏想点中汤文举就不好了，晁伟纲将会错失良机。不但错失了进入官场的大好时机，还会丢掉在夏想身边工作的机会，太可惜了。

二十八岁的副厅，全燕省有几个？跟紧了夏想，晁伟纲简直就是上对了船！

怎么办？傅晓斌心思转个不停，决定再想想办法，不能将希望寄托在机遇上面。

夏想见傅晓斌刚走，陈天宇就又前来，知道他在常委会上表态之后，私下里肯定还要向自己亲口表明一下态度，就又起身相迎，表现出足够的诚意："天宇来了？正好我手头有点好茶，还是何市长前几天送给我的，我们一起尝尝？"

何江华退下之后，为了表示谢意，特意登门对夏想表示感谢。作为前任的市委常委、副市长，姿态如此之低，也是基于以后想让夏想继续照顾他一二的想法。

夏想对何江华还算客气，收下了他的礼物，虽然都是一些烟酒茶叶之类的，但也是何江华的一片心意，也不愿意拂了他的好意。

何江华听从夏想的建议，将贪污的钱大部分都匿名捐献给了慈善机构，也算了了心事，不再担心什么时候会被人清算。下台了也指不定会有人惦记着你，也许哪一天别人事发也会再次牵连到你。到时如果不再是陈风主政，换了别人主事，说不定还会旧事重提，将何江华法办。

夏想的建议是万全之策,何江华以主动退下换取不追究刑事责任,以捐献赃款保平安,以后即使有人再找他麻烦,因为赃款已经全部捐出,也会不了了之。

夏想之所以提到何江华的茶叶,其实还是暗示陈天宇,就是他们之间的结盟,不仅仅是因为何江华的关系,还有利益上的关系,而且还可以达到一种坐而品茶的朋友关系。

陈天宇经上次事件之后,又被何江华面授机宜一番,最后还是接受了何江华的建议和夏想的提议,决定向夏想靠拢,和夏想坚定地站在一起。

尽管陈天宇也清楚何江华事件本身就是陈风在背后出手整治,但何江华确实自身不正。换个角度想,如果不是陈风压了下来,何江华或许早就被绳之以法了。再纵观何江华出事之后,谭龙一副置身事外的态度,也促使陈天宇下定了决心,跟紧夏想。

跟紧夏想也相当于跟紧了陈风。虽然他也清楚,一旦选择了夏想,就要为付先锋和胡增周两派所不容,而且付先锋比陈风年轻了许多,早晚会在燕市成为市长或书记,此时站队或许不利于长远的前景。但相比之下,还是选择陈风比较保险一些,至少可以获得现阶段的利益。

陈天宇对夏想的热情和客气十分感动,本来夏想才是强势的一方,却没有表露出任何高高在上的姿态,果然有涵养。

"夏区长别忙了,先不喝茶了,谈正事要紧。"陈天宇拿出一个记事本,一本正经地说道,"下马区一共有五个副区长,除了我和谢源清之外,其他三人分别是齐欣华、刘大来和冯安涛三位同志。我想应该召开一次政府常务会,讨论一下分工问题。"

"另外,我建议由源清同志对口负责白书记的两百亿投资事项,不知道您是什么意见?"陈天宇说完,一脸浅笑看着夏想。

夏想发现,他和陈风将陈天宇拉拢过来还真是一着好棋。陈天宇不但为人机警,随机应变,而且还非常善于替领导分忧。

应该说,今天的常委会基本上还算是一个不错的开端,奠定了基调,并且有利于下一步工作的开展,比夏想预期的效果还要好一点。尤其是陈天宇话一出口,夏想就觉得以后至少在政府班子内部,他不用操太多心了,完全可以腾出精力将目光投向整个下马区。

↗ 08 退一步，从容布局

夏想心目中理想的企业，就是远景集团现在所走的一条道路。比如远景集团在承建下马河时，主动承担了全部费用，而且提出的条件非常优惠，只要几百亩的地皮以及一处游乐场的场地。其他各项优惠政策，都没有向市里提出苛刻的要求，让不少人不敢相信。

谋划

陈天宇提议由谢源清对口负责两百亿投资的问题，摆明了是让谢源清不断地去找白战墨的麻烦，让白战墨尽快落实资金的问题。因为在陈天宇看来，白战墨的资金一天不到位，就有欺世盗名的嫌疑。

夏想赞同地点点头："提议不错，我表示赞成。这样，先将源清同志叫来，我们开一个碰头会。将你和源清的分工安排好之后，再安排其他副区长的分工也不迟。"

作为常委，陈天宇和谢源清的地位要比其他副区长高一些，优先安排也在情理之中。

陈天宇点头说道："我去请源清同志。"

夏想一摆手："如果我没猜错的话，源清同志也该到了。"

话音未落，就响起了敲门声，果然是谢源清现身了。

谢源清今天在常委会上突然表态大力支持夏想，确实是得自于吴才江的授意。

吴才江也是因为吴才洋对夏想的出手，感觉有些过意不去。正是他出面请求夏想说服连若菡带着孩子回国，结果闹了一出闹剧，导致夏想在仕途上遭遇了小小的挫折。尽管在吴才江看来，夏想一步到位担任书记其实还是有些冒进了,容易根基不稳,但毕竟最后当上区长并非夏想所愿。他心中有愧,就想着运作一下,也好对夏想稍有补偿。

吴才江叫来谢源清,板着脸十分严厉地教训了他一顿,告诫他如果想要在下马区有所作为,就必须和夏想保持高度一致,紧跟夏想的步伐,在常委会上和夏想一个声音说话。谢源清还想反驳,吴才江就封死了他的后路,告诉他,如果他和夏想不是一条心,以后他的路自己去走,别想让吴才江再出手相帮。

一句话让谢源清没有了脾气,只好同意。因为谢源清也知道他目前最大的依仗就是吴才江,没有了吴才江的帮助,他以后在官场上绝对前途有限,说不定还会陷在燕市,再也回不了京城。

不过吴才江也不是不懂驭人之道,大棒打完之后,又给了谢源清一个胡萝卜,承诺只要他配合好夏想的工作,三年之后保证让他升到副厅。谢源清大喜过望,忙不迭地答应一定事事听从夏想的建议。吴才江却又交代他,不是只听从夏想的吩咐,而是要学会见机行事,以配合夏想的工作为主,以打击白战墨的实力为辅,要主动出面替夏想分忧,而不是被动等待吩咐。

谢源清一一应下,不敢说半个不字。

打发走了谢源清,吴才江将事情的来龙去脉好好分析了一遍,又和夏想通了一个电话,完全确定付先锋在其中起了幕后黑手的作用,对付先锋也是深恶痛绝。

不过身为吴家人,他不好出面直接指责付先锋的不是,也一直没有想出一个好办法给付先锋敲敲警钟,不料夏想却说自有主意,不用他多操心。吴才江现在对夏想的本事深有体会,能在老爷子和吴才洋的先后出手之下,不但从容逃过,还能只是小小地后退一步,担任了下马区区长,让他再一次对夏想刮目相看。

对于夏想如何出手敲打付先锋,他没有多问,也知道夏想必有主意。敲打付先锋只是第一步,只不过是小小的开胃菜而已,以后在下马区的较量,才是真正的刀光剑影。什么时候夏想压下了白战墨,就代表什么时候获得了初步的胜利。

吴才江也暗暗下定决心,他说服不了吴才洋,但至少可以在他的权限之内,尽最大可能给夏想照顾。毕竟夏想此次被打压得不轻,不但让连若菡动了真火,差点带着孩子飞回美国,也让夏想险象环生,差点连前途也丢了。想起上一次他也曾经出手打压过夏想,加上现在他看夏想越看越欢喜,还有夏想对他也十分恭敬,两重内疚之下,他一心认定此次事件的根源是因他而起,他要对

259

夏想负责。

吴才江的心思谢源清当然不会知道，他只知道不照吴才江的吩咐办，他就会没有前途，所以才有了他在常委会上对白战墨的主动挑衅。谢源清或许本事不大，但脾气不小，一向傲慢惯了，对夏想还不放在眼里，对白战墨更加不屑。加上有吴才江的承诺，他更觉得在地方上不必谨小慎微地做人做事，所以对白战墨也就没有多少尊敬的意思。

他此次前来夏想的办公室，也是想和夏想碰个头，就下一步配合夏想的工作当面表个态。

谢源清一见陈天宇也在，只看了陈天宇一眼，连点头打招呼都没有，就直接来到夏想面前，开门见山地问道："夏区长，以后我会全力配合您的工作，只要您开口，我保证完成任务。请问，我具体分管哪些工作？"

陈天宇惊讶地皱了皱眉，他还以为谢源清在常委会上的表现，是配合他在外围旁敲侧击的聪明做法。不想听谢源清一张口，他才心中一凉，似乎谢源清是一个刺儿头一样的角色。

夏想却丝毫没有不快，笑道："源清来得正好，天宇也在，我们三个人就开一个碰头会，讨论一下具体分工。我的初步想法是，天宇作为常务副区长，协助区长日常工作，分管人事、规划、市政建设、水务、国土房管以及达才集团的项目。你分管财政、审计、国有资产经营管理，联系国税、地税、侨联，负责联系区委两百亿投资的落实情况……怎么样，天宇、源清，你们有什么意见没有？"

陈天宇心中暗喜，夏想分配给自己的工作都是重中之重，显然，对自己的信任远在谢源清之上。虽然谢源清分管了财政和审计等关键部门，但因为将联系区委两百亿投资的工作交给了他，等于是给了他一份吃力不讨好的活儿，也给谢源清出了一个天大的难题。

落实得好，资金到位后，未必会由谢源清负责；联系得不好，可能会落一个工作不力的评价。不管联系得好不好，根据上一次常委会上谢源清对白战墨的态度来看，白战墨对谢源清也不会有好脸色，陈天宇基本上可以断定，夏想是拿谢源清当枪使了。

夏想其实并非如陈天宇所想的那样，也并没有拿谢源清当枪使的想法，而是在现在的形势下，由谢源清出面针对白战墨，是最佳的选择。谢源清来自京城，并非燕市的本土势力，在燕市没有错综复杂的关系。正是因此，他才没有束手束脚的顾虑，更不用瞻前顾后，可以直截了当地和白战墨面对面争论。

反正常委会上的一幕已经奠定了谢源清在别人心目中的形象。

260

夏想话一说完,谢源清就点头说道:"我没意见,服从组织的安排。"

夏想对谢源清的态度还算满意,比他预料中好了不少,只要他能进一步提高政治智慧,经过一段时间的成长,或许还能在和白战墨的对抗和斗争之中,快速地成熟起来。

陈天宇也急忙表态:"我也服从夏区长的安排。"

夏想点点头:"好,那就这么定了。剩下的三个副区长的分工,天宇就辛苦一下,拟一个方案出来,到时我们三个人再碰个头,研究一下。"

下班后,夏想接到了赵红江的电话,说是江山房产的一帮人已经在酒店设好了酒席,只等他大驾光临。夏想本不想去,但又无法拒绝大家的好意,只好打电话回家请假。

曹殊黧的预产期快到了,现在正在家中静养。除了蓝袜寸步不离地照顾之外,夏想的老妈张兰也从单城市来到燕市,不离左右地照看曹殊黧。本来还有一个保姆,老妈却不放心,事事都要亲自动手,夏想劝也劝不住,只好由她。

结果曹殊黧的妈妈王于芬反而成为了局外人,回来一次看到曹殊黧被三个人照顾得舒舒服服的,根本没她什么事,只好说了曹殊黧几句有福气,又返回了宝市。少年夫妻老来伴,王于芬还是放心不下曹永国,非要在身边照顾他才安心。

因为曹殊黧待产在即,夏想想多陪陪她。不过江山房产的一帮人有事相商,也不能不理。打了电话请假,是蓝袜接的电话。听到夏想不回家吃饭了,蓝袜十分温柔地说道:"放心好了,有我在,有阿姨在,你家黧丫头跟宝贝似的,比熊猫的待遇还高。记住,少喝酒,多吃菜,多用耳朵少开口,听老婆的话跟党走……"

放下电话夏想还有点纳闷儿,难道蓝袜最近总跟曹殊黧在一起,变得也有点曹殊黧的风格了?

酒席设在下马区新落成的豪门酒店里面——豪门酒店是齐氏集团的产业,是所有下马区的投资商之中,最先动工也最先竣工的酒店之一。当然,也是因为夏想的面子够大,齐亚南才放下手头所有项目,全力以赴投入到豪门酒店的项目之中,终于赶在区委区政府成立之前,正式落成并对外营业。

夏想赶到时,萧伍、孙现伟、赵红江、齐亚南、朱虎都已经到齐,夏想刚坐下,沈立春也急匆匆来到了。

江山房产很久没有像今天一样会聚一堂了,作为局外人的齐亚南负责免费提供场地和酒席。他很高兴夏想能给这样一个和大家接触的机会,因为在座的众人，都是夏想最亲近的人。夏想让他入座，等于是默认了他嫡系的身份。

齐亚南亲眼见证了夏想成长的足迹，迅速、坚定并且步步为营。他对夏想以后的远大前途已经不只是满怀希望了，而是一心认定夏想早晚会成为一方大员。

夏想坐在最中间，看到他一手打造出的江山房产，看着核心人物相聚在一起，心中也是十分欣慰。

江山房产在下马区成立之初，第一时间和高海接触，拿下了百余亩地皮，立刻着手动工兴建经济适用房。现在新建的小区已经初具规模，有数栋多层住宅已经封顶，销售前景良好。

因为江山房产最早介入经济适用房的建造，市政府给予了不少优惠政策，也让江山房产赢得了良好的名声。尽管相对来说利润微薄，但胜在量大，还是大赚了一笔。当然，这也和江山房产最早出手，占据了有利的地点有关。

因为江山房产打着经济适用房的名义，确实房价不高，均价控制在两千元以内，赢得了市委市政府和社会的双重好评。随后江山房产又拿下了三百余亩的地皮，按照规划，其中一半用来继续兴建经济适用房，一半用来投资高档住宅。

孙现伟的天安房产也投资兴建了一处新型绿化的住宅小区，主打生态牌，前景也不错。因为下马区的天然优势，现在下马区的房地产市场初显兴旺，已经惊动了京城不少炒房团，正准备组织看房团来燕市投资。

京城房地产业的动向瞒不过肖佳，夏想对京城几大有实力的炒房团的一举一动，基本上了如指掌。

不过孙现伟对江山房产的现状不太满意，他想说服夏想，让江山房产介入高档豪华住宅市场，最好能上别墅，也好从市场上赚取更多的利润。

还没有开始吃饭，孙现伟就说出了他的想法，一副迫不及待的样子："领导，我们的步子应该再大一些，现在太谨小慎微了。你看达才集团动作多大，两处豪华别墅和一处高层住宅同时开工，太有魄力了。其实以我们江山房产的实力，现在开发高档住宅问题不大，资金链也不会有问题。不用领导出面寻求贷款，实在资金跟不上，我从天安房产拆借过来一部分也行。问题是现在必须趁机坐大，抓住眼下的机遇，否则错过机会，等别人都占领了市场，我们下手就晚了。"

"就是，就是。"赵红江也是踌躇满志，对江山房产的未来充满了信心，"就连乔白田的吉成地产也拿了几块地皮开发起了高档住宅，虽然销量不如我们，据说利润比我们丰厚多了。听说乔白田私下里还笑话我们，说是我们赔本赚吆喝，看着挺热闹，其实钱没赚几个。很气人呀领导，我就想不明白为什么不让江山房产开发高档住宅？"

也不知何时起，江山房产的所有人都对夏想用上了尊称，一口一个领导叫得亲热。也怪难，毕竟夏想现在身份不同了，是名正言顺的副厅级实权人物，是下马区区长。

赵红江虽然在宋朝度打了招呼的情况下，如愿以偿坐上了二建总经理的位置，但他不过是处级干部，还是企业的处级，在党政机关是不被承认的。所以他在夏想面前，从来没当自己是干部。

萧伍最听夏想的话，从来不争也不想，他最大的优点就是知道自己的不足。虽然他是名义上的江山房产老总，但公司的发展规划，从来都是夏想指出大方向，具体由孙现伟和赵红江实施，一些不必要的应酬，就由朱虎出面。实际上，萧伍反而是江山房产最轻松的人，他由衷地感谢夏想对他的照顾。他知道，自己其实没有才能担任老总的职务，是夏想扶他坐在了位子上。

夏想没有回答孙现伟和赵红江的质疑，而是反问沈立春："立春，你说说看，江山房产下一步应该开发什么？"

沈立春也摸不透夏想的想法，如果夏想确实是基于为政府分忧的想法，现在目的已经达到。而以江山房产目前的实力，完全可以一边建造经济适用房，一边开发高档住宅，互不耽误，可以保障经济和社会效益双丰收。但夏想一直不松口，就是让江山房产将主要精力放在经济适用房上面。或者说，除了经济适用房之外，不将主要精力放在高档住宅上面，也是让他不解。

市场不怕竞争，就怕没有购买力。现在正是居民购买力释放的大好时机，又有各项贷款的优惠政策扶持，开发高档住宅基本上是稳赚不赔。夏想是不想让江山房产赚钱，还是另有计划？沈立春也知道肯定是后者。

"具体我也说不上来，反正领导肯定有想法，说不定还有一个非常宏伟的计划。"沈立春就含糊其词地说道，顺便拍了一下夏想的马屁。

夏想哈哈一笑，说道："立春说对了，对于江山房产的下一步，我确实有一个计划，不过不是宏伟计划，也不是万全的计划，而是一项风险计划。成功，有可能立赚一百亿；失败，有可能江山房产就此破产！"

夏想还真是不鸣则已，一鸣惊人，话一出口，在场众人顿时面面相觑，惊呆了。

玩大发了，要赚就赚一百亿，要赔就赔个底朝天。夏想平常总是谨慎再谨慎，怎么一下就弄险了，还是天大的风险？

还手

夏想见众人的样子,就知道吓住他们了,又笑着摆了摆手:"你们自己决定干不干,不干的话,就按部就班地发展好了,反正钱赚得也不算少,足够大家花销了。"

"干! 为什么不干?"孙现伟首先惊醒过来,一拍桌子说道,"江山房产现在总资产不过二十来个亿,就算全赔了,相信我们从头再来,趁现在房地产市场大好的时机,两三年又能重新打造一个江山房产。但要是赚了,最少等于预支了五年以上的利润。一百亿,算算看,得盖多少栋经济适用房?"

朱虎立刻接话说道:"我们的经济适用房每平米的利润控制在三百元以内,一百亿,就是三千多万平米,差不多几十个小区了。值,太值了。"

沈立春还是稳妥一些:"是不是赌的有点太大了? 领导,可否透露一下到底有什么计划?"

夏想微一沉吟,还是稍微透露了一点内情:"如果我没估计错的话,近期将会有两百亿热钱涌入下马区的房地产市场,江山房产就是要扯虎皮做大旗,拿两百亿热钱开刀。"

众人都倒吸一口凉气,以二十亿搏两百亿,就像小孩和大人打架一样,胜利的希望太渺茫了。

不过既然夏想信心十足地说了出来,众人都大眼瞪小眼地看着夏想,听他进一步详细说明。

夏想基本上可以肯定付先锋所谓的两百亿投资,应该就是热钱,通俗一点讲,就是游资,并不是实打实地来下马区做实体和不动产来了,而是席卷利润来了。

夏想有意联合江山房产和肖佳,再借助达才集团的力量,三方联合,互相呼应,将两百亿游资死死套牢在下马区,让付先锋赔个血本无归!

付先锋费尽心机扶白战墨上位,一开始夏想弄不清楚他的真正目的,但因为现在两百亿的游资,他慢慢摸到了真相。如果运作得当,两百亿游资从下马区席卷过后,卷走三五十亿的利润不在话下。为了几十亿的利润,又有借吴家之刀杀他之计,付先锋不惜血本扶白战墨上位也就可以讲得通了。

而且付先锋的聪明之处还在于,他借吴家之手打压自己,只是不想让自己当上书记,所以陈风妥协重新提名自己担任区长时,他立刻表示了赞成,显示出了一个初具雏形的政客的潜质。因为他的目的已经达到,白战墨只要当上了一把手,就可以配合他用两百亿的热钱以合法的手段卷走别人的利润,赚取暴利。

只可惜,他遇到了夏想。夏想对游资炒作之事深恶痛绝,现在既然让他遇到,既然敢来他主政的下马区撒野,那就放马过来,他的利剑已经高高举起,就等手起剑落……

要报付先锋的一箭之仇容易,但因为他背后有强大的势力,想将他打得落花流水很难。现在好了,付先锋想充分利用市场经济的优势,想利用热钱合法地来下马区轻松赚取暴利,在夏想看来,就是将白战墨连同付先锋在内,打个一败涂地的大好时机!

不过其中内情还不能向在座众人透露,他想了一想,就说:"具体策略,等我有了把握之后,和大家再开会商讨一下。眼下大家所要做的就是,尽快将第二期经济适用房开发出来,与此同时,也要开工兴建两处中档住宅小区,争取在两三个月之内,有上万平米的房子预售……"

说着,夏想转头对沈立春说道:"回头你对成总说一声,说有时间我要请他喝茶,商量一下文州两百亿资金的相关注意事项。"

沈立春基本上清楚夏想打的是文州两百亿资金的主意,但究竟如何实施,又有什么周全的计划,夏想不说,他也不好意思追问。现在夏想不比以前了,虽然在座诸位之中,夏想的年纪最小,但他级别最高,又是核心人物,似乎总有一些秘密不向人透露,关键时刻却往往有惊人之举,而且还总能收到事半功倍的效果。

沈立春相信夏想不会打无准备之仗,几年来的合作证明,夏想出手,从未失手。哪怕只是小有收获,也比他预想中大了许多。

他就一口答应下来:"没问题,成总一定期待和领导的会面。"

齐亚南听夏想言谈之间,敢以二十亿去搏击两百亿,不由心向往之,说道:"领导,齐氏集团投资将台酒厂,现在前景大好,资金运转正常,已经不需要再追加投资,只等坐收赢利了。如果到时需要动用资金就说一声,齐氏多了没有,筹集出来三五亿资金还是问题不大。"

夏想却没有一点用别人钱的觉悟,反而十分坦然地笑道:"亚南放心好了,有好事忘不了你。光凭江山房产的实力,还玩不转这一次的正面对撞。我估计至少要动用上百亿资金,除了江山房产之外,还有来自京城的几十亿资金,还需要借助达才集团的几十亿流动资金,齐氏再出几亿,就差不多了。外人想拿钱挤进来,没门。大好的赚钱机会怎么能送给外人?"

众人大笑,知道夏想此举不是心血来潮,而是早有准备打此硬仗,不由个个摩拳擦掌,战意高涨。

夏想却及时给大家泼了一盆冷水:"世界上的事情可没有百分之百的保证,如果谁不想冒险,现在提出来还来得及,可以退股,让现伟负责分现金给他。如果现在不提,我要是在外面听到谁走漏了风声,别怪大家做不成朋友了。"

夏想只不过是故意给众人施加一下压力,让他们冷静一下,他也知道在座几人都是心腹,是绝对可以信任的人。

果然,众人都嚷嚷说道:"领导说的什么话,不相信我们不是?"

"就是,钱赔光了可以再赚,朋友做不成了就是一辈子的损失。"

夏想笑着压了压手:"我知道你们都可靠,就是跟你们开一个玩笑,不过一定要记住了,此事对外谁也不能说,就连自己的老婆也不能说。"他故意用手一指孙现伟,"尤其是你,好几个老婆的人,对哪一个都不能透露半句,否则的话,我有的是办法让你几个老婆凑在一起给你打麻将。"

孙现伟哭丧着脸说道:"领导,我好不容易让几个老婆相安无事,谁也不知道谁,您非要让她们凑一桌打麻将?那她们打的不是麻将,是麻烦,而且还会把我打得稀巴烂。"

众人哄堂大笑。

夏想结束聚会之后回到家里已经是晚上十点了,家里人都已经睡下。他轻手轻脚地回到书房,不由暗暗感慨,今天一天发生的事情还真多,真是累人。

位置越高,权力越大,事情越多,责任就越重。他阻止付先锋的游资,所图可不仅仅是为了向付先锋还回常委会上的失利,也是出于为国为民的想法。

因为游资的危害不可小觑,小,可以让一个地市几十年的努力成果毁于一旦;大,可以让一个国家的国民经济倒退数年。因为游资发展到最后,不仅仅只是国内的资本,还有国外别有用心的金融巨头想来国内乘机大捞一把。

他正想洗个澡然后舒舒服服地睡觉——只要他回来晚一点,蓝袜就会陪曹殊黧先睡下,他就只能睡书房了——忽然电话响了。

都深更半夜了,谁会来电话?夏想拿过手机一看,出乎意料,是吴才江的电话。

吴才江的声音在寂静的夜晚听起来格外响亮,或许是他有点兴奋的原因,反正震得夏想的耳朵嗡嗡直响。

"小夏,付先锋回京城了,被他老子狠狠地骂了一通。是不是你背后下了黑手?"

付先锋上午还在参加下马区的成立仪式,晚上就回了京城,可见事情确实紧急。不过吴才江怀疑他下了黑手,夏想就不同意了:"看,三叔的话就有点不太讲究了,我可从来不在背后阴人,付先锋被他老子骂,是他的家事,和我可没有什么关系。"

夏想嘴上不承认,心里却明白是怎么一回事,肯定是他的计策奏效了。

付先锋在背后阴他一手,借机扶白战墨上位,夏想当时来不及还手,只求自保。不过等任命尘埃落定之后,他怎能任由付先锋逍遥无事?

尽管夏想没有猜测到吴老爷子出手背后有没有什么玄机,有没有另外的目的,但他心里清楚一点,吴老爷子如果知道是付先锋从中捣乱,故意混淆视线,好浑水摸鱼,坐收渔翁之利,肯定会不高兴……他就让连若菡转告了老爷子一句话。

连若菡很快就给了夏想反馈,说是老爷子听了之后,大怒,将他最心爱的杯子都摔碎了。老爷子是真动怒还是有表演成分在内,夏想不愿意费心去猜测,他只知道老爷子不会善罢甘休。

因为他转告老爷子的话是:"付家点火,吴家放炮,梅家煽风,邱家热闹。四家闹罢,付家欢笑。"

很明显,他的话的意思是,四家联动,最后只有付家大获丰收,其他三家都白忙活一场。当然,至于三家有没有达到心理预期上的收获,夏想并不清楚。他只需要提醒老爷子知道,别让付家得了便宜又卖乖。

同时,夏想也没忘再打电话给邱绪峰,向他表示了谢意,同时也说了一番意味深长的话:"因为我的事情惊动了不少人,实在心里有愧。不过经过一番深思,我发现了一个值得注意的地方,特意提醒你一声。作为好友,绪峰,我感谢你的帮助。同样,也是因为我们之间的友情,我想有个问题你必须要慎重对待。付先锋从文州拉来两百亿的巨资投入到下马区,极有可能会获取丰厚的回报。付家之所以要拿下下马区书记的位置,也是为了保证两百亿的投资可以得到回报。据保守估计,付家会从下马区获得百分之三十以上的利润。"

四大家族之间的利益错综复杂,总体来说竞争多于合作,是此消彼长之势。夏想对邱绪峰实言相告,是提醒邱绪峰,付家闹腾一场,三家都陪着看了热闹,付家最后收获的不仅仅是一个下马区区委书记的宝座,还有两百亿投资带来的巨额利润。如此一来，付家的实力就会大涨。

付家实力上升，相应的，几家的实力对比就会有所变化，吴家心中不快，邱家也会心中不喜。尤其是排名最末的邱家，最不乐见的就是付家的实力上升过快。

如果单单是付家闷声发大财还好说一些，关键是付家此事惊动了所有人，最后别人都是作壁上观，只有付家一家得了实惠，别人陪着付家看了热闹，肯定会心中不痛快。夏想相信，就算邱老爷子不会勃然大怒，也会心中气愤难平。说不定会找付家老爷子说道说道，然后旁敲侧击地敲打敲打付先锋，别太得意就行了。

反正不管是不是和夏想猜想的一样，也不清楚吴老爷子和邱老爷子如何动了一动，今天听到吴才江的好消息，他就知道，老爷子们的怒气还是很有威力的。

吴才江见夏想不愿意承认，就打了个哈哈，笑了一声："行了，不问你了，知道你没实话。上次老爷子和二哥的事情，你也别怪他们。老爷子你怪不着，也没资格。我二哥你怪也白怪，再说你也没理由怪他。要是你女儿这样跟了别人，你也生气。不过说到底你也算做了坏事之后又做了好事，要不是小连夏，老爷子说不定还挺不过这场大病。虽然若菡跟了你，惹了老爷子生气，但她要是没跟你，也没有连夏出生逗老爷子开心。世界上的事情总是有利有弊，我替老爷子承你的情了。"

吴才江能含蓄地说出对夏想抱歉的话，实在大大出乎夏想的意料。夏想想说些什么，不料吴才江不给他机会，话题一转，又说到了付先锋的事情上。

"我听说付先锋被严令在家反省，估计一周之内回不了燕市了……以其人之道还治其人之身，借力打力，妙。"吴才江哈哈一笑，"不过小夏，小手段终究治标不治本，你还得想法拿出强有力的反击手段出来，要打到付先锋痛，打到他怕，他才会老实。否则说不定他什么时候还会出手段在背后阴你，因为他和你的仇怨已经结下了，而且因为白战墨的关系，你和他之间势同水火，没有合作的可能。"

吴才江的关切之意溢于言表，夏想放下电话之后，心情久久难以平静。

吴才江清楚地告诉他，让老爷子接受他暂时没有可能，更何况吴才洋现在对他还是恨之入骨，一时半会儿也不会消气。而吴才江也不方便出面帮他，基本上现在一切还要靠他自己在燕市拼搏，不过吴才江也相信以他的能力，能够做好所有的工作。

夜色已深，夏想却没有睡意，目光透过窗户看向北方，心想也不知在京城之中,付先锋正在饱尝什么样的煎熬。

付先锋确实正在被老爷子责骂。

付老爷子一头白发,穿一身唐装,精神矍铄,虽然已经是深夜时分,却依然没有丝毫困意,反而怒火中烧,用手指着垂手而立的付先锋,"你你你"地说不出话来。

在燕市市委一副镇定自若,向来眼高过顶的付先锋,现在却是一脸惶恐,低着头,不发一言,任凭老爷子的怒火发泄到他的身上。

"你个混账东西,斗争就斗争,为什么非要惹吴老头儿?你不知道他最护短?他表面上收拾了夏想,但现在知道是你暗中推动,不恨死你才怪。吴家的家事,犯得着你一个外人去插手?你就不会用别的手段去对付那个什么夏想,为什么偏偏借用吴家的力量?"付老爷子气得连喘几口粗气,一下坐回到椅子上,还是余怒未消地训道,"惹了吴老头儿还不算,还惊动了邱老头儿,你本事还真大!让两个老家伙找上门来,明是和我聊天,暗中敲打了我半天,你让我的老脸往哪儿搁?吴家和邱家两个老头子拿话挤对我,我偏偏说不出话来,两个和我争了一辈子的老家伙总算找到了攻击我的理由,都是你惹的祸!"

付先锋知道老爷子的脾气,他骂人的时候不能反驳,不管你有多大的理由,也只能受着。等他骂完了,气消了一半,再解释清楚,或许还有可以寻求原谅的余地。

付先锋对夏想更是愤恨无比,他没有想到夏想会来这一手,暗中鼓动吴家和邱家两位老爷子来找事,才惹得落了面子的付老爷子大为恼火,非得急急连夜召他回京,当面痛骂他一顿!

来而不往非礼也

夏想还真是阴险,居然也会迂回之计,想到利用几家之间的明争暗斗来让他吃瘪,付先锋就大为恼火。他也想过吴家知道真相之后,肯定会记恨他,却没有想到不但吴老爷子亲自出面来理论,连邱老爷子也跟着凑热闹,是个什么道理?

也难怪老爷子会生气,邱老爷子明明和付家是亲家,却和吴老爷子一起前来兴师问罪,肯定让老爷子觉得大失颜面!

付先锋对夏想深恶痛绝,认为夏想确实可恶之极,手段之恶劣,手法之恶

269

毒,是他生平仅见。

老爷子一连骂了付先锋十几分钟,才算消停下来,但还是十分严厉地说道:"必须把事情给我说清楚,否则的话,你在家待一周思过。为什么付家要和邱家联姻,就是怕在大事上邱家和吴家联手。你倒好,因为一个下马区区委书记的位置,得罪了吴家不说,还让邱家也不满,和吴家站在了一起,你还有没有政治头脑?是一个区委书记的位置重要,还是吴家和邱家一个鼻孔出气的后果严重?你说你怎么年纪越大越不长进,分不清轻重?"

付先锋被老爷子骂得一无是处,敢怒不敢言。当然他的怒气也是针对夏想而发,不敢针对老爷子。老爷子骂得越狠,他就越恨夏想,一想到夏想此时有可能正躲在背后暗笑,他就恨得牙根直疼,恨不得立刻告诉白战墨,让白战墨在下马区处处制约夏想,不让夏想有所作为。

只不过当他想到在来京路上接到的白战墨的电话时,不由更加头疼了。

失策了,失算了,智者千虑,必有一失,一系列事件发生得太快了。何江华落马之时,只顾将目光放在市委之中,却忽视了陈天宇的重要作用。结果倒好,费尽心机为夏想作了嫁衣,陈天宇竟然成了夏想的人!

付先锋暗暗咬牙,夏想还真是难缠,还击的手段层出不穷,不但让人防不胜防,还总能打到人的痛处,让人十分难受。

不过为了两百亿资金所能带来的巨大收获,一切都先忍了。他之所以冒着得罪吴家的风险,冒着被陈风敌视的后果,非要借助吴家之力强行将白战墨扶上位,还是为了付家的重大利益,为了两百亿的风险投资!

付先锋不是初入官场的毛头小子,他心机深沉,步步为营,非有重大利益不肯出手。

只不过夏想和陈风的联手果然威力无比,付先锋接连失利,自是心情郁闷,十分不快。不过他也没有灰心失望,燕市的局势现在一片混乱,他的力量虽然因何江华的落马而削弱,但因胡增周和陈风现在已经背道而驰,相比之下,陈风才遭受了最大的损失。而胡增周性格不强势,背景也不深厚,不足为虑。

只是让付先锋深思之后大惑不解的是,吴老爷子的出手似乎不合常规,有点过于兴师动众了。按说以吴老爷子的政治智慧,犯不着大动干戈,他有的是其他手段让陈风或是胡增周屈服。难道吴老爷子早就察觉自己是暗中推手,所以故意借出手打压夏想之机,搅乱燕市的局势?

问题是,吴家对燕市乃至燕省一向不太关注,刚刚空降来的省纪委书记李言弘是吴家提拔上来的,但也仅此而已,更不用提在燕省待了两三年的副省长高晋周,现在几乎快被人遗忘了……对燕市,吴家更是向来没有正眼瞧过。

吴老爷子此举是不是说明,吴家以后的重点也有意放到燕省和燕市了?这念头只在付先锋脑中一闪而过,就被许多琐事给冲淡,进而忘得一干二净了。直到今天被老爷子紧急召唤回家,被老爷子痛骂一顿之时,才又灵光一闪,再次想起了吴老爷子异常的出手。

付先锋思忖再三,见老爷子渐渐消了一半气,才敢大着胆子说道:"爷爷,您听我说,先别急。"

老爷子冷哼一声:"先别急?都急了半天了,你说这废话有什么用?"

付先锋只好尴尬地一笑:"先不管吴家和邱家的怒气,他们生气是他们的事情,是因为他们忌妒我们付家在此次事件之中得到了巨大的利益,他们心理不平衡罢了。我倒想请教请教您,您说吴老爷子为什么要大张旗鼓地让燕市过半常委一起反对夏想的提名?如果仅仅是拿下夏想的前途,他完全有别的手段可以施展,这么做,是不是另有深意?"

付老爷子立刻被付先锋转移了视线,"哦"了一声,若有所思地想了想:"让我猜的话,老吴家想把燕市的局势搅乱,肯定是想向燕市安插自己人了。陈风太强势了,必须首先削弱陈风的影响力,打破胡增周和陈风之间的合作。借打压夏想的机会,让燕市的势力分散之后,好再重新整合……吴老头还是和以前一样老谋深算!"

付先锋暗喜,成功地转移了老爷子的注意力,他身上的压力陡然减轻。

不料老爷子说完,又一脸怒气地质问付先锋:"吴家怎么样是吴家的事情,我只问你,你扶白战墨上位,到底是什么打算?说给我听听,满意的话,我就先不骂你了。不满意的话,你在家思过一周,燕市市委,我找人替你请假。"

文州的两百亿资金,是付先锋自己的手笔,并没有告诉付家的任何人。付先锋的想法是,他现在是燕市的副书记,实职正厅,用不了多久或许就能担任一把手,应该有自己的执政理念和施政方针,不能再受家族的制约,不能事事听从家中的建议。两百亿资金完全是他自己操作,没有动用任何家族的力量。

而且他的打算是,等事成之后再让家族知道,肯定会让他在家族之中的地位更加稳固,并且让所有人都对他高看一眼。他可不像邱绪峰一样,在安县混了那么久也没搞出什么名堂,太丢人了。

不过形势赶不上变化,现在必须要向老爷子交底,否则老爷子这关过不去,真把他关在家里几天,就坏事了。

"白战墨上位只是一个幌子,其实我是看中了下马区的房地产市场,已经准备了两百亿资金,有望在白战墨的配合之下,用两百亿资金横扫下马区的房地产。据保守估计,少说也能赚五十亿以上。"付先锋一脸坚定地看着老爷子。

付老爷子一愣,微微动容地说道:"两百亿资金赚五十亿的利润,先锋,你是骗我还是骗你自己?"

"爷爷,您就放心好了,我一不贪污受贿,二不权钱交易,肯定会在合法合理的情况下赚钱,不但不让人抓住任何把柄,而且还会打着为下马区拉来投资的名义。您想想看,为了五十亿的利润,就算得罪了吴家和邱家,值不值?"

老爷子动心了,付家再家大业大,五十亿也绝对不是一笔小数目,能轻松到手五十亿,吴家和邱家的火气再大也无所谓。相比之下,面子哪里有实在的经济利益重要?况且还是五十亿巨资!

五十亿到手,付家的整体实力就能小幅迈进一步,甚至有隐隐直逼吴家之势,让邱家更是望尘莫及了。怪不得两个老头子拉下老脸来找他兴师问罪,原来他们都发觉了不对。闹了半天,吴家和邱家看了热闹,而付家却大大地得了实惠,才让两个老头子心理不平衡。

付老爷子想了一想,还是不太相信地问了一句:"你有十足的把握?"

"当然,资金的来路很正,而且操作手法也绝对让人挑不出任何过错,最后资金及时撤离也是正常的商业行为。这件事情我已经筹划很久了,不会有错,难道爷爷对我还不放心?"付先锋心中还是小有得意的,因为他确实从下马区一立项开始,就敏锐地发现了其中的商机,并开始着手准备投资事宜。

付先锋也确实够聪明,他近一年来对燕市房地产市场十分关注,从销量的火爆以及价格持续上涨之中,发现了巨大的商机——炒作商机。如果有足够的资金,分批分次将新开发的楼盘好楼层、好户型全部买进,什么都不用做,半年之后价格自然上涨,就足够大赚一笔了。如此轻松的赚钱大计,何乐而不为?

当然前提是,必须有雄厚的资金和敏锐的眼光,能够发现哪一处房产的升值潜力最大!

现在的房地产市场正处于蓬勃向上的时期,只有升值一说,没有贬值的可能。而且下马区是新兴城区,提倡的又是人文和居住,再加上下马河的缘故,下马区的房地产在相当长的一段时间,将是燕市一个巨大的聚宝盆!

两百亿资金已经筹集完毕,是由文州当地一个人牵头,从民间募集的热钱。付先锋已经和他达成了协议,就如何运作、如何分成完全谈妥,几日之内就有望以投资的名义来到燕市。有了资金,有了稳赚不赔的市场,就必须有一个心腹在下马区担任一把手,否则下马区的书记不配合工作,也无法达到付先锋想要的利润最大化的效果。

打压夏想只是他庞大目标中的一部分,扶白战墨上位也只是为他的经济利益服务,付先锋是什么人? 他从小在家族之中长大,目睹了利益至上的你争我夺,虽然他看夏想不顺眼,但也不会仅仅为了不让夏想上位而大张旗鼓地打压。打压夏想只是他经济计划的副产品,当然话又说回来,如果夏想上位,担任了下马区区委书记,他的计划推行起来可能十分困难。

付先锋也不认为夏想的经济头脑会出色到能够看清他的意图,因为此时虽然在房地产市场已经有了游资介入,但因为全国房地产市场都呈现出一种畸形的膨胀式的发展,游资在一个地方的介入和撤离并不明显,甚至引不起什么人注意。即使是有心人或是个别经济学家发现了不同寻常之处,也会被淹没在一片上涨的房价浪潮之中。

夏想再聪明再有经济头脑,他的眼光也局限于燕市和京城,怎么可能知道在南方的游资会有多么强大的力量,以及在资本市场有多么精妙的资本运作?夏想并不是真正的经济学家,就算是经济学家,也往往是后知后觉。等真正察觉到游资在房价上涨之中推波助澜的作用时,真正的游资早已如吸血虫一样赚足了利润,转身去炒作别的市场了。

所以付先锋在最后一刻因为陈风的力挺,也因为胡增周提议夏想担任区长,常委会中也有几名常委对夏想担任区长持赞成态度,他就顺水推舟投了赞成票。他不认为担任了二把手的夏想在白战墨的阴影下,还能对他的两百亿投资有什么阻挠。现阶段下马区的一切工作重点以招商引资为主,夏想巴不得投资越多越好,怎么会想到两百亿投资背后有什么猫腻?

而且投资是以白战墨的名义拉来的,理应由白战墨出面负责。一把手主抓的资金项目,夏想更不敢名正言顺地插手,否则就会被人说成不懂事,乱了规矩。

天大地大,利益最大,正是因为看中了下马区所蕴含的巨大经济价值,付先锋才一直隐忍,在关键时刻一举出手,终于达到了他精心策划半年之久的目的。

经济利益,政治先行,付先锋的手段再一次验证了政治和经济之间密不可分的孪生关系。

付老爷子听付先锋详细地汇报了事情的起因和内情,沉思了良久,抬头看向了窗外,见外面露出一丝亮色,他呵呵一笑:"天亮了,不知不觉黑夜过去了……好,好,先锋,你要是困的话,就先睡一会儿,不困的话,就即刻动身返回燕市!"

付先锋会心地笑了,知道他打动了老爷子,过关了。

夏想也能猜到,其实他的计策并不能给付先锋带来任何实质性的伤害,付家的家事,只会是高高抬起轻轻放下。他要的不是让付先锋挨一顿骂那么简单,而是要在付家、吴家和邱家之间制造一条裂痕,或者说,主要是不让付家和邱家之间因为联姻而真正联起手来。

从这个角度来说,他相信他的目的达到了。因为如果不是感受到了邱家和吴家的压力,付老爷子也不会第一时间就紧急召唤付先锋回京。

好了,来而不往非礼也,也算是暗中还了付先锋一手,接下来,就该是光明正大的阳谋了。

第二天一上班,夏想就召开了政府常务会议,讨论了副区长的分工问题。三位副区长之中只有齐欣华是女性,就由她主要负责妇联工作。刘大来和冯安涛两位副区长也各有分工,基本上都没有什么意见,听从了夏想的安排。

齐欣华和曲雅欣的性格有点相像,为人比较干练。刘大来是大大咧咧的性格,说话直来直去。冯安涛如同一个白面书生,话不多,说话时细声细气,甚至还不如齐欣华声音响亮。

夏想对三位副区长第一印象还算不错,三人都十分配合工作,没有提要求摆困难。至于以后如何,只能边走边看了。

下午夏想就听到了付先锋返回燕市的消息,一笑置之,不再理会。他还没有急着定下秘书人选,就让傅晓斌再担心担心也好。

下班的时候,傅晓斌果然按捺不住,找上门来,提出要请夏想吃饭。

"虽然有点冒昧,不过我感觉夏区长很亲切,好像老朋友一样,就想和您坐一坐,您有没有时间?"傅晓斌还是一成不变的笑容,他的笑容和蔼中透露着热切,让人一见之下就很容易心生好感。

夏想却淡淡地摆了摆手:"傅主任不必客气,有事说事,没事的话,我还要急着出去办事。至于吃饭……以后有的是机会,到时我请你也行。"

夏想的话让傅晓斌无可反驳,只好笑着说道:"那好,那好,夏区长您忙,我先走了。"

等傅晓斌走到门口的时候,夏想假装才想起什么一样说了一句:"对了,两个秘书人选都不错,我还没有拿定主意,等有时间还请傅主任帮我推荐一下。"

一句话又燃起了傅晓斌心中希望的火焰,他忙笑着应道:"没问题!"

不料夏想紧接着又说了一句:"今天康书记也无意间问起此事,我也没有细听,只听他似乎重点点了一下汤文举的名字……呀,时间到了,先不说了,再见傅主任。"

夏想就是故意给傅晓斌留一个悬念,他拿起公文包,冲傅晓斌微一点头,转身离去。

夏想离去很久,傅晓斌还站在原地未动,脸上神色变化几下,也不知道在想些什么。

夏想下班后并没有直接回家,而是开车直奔下马区远景大道而去,他另有要事要办。

尽在掌握之中

远景集团作为下马河拓宽工程的承包商,又因为修建了森林公园的缘故,在市委市政府之中,形象非常正面。远景集团承包了下马河的拓宽工程,负责全长一百多公里的下马河的河道拓宽,并且铺设防水层,工程量浩大,工期十八个月。一期工程当然是先行拓宽位于下马区之内的八公里河道,现在基本上已经全部竣工,正在进行最后的收尾工作,预计半个月内就能通水。

作为对远景集团致力于公益工程的回报,市政府特批将位于下马河南岸的一块三百亩的地皮给远景集团进行开发,并且将下马区一条主干道命名为远景大道。

远景集团的初步规划是将三百亩地皮一分为二,一半用来修建水景公园,一半用来建造私家别墅区。高老征询过夏想的意见,夏想并无异议,也觉得这么安排很不错。其实他也能猜到大概,连若菡想要修建水景公园,恐怕也有效仿森林公园的初衷,想要在其中再建一座类似莲居的别墅。

就由她去,夏想才懒得操心这些小事。

他沿远景大道一路向北,看着眼前宽阔平坦的双向六车道的公路,心中微微有些激动。下马区是他的心血,是他心目中的如画江山。现在江山就在眼前,任由他尽情挥洒,也是平生快事。

只不过上有白战墨的制约,暗中又有付先锋的手段,前路并非一帆风顺,相反,或许还会十分艰难。但不管如何,夏想有信心排除一切阻力,在下马区完成心中的大好画卷。

下马区此时初具规模，放眼望去，到处是施工的脚手架和高高架起的塔吊。有许多主体刚刚完工的大楼正在进行外装修，还有许多正盖到一半的楼房在日夜不停地施工，以争取早日竣工。远景大道两旁，林立着许多大大小小的商铺，初步展现出一个新兴城区的活力。

一想到这是自己的城区，一种自豪感和使命感油然而生。

下马区现在就如同一个蹒跚走路的婴儿，正在迅速地成长壮大起来。夏想有幸亲眼目睹这场盛事，并亲手勾画出其中的点睛之笔，有一种生逢其时的庆幸。

夏想还是开着连若菡送他的路虎，尽管有点旧了，但陪伴了他几年，也有感情了。区里给他配了专车，是一辆帕萨特，他私人时间才不会用公车，也不想和司机有过于亲密的关系。

过于年轻的夏想虽然是副厅级高官了，而且还是堂堂的一区之长，却没有一点高官的觉悟，情愿自己开车。

一路北行约两公里，来到弄潮大厦。肖佳的分公司在弄潮大厦八层租了一层用来办公。据说当时李沁作为分公司的负责人前来和弄潮大厦的物管人员谈判，一开口就提出租借一层，差点没把对方逗乐。

燕市的写字楼市场一向不太发达，弄潮大厦是燕市一个不太出名的开发商承建的，建好之后一直没有客户上门。毕竟下马区是新区，前来投资的都是房地产商，很少有租住写字楼办公的，开发商后悔莫及。

突然有客户上门，而且还是大手笔，一出手就是一层，惊笑之后才知道对方没开玩笑，顿时忙乱成一团，手忙脚乱地招待李沁。李沁却一摆手，说出了一个不高不低的价钱，一口价就谈妥了生意，并且二话不说就交了一年的租金。

直把开发商乐得找不到北。

说来也怪，自从李沁租了弄潮大厦之后，弄潮大厦门前冷落鞍马稀的景象一去不复返，很快就不断有客户盈门，立刻扭亏为盈。自此，开发商视李沁为财神和幸运星，还亲自提着果盘和花篮送给李沁。

李沁也确实能干，入住下马区以来，一个月内就将下马区所有在建的住宅以及规划中的中高档小区，都摸得一清二楚。她甚至还专门建造了一个下马区的沙盘，上面清楚地标明了所有重点小区——所谓重点，就是夏想特意叮嘱要加以留意的几种类型。

一是经济适用房，起价在一千五左右的密集型小区。二是中档住宅，起价在两千元左右的多层小区。三是高档住宅，起价在两千五以上的高层小区。至于别墅和超豪华住宅,暂时不需要关注。

李沁作为海归女,对肖佳和夏想之间的关系虽有猜测,但绝不多问,也不关心。她在国外多年,养成了尊重别人隐私的习惯,只一心工作,从来不过问老板的私事。既然肖佳吩咐说到了燕市一切听从夏想的指挥,她就照办,并不多问一句。

不问,不代表李沁心中没有疑问,她一直不明白的是,分公司成立有一段时间了,业务开展得还算顺利,但远没有达到她的预期。尽管已经开始赢利,不过基本上收入和支出持平,对她来说,这样的业绩就是耻辱和失败。

不过夏想却不让她继续到整个燕市拓展业务,只让她将精力放在下马区,就让她颇为不解,夏想的安排到底是出于什么考虑。下马区虽然是新区,房地产市场前景广阔,但分公司有足够的人力物力制定出针对整个燕市的计划,一个下马区,不足以证明她的能力。

现在几乎所有的人手都放在了下马区,等于是大材小用。

李沁今天接到夏想的电话,他下班后要来找她商议事情,她特意留下来等候,一边又仔细研究了一下下马区的房地产市场,到底有什么值得夏想全力以赴应对的玄机。

李沁越研究越觉得找不到方向,下马区的房地产市场虽然一片繁荣,但因为都在初始阶段,一切都比较透明,所以没有太多可以操作的地方。

李沁摇摇头,干脆将手中的材料扔到一边,不再费心去猜,就等夏想来了直接问问他。

夏想在楼下停好车,直接上楼。刚到八楼楼口,却意外地遇到一个熟人。

当时夏想正走到佳诚(燕市)分公司的门口,突然有一人推门而出,和夏想面对面相遇。夏想一见她,不由愣了一愣,顿时站住。

她也一脸惊慌地看着夏想,张了张嘴,却一句话也说不出来。

她不是别人,竟然是丛枫儿。

朱纪元被判处死刑之后,贪污的财产被全部没收。丛叶儿也被另案处理,具体判了什么结果,夏想也没有关心。不过他倒是听说丛枫儿免于刑事起诉,没有追究她的任何责任。

夏想以为丛枫儿已经远走高飞,不在燕市了,没想到今天意外在肖佳的佳诚分公司相遇——八层只有佳诚一家公司。丛枫儿手中抱着一堆资料,显然,她是分公司的职员。

丛枫儿先是慌张了片刻,然后又慢慢地镇静了下来,一脸倔强地看着夏想,说道:"我承认是我对不起你,陷害了你。现在被你抓住,你想怎么样随便你,我自作自受,认了!"

夏想早就把丛枫儿的陷害抛到九霄云外了,他不是记仇之人,就算记仇,也记不到她的身上,就笑着一闪身走到一边,说道:"女士优先,请。"

丛枫儿愣住了:"你,你不想报复我?"

"报复你什么?"夏想明知故问,又摆手说道,"事情都过去很久了,再说我也没有什么损失,就不追究你的责任了……怎么,你还不走?"

丛枫儿脸上的倔强又消失了,变成了一脸疑惑,半信半疑地看了夏想几眼,然后轻轻向前迈出一步,小心地问道:"你别后悔,我可真走了?"

夏想笑而不语,只是点点头。

丛枫儿突然飞一样地跑掉了,跑去很远,还心有余悸地回头看了一眼夏想,似乎生怕他反悔一样。不料回头看时,夏想早已走进了办公区,连一个背影都没有留下。

丛枫儿又站住不动,呆呆地出了一会儿神,心中怅然若失。

夏想在京城已经见过李沁,今天再见到她,还是为她的端庄和古典之美而赞叹。

李沁长得很有古典美的味道,柳眉弯弯,下巴尖尖,还有一张十分标准的瓜子脸。她的嘴型长得最好,尤其是笑起来的时候,露出两颗小虎牙,平白增添了俏皮可爱之意。最让夏想感到不解的是,在国外多年的李沁说起普通话来是字正腔圆,吐字清晰如同播音员。

她的声音也十分动听。

八月的夏日夜晚,李沁穿一身职业套装,束腰紧身上衣,一步裙,既有白领丽人的严肃,又有制服诱惑的活泼。

偌大的办公室内灯火通明,李沁一人坐在电脑面前,微蹙蛾眉,陷入了沉思之中。夏想推门进来,轻笑一声,说道:"还没有吃饭吧?下去一起吃饭,边吃边谈。"

夏想和李沁下楼,随便找了一处干净整洁的饭店坐下,点了一些小菜,就聊了起来。

夏想最欣赏李沁的一点就是,办事干脆,从不拖泥带水,也不矫情,说吃饭就吃饭,说工作就谈工作,不虚伪客套。

"我想你一定很好奇,为什么我非要让你将所有力量都放在下马区,而不是去发展整个燕市的市场?"夏想首先问了一句。

李沁点头，干脆地说道："是不明白，还请夏区长明说。"

"现在还不太好明说，我只想告诉你一点，如果未来有两百亿游资进入下马区的房地产市场，你如何利用手中的房源信息和几十亿资金，对两百亿的游资展开一场阻击战？"夏想直接给出了难题。

李沁放下筷子，难以置信地看向夏想。夏想迎着她的目光，坚定地点点头。

李沁又重新拿起筷子，吃了几粒花生米，忽然抬手拢了拢头发，笑了："想要阻击两百亿游资，就算有占据本土优势和掌握一手房源信息等条件，也至少还要有一百亿的流动资金。而且最关键的一个环节是，要有其他房地产商配合行动，否则成不了事。"

夏想点头赞许："不错，你的话都说到了点子上。你的思路很清晰，也很有见解，我放心了。等到时机成熟，说不定我会让你亲手操作百亿资金大战。"

李沁一直很平静，直到夏想最后一句话一出口，她终于眼睛一亮，不敢相信地问道："真的？夏区长您真的相信我？"

"我相信你。"夏想直接给出了李沁想要的答案，"但有一点，你从现在开始就要研究美国游资的性质和惯用的手法，再深入研究一些真实的案例，以便做到心中有数。"

"嗯！"李沁虽然是女人，但骨子里也有弄险的性格，听到有上百亿的资金大战，自然非常兴奋，又因为夏想对她的信任，更是动力和信心都十足，才明白夏想在下马区谋划着一场空前的大战，"我有职业操守，更有职业道德，请您放心。"

谈完话，夏想临走的时候忽然想起了丛枫儿，就随口问了一句："丛枫儿在公司担任什么职务？"

"行政助理。"李沁答了一句，便不再多说。换了别人，肯定会追问一下夏想和丛枫儿之间的关系。

行政助理相当于秘书和文员，夏想听了，只是点头一笑，不再多说，转身走了。

果然担任了区长就不一样了，公务确实繁忙，才上班两天，就感觉有无数事情要忙。夏想心中十分愧疚，总无法回家陪曹殊黧。晚上到家中，家人又都睡下了，他轻手轻脚地到了书房，刚打开台灯就看到书桌上有一纸便笺。

勾画了了、秀美纤细的字迹正是曹殊黧的手笔："坏人，熬夜不好，早点睡。我最近一门心思全在孩子身上，对你疏远了，你可别生气。你要是生气，就是生你儿子的气,等他出生后我就告诉他,让他揪你的耳朵……"

夏想会心地笑了,小丫头就算生了孩子当了妈妈,也是他调皮可爱又有一点小性子小心思的小丫头,似乎永远也长不大一样。

儿子……夏想脸上浮现出一丝父爱的笑容,似乎在眨眼之间,他就成为三个孩子的父亲了,想想也有点不可思议。小连夏都一岁多了,会叫爸爸妈妈了,可惜最近见不到他。梅亭也半岁多了,听梅晓琳说,也在咿呀学语。小女孩向来说话早,说不定八九个月就会叫妈妈了,只是不知道梅晓琳会不会教她叫爸爸。

正式的儿子,也是即将出世的夏东——曹殊黧还是迫不及待地找人做了B超,知道了胎儿性别,还高兴地为他起了名字。别看这孩子最小,但却是几个孩子中最幸福的一个,因为他可以光明正大地享受父爱,可以随时和夏想撒娇,可以骑在夏想的脖子上打闹……不管是连夏还是梅亭,都不能名正言顺地和他分享父爱。

夏想一个人想了很多,想起上一次市委常委会的斗争传到曹永国耳中之后,他特意打来电话追问到底出了什么事情,夏想只好编了一个理由搪塞过去。不搪塞不行,有些事情他知曹殊黧知,哪怕邱绪峰也知,就是不能让曹永国知道。

尽管夏想也知道世界上没有不透风的墙,但在修修补补之下,也可以建造一堵足够结实的墙,在很长时间内实现密不透风也不是难事。

胡思乱想一番,想起以后下马区的局势,夏想的思路越来越清晰。

第二天一上班,康少烨来到夏想的办公室,一进来就关切地说道:"夏区长,不是已经给您配备了专车和司机?刚才我在楼下看到司机张良,还批评他怎么不知道准时去接您,还让您自己开车上班,太不像话了!"

夏想清楚康少烨不过是借司机之名,行假装关心之事,进而从侧面提到秘书的人选问题。他就笑着摆摆手,说道:"多谢康书记关心了,不妨事,我习惯了自己开车,是我让张良不用接我的。"

说完之后,也不再问康少烨还有没有别的事情。

康少烨挺尴尬,心想夏想果然滑不溜手,说话留一半儿,明明就可以脱口而出问他有没有别的事情,结果就是不说,非等他主动开口不成?

不过事到临头,不开口又不行,要不万一夏想定下晁伟纲就晚了。现在是一个难得的好机会,正好有正式编制,身为副厅级领导,夏想可以配备一名秘书。借此机会进入区政府,等于一步迈入了官场,至于以后是不是一直在夏想身边就再说,现在的关键问题是只有夏想点了头,才能进人。

康少烨站也不是,坐也不是,愣了愣神才说:"就是替夏区长物色秘书的事情……不知道夏区长有没有定好人选?"

如果夏想不知道汤文举和晁伟纲的身份,也许凭感觉随便指点一人就了事了,也没有现在的举棋不定。当然,夏想的举棋不定只是假象,他心中早就有了人选,只是故意不早早点明罢了。

要的就是康少烨和傅晓斌都争来争去的效果,因为夏想想起了一个典故:二桃杀三士。

拉拢和分化

夏想见康少烨努力保持着平静,还摆出一副超然的态度,好像随口一问一样,他也就恍然大悟地假装刚想起一样,说道:"秘书人选我还没有定好,主要是傅主任送来的两份材料我还没有来得及细看,只扫了一眼,就记住了晁伟纲的名字……怎么,康书记认识晁伟纲和……"

夏想假装想不起汤文举的名字。

康少烨心中妒火中烧,明白傅晓斌肯定在材料的顺序和精美程度上做了手脚,幸亏夏想还没有细看,否则只凭第一印象,肯定是晁伟纲占优。

康少烨心中气愤难平,怪不得昨天傅晓斌还专门找到他,提出要一起坐坐。幸好他没有答应,傅晓斌肯定没安什么好心。

心中生气,表面上还要装成若无其事,康少烨摇头一笑:"不认识,我也是听傅主任说过,两个人选一个是晁伟纲,一个是汤文举。好像听谁说起,晁伟纲是傅主任的亲戚?未经证实,也许是传言,呵呵。不过好像还听慕部长说过,汤文举各方面条件更优秀,还是名牌大学的高才生,比较适合担任夏区长的秘书。"

借组织部长慕允山的面子向他暗示,夏想心中暗笑,却直接说了一句:"秘书的挑选要慎重,既要符合国家干部的用人要求,也要符合我的个人要求,所以不急,我再斟酌一下。另外,我还要参考一下金红心同志的意见。"

金红心是区政府办公室主任,是区政府的大管家,按理说区长的秘书人选应该由他推举才对。但下马区刚成立,一切还不太正规,再有夏想的秘书涉及人事编制问题,由区委方面推荐人选也说得过去。

但不管最后定下是谁,都要过金红心一关,哪怕是走走形式。

康少烨心中来气,一点小事怎么惊动的人越来越多?他倒没有想到是夏想知道了其中内情,故意折腾他,就把一切都归罪到傅晓斌身上,心想好一个傅晓斌,来日方长,一点小事你就和我作对,以后走着瞧,总有让你落在我手中的时候。

汤文举是康少烨一个故交的儿子,他满口答应故交要帮汤文举进入区政府,然后在夏想身边待一段时间,有了跳板,以后再调到区委就容易多了。没想到节外生枝,傅晓斌和他打的是同样的主意,还借工作之便,暗中做了手脚……康少烨对傅晓斌的印象差到了极点。

康少烨决定再找傅晓斌理论理论,同时再和金红心沟通一下。

夏想坐在宽大的沙发椅上,等康少烨一走,他才第一次细致地打量起他的区长办公室。办公室面积不小,足足有五十平方米,加上外间的话,恐怕有七十平方米也不止。严格来说,有点超标。但建造的时候,陈风亲自指示要将下马区的书记和区长的办公室建造得豪华大气一些,就是要有一个良好的对外形象,有利于招商引资工作的开展。从长远考虑,下马区以后很有可能会成为燕市的一个对外窗口。

办公室宽敞而明亮,崭新的桌椅和全套的名牌办公家具,颇显高档。不过布局比较简单,夏想不喜欢太复杂的办公环境,也不喜欢房间里东西太多,就让人清理掉许多杂七杂八的摆设,只留下书柜和电脑。

甚至连一些花草都没有摆放。

简洁的环境有利于专心办公,夏想对办公室的布置还算满意,站起身望向了窗外。

临近九月的燕市,正是建筑市场的黄金时期,天气虽然炎热,但暑气渐消,到了晚上依然可以施工,工程进度很快。窗外,到处是在建的高楼和热火朝天的景象。

下马区并非全部位于荒地之中,有一大部分是旧城区和城乡结合带,还有一部分是常山县的农田。前期,市政府也做了大量工作,征地和搬迁还算顺利,村民比市民还要好说话一些。

不过回迁和安置问题,就交到了现任区委区政府手中。夏想之所以让江山房产开发经济适用房,也是真心出于为村民考虑而做出的决定。

原有的村民因为下马区划归为市区,便由村民转变为市民。他们的土地被征用,补偿是实物或是现金——大多数要的是实物,就是房产。夏想身为建筑专业毕业的人士,对建筑业的内幕十分了解。开发商承建的回迁工程,或者说所有给回迁户建造的住宅楼,绝对和正常商品房的质量大不相同。

钢筋达不到标号不说,甚至连混凝土也会用低标号的水泥搅拌,更不用提大到外墙所用的保温砖,小到门窗的一根钉和窗户的密封条,都会选用最便宜的那种!最后再在外墙装修上稍微下一些功夫,看起来就和其他的商品房没有两样,实际上不管是抗震能力还是保温效果,以及门窗的使用年限,都没有正常出售的商品房质量好。

开发商为了利益,为了满足搬迁户的各种有理或无理的要求,或是为了满足市里提出的各项条件,绝对会严格控制回迁户楼房的成本,其中的内幕要是全部揭露出来,绝对令人触目惊心。所以夏想出于长远考虑,不仅仅是他身为区长的责任,也是他成立江山房产的初衷之一。他让江山房产开发经济适用房和回迁房,并且严令萧伍控制工程质量,绝对要对所有楼房一视同仁,不以次充好,不偷工减料,等等。

既然他当上了一区之长,就是一个真正的父母官了,就要为治下的百姓谋取福利,尽可能地照顾到方方面面。就算因为能力的原因,有的地方无法顾及,他也要努力一把,至少也要问心无愧才好!

夏想心潮起伏,由现今百姓被新三座大山压得气喘吁吁,几乎没有一天安宁想起,深感肩膀之上责任重大。他无力改变体制,无力改变大方向,但至少能在他的任期之内,在他的辖区之内,不让教育改革产业化、医疗体制商业化、房地产业商品化三种重担压倒每一个家庭卑微的希望。

正浮想联翩之时,有人敲门。

是区政府办公室主任金红心。

金红心年纪不大,三十三岁,人长得挺有官相,走路时也是昂首阔步,给人的感觉很威武。不过他脸上的笑容却很真诚,总之是一个让人第一眼就感觉良好的人。

金红心作为区政府的办公室主任,在工作上是和夏想接触最多的人之一。一般而言,政府办公室主任都是政府一把手的人,即使不是心腹,也会是十分信任的人,如果得不到区长的信任,要么被架空,要么会被换掉。

金红心里深知他想要坐稳办公室主任的位子,就必须获得夏想的认可。他暗中已经做了许多工作,比如替夏想安排好司机和专车,替夏想布置好办公室。总之夏想想到的,他一定得提前想到;夏想想不到的,他也得想到。办公室主任的位置很关键,也很难做,最考验一个人承上启下的能力和八面玲珑的眼光。用一句形容就是,左手拎茶壶,右手拿文件,随时看领导眼色行事。

金红心刚才被康少烨叫去谈了谈话,副书记有事召唤,他不敢不听,虽然康少烨并不是他的直接领导。谈话的内容出乎他的意料,康少烨话里话外的意思是暗示金红心,让他在夏想面前推荐汤文举担任夏想的秘书,只要金红心能递上话,康少烨的意思是,会记住他的好。

金红心知道他该跟紧谁的步伐,更知道在夏想面前什么话该说什么话不该说。夏想有没有深厚的后台他不管,他只知道的是,才二十八岁就担任区长的人,肯定是一个极有政治智慧的人。而且如果他讨不了夏想的欢心,就别想坐稳办公室主任的宝座。

所以金红心一见夏想的面,就委婉地说出了康少烨找他谈话的事情。

夏想早就猜到康少烨会找金红心暗示什么,他故意向康少烨提出金红心的名字,就是有意让康少烨替他试探一下金红心。因为他不清楚金红心的立场,是跟紧他的脚步,还是别有用心?

基本上,一个简单的秘书人选问题,在夏想出神入化的点化之下,成功地离间了康少烨和傅晓斌之间的关系,还借康少烨之手让金红心表明了立场,完全达到了他想要的效果。

夏想对金红心的表现还算满意,就点了点头,说道:“红心,看你年纪不大,名字起得挺有意思,是一颗红心两手准备的含义?”

金红心吓了一跳,不明白夏区长此话是拿他的名字开玩笑,还是另有所指,暗示他立场不稳?金红心就忙一脸严肃地说道:“我爸说,当时给我起这个名字,确实是想让我长大之后,在面临重大选择的时候,要一颗红心,两手准备。不过经过我自己的成长和感悟,我总结出一个道理,就是一颗红心,坚定立场,认准方向才能保证不会走错路。”

夏想点点头,终于笑了:“说得好,说得很好,红心,你的看法很正确。”

金红心见夏区长对他表示了赞同,知道夏区长已经初步认可了他,微微有些激动。

夏想不等他说话,又说:“帮我一个忙,去楼上通知傅晓斌一声,让他来我办公室一趟。”

金红心一愣,区长找区委办主任商量事情,有什么内情?不过有些事情不是他该问的就绝对不能问上一句,就连忙答道:“好,我马上去。”

走到门外金红心才意识到夏想为什么非让他亲自上楼请一趟,一个电话,傅晓斌再是常委,也得立刻下来面见夏区长。难道说,夏区长此举大有深意?

金红心猜对了，夏想确实是故意让金红心上楼去请傅晓斌，也是一举两得之计。

金红心不明就里，并不清楚夏想的用意。他来到楼上，来到傅晓斌的办公室，敲响了门。

傅晓斌的声音从房间内传来："请进。"金红心也未多想，推门进去，一抬头，才发现康少烨也在，不由愣在当场。

傅晓斌也愣了，他没有想到是金红心来找他，微一失神脸上又堆满笑容，问道："金主任有何贵干？"

金红心看了康少烨一眼，迟疑一下，不知道该怎么开口。不过金红心并不知道一个秘书人选问题牵动了许多人的神经，幸好他有一个最大的优点就是不多事，在康少烨的要求之下，也没有向夏想说出不该说的话。

他并不知道夏想请傅晓斌所为何事，所以微一犹豫，先冲康少烨微一点头，还是说出了实情："夏区长请傅主任过去一趟。"

傅晓斌一听喜出望外，夏区长有请，肯定是秘书人选选定了，只是现在的场面有点尴尬，本想立刻动身下楼，偏偏康少烨也在场，就让他有点为难，不由多看了康少烨一眼。

康少烨心中一瞬间也明白过来，顿时火冒三丈。

他来找傅晓斌就是想谈谈条件，看看傅晓斌能不能退让一步，他可以在别的方面给予补偿。不料话一开口，就被傅晓斌否定了。康少烨还想和傅晓斌再晓之以理动之以情时，金红心就来到了。

康少烨自认好歹也是副书记，是区里的三号人物，主管人事，大权在握，金红心不过是一个区政府办公室主任，肯定会被他的许诺打动，会为他美言几句。不承想，前脚冲金红心许诺完，后脚金红心就受夏想之托来请傅晓斌，很明显，金红心不但没有在夏想面前替他说话，说不定还替傅晓斌说了情。

康少烨在恼怒之余，连带对金红心也恨上了。

他又见傅晓斌和金红心二人看他的眼光有异，知道他再待下去已经没有任何意义了，就对傅晓斌说道："傅主任，恭喜了。"然后不动声色地看了金红心一眼，轻哼了一声，又说："金主任，好一个一颗红心，两手准备，也恭喜你了。"

傅晓斌知道康少烨的恭喜是什么意思，笑着点点头，没有接话。金红心也知道康少烨的恭喜是什么意思，是暗指他没有替康少烨在夏想面前美言几句。只是金红心不理解的是，康书记埋怨他也就算了，怎么听康书记的语气，好像对傅主任也大有不满？

不等金红心弄清状况，康少烨就拂袖而去。

傅晓斌并不清楚康少烨找过金红心的事情，他和金红心一起下楼，拍了拍金红心的肩膀，说道："红心，以后区委这边有什么事情需要帮忙，尽管来找我，在能力范围之内，没有二话。"

金红心是区政府的大管家，他和夏想之间的关系肯定不错，以后晃伟纲担任了夏想的秘书，许多工作还得由金红心负责安排。而且夏想特意让金红心上来请他，傅晓斌为人机警，立刻猜到了什么，就当即决定要和金红心处好关系。

金红心见请傅晓斌态度热切，丝毫没有架子，也热情地回应道："好说，好说，说不定以后还真有麻烦傅主任的地方，到时领导别不给面子就成。"

同是办公室主任，不过傅晓斌却是区委常委，是区领导，他无法与之相比，姿态放低一些也正常。

"一定，一定，我老傅最重朋友最重交情了。"傅晓斌高兴之下，和金红心大拉关系，"以后晃伟纲成了夏区长的秘书，有什么不足之处，工作上有什么不利的地方，金主任替我好好批评批评他。"

金红心脑子一顿，瞬间明白了什么，惊讶地问道："晃伟纲是傅主任的……"

傅晓斌笑着点头，他也知道如果真想让金红心关照晃伟纲一二，就得说实话，否则什么时候等金红心从别人口中知道了真相，绝对会埋怨他，就说："是自己人，红心知道就行，别说出去。"

金红心才明白过来夏区长让他上来请傅晓斌的真正用意，是不是让他故意惹康少烨不高兴他不敢妄加猜测，但肯定有让他和傅晓斌走近的意思，或许还有让他替夏区长拉拢傅晓斌的暗示。

掌控和远景

金红心知道，他表现的机会来了。

"明白了，明白了，傅主任尽管放心。"他左右看了看，发现四周没人，才压低声音说道，"幸好我没有多嘴，否则还真得罪了你。"

傅晓斌一惊："怎么了？"

"康书记刚才到我办公室，让我替汤文举在夏区长面前美言几句……我没说!你想夏区长是什么人,领导决定的事情我敢乱讲话?我现在才知道,原来康书记的用意不仅因为汤文举是他推荐的人,还因为晁伟纲是傅主任的关系。"

傅晓斌本来对康少烨已经大大的不满了,没想到康少烨还在背后来了一手阴的,更是勃然大怒,站在台阶上喘了几口粗气,怒道:"康少烨真不是东西,为了一个汤文举还敢在背后算计我?行,算他狠,他的好处我都记下了,以后算账。"

金红心和傅晓斌不一样,他不是不怕得罪康少烨,而是知道他想坐稳位子,就必须跟紧夏想,站好队伍。区长明显和康少烨不是一路人,他得罪就得罪了,没什么大不了的。而夏区长显然是有意拉拢傅晓斌,分化区委几个常委之间的关系,他当了马前卒,也间接证明了夏区长对他的信任。

当然,也是夏区长对他的试探和考验。

到了夏想的办公室,夏想见金红心的表情就知道金红心领悟了他的意图,心中高兴,知道金红心可用,也就不再多说,直接拿出晁伟纲的材料往桌子上一放,说道:"傅主任,就定晁伟纲好了,经过比较,还是他比较符合我的用人标准。"

夏想强调是他的用人标准,是给傅晓斌一个强烈的暗示,就看傅晓斌能不能领会了。

傅晓斌见事情已经尘埃落定,就说出了晁伟纲是他的关系的内情。他刚才和金红心透露真相之时就已经决定,康少烨步步算计他,甚至还拿副书记的权威压他,一番周折下来,他和康少烨之间就算不是势同水火,以后也再难和平相处了。

目前看来康少烨和白书记关系密切,傅晓斌知道,他想左右摇摆已经不可能了,只有站好队伍才能保证不被康少烨欺压。他也知道在白战墨眼中,他的地位肯定不如康少烨,就是说,白战墨很有可能会因为康少烨的搬弄是非而对他疏远和不信任,与其如此,不如早早向夏区长表明立场。

而且夏区长也早晚会知道晁伟纲的真实身份,早说比晚说好。

傅晓斌诚实地说出了晁伟纲是他的亲戚,甚至连在材料上动了一点心思也交代了出来。

夏想听了,半晌没有说话,不过脸上始终挂着笑,心想傅晓斌果然是聪明人,识时务,如实说出了小手段,完全表明了靠拢的意思,他就冲金红心使了一个眼色。

金红心知道夏想的暗示是什么意思,就说:"刚才在路上,傅主任已经向我说明了情况,而且我和傅主任一见如故,谈得十分投机。"

夏想满意了,非常满意,借一个秘书的人选问题,效仿二桃杀三士之计,不但成功地获得了傅晓斌的靠拢,也试出了金红心的办事能力。经此一事,他在区委常委会中,已经接近了半数优势。

以他为首,区政府有陈天宇和谢源清,区委有卞秀玲和傅晓斌,已经有了五票,只要再拿下两人,就可以完全将白战墨的书记光环遮盖。

当然,夏想并不仅仅是为了斗争而斗争,因为白战墨是付先锋的人,而付先锋肯定在借两百亿资金酝酿一次大动作。如果白战墨占据了书记的优势,又掌控了常委会,在重大事件上他将失去发言权,有可能会让付先锋的行动落到实处。

夏想一定要阻击付先锋的游资,在他掌控了常委会的情况下,在取得了达才集团的协助下,来一场漂亮的阻击战!

傅晓斌的靠拢和金红心的忠心,让夏想一举掌控了区委和区政府的两大管家,可以说,区委和区政府的一举一动都将难逃他的目光!

拿下傅晓斌是夏想计划之中最开始也是最关键的一步,还好,和他预想中差不多顺利。

为了进一步给傅晓斌吃一颗定心丸,夏想轻描淡写地笑了一笑,说道:"晁伟纲和汤文举是什么来历,我拿到材料的时候,就知道了……"

回到办公室,傅晓斌还感觉后背有点发凉。他以为夏想年纪轻,官场经历少,一些小手段小手法能瞒过去。没想到,夏区长心如明镜,事事都在其掌控之中。他还天真地以为都瞒过了夏区长,以为事后说出真相已经表示出了十足的诚意。

好厉害的年轻人,有手腕也有魄力,还有容人之量。傅晓斌就下定决心,以后一定紧跟夏区长的步伐,相信夏区长以后一定前途远大,他也会因为现在站对了队而获益匪浅。

和傅晓斌想法相同的还有金红心,金红心算是真正见识了夏想运筹帷幄的手腕,直佩服得五体投地。

一周后,夏想在常务副区长陈天宇和区政府办公室主任金红心的陪同下,冒着细雨视察了下马河局部八公里河段,并出席了建成仪式。

秘书晁伟纲胳膊下面夹着皮包,手打雨伞,紧跟在夏想身后,想要替夏想挡雨,却被夏想摆手制止。雨不大,毛毛细雨,连衣服都打不湿,正好雨中漫步,夏想哪里会矫情到非让秘书打一把雨伞的地步?他可不是电视上经常露面的大腹便便的中老年官员,不但要有人打伞,还非要有人伸手搀扶一下好像才能显示出官威一样。

晁伟纲如愿以偿当上了夏想的秘书,算是正式迈入了官场,便对夏想十分感激。又见夏想才二十八岁就是副厅级高官,而且还是一区之长,只比他大了五岁,就更对夏想既佩服又崇拜,把夏想当成了他的人生偶像。

晁伟纲今年二十三岁,大学毕业一年,原本在燕市的一家国有企业工作。他长得还算不错,人又勤快,又会说话,既有眼色又会来事,就一心想进入官场发展,可惜一直没有机遇。

现在不比从前,想有一个正式的机关编制很难。他托了傅晓斌很久,要么有编制没好位置,要么位置不错,但不是机关编制,就一直苦求不得。

正好下马区成立之后,新任区长需要一名秘书——区长秘书可是香饽饽,绝对是抢手的好位子。晁伟纲就求了傅晓斌,无论如何也要帮他进入下马区。

整个曲折的真实过程晁伟纲自然不太清楚,只是听傅晓斌转述说,经过傅晓斌艰苦卓绝的努力,再有夏区长慧眼识珠,终于让他脱颖而出,成为了夏区长的第一任秘书。傅晓斌千叮嘱万嘱托,郑重其事地告诉晁伟纲一定要努力服务好领导,要有眼色,要心到眼到手到,少说话多办事,一定以领导的喜好为第一要旨。

不过经过几天的接触,晁伟纲发现夏区长很好打交道,事情不多,也没有太多的讲究,更没有官架子,而且喜欢事事亲为,晁伟纲第一次对官员有了正面的评价。以前他总在电视上见到各级领导视察工作的时候,背着手,让秘书打着伞,乱走乱看乱发表意见。夏区长视察工作,不但轻松随意,还很少发表意见,一旦发言,绝对言之有物,一语中的。

果然是有水平的领导,否则也不会年纪轻轻就当了区长。

夏想却没有猜测晁伟纲对他的看法,他对晁伟纲的表现还算满意,虽然有时稍嫌毛躁了一点,但只要指出不足,改正起来也很快。谁初入官场都是新手,都有一个学习的过程。能在学习中进步的,就会慢慢站稳脚跟;始终无法改正缺点的,就会慢慢被官场淘汰。

被官场淘汰,其实就是被人淘汰了。没有一个领导喜欢一错再错的下属,但每个人也都有容人之量,允许下属偶尔犯一些小错。知错必改,才可堪造就。

夏想站立在河岸之上,放眼望去,雨天一色之中,下马河河水荡漾,一片碧波。因为细雨纷飞的缘故,天色虽然阴沉,但更衬托得下马河如诗如画。

下马河以后将会成为燕市人最喜欢的游乐场所。

下马河现在只通水了八公里的河段,也是为了让下马河名副其实。有河有水,更是为了以后招商引资工作的开展,所以才提前通水,而不是等全部河道都疏通才通水。

夏想对远景集团加班加点地施工表示了感谢,回头对高老说道:"高老辛苦了,下马河这么大的工程,也只有高老亲自监工,才能保证各项工作如期完成。"

夏想视察下马河工程,作为远景集团的负责人,高老自然全程陪同。不过要是换了别人,比如说白战墨,高老才不会露面,随便找一个副总就可以了。但夏想来了,他就忙不迭地主动陪同,也是想和夏想畅谈下一步的规划。

高老亲眼目睹夏想一步步实现了梦想,也是由衷地替他感到高兴,笑着连连摆手:"小夏说的哪里话? 我还得感谢你,不是你,我怎么能在燕市先建造森林公园,又开发珍藏苑和典藏居,再到现在下马河的拓宽,还有水景公园和水景别墅……看到一幅幅蓝图在燕市大地上变成真实的场景,我感觉又年轻了十几岁,又回到了以前热火朝天的岁月。"

高老的感慨也确实发自肺腑,他在燕市实现了许多以前的梦想,甚至还有许多看似不切实际的想法,也在燕市这个新兴的城市变成了可能。没有什么比一个设计师看到自己的作品一件件由图纸变成实物更激动人心的事情了,他感谢夏想,是因为有了夏想的帮助,才让他能够尽情在燕市大地上挥洒才情。

陈天宇和晁伟纲都不知道高老的身份,听他不尊称夏想为夏区长,都略带不满地看了高老一眼。

夏想不理会二人的不解,不提高老是高晋周副省长的父亲,就以高老和他之间的忘年交,就算他当上了市长、市委书记,高老叫他一声小夏也没什么,他才不是一上位就忘乎所以之人。

夏想和高老沿着河边,边走边谈,就下一步下马河的开发交换了意见。

下马河八公里河段,在北岸有两公里、南岸有一公里,共计三公里河段给了远景集团。南北两岸都算起来有十六公里,远景集团一家就占了近五分之一,条件可谓得天独厚。北岸两公里长的河段,其中一公里用来修建水景公园,一公里用来开发水景别墅。

南岸的一公里河段,就用来开发游乐场,准备投资兴建一座大型的主题公园。和水景公园的免费、休闲性质不同的是,主题公园以娱乐为主,全是收费项目,同时也提供游船项目。

总之,单是目前八公里河段的通水,就已经大有可为,等以后一百多公里的河道全部通水之后,光是环城游船一项,就有十分广阔的市场前景。

其余的河段,分给了包括达才集团在内的十几家开发商,其中江山房产分得了一公里,也算是不小的收获。

夏想一行人一直沿着河边行走了将近一公里,夏想没有什么疲惫之意,高老也是兴致勃勃,状态很高。陈天宇和晁伟纲跟在身边,走得腰酸腿疼,不由暗暗佩服夏想的好身体和高老的好兴致,两人都深感惭愧。

雨,渐渐有越来越大的趋势,晁伟纲想替夏想撑伞,夏想却不让,和高老一人打了一把,继续乘兴聊天。一老一少意犹未尽,说个不停。

夏想此次视察其实只带了陈天宇、金红心和晁伟纲三人,对了,还有司机张良。公事上,夏想还是坐了区里的二号车,一是显示重视程度,二是也不至于显得过于另类,官场上有些规矩必须要遵守。

张良本来将车停好,在远处等着,一见雨越下越大,就担心领导随时要车,便发动汽车,远远地跟在了后面。

又前行了几百米,夏想和高老基本上商量好了远景集团下一步的举动。夏想的本意是,远景集团借下马区腾飞的时机,既要赚取正常的利润,也要考虑多做一些公益事业。高老完全赞成夏想的想法,远景集团实力雄厚,因为连若菡的心思已经不放在远景集团上面,对集团每年的经济增长点也没有太大的要求,而高老又是一个将爱好和兴趣放在第一位的人,在金钱上面也没有太大的需求,所以远景集团目前就按照既定目标,一步一个脚印地稳步前进。既保证了合理的利润,又兼顾了社会效益,类似于半公益性质的企业。

夏想对远景集团的现状十分满意,他在金钱方面也没有太大的欲望。熟悉他的人都知道,他出门甚至经常忘记带钱包,即使带,有时里面也只有几百元钱。连若菡曾经给过他一张几百万元的卡,他只是动用过一次,后来就扔在家里,差点忘了。

但实际上不提连若菡的亿万美金的身家,就是肖佳现在手中的十几亿资金,以及她名下的佳家超市的股份,总计也有不下二十亿元。曹殊黧的公司现在一年赚几百万元也不成问题,金钱对于夏想来说,只是一个数字,或是一种手段和力量。

财富只有取之于民用之于民才有具体意义,否则纸上富贵终究是一场数字游戏而已。一个一生守着巨额存款不动的人是可悲的人,同样,一个死在巨额财富上的人,也是可耻的人。财富不创造价值,不为社会带来利益,不为百姓谋福,就是一堆粪土。

夏想心目中理想的企业,就是远景集团现在所走的一条道路。比如远景集团在承建下马河时,主动承担了全部费用,而且提出的条件非常优惠,只要几百亩的地皮以及一处游乐场的场地。其他各项优惠政策,都没有向市里提出苛刻的要求,让不少人不敢相信。

当然,远景集团的所作所为也并非不考虑经济利益,只是算准了切入点和以后的长远前景,所图是中长期利益。然而在只重视眼前利益的人看来,远景集团的做法傻得可爱。其实远景集团最聪明之处在于,准确地把握了市场动脉,抢占了别人尚未发现的先机,目光短浅之人,自然看不出其中的玄机。

↗ 09 千里之堤，溃于蚁穴

不称孙局而称孙叔叔，黄建军岂能不明白夏想的暗示？心中对夏想的关系网之深厚又多了一层了解，对夏想如何查到了牛奇的底细也不再怀疑。不管是孙定国还是蒋玉涵，想要查查牛奇的问题都不是什么难事。

路见不平

一时之间由点及面，想了许多，夏想见时候不早了，也担心高老的身体吃不消，就准备回去，到远景集团的办公地点看一看。

忽然，在远处的细雨迷蒙之中，跌跌撞撞跑来了一个抱着孩子的中年男人。他胡子拉碴，面容憔悴，一脸惶恐不安，远远看到夏想等人，愣了一愣，突然二话不说转身跳进了河水之中！

夏想正打算和高老一起回去，见此情景顿时大惊，情急之下哪里还顾自己的区长身份，纵身就要跳河救人。陈天宇眼明手快，一把拉住夏想："夏区长，您不能下水，太危险了。我来！"

陈天宇力气挺大，将夏想向后一拉，他正要跑步向前，突然听见旁边一人说了一声："夏区长、陈区长不用慌，我是游泳健将，我来救人。"

话音未落，只听"扑通"一声，晁伟纲连衣服也没脱就跳入河中。

中年男人还抱着一个三岁大的小孩儿，在水中只扑腾几下就沉了下去。夏想见状急了，知道晁伟纲一个人救不上来两个人，又要下河。此时，正好一直跟在后面的司机张良及时赶到，大喝一声："夏区长放心，我一定把人救上来。"

张良一个飞跃也跳入河中，一头扎入水中，不一会儿就和晁伟纲一前一后将大人和孩子都救了上来。

大人没事，孩子已经被水呛得昏迷过去。张良动作娴熟地帮孩子挤压胸部,不一会儿孩子吐了一口水,醒了过来,抱着大人号啕大哭。

夏想本来对张良没有太深的印象,经此一事,对张良的印象大为改观,冲他点点头说道:"水性不错,表现很好。"

他又对晁伟纲表扬说道:"伟纲很勇敢,值得表扬。"

晁伟纲和张良都不好意思地说道:"领导过奖了,小事一件。"其实他们心中都挺感动,因为刚才夏想的动作一看就是真心救人,没有一点作秀的样子,要不是陈天宇手快,第一个下河的就是夏想。

夏区长堂堂的区长,在关键时刻不忘舍己救人,他们身为下属,更得好好表现。

陈天宇却是惊出了一身冷汗,万一刚才夏想下河救人,有个什么三长两短,他就欲哭无泪了。不过他也有些不解,平常夏区长说话办事都非常镇静,今天一见有人落水,就完全和一个普通年轻人一样冲动而富有激情,夏区长还真是一个复杂的让人琢磨不透的人。

夏想等中年男人的情绪稳定之后,才责备说道:"有什么难处非要寻短见?你一个大男人,有胳膊有腿,还不能养活自己?再说孩子好好的,你何苦让他跟你一起死?"

中年男人看了夏想几眼,又看了看围绕在他身边的人,胆怯地问:"你们是谁?"

"别管我们是谁,你说说你为什么要跳河?"夏想继续追问。他也知道不到绝境,没有人愿意舍弃生命,况且看样子男人和小孩儿肯定是一对父子。虎毒不食子,若非实在无路可走,谁愿意带着年幼的孩子去死?

夏想知道,肯定有不为人知的隐情。

中年男人迟疑了一会儿,眼睛四处一看,看到了后面的高老,目光中流露出信任的眼神。高老见状向前一步,半蹲下身子,摆出一副平等的姿态,问道:"你叫什么名字?不用担心,我们不是坏人,到底出了什么事情,你说出来,或许我们还能帮你解决。"

"我叫刘光国,是下马村人,因为土地征用问题,和宏安公司闹了矛盾……"刘光国话未说完,就听见远处传来嚷嚷的声音。

"刚才听到跳水的声音,刘光国别不是跳河了吧?"

"跳就跳,死了拉倒,钉子户,死一个少一个!"

"闹出人命不好吧?"

"又不关我们的事，是他自己要跳河的，我们又没有逼他，没有推他，是不是？"

"是呀，这傻瓜，真要跳河了反而省事。一个刁民，要钱没钱，要人没人，还敢闹事？死了是便宜了他，不死的话，抓回先打一顿，然后示众。"

夏想的脸色沉了下来。

说话间，就从远处开来一辆桑塔纳2000，四个车窗全开，里面探出几个人头，其中一个满脸青春痘的二十岁左右的人大声嚷道："哎，你们几个人，有没有看到一个男人抱着孩子过去？"

随即发现了被夏想几人围在中间的刘光国，就大喜说道："刘光国没死！快，把他抓起来，正好弄回去让那些死皮赖脸的刁民看看，这就是钉子户的下场！"

陪同夏想视察的区政府人员之中，只有陈天宇、金红心和晁伟纲，外加一个司机张良，远景集团只有高老和一个司机。作为堂堂的区长和远景集团的核心人物，夏想和高老的出行可谓轻车简从，一点也不出众，更不声势浩大。几个小年轻不把他们放在眼里也再正常不过。

金红心刚才在跳水救人的时候没有表现的机会，现在机会来了，就向前迈了一步，大声说道："你们是什么人，胆大包天！逼得人跳河了不说，还张口闭口就要抓人，谁给你们这么大的权力？"

"我是谁？"青春痘跳下了车，随后车上的人全部下来，足足有六个人，青春痘自认自己一方虽然在人数上不占优势，但明显气势占了上风。在他眼里，金红心几人不过是老弱病残罢了，就轻轻地讥笑两声，又说："你又是谁？是不是吃多了多管闲事？知不知道这一片都是我罩的。我是谁？说了出来吓你一个跟头。"

晁伟纲年轻气盛，一听就火了，喊道："你说话放尊重点，知道眼前站的人是谁不？"

金红心察言观色，知道夏想不想表明身份，他在官场中打滚多年，比晁伟纲有眼色多了，知道夏想肯定想查个明白，表明身份就不好问话了。他忙咳嗽一声，打断了晁伟纲的话，说道："我们是远景集团的人，你们是什么人？为什么要抓刘光国？"

旁边一个小平头认出了高老，小声对青春痘说道："牛哥，那个老头儿确实是远景集团经常露面的人……远景集团有点来头，我们是不是……"

牛哥十分不满地说道:"远景集团怎么了? 在我牛金的一亩三分地上,就是一条龙也得给我盘着当虫,是不是? "

小平头连连点头称是:"是,是,下马村是牛哥的天下,牛哥要风得风要雨得雨,谁都得让上三分。"

旁边一人说道:"什么下马村? 以后整个下马区都是牛哥的天下。"

牛金昂起了头,一副不可一世的样子说道:"是,不看我爸是谁,我爸是牛奇! 你说,远景集团大,还是我爸大? "

小平头很配合地点头哈腰:"当然是牛局大了,远景集团不孝敬牛局的话,也别想在下马区干好了……不过远景集团架子挺大,好像还没有孝敬过牛局? "

牛金想了想,怒了:"就是,回头就跟我爸说一声,找找他们的麻烦。在下马区还不孝敬我爸,真仗他们有市里撑腰,不把我们放在眼里? 等下我就让他们知道什么叫县官不如现管! "

夏想强忍怒气,问道:"听你的意思,你爸是一个什么局长了? "

"什么叫什么局长。你会不会说话? "牛金怒了,眼睛一瞪,气势汹汹地说道,"听清楚了,我爸是牛奇,是下马区公安局副局长,怎么样,有没有听说过大名鼎鼎的牛局? "

夏想还真没有注意过牛奇此人,区政府人员就已经够多了,他现在也只记住了几个大局的一把手,对各局里的副手还没有什么印象。

夏想就实话实说,摇了摇头:"还真没听说过。"

"那你现在就知道了,是不是该让路了? "牛金从鼻子里哼了一声,"不知道我爸的大名不要紧,懂事就行了。"

夏想怒极反笑:"你得说清楚到底发生了什么,我们才考虑会不会放人,否则,刘光国得跟我们走。"

牛金不干了,他长得本来矮小,又满脸青春痘,说话的时候却偏偏昂着头,摆出一副鼻孔朝天的架势,好像别人都要仰他鼻息一样。他两步来到夏想面前,一双小眼转了几转,骂道:"别以为你是远景集团的人就敢管我们宏安公司的闲事,告诉你,我们宏安公司大有来头,区里有人,市里也有人,你犯不着为了一个刁民毁了自己。好,我的话说完了,放不放人你自己决定,不放的话,就别怪我们不客气了。"

刘光国见夏想的态度似乎有所动摇,就一把鼻涕一把泪地哭了起来:"这位领导,您可要替我做主呀。我老婆病了,全靠地里的几亩果园赚钱治病,他们宏安公司把我的果园收走,却按荒地的价钱折算。我不干,他们就用推土机把果树全部推倒。一气之下，老婆病死了，他们还不算完，非要拆我的房子。我和儿子没有活路了，被他们抓回去，肯定没有好下场……求求您救救我！"

夏想心中的怒火越来越旺。

最开始的时候，下马区的征地和拆迁都由市里负责，大方向由谭龙主抓，具体事务由高海安排。下马区成立以后，夏想将征地和拆迁工作交给了副区长刘大来主抓，并且再三交代他，切记不能出现强拆强建的事情。没想到刘大来将他的话当成了耳旁风，竟然让一个小小的区公安局副局长的儿子为非作歹，还出现了逼出人命的恶劣后果。今天如果不是遇到他们，说不定刘光国会投河而死！

强拆强建在国内各地屡见不鲜，甚至还出现过县长亲临现场，有人在房顶上自焚的恶性事件。最后虽然当地的书记和县长都被罢免，但毕竟死人已去，无法复活，在百姓之中造成了极其恶劣的影响，很容易引起官民对立。

夏想管不了别人，管不到别的地方，但在他的治下发生了如此无法无天的丑陋事件，他必须要严肃查处，绝不手软。

"我怎么听说是刘区长主抓拆迁和征地工作，你们逼出人命，乱征民田，刘区长不管？"夏想想既然牛金牛气冲天，就借此机会问个清楚，也省得回去之后再查。

牛金却警惕起来："废话太多了，不放人我们就要动手了！"

夏想突然脸色一板："你要是说清楚刘区长为什么不管你们，你们市里还有什么人，我们觉得惹不起肯定会放人。不说清楚的话，你要动手，也未必打得过我们。"

夏想话一出口，陈天宇还没有反应过来，金红心和晁伟纲就都挽起了袖子，露出了要打架的架势。张良和高老的司机也是跃跃欲试。

牛金见夏想一方人多势众，真要动手未必能讨好，就继续恐吓说道："你们是不见棺材不落泪了，好，我就告诉你……刘区长和我爸关系好得很，他才不会管我。再有我们宏安公司在市里也有大靠山，说出来吓你一跳，是薄部长！薄部长你知道不？是市委常委！"

市委常委、统战部长薄厚发？夏想顿时惊呆了。

薄厚发尽管和他关系一般，但他以前也曾经帮过薄厚发，而且薄厚发和李丁山关系不错，在市委里面也一直附和陈风，算是陈风的一派，怎么薄部长也陷入了征地事件之中？

再一想也就想通了，官场之中，哪一个没有错综复杂的社会关系？背后支持也好,暗中有干股也好,只要插手房地产的开发商,只要是拆迁公司,都和官场有着千丝万缕的关系。归根结底,也是拆迁之中常有强拆强建的现象,因为拆迁公司自认有后台有背景,才不怕一两个小小的刁民。

夏想心中有了主意,回头冲晁伟纲说:"打电话通知刘大来和牛奇,立刻赶来现场!"

牛金听出了不对,见夏想语气严厉,说话有官腔,忙问:"你到底是谁?你不是远景集团的人,怎么说话好像是当官的?"

夏想不再理会牛金,对张良说道:"将刘光国父子扶到车上。"

张良应了一声,扶起刘氏父子就上了车。牛金嚷嚷着不干:"想干什么?你们想干什么?"他回头冲一起来的几个小青年喊道:"别傻站着了,动手抢人。"

几个小青年伸胳膊挽袖子就要冲过来,陈天宇、金红心和晁伟纲以及高老的司机都挺身而出,站在了夏想的前面,尤其是高老的司机显然早有准备,手中还拿着一根甩棍,一看就是一个练家子。

高老不慌不忙,眯起眼睛笑了起来,小声对夏想说道:"我的司机可不是一般人,一个人放倒他们一伙人都不成问题。怎么样小夏,动不动手?"

夏想冲高老的司机一点头,他也知道以他现在的身份不再适合亲自下场肉搏,就对司机说道:"他们要是先动手,你就让他们长点记性。"

牛金见对方气势挺足,犹豫一下要不要动手之时,突然不知道从哪里飞来一粒石子正好打中他的脑袋,疼得他哇哇直叫,怒火攻心之下,大喊一声:"打,都打了。打了人,再抢人。敢下黑手打我,不收拾收拾他们我就不姓牛!"

几个人见牛金被打,也急了,就一哄而上。高老的司机见状,冲夏想点头示意,然后如虎入羊群一样,手起棍落,三下五除二就将牛金几人打得七零八落,倒在地上到处打滚,一片鬼哭狼嚎。

尤其是牛金被打得最惨,司机一脚就踢断了他的几根肋骨,显然也对他的嚣张和狂妄看不惯,就特意下了狠手!

连锁反应

夏想站在一边,目光之中没有一丝怜悯之意。一个小小的区公安局副局长的儿子就敢胆大妄为到了这种地步,看来,他非常有必要加强一下对公安系统的影响力,也有必要树立一下区长的权威。要不他就算在常委会中占据了优势,但在政府班子里,手下的人也会对他阳奉阴违。他别说想将下马区建好了,不被一些无能的官僚拖下水就不错了。

夏想铁了心要整治一下牛奇,杀鸡吓猴,给黄建军一个表明立场的机会。

黄建军身为区委常委、公安局长,位置非常关键,他现在立场不明,既没有向他表示靠拢,也没有明显地偏向白战墨。

夏想想要施展胸中抱负,想要在即将到来的风暴之中一举击败付先锋,就必须获得黄建军的支持。作为区长,掌控不了公安的力量,就很难掌控安定团结的政治局面。没有安定团结,没有一个良好的投资环境,就不能保证投资商的利益,就难以继续开展招商引资的工作。

夏想正一直想办法让黄建军表态,还没有找到机会,没想到一个视察就引发了连锁反应。

不过由一个小小的宏安公司引出了薄厚发,让他多少有点意外,也不知道薄厚发到底陷得有多深……

一阵由远及近的警笛声响起,四五辆警车风驰电掣地来到现场,首先下车的是副区长刘大来,一脸憨厚模样平常稳重如山的他,从车上一跃而下,动作迅速如同小青年。

然后就是一个鹰眼虎口、鼻直额宽的中年男人下了车。他先是只看了夏想一眼,随即目光落到躺在地上的牛金身上,眼中的怒火一闪而过,想忍,还是没有忍住,几步跑到牛金面前,仔细查看他的伤势。

不用说,他就是牛金的老子牛奇了。

刘大来见牛奇在夏想面前如此失态失礼,不由皱了皱眉头。他立刻一脸笑容地来到夏想面前,关切地问道:"夏区长,您没事儿吧?一接到晁秘书的电话,我和牛局第一时间就赶了过来,到底发生了什么事情?"

其实在路上刘大来就已经猜到了事情的经过,他和牛奇关系莫逆,一直是一个战壕的人。宏安公司一直强拆强建的事情他心知肚明,一是因为宏安公司有后台,他惹不起;二是他也有利益在内,知道牛奇的儿子牛金在宏安公司有股份,主要负责拔除钉子户的工作。他也多次劝过牛奇,让牛金稍微收敛一些,老百姓好欺负,但万一闹出人命,事情一旦闹大,到时谁也不好收场。

牛奇口头答应着,心里却不以为然。他在基层多年,一直认为对待老百姓就得连哄带骗,因为现在刁民太多,不收拾几个,他们就会漫天要价,甚至还和政府抗争,死不搬迁。该动用力量时就要动用一下,让他们知道厉害,他们就老实了。

正是因为牛奇的霸道作风,才让牛金自认他老子天下第一,他就是老二,才带着几个人横冲直撞，手段无所不用其极，不但逼死了刘光国的老婆，还差点逼死刘光国。

夏想见到牛奇的第一眼，心里就动了要将他踢出公安队伍的念头。不提牛奇一点礼貌也不懂，区长、常务副区长在此，他看也不看一眼，眼中只有他的儿子。而且看他衣帽不整，眼睛发红的样子，显然是刚喝了酒。上班时间喝酒，身为副局长衣冠歪斜，这就是人民警察的形象？以牛奇的做派，如何能维护好治安，如何能让投资商放心？

夏想冷冷地看了牛奇一眼，没好气地对刘大来说道："大来同志，我曾经三令五申，在拆迁过程中要文明执法，要有策略有手段，而不是强拆强建。刚才当着我的面，刘光国抱着孩子跳了河，如果不是我身边的几个人都会水，就得我下水去救人。刘光国为什么抱着孩子跳河寻死，你知不知道？"

刘大来强作镇静，一脸苦笑："我还真不知道发生了什么，请夏区长指示。"

"那你知不知道下马村的村民主要种植哪些经济作物？"夏想继续追问。

"不……不知道。"刘大来事事都交给宏安公司去处理，有拆迁公司出面，哪里还用他一个堂堂的副区长亲自去现场指挥？他自然不清楚具体细节。

"那你知不知道下马村一共有多少村民，一共有多少亩农田？"夏想的脸色越来越沉，这就是他再三交代下去的工作？这就是负责具体工作的副区长？

"这个……我没记住，不知道！"刘大来今年五十来岁了，准备干完一届就退了。他以前在市北区区政府办公室担任副主任，一向不求有功但求无过惯了，来到下马区是升官来了，不是干实事。他一大把年纪，觉得被夏想一个小年轻当众训斥很没面子，心中有气，说话时口气就不免有些生硬，"区里事情那么多，怎么可能记住一个村的数据？夏区长有点强人所难。"

"一问三不知，你这个三不知区长还埋怨我强人所难？"夏想要不是看在刘大来年纪有些大的份儿上，早就让他当场无法下台了。他回头冲陈天宇说道："天宇，你是不是知道下马村的详细情况？"

陈天宇知道夏想肯定要拿刘大来下手了，不由可怜地看了刘大来一眼，心想也不弄清现在是什么状况。先不管书记和区长不和，正处在暗中较劲的阶段，夏区长可是一个真正实干的领导，所有想在下马区混日子的人，首先过不了夏想这一关。

陈天宇立刻流利地答道："回夏区长，下马村共有人口一千多人，农田一千两百多亩，因为农田土质肥沃，经济作物以果树为主，主要有梨树和苹果树，村民收入中等偏上。正是因为下马村的村民对农田的依赖性高，当初市委市政府制定征地政策时,对于农田和荒地有两套不同的标准。具体细化的话,对于果田和普通农田也有不同的标准。"

刘大来额头上的汗水流了下来,不过仍然嘴硬地说道:"夏区长,我年纪大了,记忆力不如年轻人也可以理解,希望夏区长不要刁难我。"

"刁难你?"夏想见刘大来梗着脖子,一副倚老卖老的态度,反而笑了,"好,如果大来同志觉得给你安排工作是刁难你,我会在以后的工作安排上,好好地照顾照顾你的感受。"

说完,夏想又冲牛奇说道:"牛局长,这几个人聚众行凶,围攻政府官员,试图出手伤人,先带回局里,严加惩处。"

牛奇站了起来,一脸怒火:"夏区长,牛金是宏安公司的工作人员,他抓捕刘光国是因为刘光国暴力抗法,也是为了下马区的建设大计。您反而说他围攻政府官员,我怎么没见一个政府官员受伤,反而是牛金几个人被打得遍体鳞伤?"

夏想先被刘大来顶撞,又被牛奇当面反驳,本来滔天的怒火反而平息了下来,心想他这个区长的威望还是不够,一个副区长和他顶撞两句倒没有什么,也算正常。不过一个公安局的副局长也敢口口声声说没有政府官员受伤,还真是有恃无恐。

有必要立立威,加强一下对政府各部门的控制力度了。夏想看了牛奇一眼,说道:"你的意思是,打伤了我或是打伤了陈区长,才算是恶性事件?"

一句话呛得牛奇哑口无言!

夏想一摆手,对金红心说道:"电话通知所有副区长,立刻召开政府紧急会议,所有人不许请假!"又命令晃伟纲说道:"以区政府的名义通知黄建军同志也出席会议。"

话一说完,夏想和高老说了几句话,然后坐车和陈天宇、金红心、晃伟纲几人一起扬长而去,将刘大来和牛奇扔在现场,不再理会。

夏想就是要给他们一个选择题。

夏想一走,刘大来和牛奇面面相觑,愣了一会儿神,还是刘大来先开口说道:"不要紧,夏想是区长,顶多只是调整我的分工,他没权力动我,要动我,得市委点头。你是副局长,要动你,也得市局同意。夏想虽然是区长,但他也是小年轻,有时候头脑一热,发发火也正常。我现在立刻向白书记说明一下情况,你也立刻和黄局通通气,只要白书记支持我,黄局支持你,夏想就不能拿我们怎么样!"

牛奇点点头,又看了牛金一眼,余怒未消地说道:"我才不怕他,看他能动得了我？打了我儿子，等着，有机会一定还回来。"

刘大来忙劝道："别乱说，再怎么着他也是区长，得让他三分。至少表面上的面子要给足他，暗地再下绊子也行。"

"难道就听他的话，把牛金几个人带回去？"

"不是告诉你了，请示了黄局长再说。"

随后刘大来和牛奇分别打电话给白战墨和黄建军。

夏想回到区委，立刻让让金红心和晁伟纲安排开会的事情。他坐下之后，也分别打出了几个电话。

夏想刚打完电话，黄建军就急急赶到了。一进门，黄建军就先关切地问了问夏想有没有受伤，然后又说他已经了解了事情经过，并且命令牛奇立刻将牛金等人带到分局等候处理。

至少黄建军的态度还算端正，暂时让夏想挑不出理，夏想点点头，说了一句："建军同志，下马区是新区，但正因为是新区，才是各方关注的焦点。下马区的一举一动，好事坏事，都会被新闻媒体拿着放大镜来发现来报道。如果今天的事件被新闻媒体给报道出去，你说，下马区的名声受损，招商引资的工作受到影响，市委怪罪下来，主要责任可以由刘大来和牛奇来负，但你身为公安局的一把手，也难免会留下政治污点。"

夏想的话是故意说得重了一些，就是要看黄建军的反应。

黄建军才三十七岁，正是对前途十分热衷的年纪，最怕的事情就是留下政治上的污点。夏想的话明显有敲打的意思，他心里怎会不明白？

黄建军身为区委常委、政法委副书记兼公安局长，也知道他的位置很关键，肯定要在书记和区长之间有选择性地站队。从行政上讲，书记和区长都可以对他提出要求，但书记主抓人事和主持全面工作，按理说比区长权力更大。但黄建军在第一次常委会上就发现了夏想绵里带刚的性格，同时也将白战墨和夏想做了一个比较，得出的初步结论是，近期看，或许夏想在常委会上的声音较弱，但从长远看，说不定夏想会是一个强势区长。

只不过时机还不成熟，黄建军并不想过早地表明立场，打算先观察一段时间再说。而且政治上的事情，谁也不敢保证突然之间会有什么出人意料的变化。还有一点，黄建军也想等白战墨的两百亿资金尘埃落定之后，再观察一下几个没有表态的常委的立场，他再决定站队也不迟。

不想，突然就出现了牛金事件。

黄建军对牛奇的为人也不喜，因为牛奇仗着市局有人，行事十分乖张。公安系统的任命虽然也归地方管,但上级局里如果不同意,地方上也不会强行通过,是两套程序。牛奇仗着他在市局的关系铁,以前在安长分局的时候就和一把手关系不好。现在调来下马分局,虽然有所收敛,对他还算尊敬,但还是不时流露出自高自大的姿态。

尽管如此,牛奇有着这样那样的缺点,但他的能力还行,尤其是对付突发事件和群体事件,经验丰富。黄建军也就姑且听之任之,毕竟不可能有完全符合要求的下属和同事,用人都是要用其优点忽视其缺点。

今天的事情有点出乎黄建军的意料,平心而论,他并不认为这是一件多大的事情,在征地和拆迁的过程中,难免会出现失控的事情。千人千面,也不一定都是执法人员的原因,也有一些百姓确实是提出许多无理的要求,不答应他们就死缠烂打,不讲理不听劝,只想一次拆迁得到的补偿三代吃不完,无赖至极。

事情的具体经过黄建军还没有详细了解,他接到牛奇的电话之后,就知道坏事了。事情要是落到白战墨手中还好说,落在夏想手中肯定不好收场。白战墨的稳重是老成,他的性格有保守的一面,同时作为书记,出了事情肯定会捂。夏想则不同,他虽然也稳重,但他的稳重之中有激进的一面,毕竟他很年轻,年轻就会有激情有冲劲,就不能容忍在自己的辖区之内,出现一些混乱的局面。

夏想毕竟是区长,对治安问题提出要求,也是他的分内之事。

黄建军不急着向夏想靠拢也是因为夏想太过年轻,他总觉得自己一个三十七岁的人向一个二十八岁的人表示靠拢,还是拉不下脸面。当然年轻不是最主要的原因,最关键的一点现在还看不出白战墨和夏想之间,到底谁更得人心,谁更有手腕。

既然牛金冲撞了夏想,黄建军就知道不管夏区长是真生气还是在演戏,必要的态度他必须拿出来,否则就是对区长不敬。他当即批评了牛奇几句,命令立刻将人押回局里。牛奇还想辩解几句,说是牛金伤势严重,要先送到医院治疗。黄建军见牛奇还不识趣,当时就火了,怒道:"就是死了也要给我抬到局里。你不抬,我立刻派人去请!"

黄建军接到通知之后,就猜到了夏想让他出席政府常务会议的目的,肯定和整治治安环境有关。他清楚,事情不会轻易过去,夏区长肯定还有后手。

果然,他一听到夏想的重话,心里就有了分寸,不过还是没有急着表态,而是模棱两可地说道:"真要是出了大事,是我的责任,我一定会主动承担,不会逃避,也不会给下马区抹黑。"

夏想听明白了黄建军的意思,他还是持观望态度,也就不再多说,站起身来说道:"好,勇于承担责任就是好同志。走,先开会。"

政府会议里,人员已经到齐,刘大来坐在三位副区长的最前面,心神不宁看着夏想和黄建军一起走了进来。

一见区长和公安局长进来,众人一起起立,夏想压了压手,微笑着说道:"坐下,同志们请坐。"

黄建军一脸诧异地看了夏想一眼,心想夏区长还真是让人琢磨不透,本来他以为夏想会怒气冲冲地开会,没想到转眼间又笑容满面,一点也看不出刚才生气的举动。年纪轻轻就有如此涵养,夏区长恐怕比白书记还难应付。

绵里藏针的手段

夏想坐下之后,大家才依次坐下。几名副区长,除了陈天宇之外,都不知道发生了什么事情,都是一脸惊讶。只有谢源清一副无所谓的态度坐在陈天宇的身旁,先是看了夏想一眼,又看了黄建军一眼,欲言又止。

夏想发现了谢源清的异常,就冲他说道:"源清同志如果有其他问题,在开会之前,可以先说出来。"

谢源清才轻描淡写地说道:"据白书记说,文州的两百亿投资,有望在一周之内和区政府正式签订协议……"

夏想笑着点头:"好事,盼星星盼月亮,终于盼来了白书记的投资。对下马区来说,两百亿的巨额投入,是一剂强心针。"

黄建军一愣,白书记的投资到位,可以极大地提升白书记的政治资本,让他的光环更加耀眼。夏区长脸上的笑容好像发自肺腑,是真心地高兴,表现得仿佛白书记的投资是给他送钱来了一样。

黄建军不解归不解,脸上却一片平静,静等夏想接下来说些什么。

夏想接着说道:"有了投资,下马区的建设将会提速,正是因此,下马区更需要一个良好的投资环境。作为政府官员,我们要有服务意识,要将投资商的利益放到第一位,否则就不是一个称职的国家干部,至少在下马区,就不是一个合格的领导。今天,在白书记的投资还没有到位之前,就发生了一件令人痛心的事情……"

夏想没有说出事情经过,而是冲陈天宇点了点头。陈天宇明白夏想的意思,就接过话说道:"事情的经过是这样的……"

陈天宇简短地说了事情的经过,最后痛心地说道:"同志们,在白书记的投资即将到位之际，却出现了和建设和谐新区的口号不和谐的声音，我在此提议，由区政府正式向区委和市委市政府提交建议，暂缓白书记的两百亿投资签订协议，因为目前下马区还不具备接受两百亿投资的安定环境！协议一旦签订，如果治安和投资环境跟不上，再导致投资流失的话，不但是区政府的责任，也是在座各位的责任，会让白书记和区委都面上无光，而且还会受到市委市政府的指责。关系重大，同志们，我们谁也负不起这个责任！"

本来和白战墨通过电话之后，认为可以大事化小小事化了的刘大来，一听陈天宇的讲话，顿时惊吓出一身冷汗。好一个夏区长，好一个陈区长，天大的一顶帽子扣下来，别说大事化小了，肯定是要大张旗鼓地扯虎皮做文章了。

刘大来原以为夏想年纪轻，没有什么政治经验，况且他也得到白战墨的亲口承诺，白战墨答应他会亲自向夏想开口说一说。书记出面，区长能不给面子？结果倒好，夏想以此事为借口，竟然直接提出拒绝和白书记拉来的投资签订协议，还要将事情捅到市委市政府。

官场上的事情，话分正反两面来说，有时天大的事情压了下来，只要找对了人说对了话，就能变成小事，甚至能变成没事。但有时芝麻大的事情，如果操作得当，就成了天大的事情，就能让人一辈子翻不了身。刘大来知道，事情真要按照陈天宇所说的处理，白战墨也不好出面阻拦，因为事情确实发生了，区政府提出的理由光明正大。

阻挠了两百亿投资，白书记就失去了光环，夏想就可以乘机在下马区开展一场打击恶势力的治安运动。至于要开展多久，什么时候下马区才达到符合签订协议的投资环境，都得由夏想说了算。

刘大来愤怒了，简直就是要把他架到火上烤，因为是他负责征地和拆迁工作的，不但白书记会因此迁怒于他，市委市政府也会对他大为不满。夏想的政治手腕，真是无懈可击。

持相同想法的还有黄建军。

陈天宇话一说完，黄建军心底就掠过一阵寒意，他立刻明白过来，夏区长此举不仅是挤对白战墨，敲打刘大来，剑锋所指之处，还有他这个公安局长！

因为治安环境不好，他身为区局一把手，难辞其咎。

小事还好推卸，找人当替罪羊就可以了。但如果真要上升到了政治的层面，将治安环境和招商引资挂钩，和两百亿投资协议的签订捆绑在一起，黄建军知道，夏想的政治智慧远在他之上，手腕有进有退，不管是哪一种结果，夏想都立于不败之地。

黄建军也清楚,夏想并不是真想将两百亿资金拒之门外,他不过是拿两百亿资金和白书记的怒气当由头,逼他表态。

黄建军知道他必须站队了,否则只要夏想按照刚才陈天宇所说的方法去做,他不但要承受白战墨的怒气,还有可能面临市局的压力,最终还是不得不和夏想站在一起。与其被逼无奈之下再做选择,不如现在主动选择,也好落个人情。

只是在被逼迫之下,黄建军总有一种刀架在脖子上的无奈和愤恨,心中多少有点不平。

黄建军抬起头,正准备找一个时机表明态度,却见刘大来站了起来,脸涨得通红,声音发哑地说道:"夏区长,是我工作不力,没有身体力行地完成工作,今天的事情的全部责任由我一人承担。鉴于我的个人能力不足,我请求调整分工,将重要的工作交给年富力强的同志。"

谢源清打了个哈哈,笑出了声:"好,刘区长撂挑子,我身为年轻人苦点累点没什么,就多挑一副担子好了。"

一句话说得众人目瞪口呆,一下没有反应过来,尤其是刘大来差点没气晕过去!

刘大来原本是想借此摆一下老资格,觉得夏想无论如何也要挽留他一下,他也好有个台阶下。不承想谢源清不按常规出牌,不等夏区长发话,直接将他的担子接了过去……都是什么事?刘大来在官场上混了一辈子,从没见过如谢源清一样的人物。

更让他郁闷的是,陈天宇一本正经地点头说道:"源清同志负责征地和拆迁工作也不错,他不但年富力强,又有头脑又灵活,是最合适的人选。"

刘大来一下急火攻心,他本想高姿态地表现一下,等夏想一开口挽留,他就顺水推舟再接下。毕竟分管征地和拆迁是一项非常有油水的分工,他才不想放弃。不过刚才陈天宇将话说到了那个份儿上,他没有一个态度也不行。没想到话一开口就被谢源清和陈天宇前后夹击,让他现在骑虎难下!

刘大来情急之下脱口而出:"夏区长,我最近血压挺高,想住院休养几天,特意向您请假,望批准。"

夏想立刻一脸关切地说道:"身体不好可不行,身体是革命的本钱,刘区长一定要养好身体。好,先好好休息一段时间,工作上的事情不用操心,我会向市委提交建议,再临时抽调一名副区长来代替你的工作。"

什么?刘大来几乎不敢相信自己的耳朵,夏想、陈天宇和谢源清三个人简直就是联合演戏,故意将他逼走了事。从市委抽调一名副区长过来,等他回来后哪里还有他的位置?夏想并不是只想调整他的分工那么简单,根本就是想直接将他排挤出区政府!

刘大来怒了,一拍桌子说道:"我找白书记说道说道,我找市委领导评理去!"

说完,大怒而去。

夏想冲刘大来的背影说了一句:"我和薄部长已经通过电话了……"

刘大来的身影在门口微一停顿,坚持了一下,还是没有回头,义无反顾地走了。

黄建军算是真正领略了夏想绵里藏针的手段,也知道夏想此举肯定是要将刘大来要么架空,要么踢到一边。总之只要夏想是区长,刘大来就别想在下马区有所作为!

非常时期行非常之事,夏想的做法虽然有点不近人情,但黄建军心里有数,下马区正是因为受到省市两级领导的密切关注,并且吸引了大量的投资,燕市的其他区肯定是既羡慕又忌妒。甚至还会到市委抱怨对下马区的扶持过度了,不少区的领导都在等着看下马区的笑话!

是时候表态了,黄建军瞬间下定了决心,别看夏想年轻不大,但政治上成熟,当断必断,手腕犀利。纵观白战墨,自担任书记以来,一直在等两百亿资金的到位,好像除了那两百亿资金之外,整个下马区就无事可做了。谁高谁下,谁更有大局观,一目了然。

黄建军站了起来,一脸诚恳地说道:"夏区长,下马区治安环境不好,是我的责任,我一定加强干警队伍的管理,维护好下马区的治安。牛金的问题,我一定严肃处理,绝不姑息,请您放心。另外,我还想就牛奇的问题,当面向您做一个详细的汇报。"

本来对夏想的所作所为有所不服的副区长齐欣华和冯安涛,还想和夏想理论两句,据理力争。不想黄建军及时向夏想表示了明显靠拢的意思,齐欣华和冯安涛对视一眼,话到嘴边又咽了回去。

还有什么好说的,夏区长摆明了就是告诉他们,政府内部几个副区长的分工调整,完全可以由区长说了算。再说现在已经有四名常委在场,就是在常委会上也是一股强有力的力量,他们还是不要做出头鸟了。

夏想先是冲黄建军微一点头,又冲齐欣华和冯安涛说道:"目前来看,三个副区长还不能满足下马区的经济发展需要,我已经向市委提议,请市委再借调或提名一两名副区长来下马区工作,充实政府班子的力量。欣华和安涛,你们要为新来的副区长做出榜样,带一个好头。"

言外之意就是干得好,可以重用;干不好,有可能会被调整分工,闲置到一边。夏想的话说得委婉,但其实目的很明确,前期就是要以强势服人,下马区不能有差错。

他见齐欣华和冯安涛脸上有不平之意,又强调一句:"下马区不但事关市委市政府的大计,事关燕市的产业结构调整的成败,也事关省委省政府产业结构调整政策能不能获得最关键的一步成功,不能有半点闪失。经济发展上不去,不能保持安定团结的政治局面,让市里和省里都不高兴,别说你们,就是我和白书记的前途,也要全部交待在下马区!"

齐欣华和冯安涛终于醒悟过来,一旦涉及自身前途,刚才对刘大来的一点同情之心立刻消失不见,都一脸肃然地答道:"是,夏区长。"

夏想又对陈天宇说道:"天宇,你和源清继续商议下一步的工作安排,我和建军同志有工作要谈。"

到了区长办公室,夏想也不客气,第一句话就问:"黄局长是不是认识蒋玉涵蒋局长?"

"认识,是市北分局局长,怎么,夏区长也和蒋局熟悉?"黄建军一愣,他只知道夏想和陈风关系好,也听闻夏想深受李丁山的支持,其他关系就不太清楚了。虽然官场圈子说大也大说小也小,但也不是都能将对方的底细摸清楚的,尤其是级别不高的人,只能听到传闻却不能证实。

官场上传闻多了,黄建军也不是听风就是雨的人。

夏想却没有回答黄建军的问题,而是说道:"牛奇同志身为分局副局长,纵子行凶,而且牛金还有前科,可以说是恶行累累,我认为,不但应该严惩牛金,牛奇同志也不再适合担任重要领导职务了……你对此有什么看法?"

黄建军吃了一惊,夏区长出手太狠了一点,先是直接搬开一名副区长,现在又想拿下一名分局局长,是不是太激进太强硬了?再说牛奇的儿子虽然嚣张了一些,但他本人并无大错,也不是说拿下就能拿下的,他不解地说道:"夏区长,牛金的问题一定会严肃处理,牛奇本人工作能力是有的,虽然也有不少缺点,但总体来说,算是一个合格的干部……"

"是吗?"夏想似笑非笑地说道,"两年前,牛金去西南高校区接女朋友,酒后驾车将一名女大学生撞死,当时许多学生想拦下他,他又撞伤两个人。

被人拦下之后,他冲着所有人大喊他爸是副局长,还说他叫牛金,牛是牛气冲天的牛,金是金刚的金,有本事告他去!结果这件事情最后不了了之,不但当事的大学保持沉默,还对学生下了封口令,不许对外透露半句。事情最后是如何处理的,我没兴趣知道,也没心情知道,我只知道牛金没有因此事受到任何处罚!"

夏想脸上的笑容好像是在笑,其实却是一种隐忍的愤怒。

"事情发生的地方是市北区,当时牛奇就是市北分局的副局长。两年后,牛奇来到了下马区,他的儿子牛金也来到了下马区耀武扬威,今天要不是遇到我,说不定还会再出人命……建军同志,和牛奇这样的人共事,你不觉得羞愧,我还觉得丢人!还有,牛奇在市区之中有五套房产,总价值不下一百万元,要不要我将他的房产的地点和面积都一一告诉你?还是让我整理出材料上报到市纪委?到时是你脸上有光,还是我面子上好看?

"牛奇在市局有什么后台,在市里有什么后台,我都不管。他在别的分局再嚣张,再不可一世,也和我无关。但他就是不能在下马区胡作非为,他不离开下马区,我有的是办法让他一天也不得安宁!"

夏想的口气一点也不严厉,甚至可以说是漫不经心,但话中却透露出一股不容置疑的权威和寒意。夏想不想多事,不想费尽心机去整治牛奇父子,他现在没有那个精力,也知道要处理牛奇还要经市局同意,手续烦琐,又要牵涉到不少人,他更没有那个时间。

他只想一脚将牛奇踢开,眼不见心不烦。

黄建军是军人出身,可以说比一般人更心志坚定。但今天面对夏想轻描淡写说出来的一个个血淋淋的事实,他只觉得后背发凉,后脑发麻,心里打鼓,心想夏区长简直是神了,三两下就将牛奇查了个底朝天,他到底是怎么做到的?连黄建军都不知道牛奇的真实家底,夏区长不过刚刚接触到牛奇,才半天不到的时间,怎么就摸得一清二楚?

夏想看出了黄建军的疑问,也不解答,继续说道:"就牛奇的问题,我已经和孙局通过电话,孙局和我的态度一致,给牛奇一个悔过自新的机会。如果他主动承认错误,主动法办牛金,主动退回赃款,可以保他安稳退休……"

夏想也不是不想严惩牛奇,他其实对牛奇父子的所作所为深恶痛绝,恨不得直接将他们两个人全部法办。

移花接木

但下马区成立伊始，有些事情还是内部处理为好，否则闹出来以后影响不好，也会落人口实，容易让别有用心的人看笑话。下马区现在的大局还是以稳定为主，但夏想也不允许什么阿猫阿狗的都来下马区镀金。他们想镀金，但没本事有脾气，实际上是给下马区抹黑来了。

"下马区牵动着省市两级领导的目光，甚至放眼全国也有不少兄弟省市关注，更不用说一些经济学家也将下马区拿来当成研究的实例，建军同志，我们身上的责任十分重大。我们都在努力做实事并且想做出成绩，但也有不少人在下马区抱着得过且过甚至是捞一笔的心思。他们是下马区的绊脚石，也是我们的拦路虎！这样的人，不管有什么后台，首先别想过我这一关！"

夏想知道军人出身的黄建军喜欢强势的一面，他就铿锵有力地说了一番慷慨激昂的话，借以激发黄建军的斗志。

黄建军听到夏想抬出孙定国之时就已经知道，夏想已经掌控了大局。他已经表示了靠拢的意思，又被夏想的一番话鼓足了士气，立刻响应夏想的话，十分有力地说道："我完全支持夏区长的决定，也一定会尽心尽力为下马区的建设贡献一份力量！"

说完之后，他又迟疑一下，还是试探地问道："夏区长和孙局还有蒋局都熟？看来在公安系统也有不少朋友。"

"我和孙叔叔认识好多年了……"和孙定国的关系夏想点到为止，又说，"和蒋局也算有些交情。"

不称孙局而称孙叔叔，黄建军岂能不明白夏想的暗示？心中对夏想的关系网之深厚又多了一层了解，对夏想如何查到了牛奇的底细也不再怀疑。不管是孙定国还是蒋玉涵，想要查查牛奇的问题都不是什么难事。

黄建军更坚定了跟紧夏想的立场，既年轻，又有手腕，而且还有陈风和孙局的关系，陈风和孙局可是决定他前途的两个关键人物！

夏想也看出黄建军对他坚定了信心，就笑了一笑，看似轻松地说了一句："牛奇的问题，是我找他谈话，还是你来出面？"

黄建军知道，由他出面，就等于他公开宣称站在了夏想这边，夏想的提议，也是对他最后的试探，他就坚定地点头说道："还是我出面好一些，请夏区长放心，公安系统内部的问题，我肯定会处理好，就不劳您多费心了。"

夏想满意地笑了："嗯,由你出面,我就放心了。"

黄建军也会心地笑了。

第二天,市局来人直接将牛金提走,转交给市北分局审理,牛奇没有提出任何反对意见。牛金知道坏事了,一把鼻涕一把泪地哭个不停,大喊大叫让牛奇救他。昔日称霸一时的牛金刚再也没有了一点嚣张气焰,窝囊得跟个草包一样。

牛奇也失去了牛气,垂头丧气,一句话也不敢多说,只是反复叮嘱牛金要主动交代问题,争取宽大处理。当天下午,牛奇就在分局的大会上做出了深刻检讨,并且接受组织上的任何处罚决定。

与此同时,夏想就牛奇的问题向白战墨作了汇报,白战墨什么也没说,事已至此,夏想处理得非常圆满,他还能说什么?况且牛奇又是公安系统内部处理的,他也知道夏想一连串的出手是为了巩固势力,收拢权力,他一直隐忍不发,也是因为一直在等待时机。

因为他的时机马上就要来临了,下周三,文州的投资商将会飞临燕市,在和下马区签订投资协议之时,还会带来第一批五十亿资金。到时,将会在下马区掀起一股热潮。因为自下马区成立以来,最大的一批资金就是达才集团的二十亿,现在他一举落实了五十亿资金的到位,肯定会声威大涨。

夏想的小打小闹不足以成就大气候,有巨额资金作为后盾,说话时才会底气十足。

只不过白战墨的自得心理没有维持多久,一天后,区政府又传来一个惊人的消息:副区长刘大来因为身体原因住院休养,向区委区政府请长期病假!

白战墨听到消息后,大怒,第一反应是夏想在背后捣鬼,肯定是他逼迫刘大来让位。正要打电话质问夏想是怎么一回事时,却听到秘书费立国说道:"白书记,夏区长来了。"

白战墨放下电话,一听夏想前来,就知道所为何事,也没多想,站起来就来到门口,正好见夏想要迈门进来,他就呵呵一笑,伸手相迎:"夏区长,快请进……"

费立国瞪大了眼睛,十分纳闷儿地看着眼前的一幕,怎么好像反过来了?应该是书记比区长大,怎么白书记的表现好像他比夏区长矮一头一样!

费立国是白战墨指定的秘书,也是白战墨在市委工作时最信任的人。费立国是一个十足的帅哥,身材匀称,体格健美,当前一站,和体操运动员不相上下。

白战墨被费立国的目光一提醒,才忽然惊醒过来,意识到他失态了。连他自己也纳闷儿,怎么一听到夏想前来,他想也未想就起身相迎,难道是他下意识里对夏想有恐惧心理?

可是他是区委书记,是堂堂的一把手,为什么要害怕夏想?白战墨忽然觉得他有点无能,刚才的反应也有点过了,大失身份!

他觉得有点无趣,讪讪一笑,转身就向里走。夏想看出了白战墨的失态,也不点破,跟在身后来到他的办公室,开口说道:"白书记,有件事情我得向您汇报一下……"

白战墨又拿出了一把手的权威,淡淡地"哦"了一声,说道:"是不是关于刘大来同志请病假的事情?夏区长,不是我批评你,一位副区长请了长期病假,这么大的事情你竟然没有和我提前通通气,是不是要有个说法?"

明显是向夏想质问的口气了。

夏想脸色不变,无奈地摇头说道:"白书记,不是我不向您提前汇报,实在是我也不清楚是怎么一回事。刘大来同志来了一个突然袭击,我当时就震惊了,在关键时候请病假,简直就是撂挑子的举动。不过后来听知情的同志说,确实是大来同志身体不好,血压高的毛病又犯了。陈风书记的指示精神是,革命工作不是非要带病工作,非要累死在工作岗位上才有价值,而是要用智慧工作,用头脑工作,我就代表区政府同意了大来同志的请假。我们不能让为国家工作了一辈子的老干部、老同志最后累倒在工作岗位上,不但显得我们没有人情味,也让我们这些年轻的同志面上无光。"

一番话直接堵死了白战墨的问责,他张了张嘴,忽然发现什么话都让夏想说了,他有怒气发不出来,有问题问不出来,就像喝水呛着了一样憋得难受,却又连咳嗽都咳嗽不了!

而且夏想还搬出了陈风在成立大会时的讲话来刺激他,更让他如鲠在喉,只差一点就拍案而起了……只是身为书记,身为一把手,轻易动怒本身就是不自信的表现,说不定正中夏想的诡计。他强压下心头怒火,勉强一笑,说道:"夏区长说得对,如果下马区刚刚成立就出现累病了干部的事情,我们两个都没有办法向市委市政府交代……等不忙了,我也去医院看望一下大来同志,代表区委区政府对他表示一下慰问。"

夏想见白战墨的隐忍本事也不错,暗暗好笑,又说:"还有一件事情就是,现在区政府人手不够,有必要向市委提出再抽派两名得力的干部充实一下政府班子。虽然是区政府的事情,但因为涉及人事,我觉得还是由白书记出面为好。"

白战墨心里才又恢复了一丝得意,心想不管是不是你夏想费尽心机搬开了刘大来,但重新安插人选,还得我这个书记出面说了算。我和付书记商议一番,再安插自己人进区政府,你的心机算是白费了。他居高临下地看了夏想一眼,区长就是区长,没有人事大权,再怎么折腾也绕不过他这个书记!

重新恢复了自信,白战墨就一口应承下来:"好,为了不影响区政府的正常运转,我立刻向市委打报告请求指派新的副区长人选。"说话间,他有意无意地看了夏想一眼,见夏想一脸平静,就继续说道,"下周三文州的投资商元明亮会前来燕市签订协议,到时由我出面接待,你的意见是?"

白战墨的口气半是商量半是肯定,基本上没有留给夏想多少质疑的空间。夏想本来就没有想插手两百亿投资的事情,是白战墨怕他抢功才将他关在谈判大门之外。夏想本就打算对文州的投资敬而远之,才不想有什么干系,见白战墨反应过度地防范他,心中暗笑。

"资金本来就是白书记拉来的,自然理应由白书记出面接待,有需要政府方面配合的工作,白书记尽管吩咐就是了。"夏想的态度十分端正,让白战墨挑不出任何毛病。

白战墨还算满意,当着夏想的面给市委书记陈风打了电话,提出了指派两名副区长的请求。陈风的声音足够响亮,夏想在一旁也听得清清楚楚。

"市委开会研究,尽快落实人选!"

夏想回到办公室,坐在椅子上出了一会儿神,满意地笑了。由白战墨出面向市委请调副区长,最后如果调来的是他的人,白战墨也无话可说,反正他已经置身事外了。

市委的动作够快,两天后就指派了两名副区长人选到位,一人是曲雅欣,一人是吴港得。两人都是夏想在城中村改造小组时的同事,可以说,完全是夏想的亲信。

白战墨查到两人的底细时傻了眼,中计了,夏想用的是移花接木之计,搬走了不听话的人,调来的是自己的人,就急忙打电话给付先锋,付先锋只回复了一句:"夏想早就挖好的坑,你自己非要向里跳,怪谁? 不要专注区政府的内部斗争了,把目光放在两百亿投资上面,以经济利益说话。"

放下电话,白战墨才知道上了夏想的当,恼怒不已,一脸灰白地坐在椅子上,半天动弹不了半分。

二〇〇三年九月十日,星期三,白战墨一行人接待了来自文州的投资商元明亮,商谈投资事宜。与此同时,夏想召开政府常务会议,就新上任的两位副区长向大家做了简短介绍,并且重新安排了分工。

副区长吴港得分管征地和拆迁,副区长曲雅欣分管文教和卫生。尽管两人没有分管太重要的工作,不过吴港得和曲雅欣依然压抑不住内心的激动,看到坐在首位的夏想,内心的感激无以言表。

两年多了,没想到夏想还一直记着他们,有了好位置时依然记得提拔他们一下。他们两年多来和夏想的联系很少,更没有什么来往。夏想担任了区长,高升之后仍然不忘他们,确实让二人发自肺腑地感动。

曲雅欣一点也没有显老,还是一副端庄的形象,端坐在下面,目不转睛地看着台上愈加成熟的夏想,觉得他举手投足之间都充满了男人的风度。夏想在她心目中几乎就是完美的存在,年轻有为,又为人纯正,不贪不恶,对她有过数次帮助,却从来没有非分之想。

也算官场老人的曲雅欣不是没见过好色的上级,也不是没有得到过献身就可以升迁的暗示,一个个脑满肠肥的贪官和夏想相比,简直是一个地下,一个天上。

吴港得也是双眼发直,直视在台上讲话的夏想,脑中只有一个念头在盘旋——士为知己者死! 以后只要夏区长一句话,他上刀山下火海也在所不辞!

他自知和夏想没什么交情,自从夏想调离城中村改造小组之后,他眼见夏想步步高升,就知道他和夏想之间的距离越来越远,以后也许再也没有机会和夏想共事了。不想机遇从天降,吴港得有一种突然走了狗屎运的感慨,他竟然被提名为下马区副区长了!

怎么可能? 他上头没什么过硬的靠山,陈风对他也是不冷不热,说不定早将他忘到了脑后。他在城中村改造小组虽然还算不错,但基本上就是混日子,得过且过了,对前途也不再抱有希望。谁知喜从天降,他时来运转突然被组织部叫去谈话,说是有意提名他到下马区担任副区长。

吴港得一瞬间被惊喜击晕了,半天都没有反应过来。

后来他才知道是夏想背后运作的结果。吴港得本来性格油滑,信奉利益至上,人和人之间利益最大,没有什么交情可言。但这一次,他得知真相之后,一个人跑到厕所之中痛痛快快地哭了一场。一哭自己终于算是出人头地了,在官场上打拼了半辈子,眼见一点希望也没有了,竟然能当上副区长,简直就是天下掉馅儿饼的奇迹。二哭他混了一辈子,没有一个知心朋友,却是最想不到的夏想出人意料地拉了他一把,让他惊喜之余,又感动得一塌糊涂,心里将夏想当成了一生之中最大的贵人!

吴港得此时此刻对夏想是忠心耿耿,绝无二心。

夏想讲话完毕,用目光示意吴港得和曲雅欣二人,说道:"吴区长和曲区长

314

也说两句？"

吴港得和曲雅欣就简单说了几句，先是做了自我介绍，又说了一番感谢市委市政府和区委区政府的套话，最后表了表决心，总之四平八稳没有新意。

场面上的话就是要没有新意才让人挑不出问题。散会之后，吴港得和曲雅欣又到夏想的办公室表示了感谢和提携，夏想客气几句，就向两人郑重交代了注意事项。

"雅欣的工作还好一些，先熟悉熟悉，摸摸情况。下马区刚成立，学校和医院都不多，正是需要你大力推广的时候。主要是港得的工作有难度，也有挑战性。我的要求是，尽可能有理有据地征地和拆迁，绝对不能出现强拆强建的情况，更不能出人命，否则我拿你是问。另外，确实有刁民闹事，也要掌握了证据之后再采取措施。我相信凭你在城中村改造小组的工作经验，绝对可以圆满地处理征地和拆迁之中遇到的各种突发事件……"

吴港得说出了肺腑之言："夏区长，我的前途是您给的，您怎么说，我怎么做。要是有一点让您不满意，您随便打随便骂。要是我完不成您交给我的任务，不用您开口，我自己卷被子回家。"

夏想笑骂了一句："不要搞山头主义，也不能有个人崇拜，你是为下马区政府工作，要时刻牢记自己副区长的身份，不能给下马区抹黑。"

有了吴港得和曲雅欣两个用得顺手的属下，夏想就放心了许多，可以完全腾出手来面对即将到来的大潮——两百亿风险游资！

下午一上班，夏想还没有来得及问一下晁伟纲下午的工作安排，电话铃声就急促地响了起来，里面传来了蓝袜气喘吁吁的声音："快，快，鬃丫头要生了，在二院……"

有其父必有其子

大事，儿子要出世了自然是了不得的大事！夏想只来得及吩咐了晁伟纲一声，就急忙开车离开区委大院，一路飞奔赶到了二院。

到了三楼产科，曹殊鬃已经被推入了产房，产房外已经等了一群人。夏想只看了一眼就吓了一跳，怎么一下来了这么多人？而且都是最近没有怎么见面的熟人！

一身淡紫色连衣裙、身材曼妙的是严小时。一段时间未见的她，经过了夏天的阳光，依然皮肤洁白，不见一丝晒黑的迹象。

315

小 T 恤、牛仔裤，打扮得简简单单再普通不过的是古玉。美人如玉，衣着再简单，也掩饰不住天生丽质，尤其是她如玉的肌肤和如花的笑靥，绝对是一道亮丽的风景。

更让夏想想不到的是，一个化妆精美、脂粉较厚，并且穿着诱人的女子，竟然是秋爱。

如果说严小时和古玉的出现在情理之中的话，秋爱的现身就绝对让夏想吃惊不小，因为他有很长一段时间没和秋爱打过交道了。

一身蓝裙的蓝袜在几人之中，虽然不算最抢眼的一个，但她也如一株青竹，自有青春气息无人可及。蓝袜来到夏想面前，将夏想拉到无人处，小声说道："不怪我，真的不怪我。我只是在情急之下给方格打了一个电话，结果古玉就知道了。古玉一知道，不清楚怎么就让严小时知道了，很不巧严小时正和秋爱在一起，秋爱也就跟着凑热闹来了……"

都哪里跟哪里？乱套了，夏想无心顾及这些问题，就问："怎么样，大夫怎么说？"

"大夫说没问题，胎位很正，顺产。"蓝袜说话时白了夏想一眼，"你得好好感谢我，为了照顾你们家鳘丫头，我身为未婚少女，现在差不多顶半个妇产专家了，我多吃亏。"

"你吃什么亏？"夏想不能理解蓝袜的思维，"让你提前进入状态，你沾了多大的光？等于鳘丫头以身作则，给你上了一堂生动的示范课，你以后生孩子就轻车熟路了。"

蓝袜羞红了脸："我又不是生二胎，怎么能叫轻车熟路？你会不会说话？"

夏想老妈张兰走了过来，看了严小时和古玉好几眼，有点担心地说道："老大，那几个女孩子是谁？她们是你的朋友还是殊鳘的朋友？我看一个个都长得挺好看，不过都太好看了，看了让人有点担心……"

夏想知道老妈担心的是什么，忙解释说道："她们既是我的朋友，又是殊鳘的朋友，都是几年的朋友了，殊鳘也都认识。"

张兰才稍微放了心，不过还是摇头说道："你现在成家立业了，要尽量注意一些影响，和太漂亮的女孩子在一起，容易犯错误。"

夏想只好尴尬地咳嗽一声，说道："没事，我立场坚定。"

不料老妈又来了一句："若菡那孩子还在京城？我挺喜欢她的儿子，什么时候有空，再见见她也挺好。"

夏想见老妈的眼中有疑问闪动，心想恐怕老妈还真有点怀疑他和连若菡之间的关系,想了一想,还是说道:"殊鳖生孩子,她应该会过来看看。"

"那就好,那就好,到时抱着两个孩子,可就乐开了花。"老妈喜滋滋地说道,也不知是有心还是无意,又说了一句,"连夏和夏东差了一岁多,你有一个干儿子,现在又有了亲儿子,两个都要疼,不能有偏向。"

夏想见蓝袜也向他投来疑惑的目光,就急忙岔开话题:"我爸也知道了?"

"知道了,正在赶来,快的话,一个小时就到了。"老妈笑逐颜开,"你弟弟也来了,他不放心你爸一个人坐车,就开车送他过来。你弟弟也很高兴,说你生了儿子,他的压力就减轻了。"

夏想无奈地一笑,老爸的想法是,有儿没孙不算扎根,有了孙子,才算夏家真正后继有人。不过老爸还算开明,早就说过兄弟两人有一个人生了孙子就行,不强求都生小子。夏东是夏家的长孙,夏东的出世,给夏安减轻了不少压力。

夏天成和夏安各有各的高兴。

又等了一会儿,里面还没有动静,夏想就有些焦急。严小时款款地来到他的面前,先是冲张兰点点头,叫了一声"伯母好",又对夏想说道:"也该你着急了,女人怀胎十月,你可是轻松十个月,爸爸可是那么好当的?"

夏想就笑:"我主要是担心儿子不急着出世,难道是不喜欢他的爸爸妈妈?"

古玉不知什么时候来到了夏想身后,用手指在他后背一捅,说道:"我可是第一个到医院的,所以我要求当你儿子的干妈,你不能拒绝。"

严小时掩着嘴笑,也添乱:"我也算一个好了。"

"还有我,你们哪里有我像他妈妈,直接照顾他妈妈十个月,等于间接照顾了他十个月,才是最疼他的干妈。"蓝袜唯恐不够热闹,也凑了过来。

夏想头大了:"不行,绝对不行。让我儿子有好几个美女干妈,不是过早地开发他的审美观吗?美女环绕,不利于儿童的生长发育!"

几位美女一起笑了起来。

秋爱有点担心夏想不太欢迎她,只是远远地观望,不敢近前。夏想不想在此时让她难堪,何况秋爱自从被梅晓琳打击之后,收敛了不少,就冲她点头一笑:"谢谢你来看望殊鳖。"

秋爱受宠若惊地连忙摆手:"夏区长客气了,我不请自来,不要见怪才好。"

古玉缠着夏想叽叽喳喳说个不停,有古玉在,严小时就插不上嘴,只好在一旁抿着嘴,笑看古玉如何烦夏想。夏想不应付古玉也不行,就问了几句领导小组的近况。

古玉还在领导小组工作，没有到下马区工作，因为她最近工作还算顺利，又暂时不想离开领导小组了。不离开正好，正合夏想心意，他也不想古玉跟到下马区，现在下马区政治上不稳定，经济上没有秩序，不太适合古玉。

领导小组现在由安逸兴主事，彭梦帆辅助，实际安逸兴差不多放手不管，大事小事都由彭梦帆说了算。另外综合一处的王林杰也正式提为处长，方格提为副处长，对方格来说，算是迈出了可喜的第一步。方格也流露出要随夏想来下马区的意思，不过夏想没有同意。他觉得方格应该在省委多待一年，然后到一个普通县去历练两年，而不是来错综复杂的下马区。

夏想的想法和方进江不谋而合，于是方格只好老老实实地待在领导小组。

随后，夏想又问了严小时几句成语故事文化宫的现状。

成语故事文化宫现在已经正式落成，前景大好，不但第一批门票已经预售一空，而且还接到许多电视台要求采访的电话，相当于又多了不少免费宣传的机会。作为第一家以弘扬正统中华民族文化为主题的大型游乐城，和时下正在到处热播的辫子戏形成了鲜明的对比，如同暮气沉沉之中一道亮丽的阳光，冲破了人们被污染的视线，带来了一股清新之风。

严小时双眼带笑，眼波流转地看着夏想，说道："成语故事文化宫以后就算步入了正轨，我的打算是，到下马区寻找新的项目，夏区长，到时你可得看在老朋友的面子上，多照顾一下才是。"

夏想忙说："我建议你到京城待一段时间，看看京城的商机，顺便尽快完成学业，否则邹老对你的意见大了。"

"我三个月时间就能完成学业，三个月在京城能发现什么商机？还是算了，不如留在燕市，在下马区买一套房子，一边寻找商机，一边完成学业，怎么样？"

夏想顾左右而言他："你和亚南之间有没有进展？"

严小时嗔怪地瞪了夏想一眼："我和你谈正事，你却问我私事，敢情夏区长是不欢迎投资了？"

齐亚南在和严小时的合作中，对严小时日久生情，展开了攻势。其实夏想并不知道此事，还是古玉无意中透露出来的，夏想对此倒是持乐观其成的态度。

不过后事如何，他就不得而知了，正好今天当面问一问严小时。

严小时埋怨过后，又笑意盈盈地看了古玉一眼，却说："你问古玉就知道了。"

古玉有时复杂，有时又非常简单，她立刻答道："严姐姐不太喜欢齐亚南，她说齐亚南不是她的菜，没有她想要的味道。"

"男人又不是菜，哪里有什么味道？"夏想笑道。

"不管如何，要对了口味才成，女人，不能勉强自己，更不能委屈了自己。"严小时说道，"我不靠嫁给男人吃饭，更不想嫁入所谓的豪门满足虚荣。我自己能赚钱养活自己，也赚得不少，一个人也挺自由自在，既然找不到最合适的，就不用非得嫁人不可……"

"对，严姐姐和我的想法一样。"古玉也在一旁添乱，"我就觉得，好男人尽管少，但肯定有，耐心等下去好了。实在等不到，一个人逍遥自在也挺好，事事顺心，不用被家庭所累。"

严小时和古玉各有各的幸福，也各有各的不幸。严小时的幸福是有一对相亲相爱的父母，但她的不幸应该是她和父母关系一般，因为夏想从未听她主动提起过父母如何如何。古玉的幸福是有一个和她相依为命的爷爷，她的不幸是父母早亡。两个人的相同点就是，家庭观念都不强，而且都有赚钱的能力，个性独立，不依赖男人。

不依赖男人的女人，对男人的信任也就困难。

古玉对下马区的事情也一直关注，就忽然问了一句："不是今天有两百亿投资项目要洽谈？你怎么没参加？"

夏想无所谓地笑了笑："两百亿资金是白书记的政绩，我插手不太好。"

"不过事情真巧，你儿子一出世，两百亿的投资就来了，赶在了同一天，你算是双喜临门。"严小时夸张地瞪大了一双美目，直直地看着夏想，"你还真是一个幸运的人，双丰收。"

"看，唯心了不是？"夏想笑严小时不太懂政治，不清楚两百亿的投资对白战墨来说是政绩，对他来说却是压力。不过她的话也有意思，说不定儿子的出世和两百亿投资的签订在同一天，预示着一次重大的胜利就在眼前。看来儿子比他有福气，出生的当天就有人送来两百亿当贺礼，小家伙面子真大。

作为一个父亲，谁都想自己的儿子以后前途远大，望子成龙之心，人皆有之，夏想也不例外。

忽然，产房中传来了婴儿的啼哭声，夏想大喜，以为儿子出世了，却听里面护士喊道："三床，女孩儿。"

曹殊黛是五床，虽然是单间，但也不知医院是故意为之，还是无心之举，总之每出生一个婴儿，在等候区都能听得清清楚楚。

又一会儿，又一个婴儿的哭声响起，还没等护士喊话，蓝袜就嘟囔了一句："哭声这么小，肯定是女孩儿。"

果然她话音刚落，护士的声音就响了起来："四床，女孩儿。"

蓝袜愣了一愣，笑了："怪了，怎么今天全是女孩儿？"

古玉还以为生孩子也按床排号，就说："四床了，快了，下一个肯定是鳌丫头了。"

又一声哭声传来，护士又喊："六床，女孩儿。"

古玉不解地问了一句："怎么还有人不按顺序来？生孩子也抢？"

众人都乐了。

随后又有两床生了，奇怪的是，一连串出生的都是女孩儿。张兰就有点坐不住了，来到夏想面前，说道："听老人们讲，生孩子也是一拨一拨的，要是女孩儿，就都是女孩儿。你给殊鳌做的 B 超准不准，前面生的都是女孩儿，我有点担心。"

B 超看不准的事情也时有发生，夏想就劝慰说道："别担心了，马上就知道了，臭小子就是要让我们等得焦急，他才会出世……"

话未说完，一声格外响亮的啼哭声响起，把几个人都震惊了。别人都愣神之际，蓝袜却一跳老高，欢呼一声："肯定是夏东出世了！"

"五床，男孩儿！"

夏想笑了，一颗心算是落了地，看了老妈一眼，老妈高兴得都乐开了花，话都说不出来了！

不多时，曹殊鳌被推出产房，脸上还挂着幸福的汗水，怀中抱着一个粉红的婴儿。他头上长了一层头发，安静地躺在曹殊鳌的怀中，眼睛睁得大大的，似乎在寻找什么，却又支撑不起身子。嘴巴还不时动一动，让人无比怜惜。

曹殊鳌见到夏想，本来还略带幸福和满足的表情突然一滞，随后就涌出了眼泪，对夏想说了一句："大坏人！"

有委屈有不甘有无奈也有满足和欣慰，只有夏想深知小丫头一句话之中的百般滋味，饱含着心酸和满足，还有许多日日夜夜的担心。

夏想也湿润了眼睛……

↗ 10　权力和魅力,二力合一

比起以前,现在的连若菡成熟许多,在穿衣打扮上也平常许多,不再追求鲜艳,而是以平和浅淡为主。尽管如此,已经完全恢复身材的她比少女时更多了风韵,肌肤细腻而莹润,身材匀称而紧致,依然是不胖不瘦的完美体形。只是举手投足之间流露出的久经人事的女人韵味,让懂得欣赏女人的男人一眼就能沉迷其中。

许多事情同时开始

将曹殊鲽安排在单间住下,严小时、古玉就忙碌起来,一个下楼买花,一个陪曹殊鲽说话,连秋爱也不由分说去买了许多水果,张兰更是左看右看对夏东爱不释手,不忍交给护士。但医院有规定,最后还是让护士抱走去给婴儿洗澡。

几个人一起忙碌,就夏想和蓝袜插不上手。夏想还好,站在一旁只是笑,蓝袜坐在另一张床上,不一会儿就歪倒在床上,竟是睡着了。

蓝袜也是太累了,夏想为她盖好被子,看着她恬静的面容,心想方格有福了,经过几个月陪伴曹殊鲽的经历,蓝袜不但成熟了不少,也懂得了不少育儿知识。

不多时,夏天成和夏安赶到了。他们想进房间,却被张兰挡了出去,说什么也不让他们进来,让他们在外面等着。

夏天成和夏安喜形于色,高兴得不知说什么好,尤其是夏安小声对夏想说道:“哥,你有了儿子,我就放心了。老爸说了,我们兄弟两个必须有一个给他生孙子,否则他跟我们没完。幸好你完成了任务,我以后生儿生女都无所谓了,也没有心理压力了。”

夏想呵呵一笑:“最近工作怎么样?”

夏安简单地说了说工作的情况,一切还算顺利,他也有望在年底之前提到副处。不过据说单士奇即将调走,可能要到外省任职。单士奇一走,王肖敏就能顺利接任书记,对夏安的前途来说,也是大好事,夏安的身份也会跟着水涨船高。

说话间,曹永国的电话打来了。

曹永国晚两天回来,王于芬已经在回燕市的路上,毕竟是自己女儿,放心不下。曹永国只简单说了几句,就挂了电话。

随后夏想又抽了个空,给连若菡打了电话,通报一下情况。

连若菡十分高兴,说道:"我找机会和老爷子撒个谎,来燕市一趟看看鬻丫头……"

连若菡来燕市,夏想当然表示欢迎,还没说话,连若菡又说:"我看看是我儿子帅,还是鬻丫头儿子帅。爸爸是一个人,妈妈不一样,谁更帅,就是谁的妈妈更漂亮了。还有,我也让你妈妈比较一下,看看连夏和夏东站在一起,像不像亲兄弟?"

夏想流汗了:"你别捣乱了行不?我好不容易才安定下来,正在努力工作报效祖国,你就别给我制造麻烦了,好不好?"

"嗯,说两句也不行,真小气。一个大男人还小心眼儿,没水平。"连若菡还是有点小小的吃味,总担心夏想又有了儿子之后,会冷落她们母子。虽然也知道夏想不是见异思迁的人,一想到他和夏东日夜相处,还是有点小小的不满,又说,"行了,你也别再生付先锋的气了,慢慢找他还回来就是。再说,我也帮你出气了。"

"怎么了?"夏想一惊,"你做了什么?"

"没做什么,不用大惊小怪。"连若菡懒洋洋地说道,语气十分轻描淡写,"我就是让卫辛回燕市,打算在付家的名品时尚对面再开一家高档的名品百货,名字我都想好了,就叫燕春国际,专营欧美高档货品。要做到价格比名品低,服务比名品好,品牌比名品全,总之一句话,让名品倒闭。"

付先锋的名品时尚建在燕市中部的黄金地点,开张以来,生意冷清,不过因为利润惊人,即使销量极少,也能维护下去,所以一直不温不火地开着。

付先锋表面上不说,实际上他对名品时尚的投资失利,也是耿耿于怀,才让他甘愿冒着得罪吴家的风险,玩了一手暗度陈仓,准备在下马区大捞一笔,也好在家族面前重新扬眉吐气。

连若菡此计虽然可行,不过也是杀敌一千自伤八百,夏想就劝她:"不用意气之争,燕市的市场不大,你的名品百货也不好赚钱。"

"没关系,我早就筹划好了,燕春国际的货源全部从欧美当地一手采购,利用美国网络公司的优势,绝对可以做到最低价,这就在价格上有了优势。相信经过卫辛一系列的商业运作,也可以在燕市打开市场,提升燕市人的消费品位。当然,我还有一个想法就是,卫辛帮了我们这么多,燕春国际我就打算送给她,当成她的嫁妆好了。"连若菡向来对金钱没什么概念,远景集团现在少说市值也有几十亿,位于美国的网络公司,更是积累了惊人的财富,她现在恐怕有上百亿美金的身家都不止。

一出手就送卫辛一座商厦,从地皮到落成,再到货源,没有一亿元绝对下不来。连若菡对人用心之诚可见一斑,只要你真心对她好,她对你的好,是你想象不到的丰厚。

夏想没有什么意见,就说:"好,你看着办就是。"

连若菡最后又向夏想透露了一个消息:"我隐隐听到一点风声,好像燕市的局势会有所变动,究竟是什么内情,我也不太清楚,反正你多留心一点就是了。"

连若菡又说了几句,定下三两日后来燕市,就挂了电话。

见医院里人挺多,待不下,夏想就让夏安领着老爸先回家,这么多人守着也没用。秋爱有事也走了,古玉和严小时却不肯走,非要留下,夏想就只好由着她们。

夏想又打电话给晁伟纲,让陈天宇暂时负责区政府的工作,他可能要过两天再去上班。想了一想,还是不太放心,就又亲自给陈天宇打了一个电话。

陈天宇自然没有意见,向夏想保证将工作做好,同时又说,元明亮和白战墨已经签订了投资协议,提出的一个附加条款就是,为了保证投资受到公正的待遇,希望由区委出面派出专人对长基商贸公司的资金进行监管。

可以说元明亮提出的条款非常无理,就算投资是白战墨牵线拉来的,但具体落实到位之后,在下马区的一举一动也必须在政府的监管之下,毕竟政府主抓经济。元明亮却直接将政府抛到一边,不让政府插手长基商贸的资金监管,显然是别有用心。

而白战墨不出所料地同意了。

夏想也知道在招商引资的过程中,许多地方政府为了拉来投资,签订了许多不公开的协议。有些协议甚至给了投资商极大的权力,所以才会出现许多监管方面的漏洞,才有地方政府被投资商所骗,被假外商所骗的丑闻。不过国内的国情一向是,能捂则捂,能藏则藏,不知道有多少地方政府被骗子投资商当猴耍了之后,还在媒体上宣布获得了巨大的成功。

打肿脸充胖子的不仅仅是平常人,官员更多。

陈天宇愤愤不平地说道:"夏区长,元明亮的意思是,只要区委点头,政府这边的工商、税务和正常的资金监管,都不能对长基商贸有任何约束,简直是不平等条约!没想到,白书记居然答应了,您说为了拉来投资,也不能没有了原则……"

陈天宇确实是真生气了,他经济学专业出身,自然知道长基商贸的做法意味着什么,意味着长基的资金来源和流向,都不在区政府的视线之内。甚至可以说,长基商贸的投资不能算是投资,应该是打着投资名义的游资!

陈天宇对游资也略有研究,知道游资的危害性。虽然不敢十分肯定长基商贸的投资就是游资,但不在区政府的监管之下,基本上是自由的状态。相当于既向政府伸手要政策,却又不给政府管理权,只占便宜不负责任,真是无耻的做法。

偏偏白战墨就答应了下来,就让陈天宇无比郁闷。至此陈天宇才明白他和夏想站在一个阵营是多么明智,就算何江华不倒,他和白战墨一系的话,出于原则,也会对白战墨的做法大为不满。

夏想此时也不便向陈天宇透露过多,只是说道:"既然是白书记决定的事情,我们也不好说什么,做好本职工作就好了。我最晚后天应该就去上班,到时再说。"

出乎夏想意料的是,刚放下陈天宇的电话,就接到了宋朝度的电话——宋朝度无意中听到方格说出了夏想的家事,就主动打来电话祝贺一下。

"你要做好心理准备,小凡知道后,肯定会去家里烦你。"宋朝度呵呵地笑道,"你现在当了爸爸,也算是又迈出了人生之中重要的一步,肩膀上的责任就更重了。"

夏想嘴上客气着,心里却想实际上他已经是三个孩子的爸爸了,也没有觉得和以前有什么两样,是他没心没肺,还是孩子的妈妈都太能干了?

到了晚上,严小时和古玉走后,夏想就让蓝袜回家,他留下来陪床。辛苦蓝袜够久了,总得让她好好休息才是。蓝袜却说什么也不肯,不提她和曹殊黠亲如姐妹的关系,就是最近的几个月的相处,她对夏东也有了感情,当成了自己孩子一样亲,不舍得离开。

曹殊黥的单间虽然不小,但只有三张床,作为丈夫,夏想理应陪床,最后只好让老妈回家去住。老妈虽不舍得孙子,但想来想去可能觉得还是年轻人在一起有话说,就依依不舍地走了。

蓝袜买来饭,夏想就坐在床前喂曹殊黥。曹殊黥幸福地接受了夏想的服侍,吃一口,笑一下,然后又看儿子一眼。蓝袜在一旁托着腮,一脸羡慕地说道:"什么叫相敬如宾?你们就是!什么叫相亲相爱?你们就是!我以后要找老公,一定要按照夏区长的标准去找。"

夏想乐了:"以后找老公?方格难道还不是你以后的老公,还要再找?"

"方格只是男朋友,能不能转正,我还没有考虑好。"蓝袜一脸无奈地说道,"我总觉得方格太没有上进心了,整天晃来晃去,也不知道多操心一下自己的前途。我劝他多次了,他也不听,总说车到山前必有路。我就说,你开车到西边的太行山下,看有没有路?要是车开到哪里就自动有路了,还用修路?真是白日做梦!"

曹殊黥也笑:"你也别太强求方格了,他毕竟还年轻,家境又不错,现在也是副处了,也算顺水顺风了。"

说笑几句,蓝袜困了,就瞪着眼对夏想说道:"别回头,我要换睡衣睡觉。警告你,不许偷看,在你儿子面前表现得正派一点,给他做个好榜样!"

夏想哭笑不得:"一件简单的事情非要让你弄复杂了,还抬出我的儿子……"他摇摇头,笑着去逗儿子:"儿子乖,不要相信别人说爸爸的坏话,爸爸是世界上最好的爸爸,等你长大了爸爸带你去看电影,名字就叫《世界上最伟大的父亲》……"

夏想可不是随口一说,《世界上最伟大的父亲》是罗宾·威廉斯主演的一部喜剧电影,他确实看过。

曹殊黥不敢大笑,蓝袜却笑得前仰后合,倒在床上。

小家伙却理也未理几人,只顾趴在妈妈的怀里吃奶。

夜深了,曹殊黥和儿子都沉沉睡去,蓝袜也酣然入梦。夏想坚持了一会儿,实在困得不行,也就和衣躺下,睡着前还告诫自己一定要睡觉浅一些,以便听到动静及时醒来照顾曹殊黥母子,不料一觉醒来,已经天光大亮了,蓝袜和曹殊黥正在笑他。

夏想不好意思地说:"睡得太死,晚上肯定又劳累蓝袜了。"

曹殊黥却说:"还好了,你和蓝袜一个比一个睡得香,幸好你儿子给你面子,晚上就醒了一次,吃了几口奶又睡了,小家伙太能睡了……"

不一会儿王于芬赶到了,给曹殊黧做了不少好吃的。不久,老妈也来了。夏想见他实在插不上手,待着也是添乱,就干脆上班去了。

半路上,却接到了梅晓琳的电话。

"恭喜,终于当上真爸爸了。"梅晓琳的声音没有起伏,听不出她的情绪,不过话里话外还是有一点吃味,"是不是感觉很不一样?"

夏想呵呵一笑:"什么真爸爸假爸爸?爸爸就是爸爸,还有真假之分?你和女儿,最近还好?"

"好,很好,非常好,不劳操心。"梅晓琳随即岔开了话题,"有件事情想请你帮个忙,上次你见过我的弟弟梅晓木,本来想让他出国发展,谁知在国外待了一段时间又回来了,听说燕市新设了下马区,也想到下马区投资,你能不能替我照管他?"

夏想无语,梅晓木上次给他的印象太差,傲慢而无礼,又没有城府,完全是世家子弟之中最不成气的一类,远比不上邱绪峰和付先锋。他来下马区发展,能有什么前途?梅晓琳还让自己照管他,他能听自己的话才怪,就算听,凭他的能力,也未必能有什么气候。

夏想只一迟疑,梅晓琳就知道了夏想的态度,快速地说道:"知道你看不上他,不愿意帮他就算了。"

随即就挂断了电话。

夏想摇头一笑,梅晓琳和他之间到底是一种什么样关系?似友非友,说有感情有点勉强,说没有感情,又有点牵连,总之说不清道不明,让人头疼。

头疼就头疼好了,事情总有明朗的一天。

一到办公室,吴港得就第一时间前来汇报工作。

吴港得因为有在城中村改造小组的经历,对征地和拆迁工作自然是得心应手。他上任才两天,就解决了以前许多久拖不决的难题,立刻赢得了区政府不少人的好感,都对他高看一眼。因为历来征地和拆迁工作最难做,最难出政绩,最容易出乱子。

吴港得向夏想详细地汇报了工作,又提出一些可行性建议。夏想听了也觉得吴港得确实比以前踏实多了,提出的建议不但切实可行,还是换位思考之后的结果,让他比较满意,就夸了吴港得几句。

吴港得被夏想一夸,知道他的工作获得了夏想的认可,十分激动。

上午处理了许多事情，下午一上班就接到白战墨的电话，要开一个碰头会。夏想知道,肯定是讨论长基商贸的投资问题。

碰头会一共四人参加,白战墨、夏想、康少烨和傅晓斌。会议就在白战墨的办公室举行,因此,碰头会也称为书记办公会。

白战墨一脸喜色,精神状态极佳。他一见夏想,就先向夏想恭喜:"恭喜夏想同志当上爸爸了,标志着党的事业后继有人了。"

康少烨尽管因为秘书事件,自以为做得天衣无缝,还是没有如愿以偿,就对夏想有了偏见。又因为他走的是胡增周和付先锋之间的中间路线,就更觉得和夏想疏远了不少。但大面上还是要一团和气,维持安定团结的政治局面,他也就笑着恭喜了几句。

傅晓斌是聪明人,知道什么时候该和夏想近乎,什么时候要保持适当的距离。当着白战墨和康少烨的面,也就没有多说什么,心里却有了计较,打算找个合适的机会让老婆去看望一下,走走夫人外交的路线。

时机很重要

傅晓斌也清楚,尽管他和夏想走近,但也没有必要表露在明面上,他和康少烨之间已经有了裂痕,不代表他就因此和白战墨有了界限。政治上的事情,除非是不可调和的矛盾出现,才需要立场坚定,大部分时候还是有一个约定俗成的规矩在内。

几人心思各异地坐下之后,白战墨说出了今天的议题。

"今天召集同志们过来,有两件事情需要商议一下。一是区公安局副局长牛奇同志调到市局户籍处之后,暂时空缺一名副局长,市局推荐的人选是市北分局刑警大队队长历飞。我征询了一下黄建军同志的意见,他没有意见。今天就再看看同志们有没有意见,如果没有,就算通过了,然后到常委上讨论一下,再将意见反馈给市局。"

历飞来下马区上任副局长,也是夏想背后运作的结果。夏想的高明之处在于,他只是负责在关键支点上点拨一下,然后就躲在幕后,静等事态发展,基本上让别人看不出来其中有他的影子。

不过让他大感意外的是,今天讨论了人事问题,没有请黄建军参加还说得过去,但为什么没有邀请组织部长慕允山,难道有什么隐情不成?印象中,慕允山应该和白战墨走得比较近，白战墨没有必要也无须故意避开他。

几人之中，除了白战墨，夏想最大。白战墨说完之后，就一脸期待地看向夏想。

夏想没有多说，只点头说了一句："我同意市局的提名。"

康少烨顿了一下，用质疑的目光看了夏想一眼，才说："按说应该尊重市局的决定，不过我看了一下历飞同志的简历，资历浅了一些，是不是考虑让市局多提两个人选，好让我们挑选一下？"

夏想没说话，只是一脸平静，并没有对康少烨的试探有任何表示。夏想猜到康少烨可能在猜测他在其中所起的作用，并且怀疑历飞和他之间的关系，他岂能让康少烨看出异常？不动声色得好像事情和他一点关系也没有。

傅晓斌察言观色，看出了康少烨的举动。他也有点纳闷儿为什么今天讨论人事问题，慕允山没有参加。不过官场上许多事情不能以常理推论，他微一思忖，说道："相信市局的决定是深思熟虑的结果，公安系统的用人标准和我们不大一样，作为局外人，我不多发表意见了，就赞成好了。"

"我的意思也是如此，不必在小事上太分心了。"白战墨因为有了两百亿投资的缘故，对其他事情都不太放在心上，何况只是一个分局的副局长的位置，在他看来根本无关紧要，他的着眼点现在全部放在投资上面，"少烨同志，你要不要再考虑一下？"

康少烨摸不透夏想的心思，也没有看出夏想和傅晓斌之间明显的互动，就不再坚持，说道："也好，就这样好了，我也同意。请白书记继续下一个议题。"

白战墨笑容满面地说道："第二个议题就是长基商贸的董事长元明亮同志，昨天和区委正式签订了投资协议。因为事情紧急，也没有及时和夏区长通气……"他笑着冲夏想微一点头，又说："文州的投资因为数额巨大，而且元先生和我个人关系较好，我决定直接由我出面负责和长基商贸联络一切事宜。需要政府方面配合工作的，到时我会出面向夏区长直接打招呼，夏区长有没有意见？"

夏想对白战墨的心思早就心知肚明，一是怕自己跟他抢功，二是将文州的投资牢牢地控制在他的手中，不让政府方面插手，也是为了以后好从容布局早做准备。换了别人，也许还想和白战墨争一争，毕竟政府主导经济，只要涉及具体事务，少不了政府方面配合工作，同时也好分一份政绩。但夏想不同，他既然早有谋算，也猜到了付先锋和白战墨的手段，就不会计较一时的得失。

他已经让李沁全力以赴盯紧下马区的房地产市场，掌握整个下马区房源的信息,只要有巨额资金注入,势必会立刻引起李沁的注意。因此是不是从源头掌握长基商贸的资金动向,并不是问题的关键所在,重要的是,只要发现了异常情况,他就有足够多的渠道得知!

"一切为了下马区的发展,一切为了下马区的明天,我支持白书记的决定。"夏想的态度出乎意料的好,好得让白战墨和康少烨对视一眼,似乎不太相信夏想所说的话。

因为白战墨的意思是想将夏想完全排除在两百亿投资之外,不但不让夏想知道投资的流向和用途,还不想让夏想从中得到一分政绩!夏想却一点也不恼怒,好像并不清楚他的意图一样,笑呵呵地一口答应下来,让白战墨心中喜忧参半。

喜的是他还以为夏想会竭力反对,至少也要和他争论一番才会答应,甚至他已经做好了拍桌子的心理准备,不想不但风平浪静,可以说是风和日丽,一点波折都没有。

忧的是他总觉得夏想的笑容之下藏着什么不为人知的秘密,总感觉夏想爽快地答应下来,事情不太对劲。但具体哪里不对,他一时半会儿也说不清楚。

更找不到关键点。

白战墨下意识地看了康少烨一眼。

康少烨也觉得夏想的态度过于退让了,他想了一想,觉得估计是区政府一块事情太多,夏想无暇分身。虽然两百亿投资数额巨大,但夏想可能要首先保证他扶持的投资项目能够顺利完工,也不想分心来分一杯羹……

但不管夏想是什么想法,他没有争吵就是好事。

傅晓斌也微微惊讶地看夏想一眼,眼中全是不解。其实如果夏想非要强行介入到长基商贸的投资之中,白战墨最后也不得不让步,毕竟投资涉及方方面面的手续,都要经过政府之手。夏想不同意的话,一个暗示,下面办事的人就会卡投资的脖子。这样的事情别说在下马区这样的新区了,燕市其他各区都时有发生。

傅晓斌猜不透夏想的心思,不过看夏想一脸笃定,知道他心意已决,并非假装,也就附和说道:"夏区长从大局出发,给我们的工作带了个好头,起到了模范作用。我建议,区政府也可以专门指定一位副区长全权负责长基商贸的投资,到时就不用事事麻烦夏区长了。"

此话正合白战墨的心意,只要将夏想排除在外就可以了,有一个副区长出面,还不得事事听从他的意见?白战墨暗喜,心想康少烨总说傅晓斌和夏想走得近,刚才傅晓斌的话,明明是在将夏想的军。

夏想的目光依次从三人脸上扫过,最后落在傅晓斌脸上,神色淡然地笑了一笑,说道:"傅主任的提议不错,就让谢源清同志全权负责好了,也正好省了我的心,好让我专心做好其他工作。"

傅晓斌从夏想的目光中看出了什么,就只笑了一笑,不说话。

白战墨见事情进展得非常顺利,就又重新恢复了一切尽在掌握的自信,说道:"好,事情就这么定下了,我们达成了一致,等上常委会讨论通过之后,就照此执行。"

散会后,夏想就接到了傅晓斌的电话。简单通话过后,夏想放下电话笑了,心想傅晓斌真是个妙人,有眼色,会见机行事,以后大有合作的空间。

付先锋想要的就是白战墨一手掌握两百亿投资的效果,就给他好了,何必和他计较一时胜负?况且其实夏想也想置身事外,才好从容布局,打付先锋一个措手不及。付先锋不会想到自己已经猜到了他的企图,并且布下了天罗地网等他来投。

不过夏想知道和付先锋的斗争不可能一次定胜负,而且他还要等长基商贸的资金先进来至少一半以上再开始动手。太早,容易让对方有所察觉而及时撤离;太晚,有可能尾大不掉,最后让对方成了气候,从容脱逃。

时机很重要,也是决定胜负的关键。

基本上前期许多工作已经准备得十分充分了,除了没有和成达才面谈之外,夏想差不多完成了布局,前两天也和成达才通过电话。成达才作为燕省的领军人物,对于有人想要在他的地盘席卷利润,也是十分不满,和夏想一拍即合,一口答应夏想到时一定配合演戏,好好地来一出瞒天过海之计。

不过近期成达才和夏想都比较繁忙,暂时抽不出时间见面,就约好有时间再见面。

正深思时,金红心敲门进来,向夏想汇报了一个情况:"夏区长,我刚才看到财政局局长施长乐向白书记汇报了工作,然后就坐车走了。"

财政局作为区政府的关键机构,局长的位子非常重要,如果局长不和区长一心,却跟紧书记的脚步,对区长的权力是极大的制约。财权不抓在手中,相当于权力削弱一半!

施长乐的立场很关键,夏想一开始没有摸清他向谁靠近,不想等拉过傅晓斌和黄建军之后,白战墨也一声不响地将财政局掌握到了手中。看来第一次过招各有胜负,白战墨也并非完全被动应战,他暗中也在策划什么。

夏想倒没有生气,他清楚就连书记也不可能掌控一切,何况区长?不过既然白战墨既有一把手的优势,又有人事大权,他必须把财政局掌控在手中。即使不能将施长乐再拉到自己的阵营之中,也要在财政局安插自己的人手,否则就太被动了。

夏想只一沉吟,金红心好像就猜到了什么,试探地说道:"夏区长,我多说一句话,您别见怪,财政局常务副局长谈长天和我关系不错,如果您点头的话,我可以和他多接触接触。"

金红心还真是一个称职的办公室主任,夏想对金红心更高看了一眼,想了一想,却又摆了摆手:"不急,事情还没有明朗化之前,先观察观察再说,不急着下结论。"微一停顿,他还是对金红心良好的表现给予了认同,"红心最近的工作还不错,继续保持。"

金红心喜出望外,夏区长一般不怎么夸人,现在当面对他表扬,这是对他工作最有力的肯定。他内心一阵狂喜,不过表面上不敢流露半分,还是十分谦逊地说道:"夏区长过奖了,是我的分内之事,我理应要为领导做好服务工作。"

同时,金红心又为夏想的镇静感到佩服。一般区长得知下属绕过他而直接向书记汇报工作,而且明明在同一栋大楼,却过门而不入,肯定要勃然大怒。夏区长却淡定自若,一副若无其事的样子,仿佛一切尽在掌握,让他佩服不已。

身为领导,自信和镇静的态度最能让下属折服,尤其是胸有成竹、不徐不疾的做派,会让下属始终觉得领导就是领导,掌控大局,手握重权。

夏想见金红心办事还算有力,也处处为他着想,就有意表明自己对他的信任,问了一句:"红心,根据你的观察,说说晁伟纲的工作态度和工作能力……"

金红心立刻一脸慎重,微微弯了弯腰,沉默片刻才说:"我觉得晁伟纲同志的工作态度还算认真,工作能力虽稍有欠缺,不过他也认识到了自己的不足,有提升的空间。"

金红心清楚地知道,夏区长可不是随意一问,而是在考验他的观察能力,同时也是考验他的工作是不是到位。也许还有更深一层的意思,就是试探他是不是说真话,会不会因为他和傅晓斌之间的关系而偏袒晁伟纲。

所以金红心很聪明地实话实说,没有一点偏向,完全从客观公正的角度出发。

夏想对金红心的回答很满意,点头说了一句:"很客观……"

金红心知道他通过了考验,在夏想心目中又多了一份重量,就识趣地说道:"领导要是没有什么事情,我就去忙了。"

金红心走后,就当前的局势,夏想一个人想了很久。

第二天一上班就召开了常委会。

常委会的议题就是昨天碰头会的内容,白战墨主持了会议,先是提了两个议题,随后表明了他的态度,接下来就让夏想发表看法。

夏想也说了几句没有新意的话,最后也表了态:"基本上白书记的安排综合考虑了方方面面的因素,非常合理,我表示支持。"

政治之上,就算是死对头,在各自的事情上,也会各有退让,不可能事事作对。否则就是没有政治头脑,会被上级列入不可用的名单之中。除非是事关自身利益的大事,一般和自身利益不大或是无关自身利益时,都会表示出有限的支持。

夏想的表现落在众人眼中,就让不少常委暗暗猜疑,难道夏区长向白书记妥协了?要不为什么如此重大的投资,夏区长一点也没有据理力争,完全拱手让给了区委做主?就算是白书记牵线拉来的投资,政府插手也是名正言顺之事,夏区长是真的好说话,还是在压力之下选择了让步?

就连卞秀玲也一脸不解地看了夏想一眼。

夏想心中笃定,用目光示意,暗示卞秀玲不必在意。

夏想发言之后,副书记康少烨也讲话表态,也是支持的立场。随后区委办主任傅晓斌也点头表示同意。

陈天宇身为常委副区长,在常委中比较靠前,他一般喜欢最后表态,今天却早早表明了态度,说道:"综合考虑下来,白书记的建议虽然不合常规,但也有客观原因在内,我还是持谨慎乐观的支持态度。"

一句不合常规让白战墨感觉面上无光,不由脸色一黯。

陈天宇身为常务副区长,站在政府班子的立场上说话,也在情理之中。不过他的话多少有点刺耳,有几个常委对他投去了责难的目光。

不料陈天宇话音刚落,谢源清就轻笑一声,语气之中微带嘲讽地说道:"其实我觉得白书记更适合做政府工作……"

谢源清的特点是,话说一半,但讥讽之意却人人都听得真切入耳,言外之意就是,白书记过于插手政府事务,吃相太难看了。

此话一出,常委会上顿时一片议论之声。众人的目光都投向了谢源清,有质疑,有不屑,有愤怒,也有幸灾乐祸和庆幸。

夏想皱皱眉,想说什么最终收了回去。也好,就让谢源清搅搅局也不错,至少给白战墨一种无形的压力,也让别人多一些猜疑,就当是故布迷阵了。不管别人认为谢源清是他的马前卒也好，或是别人质疑他对政府班子的掌控力度也好，总之有谢源清出面，白战墨事事都别想顺顺利利地得手。

夏想今天想要达到他期望中的效果，有谢源清的捣乱也算是一盘不错的开胃菜。

审时度势

白战墨脸色一沉："源清同志有事说事，不要做无谓的指责。"

谢源清一如既往地双手一摊："我是就事论事，难道事实不是如此？"说完之后，又低头看起了文件，摆出一副悉听尊便的态度。

白战墨气得脸色发青，偏又想不出有力的反驳的话。

幸好，卞秀玲及时出面帮白战墨解了围。其实也不能算是特意替白战墨出面，因为她的发言还是稍微偏向夏想的立场，不过因为比谢源清的话温和多了，就让气氛缓和不少。

"按照常规向来是政府主抓经济，但书记是一把手，可以随时以指导工作的名义对政府事务进行指点，况且投资又是白书记的手笔，由区委方面负责也没有问题。而且夏区长心怀宽广，不计较太多，我还是支持夏区长的决定。"

说完，卞秀玲还冲白战墨和夏想分别微微一笑，态度之好，任谁也说不出什么。

夏想也回之一笑，心想卞秀玲在省纪委一直担任办公室副主任，果然是一个玲珑人物，说话办事有水平，既赞成了白战墨的提议，又毫不掩饰地向众人表明了她偏向政府班子的立场。

白战墨脸色稍微好看一点，不过还是有点不快，咳嗽一声说道："同志们请继续发表意见，请注意一下，要言简意赅，不要浪费大家的时间。"

政法委副书记兼公安局长黄建军及时响应白战墨的号召，他的发言简短有力："区委的两个决定，我都同意。"

黄建军也看出了什么，毫不犹豫地跟紧夏想的立场。

武装部政委关启明眯着眼睛，说话时语速很慢，也表示了同意："白书记的提议符合当前的形势，我全力支持。"

夏想正有意借此次常委会的机会，仔细观察一下各个常委的立场。刚才表态的几个常委的立场，他早已心中有数，关启明一发言，他就在心中将其划归到了白战墨一系。

政法委书记李应勇毫不意外地也是大力支持，还将白战墨拉来两百亿投资之举形容为奠定了下马区强盛的基础，功在当今，利在后世。

随后，统战部长祁胜勇也慷慨陈词，高调对白战墨称赞一番，最后又表明了坚定地支持白书记的英明决定的立场。

夏想冷眼观察，心中清楚白战墨的资金到位，至少让白战墨一系多了两位常委，一个是关启明，一个是祁胜勇。至此，白战墨一系已经有五名常委的实力了。他心里更清楚的是，如果没有提前未雨绸缪，先是拉拢了陈天宇，又设计让傅晓斌选择了他，同时借牛奇事件和市局一把手孙定国的影响，让黄建军早早向他表了态，再有得益于邢端台的关系之下的卜秀玲靠拢，他在常委会还真是势单力薄。

谢源清不能算是一支力量，只能作为搅局者的身份出现，或许他有时出手不慎，还有可能搅了自己的局，所以夏想只当他是稍微偏向自己的中间力量。但不管如何，夏想从来没有因为一开始时的不利局面而气馁过。他向来认为只要态度够真诚，手腕够精明，同时利益分配均衡，有些站在别人队伍之中的人，说不定什么时候又会回到他的队伍之中。

只有组织部长慕允山和宣传部长滕非没有表态了，他们二人的表态非常关键，标志着他们二人选择站在哪一边。夏想也知道，两百亿资金一到位，又在他故作退让的姿态之下，最能看出每个人的选择。

夏想要的就是这种效果，在他放低姿态的情况下，还依然坚定站在他这边的，肯定是可以合作的朋友。中间摇摆的，是可以拉拢的对象。坚定支持白战墨的，就是暂时需要提防的对手。

出人意料的是，组织部长慕允山没有先表态，而是笑着对宣传部长滕非说道："滕部长先说，我最后。"

一般来说宣传部长排名在组织部长之后，虽然在常委会上并非一定要按照排名发言，但慕允山特意礼让滕非一句，就有点耐人寻味了。

更让人费解的是，滕非也没客气，只是微一点头，说道："政府主抓经济建设，虽然投资是白书记拉来的，但真正落到实处，还是离不开政府的具体工作。将政府排除在外，既不合乎规矩，又多此一举。我觉得，就算由白书记主抓两百亿投资的落实工作，也应该由政府方面派出专人负责对口工作，否则涉及政府出面的事务之时，难道事事都由白书记再和夏区长通气？岂不浪费人力物力？同时，我觉得夏区长一点也不接手两百亿资金有点过于消极了，白书记的想法也是基于方便管理资金，但投资到位之后，就不是一个人的事情了，是整个下马区的事情,不能因私废公!"

滕非的话大大出乎众人的意料,因为乍一听他似乎是不偏不倚的中立立场,却又不是左右逢源的态度,尤其是到了最后,竟然是各打五十大板!

也就是说,滕非既不站在白战墨一边,又和夏想保持距离,是自成一体!

难道说,常委会分成了三派?

夏想微微惊讶过后,又露出了会心的笑容。他觉得胡增周既然要在市委和陈风、付先锋三分天下,那么在区委常委会中,也应该有胡增周的嫡系才对。他一直没有摸清到底是谁靠向了胡增周,今天正好借白战墨将两百亿投资的功劳全部据为己有之际,他撒手不理,就是要看看有没有人跳出来提出反对意见。

结果还真有。

胡增周不想看他一家独大,更不想让白战墨坐大,夏想就是要在常委会上示敌以弱,看胡增周一派能不能沉得住气。果然,滕非对白战墨的吃相很不满意,也对夏想的退让深表不安,才按捺不住地表态,各打五十大板。

夏想心中笃定,不反驳,不点头,只是若无其事地等慕允山说话。

慕允山没有让夏想失望,开口说道:"我认为滕部长的话很有道理,希望夏区长郑重考虑一下区政府监管资金的可行性,区政府的介入还是非常有必要的,当然在具体方式上,可以和白书记协商一下。白书记也应该全面考虑问题,我的看法是,不要让市委市政府认为区委和区政府在工作方式上不合规范。"

慕允山的发言引起了一番小声的议论。

在议论声中,声音最响的还是谢源清的笑声,他似乎终于找到了志同道合者一样,说道:"要说在座常委之中谁的发言最精彩,谁最有见地?还是滕部长和慕部长……"

典型的谢源清风格,就是话说一半,你不知道他的话是讽刺还是赞美,反正他只管点火不管放炮,任由别人去猜想。

不过夏想心里清楚,谢源清的话多半是冷嘲热讽,冷嘲的是白战墨,热讽的是滕非和慕允山。夏想对谢源清稍微改变了一点看法,第一次觉得谢源清虽然喜欢搅局,说话不分场合,但在看待问题时,也有一定的政治智慧。

至此,经两百亿资金的具体管辖权一事,夏想基本上摸清了常委会各个常委的立场,胡增周的势力也露出了水面。基本上在常委会的力量对比之中,他的力量最强,有六人,白战墨次之,五人,胡增周一系最弱,只有两人。

不过白战墨身为书记,因为有一把手的权威和光环,完全可以化解他多一人的优势。胡增周一系虽然只有慕允山和滕非两人，但慕允山掌管组织部，人事大权在握；而滕非身为宣传部长，也是喉舌部门。可以说两个人虽然表面上看似力薄，其实是不容忽视的力量。尤其是下马区作为新区，以后内部的人事调整应该不少，而对外的宣传工作也是重中之重。白战墨如果掌控不了组织部和宣传部，他的书记权力也是大打折扣。

有好戏看了，夏想对眼下的局势大感兴趣。胡增周也有一套，当时明明说是只提名一个周立波担任区长，周立波同志当了陪衬之后，也不知采取了什么手段，慕允山和滕非竟然靠向了他，多少让夏想有点吃惊。

不过身为市长，总会有人主动靠拢，也在情理之中。夏想心中有数了，怪不得上一次开碰头会的时候没有慕允山，原来是白战墨有意为之。

夏想一脸淡定，既不接慕允山的话，也不主动向常委会做出进一步解释，他知道，白战墨自会跳出来解围，因为事情的起因是因为白战墨，而不是他。

不少常委对慕允山和滕非的发言大跌眼镜，都以为两人是白战墨的人，不想竟然不是。不过在座常委也很清楚市里的局势，微一思忖就明白了为什么，议论声慢慢消失，然后目光都投向了白战墨。

基本上，慕允山和滕非的发言，虽然有各打五十大板的意思，但总体来说，还是不愿意让白战墨独揽大权，想让以夏想为首的政府班子分一杯羹。当然他们也不是出于好心，而是出于平衡的角度考虑问题。

白战墨微微一怔，勉强笑了一笑，说道："慕部长和滕部长的提议，我也考虑过，不过因为投资商的坚持，只好让步。下马区刚刚成立，一切要向经济建设要政绩，为了投资，做一些必要的让步，满足投资商一些不太合理但却合情的要求也是有必要的。如果在座的各位也能拉来投资，不要多，有十亿以上，我就可以给予他极大的自主权，相信夏区长也会赞同我的看法。"

白战墨想拿夏想当挡箭牌，夏想才不会上当，呵呵一笑："具体问题具体分析。"

白战墨没有得到夏想正面的积极回应，有点尴尬地咳嗽一声，将不满发泄到了滕非和慕允山身上，表情严肃地说道："既然大部分常委赞成提议，今天的议题就算正式获得了通过。"

慕允山和滕非对视一眼，两人一脸凝重地说道："我们尊重集体的决定，不过还是坚持区政府必须要介入的看法。"

话说得委婉，但和保留意见是一样的结论，白战墨的脸色就不太好看。

夏想抱了无所谓的态度，始终没有表态，让众人都百思不得其解。因为如果此时夏想反击，就能扭转局面，从两百亿投资的政绩分一杯羹。但他好像一点也没有利用慕允山和滕非提出反对意见的意思，他的态度耐人寻味，不但让白战墨的支持者不解，也让傅晓斌和卞秀玲十分纳闷儿。

最郁闷的是慕允山和滕非，他们以为有他们出头，夏想应该能够及时借势打力，来一出精彩的反败为胜。不料夏想一点也没有朝气一样，仿佛根本没有发现眼前的机遇，甚至连一句话都没有说，让二人大惑不解的同时，又无比沮丧。

他们抱定了夏想是被迫无奈才接受白战墨提议的想法，也是出于平衡的角度考虑，不想让白战墨一家独大。如果助夏想一臂之力，夏想插手两百亿投资的话，肯定会和白战墨产生矛盾。他们此时表面上是帮了夏想，实际上还是想让夏想和白战墨两虎相争必有一伤，他们好坐山观虎斗，最后再坐收渔利。

就算夏想清楚他们的目的，但眼前的利益为什么不要？慕允山和滕非就对夏想的政治智慧深表怀疑。

亏了胡市长还夸夏想如何有才能，如何有眼光，今天一见，不过如此。

夏想才不会理会慕允山和滕非的猜测，他有他的步骤和计划，不能因为他们二人的意见而改变策略。不过既然知道了他们的立场，以后再行事就要多一层考虑了。

下午上班后不久，夏想在办公室正和陈天宇、谢源清谈论工作，秘书晁伟纲汇报说，财政局局长施长乐前来汇报工作。

来得挺快，夏想一笑，昨天向白战墨汇报了工作，今天常委会一开完，又向他汇报工作，次序分明，并且安排有序，可见施长乐同志也是一位有心人。估计也是听到了常委会上的一些风声，夏想暗想，是有心人就好，怕就怕是一个不知深浅的人。

谢源清分管财政，就留了下来，陈天宇回避，回了办公室。

施长乐四十岁开外，微胖，头发稀少，脸上的总是挂着一抹浅笑，给人的感觉很不真实。他一进来就先恭敬地叫了一声："夏区长！"然后又冲谢源清点点头："谢区长。"

夏想点头示意，谢源清却只是冷冷地看了施长乐一眼，一点回应也没有。

施长乐被谢源清的冷冷目光一扫，心中一跳，心思立刻快速转动起来。

施长乐昨天刚向白战墨汇报完工作，今天下午一上班就听到风声，说是在常委会上，白书记在夏区长的退让之下，还受到了来自滕部长和慕部长的质疑，就让他立刻嗅到一丝不同寻常的气息。施长乐原本以为白战墨身为书记能够掌控一切，夏区长既年轻，又是二把手，他就主动向白战墨表示了靠拢。

没想到,昨天刚有所表示,今天就听说了组织部长和宣传部长联手反对白战墨的事情,施长乐心有戚戚焉,仔细一想,还是觉得左右逢源才好。万一白书记失势,他又在夏区长面前没有了位置,工作就没法开展了。

夏想能猜到施长乐的心思,也不说话,就看他能说什么。

施长乐迟疑一下,很聪明地说出了实话:"昨天我向白书记汇报工作了,本来当时还想再向夏区长也及时汇报一下,不巧正好局里有事,我就匆忙赶了回去。今天忙了一上午才处理完,就急急来向夏区长说明一下,省得让领导批评我工作不力。不过该批评的地方,还请领导批评,我知道汇报工作晚了一点,也认识到了自己的错误。"

上来先做了自我批评,夏想对施长乐初步下了一个结论,能伸能屈,是个人才。不过人才也有正才和歪才之分,他见施长乐说话之时,眼光闪烁,而且笑容也透露出虚假和浮夸,就知道施长乐不是一个十分可靠的人。

属于墙头草的类型,是见风使舵并且试图左右逢源的政治投机客。

夏想摆摆手,说道:"本职工作第一,只有做好了本职工作,才好来区委区政府汇报工作,是不是? 首先向白书记汇报工作是对的,有些规矩还是一定要遵守的……言归正传,说说财政局的现状。"

夏想的话不冷不热,让施长乐听不出他真实的想法。

施长乐咽了口唾沫,又看了谢源清一眼,见谢源清根本没有注意他,心中稍安,才又堆了一脸笑,一上来就摆起了困难:"财政局现在各项工作开展还算顺利,就是资金缺口比较多。市里答应的财政拨款只下拨了一部分,许多地方等着要钱,局里却拿不出来,我也十分为难。还有就是财政局门口的路一直坑坑洼洼没有修好,听说那个路段是由达才集团负责的? 夏区长和达才集团关系不错,能不能给他们打个招呼,先把财政局门前的路修好,也有利于通行,以便更好地及时向领导汇报工作。"

两种态度

财政局办公大楼离区委不远,就隔了两条街。整个下马区道路的所有主干道差不多都已初步成形,也铺设完工,个别道路因为后期施工的原因,没有完工也是正常。夏想听了施长乐的话,心想你哪里是汇报工作来了,根本就是摆困难提条件来了。

他没说话,只是漫不经心地看了谢源清一眼。

谢源清虽然算不上和夏想十分默契，但也能看出来夏想不太喜欢施长乐的为人，正好，他也看施长乐不太顺眼，就略带嘲讽地说道："资金缺口？我看施局长的车是新买的，还听说财政局一下购进了三辆好车，既然有缺口，钱是从哪里来的？还有修路的问题，你昨天向白书记汇报工作的时候，有没有向他提一提？我估计你向白书记汇报工作的时候，肯定只表忠心没提困难，是不是？"

施长乐是有点胖，但还没有胖到在空调房间中站着不动就流汗的地步。谢源清的话一出口，他的额头就渗出了细细的汗珠，当着夏想的面又不好擦，只好尴尬地任由汗水从脸上流下。

任何地方的财政永远都会有缺口，就和一个家庭永远觉得钱不够花一样。

当然，市里非要卡卡下马区财政的脖子也正常，施长乐想随风摇摆，他不喜欢，胡增周也不会喜欢。市财政局掌握在胡增周手中，虽然是谭龙分管，但没有胡增周点头，谭龙的批示就算管用，也只能管用一部分，拖、卡、扣的情况肯定十分严重。

夏想才不会出头向市里要钱，施长乐既然喜欢摇摆，就让他知道一下摇摆的后果也好。反正夏想有理由相信，白战墨如果出面向市里要钱，肯定会吃瘪。

官场上的事情就是这么复杂，派系越多，方方面面的顾虑就越多，事情就难办。按照规矩来，有时说不定会卡死你；不按规矩来，除非你有能力和手腕，否则也是免谈。

不过有缺口也好，省得他们拿到钱后不干正事，夏想就说："没钱就省着点花，要想办法开源节流，不要总想着伸手向上级要钱。说实话，市里对下马区的支持力度已经不小了，光是基础建设就投入了多少？你自己可以算一笔账，这些钱要是放到别的区，相当于好几年的财政拨款了。我对财政局的要求就是，可花可不花的钱，不花；可要可不要的钱，不要。现在下马区的基础建设投入很大，但新进的投资也不少，相信用不了多久就会有税收补充进来，继续保持一下艰苦奋斗的作风，发扬一下风格。"

夏想顿了一顿，忽然笑了："有时间源清去财政局视察一下工作，你的眼力好，看看财政局同志的办公条件和区委区政府相比怎么样？"

谢源清知道了夏想的意思，点头说道："我会好好替区委区政府把把关，不让个别人糟蹋了国家的钱。"

夏想不满地说道："源清同志，话不能这么说，还是要相信长乐同志的党性和原则性，更要相信财政局同志们端正的工作态度，他们都是克己奉公的好同志，是不是？"

谢源清好像不太给夏想面子，反驳了一句："是不是好同志，得看过才知道，不能听信一面之词。"

夏区长和谢区长一问一答，直把施长乐唬得心里七上八下，不明白夏区长到底唱的是哪一出？当然夏区长对他不太满意，他能看得出来。不过夏区长既不提修路的事情，又对资金缺口的问题不主动不积极，难道说夏区长丝毫不将他这个财政局局长放在眼里，不想拉拢拉拢他，也好将财权掌握在手中？

而谢区长有点当面和夏区长顶撞的意思，他到底是演戏，还是和夏区长关系不太和顺？

他向白战墨汇报工作时，白书记可是十分热络，态度也和蔼可亲。施长乐就对夏想十分不满，心想既然夏区长对他不冷不热，以后就铁了心向白书记靠拢好了，到时可别怪他在拨款上面不够痛快就行。

施长乐走后，谢源清站在窗前，望着窗外施长乐远去的背影，说道："难道就放弃施长乐了？"

夏想摇头一笑："施长乐此人不可靠，既然不可靠就没有拉拢的必要，也谈不上放弃。"

"那您的意思是？"谢源清也觉得施长乐为人太滑头了，他也猜到施长乐的用心，是向白战墨表忠心，向夏想提困难。如果夏想帮他解决困难，他就适当向夏想靠拢一点；如果不能，就有可能铁了心倒向白战墨。不过夏想似乎丝毫不在意施长乐的态度，一点也没有暗示的意思，让谢源清有点不解。

难道夏想一点也不在意财政局被书记完全掌控，还是另有谋算？

对于夏想的政治智慧，谢源清由开始时怀疑，到现在有点欣赏，多少认为夏想确实比他想象中还要高明一些。只不过有时夏想的套路让人摸不着头脑，该强硬的时候不强硬，大事上装糊涂，小事上却又过于计较，真不知道他到底打的是什么算盘？

想不通谢源清才懒得去想，他现在一心抱定只要配合了夏想的工作，让吴才江满意了，他就能升迁。所以对于是不是得罪白战墨，是不是和其他常委处好关系，他并不上心。

夏想看了谢源清一眼，想了一想，没有正面回答他的问题，反而说道："安排一下到财政局的视察工作，去了之后只看成绩不挑毛病。还有一点，对于施长乐提出的各项困难一概不做正面回答。另外，重点观察一下常务副局长谈长天的表现。"

谢源清一一记下，然后告辞离去。谢源清再不懂事也知道夏想有些事情避而不谈自然有他的道理,领导不主动回答的问题,就不要再问第二遍!

两天后,连若菡母子连同卫辛到了燕市。卫辛一到燕市就着手去办理燕春国际的一应事宜,夏想也抽空去莲居见了连若菡。

九月的莲居,荷花盛开,姹紫嫣红连成一片,美不胜收。夏想赶到的时候,连若菡正手拉着小连夏在湖边漫步。连夏已经一岁多了,可以用手拉着勉强走路了,看他歪歪扭扭连路都不太稳,却又急急想向前跑的样子,夏想忍俊不禁。

连若菡回头看见夏想,蓦然站住,呆呆地看了他半天,见他脸色微显憔悴,神态之间稍有疲惫,没来由地一阵心酸,抱起小连夏扑入夏想的怀中,哽咽说道:"你说我们之间怎么就这么多磨难? 以前三叔打压过你一次,现在爷爷也教训了你一次,还有爸爸也……到底是你欠吴家人还是吴家人欠你? "

夏想没想到一见面,连若菡就柔情似水,本来想逗她几句,却也心情沉重,说不出话来,只好安慰两句:"一开始是我的错,后来三叔出手的时候,算是偿还了一部分,再到老爷子和你爸出手,我骗了老吴家闺女的过错就算抹平了,从此互不相欠。"

连若菡破涕为笑:"你和他们之间抹平了,和我之间还有账没有算完……"

"那得算多久? "

"一辈子! "连若菡咬着嘴唇,流露出让夏想既熟悉又陌生的风情,"你一辈子也别想逃出我的手掌心。"

"不对,好像说反了,应该是你别逃出我的手掌心才对。"

"就对,就是我要把你掌控在我的手中。"连若菡吃吃地笑,一脸狡猾。

夏想明白了:"现在承认了,是不是? 自始至终都是你在算计我,而不是我在哄骗你。快走,快到京城当着老爷子的面告诉他,是你主动诱我上当,我才是受害者。"

"去你的。"连若菡抱着孩子不方便拧夏想,就抬腿踢了他一脚,"得了便宜又卖乖,一个大男人没一点担待,真丢人。"

夏想嘿嘿直笑,却发现儿子一双漆黑的眼睛紧盯着他不放,脸中有好奇有疑问还有不解,还不时伸出胖嘟嘟的小手去抓夏想的头发。

才多长时间不见,就不认识了,小孩子的记忆力确实短,夏想伸手去抱连夏:"来,让爸爸抱抱。"

小连夏却一回身将头埋在了连若菡的怀中, 不肯让夏想抱。夏想很没面子,只好挠了挠头,说道:"怎么,不喜欢爸爸了? "

小连夏又回过头来,歪着头好像在努力回忆什么,过了一会儿突然说了一句："坏爸爸,不陪妈妈和宝宝,坏爸爸!"声音惟妙惟肖,绝对是学自连若菡。

连若菡不好意思地吐了吐舌头,难得两颊非红,说道:"以为他还小,就没有背着他,没想到偶尔骂你两句,就被他学了去。"

夏想不干了:"你可不能向儿子灌输不良思想,要一再告诫他叮嘱他,爸爸是世界上最好的爸爸,是最疼他爱他并且在意他的爸爸,甚至比妈妈还好……"

不一会儿,小连夏又和夏想熟悉起来,不再认生,被夏想拉着满地乱跑,咯咯地笑个不停。连若菡站在阳光下,看着父子之间的亲情互动,脸上洋溢着幸福的笑容。她站在湖边,人比花娇,一时间让她整个人都焕发出迷人的光彩,娇美不可方物。

比起以前,现在的连若菡成熟许多,在穿衣打扮上也平常许多,不再追求鲜艳,而是以平和浅淡为主。尽管如此,已经完全恢复身材的她比少女时更多了风韵,肌肤细腻而莹润,身材匀称而紧致,依然是不胖不瘦的完美体形。只是举手投足之间流露出的久经人事的女人韵味, 让懂得欣赏女人的男人一眼就能沉迷其中。

今天正好是周六,夏想就留下来吃晚饭。

卫辛正好赶在晚饭时回来,说是事情已经办妥,直接以京城投资商的名义买下了名品时尚对面的一栋大楼,不用新建一座,省去前期许多麻烦。而且货源早已联系妥当,可行性报告以及商业策划书也已经具备,只等重新装修完毕之后即可开张营业。

最快三个月最迟五个月,在名品时尚对面就可矗立起一座更奢华更高档但价格更平实的高档百货——燕春国际。而且前期工作一直保密进行,只有等正式开张前夕,整体推向市场的时候,名品时尚才会知道不知不觉之间对面就有了一个强有力的竞争对手。

而且还是庞然大物。

夏想见连若菡决心挺大,也就没有多说什么,打击一下付先锋的气焰也好,正好可以转移一下他的视线,让他将目光投在名品时尚上面,先品尝一下吃小亏的滋味再说,就当是他吃大亏的开胃菜好了。

付先锋不会容忍名品时尚的失败,虽然现在名品时尚没有收到预期的效果,但也可以勉强维持。一旦亏损的话,付先锋就会觉得在家族面前大失颜面,他肯定不会甘心失败,因为名品时尚是他进军燕市的第一个精心策划的项目。

且看到时付先锋如何应对好了。

卫辛比上次见时清瘦了一些,饭也吃得不多,不过状态倒还不错。夏想关心地问了几句,让她注意身体,不要为了保持身材而少吃饭。

卫辛笑了:"夏区长懂得还挺多……我可不是为了减肥才不吃饭,而是本来饭量就小,再加上最近事情也多,吃得就更少了。"她意味深长地看了夏想一眼,又说,"你也瘦了一些,是不是工作太累了?"

连若菡都没有注意到夏想瘦了,听卫辛一说才仔细打量夏想几眼,说道:"还真是瘦了……卫辛比我观察得还仔细,我都没发现。"

卫辛莫名地脸红了一下,放下碗筷说道:"我先上楼了。"

要是平常,小连夏绝对会跟卫辛一起上楼,今天却说什么也不肯离开夏想,非要让夏想抱着才行。夏想就抱着儿子,和连若菡有一句没一句地说话,沉浸在家庭的甜蜜之中。

连若菡先是说了一会儿吴家的情况,吴才江可能要在近期外放到西北某省担任省长,吴才洋对她仍是耿耿于怀,不肯原谅她,她也不在乎他的态度。老爷子现在倒是对夏想的事情只字不提,好像忘记了一样,每天就是和小连夏亲近个没够,许多事情不闻不问,好像真的退下了一样。

吴才江去的是西北的一个小省,既偏远又贫穷,不过也算是扶正了,有了地方的资历,以后也好再进一步。

随后,又说了说美国公司的事情。

美国的网络公司发展迅速,现在在国内已经初步站稳了脚跟,占了搜索引擎市场百分之三十左右的市场份额,稍逊于百度,不过以目前发展的态势来看,以后前景广阔,不可限量。夏想就搜索引擎的前景和市场定位发表了几点看法,一是要保持客观公正,既不做政府的喉舌,也不能被国外的势力所利用;二是要严格控制对盗版的搜索,并要坚决打击某些为盗版事业推波助澜的无耻企业。

夏想认为,在政治上,对待施长乐可以欲擒故纵,可以先观察观察再做决定。但在商业上,对于某些没有道德底线的公司,不能犹豫,要给予坚决打击!

权力和魅力

夏想怎么说,连若菡怎么听。连若菡最大的优点不是她出色的商业头脑和眼光,而是她对夏想百分之百的信任。她相信,夏想所说的一定就是正确的,只要按照夏想的思路去做,一定就有好处可得。

谈论完了商业上的事情，连若菡忽然想起了一件事情，说道："对了，三叔去担任省长，你知道谁担任省委书记吗？你也认识，是燕省的人。"

夏想脑中灵光一现，脱口而出："马万正！"

"你真聪明，一猜就中。"连若菡夸夏想的时候双眼放光，显然是发自内心的称赞，"要不是无意中听到他们说到燕省的名字，我才懒得记人。"

连若菡向来对政治不甚关心，能记住马万正的名字，也是因为替夏想着想的缘故。

夏想左手抱着小连夏，右手抱住连若菡，心中却闪过一个十分强烈的念头，越发觉得上一次吴老爷子对燕市的动手大有深意。

如今燕省人事变动，夏想立刻想到了其中的关键点——马万正调离燕省，宋朝度正常情况下会递进为常务副省长，而高晋周不出意外就会顺理成章以副省长的身份进入常委会。

至此，吴家在燕省埋藏了两年多之久的棋子终于走到了台前！

但如果只是燕省的动静显然还不足以证明老爷子的政治智慧，难道说，不用多久，燕市也会出现人事变动？夏想甚至猜测，燕市不动则已，一动绝对是常委级别。燕市的十三名常委之中，除了书记和市长不动之外，付先锋应该也暂时位子挺稳，到底会有谁要调离燕市，给别人让位？

想通之后，夏想几乎要拍案而起，为老爷子的手腕叫好。

尽管老爷子的出手是借打压他的机会，但夏想还是忍不住为老爷子的老谋深算而暗暗佩服。

"吴家是不是要向燕市安插人了？"夏想也知道连若菡不一定关心这些事情，但还是按捺不住好奇心，开口问了一句。

"还真不知道，我也没有听爷爷说起过。"连若菡摇头，向窗外张望一下，见天色已晚，又说，"你快点回家去，鲲丫头现在虽然有不少人照顾，但她最渴望的还是有你在她身边。"

连若菡的话自然是有感而发，因为她有亲身经历。

夏想也知道此时在连若菡处留夜说不过去，就起身告辞。低头一看怀中的小连夏，原来不知什么时候他已经甜甜地睡去。

第二天是周日，但区政府临时有事，夏想上午就去上班，处理了一下财政局门前的突发事件。

事情是由财政局门前的破烂路引起的纠纷。

财政局门前的望江路年久失修,大雨过后,大坑小坑不断,不少路过的工程车一压,路面更是惨不忍睹。修路是市政方面的问题,施长乐找夏想未果之后,又去找市政管理处,结果对方声称没有区政府的批示,他们暂时抽不出力量维修。施长乐一怒之下,就一狠心发动财政局的职工全体出动,想自己平整路面,同时设立了警示牌,严禁工程车通行。

工程车最毁路面,财政局的做法也无可厚非,是无奈之举。本来路面就接近毁掉的边缘,工程车一过,又撒落不少灰渣和石子,更让路面难以下脚。施长乐以为夏想不出面协调市政方面维修路面,是故意给他难堪,他就自力更生,出动财政局的人马,在修路的同时,还派人维持秩序,让所有的工程车绕行。

工程车当然不干,绕行不但费时间,还费油,成本就会大大增加。结果就和财政局的人员争吵起来,最后互不退让,投资商一怒之下,叫来十几辆工程车把财政局门口堵了个水泄不通。

见事情闹大,施长乐才慌了,忙打电话向白战墨求救。不料白战墨有事回京了,不在燕市,无奈之下,他又向区公安局求援。黄建军接到报案之后,没有立刻出动,因为他知道开发商顶多是闹事,不敢惹事,不过是堵门吓唬人而已,他要等夏想的指示再出动。

夏想接到黄建军的电话之后,微一深思,就即刻来到区政府,打了几个电话之后,得知工程车是天安房产的车队,心中就有了主意。

到了现场,施长乐巴巴地前来向夏想诉苦,又摆了一大堆困难,再次提出请求区政府出面协调修路事宜,财政局愿意自己出资,只需要市政方面出人出力就可以了。夏想对施长乐的提议不置可否,而是直接一个电话将天安房产的工程负责人叫到现场,让天安房产三天之内负责修好损坏的路面。

天安房产的负责人知道夏想是谁,更知道夏想和孙现伟之间的关系。如果夏想仅仅是区长,负责人口头答应之后,转身肯定会把他的话抛到九霄云外,才不会主动修路补路。区长也不是说什么是什么,区长如果没有威望,说出去的话,下面不少人也是阳奉阴违。

难道身为区长会对自己下过的每一个命令都一个个到现场落实?累也能累死他。

但夏想不是别人,夏想和孙现伟之间有关系,现场负责人虽然不清楚有多密切,但知道夏想随意一句话就可以让孙现伟立刻照办。他二话没说,连请示孙现伟的过程也免了,就直接吩咐下去,所有的工程车立刻撤离现场,并且派一队人过来修路,立刻现场施工。

夏想的话如此管用,别说黄建军目瞪口呆,就连施长乐也是暗暗咂舌。黄建军一直在公安系统多年,知道突发事情和群体事件不好处理,尤其是工人闹事,打不得骂不得,劝又不听,有时别说区长出面,就是书记出面也未必管用。夏想一到现场,只和负责人说了几句话,不但解除了危机,开发商还主动承担责任,要修路补路不说,还立刻现场施工。他当了五六年警察,还从来没有见过这么好说话的工程队。

施长乐也是瞪大了眼睛,不敢相信眼前发生的一切。他心里清楚,夏想靠的不是行政命令,行政命令对区里的党员干部有效,对工人们没用——夏想靠的是威望!

夏想刚刚担任了区长,还没有做出多大的实事,哪里有什么威望可谈?

不料施长乐心中的疑惑未去,又发生了让人瞠目结舌的一幕。

夏想见事情处理完毕,也相信负责人肯定不会敷衍了事,就想回去,不料刚一转身,却听到工人之中有人不敢相信地喊了一声:"夏……夏县长?"

夏想听到声音有点熟悉,但一时想不起来是谁,回头一看,只见一个似曾相识的工人站在人群之中,一脸惊喜,却又迟疑着不敢迈出脚步,双眼之中流露出亲切和渴望,眼巴巴地看着他。

是老钱?夏想的大脑飞速运转,立刻想起眼前的人正是他在安县修建山水路时认识的工人老钱,当时他为了救老钱一命,还险些被洪水冲走。

老钱不是一直跟着熊海洋的工程队,怎么干起了孙现伟的工程?夏想只一愣神,来不及细想其中的缘故,忙大步向前,一把握住老钱的手,激动地说道:"老钱,怎么是你?好几年不见,你现在怎么样?过得好不好?"

老钱本来不敢认夏想,一转眼分别快两年了,一直没有再见夏县长一面,老钱心中牵挂得很。夏县长对他的救命之恩,以及夏县长为安县所做的一切,他始终记在心上,每一次想起,心中都好像着火一样,暖人胸膛。

今天意外见到众人都围着的一个大官好像是夏县长,他一开始不敢认,后来越看越像,实在忍不住才小声地喊了一句,没想到夏县长不但记得他的名字,还主动向前握住他的手,根本不在意他的手上全是泥土!

夏县长升官了,成了夏区长,可是不管是夏县长还是夏区长,都是老钱心目中最可亲可敬的夏想!

他永远忘不了夏想救他的时候脱口而出的一句"兄弟们",永远也忘不了

346

夏想对他的救命之恩,永远也忘不了正是因为夏想,昔日的一个由一群农民组成的工程队,也来到市里接上了大工程。

恩人夏县长现在正一脸真诚的笑容,紧紧地握住他的手,一如从前,丝毫没有架子,没有装模作样的腔调,连语气都透露着亲切和热情。

老钱一瞬间眼睛湿润了,声音颤抖地说了一句:"夏县长……"

随同夏想前来的金红心急忙提醒说道:"现在夏区长是下马区的区长。"

夏想摆摆手:"县长或区长不过是一个称呼罢了,我和老钱是患难之交,没那么多讲究。"

老钱再不清楚县长和区长的区别,也知道夏想升了官,又听夏想提到和他是患难之交,想起当年在滔天洪水中的一幕,再也忍不住泪如雨下:"夏县长,我们都想您,一年多来,我无时无刻不记得您的好,您的大恩大德我无以为报……"

说话间,老钱又要跪下磕头。

夏想一把拉住他,嗔怪说道:"老钱,事情都过去那么久了,不用总记在心上。"他不想老钱再提起旧事,就又转移了话题,"熊海洋也在燕市?"

"在,在。"老钱一边擦泪,一边掏出电话,"我这就给他打电话,让他过来见见夏县长。他也一直念叨您,说要当面谢谢您,可惜一直没有机会。"

黄建军和施长乐面面相觑,这又是哪一出?

夏想也没拦着老钱,因为他看出了老钱的喜悦发自肺腑,他也不想让老钱的热情受到冷落,就由他去。

老钱打完电话,一脸兴奋地说道:"熊经理马上到,还有当年在安县的一帮人,都要过来看看您。"

老钱说完,回头对着工人们大声喊道:"兄弟们,你们知道夏区长是谁吗?他就是当年在洪水中救了我一命的夏县长,是我每天都给你们讲一遍的夏县长!"

如果说刚才工人们看夏想的目光是好奇和敬畏,老钱话一说完,就立刻都变成了肃然起敬!刚刚还嬉笑一团的工人们顿时鸦雀无声,刚才还懒懒散散的样子立刻消失不见,所有人都站直了身子,齐刷刷向夏想投来崇敬的目光!

也没有一个人起头,现场几十名工人异口同声地喊了一声:"夏区长好!"

声如雷震,就连黄建军不及防备之下,也吓了一跳,下意识地后退了一步。

施长乐更是吓得差点没转身就跑回财政局大院,等他意识到失态之后,又重新站了回来,脸上隐隐发烧,觉得刚才的举动有点丢人。

几分钟后,十几辆工程车呼啸而至,一百多名工人从车上跳了下来,为首之人正是夏想阔别已久的熊海洋。熊海洋一见夏想,激动得满脸通红,大步流星来到夏想面前,偌大的一条壮汉,有点手足无措地站在离夏想一米远的地方,局促地说道:"夏县长,不,夏区长,我老熊来了。"

夏想主动伸手握住熊海洋的手,感慨地说道:"海洋,一年多没见你们了,你们都还好吗?"

夏想目光之中流露出热切和关怀,目光一一落在熊海洋身后的百十名工人身上,还是那些熟悉的身影,还是一个个壮实的汉子。他的眼睛也微微有些湿润,当年的青葱岁月呀,又怎能忘怀!

熊海洋见夏想真情流露,更是双眼含泪,再也说不出话来。身后的百余名工人也是人人激动万分,但在夏想面前又都努力保持着坚挺的身子,不肯让敬爱的夏县长挑出一点他们的不是。

夏想一一审视曾经和他同甘共苦的工人们,心中也是心潮澎湃。当年的一幕幕涌上心头,不由感慨万分,回头对金红心、黄建军和施长乐说道:"这些工人们,都是我当年在安县修建山水路的时候认识的兄弟们。"

一句"兄弟们",立刻让黄建军对夏想刮目相看。

黄建军是军人出身,对战友之间的情谊深有感受。战友之情就和眼下工人们对夏想的爱戴之意有些相似。他能真切地感受到工人们发自肺腑的对夏想的热爱,让他不由自主想起在部队上战士对首长的热爱!

夏想能赢得工人们真心的尊重,就足以证明他是一个可靠的人,值得信赖。因为工人们的感情最质朴,也最真实,他们分辨一个人好坏的标准很简单,简单到只要你对他真心,他就对你真心。

夏想当年不管做过什么,能对工人们一片真心,换来了工人们一年多仍然念念不忘他们的夏县长,黄建军心中五味杂陈,第一次对夏想产生了敬意!

如果说他以前向夏想表态,表明靠拢的立场是迫于形势,不得不做出的一种妥协,此时此刻他却在心中庆幸选择和夏想站在了一起。因为他现在明白了一个道理,夏想不仅仅是一个官员,是下马区的区长,他还是一个真性情讲义气够朋友的汉子。

黄建军想通之后,再看夏想并不高大的背影,忽然多了一种伟岸的感觉。

施长乐只是一脸惊讶,不明白到底是怎么回事。不过他心中却震撼连连,没想到夏想不但一句话就让工程队奉若神旨，还呼啦啦叫来一队工人，个个都好像仰望太阳一样仰望夏想，让施长乐有一种不真实的晕眩感。

夏想，他怎么有这么惊人的威望？

施长乐为人圆滑，他也知道在官场之上很少有真性情真感动，而且就算是书记和区长，有时说出来的话也未必人人听从。就拿工人们来说，他们有时候倔起来，才不管区委书记或区长，甚至市委书记和市长的话都不听，但他们最听能让他们信服的人的话。

权力有时大不过人格的魅力。

夏想一露面就镇住了场，说明了一点，夏想是他们最信任并且最敬佩的人！

施长乐越来越觉得看不透夏想了，眼睛转了几转，心思也不由多想了不少。同时在他的内心深处，对紧跟白战墨的决定也开始动摇了。夏区长能够对工人们有深情厚谊，对紧跟他的步伐的人，应该也会一直善待……他不停地打量夏想，心思越来越重。

11 大变动小意外

成达才也一直关注着这两百亿投资，他也清楚达才集团在燕省是领军人物，但在南方发达省份，还算不上什么气候。两百亿投资虽然在达才集团的眼中也不算多么巨额的资金，但能够一举拿出两百亿来赌下马区的明天，也算有魄力有眼光的投资商。

风声

通过交谈得知，熊海洋经过一段时间的发展，安县的市场已经不能再满足他了，他就来到了燕市，准备承包更大的工程。正好和天安房产开发房地产的负责人认识，就和他一拍即合，承接了天安房产的土建和小区内道路修建工程，不承想，正好在此遇到了夏想。

熊海洋喜出望外。

又听到夏想需要人员修补财政局门口的一段坑洼路，熊海洋拍了胸脯："夏区长尽管放心，保证完成任务。有修建山水路的经验，百十米的路段，又只是简单地修补一下，一天一夜完成任务。"他回头冲工人们大喊一声："兄弟们，夏区长交代下来的任务，能不能完成？"

"能！"一百多人齐声呐喊，极具震撼效果，声音惊天动地。

"能不能给夏区长丢人？"

"不能！"

熊海洋当场拍板："干！现在开始干活，明天这个时候完工，请夏区长检阅！"

一声令下，一百多人立刻浩浩荡荡地发动，各司其职，各干一摊儿，个个精神抖擞，不需要任何人指挥，整齐划一，场面之壮观，行动之震撼，犹如军人一样给人强有力的视觉冲击！

施长乐终于被折服了，他知道，既不是夏想的区长身份带来的威力，也不是夏想对他们许下了什么承诺，而是夏想的人格魅力征服了工人们，才让他们不讲条件不摆困难，二话不说，埋头苦干。

施长乐以前也不是没有过激情燃烧的岁月，只不过在官场混迹多年，激情早就被磨灭了，今天他也被夏想感动了，呆呆在站在一边，半天说不出一句话来。

金红心更是呆立在一旁，惊讶得目瞪口呆。他还从来没有见过如今天一样的场面，也从来没有见过一个领导干部能让工人们如此真心真意地信服！他的脑海之中只有一个念头在不停地回旋，跟了夏区长，绝不后悔！

夏想见事情圆满解决，心中微微感慨当年在安县救人一次，直到现在还有人情可用，真是让人感叹。他见施长乐愣在当场，不由好气又好笑，笑骂了一句："长乐同志，别傻愣着了，快去准备一下茶水，你难道让工人们白干活？"

施长乐惊醒过来，急忙吩咐下去："快去准备茶水和饭菜，直接让食堂的师傅做饭，标准都按主任级别，要快，要及时。"

夏想见施长乐还算识趣，就笑着点点头："好，算你有眼力。剩下的事情就交给你了，能够顺利完成任务吧？"

施长乐见夏想谈笑间解决了一大难题，而且工人们提也没提费用问题，便对夏想产生了敬佩之意，连忙应下："没问题，保证完成任务。如果再有差错，请夏区长拿我是问。"

如果连这点小事都办不好，夏想还真就将施长乐看扁了。他又交代了熊海洋几句，就和黄建军一起离开了现场。

夏想并不清楚的是，此次事件的处理，让黄建军更加坚定地和他站在了一起，也对施长乐产生了深远的影响……

回到家里时，家中已经人满为患。除了严小时、古玉之外，还有宋一凡和宋朝度，以及李丁山夫妇、高海夫妇。

夏东还未出满月，按说不该邀请亲朋好友上门，不过宋朝度、李丁山和高海以夏想的长辈自居，也就不再拘束俗礼，一起相约前来，以看望曹殊黯的名义，也算几家一起走动走动。

高海是第一次来夏想家中，心中不免有些激动。尽管他已经是市委常委、副市长，是夏想的领导，但他还是对能够以私人身份和夏想走近深感荣幸。别人也许不理解为什么一个正厅级领导会对一个副厅级下属如此看重，高海却清楚,他能有今天,也有夏想多次从中周旋的功劳。

他对夏想有一种发自内心的亲切。

夏想是第一次见到高海的妻子李珍,和高海认识多年,一直没有和高海的家人认识,今天见高海领了家人前来,也明白他的意思,就很热情地和李珍打招呼。

李珍早就不知听高海说了多少遍夏想的名字,见夏想比她想象中还要年轻,还要英俊,就笑着对高海几人说道:"你和丁山,包括宋省长在内,年轻的时候都不如夏想一表人才。"

夏想谦虚地笑了:"男人不能看帅,要看有没有才。"

几人都笑,宋一凡不知从哪里冒了出来,挽住夏想的胳膊说道:"错,男人不但要帅,而且更要有才。又帅又有才,才是真男人。"

宋一凡现在长成大姑娘了,亭亭玉立,就是稍微有点瘦,身材苗条而起伏。她站在夏想身边,已经和夏想的耳朵齐高,穿一身洁白的连衣裙,如同一个翩翩仙女一样,令人耳目一新。

夏想轻笑:"别总什么都要最好的,最好的不一定适合你,最适合你的虽然不一定是最好的,但却是你最需要的。"

宋一凡歪着头想了想:"虽然说得有点道理,不过我还是想要最好的一个,既要帅,又要有才,再有钱就更好了。"

宋朝度就笑夏想:"幸好你生了一个儿子,以后不用操心许多女儿方面的问题了。"

李丁山插话说道:"这话就说得有点不公平了,难道儿子就不用操心了?"

高海也有一个儿子,也接话说道:"就是,就是,其实儿子一点也不比女儿少操心。"

史洁突然冒出一句:"你们不要争论了,没有可比性。只有一个儿女双全的人,才有发言权。"

夏想真想说其实他岳母就是儿女双全,不料宋一凡却嘻嘻一笑说道:"我看夏哥哥是一个命好的人,他以后肯定也会儿女双全。"

夏想差点出一头冷汗,宋一凡太古怪精灵了,一语中的,真实的情况是,他现在已经儿女双全了!

还好,宋一凡不过是随口一说,之后又说起了别的话题,比如为什么曹殊黛不生一对龙凤胎,一下就有儿有女了,多好。又说其实她也喜欢儿子,因为儿子跟妈妈亲,等等。说话的口气和大人一样,而且一说起来就没完没了,眉飞色舞，别人都插不上嘴。

宋朝度尽管是堂堂的省委常委、副省长，在别人面前威严有度，但对自己的女儿一点办法也没有，宋一凡根本不听他的话。最后实在没有办法，还是夏想开口说道："一凡，你说了半天话也累了，去和古玉聊聊天好了。"

宋一凡十分不满地噘起了嘴："我知道你的意思，你们想说正事，嫌我碍事了，是不是？"她不满地白了宋朝度一眼："爸，你也不批评一下夏哥哥，他要赶我走，你就由着他？我是你的宝贝女儿，你不向着我？再说今天是看望夏东来了，不是让你们密谋来了。"

宋朝度沉了脸："不许胡闹，大人有正事，小孩子不许添乱。"

省长的权威也管不了宋一凡，她不快地瞪了宋朝度一眼，反而更赖着不走了，就坐在夏想身边也不动。夏想无奈，笑了一笑，小声在宋一凡耳边说了几句，宋一凡立刻眉开眼笑，连连点头，转身就飞也似的跑了。

李丁山好奇道："小夏对付小女孩真有一套，说了什么让小凡又高兴了？"

夏想嘿嘿一笑："也没什么，我就是告诉她，让她好好看看我儿子长得帅不帅，是像我多一些，还是像殊黧多一些，她有了兴趣，就走了。"

宋朝度哈哈一笑："了不得，了不得，小夏没有女儿就有对付女孩子的手腕，我当一凡的爸爸十几年了，居然还没有你了解她，真是奇了怪了。"

夏想忙谦虚地摆摆手："哪里，哪里，我只是知道小女孩都有共性，哄她们高兴比让她们生气要容易。只要让她们高兴了，她们就听话了。"

不料李珍听了夏想的话，给夏想开了一句玩笑："小夏很懂女人心，肯定有不少女孩子喜欢你，是不是？"

不说还好，李珍一说，李丁山和高海的目光都下意识地看向了里屋，里屋有严小时和古玉。

夏想不免有点窘迫，忙道："严小时是我的商业伙伴，古玉是同事，一直和我关系纯洁如蓝天白云……"

几人见夏想尴尬的样子，不由一起哈哈大笑。毕竟在他们眼中，夏想再是区长也好，哪怕升到正厅，也是他们的晚辈。

李珍去和王于芬、张兰说话去了，夏想就和宋朝度、李丁山以及高海到了楼上。曹永国也回来了一趟，只待了半天又返回了宝市，毕竟身为市委书记事情太多了，再说家中人手又多，他一点忙也帮不上，留下也是没用。

楼上没人，十分适合谈话。夏想陪几人来到朝南的阳台上，阳光大好，洒落一地耀眼的光芒。几人也都心情不错，围着茶几坐好，高海亲自动手泡茶。

夏想想自己动手，高海说什么也不让，抢过茶壶说道："现在大家坐在一起，不分级别高低，只分长幼。虽然我是你的叔叔，不过因为你泡茶的水平不如我，就得由我来泡，否则你泡的茶不好喝，就是你的过错了。"

夏想只好放手，他也知道高海在他面前一直姿态不高，不摆市长的架子，甚至连长辈的身份也不拿，有时就平等地和他对话。他也理解高海的心思，就不再勉强。

高海动作娴熟地泡好了茶，一人倒了一杯，说道："我一直觉得泡茶能够修身养性，平常在家的时候，就泡茶取乐。泡上一杯浓茶，看一会儿新闻，再看一份报纸，晒晒太阳，也是人生之中难得的休闲时光。"

为官之人，不但公务繁忙，还时刻处在高度紧张之中，既要想着如何升官发财，又要担心对手的排挤或是政敌的陷害，还要时刻想着如何钻营，如何提升政绩，等等。官场中人几乎难得一刻的清闲。

除非退居到了二线。

高海正当年，现在又进了常委会，可以说正是大有可为的时机，难得还有一份泡茶的闲心，也让夏想微微感叹，正是应了一句老话——偷得浮生半日闲。

身在官场，最难得的就是保持一颗平常心。但说来容易做来难，面对自身利益之时，谁能做到不动如松？高海能有一份忙里偷闲的闲情雅致，也是好事，至少可以让他身心放松。

几人喝了一会儿茶，夏想想起了连若菡透露的消息，就有意提醒宋朝度一下："宋省长，有没有听到风声说马省长要调走？"

宋朝度一愣，一脸疑惑地看着夏想："没有，一点也没有听到传闻，你从哪里听来的？"

话一出口，宋朝度又摇头一笑，想起了什么，又说："既然你听到了，应该就是真的了。好一个马万正，隐藏得还挺深，居然一点风声也没有传出来……是省长还是书记？"

宋朝度自然知道以马万正现在的级别，向上一小步是省长，一大步是书记，最低也会是省长。

"西北某省的书记。"在座的都不是外人，夏想就说了出来，"虽然只是风声，不过可能性很大。宋省长还是要早做好准备，机会难得。"

李丁山和高海都面露喜色，一脸期待地看向了宋朝度。

宋朝度心中也是微微激动，常务副省长，相当于省长接班人的角色，位高权重，而且在常委中排名中还能再靠前几名。最主要的一点是，只要他坐上了常务副省长的位子，几乎可以肯定，干上一届之后，就能顺序递进成为省长！

从而完成政治生命中一次质的飞跃。

宋朝度难掩一脸激动的神情，马万正的调走，不但为他腾开了位子，还让他减少了一个强有力的竞争对手，几乎是一次难得的机遇。

关键是，夏想的提醒非常及时，早早下手运作比听到消息之后再出手，肯定要好许多，至少要比别人快上一步。抢先一步就是先机，就有可能是决定胜负的关键因素。

宋朝度拍了拍夏想的肩膀，真诚地说道："这个消息非常及时，也非常重要，谢谢你小夏。"

夏想摇头笑了笑："您客气了，不管从哪个角度出发，我都希望是宋省长接任常务副省长，而不是别人。"

夏想的一句话正落到关键点上，因为宋朝度也担心省委常委中其他人也会运作常务副省长的位置，甚至还有可能——空降。

竞争省长宝座最大的竞争对手崔向应该没有担任常务副省长的可能，他在常委会中的排名本来就比马万正高，不可能高职低就，谋取常务副省长的职务。尽管说来也不是没有先例，但在燕省这个政治保守的省份，可能性不大。

综观国内各省大员的履历，由副书记升任省长的例子确实不多。一般来说省委专职副书记是主要负责党务工作的，工作的侧重点在党的方面，常务副省长主要侧重在行政方面。不同时期不同省份的环境不一样，另外不同的人也不一样，不能一概而论。但总体之下相比而言，现阶段省委常委、常务副省长的前途要好一些。

只要崔向想在以后问鼎省长的宝座，想出曲线救国的策略，先担任一段时间的常务副省长，然后再顺利接任省长，也不是天方夜谭。

宋朝度突然之间面临着不敢相信的好事降临，难免会有患得患失的心理。

夏想一句话让他的心情更加紧张起来："我怀疑，常务副省长的位置会有一番激烈的争斗，有可能会空降，宋省长还是要早早下手为好。"

"怎么说？"宋朝度情急之中，来不及深思其中的内情。

不可蛮干

"放到平常,马省长的调离肯定早早就有风声传出了,但现在一直没有动静,我估计叶书记和范省长可能也不知情,就已经说明了问题——京城有人不想让燕省知道,就是想打燕省一个措手不及,然后好从容安排人空降过来。"夏想出于替宋朝度着想的考虑,详细地分析了一下局势。

夏想一说,宋朝度立刻明白了什么,再也坐不住了,起身就走:"失陪了,丁山,高海,你们先聊,我回家去打电话……"

宋朝度急急离开,连宋一凡也扔下不管。

宋朝度的失态几人都可以理解,普通副省长和常务副省长虽然平级,但权力结构和序列相差不少,有时甚至有道鸿沟无法跨越。如果宋朝度能抓住此次机遇,一举拿下常务副省长的位子,基本上就相当于半步迈入了省部级的门槛,担任一省之长指日可待。

关键之中的关键一步,怎能不万分重视?况且夏想说得确实在理,秘而不宣的最大原因很有可能是京城想空降一人到燕省担任常务副省长。宋朝度决定争一争,不能让燕省成为许多人的跳板了,他在燕省多年,也想借燕省的便利条件完成政治资本上的积累。此次机会如果被人抢走,下一次的机遇就不知要到何年何月了。

他不心情迫切才怪。

宋朝度走后,李丁山笑着摇摇头:"很少见到朝度慌里慌张的时候,今天见他的样子,又想起了以前在一起时的年轻岁月,难得。人呀,不管走到哪一步都有坎儿要过……"

夏想等李丁山的感慨完毕,才又说了一句:"省里的局势恐怕只是一方面,我担心市里也有可能会出现人事变动。"

李丁山和高海一起惊讶地问道:"又有什么风声?"

夏想无奈地一笑:"风声还没有,只是一种感觉。"他不能说出吴老爷子的手笔之中有什么不为人知的隐情,只能含糊地回答李丁山和高海。

李丁山和高海对视一眼,想了一想还是不得要领。高海将市委常委中一干人一一过了一遍,觉得每一个人都还不到点,动的话,升一步资历还浅,除非是平调。如果是明升暗降的话,恐怕当事人也会有意见。

既然想不出来,几人就岔开话题,说起了下马区的局势。

李丁山心中微微遗憾的是，史老的人情用尽了，否则史老插手的话，不管是燕省还是燕市，都可以将事情控制在可以接受的范围之内。只是如今史老因为破格提拔他的事情，动用了全部的人情，现在已经再难向人开口了。

对于下马区的局势，李丁山的看法是，稳中求进，不以政治斗争为主，以经济建设为第一要旨。如果白战墨故意刁难，市里有陈书记、他和高海照应，不会掀起什么风浪，而且李丁山也相信，白战墨的政治智慧比不过夏想。

高海却劝夏想凡事以大局为重，不可弄险，更不可蛮干，毕竟要维护下马区安定团结的政治局面。万一有一二把手不和的风声传出，不利于夏想以后的政治前途，也会让个别领导对他产生不好的看法。

高海自身的经历是稳中求进，夏想和他的性格大不相同，也理解高海的规劝是发自好心，就姑且听之。

中午，夏想请李丁山和高海吃饭，另一群女士们则由蓝袜招呼——蓝袜现在差不多顶半个主人了，事事想得周到，让王于芬都无事可做，感叹说她又多了一个女儿。

下午众人散尽之后，宋一凡才发现爸爸已经回家了，扔下了她一人。正好明天也不上课，她就索性赖下不走，非要住在曹家。不提宋一凡是省长女儿的身份，只因她漂亮如一个小仙女，说话如一只小黄鹂，王于芬和张兰也都十分喜欢她，没有人拒绝她撒娇式的要求。

楼下三个卧室，曹殊黧在主卧室，由张兰和王于芬轮流陪夜，一个房间留给了蓝袜，还有一个房间被当成备用卧室，张兰和王于芬不陪夜的时候就睡下。夏想自从曹殊黧生了孩子之后，就被无情地剥夺了和曹殊黧同床共枕的权力，直接被赶到了楼上。也是，他一个大男人在张兰和王于芬眼中笨手笨脚的，别说帮忙了，都怕他弄疼了孩子。

结果孩子出世好几天了，夏想只抱了一次，才几秒钟就被别人抢走，再也不肯交给他。因为他一抱，孩子就哭得响亮。

夏想觉得他这个爸爸当得有点郁闷。

宋一凡留了下来，就只得和他一起住在楼上了。楼上也有三个卧室，不过其中一个当了绘图室，只能算是两个了。其中一个夏想以前常住，就将另一个让给了宋一凡。

蓝袜倒也细心，不知道从哪里翻出来一件睡衣给宋一凡，还强调说道："全新的，没穿过。方格给我买的，我觉得不适合我，就送你好了。"

宋一凡十分高兴地打开包装，还没有来得及说一声谢谢，蓝袜就急匆匆下楼而去。夏想纳闷儿蓝袜的表现有点异常，随即一看睡衣就哑然失笑，原来睡衣近乎透明，薄如纱，轻如丝。

原来方格还喜欢这个调调？估计他的阴谋没有得逞，蓝袜没有穿上给他欣赏，方格肯定是要失望了。不过转念一想宋一凡才多大，要是穿上这样的睡衣，岂不走光？就忙说："太透了，也不适合你，回头还给蓝袜好了。"

不料小女孩正处在逆反的年龄，夏想一说，她却偏要穿上："怕什么？有什么？出去游泳的时候，还穿三点式，那么多人看都不怕。现在只有你一人，我穿了睡衣，还怕有人吃了我？我偏要穿。"

得，当他没说好了，夏想摆摆手："去穿吧，穿了好睡觉，晚安。"

宋一凡古怪地一笑，转身出去。夏想以为她睡觉去了，就关门上床，准备看一会儿书再睡。一天下来也挺累，毕竟儿子出世，对任何人来说都是大事，不亚于一次重大的升职。

刚看了几眼书，就眼皮打架，不一会儿头一歪竟然睡着了。夏想刚睡着，门就轻轻地被人推开，一身轻纱睡衣的宋一凡推门进来，本来一脸促狭笑容的她一见夏想竟然已经睡着，不由一脸失望，气呼呼来到夏想面前，举手就想弹夏想一个脑瓜崩。

想了一想，又收回了手，看了夏想几眼，自言自语地说道："没想到当爸爸也挺累，怪事，他又没有生孩子受罪，有什么好累的？"

见夏想的床头柜上的灯还开着，上面放着一本书，书很厚，封面上是一个古装少年腾空飞起的形象，宋一凡随手翻了几眼，惊讶地叫了一声："呀，没想到他还看这种书，不是说当官的人都头脑僵化，怎么他也看这些有趣的仙侠故事，怪事了！"

宋一凡不看还好，一看就入了迷，竟然坐在床前的椅子上，入神地看了起来。看了也不知多久，终于支撑不住，头一歪就睡了过去。

半夜里，夏想迷糊中醒来，觉得有点不对劲，好像有人抱着他的胳膊。印象中，自从黛丫头怀孕之后，他就很难再享受被人抱着胳膊睡觉的幸福了。不过胳膊上传来的感觉不对，黛丫头的小手柔软滑腻，而现在抱着他胳膊的手虽然也滑腻，但比黛丫头的手稍微大了一点，而且更有弹性和活力。

夏想一下就惊醒过来，睁眼一看，只见宋一凡一只手抓着一本书，一只手紧紧抓住他的胳膊，屁股坐在椅子上，上身却趴在床边，以一种十分怪异的姿势睡着了，而且还睡得十分香甜，小嘴不时动几动，就差再流一点口水了。

夏想忙伸手一推宋一凡,轻声说道:"一凡,快醒醒,你怎么睡在我床前了?别着凉了。"

宋一凡迷迷糊糊醒来,一见夏想,反而惊叫一声:"你怎么会在我的房间?啊,还睡在我的床上,你……"她低头一看睡衣连大腿都没有盖住,急忙站了起来,拉了拉睡衣,试图掩盖一下光洁的大腿,又气呼呼地说道:"夏哥哥,你太过分了,趁我睡着了欺负我,我告诉爸爸去……"

夏想哭笑不得,忙说:"你自己好好看看,谁在谁的房间里?"

宋一凡回头看了两眼,才完全清醒过来,脸上飞红,不好意思地吐了吐舌头,又想了一想,脸更红了:"那你有没有在我睡着的时候乱看,甚至是动手动脚?"

"拜托,我是你的大哥哥,没那么坏。"夏想无奈地笑了一笑,解释说道,"我也刚刚睡醒,没乱看,更没有乱动。"

宋一凡才放心地拍了拍胸口,说道:"吓死我了,怎么就睡着了?还好夏哥哥是正人君子,万一遇到一个色狼岂不是吃了大亏?"

夏想急忙就事论事,告诉宋一凡女孩子要洁身自爱,要学会保护自己,不要被别有用心的人占了便宜,如是等等,听得宋一凡连连点头。点完头之后,她又哈欠连天地说道:"夏哥哥要是有一个女儿,肯定可以把她教育得十分听话。"

一句话就让夏想想起了梅晓琳和女儿梅亭,就想以后一定要提醒梅晓琳好好教育女儿,要做一个矜持自爱的女孩儿,别让坏男孩儿骗了才好。

不过对于小连夏和夏东来说,他们有一个帅爸爸,又各有一个漂亮的妈妈,长大后肯定是帅哥了。万一他们非常受女孩子的欢迎,万一女孩子都围着他们转,夏想也不好意思让儿子们拒绝她们的热情不是?

夏想暗笑,果然站在女儿和儿子的立场上看待问题,就有不同的结论。

宋一凡轻手轻脚地回她的房间,走到门口还不忘冲夏想做了个鬼脸,小声说道:"嘘,保守秘密,不许乱说。"

别说乱说了,夏想才不敢对外透露半分,谁知道了都不是好事。

还好后半夜一夜无话,平安到了天亮。

宋一凡又在曹家待了半天才回去,算是玩了个痛快。

因为夏东还没有出满月,夏想没有通知孙现伟、赵红江等人,不过他们显然已经从别的渠道得知了消息,纷纷打来电话祝贺。最有意思的是冯旭光,直接让超市的送货人员送了一套儿童床、一套玩具、一套婴儿用品,还有一箱奶粉。

王于芬开门时见到送货人员,惊讶地说家里没买东西。送货人员却只是恭敬地请她签收,签收之后,二话不说送了一地东西,然后转身离去。夏想当时就猜到了是冯旭光的手笔,还没有来得及打电话感谢他,他的电话就打来了。

"老弟,恭喜,恭喜,终于在人生的道路上迈出了可喜的一步,当上了父亲,不但证明了你的能力,也给自己增加了责任。"冯旭光也有一个儿子,他对当父亲的不易可是深有体会,"一点小礼物,不成敬意,就当是给小侄子的见面礼。真正的大礼,等他满月的时候,让你嫂子置办,我是懒得操心了。"

说笑几句,冯旭光又说:"下马区缺少一个超市,老弟说说看,佳家超市要不要开一家分店?"

下马区现在人气不算太旺,开超市可以聚拢人气,但不一定赚钱,所以他一直没有对冯旭光提起此事。现在冯旭光主动提出,他就说出了心中的担忧:"超市好开,你看上哪一块地皮,我就可以做主批给你。但下马区现在人气还没有上来,一年之内估计难以赢利。"

夏想是保守估计,其实照他的设想,应该在半年的赔本经营之后,就能转入赢利的轨道。下马区现在人气虽然不旺,但随着下马河的通水,将会迎来新的投资高潮,同时,也会涌进大量的工人和技术人员。再随着下一步房地产的兴起,以及各项基础设施的完善,下马区在半年之后增加十余万人不算什么。

他之所以提一个一年期设想,也是留点后路,不想将话说得太死。

冯旭光几乎没有丝毫停顿,语气之中还有一丝埋怨的味道:"把老哥当成外人了? 只要能为下马区作一点贡献,为老弟的政绩出一份力,两年不赚钱也没什么,老哥要是有一点不耐烦,你就尽管骂我。"

夏想心里热乎乎的,实际上两年来他和孙现伟、赵红江等人走得挺近,和冯旭光的来往却不如以前密切了。主要是冯旭光的超市一直向外地扩展,他经常在外地出差,和他见面不多,夏想不好意思向冯旭光开口。

听了冯旭光的话,夏想呵呵一笑,知道了冯旭光的心意,就说:"行,没问题,上班后等你有时间了,先看好地点,然后直接到区委找我。"

下午的时候,夏想又接到了陈风的祝贺电话。陈风先是恭喜夏想喜得贵子,然后又说:"正好成总下午要和我见面,你有时间的话,就过来聊聊。"

夏想正想找机会和成达才面谈,听陈风一说,当即表示立刻过去。

王于芬也看出夏想事务繁忙,她身为书记夫人,见多了曹永国没完没了地

360

忙公事,多少也能体谅到夏想的难处,就说:"家里有我和亲家照顾,也没你可做的事情,去忙你的好了。"

蓝袜也说:"还是男人好,生孩子时省事,生完孩子后也没事,真是不公平。不过看你一心为公的份儿上,我就替你多照顾照顾黧丫头好了。"

曹殊黧恢复得挺快,精神状态也不错,虽然稍微胖了一点,但美丽不减,也笑着对夏想说道:"你在家里我还觉得心烦,笨手笨脚的,光碍事,等儿子会叫爸爸了,估计你才能帮上忙。"

夏想就不好意思地嘿嘿一笑。

谈笑间,江山在手

和陈风、成达才见面的地点约在了一处茶馆,茶馆的名字起得很别致,叫红袖添香。

红袖添香位于最繁华的华中街上,却是由一道窄不过几米的小巷进去。小巷古老而宁静,仿佛是由繁华的现代一步迈入了古代,听到脚下青石板的声音,让人的心情莫名地轻松起来。

红袖清香的装修就如一座古老的宅院,既不古典也不现代,有一种与周围环境格格不入的古老和沧桑。

茶馆的老板是一位三十多岁的女子,名叫楚彤,极具知性美,不是极为精致的美女,但绝对是耐看并且经得起岁月沉淀的美女。一身别具风格的长裙衬托得她长身而立,披肩长发让她淡然出尘。

就连夏想见识美女无数,见到楚彤时,也是心中暗暗叫好。楚彤之美,沉静而孤寂,落寞而独立,就如一株空谷幽兰,颇有一种孤芳自赏的味道。

成达才邀请夏想和陈风到了二楼向阳的房间,落座之后,才向二人介绍楚彤。

成达才向陈风和夏想介绍楚彤时,特意强调了一句:"楚彤最适合做红颜知己——我所说的红颜,是指真正的心灵上的朋友,触手可及,却又始终保持距离。"

陈风呵呵一笑,没有说话,夏想就说:"成总的境界,一般人达不到。人与人之间最近的距离是身体,最远的距离才是心灵。心灵上的朋友,才是遥不可及的一个梦。"

成达才一愣,不解其意:"怎么说?"

陈风也是不解,因为夏想的话似乎有歧义,他眼中的夏想不是一个见了女人就走不动的人,怎么今天的话似乎有点挑逗楚彤的意味。

连楚彤也是微皱秀眉,对夏想投去了轻视的一瞥。

夏想观察到几人的反应,知道他们都误解了自己,就借和楚彤握手之时,笑道:"两个陌生人可以一见面就握手,身体就是零距离接触了。手可以相握,但两个人之间的心灵,有可能是两条平行线,永远没有相交的可能。"

楚彤微微张开了嘴巴,愣了片刻,才又会心地笑了:"夏区长果然妙语如珠,一句话让人茅塞顿开,真是一个妙人。"

成达才和楚彤之间的关系似乎有点复杂,给人既亲近又疏远的感觉。成达才听了楚彤对夏想的夸奖,眼光复杂地看了夏想一眼,笑道:"年轻人之间,果然有共同语言。"

夏想猜想估计成达才和楚彤之间就是所谓的心灵上的朋友,又说道:"年龄不是问题的关键,共同语言也不是关键,有时候无话可说,两个人之间也能达到默契。"

成达才就十分好奇了:"那我倒想听你说说,关键在哪里?"

"关键就在于有时候人与人之间就是莫名其妙地有好感或是厌烦,说白了,感觉对路了就一切好说,感觉不对路,话再多,共同点再多,也许心灵上却始终无法接近。"夏想的解答有点近乎耍赖了,将一切全部推到了感觉身上。

不料他的回答同时赢得了成达才和楚彤的认同,两人一齐点头,异口同声地说道:"说得对!"

陈风哈哈一笑:"小夏别看年轻,有时候对人生的感悟却很深刻,我是深有体会。"

不一会儿,楚彤告辞而去,成达才也不隐瞒,望着她的背影说道:"我和楚彤认识快十年了。认识她时,她刚刚大学毕业,当时她跟了我,当了我的红颜知己——另一种意义上的红颜知己。几年后,不知出于什么原因,她和我之间慢慢疏远了。又过了几年,我们重新走到了一起,却没有两性关系,只有一种淡淡的回味和感觉,在一起就是说说话,谈谈人生,成了无话不说的好朋友。身体上的距离远了,心灵上的距离反而近了……人生,有时确实有许多让人说不清道不明的事情。"

夏想一直以为成达才作为商业奇才,会有超凡脱俗的一面,今天听他说出了心事和秘密,知道再伟大的传奇人物,也有柔软的地方。以成达才的地位和魅力,身边有女人环绕是正常,没有才不正常。不过听他的口气,好像他现在已经走过了男女关系的初级阶段,已经沉淀了激情。

几人又说了一会儿闲话,才言归正传,说起了今天见面的主题。

夏想想和成达才讨论两百亿游资的问题,陈风也不是外人,不用隐瞒。陈风约成达才见面也不是只为喝茶,是要谈论达才集团在下马区产业地产的大方向和具体思路。

产业地产虽然落实在下马区,但最终面对的是全市乃至全省的市场,许多环节还需要市里配合才行。成达才的思路是,除了房地产之外,达才集团还要在下马区兴建一座服装产业园和一座大型的小商品批发市场。

燕市的服装批发在国内算不上特别出名,但小商品批发却名气不小,曾经名列全国十大批发市场之一。

不过服装批发却慢慢没落了,在曾经兴盛一时的青年街服装批发市场倒闭之后,其他几家服装批发市场也受到了不小的负面影响,交易额大降,远不能和当年相比。

没落的原因虽然有很多,但其中最重要的一条就是没有形成规模优势。一是太分散,商户的对外竞争意识不强。二是政策不到位,没有优先整合资源,导致几个分散的市场互相制约,又互相挤压,结果随着外省服装批发市场的兴起,渐渐败落了下来。

最让夏想痛心的是五金配件批发市场的衰败,并非是经营方面的原因,而是市政府缺少远见,在改造街道的过程中,没有提前做好规划,渐渐阻碍了原有五金配件市场的交通,导致进货和出货都受到了影响。

成达才确实有过人的商业头脑,能够看出规模化的优势,他提出的服装产业园和小商品批发市场,可以说是他产业地产概念的具体实施。毫不夸张地说,可以为下马区乃至燕市带来深远的良性影响。

甚至可以说,成达才此举有可能挽救燕市许多中小批发商,让燕市的批发市场继续保持领先的优势。

陈风先没有表态,而是看向了夏想:"作为下马区的区长,你先来说说看。"

"我当然是举双手欢迎了,同时向成总再多提一个建议,就是只兴建服装产业园和小商品批发市场还远远不够,应该同时上马五金配件市场和汽车配件市场项目。四个批发市场分布在下马区的中心地带,如果可能,我可以让区规划局重新做出规划,直接划出一平方公里的地皮归达才集团使用。"夏想口气不小,直接提议达才集团上马四个批发市场项目,少说投资额也在四十亿以上。

陈风不解地问："五金配件市场在市里不是经营得还不错？再在下马区上马一个，不但是重复建设，还有可能建成之后闲置，造成资源浪费。"

夏想先不解答陈风的疑问，而是笑眯眯地看向成达才。

成达才沉思片刻，若有所思地说道："我只具体研究过服装产业园，感觉燕市的几个服装批发市场虽然有一定的规模，但还是太小太分散，而且交通也不是十分便利，所以有必要新建一个。投资小商品批发市场也是基于以上考虑，同时还考虑到燕市中心部的小商品批发市场过于陈旧，许多设施还是七八十年代的建筑，适应不了大型化、仓储化和规模化的要求。经过论证，服装产业园和小商品批发市场建成之后，在两三年之内可以形成效益……"

喝了口茶，成达才又说："汽车配件市场我还没有想到，经你一说，也觉得有操作的余地。不过五金配件市场的前景，似乎不太明朗，现有的五金配件市场，位置还算不错，经营得也还可以。"

夏想点头："成总说得不错，目前看来没有必要兴建一座没有商户入驻的五金配件批发市场。但现有的五金配件批发市场无法再扩大范围，这是第一个制约以后发展的不利点。第二点是市政府不久之后将会拓宽华裕路，正好将五金配件市场的道路封死。第三点是齐省风筝市正在启动五金配件市场的项目，打算兴建一座大型的五金配件市场，准备覆盖京津、华北和华中市场，也就是说，有意将燕市的五金配件市场取而代之。以目前五金配件市场的规模和所处的位置来看，全是不利因素，没有有利因素。"

陈风愣住了，低头一想，不相信地拿出电话，打给了市规划局，不一会儿放下电话说道："小夏，刚才有一瞬间，我觉得你是燕市的市长，而不是下马区的区长。"

夏想谦虚地一笑："下马区是燕市的下马区，必须要了解到燕市的动向，才能做出最有利于下马区今后发展的决定。"

陈风哈哈一笑，转头对成达才说道："怪不得成总当时非要将投资和小夏的上任挂钩，成总的眼光真是一流，知道小夏的商业头脑再结合下马区的实际，一定可以做出最有利的判断。我的态度是，可行，市里支持下马区的决定。"

成达才笑了："一个是市委书记，一个是下马区的区长，自然都想达才集团的投资越多越好，达才集团再财大气粗，资金也不够用……"

说笑归说笑，成达才还是打出了一个电话。

片刻之后他挂断电话，说了一句："风筝市启动五金配件市场项目的消息属实。"

陈风也说："市政府规划中的修路,也属实。"

夏想就笑："喝茶,喝茶!"

几人一起哈哈大笑。

虽然不是谈笑间樯橹灰飞烟灭,但也算得上谈笑间决定了十几亿的投资项目,夏想又为下马区拉到了资金,也颇有一种自豪感。

又喝了一会儿茶,就说到了白战墨的两百亿投资上面。

成达才也一直关注着这两百亿投资,他也清楚达才集团在燕省是领军人物,但在南方发达省份,还算不上什么气候。两百亿投资虽然在达才集团的眼中也不算多么巨额的资金,但能够一举拿出两百亿来赌下马区的明天,也算有魄力有眼光的投资商。

如果是本省的投资商还好说一些,毕竟近水楼台先得月,对下马区和燕市的政策走向了解也多,有背景和关系,投资两百亿,心中也有底。但远在文州市的两百亿资金大举进军燕市的一个新区,就有点让人琢磨不透了。

成达才也有关系网,他了解到长基商贸的投资是白战墨的政绩,而白战墨是付先锋扶植的人。付先锋是什么来历,他自然也清楚得很。尽管如此,他还是不太相信文州的投资真的看好下马区的前景。燕市虽然是省会,不过经济放眼国内也不过是二线城市,况且离京城太近。再说下马区是新区,如果有二十亿的外地投资进入,他不会觉得离奇,但一下有两百亿,就不得不让人深思了。

陈风也对两百亿投资有所怀疑,但身为市委书记,不好直接干涉下马区的政事,又有付先锋的影子在内。怀疑归怀疑,总不能将投资拒之门外,他就抱了坐享其成的态度。

夏想在没有确切的证据之前,也不好一口咬定两百亿投资就是炒作的游资,他只是含蓄地说出了心中的想法:"目前两百亿投资被白战墨牢牢地抓在手中,不想让政府方面插手。从独揽大权或是独吞政绩的角度考虑,可以理解。但从真正地想要在下马区有所作为、想在下马区投资实业的角度出发,长基商贸的做法有点令人不解。如果想投资实业,投资不动产,必须要和政府部门打交道,就算是白战墨拉来的投资,也绕不过政府方面的行政事务……"

成达才抿了一口茶,微微点头:"说得对,两百亿不是小数目,也不是心血来潮的产物,没有人头脑一热就拿出两百亿来试水。两百亿,不是两亿,也不是二十亿,不是开玩笑的数字。如果是真心想投资下马区,现在应该已经开始实地考察,划分地皮,甚至立马兴建项目了。"

夏想赞成成达才的说法:"长基商贸的初步投资意向是房地产,同时还涉及商贸、科技和卫生行业，差不多面面俱到。但直到现在我听说好像才在远景大道的弄潮大厦租了一层当办公地点，其他的举动还没有，不过也申批了一块地皮，听说要开发高尔夫球场……"

陈风笑着摇摇头："两百亿投资，听起来口气挺大，真正落实的时候，动静却又很小。很明显，葫芦里卖的说不定是假药。"

"先不给他们下结论了。"成达才豪气十足地一挥手，"别人不好说，但是下马区有小夏在，两百亿资金就算是一头大象，但下马河通水之后，河水也深得很……我相信小夏早就有了主意，说说看，需要达才集团怎么配合你？"

夏想知道成达才是聪明人，也是一个理想主义的商人，他不会允许有游资来下马区和燕市搅乱市场，两百亿的资金如果有异动，他不会坐视不理。

夏想就说："如果需要成总出手的话，我想请成总帮两个忙。一是配合几家房地产商一起控制房价，具体价格到时待定，可能短时间内会有经济上的损失，但长远来看，会有回报。二是说不定会向成总伸手借钱……"

成达才问道："多少？"

"二十亿，最多五十亿！"

成达才听了之后，没有说话，想了一会儿，一口答应下来："好，问题不大，到时不管用什么方法，就是拆借，我也能帮你筹集到五十亿以内的资金。"

夏想向成达才表示了郑重的谢意："成总出手，天下我有。"

成达才哈哈大笑："马屁要不得，不要口惠而实不至，五十亿借你，我是要有回报的。"

狐狸的尾巴

在商言商，夏想也没想只凭人情就白用成达才的五十亿资金，也相信他的面子还没有那么大，就是陈风也没有！甚至可以毫不夸张地说，就是省委书记叶石生也不会红口白牙地张口就向成达才借五十亿资金一用，而没有什么回报。

夏想笑道："看，我正准备说，成总就先提了出来，倒显得我不懂事一样。"

成达才哈哈一笑："我可不是将你的军，而是知道你的为人，才先不问回报就答应借你五十亿。要是别人，我考虑再三也未必会同意。向你要回报，就是要你向我交个底，到底要怎么样运作？我可不想被你蒙在鼓里，否则就是你借我五十亿还我六十亿，我也不同意。"

成达才想要的是一个如何实施的过程,他自然比别人看得长远,并不是只贪图眼前的利益,就想知道夏想的精心计划。成达才清楚,夏想的商业头脑和谋算,远胜于几亿元的回报。

夏想嘿嘿一笑:"还真对不住了,成总,现在真的需要暂时保密……说白了,也不是非要瞒着您和陈书记,主要是我现在只是猜测两百亿投资的动向,不想将猜测的结论摆出来。等他们真正付诸行动之后,我伸手向您借钱之时,一定和盘托出,怎么样?"

成达才一脸凝重地看了夏想片刻,端起了茶:"来,以茶代酒,干了。"

夏想知道,成达才同意了。

几人一直喝了一下午的茶,谈论了不少话题,天南地北无所不有。成达才今天兴致挺高,还透露了一些当年的情事,让夏想也终于相信了一句话,不管是高官还是巨商,只要是男人,都难过女人关。英雄难过美人关,千古流传,到现在也是屡试不爽。

最后曲终人散的时候,夏想又想起了燕省即将迎来的变动,想了一想,还是觉得有必要提醒一下陈风。尽管说来吴家要插手燕市事务的话,势必要从陈风手中分权,就目前来讲,夏想从感情上还是觉得和陈风更近一些,更愿意陈风掌控燕市的局势。

"陈书记,有没有听到什么风声,燕市有人要动一动?"夏想试探着问了一句。

陈风一愣,他一向知道夏想为人稳重,轻易不会乱说话,想了一想,摇头说道:"局势很平稳,而且燕市刚刚动了一名副市长,短期内应该不会再有变动,而且也没有察觉到有任何动静。你听到了什么传闻?"

夏想想了一想,还是含混地说了一句:"也没有,只是觉得方部长资历也到了,差不多该向上一步了。"

楚彤送几人到了巷口,拿出一张白金卡送给夏想,说道:"看得出来夏区长是一个雅人,应该比较喜欢安静的环境,送您一张打折卡,有时间的话,多带朋友过来。"

夏想接过白金卡,收好之后报之一笑:"有机会一定捧场。"

成达才拍了拍夏想的肩膀:"可不要只是随口说说而已,以后有什么活动和聚会,就来红袖添香。"

"红袖添香是雅事,再有成总金口一开,以后肯定要常来。"夏想目光闪动,看了楚彤一眼,笑容之中透露出一股真诚和亲切。

楚彤被夏想的目光一扫,心中莫名地跳动几下,心想夏想虽然年纪不大,不过已是堂堂的区长了,也是在官场混迹不短时间的人了,怎么他的目光还这么清澈? 看人的时候似乎不带一点杂质,和其他男人色迷迷的目光完全不同。

直到夏想等人走出很远,楚彤还呆呆地站在巷口,目光之中有一丝疑惑和无奈,更有落寞和伤感,也不知她在想些什么。

周一上午,处理了几起突发事件,因为有几个回迁户对江山房产给他们的户型不满意,非要调换,夏想就让吴港得出面处理。

中午快下班时,晁伟纲向夏想请示,说是长基商贸的董事长元明亮在豪门酒店设宴,要宴请夏区长。

元明亮终于要露面了,夏想也正要和他见见面,就点头同意了,同时吩咐道:"请天宇、源清还有红心同志一起赴宴。"

晁伟纲有些落寞地答应了一句,心中有些忐忑,觉得夏区长没有带他去,是对他的不信任。

不一会儿,金红心前来汇报说是车准备好了,可以出发了。夏想动身时,路过晁伟纲的身边,顺手拍了拍他的肩膀,说道:"办公室的工作比吃吃喝喝重要,再好好熟悉熟悉工作,争取早日进步。"

一句话说得晁伟纲心中热气升腾,差点感激得眼眶湿润。夏区长是真心关心他的成长,不让他过早投入到吃吃喝喝的事业之中,对于刚起步的他来说,熟悉工作比任何宴会都重要。

他重重地点了点头:"是,夏区长,我记下了。"

夏想赶到豪门酒店的时候,元明亮刚刚等了五分钟。他见夏想的时间安排得十分恰当,不过早也不太晚,既不失身份,又给了他面子,心中对夏想的评价就高了几分。

五十岁的元明亮身材不高,瘦,但有精神,确切地讲,是浑身上下透露着精明强干的气质,是一种让人看了觉得和他打交道会有利可图的精明。

这样的人,浑身上下透露着一股气场,一种让人信任并且愿意将资金交给他来运作的气场。

见到元明亮的第一眼,夏想就明白了元明亮的优势所在。元明亮的笑容很真诚,目光很精明,穿衣打扮透露着富贵之气,但又没有暴发户的粗俗,是一个聪明并且很会审时度势之人。

元明亮今天的本意是只宴请夏想一人,没想到从车上下来了数人,他并不认识陈天宇几人,不过随即想到几人肯定是夏想的亲信,具体来讲,就是政府

368

班子的人。他暗想，夏想果然厉害，带着外人前来，明显是摆出一副公事公办的样子，不给他任何私下里接触的机会。

或者说，不给他许诺或是送礼的机会。

元明亮眼中闪过一丝失望。

元明亮今天宴请夏想的目的，是想给夏想一些好处，让夏想在以后多行一些方便。他也清楚只让白战墨高抬贵手就想在下马区为所欲为有困难，只要夏想真想找长基商贸的麻烦，有的是办法，毕竟政府方面的权力也很大。从行政上讲，一区之长才是下马区的法定代表人，有完全自主的行政权。

遇到可以忍让书记的区长还好说，遇到不肯放权的区长，白战墨拿出一把手的权威去压他，也未必管用。元明亮是聪明人，知道在现有的政治体制下，区长好说话还好说，不好说话，就算有白战墨事事替长基商贸出头，政府一边也有办法处处刁难。

而且元明亮并不认为夏想是一个好说话好脾气的区长，虽然他也知道夏想在两百亿投资的问题上面，对白战墨做出了全面妥协。但总不能夏区长不发话，他就不主动示好，非得等有事相求的时候，他再和夏区长打交道，就显得他太不会做人了。

于是，就有了元明亮出面邀请夏想赴宴的一出。

金红心下车后，忙帮夏想打开车门，晁伟纲没有随同，他就得有眼色一些。

夏想下车后，热情地和元明亮握了握手，笑道："元先生太客气了，应该由我请你吃饭才好，怎么好意思让你破费？"

元明亮暗暗打量夏想几眼，英俊、帅气，彬彬有礼，坦荡而不做作，还有一点是，年轻，真是年轻。乍一看，谁也不会相信他居然是一区之长，副厅级，尤其是他举手投足之间，没有一点装腔作势的做派，更让他暗暗惊奇。

按说能在官场上混到副厅级别的人，哪一个不是官场老油子？一般到了夏想的级别，就算没有官威，多少也要有点官架子，喜欢拿腔拿调地说话。夏想却没有，他坦然而笑，淡然而立，仿佛就像一个让人一见就心生亲切之感的朋友一样，让人对他既敬重又喜爱。

元明亮有点迷糊了，夏想是怎么爬到区长的高位的？他不像是八面玲珑的人，难道在官场之上，坦诚和亲近还能让上级赏识不成？

虽然不解，元明亮还是热情地回应夏想说道："夏区长太客气了，其实是我的失礼，来下马区几天了，早就应该拜访您。只是一直事务繁忙，抽不开身，您别对我有意见才是。"

369

一见面，都十分礼让，格外客气，第一回合，打平。

到了豪门大酒店的包间，元明亮已经安排好了一切。众人分别落座之后，夏想又向元明亮介绍了陈天宇、谢源清和金红心三人。元明亮一一热情握手，并且赠送了名片。

元明亮只身一人，却一点也不怯场，先是依次向夏想几人敬了酒。夏想也给了他面子，一饮而尽，陈天宇几人全看夏想的眼色行事，也都干了杯。

酒过三巡，切入正题，元明亮简单地介绍了长基商贸的情况。

"长基商贸成立于一九九八年，注册资金十亿，是集科研、技术开发和对外贸易于一体的大型商贸集团，现有员工五百余人。长基商贸看重了下马区欣欣向荣的前景，愿意在下马区的经济建设之中，贡献一份微薄之力。长基商贸以后在下马区的经济活动和各项投资，还请夏区长多多照顾，行个方便，给予政策上的优惠。"元明亮几杯酒下肚，别看年纪不小，但似乎有点酒意上涌一样，红光满面，说话时也微微有些兴奋之意。

夏想才不会被元明亮的外貌骗倒，有些人喝酒脸红是酒精过敏，有些人是兴奋过度，而有些人是自来红，是一种斗志在燃烧，显然，元明亮属于后者。

自然界中有一种动物叫变色龙，可以借改变身体的颜色，巧妙地和周围环境融为一体，不让天敌发觉。元明亮的脸红，也是一种伪装，示敌以弱，让对方对他失去防范之心，认为他酒量不行，已经喝醉，就会放松警惕。

夏想也不点破，只是一笑："下马区百废待兴，正需要元先生这样有远见卓识的企业家来投资，来开发。我代表区委区政府对元先生做出投资下马区两百亿的决定，表示热烈的欢迎。"套话说完，他又关切地问了一句，"元先生是不是酒量比较浅，要不我们就少喝一点？"

元明亮故意大着舌头说道："没事，没事，虽然我是南方人，不如你们北方人酒量大，但我一样十分爽快。酒逢知己千杯少，我和夏区长一见如故，心里高兴，就是喝醉了也没什么。"

夏想呵呵一笑："好，爽快，来，我敬你一杯。"

元明亮和夏想一碰杯，一口喝干，又说："夏区长，我要是说了什么不妥当的话，您别怪罪……"

有人借酒浇愁，有人借酒发疯，有人借酒生事，元明亮显然是要借酒说酒话了，夏想就说："元先生说的哪里话？大家坐在一起，就是图个高兴，交个朋友，酒桌上的话，随酒而走。"

谢源清在一旁沉默了半天，突然笑了一声："我上大学的时候就知道一句很经典的话——男人在酒桌上说的话,女人在床上说的话,都一样不可信。"

陈天宇知道夏想想刻意制造轻松的气氛,一听谢源清的话,也笑出声来:"源清,听你的感慨,难道是受过女人的伤?"

谢源清没好气地说道:"经验之谈,未必是受过女人的伤才有感悟,而是女人受过我的伤太多了,我才有感而发。"

元明亮也笑了:"哈哈,和年轻人在一起真好,让我这个老头子也觉得年轻了好几岁。下马区是一个年轻的区,有一个年轻的区长,给人的感觉充满了朝气。就像下马区的房地产市场一样,生机勃勃,肯定大有前景,我都想在下马河畔买一套房子养老了。"

终于切入正题了,夏想接过话说:"元先生对下马区的房地产市场也有兴趣? 对了,长基商贸的两百亿投资,是以科技创新为主,还是以房地产为主? 或是另有打算?"

元明亮打了个哈哈,有点微微醉意地说道:"长基商贸的第一批五十亿的资金已经到位,初步打算是投资一座华北地区最高档最豪华的高尔夫球场,相关立项和报告已经经白书记批示,转给了谢区长……"他还不忘向谢源清举杯示意,谢源清却只是点头回应,并未举杯,元明亮也不以为意,又说,"后继资金打算以投资高新科技为主,初步意向是兴建一座半导体厂,中长期规划是投资一座液晶面板厂。下马区有政策上的优势,人力资源可以借助京城的便利条件,同时人员工资又不高,有得天独厚的条件。而且,以后京城和燕市之间也会修建城际铁路,正好从下马区中间穿城而过,和京城之间的距离缩短为一个小时。各种便利条件综合在一起,再加上面向京城庞大的消费市场和出口优势,长基商贸希望能在下马区扎根,和下马区一起腾飞……"

不得不说,元明亮一番声情并茂的演说,让人一听之下,还真是心潮澎湃,以为他刚才所说的真是长基商贸的商业策略,并且相信长基商贸真有在下马区扎根兴建实业的想法。俗话说酒后吐真言,元明亮微醉之下的话,换成别人至少会认为有八成可信度。

不过在夏想看来,连一成可信度都没有。因为他的注意力早就落在元明亮看似无意中说出的一句话上,就是要在下马区买房养老……夏想就知道,元明亮借机转移他的视线,最后还会将话题引到房地产上面。

当然,借口是他想买房子在下马区长住,因为他的投资有中长期打算,是非常聪明的迂回之计。

陈天宇见夏想笑而不语,知道该他出面了。说实话,陈天宇对元明亮的话信了几分,下马区也好,乃至整个燕市,确实缺少高新企业。听元明亮刚才一说,也知道他确实做足了功课,说得头头是道,显然真有投资半导体和液晶厂的意向,就赞赏地说道:"元先生的商业眼光确实敏锐,刚才的分析入木三分,如果长基商贸真要投资高新产业,下马区政府会不遗余力地给予各项优惠政策,不仅仅是税收,还有地皮等等。"

元明亮连连点头:"好,太好了。我一来到燕市,来到下马区,就感受到燕市人民的深情厚谊,我很开心,也有一种回家的感觉。两百亿投资如果全面铺开的话,少说也要三五年的时间,总住在宾馆也不好,我就想,如果真要在下马区扎根的话,还是要买一套房子居住才安心。夏区长能不能推荐一下信誉良好的楼盘呢?"

狐狸的尾巴再藏在身后,也终会露出来,否则就不是狐狸了……

用人之道

元明亮绕了一个大圈,先让夏想几人相信长基商贸确实是想投资高新产业,然后再以此为由头,以扎根为借口,让夏明为他推荐楼盘,用心良苦,心机之深,也是非同一般。

只可惜,他遇到的对手是夏想,是早就对他的来意有所猜测的夏想,是早就布下天罗地网等他来投的夏想!夏想直接忽略了元明亮刚才的许诺,他知道所谓的高新产业,什么半导体厂和液晶厂统统都是空中楼阁,都是一张画在蓝天白云上面的馅儿饼,可望而不可即。想要等长基商贸兑现投资承诺去做高新产业,无异于画饼充饥,绝对会饿死。

元明亮的高明之处就在于他的理由顺理成章,让人很难怀疑他的真正目的是什么。任何一个人也不会猜到元明亮打着投资高尔夫球场的名义,打着投资高新产业的幌子,真正的落脚点却是房地产!

是的,虚晃一枪的用意就是要让人信以为真,不会猜到他的真正目的,也正是如此,才能在光明正大的前提之下,在合法的范围之内,风卷残云一样将整个下马区房地产市场的利润,席卷一空。

夏想笑了笑,没有说话,而是抬头看了半晌头顶上的天花板,好像天花板上有什么好玩的东西一样。

夏想的举动让元明亮有点摸不着头脑,一脸疑惑地看了夏想几眼,又一脸笑容地用目光询问陈天宇和谢源清。陈天宇也不明就里,不好回答,还是谢源清冷不防说了一句："夏区长今天喝了不少酒,有点上头了。"

元明亮才恍然大悟,原来夏想喝高了,心中更是暗喜。

夏想见前戏做足,又听谢源清关键时候说的话很到位,就微微眯起了双眼,摆了摆手,说了一句："我说得不一定准确,仅供元先生参考。下马区以后会在政策上大力扶持中低价位的楼盘,燕市经济不是很发达,高档楼盘虽然也有市场,但市场太小。为人民服务的话,是要为广大百姓服务,可不是为少数富人服务,对不对?中低楼盘市场前景看好,以后的潜力巨大。当然,元先生想要自己居住的话,还是要买高档小区,比如水景别墅和缔景城都不错。"

夏想说完之后,用手一揉额头："有点醉了,不早了,该回了。"

元明亮既然收获到了有用的信息,夏想提出告辞,正合他意,急忙招呼着送夏想几人下楼。元明亮一直送夏想到车前,手一挥,就有人送来几个手提袋,他拎在手中,放到车的后座,笑道："里面是长基商贸的一些介绍资料,请几位领导过目。"

夏想岂能不知道里面是礼品?不过既然刚才已经装醉了,就索性装到底,对金红心说道："红心收好,长基商贸是下马区的大功臣,他们的介绍资料我们一定要好好学习一下。"

金红心急忙接过手提袋,又客气几句,几人随后上车,告辞而去。

车驶出了豪门酒店的大门,夏想回头一看,还能看见元明亮站在门口不动,目送他们离去。夏想就想,元明亮真不简单,行事滴水不漏,而且很懂得为人之道,处处考虑周全,让人挑不出毛病。

今天幸亏是他,换了别人,绝对会被元明亮迷惑。

因为他知道夏想有一定的商业头脑,就想变着法子从夏想口中套出实话,想知道在夏想的心目中,下马区房地产市场的发展方向。今天可谓完全达到了他想要的效果,因此心中十分满意。

元明亮直到夏想几人远去看不见车尾,才转身回到酒店,自始至终,他的脸上都挂着一丝不易察觉的淡笑。

夏想和金红心同乘一车,陈天宇和谢源清的车跟在后面。夏想也不避讳司机张良,直接对金红心说道："一共几个手提袋?打开看看是什么?"

金红心数了一数,一共六个,再一看里面装的东西除了长基商贸的彩页之外,还有一支金笔,一块瑞士名表,看包装盒挺珍贵,具体价值他也看不出来。

夏想清楚,元明亮今天送的礼物不会太贵,也不会太便宜——太贵就不会连司机也算在内,一人一份,可见他非常细心;太便宜也拿不出手,不符合身份。夏想才不稀罕一些小礼品,他之所以收下,也是觉得元明亮既然愿意送礼,为何不要? 否则岂不寒了人家的一片热心?

夏想吩咐了一句:"回头把三份交给陈区长他们,剩下的三份,你和张良一人一份,另一份就给伟纲……"

"区长,我那份给伟纲好了。"金红心急忙表现一下。

夏想不以为然地挥挥手:"不要争了,给他就是了。我就是替你们收的,你们跟着我,记着别太贪心了,一些场面上的应酬可以,小礼品也可以收,但大钱不要拿。"

金红心知道里面的礼品少说也值一万左右,夏区长说送人就送人,就让他心里十分感动。从来只见收钱的领导,哪里有将礼物让给下属的领导?

张良也在心中感慨,他跟了不少领导了,向来认为领导就是出了责任就推卸,有了便宜就拿大头的人,没想到年轻的夏区长,竟然将礼物让给自己的秘书,确实是真性情之人,他觉得总算跟对了人。

下午快下班的时候,施长乐又来汇报工作。和施长乐一同前来的,还有财政局常务副局长谈长天。

长乐和长天,不知道的人不看姓,还以为他们是兄弟。其实施长乐和谈长天差别很大,施长乐长得很官僚,也很油滑,谈长天却是相貌堂堂,很威武。如果不是戴一副文质彬彬的眼镜的话,第一眼看去,还真有点潇洒的味道。

财政局门前的道路已经修好,一级质量,而且只用了一个晚上,这让施长乐真正见识了夏想的厉害之处。他心里清楚,俗话说有钱能使鬼推磨,但有许多事情,有钱也办不到。他是财政局局长不假,人称财礼爷,但他也知道不需要行政拨款的单位,也没人把他放在眼里,更不用提工程队的工人!

就算是市政部门派人来修,没有十天八天时间也修不好。不是他们不能一晚上就修好路,而是修的时间越长,人工费就越多,就可以多赚钱。这也是为什么许多城市的修路工程,明明才几百米的一段道路,工期却往往需要三个月以上。不是不能加紧进度,而是不想。

工人的人工费用是按天结算的,他们多干一天就多拿一天工钱,俗称"磨洋工"。

夏想的命令一下,一帮工人们饭也不吃,水也不喝,埋头苦干了一个晚上,将道路修整得十分平整,也没有向财政局提出任何条件,直把施长乐佩服得五体投地。他知道,能够让工人们如此心服口服,不是钱能办到的,而是人格魅力,是一个人的品行完全折服了他们。

374

施长乐也不是不会办事的人,尽管第二天工人们收拾东西,默默地离开,他还是派谈长天到工地上去慰问工人,并且送去了米面和水果蔬菜。结果工人们全都不要,硬是让谈长天原样拉回,说是如果他们收下了东西,就对不起夏区长,就给夏区长丢了人。

施长乐心中也是感慨万千,多少年了,他都没有再见过能让工人们如此敬仰的干部。没想到一个年轻的夏想,二十八岁的夏区长,能让工人们发自肺腑地敬爱,让他心中也是大为感动。

谈长天更是难以置信,新任的下马区区长真是一个深受工人爱戴的领导?不过他不信归不信,他亲眼见到工人们坚决不要礼物的场面,又怎么能不心潮翻滚?所以今天施长乐来向夏区长汇报工作,他说什么也要跟来,要亲眼见一见传说中的夏区长。

见到夏想的第一眼,一向自诩为一表人才的谈长天也暗暗称赞夏区长果然不凡,不但年轻,长得也十分俊朗,就对夏想的第一印象十分良好。

在夏想和施长乐面前,没人问谈长天,他没有资格插话,就只好坐在一边,安静地听施长乐向夏想汇报工作。

施长乐先是感谢夏想出面帮财政局解决了难题,又说工人们实在可爱,财政局也是一片好心,说什么也要让夏想出面做通他们的工作,让他们收下礼物,否则他心里过意不去。

不管施长乐是表演也好,是有一半真心也好,反正他说得十分恳切。

夏想想了一想,提出了一个建议:"你看这样好不好,长乐同志,就由财政局和海洋工程队结成对口安抚对子,以后不定期对海洋工程队进行慰问和安抚,送一些日常用品和粮油,由财政局代表区委区政府对海洋工程队为下马区所做出的贡献表示感谢和慰问。一个月去一次就可以,既可以增进感情交流,又可以让工人们感受到温暖,同时还可以树立起政府部门的正面形象……"

夏想的用意是,由财政局带头和熊海洋的海洋工程队结成对口安抚对子,每月安排一个副局长出面带着日常用品去慰问和安抚。既可以让工人们有宾至如归的感觉,又可以减少因为工程建设而引发的各项矛盾和纠纷,增进机关单位和施工队之间的互动,让工人们对下马区产生感情,工作起来也会更用心。

其他各局机关也可以仿效财政局,每个局都和一个工程队结成对子,每月花费不了多少钱,也只需要用半天时间,就能收到事半功倍的效果,何乐而不为?

夏想的话一出口，施长乐就惊呆了。

果然是一条妙计，是一个拉拢工人、提升政府形象并且搞好党群关系的好办法。施长乐由一开始对夏想的轻视，到夏想一出面就解决了工人难题之时对他的敬佩，再到现在夏想一句话就点明一条两全其美的大道，施长乐终于被夏想的手腕折服了。

施工乐最信奉的是利益至上和手段至上，当然，他也信奉权力至上，但权力在手未必就令行禁止，还要有威望有手腕才行，要让所有人都信服才行。夏想尽管不是一把手，但在施长乐的眼中，显然夏区长的手腕要比白书记高一筹，而且夏区长的政治智慧也显然高人一等。

历来为官之人，驾驭手下容易，驾驭百姓却很难。工人们也是老百姓，能够让老百姓服服帖帖的领导，施长乐相信，就有足够的手腕让下属服从。

他第一次产生了要向夏想靠拢的念头。

当然，他的念头一闪而过，又静了静心，决定再观望一段时间，伺机而动才能收获最大的利益。

施长乐当即就对夏想的提议表示认可："好办法，非常高明，领导就是领导，总有高屋建瓴的主意。就让财政局为区政府各局带一个好头，第一个和海洋工程队结成对口安抚对子。明天我就安排专人以结对子的名义去慰问海洋工程队……"微一停顿，又以征询的口气说道，"如果夏区长能提前给海洋工程队打个电话，先通个气，可能效果会更好。"

夏想见施长乐倒也识趣，反应挺快，就笑道："好，我会提前打个招呼的。"他看了谈长天一眼，心想既然谈长天来了，也不能白来，就说："我看长天同志就挺好，形象也不错，职务也合适，由他出面代表财政局对海洋工程队表示慰问，应该会收到良好的效果。"

施长乐本来想安排另一个副局长去，因为谈长天和他不是很谈得来，但夏区长当面点了名，他也就不好再说什么，只看了谈长天一眼，说道："长天同志负责的工作比较多，我担心他抽不出时间……"

如此大好机会，谈长天岂能放过？有了结对子的由头，他又清楚海洋工程队和夏区长之间的关系，相当于间接和夏区长走近，而且也有了越过施长乐向夏区长汇报工作的理由，当即就说道："我的工作还可以安排得开，再说每个月只需要抽出半天时间就可以了，完全没有问题，绝对可以胜任。"

施长乐大为不满地瞪了谈长天一眼，心想向夏区长靠拢，也用不着这么急不可耐不是？不过谈长天毕竟是常务副局长，又当着夏区长的面，他不好开口反对,只好答应了下来:"既然长天同志如此热心,我也就不说什么了,你一定要好好完成夏区长交代下来的工作。"

谈长天心想不劳你费心,有了机会再不抓住,我不是白在官场上混了这么多年? 不过嘴上答应得很好听,对夏想和施长乐都表了态。

夏想心明眼亮,也看出施长乐对谈长天不太满意,他其实也有意在财政局培植自己的力量,既然谈长天有靠拢的意思,就给他一个机会。

夏想确实认为结成安抚对子绝对会对下马区的经济建设起到极大的促进作用,工人们得到了温暖,也就更有干劲了。为了进一步推广财政局结对子的经验。他又做出了另一个重大的决定,决定让金红心随同谈长天一起赶赴海洋工程队现场,亲自参加慰问活动,然后将活动过程和效果写一个总结报告,最后在全区推广。

金红心接到晁伟纲的通知,急忙赶来夏想的办公室,听到夏想的安排之后,立刻心领神会地说道:"请领导放心,我会认真配合好谈局长的工作,将工作经验报告写得深入而详细。"

施长乐在一旁暗中喟叹一声,完了,今天带谈长天前来汇报工作是一个天大的失误。三下五除二,谈长天就向夏区长表了忠心,夏区长也因势利导,直接安排金红心和谈长天接触——谁不知道金红心是夏区长跟前的红人? 有金红心出面,就相当于夏区长间接接受了谈长天的靠拢。

下一步只要谈长天的工作完成得让夏区长满意,夏区长就有可能采取一系列手段,联合谈长天架空他,当然前提是如果他不配合夏区长的工作。

施长乐心中无比郁闷,但他还是没有下定决心完全倒向夏想,他想再等等看,看有了两百亿投资光环的白书记,到底在区委里面,光芒能不能盖过夏区长?

谈长天却心中高兴,他和金红心本来就有交情,上一次金红心还向他暗示,说有意在夏区长面前推举他。不料后来没了下文,他猜测估计夏区长没有点头。不想今天一来,夏区长就直接将一个非常重要的工作交到他的手中,是对他莫大的信任,又让金红心出面配合他的工作,完全是非常明显的暗示,只要他能完成工作,夏区长就会接受他。

谈长天感觉喜从天降,有一扇十分宽广的大门已经向他打开了一道缝。

事实证明,夏想结对子安抚工人的理念非常成功。由金红心和谈长天出面安抚了海洋工程队之后,金红心拿出了一份十分详细的报告,夏想看了之后非常满意,召开政府工作会议,决定进行全面推广。

反正，夏想挺幸福

各局踊跃响应，纷纷寻找结对子的工程队。现在各个局都有未完工的工程，也都清楚和工程队处好关系的重要性。而且夏区长的态度很坚决，又有财政局的示范作用，所以一时之间结对子的工作开展得非常顺利，也非常热烈。

于是，各个局不久之后都改善了交通状况和各项遗留工程的扫尾工作。同时，下马区施工队伍的素质在短时间内提升了不少，而且街道上经常随处可见的工程垃圾也不见了，工程车在公路上横冲直撞的情形也消失了，下马区呈现出一片和谐的景象。

夏想的安抚之计打的是亲情牌，确实起到了立竿见影的效果。

两天后，从李沁处传来消息，元明亮出手在达才集团的御花园买了两套别墅，其他方面暂时没有动静，一切平静，各个开发商的楼盘销售走势平稳，没有太大的起伏。

夏想也知道元明亮是谨慎之人，开始不会有大动作。元明亮有耐心，他更有。

又过了两天，连若菡终于找到机会，来家里看望曹殊黛来了。

所谓机会，就是王于芬终于回了宝市，因为夏想可不敢让连若菡出现在王于芬面前，尤其是她还带着儿子。

王于芬在家中照顾了曹殊黛几天，才发现有她不多没她不少。张兰手脚麻利，蓝袜手脚勤快，两个人一起动手，连保姆都插不上手，更不用说她了。她就感慨曹殊黛比她有福，嫁了一个好人家，想当年她生孩子的时候，可没有这么多人照顾。

最后她又发了一句牢骚，说嫁出去的女儿到底是别人家的人，事事都不用她操心了，也挺好，然后就在曹殊黛的劝说下，回了宝市。

其实夏想也不想让连若菡带着儿子出现在家中，不但老妈在，老爸也在，老人们的眼光又很毒，而且他最担心的是黛丫头心里会别扭，毕竟现在是两个儿子会面了。

不料曹殊黛对连若菡带着小连夏上门一事十分欢迎，还连连催促夏想早早安排。夏想不解，就试探着问了她一句，不料黛丫头毫不掩饰她的好胜心，拧着夏想的胳膊说道："我就是要看看是夏东帅，还是连夏帅，谁更帅，就证明谁的妈妈更优秀。"

夏想汗颜,怎么黧丫头说的话和连若菡一模一样?难道两人暗中通过气,电话里就比较过了?他不顾被拧得生疼的胳膊,连忙劝道:“打仗亲兄弟,上阵父子兵,都是一家人,有什么好比的?”

“你终于承认是一家人了?”小丫头手上更用力了,疼得夏想有点冒冷汗,她只坚持了三秒就不忍心了,松了手,叹了口气,“你就是我最大的冤家,我上辈子欠你了?总是对你恨不起来,对连姐姐也是。你说她要是有一个幸福美满的家庭多好,我也好说服自己不用觉得她可怜而让着她,可是她偏偏没有,一个人孤零零的,多可怜,我就……”

小丫头说不下去了,眼中又弥漫了一层雾气。

夏想知道小丫头心中的委屈,主动伸出手,说道:“心中难受就咬一口,解解气。”

小丫头好久没有踢过夏想了,抬脚就踢了他一脚:“才懒得咬你,我又不是小狗,不咬人。”随即又幽幽地说了一句,“你可要有良心,我不求你对我们母子最好,但一定不能有偏向,不能喜欢一个讨厌一个。”

“我两个都喜欢,而且和你们娘儿俩在一起的时间最多,说起来,别人忌妒你才对。”夏想厚着脸皮说道。

“什么娘儿俩,土死了,要说母子,好不好?”小丫头脸上的乌云来得快,去得也快,马上雨过天晴了。

夏想突然惊叫了一声:“你说不咬我了,怎么还咬?”

“谁咬你了?我在和你说话,你没看到我的嘴……”

两人站在一起说着话,夏想一只手抱着小丫头的腰,一只手放在她的胸前,小丫头则双手抱着儿子。两人都没有注意到在他们说话的工夫,不知什么时候儿子伸出小手抓住了夏想的手指头,放到了嘴里,要吃奶……

夏想和曹殊黧对视一眼,都幸福地笑了。

连若菡既然要来家中,夏想就只留下了老爸老妈和弟弟,还有蓝袜,其他人全部谢客。听说连若菡今天要来,老妈一早起来就收拾家,忙得不亦乐乎,喜悦之意溢于言表。

夏想不免有些头大,悄悄地对曹殊黧说道:“你说,你非要让若菡带孩子来家里,是不是就想让我当着老爸老妈的面出丑?”

曹殊黧一脸促狭的笑意:“你有什么好出丑的,想不通!你不是说过,一把钥匙可以开好几把锁,是万能钥匙,你应该骄傲才对?”

夏想知道小丫头是成心气他,不由气短:“行,算你狠。我可有言在先,凡事只可点到为止,不能说破。"

"去,美得你,你以为现在是古代,你可以有三妻四妾? 我和连姐姐有分寸,才不会让你太得意。"小丫头不满地哼了一声,然后去逗儿子,"儿子,妈妈告诉你一个爸爸的秘密,好不好? 你爸爸是一个大……"

门铃响了,连若菡到了。

连若菡穿了一身浅色的长裙,素雅而淡然,更多了女人成熟娴静的气质。卫辛只简单地穿了T恤和牛仔裤,扎了一个马尾辫,简洁又不失大方。但女人的天生丽质和衣服确实关系不大,刻意低调的卫辛因为近年来的沉淀和成长,已经初步具备了美貌与智慧并存的潜质。

小连夏一进门,就好奇地睁大了眼睛,四处乱看。看了看张兰,不认识;看了看夏天成,没印象;又看到了夏安,歪着想了一想,虽然有点面熟,但还不是他想要找的人。然后目光就落在了夏想身上,顿时紧绷的小脸立刻展开灿烂的笑容,挣脱了连若菡的手,直朝夏想飞跑过去,奶声奶气地叫了一声:"爸爸! "

这一声,情真意切。这一声,荡气回肠。这一声,让夏想心都碎了。这一声,让连若菡柔肠百转,让曹殊黧心中也是母爱荡漾。

更让蓝袜和卫辛心绪复杂,也让张兰和夏天成对望一眼,心中是说不出来的百般滋味。

夏想将小连夏抱在怀中,小连夏用力抱着夏想的脖子,不肯松手。感受着他小小的身躯带来的温暖,夏想心中也是柔情无限。夏想也清楚,小小的人儿,在他的心目中没有真爸爸假爸爸之分,他只知道,自己就是他唯一的爸爸。

抱了半晌,小连夏才依依不舍地从夏想身上下来,一落地就被张兰拉住了小手。张兰几乎不再怀疑以前的猜测,越看小连夏越像夏想。

曹殊黧和连若菡一见面,都笑语嫣然,坐在一起说着话。夏东睡着了,抿着小嘴,咬着手指,还不老实地踢上几脚,看得连若菡母爱大发,非要把夏东抱起来。夏东睡觉轻,连若菡一抱就醒,说来也怪,他醒来后不哭不闹,好奇地看了连若菡一会儿,忽然就往连若菡怀中钻,毫不客气地要找奶吃。

连若菡因为带着连夏的缘故,身上还有奶气,夏东现在正处于有奶便是娘的阶段,闻到奶香就要吃奶。

曹殊黧和连若菡都被夏东的举动逗得哈哈大笑。

连若菡遗憾地说道:"别找了,断奶了。要是没断奶,真想喂你两口,长大后就可以理直气壮地告诉你,你也吃过我的奶。"然后又在夏东脸上亲了一口,"真是一个臭小子,长得跟你爸一样坏。"

"不是坏,是帅。"不知何时小连夏来到了身后,拉住了曹殊玺的衣服说,"妈妈,爸爸帅,我也帅。"

曹殊玺一回头,小连夏才发现拉错了人,小脸一愣,有点害怕的样子。曹殊玺怜惜地把他抱了起来,说道:"来,让阿姨抱抱,是不是把阿姨当成妈妈了?"

小连夏使劲点头,又看到连若菡抱着夏东,就要伸手去找妈妈。曹殊玺不放手,哄他说道:"让妈妈当弟弟的妈妈,让阿姨当你的妈妈,好不好?"

小连夏现在的思维还理解不了这么复杂的问题,他歪着头想了一想,又摇了摇头:"不好。"至于到底哪里不好,他也说不上来。

连若菡和曹殊玺又开心地笑了起来。

不一会儿,张兰借故来抱夏东,夏天成也哄小连夏出去。夏想见状大惊,知道父母有意将兄弟两个放在一起比较一下,就忙将卫辛拉到一边,小声说道:"快想个办法,别让夏东和连夏在一起。"

卫辛才不急,反而笑嘻嘻地说道:"兄弟两个好不容易凑到了一起,就该认识认识。"

"你怎么也跟着添乱?"夏想看卫辛的表情就知道她有心看热闹,"你和连夏最熟,一会儿把他哄过来,抱到一边去。"

"若想人不知,除非己莫为。"卫辛扔下一句话走了,只留给夏想一个耐人寻味的背影。

夏想无奈,只好又去找蓝袜:"蓝袜,你找个机会把夏东抱过来,别让他和小连夏在一起,两个小孩儿在一起,不好。"

蓝袜很不理解夏想的理由:"什么叫两个小孩儿在一起不好,难道小孩儿不和小孩儿玩,还和大人玩?夏大区长,你老人家今天的表现,有点异常。"

蓝袜多少有点大大咧咧的性格,她并没有发现连若菡和曹殊玺之间,连若菡和夏想之间有什么古怪之处。她只是觉得夏想有点紧张有点不安,具体是什么原因,她也没有深想。

夏想一想,得,还是不要多说了,越说越麻烦,欲盖弥彰,而且说不定还会引起蓝袜的怀疑,就摆了摆手说道:"没事了,我现在恢复正常了。"

蓝袜嘟囔了一句:"莫名其妙!"

一家子人,热闹非凡,夏天成和张兰只顾一人抱着一个,乐得合不拢嘴。两个人先是抱着连夏和夏东到了楼上,不一会儿下来之后,不时嘀咕几句,还朝夏想看几眼,也不知道在讨论些什么。夏想和夏安坐在客厅的沙发上聊天,对老爸老妈的怀疑和猜测,一概视而不见,当起了鸵鸟。

夏安前几天送老爸老妈到了燕市,他当天就返回了单城市,今天又来,是特意接夏天成回去。

夏安也瞧出了端倪,笑了:"哥,我看爸妈有点怀疑小连夏是不是你的亲生儿子?"

夏想义正词严地说道:"爸妈也真是,有了孙子还不知足,还想着别人的孩子?难道有两个孙子他们才满意?"

夏安见夏想顾左右而言他,就不再多说。他在夏想面前有点放不开,不敢开玩笑,只是自嘲地摇头一笑:"人老了,就认为多子多福,也可以理解。看到爸妈高兴,我们当儿子的也就满足了。"

这倒也是夏想的真实想法,不管如何,爸妈一人抱着一个,好像一下年轻了好几岁,他也就由衷地开心。反正和连若菡的事情,能瞒多久是多久,实在瞒不过的时候再说。

还好,爸妈怀疑归怀疑,也知道年轻人之间有些事情不愿意透露,当长辈的最好不要过多追问,问不好也容易引起矛盾。老爸老妈就只顾乐呵,不再过问夏想和连若菡之间的关系。不过夏想却从他们的表情上可以断定,基本上老爸老妈已经一厢情愿地认定小连夏是他的儿子了。

尽管确实是事实,不过在他没有承认之前,夏想就自我安慰地将爸妈的想法当成了一厢情愿。他想,自欺欺人就自欺欺人好了,反正他就是死不认账。

让夏想大为惊讶的是,吃饭的时候,连夏却不肯和他坐在一起,非要和夏天成坐在一起,而且一口一个爷爷叫得亲热,让他感慨果然是隔辈亲。老爸对连夏的疼爱,肯定比对他小时候的疼爱要多,要不才多大工夫,小连夏就和老爸关系密切了。

小孩最实际了,谁对他最好,他就会立刻倒向谁,可不像政治人物,还要权衡利弊,计算得失。

因为曹殊翳还不方便出去吃饭,中午就由老妈下厨,连若菡、卫辛打下手,做了一桌丰盛的饭菜。席间,老妈夸了卫辛几句,说卫辛又懂事,手脚又利索,干活最得体,谁以后娶了她,绝对有福气。

卫辛被张兰一夸,有些害羞地低下了头。蓝袜坐在曹殊翳旁边,看了卫辛,又看了看夏想,突然冒出一句:"我怎么感觉卫辛和夏区长长得有点像,就是俗称的夫妻相?"

曹殊翳也知道蓝袜口无遮拦,就笑骂了一句:"别乱说,卫辛那么漂亮,他

382

怎么能相比？你太高抬他了。"

连若菡却认真地看了卫辛和夏想两眼，意味深长地笑了："别说，还真有点像，主要是眼睛最像。卫辛是个好女孩儿，细心又周到，以后绝对是一个贤妻良母。"

蓝袄的目光又在夏想和卫辛的脸上扫了几眼，又说："我看一本书上面说，如果一男一女之间，嘴巴和耳朵最像的话，就容易成为夫妻，这叫长相厮守。但如果只是眼睛像的话，只能是有缘无分，这叫望眼欲穿。"

卫辛本来还有些微微羞意的脸庞，一瞬间就黯淡了下来。不过几人的注意力都落在小连夏和夏东身上，对卫辛的失落没人察觉，只有夏想多看了卫辛一眼，心中掠过一声叹息。

连若菡一直待到晚饭后才走，她和曹殊黧之间仿佛有说不完的话题，就连夏想也吃惊她们叽叽喳喳到底在说些什么，怎么有那么多话可说？同时也让他对女人的宽容和复杂有了进一步的体会，曹殊黧和连若菡还是和以前一样亲如姐妹，一点也没有心存芥蒂，让他始终不能理解到底是他的魅力太惊人，还是曹殊黧太宽容或是连若菡太迁就？

不管是哪一种，反正，他挺幸福。

第二天，老爸和夏安返回了单城市，老妈说什么也不肯走，说要再照顾曹殊黧一段时间才放心。夏想不好拂了老人的一片好心，只好答应了。

上班后，夏想处理了一上午的事情，中午，和傅晓斌、金红心以及晁伟纲几人一起吃了饭，下午上班不久，卜秀玲就来到他的办公室，说是有事情要谈。

虽然说卜秀玲因为邢端台和宋朝度之间的关系，一开始就站在了夏想这边，是夏想坚定的同盟，但平常时间里，两人之间的接触并不多，主要是工作上交叉的地方不多，所以今天还是卜秀玲第一次来到夏想的办公室。

失算

夏想对卜秀玲还算客气，站起来迎接了一下。

天气渐凉，卜秀玲穿了衬衣长裤，显得身材丰满而成熟。她先是笑着关切地问了几句工作和生活上的事情，然后就说出了来意："纪委接到举报，说是吴港得同志在负责征地和拆迁的过程中，有贪污受贿的行为……"

卜秀玲只说了一句，就闭了嘴，没有了下文。按照规定，纪委系统虽然归区委领导，但有很强的独立性，不要说区长，就是区委书记也不好直接过问纪委的事情。卞秀玲能向夏想透露一点相关的信息，也是给足了夏想面子。

夏想没有说话，只是微一点头，陷入了沉思之中。

要是以前吴港得有贪污受贿的行为，夏想相信，但在现在的情形之下，吴港得除非没有一点政治智慧，否则他不可能因小失大。相信吴港得心里也很清楚，不要说他贪污受贿了，只要他工作不力，出了重大纰漏，他就会在自己眼中大大地失分。

夏想相信吴港得对他的当面表态，不是做做样子，而确实是真心实意。

所以，夏想并不相信吴港得会有贪污受贿的行为，他被人举报，不是白战墨一系下的手，就是慕允山和滕非背后做的手脚。不管是谁，目的都是一样的，借打击吴港得的机会，打击他的威望。

如果他所猜没错的话，慕允山的可能性要大一些。因为现在白战墨忙着两百亿投资的事情，应该不会主动惹事。而慕允山对他没有介入两百亿投资不满，有可能想借机搅局，出手试探一下。

夏想想通之后，笑着说道："最近省里的工作比较忙，宋省长一直抽不出时间，上次我和他说了一下，他说对你的印象不错，等有机会再见面。"

宋朝度上次听到夏想透露的风声之后，加紧了活动的步伐，最近几天去了好几趟京城。夏想也从宋朝度口中得知，消息确实属实，而且上面也有意空降一个常务副省长，但究竟是谁在幕后操纵，他暂时还没有查到。

卞秀玲知道夏想承了她的情，就高兴地点头说道："宋省长肯定要忙多了，大领导就是大领导……"她话说一半，又想起了吴港得的事情，不太放心地了又补充了一句，"吴港得同志要注意一下身边的人。"

夏想点头说道："吴港得在城中村改造小组的时候，一直没有出过差错，我也相信他的为人，知道轻重……"他也是点到为止，不想过多谈论举报的事情。官场上有些事情适当避讳一下也是应该的，"什么时候有时间了，大家一起坐坐，认识一下。"

夏想只是客套一句，卞秀玲却立刻接话说道："晚上如果您有时间的话，我请客。"

夏想见卞秀玲十分热情，知道她心里还有点不太放心自己和她之间的合作关系，也不好推辞，就答应下来："好，等我找吴港得谈话之后，晚上让他安排。"

卞秀玲高兴地走了，她刚走不久，夏想还没有来得及给吴港得打一个电话，慕允山就主动现身了。

纪委书记和区长的工作交叉很少，组织部长和区长之间也没有太多的话题，毕竟组织部是党委的部门。晁伟纲今天就有点摸不着头脑，平常都是各个副区长和各局的头头儿前来汇报工作，今天怎么先是纪委书记，后是组织部长，夏区长现在好像还是夏区长，不是夏书记。

晁伟纲在政治上见识还少，就有点沾沾自喜，认为纪委书记和组织部长先后向夏区长汇报工作，夏区长就是实际上的一把手了。他期待着夏想有早早当上书记的一天，到时他的地位也水涨船高，听说书记的秘书可以旁听常委会，该是多么让人兴奋的事情，常委会可是权力核心。

夏想要是知道晁伟纲的想法，肯定会狠狠地批评他一顿，因为晁伟纲看问题太表面化了。卞秀玲前来是因为私人关系；慕允山前来，是来者不善，肯定还是为了两百亿投资的事情。

夏想一猜就中，慕允山就是在和滕非商议之后，又向胡增周请示了一番，决定再次出面，试图打动夏想，因为他相信他有了足够的底牌。

慕允山先是客气地问了好，然后就直截了当地说出了来意："夏区长，我还是觉得长基商贸的两百亿投资完全由区委主导，不太合适，而且也不合规范。我和滕部长商量了一下，又请示了一下胡市长，最后得出结论，还是想建议您改变主意，介入到两百亿投资的监管。为了下马区的长远大计，为了下马区的经济建设，您有必要这么做。由我和滕部长在常委会上对您表态支持，相信能够让白书记妥协。"

夏想原本以为慕允山是一个喜欢含蓄的人，没想到他说话直来直去，直接抛出了他的观点，倒让夏想微微吃惊。

抬出了胡增周，除了暗示胡增周是他和滕非的后台，肯定还有后手，还有别的交换条件，夏想就感兴趣地问了一句："慕部长和胡市长关系不错？"

慕允山也猜到夏想是聪明人，肯定知道了他和胡增周之间的关系，也就没有隐瞒，实话实说："一直受胡市长的照顾，胡市长是我的老领导了。"

一句老领导就点明关系匪浅，夏想心中有了数，又问："慕部长对两百亿投资十分热络，身为组织部长，似乎有点超出工作范围了，有什么解释没有？"

夏想见慕允山直接说出来意，也就不和他打埋伏，直接问了一句。

慕允山倒没有想到夏想的问题如此尖锐，愣了一愣才说："我是为了维护下马区安定团结的政治局面，才竭力主张夏区长监管两百亿的投资。我虽然是组织部长，但也是区委常委，也有建议权。"

夏想笑了："你有正当的权利，我的意思是，大家都是明白人，除了大公无私的理由之外,另外的理由是什么?"

慕允山张大了嘴巴,夏区长说得太直接了,难道他要告诉夏区长,他是想让两百亿资金成为书记和区长之间不和的导火索?

也是,冠冕堂皇的大话谁都会说,但在光明正大的借口之下,谁没有一颗隐藏至深的私心?但有归有,慕允山清楚夏想估计也能猜到他的私心是什么,但能猜到是夏想的问题,说不说就是他的问题。

当然还是不能说出口。

"如果非要找一个私人理由的话,从胡市长的角度出发,他更愿意和陈书记求同存异,而不是和付书记。"慕允山说话的水平也挺高,他说的是求同存异而不是走近,就证明了是有限合作。

夏想也相信慕允山说的是实话,胡增周在大事上还是更愿意和陈风合作,因为陈风虽然强势,但却没有付先锋的阴险。付先锋此次出手,作为受益者的胡增周也不会对付先锋有多少感激之意,因为他也借此机会看清了付先锋的为人——城府极深,不动则已,一动之下必是致命一击。和付先锋合作的人,除非听命于他,否则以付先锋的性格,不会甘心居于人下。

胡增周是燕市的二把手,更不甘心居于付先锋之下。他被陈风压制还情有可原,毕竟陈风是市委书记,如果他和付先锋合作,被付先锋压制,就太丢人了。因此,实际上胡增周和付先锋之间,几乎没有联手的可能。

自然,一些小事上的合作还是有可能的。但在大事之上,胡增周和付先锋之间求同存异的地方就很少了。

但胡增周既然选择和陈风也保持距离,他和陈风以后的合作就真的是求同存异了,大事上寻求共同利益和妥协,小事上互相让步,是一种有限的合作关系。

夏想见慕允山不卑不亢,倒是对他多了一分欣赏,就点头一笑:"理由是很充足,但还不足以打动我。你是聪明人,肯定也知道我对白书记做出让步,必定有自己的打算。慕部长,要拿出足够的诚意才行……"

夏想的笑容之中,有一丝玩味和期待。

慕允山本来想将施长乐的事情当成最后的杀手锏提出来,没想到几句话过后,就被夏想逼得无路可退,只好提前亮出了底牌:"下马区刚成立,事事需要上级拨款,如果夏区长坚持区政府要监管两百亿投资,不但市财政可以对区财政有所照顾,施长乐也会事事听从夏区长的建议。而且在常委会上,我和滕部长也会附和您的提议。"

条件还算丰厚，暂时获得了两个盟友，又有了财政上的主动权，怎么算都是一笔合算的生意。确实现在下马区刚成立，还没有税收，对上级财政拨款的依赖性很大。不过夏想大计在心，又清楚主动送上门的好处，从来都有隐含的陷阱，因为确实没有天上掉馅儿饼的好事，他丝毫不为之心动。

两百亿投资表面上是一笔耀眼的政绩，实际上是一个大泥潭，就算两百亿的投资是真投资，是来做实业和建厂来了，夏想也未必就想去和白战墨分一杯羹。他不是喜欢抢别人功劳的人，为了政绩可以无所不用其极，他有的是办法获取政绩。当然，更深的顾虑还是不想让两百亿成为他和白战墨之间的导火索。

真实的想法夏想当然不会向慕允山透露，他只是直直地盯了慕允山半晌，然后轻轻一笑："慕部长的好意，我心领了。有些事情做到明面上就可以了，就像你刚才和我的谈话一样，大家有一说一，很好，很直爽也很容易理解，交流起来也方便。但如果暗中做一些不太好的动作，就没有了合作的基础。我和别人合作的前提，首先要看合作对象是不是值得交往……慕部长还有事吗？"

夏想虽然笑容满面，但慕允山却从他的话里感受到一丝寒意，下意识地轻轻挪了一下脚步。

慕允山本来一直站得很稳，也是觉得站着说话更能显出他的决心，就一直没有坐下。但夏想的话好像有重量一样，直接压在他的肩膀上，让他竟然有了站立不稳的感觉。

慕允山不敢相信地看着夏想，看着夏想年轻的脸庞写满了自信，就让他产生了一丝错觉，感觉面前的人不是二十八岁的年轻的区长，而是一位一切尽在掌握的高官！

夏想不但拒绝了他，还表达了对他暗中做手脚的强烈不满。一时间慕允山有些失神，夏想怎么猜到是他在背后指使人举报了吴港得，然后借机嫁祸给白战墨，好让夏想对白战墨心生不满，从而在他的鼓动之下，重提政府监管两百亿投资一事？

不应该，举报事件做得天衣无缝，就算卞秀玲向夏想透露了消息，夏想也不可能一下就猜中是他和滕非的手笔！到底是哪里出了差错？

慕允山再强作镇静，也猝不及防地被夏想一语击中，愣在了当场。

其实哪里也没有出差错，他是被夏想骗到了。

夏想估计白战墨现在不会主动惹他，因为他已经在两百亿投资上面做出了最大的让步，白战墨现在恨不得对所有小事上都放手不管，就是对他投桃报

387

李。因为夏想也知道白战墨不是没有政治智慧的人，上次常委会上的事情说明，只要他坚持监管两百亿的投资，也会在常委会获得通过。

白战墨除非动用一票否决权，否则常委会上有一次失利，就是对他书记权威的最大打击。

在目前的情况下，白战墨没有必要暗中再做手脚惹怒他。再说白战墨现在恐怕全部精力都放在两百亿投资上面，哪里有时间闲来无事去背后指使别人举报吴港得？除非他晕了头。

当然，夏想只凭分析也不敢确定到底是不是白战墨的手笔。他刚才对慕允山随口一说，也是抱着姑且一试的想法，既然慕允山送上门来，就不能放过试探的好机会。

一见到慕允山愣神的表情，夏想就知道，他赌对了，还真是慕允山做的手脚，他心中有了隐隐的怒气。官场之上不乏阴谋和阳谋，不过夏想因为受过付先锋的一次暗算，对背后一刀的动作深恶痛绝，慕允山又是胡增周的人，胡增周又在关键时刻离他而去，就更让他难以接受慕允山一明一暗的逼宫。

见慕允山还没有缓过神儿，夏想又笑了，说了一句："我喜欢坦诚的人，但不喜欢表里不一的人。"

慕允山直到回到自己的办公室，还感觉有些头昏脑涨，有点弄不清状况。在见夏想之前，他满心以为凭借他的政治智慧，采取一暗一明两种手段，在夏想面前假装坦诚相待，并且直截了当地说出来意，绝对可以获得夏想的好感，进而和他谈妥。

不想几句话过后，夏想就完全掌握了主动权，并且三言两语套出了他的底牌，又直指他背后指使人举报吴港得之事，还毫不客气地拒绝了他的建议，甚至还下了逐客令！

回想起夏想在常委会上的态度，慕允山不寒而栗。夏想今天的表现与之前简直判若两人，他哪里是软弱没有政治智慧？他根本就是政治天才，不但完全把握了谈话的节奏，也完全将他拨弄于股掌之间。

慕允山终于知道，夏想在常委会上没有一点反对白战墨的声音，是故意为之，是示敌以弱。他不是不想介入两百亿投资，而是肯定另有谋算，肯定会比介入两百亿投资更能获取利益。

慕允山想起以前对夏想的轻视，以及在和夏想面谈之后所做出的举报吴港得随后试图嫁祸给白战墨的败笔，不由汗流浃背。

失算，大大的失算！

慕允山立刻拨通了滕非的电话,约他前来会面商议对策。

夏想对慕允山如何进行下一步一点也不担心,他有足够的信心和手腕应对慕允山,而且他也相信慕允山在他的敲打之下,痛定思痛,应该会收敛一段时间。

夏想立刻让吴港得前来他的办公室。

吴港得听到夏想有令,哪敢怠慢,急匆匆赶到。听到夏想让他注意身边人,以免落人口实之时,他人老成精,立刻意识到出了什么问题,忙问:"领导,是不是有人背后黑我?"

夏想只微一点头,并不说破。

吴港得在官场混迹多年,小手段小阴谋一类的逃不过他的政治嗅觉,他整人的手法比夏想会得多多了,他微一思忖就知道是谁,恶狠狠说道:"请领导放心,我手脚都很干净,绝对不会做出一件辜负领导信任的事情。有人想抹黑我,给领导面子上难看,哼,他们打错了算盘!"

夏想笑了:"晚上和卞书记一起吃个饭,认识一下。"

吴港得马上清楚了卞秀玲在其中所起的重要作用,立刻满脸堆笑:"我请客,我请客。"

夏想才不管吴港得如何收拾身边人,小事情用不着他来操心。吴港得走后,他就想近来崔向老实了许多,也不知道在谋算什么。

↗ 12 成也红颜,败也红颜

楚彤不想抬出成达才,她知道成达才再是燕省的商业大亨,但在谭龙的盛怒之下,名头也未必管用,毕竟企业家还不是官员。而且她和成达才之间的关系也不是那么光明正大,好说不好听。但她一向不愿低头,当年也正是因为她不想再当成达才的身后人,才不顾成达才的挽留而强行离开了他,导致成达才很长一段时间对她置之不理,她也不以为意。

闻风而至

崔向的日子,最近确实不太好过。

在以前,省委副书记的升迁要比副省长好,毕竟党务工作很重要。但现在随着政治体制的逐步改革,在一切向经济要政绩的今天,主抓经济事务的政府班子的分量越来越重,上面越来越重视年轻干部中的政府班子人选,尤其是常务副省长和进了常委会的副省长,以后升迁的机会要比他这个专职副书记大得多。

具体落在燕省,也就是说马万正和宋朝度晋升到省长的可能性,要比他大。

马万正是常务副省长,是第一顺序的省长接班人,除了年龄稍大一些之外,几乎没有别的缺点,崔向一直认定马万正是他最大的竞争对手。尽管宋朝度占据了年龄优势,但资历浅,担任副省长时间短,他自认自身条件比宋朝度优厚。

宋朝度就算有推行产业结构调整政策的政绩,想要在省长宝座的争夺战中对他形成压倒性优势,也不可能。马万正不但顺序排在最前,资历也最老,崔向一直在想,如果马万正能够调离燕省就好了。

但突然之间，他隐约听到了风声，马万正好像会调离燕省……听到风声之后，崔向十分惊讶，忙向京城四处打听，结果得到的答复是，燕省暂时没有变动。

有些事情宁可信其有，不可信其无，崔向为了保险起见，又让付先锋帮忙打探了一下风声。付先锋接到崔向的电话之后，笑了："崔书记，我正想请您一聚，正好您就打电话来了，晚上见个面？"

晚上七点，正是华灯初上时分，崔向和马霄共乘一车，赶向与付先锋约定的地点——红袖添香。步行在寂静的青石板上，崔向微带惊讶地说道："没想到燕市还有这样一个闹中取静的地方，真是难得。我在燕市的年头也不少了，还真不知道这个小巷中藏着一家茶楼。"

马霄笑了笑："先锋平常就喜欢搜罗一些风味小吃和雅致的茶馆，基本上只要有一点特色的地方，他都能发现。"

崔向心想果然是世家子弟出身，肯定是年轻的时候无所事事，天天琢磨吃喝，养成了习惯。要是草根阶层，忙着升迁和做实事的时间还不够用，哪里有这份闲情雅致？

到了红袖添香的雅间，付先锋和谭龙已经等候多时。崔向一见付先锋的面就笑着说了一句："先锋还真是好雅致，连这样偏僻的地方都能找到，我在燕市多少年了，都不知道这里还别有洞天。"

谭龙嘿嘿一笑："爱茶之人，闻茶香就能找到。爱美之人，闻香识女人。红袖添香，既有香茶，又有美人，先锋自然就闻风而至了……"

付先锋一脸春风得意，摆手一笑："谭龙不要乱说，闻香识女人，是褒义，不是贬义，怎么听你一说，好像透露出不太纯洁的思想？"

"楚彤确实很漂亮，很有味道，那可是你付大书记亲口对我说的，否则我怎么会知道？"谭龙一脸坏笑，他现在和付先锋熟了，说话之间也随意许多，也摸透了付先锋表面假装正经其实内心也有欲望的性格。不过付先锋别有情调，不喜欢用强，也不喜欢用权势压人。他喜欢一点点接近一点点打动的调调，就让谭龙暗笑，付先锋好歹也三十好几的人了，怎么还讲究什么两情相悦？

付先锋和谭龙不同，他早已超越一见到看上的女人就上床的初级阶段，认为男女之间上床的事情很简单，接近的过程才最美妙。他笑骂谭龙一句："人可风流，但不可下流。谭老哥，不是所有的女人都会看中你身上的市长光环，也不是所有女人都会拜倒在金钱之下。"

"我还不信了！"谭龙经历过的女人也不少，有人贪图他的权力，有人贪图

391

他的金钱,总之只要他看上的女人,没有一个不被他弄到手的。

谭龙见付先锋还坚持他的观点,趁今天高兴,刚才一瞥之后又被楚彤的丽色打动,他就色胆大起,也不顾崔向在场,大着胆子说了一句:"如果我三言两语让楚彤跟了我,先锋你就得让给我,不能翻脸。"

崔向虽然心事重重,不过见大家兴致都挺高,也不好扫了大家的兴,就笑而不语,表示默认。

马霄也不说话,只是一脸笑意地看向付先锋。

付先锋呵呵一笑:"如果楚彤是一个可以用钱或是权力打动的女人,对我来说和外面的女人没有两样,你尽管拿去,我才不会和你抢这样的货色。"

尽管付先锋话中有贬低之意,但谭龙不以为然,哈哈一笑就冲外面喊道:"请楚总过来一下。"

不多时,楚彤推门进来。她一袭长裙,身材傲人,一脸沉静淡然,让见识无数女人的崔向看了,也不由暗暗叫好,心想果然千人千面,楚彤之美,确实有过人之处。

楚彤心中清楚今天的几个客人大有来历,其中一人似乎还在电视上见过。她的红袖添香平常很少有高官来此,接待的多是一些儒雅的商人或是一些教授学者。因为红袖添香过于僻静,许多人并不喜欢。

今天突然出现了几名高官,不免让她心神不宁,因为她注意到其中两人的眼神不对,总是在她身上停留。尽管楚彤见多了男人各种各样的目光,但他们的目光还是让她感觉不太舒服。因为一人的眼光太玩味,而另一人的眼光太不怀好意。

听到客人呼唤,她本不想出面应付,但也知道有时候场面上的事情,不做不行,只好款款地进来,职业的笑容堆在脸上,问道:"几位贵客,有什么我可以效劳的地方?"

付先锋先是看了楚彤一眼,不由心中一动,又看了谭龙一眼,有点后悔刚才所说的话。

谭龙却没有注意到付先锋的异样,他的目光黏在楚彤身上,再也移动不了半分。心中的邪火如火上浇油一般,怦然燃烧起来,他一下站了起来,笑道:"楚总,有一句话我不知该问不该问——你好像还是单身?"

楚彤眼中闪过一丝怒意,随后勉强一笑:"贵客想喝什么茶?我的茶艺虽然一般,但尚可入口,就由我亲手为各位泡一壶龙井,可好?"

谭龙见楚彤不接他的话,觉得大失颜面,不快地说道:"我问你是不是单身,没让你泡茶。你知道我是谁吗?"

谭龙有点后悔没带秘书出来,没有秘书在一旁替他介绍,他得自我介绍,很没身份。

幸好马霄够给他面子,开口说道:"楚总,这位是谭龙谭市长,是燕市的重量级人物。"

楚彤心中明白了几分,忙客气地笑道:"原来是谭市长大驾光临,失敬,失敬。既然光临小店,我就拿出珍藏的极品好茶为几位领导奉上,不知道领导是不是满意?"

楚彤的目光看向了崔向和马霄,因为她看出来了,崔向年纪最大,最持重,应该是官儿最大的一个。马霄既然主动开口介绍谭龙,应该是四人之中很有分量的人。她向他们两人示意,就有求助的意思。

崔向低头喝茶,不理。马霄避开目光,只是笑。

楚彤的一颗心沉了下去,知道他们不会帮自己说一句好话了。

谭龙见付先锋脸上的笑容有点讥讽的意味,心中莫名烦恼起来,就说:"楚总,大家都是明白人,不说糊涂话,我就实话实说了⋯⋯你这家茶楼不错,要是我承包的话,一个月要多少钱?"

以茶楼喻人,楚彤当然明白谭龙是什么心思,心中更是恼怒,不卑不亢地说道:"对不起谭市长,红袖添香虽然利润微薄,但却是我的安身立命之所,我爱如珍宝,再多的钱也不转让。"

楚彤态度坚决,话里话外没有一点回旋的余地。

付先锋脸上的笑意更浓了,摆出了一副看笑话的姿态。

谭龙本来也是抱着玩笑的想法调戏一下楚彤,但抬出市长的身份之后,楚彤的态度一点也没有变化,让他感觉很丢人。因为和付先锋有言在先,现在被付先锋轻蔑的眼神一看,又当着崔向和马霄的面,他更觉得面上无光,不由恼羞成怒。

谭龙伸手去抓楚彤的手:"敬酒不吃吃罚酒,知不知道我一句话就能让你的茶馆关门?一个小茶馆的老板,能有几斤几两?还自恃身份,你有什么身份?"

楚彤哪里肯让谭龙抓住,闪身躲到一边,语气坚决地说道,"请您放尊重一点,我做的是正当生意,赚的是合法利润,该交的税一分也没有少交。"

谭龙冷笑一声:"合法不合法,不是由你说了算,我说了才算。"他一转身发现付先锋的脸色有些不悦,心里知道做得有点过头了,但现在没有台阶可下,就又说道:"今天在各位领导面前,我也不为难你了。你以茶代酒,给每位领导敬上一杯茶,给我敬上三杯,连说三声'对不起',否则,我关了你的小店!"

楚彤也不是没有见过场面的人,早年跟着成达才的时候,也见过不少省市的高官,从来没有见过如谭龙一样厚颜无耻之人。她怒火中烧,又见其他三人稳坐不动,心想四个大男人欺负一个女人,真没出息,就倔强地说道:"对不起,尊敬的谭市长,本茶楼没有敬茶的服务,而且我是老板,不是服务员。"

谭龙本来想找一个台阶下,没想到楚彤不识趣,当众不给他面子,不由勃然大怒:"一个臭娘儿们还挺嚣张,不就一个开茶馆的,我一根手指就可以灭了你!"

付先锋本想出面阻拦,一想又觉得有失身份,见谭龙有点气急败坏,就不好再开口说什么。劝谭龙注意影响,好像是和他争风吃醋一样;不劝他,又有点不忍看到楚彤难堪,他就用眼色向马霄示意。

马霄明白付先锋的意思,正想开口相劝,不料话未出口,楚彤又顶了谭龙一句:"开茶馆的也有尊严,也不是您说灭就能灭掉的!"

马霄就闭了嘴,得,还真顶上了,这下有好戏看了,谁也不肯退一步,只有继续斗下去了。他对楚彤也有些不满,明明知道谭龙是市长,还敢这么硬气,确实有点不识抬举了。不就是一个开小茶馆的,虽然长得有几分姿色,也要适当地忍让才行,否则在燕市的地盘敢顶撞常务副市长,真是自嫌命长。

堂堂的常务副市长想要灭一个小茶馆,还真不是一件事!马霄看了付先锋一眼,意思是说,我不管了,随便闹,除非崔向发话,我反正不出头了。

付先锋也微微皱眉,事已至此,他也不好强行让谭龙收手,否则不但谭龙没有面子,在座的众人也脸上无光。

崔向虽然觉得谭龙有点过分,但楚彤确实一点面子也不给,他也有点怒气。在燕市的地盘上,算她再有后台,也应该懂一些礼节才是,连堂堂的常务副市长也不放在眼里,太眼高过顶了,是谁让她这么底气十足?

崔向也打定了袖手旁观的主意。

谭龙目光一扫,见几人都没有要阻止他的意思,马霄甚至还摆出一副看笑话的姿态,更让他觉得十分丢脸。要是十几年前,他能一脚将楚彤踢倒在地,现在碍于身份,他压下了动手的冲动,用手一指椅子说道:"老实地给我坐下,乖乖地给每一个人敬茶,我就暂时放过你,否则今天你别想离开这个房间,我一个电话就能封了你的茶馆!"

楚彤不想抬出成达才,她知道成达才再是燕省的商业大亨,但在谭龙的盛怒之下,名头也未必管用,毕竟企业家还不是官员。而且她和成达才之间的关系也不是那么光明正大,好说不好听。但她一向不愿低头,当年也正是因为她不想再当成达才的身后人,才不顾成达才的挽留而强行离开了他,导致成达才很长一段时间对她置之不理,她也不以为意。

楚彤极有个性,对认定的事情向来不妥协,就挺直了胸膛说道:"谭市长,您刚才仗势欺人,一个大男人,欺负我一个弱女子,您不觉得羞愧吗?您如果是一个有度量的人,应该向我道歉才对。我开的是茶馆,不是酒楼,做的是正当生意,既不偷税漏税,又不坑蒙拐骗。"

谭龙怒极反笑:"哈哈,真是头发长见识短,你跟我们几个人讲法律,简直是天大的玩笑。在燕市,我们的话就是法律,就是说一不二。楚彤,你今天真是一点面子也不给,是不是?"

楚彤终于有点犹豫了,她到底是坚持原则不退让,还是为了生存而牺牲尊严?她也知道今天要是不低头恐怕过不了关,只是真要向谭龙低头,又心中不甘。

不甘又能如何,面对强权,有多少人能坚持原则?楚彤眼中蓄满眼泪,正要服软的时候,突然门外响起了敲门声。

谭龙正在气头上,怒道:"谁敲门?滚远一点!"

一个散淡又略带嘲弄的声音响起:"谭市长脾气不小,嗓音挺大,也不怕让整个茶馆的人都听见?反正我在一楼就听得清清楚楚!"

声音一响,谭龙立刻脸色大变,和付先锋、崔向、马霄几人对视一眼,几人眼中都有惊讶之意——怎么是他?

连楚彤也是大惑不解——怎么是他?

他不是别人,正是夏想!

夏想将门推开一条缝,闪身进来,冲众人打了个招呼:"几个领导都在,难得见几位领导聚在一起,真是幸会!"

不知何故,谭龙总觉得夏想淡然无害的笑容背后,隐藏着让人心惊的杀机。他没来由心中一阵慌乱,一下没站稳,一屁股坐回椅子上,问道:"夏想,你怎么来了?"

"我怎么不能来?红袖添香既有香茶,又有香风,我自然就闻香而至了。"夏想依然笑容可掬,从他的脸上看不出任何情绪,仿佛对眼前的情景视而不见一样,"红袖添香是茶馆,开门迎客,我是客人,陪朋友喝茶自然就来了。谭市长的问题很奇怪,难道说红袖添香是您开的,不欢迎我不成?"

谭龙被夏想绵里藏针的反驳噎了一下,瞪着眼睛说不出话来。

夏想不理谭龙，又依次和崔向、马霄和付先锋打了招呼，笑道："红袖添香本来没什么名气，难得今天一下来了这么多大领导，我面上也有光。"

付先锋听夏想话里的意思，好像红袖添香跟他有什么关系一样，就笑着问了一句："怎么，红袖添香也有你的关系在里面？"

女人不好欺负

崔向只是看了夏想一眼，假装若无其事地低头喝茶，其实心中也在翻江倒海，十分后悔没有制止谭龙。要是他知道夏想会出现，说什么也不能让谭龙做出刚才的丢人之举。因为他知道夏想的手段，最会于无声中见惊雷，指不定突然就冒出什么整人的办法。毕竟刚才在房间中发生的事情，传出去也不好听。

别人还说好，夏想最刁钻古怪了，坏主意层出不穷，让人防不胜防。没事还好，一旦有事被他抓住，凭他现在的能量，虽然不能拿在座的几人怎么样，但他想弄得几人灰头土脸，也不在话下。关键是，夏想有后台，在座的几人谁也奈何不了他。

崔向不停地喝茶，喝闷茶，心情郁闷至极。

马霄也吃过夏想的亏，看夏想也不顺眼，但偏偏夏想来得还真是时候，他和夏想又没有什么交情，便埋头不语。他也知道，夏想在省里和市里的关系网太复杂了，他一个外来的宣传部长，根基还不稳，动不了夏想一根汗毛。

他就将无奈发泄到了茶水身上，一杯接一杯喝个不停。

谭龙被夏想呛了一下还没有缓过神儿，只干瞪着眼睛，想说什么也说不出来。

楚彤站在夏想身后，心情稍微平静下来，不由惊讶万分，心想夏想不过是一个区长，在座几人的官都比他大了不少，俗话说官大一级压死人，怎么看他们的表情，好像都挺忌惮夏想一样？

就是成达才现身，也没有这么惊人的场面！夏想一脸笑容，淡然地站立在当场。几位大领导，要么低头装喝茶，要么脸色不善说不出话来，就付先锋还好一些，一脸镇静。

楚彤更觉得她看不透夏想了，对夏想在好奇之外，更多了一丝敬畏。

夏想既然出面帮楚彤圆场，就打定了帮人帮到底的心思。他也清楚眼前的一关好过，就怕谭龙秋后算账，所以才故意虚晃一枪，好让付先锋开口问问红袖添香有什么来历。

夏想摇头一笑："和我倒没有太大关系,不过认真算起来,也算有点关系。严小时比较喜欢喝茶,也有意开一家茶馆,我就介绍她和楚彤认识,让她先向楚彤学习学习。今天正好约了她过来,赶巧在楼下听到谭市长洪亮过人的声音,我想既然各位领导在此,我就该有礼貌地露个面……"

夏想抬出严小时的用意很明显,就是要警告谭龙不要胡来,严小时和范睿恒之间的关系,在座的几人就算不十分清楚,也都知道个大概。

言外之意是,怎么着,一个小小的红袖添香也能和省长扯上关系?

谭龙的脸色更不好看了。

夏想似乎还意犹未尽,又补充了一句:"还有,我今天也邀请了范铮一起喝茶!"

"咳咳!"马霄好像呛着了一样,咳嗽起来。

付先锋见形势不对,知道再耗下去没什么必要,也知道今天算是找不回场面了,只好摆摆手说道:"既然你有客人,就先去忙好了。楚总有客人要招呼,就不用管我们了。"

谭龙还想再说什么,却见崔向朝他瞪了一眼,只好重新坐下。

夏想很有礼貌地请楚彤先出去,等楚彤走到外面之后,夏想一只脚在门外,一只脚在门内,回头冲付先锋说了一句:"付书记,今天我还邀请了绪峰,他刚才和我一直在楼下。本来他也想一起上来打个招呼,我觉得不太妥当,就没让他上来。我向您请示一下,要不要请绪峰上来见个面?"

付先锋以为夏想就要离去,没想到他又抛出了一枚重磅炸弹,刚喝了一口水想压下心头的烦躁之意,突然就卡在嗓子里,顿时猛烈地咳嗽起来。

邱绪峰是他的妹夫,虽然不是亲妹夫,也是堂妹夫,关系很近。邱绪峰刚才真在下面的话,岂不是将谭龙的无理取闹听得一清二楚?再让他上来做什么?让他看自己的笑话,好回去后学给付朵朵,然后当着堂妹付朵朵的面嘲笑付家人没有水平?

夏想看似漫不经心的手段之中,暗藏凛冽的杀机,付先锋一听之下又惊又怒,才被呛得满脸通红。

夏想见目的达到,呵呵一笑:"不见?不见就算了,各位领导慢用。"说完,转身扬长而去。

夏想走后半晌,四人竟然没有说出一句话,心中都十分愤恨和不满,但又实在找不到发泄口,不能拿夏想怎么样,几人都憋闷无比。

过了不知多久,谭龙猛地一拍桌子,怒道:"不能就这么算了,夏想欺人太甚,我要找他算账。"

　　崔向冷哼一声:"找谁算账?要不是你主动惹事,今天我们聚会,哪会有这样的不痛快发生?你找楚彤算账,怎么算?范铮在下面,你想让范睿恒看你不顺眼?你找夏想算账,他滑不溜手,你算得过他吗?"

　　一句话打击得谭龙泄了气,无奈地说道:"那怎么办?"

　　崔向正因为寻思马万正的事情而不快,现在哪里有心思为一点争风吃醋的小事而分心,就不由心烦起来,摆手说道:"先锋有什么事情要谈?没有的话,我先回去了。"

　　付先锋找崔向前来确实有要事要谈,本来以为谭龙闹腾闹腾,不过是一笑了之的事情,没想到夏想意外杀出,弄得所有人都没有了兴趣。不过今天的事情事关重大,必须要谈,就说:"崔书记别急,今天确实有一件非常要紧的事情,是关于马万正调离燕省的事情……"

　　"什么?"崔向大惊失色,随后一想又立刻一脸欣喜,忙问,"具体是什么情况,快说来听听。"

　　崔向最近正为此事心烦,突然听到马万正要调离燕省,顿时喜出望外。

　　"这件事情谁也不要外传,如果做不到,我宁可不说。"付先锋神秘地说道,他向来以掌握最新的消息而引以为傲,"因为此事事关多方利益,万一走漏了风声,事情有了变故的话,就不好交代了。"

　　几人一起点头。

　　拿足了架势,付先锋才说:"马万正要动一动,调到西北某省任书记,你们知道是谁担任省长吗?"

　　对于谁和马万正搭班子唱戏治理一省,崔向一点也不关心,他最关心的是马万正走后的空缺:"常务副省长的职务,京里有没有想法?"

　　"对崔书记来说,是好消息,对宋朝度来说,就是坏消息了。"一想到付家的精心安排,刚才因为夏想的出现而带来的负面情绪一扫而光,付先锋又恢复了神采,笑道,"不出意外,应该是韦志中空降过来任常务副省长。"

　　"韦志中?"韦志中是谁,崔向没有一点印象。

　　谭龙也是一脸疑惑,想不起来韦志中是何方神圣。

　　只有马霄立刻反应了过来,一脸喜色:"韦部长?当真?"

　　"十有八九。"付先锋一脸笃定,随后又解释一句,"不过在事情没有完全敲定之前,还不敢说是百分之百。关于韦志中的任命,京城的争论挺大,但老爷子亲自出面了,应该问题不大了。"

马霄见崔向和谭龙还没有想起韦志中是谁,就笑着解释了一句:"韦志中是文化部副部长……"

崔向和谭龙一下反应过来,才恍然大悟地点了点头。

不用说,韦志中肯定是付家的中坚力量了,惊动了付老爷子亲自出面,付家下的力气不小。崔向听了,心中百般不是滋味,付家如果再空降一个常务副省长到燕省,他在付先锋的眼中就更没有分量了。他问鼎省长宝座的主要对手由马万正换成了韦志中,难度反而更大了。可以说因为有付家强大的实力作为支撑,韦志中比马万正的优势更大。如此一来,他的省长之梦基本上就宣告破灭了。

崔向的脸色变得十分难看。

崔向的心思付先锋心知肚明,也知道他担心的是什么,付先锋笑着劝慰:"崔书记不用多想,韦志中来燕省是权宜之计,只是一个跳板,不会在燕省干得太久,一两年后回京城,直接进大部担任部长。"

崔向心中稍安,勉强一笑:"我代表省委欢迎韦志中同志来燕省工作。"

付先锋哈哈一笑:"韦志中空降过来,不但可以压制宋朝度,牵制范睿恒,还可以和崔书记、马部长在常委会上形成呼应,绝对是一股强有力的力量,到时再拉拢了叶石生,燕省就太平了,是不是?"

虽然崔向心中还是不大痛快,但他也知道阻挠不了付家的手段,韦志中空降总好过宋朝度接任。不过韦志中是不是真如付先锋所说,将燕省当成跳板,回京城大部当部长,还不一定。万一到时情况有变,韦志中直接在燕省扶正也大有可能。

以后是以后,现在是现在,只要现在不是宋朝度上位就成。崔向想通之后,也觉得轻松了许多。言谈之间,渐渐恢复了常态。

付先锋踌躇满志,认为随着韦志中的空降,付家在燕省的势力将达到前所未有的高度。假以时日,夏想不过是一个可以随手捏死的小虫罢了。

不一会儿,气氛又重新活跃起来,付先锋一时得意,又说了一句:"夏想……就先让他得意得意也没什么,他还年轻,经历的事情太少。用不了多久,等他发现下马区的经济建设成果,最后成了别人手中的利润,他到时想哭也哭不出来了,哈哈。"

两百亿投资的真正内情,付先锋没有告诉在座的任何一个人,他此言一出,几人顿时惊问:"怎么回事?"

付先锋自知失言,打了个哈哈:"等时机成熟时,再向大家透露,来,喝茶,喝茶。"

几人都没有注意到,跟随夏想一起出去的楚彤却一直没走。她就躲在旁边房间的一个暗格之中,既十分安全地隐藏了身形,又将刚才几人的谈话听得一清二楚!

楼下的一处雅间内,夏想和邱绪峰相对而坐,正在喝茶论事。

其实今天和夏想会面的人只有邱绪峰,并没有严小时和范铮,夏想抬出他们不过是扯虎皮做文章,故意吓谭龙一吓。他也知道提成达才不如不提,更会让谭龙几人看不起楚彤,索性就搬出了严小时和范铮。以他和二人的关系,需要用他们当挡箭牌的时候,他们也不会有什么怨言。

夏想今天正好邀请前来燕市汇报工作的邱绪峰来红袖添香坐一坐,刚进门就被服务员拉住,说是楚总被几个人叫进了房间,一直没有出来。以上次夏想和成达才的亲密程度,服务员看得出来,成达才十分信任夏想,就将梦彤被付先锋几人叫走一事对他一说。夏想也听出了是谭龙的声音,就悄悄上楼,站在门口等了一会儿才进门。

邱绪峰才懒得掺和,直接到房间等候。

夏想将楚彤带出来之后,楚彤心思剔透,马上就提出要偷听他们的谈话。夏想也猜测几个人聚在一起肯定有要事要谈,就叮嘱楚彤小心行事。楚彤却嫣然一笑,说道:"放心好了,夏区长,红袖添香在开茶楼之前,是一家按摩厅,房间里有不少暗格……"

夏想无语,把按摩厅改造成如此有情调的茶馆,反差也太大了一点,怪不得这么偏僻。

夏想和邱绪峰喝了一会儿茶,先是说了说楼上发生的事情,邱绪峰对谭龙嗤之以鼻,又对付先锋连连摇头,随后说到付朵朵怀孕,付先锋要当舅舅时,楚彤敲门进来。

楚彤看了邱绪峰一眼,欲言又止。夏想明白她的意思,就说:"没关系,邱市长不是外人,有话直接说。"

楚彤并不清楚几人谈话中哪些话是重点,就差不多都复述了一遍。夏想和邱绪峰听了,都是一脸惊讶。

尤其是夏想,更是大大地震惊了。

夏想原本以为既然是连若菡听来的消息,应该是吴家的手笔,没想到,竟

400

然是付家有人空降过来。虽然付先锋没有百分之百的肯定,但似乎已经八九不离十了。

哪怕最后宋朝度功败垂成,没有如愿接任常务副省长,就算是吴家来人也好过付家来人。真要是付家人空降过来,付家在燕省常委会中就会实力大增,对燕省,对他个人,绝对不是一个有利的消息。

而且常务副省长的位置非常关键,上,可以牵制范睿恒;下,可以制约宋朝度。如果再运作得当,联合崔向将叶石生拉拢,燕省现在的平衡局势会被打破,就会朝着不利于夏想的方向发展。

邱绪峰脸上的惊讶也表明,他是一点风声都没有听到。

楚彤极有眼色,一见夏想和邱绪峰的神情,就知道他们有要事要谈,于是提出告辞:"谢谢夏区长出手相救,我会一直记在心里……我就不打扰你们了,就在外面,有事可以随时叫我。"

夏想点头,顾不上和楚彤客套,就和邱绪峰切入了正题:"你也没有听到一点风声?"

"没有。"邱绪峰也是大惑不解,"不可能没有一点风声传出,付家不可能一手遮天。一个燕省的常务副省长不是一两个人就能定下来的,这件事情有点古怪。"

"我也觉得是。"夏想沉思了片刻,又说,"付家想空降人到燕省,吴家不会同意,梅家也不会乐意,你们邱家,是什么态度?"

邱绪峰不满地说道:"你我之间都是老朋友了,还用这样试我? 邱家是什么态度,你会猜不到,还用我再重复?"他摇了摇头,也不知是对夏想无奈,还是对付家无语,又说,"你也不必用激将法激我,韦志中空降到燕省,不符合邱家的利益,我会即刻告诉老爷子,相信他会出手阻止。"

夏想伸手拿起茶杯,笑道:"看,我本来问的是泡茶的水是不是有问题,你非怀疑我说你的茶叶不好,多心了不是? 想错了不是? "

邱绪峰无奈地一笑:"知道你不肯承认,算了,不勉强你。不过你要记住一点,除非涉及家族之间的重大交易,大部分情况下,我们之间要比我和付先锋之间,有更多的共同语言。"

夏想就笑:"喝茶,喝茶。"

邱绪峰也没有避讳夏想,直接拨通了老爷子的电话,直截了当地说出了实情。

老爷子在另一头说些什么，夏想没有听到，不过他心中断定，邱家得知消息之后，肯定会暗中出手阻挠付家的计划。上一次付先锋的两百亿投资，就让邱家感觉上了一当，当了看客，已经不舒服了一次。此次如果还让付家再悄无声息地拿下燕省常务副省长的位置，邱家更会感觉大失颜面。

有同样想法的应该还有吴家和梅家。

夏想暗暗庆幸，邱绪峰来得还真是时候，来得早不如来得巧，正好无意中得知了如此秘密的消息。当然，也怪谭龙见色起意，想要占楚彤便宜。他太小看女人了，不要认为女人就天生好欺负，有些女人发作起来，也同样有过人的手段和让人防不胜防的心机。

既有意外，必有收获

只是让夏想始终不解的是，吴家为什么没有出手向燕省空降自己人？常务副省长的位置非常关键，吴家应该也会动心才对。

不过不管吴家有没有安排人空降到燕省的打算，有一点夏想是肯定的，就是吴家也不会乐见付家美梦成真。

他当然也不会。

第一步有邱绪峰出面，邱家的立场就不用担心了。夏想暗想，要是付先锋知道他暗中搅局，会不会对他恨之入骨？

邱绪峰的电话打了足足有十几分钟，打完之后，他冲夏想点头一笑："老爷子说，承你一个人情。"

夏想可不敢托大，连连摆手："老爷子太客气了，在他老人家面前，我是晚辈，可不敢让他老人家惦记。"话虽这么说，心里却十分高兴，因为老爷子的话表明，尽管邱家和付家联姻，但邱家对于付家想要拿下燕省常务副省长的企图，不会坐视不理。

主要也是上一次付家在白战墨事件中，在两百亿投资的问题上，玩得太大了一些，邱老爷子肯定余怒未消。

邱绪峰又说："什么时候到京城，老爷子想见见你。他说难得有一个无根无底的年轻人能有这么敏锐的目光，真不简单，他对你十分好奇。"

夏想忙又客套了两句，接着拿出了电话，笑道："我觉得这么大的事情，应该让梅部长也知道一下，否则他肯定会对我有意见。"

邱绪峰乐了："你想破坏付家的好事就明说,在我面前还装腔作势?好人如果都像你一样,世界早就乱套了。"

"看,不识好人心不是?"夏想嘿嘿一笑,当着邱绪峰的面拨通了梅升平的电话。

"梅部长好,我是夏想,有一件我想向领导汇报一下。"

梅升平正在家里看电视,一听是夏想的声音,就笑了："别拿腔拿调,直接说,好事还是坏事,又或者是,你查到谁是梅亭的亲生父亲了?"

夏想差点没惊出一头汗,堂堂的省委组织部长,怎么眼中没有一点大事,开口就是芝麻绿豆的小事?他无比郁闷,只好呵呵一笑,说道："我找您是正事,是大事,至于是好事还是坏事,就由您自己判定了。"

梅升平见夏想不正面回答他的问题,就不再扯皮："说,我听着。"

夏想就将付家有意空降一个常务副省长的事情告诉了梅升平,又强调说道："正好绪峰和我在一起,他立刻通知了家里……"

言外之意就是,邱家已经开始动手了。

梅升平却半晌没有说话,显然是在消化这个惊人的消息。过了一会儿,他才急促地说道："等一会儿我再打给你。"

夏想知道,梅升平应该也是刚刚听闻此事,所以震惊之下,思索了半天才有决定。

反正有的是时间,他就和邱绪峰边聊天边等。

宝市市长任庆之年底卸任,常务副市长递进,不出意外的话,邱绪峰就是常务副市长了,仕途之路开始顺水顺风了。同时,付朵朵也怀孕了,邱绪峰可谓即将双喜临门。

"对了,付先锋有一个妹妹叫付先先,长得倒挺漂亮,就是性格有些过于开放了。她刚从国外回来,前几天和朵朵住在一起,听她的口气,好像也想来下马区寻找商机。怎么样,有没有兴趣认识一下?"邱绪峰一脸暧昧的笑容,"受国外开放思想的影响,付先先可是活泼大胆得很。"

夏想没好气地说道："去你的,看你的样子像是一个皮条客!付先锋的妹妹关我什么事?付先锋现在对我没有好气,以后对我肯定更是恨之入骨,我和他之间,有一道越来越大的鸿沟。"

邱绪峰嘿嘿地笑了起来："鸿沟不要紧,也可以天堑变通途。看,你又多心了不是?我只是介绍付先先和你认识,没有别的意思,你以为你是潘安,女人都要对你投怀送抱?人家付先先有意中人了。"

夏想又笑骂了几句,然后梅升平的电话就打了过来。

"确实有这回事,虽然付家做得比较隐蔽,但还是有迹可寻,而且这件事情比表面上要复杂得多。我的建议是,你转告一下宋朝度,让他停止运作,安心等待就是了,应该有他的好处。"梅升平没透露太多,只是含蓄地点了一点,就挂断了电话。

夏想沉思片刻,向邱绪峰说出了梅升平的话,邱绪峰不解其意,正想说些什么,电话又响了。

接过电话之后,邱绪峰一脸古怪地说道:"我刚才听到消息说,吴家早就知道了付家的手脚,但一直没有动静,不知道打的是什么主意?难道是吴家做了妥协,和付家做了某方面的交换?怪不得一点风声也没有传出,原来有吴家配合。否则只凭付家一家之力,肯定做不到密不透风。"

夏想想了一想,也猜不透吴家的用意,相比之下,他的政治智慧还是和吴老爷子有不小的差距。

夏想犹豫了一下,还是拨通了吴才江的电话。

吴才江好像已经睡下,迷糊中问了一句:"哪位?"

"三叔,我是夏想。"夏想自报家门,然后就直接问道,"韦志中的事情,三叔是不是早就知道了?"

过了一会儿,吴才江的声音才响起:"呵呵,韦志中的事情和我没什么关系,具体情况我也没有细问。你也知道我要外放了,事情也多,又是老爷子的手笔,他不说,我哪敢问他是什么手段?你也别操心了,事情都在可以接受的范围之内。"

夏想忍了忍,还是没有忍住,说道:"我不清楚老爷子是什么打算,但我是无意中知道了此事,同时,邱绪峰和梅升平随后也都无意中知道了,事情现在已经公开化了。"

吴才江的声音一下清醒过来:"怎么回事?"

夏想简单地将今天无意中听到了付先锋谈话的事情一说。

吴才江急了:"你怎么不事先和我商量一下?你一插手,万一打乱了老爷子的部署就麻烦了,他还会生你的气。"

夏想无奈地说道:"我按我的思路办事,老爷子按他的思路办事,互不通气,就算有负面的影响也没有办法,不是我的本意。"

吴才江扔下一句:"等我电话!"就挂断了电话。

夏想冲邱绪峰一伸手:"看,事情越来越复杂了。"

"官场本来就是名利场,本来就事事复杂,再说了,事情越复杂,岂不是越如你所愿?"邱绪峰反倒一身轻松,似乎并不将韦志中事件当成一件大事。

夏想轻笑一声:"怎么你越说,我的形象就越差?"

"夸你也当成贬你,你的思维还真成问题。"邱绪峰摇摇头,继续喝茶,"我忽然想通了一点,既然吴家替付家打掩护,就说明两点:一是吴家获得了付家的利益交换,同意让韦志中空降到燕省;或是吴家故布迷阵,表面上答应付家,暗中另有谋算。第二种还好说,相信以吴老爷子的老谋深算,付家沾不了光。但如果是第一种,你怎么选择?"

如果真是第一种,夏想确实面临着两难的选择。他袖手旁观,韦志中空降到燕省之后,付家势大,他的空间就会越来越小。吴家既然恨他,肯定不会管他的死活,而且宋朝度也会受到排挤。

但如果他暗中利用各方关系,撬动了付家的利益,比如邱家和梅家联手阻止了韦志中的空降,吴家的诉求没有如愿,知道其中有他的身影之后,他和吴家之间的仇怨会更深一层。以后他不但和付家势同水火,和吴家的关系也是雪上加霜。

夏想微一思忖,还是得出了结论:"不管是哪一种,我的立场不变,就是希望邱家和梅家联手,阻止付家得逞!同时我也会向叶书记和范省长建议,联合反对京城空降的决定。"

如果省委书记和省长联合反对一人空降,京城也会三思而行。如果由省委书记和省长出面,又有数名常委联名的话,韦志中的空降肯定不会成功。

邱绪峰见夏想一脸坚定,知道他心意已决,说道:"还好,没有枉费我帮你一场,原则性挺强。"

夏想笑骂:"你也不想想,我和吴家现在是什么关系?他们出手不考虑我的死活,我还要顾及他们的感受?才不会。现在在我眼中,你才是关系最近的朋友。"

邱绪峰满意地笑了:"来,喝茶,喝茶。"

夏想刚端起茶杯,电话响了,是吴才江的电话。

"我刚才问了老爷子,他听了之后大笑三声,然后骂了你一句。"

"骂我什么了?"夏想不解。

"其实是夸你……"吴才江还未说出就已经先笑了,"老爷子说,夏想这个家伙,怎么长的耳朵和眼睛?"

这话是什么意思,难道老爷子嫌弃他长得丑?夏想有点郁闷,他长得其实一点也不丑,不自夸的话,还有点帅。但老爷子什么都不回答,却只说他的耳朵和眼睛，就让人十分费解了。

随即一想，夏想立刻明白了什么，笑了："三叔，这是夸我还是损我？"

吴才江没好气地说道："行了，别得意了，老爷子难得对你有一次正面评价，记得以后好好表现。等什么时候他接受了你，就是你天大的福气了。"

什么都没说，但似乎又什么都说清楚了，吴才江挂了电话。

夏想知道老爷子话中的含义是：说他耳朵，是指他听到消息的时机还真是时候；说他眼睛，是说他有眼光会办事。言外之意当然是默认他即刻通知了邱家和梅家的举动！

意思就是，吴家帮付家隐瞒消息，恐怕正是邱绪峰所说的第二种可能，故布迷阵，另有谋算。但具体是什么，老爷子才不会说出来。但夏想清楚一点，付家不会有便宜可得。

甚至可以说，他此举正合老爷子心意。

夏想还真猜着了，本来第一步让连若菡无意中听到马万正可能要动一动的消息，正是老爷子有意的安排。第二步，就想再通过连若菡之口，让夏想知道其实是付家要空降韦志中到燕省担任常务副省长，而并非吴家。没想到第二步还没有具体实施，夏想就碰巧听到了消息，老爷子在接到吴才江电话的那一刻起，心中第一次对夏想的反应够快、下手够敏捷有了好感。

夏想并不清楚的是，他此次出手，终于让他在老爷子的心中打开了一条缝。虽然很微小，但不排除以后扩大到足够容纳下他的程度。

两天后，正在区长办公室听取施长乐汇报工作的夏想，突然接到宋朝度的电话，说是马万正要调离的消息已经在省委大院之中传开了，同时传出的风声是，韦志中有可能会空降到燕省任常务副省长。

宋朝度的声音还是有一点不自信："事情真的会有转机？"

夏想并没有如梅升平所说，转告宋朝度不必再去京城运作，因为事关自身的前途，宋朝度绝对不会放手不管，他说了不如不说。也许说了，反而会让宋朝度对他产生不好的想法。

不过宋朝度却主动停止了运作，因为他得到了暗示，让他不要再有所动作，静候结果就是了。宋朝度还不放心，几次打电话给夏想，征求他的意见。夏想就劝他少安毋躁，事情应该会有转机。

没想到在传出了马万正要调动的风声之后，同时还有韦志中空降的传闻，宋朝度就坐不住了。他知道夏想和邱绪峰、梅升平关系不错，能够知道一些内幕消息，就急忙打电话来问一问。

施长乐是来向夏想汇报最近几笔市财政拨款情况的——要么被卡,要么被扣,要么被拖,反正没有一笔顺利的,他又向夏想摆困难提条件来了。因为他向白战墨提过两次,白战墨口头上答应和市里协调,一转身就没有了下文。这让施长乐终于明白了一件事情,就是白书记要么没能力,要么就是应付他,要么就是不办实事。

他只好再来找夏区长求助。

可以说从上次修路事件之后,施长乐的天平就渐渐向夏想倾斜了。但他在见到夏想真正的实力之前,是不会做出明确表态的。施长乐见多了官场上昙花一现的人物,对于夏想以后能不能坐稳区长宝座,能不能再进一步,他心里还是没底。

夏想接电话时没有让他回避,他听出了是谁给夏想打的电话,不由心中暗暗大吃一惊,省委常委、副省长宋朝度主动打电话给夏区长,有点不可思议。

又支着耳朵听了片刻,施长乐差点没吓得一屁股坐在地上,虽然听得不太真切,但他隐隐听出来了,宋省长是在向夏区长求助!

省长向区长求助,不是天方夜谭又是什么?施长乐简直不敢相信自己的耳朵,还特意揉了揉,终于又听清了一句,是夏想回答说道:"宋省长,在我看来,这件事情的复杂程度超出了我们的能力范围,还是袖手旁观为好。不管从哪个角度考虑,我也希望您能接任,而且您也做了应该做的一切,现在,只能静观其变了。"

施长乐用手拍了拍脑袋,终于感觉清醒了一点。没错,他确实没有听错,是夏区长在苦口婆心地劝宋省长,具体是因为什么,他没有听清。但有一点可以肯定的是,在此事上,宋省长十分在意夏区长的态度!

不管施长乐如何想,夏想已经打完了电话,他稍微愣神想了一想,又见施长乐呆若木鸡的表情,不由乐了,笑道:"老施,傻愣什么?好了,我知道情况了,不用急。市里的部门之间有点协调方面的问题,不用多久就会顺畅,你也不用催了,先安心做好手头的工作。"

夏想现在才不会急着出头向市财政要钱,他出面的话,正好称了慕允山的意,等于向胡增周低头。现阶段他还没有和胡增周接触的想法,下马区一堆事情,又有省里的异动,都需要他全心关注,暂时不想分心介入市里的矛盾。

还有一点,就让施长乐为难为难也好,施长乐太摇摆了,一直没有表明立场,夏想对他很有意见。

刁难

施长乐见又吃了一个软钉子,心里憋屈,得,现在在书记和区长面前都不落好,怎么办?他想起了宋朝度和夏想之间的通话,本来也知道不该问,不过因为刚才夏想的态度十分亲切,他一咬牙,就大着胆子问了一句:"领导和宋省长关系不错?"

夏想本来一脸笑容,顿时冷了下来,不快地说道:"与工作无关的问题,不要浪费时间。"

这一句话说得够重,让施长乐大感面上无光,不过他也知道夏想是警告他,不要再左右不定了,如果再不坚定立场,以后别想有好脸色。

施长乐悻悻地走了,有不甘有无奈,但没有办法,谁让人家是区长?谁让他立场不明?他心中还是有点不服气,和宋省长关系好怎么了?又不是和胡市长或谭市长关系好,财政拨款问题,宋省长说了也不管用,胡市长和谭市长说了才管用。

让施长乐没想到的是,夏想一语中的,几天后,燕市发生了一件让所有人都意想不到的大事。这事所带来的深远影响,施长乐看不到也察觉不到,他层次远远不够。但直接的影响就是,以后下马区的财政拨款非常顺利,再也没有任何拖、卡、扣的情况发生。

自此以后,施长乐才对夏想心服口服,死心塌地。但其实事件也完全出乎夏想的意料,因为并不是夏想的手笔!

几天后,下马区的局势异常平静,长基商贸带来的两百亿投资热潮似乎还没有兴起,就已经消退,让人感到十分不解。不过大家都没有深思其中的原因,所有人的注意力都被省里的局势吸引了过去,因为关于常务副省长马万正调走的传闻已经落实,马万正离任在即。

与此同时,关于京城空降常务副省长的风声,也是越传越广,甚至甚嚣尘上。所谓三人成虎,不管是真是假,所有人都认定宋朝度接任常务副省长的愿望已经落空了。

就连宋朝度也不再抱有希望,心情格外沮丧。

与宋朝度的失落相比,付先锋踌躇满志,春风得意,他从京中得到了消息,韦志中的提名已经初步通过了考察,空降几乎就是板上钉钉的事实了。

韦志中来到燕省之后，基本上省里的大局已定，接下来他再平衡一下市里的局势，夏想在下马区就寸步难行了。想起夏想在红袖添香给他带来的屈辱，以及夏想赤裸裸的嘲讽，付先锋就心绪难平，恨不得立刻将夏想踩在脚下。

唯一让他心情郁闷的是，据可靠的消息，名品时尚对面正在秘密装修的海龙大厦，有可能要开一家高档百货，将会对名品时尚形成强有力的竞争。究竟是谁悄无声息地买下了整座海龙大厦，并且故意和名品时尚作对，付先锋查了半天也没有查出对方的底细。对方隐藏得很深，能查到的资料十分有限，而且法人代表也是无名小卒，显然是关键人物故意躲在背后，不肯露面。

这让付先锋有点小小地上火，摆明是故意针对名品时尚，却又躲在幕后。而且几乎可以肯定的是，分明就是要针对他。

就让他怀疑是不是背后有夏想的影子。

不过幸好谭龙安排了一件事情，让他心情大好——市委常委、常务副市长谭龙视察下马区的工作去了，此时夏想应该正在全程陪同，说不定还会被谭龙横挑鼻子竖挑眼地说上几句。

夏想再不满意也得忍着，市长指示工作，你一个区长不听也得听，是不是？

付先锋猜对了，谭龙此时正在白战墨和夏想的陪同之下，视察下马区，并且针对下马区区委区政府工作之中的各种不足，提出了批评意见。

谭龙选择在此时视察下马区，绝对有私人因素在内，上一次的红袖添香事件，让他郁闷了很久。他想找楚彤麻烦，又始终不敢冒着得罪范睿恒的危险；想找夏想麻烦，一直没有想好对策。忽然有一天他灵光一闪，可以以视察工作为由，到下马区给夏想好好上一课，当着所有人的面，给他一点难堪。

于是就有了今天的视察。

陪同谭龙视察工作的下马区主要领导有：书记白战墨、区长夏想、副书记康少烨、常务副区长陈天宇及副区长谢源清。

谭龙首先视察了区委区政府的工作环境，在看了看夏想的办公室后，委婉地提出了批评意见："夏想同志的办公室，比我的办公室还要奢华，是不是过于奢侈了？党员干部，首先要有艰苦朴素的作风，下马区是新区，用钱的地方还有很多，一个办公室，能满足基本的办公条件就可以了，何必装修得这么好，是不是？"

夏想知道谭龙是找事来了，是对上一次事件的报复，他一脸平静地说道："就是，其实办公室里面，有一桌一椅一沙发，再有一台电脑就足够了，我也一向认为办公室还是以简洁实用为主……"

白战墨心想,夏想顺着谭市长的话向下说,是做自我批评了?他倒是挺会来事,挺会说漂亮话。

谭龙见夏想态度诚恳,不免暗暗自得,心想官大一级压死人,我就是当众压你来了,怎么着?你再有本事,还能当面顶撞上级领导?哼,估计你也不敢给别人留下不好的印象。

不料夏想随后话题一转,又说:"可是当初装修办公室的时候,陈书记和胡市长都亲自指示,一定要装修得豪华大气一些,也好有利于以后招商引资工作的开展。领导就是领导,看待问题比较全面,身为下属也就只好服从了。"

谭龙被噎得差点骂出声来,心想好一个夏想,绕了一大圈,抬出陈风和胡增周来压他,还借高抬出陈风和胡增周来贬低他,真不是个东西!

可是夏想是不是东西他说了也不算,而且夏想说的理由也确实充足,同时意思也很明显,就是抬陈风和胡增周压你,难道不行?

谭龙气得够呛,目光一扫,发现墙上挂着一幅字画,上写几个大字:"鞠躬尽瘁,死而后已!"没有抬头也没有落款,他又像发现了新大陆一样,说道:"夏区长的字画不错,怎么没有署名?是不是哪位名家的作品?署名了,可就价值连城了。"

言外之意暗指夏想是不是变相收受了贿赂。

夏想还没有回答,谢源清轻笑一声,说道:"如果我没有猜错的话,这幅字画是燕市某位领导的手笔,提醒一下,可是正职呀……"

燕市的正职,狭义上讲,是陈风和胡增周。广义上讲,各部部长也勉强可算正职。谢源清向来说话只说一半,但此话一出,谭龙立刻脸色大变。

哪里有上级给下级送礼的道理?谢源清的话,相当于在他的脸上当众打了一个耳光。

白战墨语气不善地说道:"源清同志不要乱讲话。"

谢源清依然是轻笑的声调:"我没可没乱讲话,我在京城一位首长家中见过一幅相同的字画,不管是起笔还是落笔,一看就和夏区长的这幅出自同一人之手。不同的是,首长的字画,是有署名的……"

"咳咳……"谭龙自讨没趣,大为不快,但又不好开口相问究竟是谁的字画,因为问出来之后,只会更没趣。

白战墨也是大失颜面,忙说:"请谭市长参观一下下马河的美景!"

一行人就移步到了下马河,继续视察工作。

下马河两岸现在初具规模,放眼望去,一片繁忙景象,工人们人头攒动,忙碌个不停。除了种植了观赏树木之外,沿岸开始修建各种商业设施,以及报亭、小吃摊点等等,给人一派欣欣向荣的印象。

河水碧波荡漾,因为刚通水游人不多的缘故,河水十分清澈,水中有几艘游船,样式古典,正在试水,映照得景色如诗如画。

以谭龙为首的下马区党政一班人,簇拥在谭龙周围,浩浩荡荡地沿着河岸漫步。谭龙指指点点,就下马河的各项工作做出了一系列的指示,比如要加强安全防护,要注意防止水土流失,要保持河水清洁等等。可以说不少话也说到了点上,夏想也连连称是。

没走多远,谭龙用手一指眼前的河道说道:"如果在这里架设一座高桥,应该会为下马区的经济腾飞注入新的活力。"

白战墨连忙附和说道:"谭市长说得对,架设一座高桥,不但让天堑变通途,也缩短了市区和常山县之间的距离,以后由下马区到常山县,就不必再绕道 107 国道了。"

康少烨也是连连点头:"谭市长目光高远,领导就是领导,果然眼光独到。区政府一班人怎么就没有发现在这里可以架设一座提升下马区经济的高架桥呢?由此证明,我们的同志们还需要再加强学习,再努力提高自身能力,才能跟上经济建设的步伐。"

谭龙脸上微露喜色,笑着摆摆手:"我也只是提一个提议,并没有经过严格论证。具体工作,还是需要规划方面的专家去做。"

夏想没说话,只是笑。陈天宇欲言又止,谢源清却是摇头一笑,没有理会谭龙的高谈阔论。

康少烨见政府班子的三个人都不接话,有些不高兴地说道:"夏区长,谭市长的指示精神,政府方面有没有什么具体的想法?"

夏想没少见过屁股决定脑袋的决策出台,虽然谭龙刚才的套话讲得还算有点见解,但架设大桥的提议就纯属瞎指挥,也是屁股决定脑袋的胡言乱语。

夏想也早有了架设大桥的设想,不过不是修建在这里,而是在建设大街的北端。

建设大街为市区一条主要街道,最南端通到南二环,最北端通到下马河。目前市里和常山县之间只有一条 107 国道相连,交通很不便利。因为 107 是国道,大车太多,交通堵塞时有发生。而 107 国道跨越下马河之上,有一座原有的大桥。

谭龙所指的地点离 107 国道大桥不过五百米,形不成有效的分流,也不利于下马区东部的车辆通行,基本上是一拍脑袋的决定,不值得论证。夏想不接话,根本就是给谭龙面子。

康少烨却有意刁难一下,非要让政府方面表态,夏想有些生气,就对陈天宇说道:"天宇同志向谭市长汇报一下子龙大桥的设想。"

子龙大桥是夏想和陈天宇商议的结果,就是在建设大街的北端修建一座跨河大桥,连通市区和常山县县城,以后市民再去常山县,就不必再绕行107国道了,可以节省大量的时间。而跨河大桥以三国英雄赵云命名,名曰子龙大桥,也具有现实和历史意义。

陈天宇正心中有气,一听夏想吩咐,就说:"根据人流和车辆通行的计算公式,再结合市区和常山县之间来往车辆的实际情况,经过一系列研究,再参考其他兄弟城市的先例,最后得出的科学的结论是,跨河大桥最适合修建在建设大街的北端……"

陈天宇的话还没有说完,谭龙的脸色就变得极差,不耐烦地打断了陈天宇的话,不悦地说道:"我只是提一个假设,用不着向我做工作汇报……"

陈天宇尴尬地闭了嘴,看了夏想一眼。

夏想摆摆手,意思是不用在意,正想说几句什么,谭龙却又用手一指远处,用质问的口气问道:"夏想同志,在离河岸不到几百米的地方修建公园,是不是有安全隐患?万一游人在公园游玩时落河,公园就失去游玩休闲的意义了!"

谭龙所指的公园正是远景集团开发的水景公园,他的问题如果深思的话,就是无理取闹了。任何公园都会有安全隐患,就算公园的旁边没有河,公园之中也有池塘和假山,池塘能淹人,假山能摔人,难道公园就不能开放了?

当然,谭龙的指责也有点道理,燕市缺水,一般公园的池塘都是一潭死水,深不过两三米,勉强可以划行小船,远不如下马河河水浩荡。

夏想只好解释说道:"水景公园和下马河连成一体,是水景公园的最大特色,也是燕市唯一一个拥有下马河的公园。公园在设计的时候,已经充分考虑到了安全问题,在下马河畔修建一处人工沙滩,同时还会设浅水区,在浅水区和深水区之间,还有栏杆,另外还会有其他常用的救生设施……"

"表面上的话好说,万一出了问题谁负责?"谭龙憋了一肚子的气,今天本来是找毛病来了,没想到处处被顶回来,他无比郁闷,一定要想方设法找回来才行,正好发现了水景公园不是问题的问题,就借题发挥,"我看不如这样好了,公园的施工暂停,等我回去后组织市里的专家进行考察论证,等研究出一份经过多方认可的安全方案之后,再重新开工。"

412

谭龙的话绝对是故意找事了,组织专家论证……什么时候组织,什么时候论证就在两可之间了。如果他一直拖着不组织不论证,工程难道就一直停下去?就算组织专家进行了论证,什么时候得出安全方案,方案是不是合理,又是另一回事了。

可以说,谭龙摆明了就是告诉夏想,我就是要故意拿捏你一番,你能怎么样?常务副市长的话,你敢不听?不听就是不懂事,不懂官场规矩,就有了足够的理由让你下不了台!

夏想确实为难了,停工,势必会有不小的经济损失;不停,常务副市长的话又不能不听。如果真按照谭龙所说的去做,水景公园的工程必定大受影响。

但又不能直接出面找陈风,在谭龙管辖范围之内的事情,就算陈风是市委书记,也不好直接插手,否则也会落人口实。而胡增周未必肯出面帮忙,因为现在胡增周和他已经不再同路。

夏想无奈地叹息一声,谭龙就是要故意报复上一次红袖添香的事情,身为领导,公报私仇,也是让人无语。

夏想看了白战墨一眼,见白战墨一脸平静,仿佛事不关己一样,心中暗想好一个区委书记,政绩你要,责任我担,还真是深谙官场之道。不过转念一想,他又计上心来。

突变

两百亿投资的监管是白战墨的软肋,夏想相信只要他一提,白战墨必定妥协,就会出面向谭龙开口。白战墨一开口,谭龙看在付先锋的面子上,应该会有所退让。

白战墨也看到了夏想求助的目光,却假装没有看到,摆出一副超然事外的态度,心中自然是暗暗得意。夏想被谭龙打压,他自然乐见。因为不管是从哪个角度出发,他都不希望夏想太顺水顺风了。夏想的政绩越大,他的光环就越弱。况且夏想对政府班子的掌控力度,简直像铁桶一样,让他十分郁闷不安。

康少烨也是心中暗喜,第一次见夏想被逼得无话可说,他是说不出来的扬眉吐气,只觉得上次秘书事件之中,被夏想和傅晓斌联手提弄的羞辱终于有了偿还,心中一片舒畅。

其他随同人员,不管是谭龙的人,还是白战墨的随从,都是一副幸灾乐祸的表情,坐等夏想出丑。

夏想脸色不改,依然平静,开口说道:"白书记,既然谭市长提到了安全隐患的问题,我觉得长基商贸的投资,也可能存在着类似的问题……"

白战墨心里"咯噔"一下,不好,夏想够聪明,立刻想到了捆绑的计策。如果他不出声向谭龙说情,夏想就有可能重提两百亿资金的监管问题。而上次慕允山和滕非的立场表明,夏想的想法完全可能通过常委会……他知道,夏想一句话就将他逼上了绝路。

白战墨无奈,他已经初步领略过夏想的手段,知道夏想说到做到,只好艰难地说道:"谭市长……"

话刚出口,谭龙的电话却响了。

一般而言,谭龙对外的手机都会在秘书手中,但他本人也有轻易不对外的私人电话,当然也轻易不会响起。一旦响起,就意味着有大事发生。

谭龙脸色一变,伸手制止了白战墨说话,脸色凝重地接听了手机,只听了两声脸色就再次大变,挂断电话后只说了一句:"先回市里,有急事!"然后也不再解释什么,就和秘书以及陪同人员,匆匆离去。

白战墨和夏想送谭龙上车之后,两人微一商议,决定回到区委之后开一个碰头会。

碰头会由白战墨、夏想、康少烨和陈天宇四人参加,主要讨论今天谭市长视察工作时的指示精神,以及下一步如何落实谭市长的讲话,如何具体开展工作。

由于谭龙意外的不辞而别,白战墨没来得及开口,他有意将错就错,将水景公园的事情敲死再说,也好将一将夏想的军,难不成夏想还拿长基商贸的事情还击? 先不管那么多了,反正有谭市长的讲话在先,夏想也不好赖账不是?

白战墨首先表明了态度:"今天谭市长的讲话精神非常重要, 尤其是关于水景公园的安全隐患问题,我认为还是有必要开展一次全方位的安全检查。先停工自检,如有必要,再请市里的专家进行检查,至少要做出一个姿态来。你说呢,夏区长? "

夏想见白战墨趁机变卦,心想他还以为自己软弱可欺? 就一口答应下来:"既然谭市长有指示精神,区里也要重视才对,我会及时安排下去。天宇,你就负责一下全区范围内的安全生产大检查,不止一个水景公园,所有的施工项目都要一一排检,一处也不能错过。"

陈天宇答应了一句,点头说道:"我会具体安排专人负责此事。"

夏想又说："除了安全检查施工之外，对于下马区的各项投资也要做一次系统的排查，防止有洗黑钱的资金以投资的名义流入下马区，万一以后被外界揭露，下马区就名扬天下了。当然，可不是好名声。慕允山和滕非同志也曾经联合向我提议，为了加强对投资的监管力度，有必要增设一个由政府方面主导的资金监管机构，我一直在犹豫，现在觉得出于安全方面的考虑，确实也有这个必要！"

真是睚眦必报，白战墨暗骂一句，知道夏想是以眼还眼，故意旧事重提。他正想辩驳几句，站在大局观的高度给夏想上一课，忽然，电话响了。

白战墨一愣，还没来得及接电话，紧接着夏想的手机也响了。

白战墨起身到一边接了手机，夏想却坐着没动，也接了电话。两人接听电话之后，几乎是一样凝重的表情，只听了几句就放下了电话，一脸震惊！

沉默，长达十几秒的沉默。

夏想忽然开口问道："白书记，安全生产大检查的事情……"

白战墨一挥手："以后再说，现阶段还是要将经济建设的速度放到第一位。安全有必要，但不是现在。现在停工，非常不明智。"

夏想站起身来，微一点头说道："那就先这样了。"随后转身叫上陈天宇，走出了白战墨的办公室。

康少烨大惑不解地看着白战墨："白书记，大好时机怎么轻易放过了？"

白战墨一脸灰白，有气无力地挥挥手："大好时机？是夏想的大好时机还差不多！"

"怎么了？"康少烨大惊失色。

"谭龙要调离燕市了！"白战墨忽然从心底升起一股无力感，夏想的运气怎么就这么好，谭龙怎么就突然被人挪了位置？谭龙要调到渤海市任市长，不再是燕市的常务副市长了，他的话，已经没有分量了。

康少烨瞪大了眼睛坐在椅子上站不起来，他实在不明白，怎么一点风声也没有，突然之间，谭龙就调到了渤海市？渤海市是燕省经济欠发达的地市之一，而且面积不大，贫穷又落后。谭龙担任燕市的常务副市，本来已经是正厅，正常情况下应该接任燕市市长，升到副省级。现在调到渤海市任市长，虽是平调，实际上是暗降了！

如果谭龙调任市委书记还差不多，算是为下一步提拔做准备，但调任了市长，明眼人都清楚，谭龙以后的前途，堪忧了……

白战墨实在是想不通！

其实夏想开始时也没有想通为什么突然就出现了谭龙被调走这件事，他回到办公室，呆坐了片刻，想打电话给梅升平，打不通。又坐了一会儿，冷静下来之后，会心地笑了。

谭龙调离，既在意料之外，又在情理之中。早先一直想不明白的吴老爷子对他出手，借机搅乱燕市局势的手笔，现今才算有了真正的答案。

当时是打压他没错，但也并非只有一手，而是双管齐下，甚至可以说是项庄舞剑意在沛公之计。分明是借打压他之际，先将燕市的局势打乱，乱象一起，胡增周重新站位，燕市局势三足鼎立，正好可以借机乱中取利。

但吴老爷子的聪明之处还在于并不急于插手燕市的局势，事后又忽然收手，摆出了置身事外的超然态度，仿佛事情真的完全过去了，不再有任何后手。

就连夏想当时也认为老爷子不再关心燕市的局势，完全收手了。尽管他一直猜测老爷子应该还别有用意，但一直没有发现蛛丝马迹，直到上一次在红袖添香听到付先锋无意中透露出来的韦志中空降一事。

当时，夏想才隐约感觉抓住了什么，但还是不太明白，只是依稀认为老爷子和付家联合插手燕省常务副省长的安排，总有一些让他琢磨不透的原因在内。究竟老爷子打的是什么如意算盘，他不敢肯定。但他始终坚定地认为，老爷子应该不会这么简单地就和付家合作。

吴才江的电话让他明白了一点，就是他鼓动邱家和梅家联合出手阻止付家，是走对了一步，就连老爷子也表示了赞许之意。他心中更加笃定，如果他的思路正确，老爷子不会让付家轻易得逞，就算付家付出了巨大的代价，以老爷子的智慧和权术，恐怕是在玩弄付家。

当然夏想也知道，老爷子不可能做得太明显了，否则也无法向付家交代。政治上的事情，也要讲究一个平衡和信用，言而无信之事，只能做一次，再也不可能有第二次。夏想有理由相信，老爷子出手，是计中有计，到时肯定会让付家吃一个大亏但又无话可说，找不到指责吴家言而无信的理由。

没想到，在韦志中空降的消息愈演愈烈之时，燕省的局势未定之际，突然之间燕市发生了巨大变故，谭龙被调离燕市！

谭龙虽然不是真正的付家派系，但也是付家的力量之一。他的调离，相当于付先锋在燕市的实力大减，少了臂膀，也让夏想对老爷子的计谋大声叫好，老爷子的计策呼之欲出：明修栈道，暗度陈仓。

由此，夏想对韦志中的空降更坚定了想法，恐怕最后的结果是雷声大雨点小，然后就不了了之了。

夏想的思路被一阵急促的电话铃声打断了，是宋朝度的电话。

"刚才梅部长在我的办公室，向我透露了一点内情，说谭龙的调离，是多方势力介入的结果。我也感到很突然，但我不主管人事，不好多问，方便的话，你可以向梅部长多了解一下内情。马上就要上常委会了，不出意外，谭龙离开燕市在即！"宋朝度只来得及说了几句话，就匆匆挂断了电话。

尽管夏想猜测到其中错综复杂的关系的介入，但没有听到梅升平亲口说出之前，猜测只能是猜测。他也清楚现在梅升平估计顾不上接电话，也就熄灭了再给他打电话的心思，静观其变。

估计此时谭龙正在焦头烂额地不知所措，说不定还会大发雷霆。

谭龙还真是在大发雷霆，他在办公室里转来转去，也不知转了多久，突然一脚踢飞了一盆花，然后又将桌子上的文件全部推到地上，还不解气，又一脚将沙发踹倒在地。

"混账！"谭龙怒骂，也不知道该骂谁——骂组织？他不敢。骂陈风？似乎和陈风没什么关系。但到底是谁突然之间就动了他的位置？他本来精心打算等陈风调到省委、胡增周接任书记之后，他就可以递进接任市长，从而完成由正厅到副省的飞跃。

但一纸调令，让他的梦想全部落空！

渤海市市长？谭龙欲哭无泪，一个经济规模极小的地级市，在燕省不值一提，放到全国更是小得不能再小，甚至还比不上南方一些县级市。他去了虽然是政府一把手，但又能如何？又不是书记，摆明了是将他一脚踢到一边，为别人让位。

如果是担任渤海市书记还好说，干上一届，也可以顺理成章升到副省。但偏偏是市长，只有干上一届市长之后，再干一届书记，他才有可能从书记的位置上升到副省。如此一来，说不定副省升不了，他的年龄就到了，就得退下来。

谭龙不怒不发火才怪！

怒气一连发作了半个多小时，他才慢慢平息下来，仔细一想，还是不得要领，不清楚到底是谁在背后整他。陈风？不太可能。陈风应该没有那么大的能量，就算有，也要付出非常大的代价才能将他搬开，不划算。胡增周？更不会。胡增周在燕市刚刚站稳了脚跟，而且听说他的身后之人一向不够强硬，他也没有必要在此时此刻多此一举。

那到底是谁？

难道是夏想？

谭龙脑中闪过今天为难夏想之时，夏想始终一脸淡定的表情，似乎成竹在胸，似乎一切尽在掌握。这让他痛恨不已，一个小小的区长，摆什么天下我有的姿态？但现在他却从心底冒出深深的寒意，难道自始至终夏想早就断定他会被调离燕市，所以才摆出一副无所谓的姿态，丝毫不把他的话放在眼里？

如果真是这样的话，夏想就太可怕了，一个区长就能左右一个常务副市长的命运，他的手腕岂不是太高明了？

不过随即再一想，谭龙又否定了自己的判断。因为他已经听说，他调离之后，会从京城直接空降一名常务副市长过来，而此人和夏想似乎全然没有关系。再说，夏想就算再有后台，再有来历，还不是被付先锋玩弄于股掌之间，连区委书记都没有当上？夏想连一把手的任命都没有得手，怎么会有调动他的能力？

谭龙摇头苦笑，太失态了，太冲动了，居然胡思乱想起来了。

他理了一下思路，深思一下事情的前因后果，准备及时向付先锋请教内情，却发现付先锋在关键时刻，突然离开燕市，回了京城。

谭龙急忙打电话给付先锋，还好付先锋接了电话，却只是简单地说了一句："事情很复杂，一时说不清，等我回燕市再说。"

谭龙不甘心，去找陈风辩解，声称想留在燕市继续为燕市人民服务，陈风却安慰他说道："要相信组织上的安排是出于全面的考虑，而且由你去主持渤海市的政府工作，也是一次难得的锻炼机会。"

谭龙一直和付先锋坚定地站在一起，他能调走，陈风求之不得。

离开陈风的办公室，谭龙暗骂了一句，路过胡增周的办公室时，想了一想，还是敲门进去了。

胡增周对于谭龙突然被调动也是大惑不解，也打电话给京城想问个明白，得到的答复是，坐观其变，不宜插手。胡增周就知道出手之人他惹不起，而且搬走谭龙对他也算是一个有利的消息，就抱定了袖手旁观的态度。

谭龙的出现倒让他微微吃了一惊，不等谭龙开口，他就说了几句安慰的话，大意和陈风刚才所说的一样，最后又说："谭龙同志在燕市政府工作期间，为市政府做出了巨大的贡献，我代表市委市政府对你的工作表示感谢。"

谭龙一听，连准备好的话也懒得说了，胡增周比陈风更狠，直接说的就是

418

为他送行的话。

谭龙郁闷难安,才发现在关键时刻,没有人靠得住,不由悲从中来,回到办公室一个人默默地流了半天眼泪,用来纪念在燕市最后的时光。

下午快下班时,崔向的电话打了进来。

"常委会通过了决议,谭龙,准备到渤海市去做出新的贡献,要相信自己的能力,要服从组织的安排。"崔向的声音有些无奈,他也不知道为什么就风云突变,梅升平突然提名谭龙担任渤海市市长,原市长调任京城任职,空缺的位置还没有详细研究。有了梅升平的意外提名,尽管他在书记办公会上竭力反对,但叶石生和范睿恒的态度十分强硬,他最后也没有坚持。

最近常务副省长的事情弄得他心神不安,虽然也知道谭龙此去看似是平调,实际上相当于封死了迈向副省级之路,但他阻挡不了大潮。而且看样子叶石生和范睿恒好像得到了什么暗示,态度之坚决,让他顶不住书记和省长的异口同声!

一败涂地

虽然崔向一时摸不清头脑,不过他也知道恐怕调动谭龙的巨手来自京城,因为常委会上随即又通过了于繁然的提名。于繁然本是京官,由京城直接空降到燕市担任市委常委、常务副市长。如果说背后没有一只巨手在操作,谁也不信。

省委常委会雷厉风行地通过了一项重要的人事任免之后,一时之间众说纷纭,各种传闻甚嚣尘上。有人说是陈风搬开了谭龙,有人说是省里有意历练谭龙,才安排他去振兴渤海市经济,各种说辞乱成一片。而在下马区,甚至还有自称知道内情的人,说是因为谭龙故意为难夏区长,夏区长一怒之下,才让谭龙直接滚蛋,滚出了燕市。

传闻传到白战墨耳中,白战墨一脸铁青,一连打了无数个电话,最后甚至还摔了电话。

康少烨听到之后,呆坐半晌没有动弹,面无表情,眼珠却转个不停,也不知在寻思什么。

慕允山和滕非则是关起门来商议半天,也没有商议出什么结果,最后两人都一脸无奈地离开了办公室。

夏想听到关于他的种种说法,付之一笑,当他接到梅升平的电话,听到于繁然的来历之后,就更会心地笑了。他知道,关于上一次老爷子出手搅局的计策,他又一次猜对了。老爷子也是好手段,付家空降付先锋来燕市担任副书记,吴家就趁付家完全将注意力放到省里的时候,突然出手,空降于繁然到燕市担任了常务副市长,可谓是神来之笔。

夏想此时此刻才算彻底明白了老爷子的万全之策。

梅升平却没有向他透露过多的消息,只是微有兴奋之意地说道:"有些内幕你不知道也好,知道太多,反而对你的成长不利,毕竟你现在层次还低,做好眼前事就行。于繁然来到燕市之后,总体来说,对你有不利的一面,但也有有利的一面,就看你如何把握了。反正这件事情,都是吴老头的手笔,付家被他耍了,邱家和梅家也被他利用了,还是通过你的手,你得想办法补偿我才行。"

夏想笑了:"我不过是一个小小的区长,有什么能量能让堂堂的省委组织部长看上? 梅部长不要取笑我了。"

"怎么没有?"梅升平摆出一副吃定夏想的口气,"上次晓琳应该对你说过,晓木要到下马区寻找商机,他已经到了燕市,我让他找个时间去找你……"

夏想以为梅晓木不会来了,没想到,居然还真来了,他就颇感无奈地说道:"梅晓木想做些什么?"

"他还没有想好,我也不管他的事情,反正交给你就成了。"梅升平的态度近乎耍赖,"你不管也得管,因为你欠了我的人情。"

堂堂的省委组织部长这样说话,任谁也不会相信,但梅升平就是梅升平,特立独行无人可比,夏想只好服从:"好,好,我帮他想想办法就是了。"

"别一副你好像吃了多大亏的口气,告诉你夏想,你让邱绪峰出面,也说动我出面,然后吴家就坐收了渔翁之利,既得了付家的好处,又有了足够的收手的理由。现在付先锋应该回了京城,估计正和付家老头坐在一起大骂吴老头。"梅升平一点也不承夏想的人情,继续用不满的口气说道,"韦志中的事情要黄了,宋朝度要上位了,当然,高晋周也沾光了。毫不夸张地说,付家在此次事件之中,一败涂地,什么都没有收获。吴家既在燕省站稳了脚跟,又在燕市安插了人,一举两得。吴老头果然厉害,一出手还是和当年一样犀利,让梅家和邱家都当了看客。"

夏想从梅升平的口气中也听了出来,梅升平不满归不满,但对目前的局势还算持谨慎乐观的态度。估计也是付先锋上一次借吴家之手的事件影响太恶劣了，政治上丰收不算，还要经济上丰收，让其他三家都大失颜面，吃相有点太难看了。

吴家此次出手，固然有借助邱家和梅家的计谋在内，但实际上就算吴家不算计邱家和梅家，基于不想让付家一家独大的出发点，邱家和梅家也会主动出手。所以是不是由夏想从中周旋并不是关键因素，当然，因为有夏想出面，吴家就更可以躲在幕后自得其乐了，连一点邱家和梅家的压力都不用承受。

应该说，吴家此次出手能够非常顺利并且躲在幕后从容不迫地布局，也得益于夏想上一次在红袖添香的偷听事件。

夏想，也是吴家的幸运星。

吴家本来就比邱家和梅家强大不少，真要用心插手燕省的事务，也会步步得手。而付家本身不如邱家和梅家，却贪心不足蛇吞象，让邱家和梅家大为不满。人都有欺软怕硬的共性，吴家既然强大，再强大一点也没有什么，所以在燕省和燕市同时得手，梅升平也不觉得有什么不妥。但如果本来实力最弱的付家在燕省得势，他就会心里不服，邱家也会是同样的感觉。说白了，就是不想让本来不如自己的一方超越自己。

夏想基本上理清了事情的脉络，也知道他在其中所起的关键作用，心中也十分高兴。不管吴老爷子是不是承他的情，总之他间接帮了吴家，估计老爷子也会对他稍微有点好感。

应该说，谭龙的调离，让付先锋实力大损只是第一步，接下来痛失常务副省长的宝座才会对付家造成最沉痛的打击，那时付先锋应该是欲哭无泪了……

京城，付家。

付先锋焦急地在房间中转来转去，等候老爷子从楼上下来。老爷子上楼去打电话，一去半个多小时还没有下楼，可见这个电话打得非常艰难。时间越长，证明事情转机的可能性越小，他的心情就越烦躁。

在得知谭龙调离的一刻起，付先锋就知道中计了，中了吴家的明修栈道、暗度陈仓之计。他连假也顾不上请，直接开车就返回了京城，一路上连打几个电话。在还没有到京城之前，就听到了省委常委会尘埃落定的消息，直让他一时神思恍惚，差点出了车祸！

大意了,太大意了,居然被吴家耍得团团转,吴家老头简直太可恶了,心机太深不可测了。

本以为和吴家谈妥了条件,付家自认拿出了足够的诚意,并且也付出了巨大的代价,认为完全可以换取吴家的支持和信任,在吴家的帮助之下拿下燕省常务副省长的位置。实际上,吴家在一开始,也非常配合付家的运作,始终将邱家和梅家瞒得死死的,而且前期工作也做得非常到位,几乎就要成功了。

是的,几乎就要成功,眼见就要到手了,但就在距离成功只有一步之遥时,意外发生了。为什么总有该死的意外发生?付先锋越想越气,伸手拿起桌上的一只烟灰缸,狠狠地摔在地上——水晶材质的价值昂贵的烟灰缸被摔得粉碎。

付先锋犹不解气,又看到角落里摆放着一只半人高的瓷瓶,他盛怒之下,一脚飞出,就将乾隆年间的瓷瓶踢得粉碎。

他的怒火无法发泄,因为这一次,付家败得太惨了,不但被吴家当猴一样耍了,还有苦说不出,连埋怨吴家都找不到理由。

因为吴家此次的手段十分高明,可以说是天衣无缝,摆明就是欺负付家,就是让付家即使知道上了吴家的当,也没有理由去找吴家的麻烦。

只能打碎牙齿和着血往肚子里咽!

吴家的最高明之处就在于,一直非常默契地配合付家,让付家挑不出任何毛病,而且态度也非常积极,自始至终没有一丝异常。但就在韦志中的提名即将通过,准备向上提交之时,突然节外生枝!

节外生枝就是——一直蒙在鼓里的邱家和梅家同时出手,联合施压,发动各方力量强行阻止了此次提名。

邱家和梅家联合出力,威力非同小可,但如果吴家坚持的话,再有付家力挺,邱家和梅家也未必能得手。但恰恰在此时,吴才江外放离京,而吴家老爷子旧病复发,住进了医院,谢绝一切客人探望。而付家当初事事是和吴老爷子商定的,吴老爷子一病,吴家无人主持大局,吴才洋又是置身事外的态度。等于让付家一家去面对邱家和梅家的重压,付家有点支撑不住了。

付家不肯认输,前期工作准备得太充分了,认为是必胜之局,怎么甘心失败?但吴老爷子病重不能出面,总不能强行将人家从医院拉出来。虽然付家心里也明白,吴老爷子是托病不出,是故意在关键时刻撒手不管,但吴老爷子前一段时间确实动过手术,现在有病也说得过去。付家就算再怀疑再不满,也不敢拿老人的病情说事！

最让付家气急败坏的是，因为邱家和梅家的联合施压，韦志中的提名随即就被压下了，上面还要看看燕省的意见。付家明白了，其实自始至终吴家就根本没有让韦志中空降成功的打算。吴老爷子一病，邱家和梅家联合出手，一切的一切都说明了一个问题——事情完全在吴家的掌握之中，完全在按照吴家的节奏进行。

与常务副省长的失利相比，谭龙被调离燕市在付先锋心中几乎没有激起太大的波澜。他甚至来不及替谭龙惋惜一下，就完全沉浸在了被吴家要弄的愤怒之中，也对邱家和梅家的联合出手，深恶痛绝。

幸好，付先锋一直没有察觉到夏想在事件之中所起的作用。他并不知道，如果没有夏想从中所起的作用，吴家此计也不会如此圆满地达成，可能还要有一些波折。但因为夏想无意中得知了他的谈话，提前替吴家通知了邱家和梅家，吴家就省去了暗中再和邱家、梅家沟通的麻烦，完全做到了置身事外！

怪也只怪付先锋对楚彤的美色垂涎三尺，也怪谭龙的无理取闹，才让楚彤知道他们几人是谁，也才特意偷听了他们的谈话，否则楚彤哪里有闲心去偷听他们说些什么。

付先锋在房间中也不知转了多少圈，就等老爷子再出面打通关系，看事情还有没有回旋的余地。他心中焦急万分，第一次体会到了热锅上的蚂蚁的滋味。

终于，老爷子从楼上下来了，一脸灰白，仿佛一下苍老了许多岁。

付先锋见到老爷子的那一刻起，心，就沉到了谷底。他急忙上前扶住老爷子，还是小心翼翼地问了一句："爷爷，怎么样了？"

付老爷子没有说话，直到坐在客厅的沙发上，才看了看地上的碎片，一看一对瓷瓶还剩下一个，就用手一指幸存的那只瓷瓶，声音黯淡地说道："剩下一个有什么用？都打了。"

付先锋的心越沉越深，心中的怒火越烧越旺，几步上前，一脚又将瓷瓶踢碎，骂道："吴家真不是东西，肯定是他们暗中做了手脚！"

付老爷子却有气无力地摆了摆手："根据可靠的消息，吴家并没有暗中通知邱家和梅家，邱家和梅家是通过另外的渠道知道的……"

付先锋一腔怒火突然没有了发泄的对象，颓然坐在沙发上，一脸愕然：

"还有谁能知道这么秘密的运作,而且还能同时认识邱家和梅家,除非是……夏想?"

又一想,他摇头说道:"也不可能,以夏想现在和吴家的紧张关系,他不应该知道内情,吴老头也拉不下脸面发话让夏想出面,毕竟他刚刚出手打压了夏想……到底是怎么一回事?"

付老爷子重重地咳嗽了一声,骂道:"现在是什么时候了,还琢磨没用的事情!管他是谁暗中通风报信,现在的关键问题是如何弥补损失!"

付老爷子此话一出,付先锋也知道爷爷有点气糊涂了,事已至此,恐怕已经没有了回旋的余地,想要弥补损失,去找谁?去找邱家和梅家?不可能,付家也不是没有对邱家和梅家做过釜底抽薪的事情!去找吴家算账?吴家可以理直气壮地告诉付家,他们没有做错任何事情!

付老爷子一转念也想通了此中环节,叹息一声说道:"事情已经成了定局,没法更改了。刚才我在楼上通话,他们给出的理由也很充分,燕省的省委书记和省长都对韦志中的空降持反对意见……事情在没有敲定之前,已经惊动了各方势力,正是吴家想要的效果,也给了他们充足的理由,不是他们不支持,是邱家和梅家的反对太激烈,是燕省方面也不赞成……"

付老爷子一脸黯然地看向窗外,窗外日薄西山,夕阳斜照,忽然间心生萧索之感:"我老了,真的老了,再也不是当年指挥若定的老付了!输了,败了,先锋,放手吧!"

付先锋再也忍不住悲愤,被老爷子的凄凉感染,哭了起来:"爷爷您放心,我们还可以从头再来,还可以立足京城,放眼全国,一个小小的燕省,更不在话下。"

"燕省可不是小小的燕省,燕省拱卫京城,别看经济上没有突出的地方,但战略位置非常重要。尤其是新一届领导班子提出了建设大京城的概念,要将燕省的优势和京城的优势结合起来,建立一个大经济圈。吴家正是看中了这一点,才精心制定了计策,要向燕省和燕市安插力量。和吴老头相比,我还是差了一筹。以后付家就寄希望在你的身上了,好好干,先锋。你爸和你叔叔都没有太大的发展空间了,只有你,也许终有出人头地的一天。"

付先锋重重地点了点头:"您放心,爷爷,下马区还有我的两百亿资金,我一定能利用这笔资金大干一场。政治上了一时失利不要紧,我会为付家赚回至少五十亿的利润。有了这五十亿,我们就可以做许多事情,就可以挽回政治上的失利,也许还能再多一些盟友……"

付老爷子微闭了双眼,摆摆手说道:"我累了,要休息休息,以后如何进行,如何再还回来,你去运作好了。"

付先锋明白老爷子此举是对他绝对信任的表现,意思是说只要他定下来的事情,老爷子会不遗余力地支持。也许此次事件对老爷子的打击太大,以至于让他心灰意冷之际,将付家的主导权一大半交到了付先锋手中。

对付先锋个人来说,也算是在此次付家巨大的失利事件之中,最大的意外收获了。

付先锋心中一直有怒火在燃烧,他现阶段最想知道究竟是谁在背后替吴家做了中间人的角色,他最怀疑的人是夏想。只要让他找到证据是夏想所为,他就要想尽一切办法收拾夏想,好好让夏想还账!

即使是动用一些非常手段也在所不惜!